PSICOLOGIA E PEDAGOGIA DA CRIANÇA

Maurice Merleau-Ponty

PSICOLOGIA E PEDAGOGIA DA CRIANÇA

*Curso da Sorbonne
1949-1952*

*Edição estabelecida por
Jacques Prunair*

Tradução IVONE C. BENEDETTI

Martins Fontes
São Paulo 2006

Esta obra foi publicada originalmente em francês com o título
PSYCHOLOGIE ET PÉDAGOGIE DE L'ENFANT por
Éditions Verdier, Lagrasse, França.
Copyright © Éditions Verdier, 2001.
Copyright © 2005, Livraria Martins Fontes Editora Ltda.,
São Paulo, para a presente edição.

1ª edição 2006

Tradução
IVONE C. BENEDETTI

Acompanhamento editorial
Luzia Aparecida dos Santos
Revisões gráficas
Solange Martins
Mauro de Barros
Dinarte Zorzanelli da Silva
Produção gráfica
Geraldo Alves
Paginação/Fotolitos
Studio 3 Desenvolvimento Editorial

Dados Internacionais de Catalogação na Publicação (CIP)
(Câmara Brasileira do Livro, SP, Brasil)

Merleau-Ponty, Maurice, 1908-1961.
  Psicologia e pedagogia da criança : Curso da Sorbonne 1949-1952 / Maurice Merleau-Ponty ; tradução Ivone C. Benedetti. – São Paulo : Martins Fontes, 2006. – (Psicologia e pedagogia)

  Título original: Psychologie et pédagogie de l'enfant.
  ISBN 85-336-2228-7

  1. Linguagem – Aquisição 2. Pedagogia 3. Psicologia infantil I. Título. II. Série.

05-8612   CDD-155.413

Índices para catálogo sistemático:
  1. Crianças : Consciência e aquisição da linguagem : Psicologia infantil 155.413

Todos os direitos desta edição para o Brasil reservados à
Livraria Martins Fontes Editora Ltda.
Rua Conselheiro Ramalho, 330 01325-000 São Paulo SP Brasil
Tel. (11) 3241.3677 Fax (11) 3101.1042
e-mail: info@martinsfontes.com.br http://www.martinsfontes.com.br

Índice

Nota do editor XI

Consciência e aquisição da linguagem 1
Introdução 1
Desenvolvimento psicológico da linguagem na criança 7
  Aquisição da linguagem durante o primeiro ano 8
    A) Aquisição dos fonemas **15**
    B) O fenômeno de imitação **23**
  Prolongamentos da teoria de Guillaume **27**
  O problema da existência de outrem segundo Husserl **31**
  Posição de Husserl **33**
  Concepção de Max Scheler **35**
  Discussão de Scheler **36**
  Conclusões **38**
  A evolução da linguagem até os 7 anos **41**
  Comunicação entre crianças menores de 7 anos **44**
  Exame das concepções de Piaget **46**
A patologia da linguagem **48**
    I. Alucinação verbal **49**
    II. Estudo da afasia **53**
Subsídios da lingüística **60**

A criança vista pelo adulto 83
    I. Posição da pedagogia em relação às outras disciplinas 83
    II. Pedagogia e história 85

III. Pedagogia e psicanálise   **86**
   IV. Pedagogia e materialismo histórico   **92**
[A relação parental]   **95**
   I. Antes do nascimento da criança   **95**
   II. Depois do nascimento   **97**
   Conclusão   **101**
Estágios do desenvolvimento infantil   **103**
   I. O complexo de desmame   **104**
   II. O complexo de intrusão   **105**
   III. O complexo de Édipo   **108**
Trabalhos da sociologia culturalista   **122**
   Bibliografia   **122**
   Estudo de Kardiner das populações da ilha de Alor   **125**
   Outro exemplo: aldeia americana de Plainville   **136**
   Estudo de outro tipo de educação arcaica: os navajos   **140**
Sociometria   **148**
   Bibliografia   **148**
   Origem psicanalítica   **149**
   Origem marxista   **150**
   Orientação sociológica: a sociometria   **150**
   Orientação psicológica   **154**
   Apanhado da prática de Moreno   **157**

Estrutura e conflitos da consciência infantil   165
Introdução   **165**
Noção de desenvolvimento   **168**
      I. Desenvolvimento filogenético   **168**
      II. Desenvolvimento ontogenético   **172**
Estudo da percepção na criança   **177**
A percepção na criança   **180**
Dados mais precisos sobre a concepção gestaltista
da percepção da criança   **186**
Trabalhos de Piaget   **189**
   A ilusão de Delboeuf   **191**
Noções de fixação e descentração do olhar   **194**
   Exame das concepções de Piaget   **195**
Percepção da causalidade   **198**
O desenho infantil   **204**
   O desenho da criança segundo Luquet   **206**

O desenho da criança segundo Prudhommeau **212**
Desenho e percepção **214**
O desenho visto pela psicanálise **216**
Relações da criança com o imaginário **219**
A representação do mundo na criança **230**
Conclusão **238**

Psicossociologia da criança **241**
Noção de desenvolvimento **241**
Introdução ao problema da passagem da percepção à inteligência segundo Piaget **246**
Passagem da percepção à inteligência para os gestaltistas **258**
Conclusão: comparação entre a concepção de inteligência em Piaget e nos gestaltistas **272**
Relações entre psicanálise e sociologia **286**
Relações entre psicológico e sociológico **290**

Relacionamento da criança com outras pessoas **299**
Introdução **299**
   I. Problema teórico **305**
   II. A criança de 0 a 6 meses **308**
   III. A criança de 6 meses a 3 anos **310**
   IV. A crise dos 3 anos **321**
   V. Relacionamento da criança com os pais **324**
Observações sobre o uso dos dados psicanalíticos **324**
   I. Relacionamentos da criança com outrem, segundo Freud **326**
   II. Contribuição dos sucessores de Freud **336**
   III. Importância das relações parentais **373**

Ciências humanas e fenomenologia **395**
Introdução **395**
O problema das ciências humanas segundo Husserl **398**
   I. O problema da psicologia e os problemas de Husserl **398**
   II. Husserl e a psicologia **403**
   III. Fenomenologia e lingüística **413**
   IV. Fenomenologia e história **415**
   V. Husserl, Scheler e Heidegger **418**
Convergência entre psicologia contemporânea e fenomenologia **421**
   I. Situação da psicologia no início do século XX **421**

II. Evolução da psicologia   425
III. O desenvolvimento da psicologia e as antinomias
filosóficas   427
   A) Noção de comportamento. O "fenomênico"   427
   B) Como os psicólogos integram essa noções novas   435
   C) Concepção da fisiologia e de suas relações com
a psicologia em K. Goldstein   449

Método em psicologia da criança   463
  I. Principal dificuldade em psicologia da criança   463
 II. Relação da criança com o adulto. Descrições   464
III. Relação da criança com o adulto. O que deve
ser nossa psicologia da criança   466
IV. Crítica à concepção da mentalidade infantil como
algo fechado em si mesmo   466
 V. Precauções metodológicas   468
VI. Como elaborar um conhecimento rigoroso, científico,
da criança?   470
VII. Princípios essenciais   473
VIII. Erros devidos ao modo de pensar realista nas pesquisas
da psicologia infantil   476
[Alerta contra o realismo]   479
  I. Crítica aos métodos que buscam somente a avaliação
estatística dos fatos   479
 II. Método preconizado por Lewin: método de inspiração
galileana   482
III. Características de uma psicologia científica   484
IV. Exame dos elementos que correspondem a uma
psicologia científica na psicologia contemporânea   486
Concepções de Margaret Mead sobre a masculinidade e
a feminilidade   486
Discussão a propósito da exposição de uma aluna sobre
a puberdade   493
Exame das concepções de Hélène Deutsch sobre a puberdade   497
A representação do mundo na criança   504
  I. Exame de algumas idéias de Piaget   505
 II. Crítica   506
O desenho da criança   511
  I. Erros metodológicos de Luquet   511

II. *Interpretações de Luquet*   512
  III. *Crítica feita pela teoria da forma*   513
  IV. *Explicação da relação entre o desenho infantil e o desenho adulto*   514
  V. *Comparação das relações: desenho adulto-desenho infantil e pintura acadêmica-pintura moderna*   516
A imagem especular   522
Imitação   526
Relações entre as funções intelectuais e as outras funções psíquicas   529
Dificuldades do problema   529
Contribuição da teoria da forma   530
Evolução da psicologia da forma   533
Teoria da inteligência   534

Minha experiência de outrem   537
Descrição inicial   540
   1) Trabalhos de Arnheim (1928)   546
   2) Trabalhos de Wolf (1932)   548
[Relação entre a vivência e o gesto]   555
   Exame da vivência e do que é expresso pelos gestos   555
      a) Na consciência mítica   555
      b) Na expressão dramática   557
      c) Na vida das sociedades como a nossa   562
      d) Na linguagem   566

Nota do editor

Os textos que aqui apresentamos são resumos, estabelecidos por participantes e aprovados pelo ministrante, de curso dado por Maurice Merleau-Ponty na Sorbonne (1949-1952) sobre psicologia da criança e pedagogia. O texto de referência é o do *Bulletin de psychologie* (n.º 236, tomo XVIII 3-6, novembro de 1964) que comparamos com o texto que sucede imediatamente o curso propriamente dito, publicado pelo mesmo boletim (tomo III, 1949-1950; tomo IV, 1950-1951; tomo V, 1951-1952).

A essas duas *lições* idênticas, confrontamos o texto impresso pelo *Centre de documentation universitaire* em 1951 (primeira parte de *Relations avec autrui chez l'enfant*) e 1952 *(Les sciences de l'homme et la phénoménologie,* primeira parte). Estas duas últimas publicações apresentam um texto sensivelmente diferente (extensão da frase, referências desenvolvidas etc.) e foram objeto de publicações separadas, respectivamente in *Parcours* (1997) e *Parcours Deux* (2001).

Dessas consultas, o resultado para o leitor de hoje é o acesso à totalidade dos cursos, em ordem cronológica: fim do curso *Psychosociologie de l'enfant,* não retomado na edição de 1964; publicação do curso *L'Expérience d'autrui* (texto estabelecido por M.-A. Raigneau), também ausente da coletânea de 1964, num texto "verificado" (o texto de origem – 1949-1952 – foi preferido no que se refere ao sentido, pois em todos os casos apresenta uma *lição* mais correta; o de 1964, por ter uma articulação mais flexível). Por fim, o aparato de notas, completado e aumentado, foi montado no texto.

Fazemos questão de mencionar os redatores do resumo dos cursos: Barbier Marie-Claude, Bauh Djania, Chamant Micheline, Deg Ève, Fourment Claude, Jacquemin Jacqueline, Joly Geneviève, Lapassade G., Lombes Raymond, Mercadier Jacqueline, Meunier J., Michel Gilberte, Perrin O., Picard Georges, Raigneau M.-A., Richard Jean, Ruat Marie-Claire, Mlle Simonnet, Thomas L. e Zebus Jean, e de agradecer à senhora Suzanne Merleau-Ponty pela acolhida que deu ao projeto e pela amizade com que nos obsequiou.

JACQUES PRUNAIR

Consciência e aquisição da linguagem

INTRODUÇÃO

O problema da linguagem situa-se entre a filosofia e a psicologia.

Segundo a tradição filosófica, na linha de Descartes, Kant etc., nega-se à linguagem qualquer significação filosófica, vendo-a como problema unicamente técnico.

1) *A concepção reflexiva*

Na tradição cartesiana não há conjunção possível entre consciência e linguagem. Se na consciência se reconhece um tipo de ser único, então a linguagem encontra-se relegada à exterioridade da consciência, sendo análoga às coisas. Já não há elo interior entre consciência e linguagem, pois a consciência é essencialmente consciência de si para poder ser consciência de alguma coisa. A consciência nessa concepção é uma atividade de síntese universal. Nessa perspectiva, outrem nada mais é que projeção daquilo que sabemos de nós mesmos: no princípio dessa filosofia, não se encontra o outro. No entanto, ela consegue evitar o solipsismo, mas apenas dizendo: não há razão para crer que minha consciência seja única: como seres estamos isolados, mas pelo pensamento nos elevamos ao universal.

Nessa perspectiva, a linguagem pertence à ordem das coisas, e não à ordem do sujeito. As palavras faladas ou escritas são fenômenos físicos, um elo acidental, fortuito e convencional entre o sentido da palavra e seu aspecto. Não se trata de comunicação de consciência, minhas palavras simplesmente dão ensejo para que o espírito de outrem se lembre do que já sabe. A linguagem é uma mensagem emitida, mas sem força de comunicação efetiva. Não há poder próprio da palavra. Então, a melhor linguagem será a mais neutra, e a melhor de todas será a linguagem científica, o algoritmo. Nesta, não há equívoco possível. (Cf. projetos de língua universal, dicionário do pensamento humano que englobe todas as línguas e todas os pensamentos.)

Nessa perspectiva, acaba-se por desvalorizar a linguagem, por só considerá-la como vestimenta da consciência, revestimento do pensamento. Mesmo para um autor como Sartre, que, não obstante, não ignora o problema do outro, é impossível que a linguagem contribua com alguma coisa para o pensamento: o "poder" da palavra não existe, a palavra universaliza, resume o que existe já. O pensamento não deve nada à palavra.

2) *Nova posição do problema*

Essa filosofia é cúmplice da ciência mais positiva: dá à psicologia liberdade total para tratar a linguagem como objeto (é a antiga concepção de afasia: perda da imagem das palavras).

a) No entanto, o acordo entre uma filosofia reflexiva e uma psicologia mecanicista é rompido por ambas as partes devido a uma evolução que reconhece o problema. Sartre diz que a linguagem não produz dramas suplementares, mas que, na formulação, mostra a origem de novas condutas. (Exemplo de *La Chartreuse de Parme*, quando o conde teme a primeira palavra de amor proferida entre o casal que, no entanto, se ama há muito tempo.)

Em geral: já não podemos nos limitar a basear a relação com outrem no valor de verdade, já não podemos evitar reconhecer outrem. A conseqüência, no que se refere à linguagem, é que a ela cabe estabelecer a comunicação entre indivíduos. A linguagem torna-se então um elemento misterioso, pois já não é nem si-mesmo nem coisa. A psicologia apercebe-se de que a palavra não é uma coisa, a afasia já não é considerada como perda das imagens verbais. O afásico ainda sabe empregar as palavras num conjunto. Já não sabe dizer "vermelho", mas ainda sabe "vermelho-cereja". K. Goldstein diz que ela não é nem perda da palavra nem perda da idéia, mas perda daquilo que "torna a palavra apropriada a exprimir". Para ele, cabe distinguir a palavra plena de sentido da palavra vazia de sentido (o alemão *"sinnvoil"* e *"sinnios"*): cabe reconhecer a presença do sentido na palavra. Essa análise põe em evidência uma espécie de poder significante da linguagem.

b) *Contribuições da evolução da lingüística*: segundo Saussure (Cf. *Cours de linguistique générale,* Payot, 1962, nova edição, 1972), a linguagem, para aquele que fala, não é uma pluralidade de palavras ou idéias, não é uma soma de signos correspondentes a uma soma de idéias, mas um conjunto único, em que cada palavra assume sua significação pelas outras, uma massa em via de diferenciar-se progressivamente.

Para o lingüista G. Guillaume, existe um esquema sublingüístico subjacente a cada língua, que nos informa, por exemplo, sobre a arquitetônica do tempo nesta ou naquela língua. Contudo, esse esquema não é *pensado* pelos indivíduos: ele não é nem interior à consciência do sujeito, nem realidade exterior. Portanto, é preciso encontrar um estatuto para a linguagem, pois ela não é nem coisa nem espírito, seu caráter é obscuro e ambíguo.

c) *Contribuições da experiência literária*: a experiência literária da linguagem confirma essas características. A linguagem para os escritores, há cem anos, é coisa bem diferente de "um revestimento do pensamento". No escritor clássico, há absoluta confiança nas palavras (Cf. La Bruyère dizendo que a boa expressão existe sempre, mesmo que o escritor não a encontre). No fundo, o clássico postula que a linguagem já está nas coisas. J. Paulhan faz a análise dessa ilusão: uma vez dita a coisa, é como se ela sempre tivesse sido dita. A palavra realiza a idéia e se faz esquecer: linguagem e pensamento bem-sucedidos são uma coisa só. A linguagem é obscura na função que consiste em tornar claro todo o resto. Não podemos observá-la, apenas exercê-la; é impossível apreendê-la diretamente.

3) *Conclusão*

A linguagem não é coisa nem espírito; sendo ao mesmo tempo imanente e transcendente, falta encontrar seu estatuto. Esse problema estará sempre presente no estudo da aquisição da linguagem. O exame psicológico da linguagem nos conduzirá à sua função aclaradora, e o problema psicológico, ao problema filosófico.

Como vimos, a linguagem opõe uma resistência invencível a todos os esforços para convertê-la em objeto. Mas, como fica evidente, tampouco se confunde com o espírito: ela é rebelde à distinção signo-significado. Vimos que o método reflexivo é impotente para estudar a linguagem. Será que o método indutivo terá mais sucesso?

I. *Método indutivo*

Começaremos pormenorizando a noção de indução. Brunschvicg, em *Expérience humaine et causalité physique* (Alcan, 1922), analisa esse método e combate a teoria de Stuart Mill, segundo a qual a indução é a simples leitura das correlações naturais. Mas a crítica de Brunschvicg permanece equívoca por uma espécie de contradição entre as duas partes da análise. Na primeira parte, ele protesta contra a concepção empirista de Stuart Mill, pois, segundo diz, o problema não é notar as correlações entre os fatos, mas sobretudo definir as variáveis entre as quais será estabelecido o nexo causal. Portanto, esse primeiro trabalho é ativo, há necessidade de uma hipótese e trata-se de um trabalho de intelecção, pois não é na natureza que se podem encontrar fatos.

Na segunda parte de sua análise, quando Brunschvicg examina os elos entre hipóteses e fatos existentes, chega a dizer que na indução o único elemento verificado é o conjunto das relações numéricas existente entre as diferentes variáveis do fenômeno. O que é verificado não é a imagem dos fatos que nos é dada pela hipótese, mas apenas o conjunto das equações estabelecidas entre esses fatos. Mesmo que a teoria (a imagem dos fatos) seja desmentida pela seqüência, as equações conservam um sentido, desde que traduzidas para a linguagem da nova hipótese.

Logo, por um lado Brunschvicg mostra que a indução não é uma aglomeração de fatos dados, que é um esforço de intelecção. Mas, na mesma proporção em que ela nos representa a essência dos fenômenos estudados, ele a dá por inverificável.

A partir daí, será de esperar uma noção da estrutura da linguagem pelo método indutivo? Não achamos que as relações entre variáveis possam nos esclarecer sobre a natureza da linguagem, e a indução não poderia nos oferecer outra coisa.

II. Método fenomenológico

Portanto, nenhum dos dois métodos acima pode ser-nos útil. Contudo, há, de fato, uma terceira possibilidade de abordagem, ao que sabemos: trata-se apenas de entrar em contato com os fatos, de compreendê-los em si mesmos, de os ler e decifrar de uma maneira que lhes dê sentido. Será preciso fazer o fenômeno variar, a fim de depreender dessas variações uma significação comum. E o critério desse método não será a multiplicidade dos fatos que servem de prova para as hipóteses avançadas: o que servirá de prova será a fidelidade aos fenômenos, o domínio estrito que obtenhamos sobre os materiais empregados e, de algum modo, a "proximidade" da descrição.

Encontramos um exemplo desse método na nova psicologia animal:

Os observadores do comportamento animal, depois de terem empregado um método que projetava continuamente a consciência humana nos fenômenos observados, sentiram-se obrigados a uma atitude estritamente objetiva. Mas, logo essa atitude se mostrou insuficiente. Então Köhler, em suas rigorosíssimas experiências sobre a inteligência dos macacos, emprega um método particular: ele não se contenta em calcular o que é mensurável (insuficiente para descrever o fenômeno em sua totalidade). Para descrever o comportamento dos macacos, usa termos que poderiam ser considerados "antropomórficos" como "achar a solução por acaso" ou "por pequena margem de erro", termos de diferenciação qualitativa. Como o resultado objetivo (quantitativo) é o mesmo, quer o macaco chegue a uma solução por compreensão ou por acaso, já não é possível restringir-se ao aspecto puramente quantitativo. Ao dizer: "o macaco resolve o problema", Köhler introduz uma espécie de antropomorfismo, mas que é indispensável. Se saímos da análise quantitativa, diz ele, é porque há realmente diferenças constatáveis de comportamento (a conduta da solução certa é um movimento contínuo melódico; o da solução encontrada por acaso tem algo de colisão, descontinuidade, e assim por diante). Portanto, precisamos ser subjetivos, pois a subjetividade está na situação, mas isso não quer dizer arbitrários.

Será que Köhler procede por indução? Sim, no sentido de que há uma hipótese e de que ele recorre a fatos que uma hipótese não poderia explicar. Mas, se na análise introduz caracteres intrínsecos do fenômeno, faz isso com a condição de vivenciar o comportamento animal observado; não podemos fazer abstração do espetáculo que nos oferece o animal observado, não podemos afastar nossa visão humana.

Outros, como Koffka, mostram claramente os "conceitos descritivos" que estão na base desse método e que, em psicologia, vêm agora aclarar os "conceitos funcionais". Koffka e Köhler denominam "fenomenológico" esse recurso à nossa experiência do comportamento estudado. A novidade desse método consiste no fato de ele estabelecer que o saber efetivo não é apenas o saber mensurável, mas também a descrição qualitativa. Esse saber qualitativo não é subjetivo, é intersubjetivo: descreve o que é observável para todos.

É esse o método que adotaremos para estudar a linguagem. Estudar os fatos, não para verificar uma hipótese, que os transcende, mas para dar um sentido interior a esses fatos mesmos. Só importarão o rigor com que abarcaremos a totalidade e os detalhes de certos fatos.

É o método admiravelmente empregado por K. Goldstein no estudo da afasia e da agnosia. Em vez de estudar o mesmo sintoma em muitos sujeitos, atém-se à análise completa de um único, esforçando-se por explorar todos os sectores do comportamento. É um método de compreensão, não menos rigoroso que o outro, pois, se a indução busca a multiplicidade dos fatos, o método de Goldstein explora a fundo e penetra um único caso.

Nós nos propomos, em suma, aplicar um método definido, ainda que não praticado, por Bergson: a filosofia deve descobrir o sentido dos fenômenos descritos pelo cientista. O papel do filósofo é reconstituir o mundo que o físico vê, mas com a "margem" que o cientista não menciona, e que é fornecida pelo contato do físico com o mundo qualitativo (*Introduction à la métaphysique,* in *Oeuvres,* édition du centenaire, P.U.F., 1963, pp. 1392-432, 1537-9). Esse programa continua válido para nós: não haverá diferença entre psicologia e filosofia; psicologia é sempre filosofia implícita, incipiente; a filosofia nunca parou de entrar em contato com os fatos.

Dito isto, nós nos deteremos nos seguintes fatos para compreender o ser da linguagem:

1 – desenvolvimento psicológico da linguagem na criança;
2 – fatos referentes à desintegração da linguagem;

3 – visão da lingüística sobre a linguagem;
4 – experiência representada pela literatura, pois tornar-se escritor é aprender uma linguagem pessoal, é criar uma língua e um público para si, é portanto reiniciar, em nível superior, a criação da linguagem.

DESENVOLVIMENTO PSICOLÓGICO DA LINGUAGEM NA CRIANÇA

Visão de conjunto. Durante os primeiros meses de vida, a criança grita, faz movimentos expressivos, depois começa a balbuciar. É preciso considerar esse balbucio como ancestral da linguagem: em primeiro lugar, ele é de uma riqueza extraordinária e compreende fonemas que não existem na língua falada em torno da criança, fonemas que ela mesma, depois de adulta, passa a ser incapaz de reproduzir (quando quiser readquiri-los para as línguas estrangeiras, por exemplo). Esse balbucio é, portanto, uma língua polimorfa: é espontânea em relação às pessoas que a cercam (existe até mesmo nas crianças surdas-mudas, ainda que talvez seja mais pobre). No entanto, tem forte mistura de imitação: essa imitação chega ao ponto culminante entre 6 e 12 meses, mas é rudimentar e não capta o sentido daquilo que imita. Entre balbucio e linguagem a relação é a mesma que existe entre rabisco e desenho.

Essa imitação diz respeito tanto às palavras quanto à melodia da frase: a criança procura, se assim se pode dizer, falar "em geral". W. Stern conta que havia um mês sua filha falava uma "língua" estrangeira que nada queria dizer, mas em tom de conversação: como se estivesse brincando de falar. "A criança imerge na linguagem" (Delacroix), é atraída, presa pelo movimento do diálogo que se dá em torno dela, e nele se exercita.

A linguagem é o prolongamento indissolúvel de toda a atividade física e ao mesmo tempo é nova em relação a esta: a fala emerge da "linguagem total" constituída por gestos, mímicas etc. Mas transforma. Passa a empregar os órgãos da fonação para um uso que não lhes é natural: com efeito, a linguagem não tem órgão, todos os órgãos que para ela contribuem têm já outra função (Sapir). A linguagem se introduz como uma superestrutura: fenômeno que já é testemunho de uma outra ordem.

O problema é saber como se passa de uma atividade quase biológica a uma atividade não biológica, mas que supõe todo um movimento, uma atividade, para integrar-se ao diálogo.

No período seguinte, entre 9 e 18 meses, com 15 meses em média, começa a linguagem falada: a criança sabe de início dizer algumas palavras, depois há uma espécie de estagnação: o filho de Preyer passa 6 meses com duas palavras; o de Stern, 2 meses com uma única palavra. Menos nítido, esse fenômeno é observado na maioria das crianças: há uma incubação da linguagem.

AQUISIÇÃO DA LINGUAGEM DURANTE O PRIMEIRO ANO

1) *Primeiras semanas*

As manifestações expressivas da criança são muito precoces. M. Grégoire mostra (*L'apprentissage de la parole pendant les deux premières années de l'enfance*, Journal de Psychologie, 1933; *L'Apprentissage du langage*, Liège, 1937) que, já no fim do segundo mês, o bebê ri e sorri, não apenas para manifestar satisfação, mas também para responder aos sorrisos das pessoas que o cercam. Isso supõe já uma relação com outrem: ela precede a linguagem que aparecerá nesse contexto.

Por isso é artificial considerar espontâneas as primeiras palavras: bem antes de seu aparecimento, há respostas por atitudes. M. Grégoire insiste no fato de que a atividade intelectual do lactente é bem maior do que se pensa: tem-se tendência à subestimá-la, pois ela não é acompanhada por manifestações exteriores. Já no nascimento, há uma capacidade de relação com o exterior que não pára de crescer durante as primeiras semanas de vida: já no embrião é possível provocar reflexos condicionados e, no nascimento, o cérebro registra certas mudanças que ocorrem no meio ambiente.

A mímica se enriquece consideravelmente durante a primeira semana, assim como a audição e a visão: uma criança de 4 a 7 dias ouve uma vez e meia melhor que uma criança de 0 a 3 dias. As crianças que nascem antes do termo têm desenvolvimento intelectual normal: são portanto capazes de compensar o atraso físico que têm ao nascerem.

2) *O balbucio*

A partir dos 2 meses aparece o balbucio, formado principalmente de consoantes (L, R), cuja aquisição não poderia ser explicada por imitação: essas emissões vocais parecem ser comuns a todos os bebês, independentemente da língua ambiente. Seria possível explicar o emprego desses fenômenos de um ponto de vista fisiológico: a predominância da atividade de sucção favoreceria o aparecimento das consoantes labiais e guturais.

Parece insustentável que o balbucio do primeiro período seja decorrente de imitação. Certos autores acreditam na imitação do movimento dos lábios. Mas Guillaume mostra que as crianças imitam guturais invisíveis nos lábios da pessoa que fala: se há influência do meio, seria a audição a suscitar a imitação, e não a visão. Aliás, as crianças nunca olham fixo para a boca, mas para os olhos de quem fala. Nota-se muitas vezes que as crianças abrem a boca quando prestam atenção à fala, mas M. Grégoire afirma que nesse caso há uma espécie de contágio do comportamento alheio (como o bocejo), e não um esforço para restituir o que foi percebido.

Mas a presença da linguagem do adulto excita a criança de maneira geral: desde que desperta, a criança ouve falar; na maior parte do tempo, a linguagem dirige-se diretamente a ela, e essa sensação acústica provoca-lhe primeiro a excitação dos membros, e depois a dos órgãos da fonação (comparáveis aos membros).

Em suma, a criança recebe do meio ambiente a "direção" da linguagem: a imitação não desempenha papel algum nesse estágio, mas cumpre ressaltar a importância da inserção da criança na maneira de falar dos que a cercam (ritmo, registro etc.), pois tudo isso tem como efeito uma atração geral para a linguagem (cf. Delacroix, "A criança imerge na linguagem"). Wundt diz que o desenvolvimento da linguagem é sempre um desenvolvimento "prematuro". É, de fato, impossível negar certa espontaneidade, mas é a relação com o meio que incita a criança para a linguagem: trata-se de um desenvolvimento rumo a um objetivo definido pelo exterior, e não preestabelecido no organismo.

4 meses: De 4 a 10 meses (sempre segundo M. Grégoire) ocorre um desenvolvimento lingüístico e intelectual importante: para nós, ele é menos sensível porque nessa época estamos mais atentos aos progressos da motricidade. Que significam os sons emitidos nesse período? A criança se detém em certos sons, modula-os, varia sua inflexão e duração: tudo isso traduz já uma variação de energia e de humor. A partir desse momento surgem nuances apreciáveis provenientes da linguagem dos adultos. Bühler, em sua *Teoria da linguagem* (*Sprachtheorie*, Fischer, Iena, 1934; um capítulo: *A onomatopéia e a função representativa da linguagem* é retomado na obra coletiva *Ensaios sobre a linguagem* [*Essais sur le langage*, Éditions de Minuit, 1988]), observa que as crianças alemãs põem no início o acento tônico na segunda sílaba de suas emissões vocais, mas o deslocam rapidamente para a primeira: adquirem, por assim dizer, "a pronúncia alemã". Assim, bem antes de falar, a criança se apropria do ritmo e da acentuação de sua língua.

É mais ou menos nessa época que as crianças realizam emissões vocais de uma riqueza extraordinária, emitindo sons que depois passam a ser incapazes de reproduzir: haverá uma seleção, certo empobrecimento.

7 meses: Por volta do sétimo mês, a lalação gratuita parece transformar-se pouco a pouco em esforço voluntário para falar. A criança ainda está longe da fala articulada, mas faz ensaios de pronunciação e torna-se cada vez mais sensível ao que ouve, como se sua intenção de falar ficasse cada vez mais forte.

8 meses: É no oitavo mês que a criança pode começar a repetir os vocábulos, quando estes lhe são ditos com a intenção de fazê-la repeti-los: ela os introduz numa espécie de frase, de imitação da frase em seu aspecto rítmico: é a pseudolinguagem.

12 meses: Do décimo ao décimo segundo mês, M. Grégoire observa uma polifonia de pseudopalavras, variações ao infinito. Por volta dos 12 meses também, seu filho se diverte a gritar mais alto que ele, portanto torna-se capaz de criar efeitos quase lingüísticos.

3) *A primeira palavra*

É nesse momento que aparece sua primeira palavra, a designar o trem que está passando pela frente da casa: uma palavra particular destinada a uma única coisa, ou melhor, a um único conjunto de coisas (o trem, a emoção provocada por sua passagem etc.). Traduz sobretudo um estado afetivo: há uma pluralidade de sentidos: é a palavra-frase.

Seria artificial traçar uma fronteira absoluta entre a primeira palavra e o que havia antes: há muito tempo a criança vem definindo objetos (por meio de seu comportamento), apenas não lhes destinava palavra especial. Para M. Grégoire, não há por que dizer que o aparecimento da primeira palavra implica a tomada de consciência da relação signo-significado.

Num artigo do *Journal de Psychologie* ("Le langage et la construction du monde des objets" [A linguagem e a construção do mundo dos objetos], XXX ano, 1933, pp. 18-44, retomado em *Essais sur le langage,* Éditions de Minuit, 1988), Cassirer disse que a primeira palavra possibilita uma síntese de impressões e de fatos díspares; isso supõe uma riqueza maior de experiência não formulada, que a palavra vem resumir e desbastar. Para Grégoire, ao contrário, a experiência antes da palavra é mais pobre, lacunar: a palavra emerge dela como uma unidade: não é uma síntese, mas uma diferenciação.

M. Grégoire aplica-se a mostrar a continuidade do desenvolvimento da linguagem: por um lado, há expressão e definição de objeto já antes do aparecimento da primeira palavra; por outro lado, esse aparecimento não põe fim ao balbucio: durante muito tempo, este acompanha a fala da criança; e certos aspectos da linguagem interior do adulto, muitas vezes não formulado, talvez não passem de sua continuação. Por um lado, desde o início da vida, antecipações daquilo que será a linguagem; por outro lado , persistência até a idade adulta daquilo que foi o balbucio.

Significação da primeira palavra

1. *Interpretação intelectualista*

Somos tentados a dizer, com Delacroix (*Le langage et la pensée,* Alcan, 1930), que o signo só é realmente "significante" quando é "signo mental". Para isso, é necessário que se estabeleçam elos entre as palavras, que um princípio lógico, uma relação formal reja a relação entre eles. O signo faz então parte do contexto, e sua significação depende do contexto no qual ele está inserido.

Delacroix e W. Stern (*Psychologie de la première enfance*) parecem estar de acordo sobre o alcance da primeira palavra: ela propicia à criança a revelação de que cada coisa tem um nome e a vontade de aprender esses nomes. O aparecimento da primeira palavra explicita bruscamente *a relação entre signo e significado*. Essa concepção baseia-se mais ou menos no exemplo célebre de Hellen Keller, surda-muda e cega (*Sourde, muette, aveugle. Histoire de ma vie*, Payot, 1954), cuja professora consegue reeducar pelo tato. Ela mesma conta em sua autobiografia que durante muito tempo todos os esforços para lhe dar a noção do signo foram vãos. Mas um dia, puxando água, no momento em que o contato da água fria sobre sua mão a impressionou vivamente, a professora traçou sobre a sua outra mão um signo convencional que designava a água: nesse instante, Hellen Keller teve a revelação súbita da relação signo-significado e, na hora seguinte, aprendeu cerca de trinta signos.

Esse exemplo incentiva a concepção do tudo ou nada: consciência e compreensão, ou nada de linguagem em absoluto.

2. *Crítica a essa concepção*

Será que, realmente, o aparecimento da primeira palavra significa a conscientização da relação signo-significado? Por várias razões, parece difícil admiti-lo.

a) Se assim fosse, a primeira palavra da criança seria seguida de um progresso rápido, como foi o caso de Hellen Keller. Na verdade, na maioria das vezes, ela é seguida por uma longa estagnação. Como explicar essa estagnação, se a primeira palavra propiciasse realmente uma conscientização geral do signo?

b) Fato admitido pelo próprio Stern: a criança está longe de possuir a noção do signo tal como ele é entendido pelo adulto. Para este, o signo é uma convenção: para a criança, até cerca de 6 ou 7 anos, ele é uma propriedade, uma qualidade da coisa (cf. as observações de Piaget, sobretudo em *La représentation du monde chez l'enfant*, P.U.F., 1972). Para a criança, o signo tem uma relação quase mágica, uma relação de participação, de semelhança íntima com o significado. O próprio Stern relata o exemplo de criação de palavras por uma criança nova: esta, interrogada bem mais tarde sobre a razão que inspirava tais criações, apelou para uma espécie de evidência: "porque a coisa tinha jeito de se chamar assim".

c) As primeiras palavras são freqüentemente distintas das palavras do adulto: muitas vezes são onomatopéias (portanto, há uma relação de semelhança). Mas, mesmo que a criança utilize a palavra do adulto, o sentido é sempre mais fugaz: com freqüência uma única palavra serve para designar todo um conjunto de coisas referentes a uma situação semelhante ("música" para música, música militar e soldados).
Nem nesse caso nem quando parece usar metáforas, a criança generaliza: faltam-lhe conceitos para tanto. A criança possui uma visão sincrética da situação, o que a faz associar coisas de ordens diferentes.

Portanto, se para a criança a palavra tem uma significação tão escorregadia e confusa, não podemos supor nela um conhecimento do signo tal qual o concebemos (nesse caso, sua representação seria já de início mais coerente). Contudo, a aquisição da primeira palavra marca um passo decisivo na aquisição da linguagem. De que maneira cabe compreendê-la?

18 meses a 3 anos: Durante esse período, o esforço da criança recai principalmente na aquisição cada vez mais perfeita de sua língua materna. O papel da imitação é então preponderante, mas trata-se apenas de uma produção textual, parte por parte, da linguagem ambiente. É preciso distinguir imitação imediata e imitação diferida (o modelo é incorporado ao saber latente da criança e só é utilizado mais tarde). Um exemplo célebre de imitação diferida: o filho de Stumpf, depois da aquisição de algumas palavras e de vários símbolos naturais (onomatopéias, interjeições etc.), passa dois anos sem aumentar o vocabulário, demonstrando uma espécie de resistência passiva, de má vontade em relação à linguagem, apesar da compreensão mais ou menos completa.
Por volta dos 3 anos e 3 meses, abandona repentinamente essa atitude e começa a falar muito bem. Nesse caso, assim como em outros menos nítidos, trata-se de uma verdadeira organização dos modelos imitados, e nunca de recepção e reprodução pura e simples. (É o problema da imitação que examinaremos em seguida.)

Depois dos 3 anos: Será possível distinguir outros estágios na seqüência? Parece difícil. W. Stern distingue a passagem da palavra à frase, mas esse não é um estágio bem delimitado, pois as primeiras palavras sempre têm valor de frase: de tal modo que o valor estrito das fronteiras é contestável.

Outros distinguem diferentes estágios segundo o enriquecimento do vocabulário e traçam inventários da bagagem lingüística da criança em diferentes idades: houve numerosas pesquisas nesse sentido, com resultados desconcertantes e sempre decepcionantes. Descoeudres fez um recenseamento do vocabulário na metade do terceiro ano e estabeleceu testes para evitar esse recenseamento. Os resultados são muito variáveis. (Stern encontra 300 palavras aos 2 anos; Doville, 688; Major, 143). Qual a causa da diversidade dos resultados?

1) A falta de definição exata do que deve contar por *uma* palavra (dois sufixos para uma raiz contam por duas palavras ou por uma só? Assim para as flexões etc.).

2) Com o adulto também ocorre isso: o vocabulário utilizado é bem mais restrito do que o que ele entende ou poderia empregar em caso de necessidade (Vendryés: é o vocabulário virtual impossível de inventariar). Não se pode considerar o cabedal lingüístico como uma soma de palavras: trata-se, antes, de sistemas de variações que possibilitam uma série aberta de palavras: é impossível explorá-lo. É uma totalidade com setores abertos, dando possibilidades indefinidas de expressão. Assim, quando a criança se apropria de uma nova significação de uma palavra conhecida, caberá contá-la como uma palavra nova? Sim e não; vemos que se trata realmente de um conjunto, e não de uma soma.

5 anos: Talvez pudéssemos trazer à baila um novo patamar de desenvolvimento após a idade de 5 anos, conforme sugere Piaget: até então, a criança não procura tanto comunicar-se com outrem (diálogo) quanto monologar. A linguagem, como comunicação social, só ganharia importância por volta de 7 ou 8 anos.

Em suas experiências no jardim-de-infância do Centre J. J. Rousseau, Piaget levanta uma porcentagem de 46% de frases não socializadas (monólogos justapostos). Mas Müchow, num jardim-de-infância de Hamburgo, só encontra 30%. Isso pode estar ligado à diferença do sistema educacional: as crianças do centro de Piaget são educadas segundo o método Montessori; as de Hamburgo são mais habituadas à vida em grupo.

D. Katz, por sua vez, observa 150 conversações quase familiares de seus filhos (5 anos e 3 anos e meio) e nota verdadeiros bate-papos, manifestações de curiosidade, de sentimentos etc., em suas conversas com os adultos: constata uma ativação real da linguagem que supera de longe a concepção de linguagem egocêntrica de Piaget.

Portanto, é preciso precaver-se contra qualquer divisão artificial em "estágios sucessivos": está claro que, desde o início, todas as possibilidades estão inscritas nas manifestações expressivas da criança; nunca há nada absolutamente novo, mas antecipações, regressões, permanências de elementos arcaicos nas formas novas. Esse desenvolvimento em que, por um lado, tudo está esboçado de antemão e que, por outro lado, avança por uma série de progressos descontínuos, desmente tanto as teorias intelectualistas quanto as empiristas. Os gestaltistas nos levam a entender melhor o problema ao explicarem como, nos períodos decisivos do desenvolvimento, a criança se apropria das "*Gestalten*" *lingüísticas*, das estruturas gerais, não por um esforço intelectual nem por uma imitação imediata. Para esclarecer esse problema, consideraremos sucessivamente:

1) o problema da aquisição dos fonemas
2) o problema da imitação.

A) AQUISIÇÃO DOS FONEMAS

Quando formulamos o problema da aquisição da linguagem no nível do ego, deparamos com uma dificuldade importante: a palavra refere-se a certo conceito, contém já uma dualidade, a distinção formal entre signo e significado.

Mas é possível abordar a linguagem no nível do *fonema*: os fonemas não se referem a nenhum sentido, são elementos da linguagem, desprovidos de sentido por si mesmos, mas que diferenciam as palavras umas das outras. O fato de não terem significação por si mesmos não significa que sejam insignificantes: a reflexão sobre o fonema permite superar a oposição entre signo e conceito: permite ver de que ordem (nem inteligência, nem imitação) é a aquisição da linguagem.

Seguimos a análise de Jakobson (estudo publicado na Suécia em 1941: "Langage enfantin, aphasie et lois générales de la structure phonique", in *Langage enfantin et aphasie*, Édições de Minuit, 1969), que se propõe comparar a aquisição do fonema pela criança e a regressão do sistema fonêmico em casos de afasia. Jakobson acredita que esse sistema constitui um conjunto tão rigoroso, com elos de necessidade tão fortes, que sua ordem de aquisição e de desaparecimento é uma ordem *invariável*, nunca facultativa. (Não há objeção que fazer à comparação entre criança e doente, pois ela só recai sobre o sistema fonêmico, e não sobre a totalidade da linguagem.)

Jakobson parte da oposição entre espírito particularista e espírito unificador (Saussure), que contribuem ambos para formar uma língua e para mantê-la em equilíbrio. (Cf. crianças que se recusam por muito tempo a falar a linguagem ambiente, o caso de futuros poetas, em que essa recusa pode ser sinal de um poder particular; a linguagem das mulheres em certas tribos, a linguagem dos enamorados.) A existência de um espírito particular é inegável, mas logo é absorvido no espírito de unificação. (Cf. as crianças que usam uma linguagem de "bebê", mas se insurgem contra o adulto que lhes faz a concessão de falar como elas.)

Como nos cabe compreender a ordem sistemática e regular de aparecimento dos fonemas? Os fisiologistas costumam falar de um "princípio do gasto mínimo de energia", mas não há fonema mais fácil ou mais difícil em si. É preciso explicar essa ordem por certos comportamentos "preferenciais" que constituem as constantes de certa língua: eles não são mais fáceis em si, não se deixam vincular a nenhum princípio, são os dados últimos do conjunto lingüístico que possibilita a realização de um máximo de eficácia.

Assim, o sistema fonêmico aparece como uma realidade irredutível, e a aquisição da linguagem como uma integração do indivíduo na estrutura de sua língua. Isso se mostra nitidamente na passagem do balbucio à articulação das palavras; ocorre o que Jakobson chama de deflação: de repente, a riqueza do balbucio desaparece, a criança perde não só os sons inusitados em sua língua como também vários outros que lhe seriam muito úteis: assim, a criança, que em seu balbucio diferenciava perfeitamente K e T, perde de repente essa possibilidade, ainda que os reconheça muito bem no adulto. Não se trata, portanto, de modelos motores ou auditivos que lhe estariam faltando. Tudo ocorre como se a criança fosse obrigada a restringir-se, justamente porque agora os sons assumem uma significação distintiva: a partir do momento em que os fonemas servem para diferenciar as palavras, a criança parece precisar apropriar-se de seu valor novo, adquirir pouco a pouco seu sistema de oposição e de sucessão original. Em suma, sua capacidade de pronunciar não depende de sua capacidade de articular (ela a tinha no estágio do balbucio), mas da aquisição dos contrastes fonêmicos e de seu valor significativo. A ordem rigorosa na qual a criança se incorpora sugere-lhe a possibilidade de seu valor lingüístico: Jakobson define assim esse fenômeno: "o sistema das oposições fonêmicas tende para a significação".

Qual a origem dessa "deflação" das manifestações vocais, verificada por Jakobson? A criança deixa de conseguir emitir certos sons quando começa a falar, mas isso não se dá nem por impossibilidade articulatória nem porque ela deixa de ouvi-los. É na qualidade de emissões significativas que ela pára provisoriamente de conseguir pronunciá-los; é porque eles ainda não fazem parte de seu sistema fonêmico significante.

Quando, estimulada pelo meio ambiente, a criança quer falar por sua vez, percebe na linguagem certo número de "estruturas" estáveis, identifica-as e experimenta seu valor intersubjetivo. Por trás do retorno de certos fonemas, ela adivinha um sentido: começa a utilizá-los como "regras de uso" da voz: isso a prepara para lhes conferir significação, de início confusa: significação de situação.

A originalidade da teoria de Jakobson consiste no fato de estabelecer uma correlação estreita entre a adoção do sistema fonêmico em si e sua função de comunicação. Em suma, a estrutura desse sistema tal como empregado já atrai a significação: à força de ouvir falar, a criança adivinha que se trata de signos, porque o sistema fonêmico como que delineia a significação "por tabela".

Mas Jakobson se preocupa menos em definir o estatuto ontológico do sistema fonêmico do que em enumerar suas propriedades: seu estudo é de cientista mais que de filósofo.

Ele insiste na autonomia desse sistema: sua estrutura é rígida, suas regras só se referem a essa estrutura em si, e não a condições fisiológicas exteriores a ela. Quando do aparecimento da linguagem na criança, a rigidez do sistema é mascarada pela persistência do balbucio: a criança continua a utilizar onomatopéias e interjeições que não são submetidas às regras do sistema fonêmico (e que às vezes contribuem para enriquecê-lo).

Por exemplo, uma criança não sabe ainda pronunciar o "R" nos moldes da linguagem, mas o utiliza muito bem para imitar o canto dos passarinhos: sabe pronunciá-lo desde que não seja para falar. (Cf. a reeducação dos gagos: eles são acostumados a pronunciar o "R" imitando, por exemplo, o ronco de um motor; em seguida, tenta-se levá-lo a integrar o R na linguagem.)

O autor se propõe fazer a contraprova de sua teoria com a sua aplicação à afasia; uma vez que a posse da linguagem depende da integração dos fenômenos, inversamente a afasia deve resultar de uma destruição do sistema fonêmico. Em todos os afásicos puros, Jakobson constata uma desintegração regular desse sistema, muitas vezes acompanhada de uma reequilibração provisória. (Ele observa um tcheco que perdeu a oposição entre vogais longas e breves. Como a língua tcheca põe o acento tônico na primeira sílaba, esse paciente compensa sua incapacidade pondo o acento tônico na penúltima: assim, substitui a diferença qualitativa entre as vogais por uma acentuação mais enérgica da palavra.)

Segundo Jakobson, subsiste nos afásicos um sistema de fonemas, uma unidade, um conjunto degradado, mas ainda sistemático, resultado dessa reequilibração contínua. Surge uma pergunta: como esse trabalho de equilibração é vivenciado pelo paciente?

Um paciente não consegue pronunciar certas palavras, embora não sofra de agnosia nem de apraxia: essas palavras não são perdidas desde que façam parte de um conjunto. Jakobson emprega aqui a comparação de Husserl a respeito do jogo de xadrez:

As peças de um jogo de xadrez podem ser consideradas quer em termos da matéria de que são feitas, quer em termos de sua significação no jogo: a linguagem é afetada não como fenômeno articulatório, mas como elemento do jogo linguístico. Não é o instrumento inato que se perde, mas a possibilidade de usá-lo em certos casos.

É só na segunda parte de sua obra que Jakobson trata de definir o fonema. Diz ele ser o *elemento da linguagem que distingue uma palavra de todas as outras palavras idênticas a ela no que se refere a esse fonema. São elementos diacríticos da linguagem.*

Por conseguinte, os fonemas são constituintes essenciais das palavras, ao mesmo tempo que são desprovidos de sentido em si mesmos. (Por exemplo, o fonema "an" em francês diferencia, sozinho, "sang" [sangue] de "saint" [santo], mas "an" em si não quer nada dizer.) São por assim dizer signos de primeira mão, não se referindo às coisas, como as palavras, mas sim às próprias palavras.

Mas como os fonemas são o elemento que diferencia as palavras e como as palavras se referem aos objetos, os transtornos do sistema fonêmico assumem freqüentemente o mesmo aspecto que os transtornos da linguagem propriamente dita e têm o mesmo resultado: a homonímia. Jakobson toma como exemplo as duas palavras alemãs *"Rippe"* (costa) e *"Lippe"* (lábios). O único fonema que diferencia *"Rippe"* de *"Lippe"* é o "R". São possíveis dois transtornos:

1.º O paciente não consegue distinguir o L do R, e é obrigado a usar a mesma palavra para as duas coisas;

2.º O paciente perdeu o sentido das palavras: para ele, são de fato duas palavras distintas, mas ele não consegue estabelecer a diferença, pois elas não têm sentido para ele; uma das duas acaba por cair em desuso, a outra serve pelas duas. Há homonímia nos dois casos, seja por destruição do sistema fonêmico, seja pelo desaparecimento do sentido das palavras.

Mas, em todos os casos, trata-se de transtornos da faculdade lingüística: transtornos da formulação ou transtornos da função simbólica. Os fonólogos já não restringem às palavras a noção de "função simbólica"; nela integram todo o sistema fonêmico, pois constatam o paralelismo estreito entre fonemas e palavras: os dois são elementos da cadeia lingüística que diferenciam o conjunto de que fazem parte:

1.º A palavra, assim como o fonema, tem propriedades suas, formas constantes;

2.º Os dois produzem modificações em relação à vizinhança (o fonema modifica as palavras, a palavra modifica a frase);

3.º Os dois encontram lugar no conjunto em razão das propriedades da série (leis do sistema fonêmico para o fonema, leis da sintaxe para a palavra).

Quanto ao sistema fonêmico, compõe-se, por um lado, de um sistema universal, comum a todas as línguas (na criança que começa a falar, é o que primeiro aparece), e, por outro lado, de um sistema particular a cada língua, que distingue as línguas umas das outras e no qual a criança se especializa depois de ter adqui-

rido o sistema elementar. (Segundo Trubetzkoy, não há, rigorosamente, componentes universais.)
A ordem de sucessão dos fonemas é rigorosa e invariável:
— os palatais aparecem depois dos dentais (*d* é substituído por *k*);
— a primeira vogal é *a*;
— vêm em seguida oposições de consoantes:
1) P – M
2) P – T
3) M – N
É o consonantismo mínimo com o qual começa toda linguagem infantil.
— Em seguida desenvolve-se o sistema das vogais:
i) a – i ou a – e
2) u ou é.
É o vocalismo mínimo.
— As consoantes anteriores sempre aparecem antes das consoantes posteriores. Haveria portanto em toda linguagem elementos fundantes e elementos "fundados": estes não podem aparecer antes dos primeiros, que não podem desaparecer sem acarretar a abolição dos elementos "fundados".
Essa ordem de aparecimento é irreversível. A ordem de desaparecimento em casos de afasia é inversa. Os fonemas mais raros desaparecem primeiro.
Na seqüência da obra, Jakobson estende sua teoria a duas aplicações:
1) *Linguagem do sonho*. Para Jakobson a linguagem degradada que se usa em sonho obedece à mesma diferenciação que a linguagem dos afásicos; nela se podem observar as mesmas alterações: os fonemas raros desaparecem primeiro, finalmente só subsistem os fonemas mais elementares. Isso explicaria a equivocidade do pensamento no sonho, que seria paralela à da linguagem, ou que derivaria dela.
2) *Aplicação*. É também pelas regras do sistema fonêmico que Jakobson explica o que ocorre quando procuramos uma palavra: o esquema que fica na memória é incapaz de se realizar em palavra, porque o sistema fonêmico é, pelo menos nesse aspecto, diferenciado.
Essas duas extensões da teoria de Jakobson nos elucidam sobre a natureza do sistema fonêmico.

I. Originalidade da análise fonológica

A originalidade da análise fonológica (Trubetzkoi [*Princípios de fonologia*, 1949], Jakobson) decorre do fato de se situar num plano anterior à linguagem, de algum modo abaixo da linguagem. A linguagem é um sistema de signos ligados a significações: a dificuldade é ver a relação entre o signo e a significação. O fonólogo, por sua vez, estuda elementos vocais que já são signos, mas sem significação atribuível: fonemas que por si mesmos não querem dizer nada, mas servem para distinguir as palavras umas das outras. O fonólogo suspende a língua adquirida e tenta encontrar os signos em sua função originária no interior da cadeia verbal, aquém de todas as convenções ou de todos os acontecimentos históricos que acabaram por atribuir a certa palavra certo sentido. Segundo Saussure, a língua é um sistema de signos em via de diferenciar-se uns dos outros. Para a palavra, assim como para o fonema, o fonólogo procura encontrar as modalidades diferenciais que correspondam a diferenças de significação.

O fonólogo estuda a palavra como algo que remete à língua, a regra de uso dos signos. O problema não é descobrir como significações se agregam de fora aos signos, mas sim como os fonemas se articulam mutuamente, como o som recorta o mundo do sentido. O conjunto dos signos fônicos mostra as gesticulações, os movimentos no mundo do significado.

A linguagem tem função análoga à da língua de um escritor novo que de início não é compreendido, mas aos poucos se torna compreensível, ensina as pessoas a compreendê-lo. Os gestos feitos por ele parecem mostrar direções inexistentes, depois, pouco a pouco, articulam-se noções que são um foco virtual desses gestos. Do mesmo modo, a linguagem acaba por animar-se para a criança. Existe um momento no qual esse conjunto de indicações que atraem para um objetivo indeterminado provoca uma concentração e uma retomada do sentido pela criança. A estrutura interna da língua traz consigo sua significação. A língua é um sistema de unidades em número limitado que servem para exprimir um número ilimitado de coisas. Há portanto superação do significante em direção ao significado. A totalidade do sentido nunca é plenamente dada: há uma massa imensa de subentendidos, mesmo nas línguas mais explícitas, ou melhor, nada nunca está totalmente expresso, nada dispensa o sujeito que ouve de tomar a iniciativa de interpretar.

Trubetzkoi mostra que os fonemas não são átomos. Estuda menos os fenômenos em si do que suas oposições. As palavras, em relação aos fonemas, são comparáveis a melodias em relação à "escala". São modulações do sistema fonêmico.

A língua, diz ele também, é um crivo "utilizado" por todos os que a falam. Por exemplo, um russo, falando alemão, transforma o alemão segundo a estrutura do sistema fonêmico russo.

Enquanto a fonética é o estudo dos sons produzidos exteriormente, a fonologia é um esforço para remontar à razão imanente pela qual eles se organizam numa língua. A fonologia estuda, juntamente com os fonemas, todos os signos distintivos de uma língua: relações prosódicas, acentuações, línguas que contam sílabas, línguas que não as contam. A linguagem tem tripla função:

1.ª Função representativa;
2.ª Função expressiva;
3.ª Função de chamamento a outrem.

A fonologia estuda os valores cujos sons são válidos sob esses três aspectos. O fonema não é uma realidade física, nem psicológica, mas um valor, grandeza abstrata e fictícia, comparável a uma moeda. Os fonemas possibilitam a existência da língua.

II. *Como o sistema fonêmico pode ser adquirido pela criança?*

Jakobson tenta levar a compreender essa apropriação do sistema fonêmico pela criança e o modo como, para ela, "a autosuficiência das sensações isoladas, sem elo, se transforma em distribuição conceitual dos mesmos elementos".

No espírito da criança ocorreria uma distribuição conceitual, a criança compreenderia e repartiria os fenômenos vocais, na origem não coordenados. O sistema fonético precisa ser reinventado pela criança, como foi inventado pela coletividade. Na realidade, Jakobson compromete o que existe de tão original na análise fonológica ao tratar o sistema fonêmico como um sistema conceitual. Compara a aquisição desse sistema com a aquisição do sistema das cores. Ora (ver abaixo: *Estrutura e conflitos da consciência infantil),* o progresso na percepção das cores não é o progresso de uma análise intelectual, mas de uma articulação ou *"gestaltung"* das percepções. Da mesma maneira, a aquisição do sistema fonêmico não pode resultar de uma classificação intelectual: a criança assume a gama fonêmica, imanente à linguagem que ouve, como assume as estruturas do mundo percebido.

III. *Conclusão*

A interpretação de Jakobson seria aceitável se a língua só tivesse função representativa. Mas, como dissemos, com K. Bühler *(Sprachtheorie)*, a língua é indissoluvelmente:
1) Representação;
2) Auto-expressão;
3) Chamamento a outrem.

O movimento da criança em direção à fala é um chamamento constante a outrem. A criança reconhece em outrem outro "ela mesma". A linguagem é o meio de realizar uma reciprocidade com ele. Trata-se de uma operação por assim dizer vital, e não de um ato intelectual apenas. A função representativa é um momento do ato total pelo qual entramos em comunicação com outrem.

Seria possível resumir na noção de estilo o que há de mais novo na análise fonológica. O sistema fonêmico é um estilo da linguagem. O estilo não é definido nem pelas palavras nem pelas idéias, ele não possui significação direta, mas uma significação oblíqua. Permite caracterizar o sistema fonêmico de uma língua, assim como caracterizar um escritor.

B) O FENÔMENO DE IMITAÇÃO

Depois da aquisição do sistema fonêmico e das primeiras palavras, a criança, segundo se diz, desenvolve sua linguagem por imitação. Estudaremos o problema da imitação em geral antes de o aplicar à aquisição da linguagem.

I. *Concepção clássica*

O problema da imitação seria o seguinte: de que modo, depois de ver um gesto, de ouvir alguém falar, a criança consegue produzir um gesto ou uma fala equivalente, tomando esse gesto, essa fala, como modelo? Isso parece supor dois trabalhos: para traduzir um comportamento visual em linguagem motora, é preciso em primeiro lugar compreender pelo que é provocado o comportamento alheio; em segundo lugar, reproduzi-lo. Na realidade, essa dupla tradução não existe. É impossível para a criança remontar às causas motrizes e musculares do gesto alheio e depois reproduzir essas condições. Já vimos que o sistema fonêmico não é de modo algum adquirido por esse duplo movimento que vai do efeito à causa e da causa ao efeito. Como vimos, para a criança, ele é como que um registro de escalas. Por conseguinte, o que a criança ouve e reproduz não é um espetáculo perceptivo, mas certo uso feito pelo meio ambiente das possibilidades fonéticas. Caso se trate realmente de escalas (Trubetzkoy), a criança as reproduz sem as analisar: a análise é um trabalho muito mais tardio. Portanto, a imitação não pode ser esse trabalho de dupla tradução.

II. *O problema da imitação segundo M. Guillaume*

Em sua tese sobre a imitação (*L'Imitation chez l'enfant,* P.U.F., 1969), Guillaume ultrapassa a concepção clássica.

Começa com uma observação decisiva: antes de fazer um movimento, não nos representamos esse movimento, não visualizamos as contrações musculares necessárias para executá-lo (a representação prévia do movimento para facilitar sua ativação é um sintoma patológico em certos casos de paresia, por exemplo).

O que há, ao contrário, é certa atração exercida pelo objeto, pelo objetivo que nos fixamos. Não nos representamos o movimento em direção ao objeto, mas sim o próprio objeto desejado. Assim, para falar, não nos representamos a frase antes de a pronunciar: são as palavras do interlocutor ou nossas próprias palavras que atraem as palavras seguintes. Aliás, mesmo que quiséssemos nos representar a sucessão desses movimentos, não o poderíamos: a consciência ignora "o arranjo dos músculos". Com muito mais motivo na criança, cuja ignorância de anatomia é total.

Assim, incapazes de nos representar nossos próprios movimentos, como conseguiríamos nos representar os movimentos alheios? Presumimos portanto a partir disso que a imitação de si mesmo (repetição) ou de outrem baseia-se em outra coisa, que não é tal representação de movimentos. No entanto, qual é o intermediário entre a percepção que temos de nós mesmos e a percepção visual de outrem, se não é essa representação de movimentos? A psicologia clássica nos pôs diante de uma relação de quatro termos dos quais faltam dois (a percepção visual de nós mesmos e a percepção cinestésica de outrem). Ela tenta mostrar como suprimos essa falta. Quanto à percepção visual de nós mesmos, uma experiência bem simples de Guillaume mostra como ela é lacunar: com o dedo, ele traça alguns sinais na nuca de seu filho: a criança consegue reproduzi-los corretamente, mas, se eles forem traçados em sua testa, a criança os reproduz em espelho. A interpretação clássica da imitação supõe uma análise por mim das condições motrizes dos gestos de outrem e baseia-se numa identificação prévia de suas atitudes e das minhas. Guillaume propõe inverter o problema: o que, para os psicólogos clássicos, é condição prévia, para ele não passa de conseqüência: em vez de dizer que a identificação do corpo de outrem e do meu, através dos aspectos cinestésico e visual, produz a imitação, Guillaume diz que a criança imita primeiro o resultado da ação com seus próprios meios e consegue assim produzir os mesmos movimentos do modelo.

O terceiro termo entre mim e outrem será o mundo exterior, os objetos aos quais se dirigem a ação alheia e a minha.

Idéia profunda e fecunda: não temos consciência de nosso corpo de início, porém das coisas: há quase uma ignorância das modalidades da ação, mas o corpo se move em direção às coisas. A imitação só se entende como encontro de duas ações em torno do mesmo objeto: imitar não é fazer como outrem, mas chegar ao mesmo resultado. Com 9 meses e 21 dias, o filho de Guillaume segura o lápis ao contrário e usa-o para bater na mesa, mas depois de algumas tentativas vira o lápis para pôr a ponta sobre o papel: para a criança não se trata de reproduzir a gesticulação do pai, mas de obter o mesmo resultado que ele obtém (posição do lápis em relação ao papel). Algumas semanas depois, a criança não usa mais o lápis para bater, mas para traçar riscos sobre o papel: também nesse caso ela não imita os gestos do pai, mas o resultado. O mesmo se pode dizer de todos os atos que a criança vê realizar-se em torno dela: donde a semelhança apenas aproximativa e imperfeita de seu gesto.

Isso quer dizer que a imitação é "eminente", visa ao resultado global, e não ao detalhe do gesto. A imitação dos gestos surge só aos poucos dessa conduta orientada para as coisas. É o que ocorre, por exemplo, quando as crianças (e mesmo os cães acostumados com o dono) voltam o olhar para o mesmo lado que o adulto: na origem dessa conduta, havia talvez o fato de que o olhar recai sempre sobre alguma coisa interessante. Mas logo o paralelismo das duas ações se desliga do objetivo, e sistematicamente a criança olha para o mesmo lado que o adulto: em nenhum caso essa imitação pode ser explicada pela imitação cinestésica: quando a criança volta o olhar para o mesmo lado que o adulto, seu movimento é diferente do movimento do adulto, em vista de sua posição diferente em relação ao mesmo objeto. Parece impossível que a criança faça a transposição. O fenômeno se explica se admitirmos que para a criança o olhar do adulto indica um objetivo, e que ela adota esse objetivo, por sua vez.

Em suma, dispomos de nosso próprio corpo não como de uma massa de sensações, acompanhada de uma imagem cinestésica, mas como de um *meio sistemático* de ir em direção aos objetos (e do olhar como de um meio de inspecionar os objetos). A imitação se explica no sentido de que outrem utiliza os mesmos meios que nós para atingir o mesmo objetivo; e ela não pode ser explicada de outro modo. Guillaume destaca que a imitação baseia-se numa comunhão de objetivos, de objetos. É a partir dessa imitação dos resultados que em seguida se torna possível a imitação dos outros. Pouco a pouco o adulto se transforma no que há de mais imponente no mundo, a medida de todas as coisas; ele representa para as crianças o seu eu mais essencial. Em seguida, a criança retoma por sua conta, por imitações parciais, representações particulares: essas imitações parciais são sinal de que ela reconhece outrem em si mesma. Outrem é o intermediário universal entre o mundo e a criança.

Há um contraste entre as imitações involuntárias do início e a imitação explícita ulterior. Guillaume observa uma criança de nove meses que sabe usar corretamente a escova de cabelos para pentear-se e pentear as outras. Mas, vinte dias depois, a mesma criança é incapaz de imitar sem objeto o gesto de elevar a mão até a cabeça: ainda é impermeável ao gesto não concreto e sem objetivo. (Com essa observação, Guillaume antecipa ou corrobora as análises de Goldstein e sua distinção entre comportamento concreto e comportamento categorial.)

Guillaume observa também uma criança de 32 meses à qual pedem que imite o movimento de revirar os olhos. A criança começa girando toda a cabeça. Esse fato prova que a criança imita o resultado, e não os meios com os quais o modelo obtém esses resultados.

A imitação, do modo como costuma ser entendida, ou seja, traçar intencionalmente um gesto com o corpo, é uma função tardia, porque não põe em causa o próprio objeto, mas um signo, uma expressão do objeto.

Outrem, na imitação, não é considerado de início como corpo, mas como comportamento.

III. *Aplicação à linguagem*

A imitação vocal é um caso particular da imitação em geral. Mas tem a vantagem de poder ser exatamente controlada pela audição: somos sempre testemunhas de nossa própria fala. No que se refere, pois, à imitação da fala, temos posse dos dois dons cinestésicos que faltam na imitação dos gestos. Isso dota de falsa simplicidade o problema da aquisição da linguagem pela imitação, mas na realidade o problema é exatamente o mesmo que expusemos para a imitação em geral.

Trata-se ainda da imitação do gesto articulatório: e cabe observar que a criança reproduz os sons novos associando-os aos que já profere. Aí também imitação significa levar-se com seus próprios meios rumo ao objetivo (a fala ouvida). A criança imita como desenha, não seguindo o modelo ponto por ponto; mas encaminhando-se para um resultado global.

PROLONGAMENTOS DA TEORIA DE GUILLAUME

Antes de imitar outra pessoa, a criança imita os atos da outra pessoa. Essa primeira imitação supõe que a criança capta de imediato o corpo alheio como portador de comportamentos estruturados, e que sente seu próprio corpo como um poder permanente e global de realizar gestos dotados de certo sentido. Isto quer dizer que a imitação supõe a apreensão de um comportamento em outrem e, do lado do eu, um sujeito não contemplativo, porém motor; um "*eu posso*" (Husserl).

Percepção de um *comportamento* em outrem e percepção do próprio corpo por um *esquema corporal* global são dois aspectos de uma única organização que realiza a identificação entre mim e outrem.

1 – Papel da identificação. Esse papel é primordial. Com efeito, eu e outrem são entidades que a criança só dissocia tardiamente; ela começa com uma identificação total com outrem.

De que modo, a partir dessa identificação primitiva com outrem, ela consegue realizar seu eu e sua aptidão para reproduzir os comportamentos? Como explicar o advento da consciência de imitar? E, em geral: como explicar a passagem da identificação à distinção entre mim e outrem?

Guillaume nunca responde diretamente a essa pergunta, mas é constantemente levado a abordá-la de modo oblíquo:

A imitação infantil desenvolve-se num terreno de egocentrismo *inconsciente*. A criança está inteiramente voltada para outrem e para as coisas, e se confunde com eles: em seu interesse exclusivo pelo mundo exterior, toma por realidade exatamente aquilo que só existe para ela.

É a imitação que a ajudará a sair dessa indistinção e possibilitará a formação de um eu representado.

Em suma, Guillaume inverte o problema clássico das relações entre mim e outrem. Problema clássico: como passar da consciência de si mesmo a outrem?

Para Guillaume: como construir, a partir de outrem, um eu representativo? De fato, para a criança é outrem que ocupa o lugar principal: a criança mesma só se considera como um "outro outro", o centro de seu interesse é outrem. A consciência de um eu único "incomparável" (Malraux) não existe na criança. Esse eu é certamente vivenciado por ela, mas em todos os casos não é tematicamente apreendido. Outrem é para a criança o essencial, o espelho de si mesma, ao qual seu eu está preso. (*O eu se ignora como centro do mundo,* Guillaume.)

Para confirmar essa tese, Guillaume invoca o testemunho da linguagem.

2 – Confirmação pela linguagem. O egocentrismo infantil reflete-se no desenvolvimento da linguagem na criança: a confusão dos pronomes, a preponderância do nome alheio sobre o seu etc. Há uma indivisão total entre si e outrem, mas se um dos termos tivesse uma significação preferencial, seria mais o outrem:

a) As primeiras palavras da criança referem-se a outrem, tanto quanto a si mesma e mais, e provam que sua consciência não é consciência para si, porém *com outrem* (a expressão "mais", usada por todas as crianças, significa: não quero mais (daquilo) – ele não quer mais (daquilo) – não tem mais (daquilo) etc.). Mesmo expressões afetivas, tais como "dodói", servem acima de tudo para exprimir realidades objetivas.

b) Assim também, o aparecimento tardio do próprio nome demonstra a importância primordial do outro: ele é empregado ulteriormente aos nomes das pessoas do ambiente, e quando a criança acaba por usá-lo, é sobretudo para marcar seu lugar ao lado dos outros (numa distribuição, por exemplo). A evolução dos pronomes é também tardia, marcando a persistência da confusão entre mim e outrem: "eu" é usado bem depois de "você" ou "tu", e "ele" é substituído pelo nome da pessoa, o que só deixa de ser feito por volta do fim do segundo ano.

Será que a aquisição dessas palavras desempenha papel de efeito ou de causa em relação à consciência de um eu? Há evidentemente ação recíproca, e a palavra afina a noção. Mas a criança não poderia compreender o sentido dos pronomes se sua experiência não comportasse já a reciprocidade com outrem.

A linguagem é apenas um caso particular da imitação. Guillaume compara a aquisição de uma palavra nova com a adoção de um papel: tomar de empréstimo uma nova expressão, assim como quem toma de empréstimo um traje, é uma conduta.

3 – Análise da imitação afetiva. Desperta interesse por estar bem mais voltada para outrem que para o ato: a imitação de sentimentos, emoções etc. é quase tão precoce quanto a dos atos. Assim, constitui uma espécie de escolho para a teoria de Guillaume, e essa análise lhe permite corrigir um pouco suas concepções: se é verdade que as duas são tão precoces, a imitação dos atos deve comportar uma componente humana diferente do interesse pelo objeto apenas.

Há na criança um interesse pelos sentimentos alheios. Não se trata do contágio de emoções, da invasão em nós das emoções alheias, que existe também nos animais. Aí há uma espécie de simpatia egocêntrica, uma participação da criança nos sentimentos de outrem, nunca irresistível: a criança é ocupada plenamente por ela durante um instante, mas se desliga dela com a mesma rapidez, com uma espécie de indiferença que espanta o adulto. A simpatia verdadeira não é esse contágio, é antes uma ampliação momentânea de sua própria vida: consiste em viver por um momento em outrem, e não apenas em viver pessoalmente a mesma coisa que outrem. Assim, a criança, vendo a babá apanhar, chora e *procura refúgio junto dela*; é de si mesma que sente dó. A simpatia verdadeira é investimento momentâneo de outrem, a ponto de englobar o outro. Será preciso que a criança passe da simpatia primitiva à simpatia real por um movimento análogo ao que a conduz da imitação dos atos ou dos resultados à imitação propriamente dita, ou seja, à imitação dos homens.

Para Guillaume, essa passagem ocorre pelo jogo. É graças a essa função que a criança e os pais trocam papéis pela primeira vez. A criança muda de perspectiva. Com isso, aprende a distinguir outrem de si. Guillaume cita o autor escandinavo Finbogason, que em 1914 publicara um livro sobre a inteligência imitadora. A idéia principal é a da *acomodação*, que permite a imitação verdadeira: quando imitamos parcialmente a conduta alheia, somos obrigados, por uma espécie de indução, a assumir a atitude total correspondente a essa conduta (por exemplo, assumimos automaticamente a voz da pessoa cujos gestos imitamos). Quando adotamos um aspecto da conduta alheia, a totalidade da consciência assume o "estilo" da pessoa imitada. Em outras palavras: a imitação verdadeira difunde-se para além dos limites conscientes e torna-se global: uma vez *acomodada*, a imitação se supera. É uma superação desse tipo que possibilita a apropriação de estruturas novas, por exemplo a aquisição da linguagem.

Em sua tese sobre a imitação, Guillaume lança mão de duas noções muito importantes, mas que ele se recusa a analisar mais. São elas:

1) A noção de um pré-si, de um eu latente que permanece na ignorância de si mesmo, porque ainda não encontrou em outrem um limite para si; noção, segundo ele, inacessível à análise, devido à indistinção própria a esse estágio do desenvolvimento da consciência,

2) O movimento que leva a criança em direção a outrem e que a faz passar da imitação dos atos à imitação das pessoas. Guillaume só explica essa passagem pela "transferência" (noção associacionista que transforma esse deslocamento em ilusão).

Não podemos evitar a análise dessas noções, que implicam todo o problema do outrem. A relação com outrem, tal como Guillaume a concebe na imitação, supõe:
– uma relação quase mágica com nosso próprio corpo;
– os atos de outrem percebidos como totalidade melódicas por nós, que temos as mesmas capacidades.

São essas noções que a fenomenologia, com Husserl e Scheler, tentou submeter a um aclaramento filosófico.

O PROBLEMA DA EXISTÊNCIA DE OUTREM SEGUNDO HUSSERL
(*Cinquième méditation*, in *Méditations cartesiennes*, Vrin, 1953)

I. *Formulação do problema: impossibilidade aparente de conceber outrem*

O "cogito" *cartesiano* propõe o problema do eu e de outrem em termos que, parece, impossibilitam sua solução: com efeito, se o espírito ou o eu se define por seu contato consigo mesmo, como seria possível a representação de outrem? O eu só tem significação em sendo essa consciência de si: tudo pode ser duvidoso para ele, salvo o fato de que pensa; tudo o que ele vê pode ser duvidoso, salvo o fato de que vê etc. Toda experiência pressupõe o contato consigo mesmo, todo saber só é possível por esse primeiro saber. Outrem seria um eu que me aparece de fora, o que é contraditório.

Repugna-lhe por definição ser apenas a consciência que tenho dele, pois ele é para si o que eu sou para mim, e por essa razão não posso ter acesso a ele. Visto que outrem não é para mim o que ele é para si, não tenho experiência de outrem. Mesmo que, por uma espécie de sacrifício espiritual, eu quisesse renunciar a meu "*cogito*" para colocar outrem, ainda seria de mim que ele obteria essa existência, e por isso ele seria ainda *meu* fenômeno.

A relação do eu com outrem parece, portanto, uma relação de exclusão recíproca, e o problema parece insolúvel.

II. *Existência do fenômeno outrem*

No entanto, o fenômeno outrem é irrecusável, e grande número de nossas atitudes e condutas só são entendidas em função de outrem: temos a experiência de outrem, ainda que ela não seja indubitável, à maneira de nossa experiência de nós mesmos (certo solipsismo é insuperável, diz Husserl). O problema é, portanto, que é preciso admitir outrem (o que parece logicamente impossível), pois na prática existe outrem.

Solução: transformar essa relação de exclusão em relação viva.

Os dados do problema são:

– é preciso admitir certa presença de outrem, mas uma presença indireta, pois a única presença indubitável é a de mim mesmo (exigência do "cogito").

Husserl procura vários meios de atingir a percepção de outrem:

a) *Percepção "lateral"*: Outrem nunca existe diante de mim, à maneira dos objetos, mas sempre implica certa *"orientação"*, uma referência em relação a mim: ele é o *alter ego*, uma espécie de reflexo para mim. Trata-se de conceber não uma série de "para-si", mas uma comunidade de *alter egos*, existentes uns para os outros. Outrem, de certo modo, sempre extrai sua origem de mim.

b) *Percepção de uma "lacuna"*: Percebemos outrem, ao mesmo tempo como reflexo e como *lacuna* em relação a nós. Na verdade, é como uma zona proibida à nossa experiência.

Trata-se de uma *percepção real* de outrem (no sentido de experiência irrecusável, outrem está presente "em pessoa"), mas não é uma percepção do tipo da percepção dos objetos: quanto aos objetos, o que deles não me é dado em ato sempre poderia ser dado virtualmente (de outro ponto de vista, no microscópio etc.). Quanto a outrem, sempre nos será impossível percebê-lo em sua totalidade, tal como ele se percebe.

A presença "em carne e osso" tem um limite: não estamos nunca no lugar exato de outrem; por definição, se estivéssemos em seu lugar, seríamos ele (distinção entre nossa posição *"hic"* e a sua *"illic"*).

Mas tudo isso, percepção lateral, percepção de uma lacuna, ainda não põe realmente outrem; precisarei ir além, penetrar de fato em seu *campo*, se quiser afirmar plenamente a existência de outrem.

c) *Percepção da conduta de outrem*: Aqui, a análise de Husserl é de todo paralela à de Guillaume: quando assisto ao começo das condutas de outrem, meu corpo torna-se meio de compreendê-las, minha corporeidade torna-se potência de compreensão da corporeidade alheia. Volto a captar o sentido final (o *"Zwecksinn"*) da conduta alheia, porque meu corpo é capaz dos mesmos objetivos. Aí entra a noção de estilo: o estilo de meus gestos e dos gestos de outrem, por ser o mesmo, faz que o que é verdadeiro para mim seja também verdadeiro para outrem. O "estilo" não é um conceito, uma idéia: é "uma maneira" que apreendo e depois imito, se não estou em estado de *defini-la*.

d) *"Transgressão intencional"*: Mas a operação de conceber a existência de outrem é mais que uma percepção de seu estilo. É preciso que ela seja como um acoplamento (*"Paarung"*): um corpo encontrando em outro corpo sua contrapartida que realiza suas próprias intenções e sugere intenções novas ao próprio eu. A percepção de outrem é a assunção de um organismo por outro. Husserl dá vários nomes a essa operação vital que nos dá a experiência de outrem transcendendo nosso próprio eu: chama-a de "transgressão intencional", ou "transposição aperceptiva", insistindo sempre no fato de que não se trata de uma operação lógica (*"kein Schluss, kein Denkakt"*), mas vital. O comportamento de outrem presta-se a tal ponto a minhas próprias intenções e desenha uma conduta que tem tanto sentido para mim que ele é como que assumido por mim.

POSIÇÃO DE HUSSERL

Em que medida Husserl encontra uma solução para o problema da existência de outrem no âmbito de uma filosofia intuitiva? Como dissemos e como ele mesmo disse, há uma contradição fundamental: a experiência de outrem nos é dada, mas não podemos formulá-la logicamente. Trata-se de *explicitar* a existência de outrem, o que parece impossível dada a condição primordial que Husserl não pretende abandonar, e que, ao contrário, ele retoma toda vez que parece estar perto de uma solução. Essa condição é a concepção cartesiana do "cogito": a consciência é essencialmente consciência de si. E a experiência de outrem deve ser conhecida como um outro eu. Sem *alter ego*, diz Husserl, não há outro organismo.

Com isso ele obsta a pseudo-solução que consistiria em concluir pela existência da consciência de outrem partindo da minha e constatando a semelhança de nossos comportamentos. Aqui nos chocamos com a dicotomia da extensão e do pensamento formulada por Descartes: como passar de uma à outra? É a dificuldade da passagem da ordem do *em-si* para a ordem do *para-si*. Outrem é um para-si que me aparece nas coisas, através de um corpo, portanto num em-si. Para conceber essa passagem, seria preciso elaborar uma noção mista, impensável para Descartes. Husserl também se recusa a *superar* a contradição constitutiva da percepção de outrem: não posso admitir reduzir-me à imagem que outrem faz de mim; portanto, visto que não consigo pôr-me na perspectiva de outrem, não posso tampouco pretender pôr outrem.

Tendo demonstrado a impossibilidade de superar essa contradição e a impossibilidade de uma síntese, Husserl acrescenta que essa síntese não tem de ser feita, e que o problema está mal formulado: a diferença entre meu ponto de vista e o ponto de vista de outrem só existe precisamente depois que eu tive experiência de outrem, é uma de suas conseqüências: não se deve, diz ele, pôr essa distinção como ponto de partida e opô-la a toda e qualquer concepção da minha experiência de outrem. Mas com essa observação Husserl parece querer desistir de obter experiência de outrem partindo da consciência de si, e parece orientar-se para outra direção. Há portanto duas tendências em sua obra:

1.ª Tentativa de acesso a outrem partindo do *"cogito"*, da "esfera de pertença".

2.ª Recusa desse problema e orientação para a "intersubjetividade", ou seja, para a possibilidade de começar sem pôr o *"cogito"* primordial, a partir de uma consciência que não é nem eu nem outrem.

Mas ao mesmo tempo que vislumbra esta segunda possibilidade, Husserl mostra que ela não o satisfaria, que ela não lhe mascara as dificuldades do problema, dificuldades que permanecem intactas para ele. Assim, à beira de uma concepção intersubjetiva, Husserl mantém-se afinal de contas numa subjetividade transcendental integral.

Mais tarde, aumentou sua consciência do problema e ele chegou a afirmar simultaneamente as duas exigências: quando diz, por exemplo, em seus escritos inéditos que a subjetividade transcendental é intersubjetividade (a experiência que outrem tem de mim ensina-me validamente o que sou), mas não chega a conciliá-las.

CONCEPÇÃO DE MAX SCHELER
(Cf. *Nature et formes de la sympathie*, Payot, 1928)

Scheler, aluno de Husserl, tenta encontrar uma solução para o problema e obter a percepção de outrem renunciando completamente ao ponto de partida do "*cogito*" (ou seja, abandonando o postulado cartesiano de que a consciência é primeiramente consciência de si). Parte explicitamente da *indiferenciação* total entre mim e outrem.

Generaliza a noção de "percepção interna" (a percepção dos sentimentos, por exemplo), que incide tanto sobre outrem quanto sobre o si-mesmo:

– por um lado, a percepção de meu próprio corpo ou de minha própria conduta é tão exterior quanto a percepção dos objetos e não mais imediata;

– por outro lado, vejo, percebo os sentimentos de outrem (não apenas a expressão deles), percebo-os com a mesma certeza que os meus próprios. As diferenças entre os diversos sentimentos são fornecidas pela própria percepção (é impossível, por exemplo, confundir em outrem o rubor da vergonha com o da cólera, da exaltação etc.). A percepção vai muito longe na compreensão de outrem (cf. Proust: o discernimento da mentira em Albertine). Há também percepção da vontade de outrem; nós até a percebemos às vezes como nossa própria vontade etc. Caberia falar de uma "corrente de experiência psíquica indiferenciada", uma mistura de si e outrem, a consciência primitiva numa espécie de generalidade, de estado "de histeria" permanente (no sentido de indistinção entre o que é vivido e o que só é imaginado entre mim e outrem).

De que modo a consciência de si emerge dessa indiferenciação? Scheler diz que só se tem consciência de si pela expressão (atos, reações etc.), que se toma conhecimento de si como de outrem. Assim também, as intenções só são conhecidas depois de realizadas (cf. Alain, *Propos sur la peinture*).

Assim, não há por que privilegiar a consciência de si; ela é impossível sem a consciência de outrem, é do mesmo tipo. Como toda experiência, a experiência de si só existe como figura sobre um fundo (a percepção de outrem é como o fundo sobre o qual se destaca a percepção de si): vemo-nos por intermédio de outrem.

Mas resta um problema: para Husserl, o problema é passar da consciência de si para a de outrem. Nas concepções de Scheler, trata-se de compreender como a consciência de si e a de outrem podem surgir sobre esse fundo de indiferenciação primitiva.

DISCUSSÃO DE SCHELER

Para Max Scheler, *a consciência é inseparável de sua expressão* (por conseguinte do conjunto cultural de seu meio) *e não há diferença radical entre consciência de si e consciência de outrem*.

Mas será que isso leva a compreender como o sujeito consegue admitir outrem? De que modo há isolamento e pluralidade das consciências?

A isso Scheler responde: as consciências são separadas apenas por sua corporeidade, pelo conjunto dos instrumentos de que se servem: "corporeidade" é de algum modo a matéria sensível por meio da qual se apreende o si-mesmo ou outrem. Mas o sensível puro num sentimento constitui somente uma pequena camada deste. Todo o resto – seu conteúdo, sua *intenção* – pode ser compartilhado por outrem. Por exemplo, numa queimadura: só o indivíduo que se queima pode sentir a pungência sensível da dor. Mas tudo o que a queimadura representa – ameaça do fogo, perigo para a integridade do corpo, *a significação da dor* – pode ser comunicado a outrem e sentido por outrem: é então a mesma forma, o mesmo conteúdo do sentimento que é vivenciado através de outra matéria. A significação, a intenção do sentimento (o que nele é o essencial) é semelhante para as duas consciências: há isolamento do que é *sentido*, mas não isolamento das consciências.

Scheler introduz a noção de "*evidência emocional*": não podemos *realmente* tornar-nos outrem, mas o podemos intencionalmente; podemos atingir outrem através de todas as manifestações expressivas pelas quais ele se nos dá. Não há bipartição em nossa consciência de outrem (percepção das manifestações de outrem que acarretam uma hipótese sobre sua consciência – por analogia com nossa consciência que produz manifestações semelhantes). Em outrem como em nós a consciência e suas manifestações são uma unidade.

Husserl formulara o problema em termos de consciência: foi o que a tornou insolúvel. Scheler tenta formular o problema em termos de *individualidade*.

A contribuição essencial de Scheler é a noção de *expressão*: não há consciência *atrás* das manifestações, estas são inerentes à consciência, são a consciência. É por estar outrem integralmente em suas manifestações que posso admiti-lo: por sua própria existência, e não por um raciocínio analógico.

Para possibilitar a consciência de outrem, Scheler minimiza a consciência de si e a reduz a um simples contato consigo, contato que se realiza aos poucos, através da experiência, e nunca termina, nunca se torna plena posse de si. Nessa concepção, o *"cogito"* assume uma importância generalizável, aplicável a outrem e a si. O *cogito* no sentido cartesiano é inegavelmente uma conquista da cultura, pois deu ensejo a uma tomada de consciência; não é primordial, pois estava subordinado a toda uma série de condições culturais que possibilitaram essa tomada de consciência de si: ele é *expressão*, do mesmo modo que toda consciência.

Em Husserl, havia já uma tendência a revisar a noção de *cogito* (encarnação do eu em suas expressões), mas ela se chocava com sua definição de consciência pura: em Scheler, a consciência é opaca, inteiramente investida em suas expressões. Mas desse modo não será impossível a tomada de consciência de si e também a de outrem como *alter ego*? Não estará ele nivelando a consciência de si e a de outrem no plano de um psiquismo neutro que não é nem um nem outro? Mesmo com a introdução da "evidência emocional", só se apreendem condutas, mas não pessoas. Na dor, por exemplo, não percebemos outrem, uma vez que não nos representamos sua dor material e sensível: o elemento intencional do sentimento não passa de generalidade em relação ao sentimento verdadeiro. Não temos a experiência real de outrem, uma vez que não ligamos as significações de um sentimento ao fato mesmo de *vivenciar essas significações*. A concepção de Scheler beira uma espécie de pampsiquismo no qual não há individuação das consciências. De que modo um sujeito que não fosse consciência de si (no sentido husserliano do termo) poderia emergir como sujeito dessa corrente comum?

CONCLUSÕES

Minimizando a consciência de si, Scheler compromete também a consciência de outrem. Husserl, ao contrário, querendo manter a originalidade do ego só pode introduzir outrem como destruidor desse ego. Em Husserl, assim como em Scheler, ego e outrem estão ligados pela mesma relação dialética: mesmo parecendo excluir-se, são estranhamente aparentados, mostra-se impossível salvar um à custa do outro: ambos variam no mesmo sentido (cf. relação de senhor e escravo na dialética hegeliana).

Portanto, para resolver o problema, não se há de suprimir a oposição inicial. Teoricamente, ela é insuperável. Mas como não se trata de uma relação lógica, e sim de uma relação de existência, o eu poderá chegar a outrem aprofundando a *vivência*: é preciso tornar o eu solidário com certas *situações*: é preciso ligar a noção de ipseidade à de situação; o ego deveria ser definido como idêntico ao ato no qual ele se projeta. Eu e outrem estamos conscientes um do outro, numa situação comum: é nesse sentido que cabe dar precisão às concepções de Scheler e à noção de "acoplamento" de Husserl. Trata-se de um encontro na mesma orientação. Mas ao mesmo tempo só há possibilidade de compreensão no *presente* (espécie de lugar geométrico de mim e outrem) e numa *realidade designável*.

Quando diz *"Morre-se só, portanto vive-se só"*, Malraux faz uma dedução falsa: a vida, na verdade, supera radicalmente as individualidades, e é impossível julgá-la em relação à morte, que é seu fracasso individual.

A concepção da consciência na perspectiva de Scheler e mesmo de certos trechos de Husserl remete-nos, como vimos, à *expressão*, que é considerada como o ato mesmo pelo qual se realiza a consciência. Parece-nos ter assim cumprido uma espécie de círculo: *para compreender a aquisição da linguagem estudamos a imitação, descobrindo, segundo Guillaume, que a imitação não é precedida pela tomada de consciência de outrem e pela identificação com ele*: ela é, ao contrário, o ato pelo qual se produz a identificação com ele. Isso nos levou a *buscar saber o que pode ser a consciência – de si e de outrem* que realiza esse ato –, e foi então que nos vimos *levados à noção de expressão*.

Mas na verdade, essa noção já não é exatamente aquela de que partíramos: ela se enriqueceu. Na partida, consideramos a linguagem como uma operação intelectual de decifração do pensamento de outrem, como algo intermediário entre quem fala e quem ouve. Mas nessa concepção o sujeito que aprende a falar só pode encontrar na linguagem os conceitos que já possui; a linguagem não poderia trazer-lhe nada de novo, pois supõe o pensamento. No entanto, a experiência mostra que a linguagem influi tanto sobre o pensamento quanto o inverso: a noção clássica da linguagem não pode, portanto, explicar sua aprendizagem.

Ao contrário, à luz das concepções de Husserl e Scheler já não podemos considerar a aquisição da linguagem como a operação intelectual de reconstituição de um sentido, já não estamos diante de duas entidades (expressão e sentido) das quais a segunda estaria escondida atrás da primeira. A linguagem como fenômeno de expressão é constitutiva da consciência. Aprender a falar, nessa perspectiva, é coexistir cada vez mais com o meio. Viver nesse meio é para a criança incitação a retomar linguagem e pensamento por sua própria conta. Assim, a aquisição já não se assemelha à decifração de um texto cujo código e cuja chave se possua, mas antes a uma "decriptação" (decifração sem conhecimento da chave do código). O decriptador lança mão de dois meios convergentes:

– crítica interna do texto (freqüência de certos signos, sua disposição, palavras claras, se houver), sua estrutura;

– crítica externa (lugar e hora da emissão, situação do emissor etc.). A experiência mostra que até aqui qualquer texto foi decriptado. Ora, sempre intervém um elemento intuitivo nessa operação, pois os dados do problema nunca bastam para determiná-lo logicamente. É uma operação de criação, comparável à aprendizagem da linguagem pela criança no sentido de que, em certo momento, o decriptador, assim como a criança, deverá superar os elementos dados para captar a significação do conjunto: é o momento em que o conjunto dos signos, o estilo do texto, já só podem querer dizer uma única coisa, em que, como dizia Jakobson a respeito do sistema fonêmico, ele "tende para" a significação.

Entre o período em que a criança não entende e o instante em que entende, há uma descontinuidade impossível de mascarar. A psicologia clássica, ao afirmar que o pensamento precede a expressão, quer mascarar esse hiato, mas exatamente com isso retira do fenômeno da linguagem todo o seu sentido. Na verdade, assim como a criança aprende a conhecer-se por outrem, tanto quanto outrem por si, também aprende a falar porque a linguagem ambiente *convoca* seu pensamento, ela é solicitada por seu estilo, até que um único sentido brote do conjunto. É por isso que Ombredane chamou a linguagem de "gesticulação semiológica", querendo dizer que o sentido é imanente à fala viva como é imanente aos gestos com os quais mostramos os objetos.

Cumpre comparar esse processo com as pesquisas de Wolf referentes à apreensão do "estilo" de um indivíduo: Wolf mostra a indivíduos não iniciados nas disciplinas científicas fotos de diferentes pessoas. Também lhes apresenta assinaturas, silhuetas e discos gravados com a voz dessas mesmas pessoas e lhes pede que una esse material a tais pessoas. A proporção de uniões corretas (cerca de 70%) é notável, e *esses indivíduos não conseguem explicar o que os orientou nessa organização*. É preciso admitir que a percepção capta em outrem uma estrutura única de que participam todas as suas expressões, a voz, a escrita etc. Wolf põe então em evidência a existência de significação em mutação, não tematizada. É de uma significação desse tipo que a linguagem está impregnada para a criança, quando esta a ouve ao seu redor. Inicialmente imprecisa, ela se articula e torna-se cada vez mais precisa. Não se tem aí um fenômeno da ordem do pensamento puro, ou do entendimento. É seu valor de *emprego* que define a linguagem: o uso instrumental precede a significação propriamente dita. As coisas não são diferentes nem mesmo no nível da língua mais elaborada, por exemplo na introdução de um conceito novo na linguagem filosófica: é por seu uso que o autor leva a aceitar o sentido no qual ele emprega um novo termo; a significação que ele propõe é portanto uma significação aberta, sem o que não haveria aquisições na ordem do pensamento. Uma linguagem inteiramente definida (um algoritmo como aquele em que pensa o "logical positivism") seria estéril.

Até agora consideramos a aquisição da linguagem no que se refere às primeiras palavras da criança: a criança aprendeu o meio de designar os objetos quando estes estão ausentes, mas ainda só se trata de objetos que podem oferecer-se à sua experiência sensível.

O mesmo problema se apresenta de novo no nível dos "pensamentos", depois que este foi resolvido no nível do sensível. É o que Piaget chama de "desnivelamento": ou seja, toda aquisição feita em certo nível deve ser recomeçada num nível superior. No que se refere, por exemplo, ao egocentrismo infantil: ele estará superado de longo tempo no nível da percepção quando a criança precisar de novo superá-lo no plano intelectual e lógico. Aliás, mesmo para o adulto, a expressão daquilo que há de mais seu em sua experiência estará sempre por perfazer: é nesse sentido que Malraux (*Psychologie de l'Art*, 3 volumes, Skira, 1947-1950) pode dizer: "De quantos anos precisa um artista para poder falar com sua própria voz?"

É preciso, portanto, que a aquisição da linguagem se limite aos primeiras anos: ela é coextensiva ao próprio exercício da linguagem.

A EVOLUÇÃO DA LINGUAGEM ATÉ OS 7 ANOS

Retomaremos o estudo da linguagem no ponto em que a criança aprendeu a designar os objetos do mundo sensível. Para seguir a evolução ulterior da linguagem, nos inspiraremos na obra de Piaget: *Le langage et la pensée chez l'enfant* (Denoël, col. "Médiations").

Até cerca de 7 anos, para a criança a linguagem é mais um meio de auto-expressão do que de comunicação com outrem: é a *linguagem egocêntrica*. Uma de suas manifestações é:

1) *Fenômeno da ecolalia*

É a repetição indefinida da mesma palavra, justamente caracterizada por Piaget como atividade lúdica: a criança sente prazer em trazer à tona ou em confirmar a significação da palavra por meio de sua repetição. Como todo jogo em geral – que consiste em adotar diferentes papéis – a linguagem como jogo permite que a criança tenha acesso a situações cada vez mais numerosas. Com a repetição da palavra ela amplia sua conduta: sente prazer em exercitar a linguagem como manifestação de vida imaginária.

Apresenta-se aqui, como ocorre com todo jogo, o problema de saber em que medida a criança acredita na realidade dessas situações imaginárias (cf. Diderot em seu *Paradoxe sur le comédien*: o ator acredita ser a personagem que representa – ou está mentindo?). Mas Sartre (*L'imaginaire*) mostra que esse é um falso problema: a criança, assim como o ator, não finge nem está iludida: abandona o plano de vida habitual por uma vida onírica que ela vive realmente. Ela se irrealiza no papel.

2) *Monólogo*

Outro aspecto da "linguagem egocêntrica" é o monólogo, e, em presença de outrem, o "monólogo coletivo": duas ou várias crianças, embora pareçam responder-se umas às outras, na realidade só prosseguem seu monólogo, sem levar em conta as reações das outras.

Foi feita a seguinte pergunta: o monólogo precede a fala a outrem ou ocorre o contrário? Piaget responde: para a criança não há diferença entre mim e outrem (é precisamente seu "egocentrismo"); ela acha que seus pensamentos e sentimentos são universais: sua maneira de exprimir-se é, portanto, impessoal, anônima (é "a gente" dirigindo-se a "x"): a criança é possuída pela linguagem, mas não a possui. Assim, está ao mesmo tempo menos fechada na linguagem do que o adulto, que tomou consciência de sua personalidade, e também menos socializada que o adulto, que, sabendo-se em presença de outras individualidades, esforça-se realmente por se comunicar com elas e pensa segundo outrem mesmo quando está sozinho. Portanto, a superação do egocentrismo infantil não será caracterizada por uma "saída de si" (a criança ignora o eu individual), mas por uma reorganização das relações entre mim e outrem.

3) *Passagem do monólogo ao diálogo*

Na linguagem da criança entre 5 e 6 anos, Piaget faz um levantamento de 5 a 15% de expressões egocêntricas. A partir daí distingue dois estágios sucessivos, quando há acordo de opiniões:
– uma fase intermediária em que o interlocutor é associado à ação, sem que haja colaboração; um pouco mais tarde, na mesma fase, há colaboração restrita, concernente a fatos ou lembranças precisas;

– após 7 anos, diálogo real, discussão e busca de explicação.
Quando há desacordo de opiniões:
– briga pura e simples, ou choque de afirmações não fundamentadas;
– após 7 anos, mais ou menos: choque de afirmações fundamentadas e discussão racional.

Mas a interpretação de Piaget será legítima? Ele elimina todas as respostas das crianças aos adultos como não espontâneas (de 14 a 18% antes dos 7 anos). O que considera ele como "espontâneas"? É fato que a criança tem linguagem diferente quando se dirige ao adulto, mas será essa linguagem menos espontânea? As *antecipações,* brusca passagem para um nível superior, talvez sejam características da infância ao longo de todo o desenvolvimento (cf. noção de "prematuração" que, segundo Lacan, caracteriza seu desenvolvimento psicológico). Piaget talvez descarte como não "espontâneo" um elemento essencial da linguagem infantil, principalmente porque a criança, como ele mesmo nota, se interessa silenciosamente por noções abstratas bem antes dos 7 anos. Se só fôssemos considerar "espontâneas" as reações da criança em relação a outras crianças, disporíamos arbitrariamente o quadro da infância.

Mas em Piaget essa concepção da linguagem da criança corresponde à sua concepção geral da infância: ele a considera unicamente em seu aspecto provisório, portanto negativo. Sua concepção da linguagem adulta, ideal, que a criança deve atingir, parece estreita: Piaget só lhe atribui uma função de comunicação (para Bühler, em sua *Sprachtheorie* [obra citada], a linguagem é tanto função de auto-expressão e de chamamento a outrem quanto de comunicação de verdades). A estreiteza de suas concepções reflete-se no papel que ele atribui à *discussão*: para ele, onde há discussão, há possibilidade de depreender uma verdade objetiva. Mas não se deve esquecer que há outras concepções possíveis da discussão. A discussão política, por exemplo, existe justamente quando é preciso aplicar a fatos ambíguos uma concepção geral da história, quando, por conseguinte, não há verdade *objetiva*. Mesmo nos diálogos de Platão a discussão tem função diferente da que Piaget lhe atribui: ela contribui para formar a verdade, é ela que confere sentido à conclusão, é um caminho para uma verdade que só tem sentido nesse movimento, que portanto não é objetiva no sentido de Piaget.

Piaget elimina, pois, da linguagem adulta tudo o que é auto-expressão e chamamento a outrem. No entanto, até mesmo a força de um escritor reside bem mais em seu "estilo" do que na comunicação de verdades objetivas: ela reside em sua maneira de propor significações sem as limitar, de lhes dar certa voz da qual elas não podem se privar. É preciso então saber se a objetividade proposta como modelo por Piaget pode servir de medida aos dados da linguagem humana.

Mas é evidente que o estilo do escritor não é o mesmo que a linguagem egocêntrica infantil. Esta deve ser superada, a criança precisa passar por um estágio de expressão objetiva, ainda que mais tarde a linguagem poética venha a assemelhar-se à linguagem infantil: trata-se, como ocorre com o desenho infantil, de distinguir um plano infra-racional de um plano supra-racional: no desenho como na expressão verbal a criança não é um artista. Mas se admitirmos essa linguagem meta-objetiva, então a criança e o adulto são menos estranhos um ao outro do que pode parecer de início. E a passagem à linguagem objetiva pode ser considerada também como *empobrecimento*: indo da infância para a idade adulta, não se teria apenas uma passagem da ignorância ao conhecimento, mas, após uma fase de polimorfismo que contém todas as possibilidades, ter-se-ia a passagem a uma linguagem depurada, mais definida, porém mais pobre.

COMUNICAÇÃO ENTRE CRIANÇAS MENORES DE 7 ANOS

A experiência de Piaget consiste em controlar a transmissão de uma história ou a explicação de um mecanismo de uma criança a outra: seguindo um texto estabelecido, o adulto conta uma história ou explica o funcionamento de uma máquina (torneira, seringa) a uma primeira criança (chamada "explicador"). O explicador transmite a uma segunda criança, "reprodutor", que deve reproduzir para o adulto o que entendeu.

Dois procedimentos:

– O explicador repete a explicação uma primeira vez para o adulto antes de transmitir à segunda criança (vantagem de poder controlar a explicação; mas inconveniente: sua segunda explicação ao reprodutor é menos boa, a criança está cansada); ou:

– a primeira criança vai falar com a segunda imediatamente, e esta volta para transmitir ao adulto o que entendeu.

Piaget estabelece quatro coeficientes que caracterizam a totalidade das relações entre expressão e compreensão:

1. O que o reprodutor entendeu – em relação ao que o explicador entendeu;
2. O que o reprodutor entendeu – em relação ao que o explicador expressou;
3. O que o explicador entendeu – em relação ao que o adulto expressou;
4. O que o explicador expressou – em relação ao que, ele, explicador, entendeu.

Resultados:

– A explicação de mecanismos físicos é mais bem entendida que a das histórias;
– quanto às histórias: a criança entende melhor o adulto, as crianças não se entendem bem entre si, mas se expressam bem;
– quanto à explicação de um dispositivo mecânico: o fenômeno é mais bem entendido que a história, porém mais mal expresso;
– a segunda criança entende melhor a primeira do que a primeira criança em relação ao adulto, apesar da má expressão.

Interpretação:

Para Piaget a melhor compreensão da explicação de um dispositivo provém do fato de que não se trata de uma comunicação verdadeira: a segunda criança compreende a primeira porque o dispositivo em questão (ou um desenho) fica diante de seus olhos; ela olha o objeto mais do que escuta o explicador. Tudo ocorre como se a primeira criança acreditasse ter entendido mais do que de fato entendeu e como se a segunda soubesse de antemão o que a primeira lhe explica. As palavras que usam são apenas sinais que despertam no ouvinte os esquemas que ele já possui. Na verdade a comunicação não é tão boa quanto nas histórias, mas o resultado é globalmente melhor, porque o processo só em parte se baseia na transmissão verbal.

Piaget *conclui que não há verdadeira comunicação entre crianças*: de modo geral uma acha que explica, desprezando os detalhes, e a outra entende por relação com o que já sabia e acha que entendeu tudo. *É raro a criança ter consciência de que não entendeu (5%).* Ocorre às vezes que a criança que explica um mecanismo nem sequer especifica de que mecanismo se trata (torneira, seringa). Inverte a ordem lógica, causal e temporal, vai diretamente aos fatos sem buscar as causas: há inversão do *"porque"*: a criança o usa para vincular a causa ao efeito e não o contrário. Tudo isso faz parte do *"sincretismo verbal"* (apreensão global do fenômeno, a descrição fica girando), que deve ser posto ao lado da *"incapacidade sintética"* revelada por Luquet no desenho infantil.

Piaget caracteriza esse pensamento como de ordem *autística:* a criança não busca realmente a compreensão, mas liga de modo quase mágico as causas aos efeitos. O adulto tem convicção de haver entendido quando acredita poder reproduzir a cadeia que vai das causas aos efeitos: para a criança, para o doente autístico e em geral na emoção isso não é necessário; ela está convencida de ter entendido de imediato, sem seguir a cadeia causal. Para a criança só há lógica no encadeamento de seus próprios pensamentos, o chamamento de fora não passa de ativação de esquemas adquiridos anteriormente. Um detalhe fortuito pode mudar seu curso (a criança ouve que "Níobe" está presa ao rochedo (*attachée au roc*), entende que ela o manchou (*a taché*) e conta que ela "lavou um pedregulho"). A criança procede por frases inteiras sem as analisar.

EXAME DAS CONCEPÇÕES DE PIAGET

Tudo o que Piaget diz é exato, mas deveríamos insistir nos mesmos aspectos que ele (o caráter transitório desse pensamento)? Esse pensamento egocêntrico, autístico, sincrético não se encontrará no adulto desde que seu pensamento precise superar o domínio do adquirido para exprimir noções novas? A noção de linguagem egocêntrica modifica-se completamente se admitirmos que esta existe – de modo legítimo – no adulto, e que pode ter valor de *conhecimento*: de fato, uma noção nova não pode ser claramente explicada de imediato, seus termos não podem ser definidos de antemão porque só serão plenamente definidos pelo uso que deles se fará. Disso decorre que a ordem ideal ou lógica só pode ser invertida, como na criança, e o adulto usa o *"método direto"*, que consiste precisamente em supor conhecido o que é desconhecido (o professor de filosofia, por exemplo, no primeiro curso – quando todos os termos ainda são desconhecidos –, é obrigado a usar termos que os alunos só entenderão plenamente no fim do segundo curso).

Podemos comparar essa ilusão de linguagem plenamente definida com a noção do *"subentendido"* em lingüística, discutida por Saussure: chamamos de "subentendido" em outra língua o que nela não é expresso, mas o é na nossa (por exemplo, para o inglês *"the man I love"* dizemos que o pronome relativo está subentendido). Mas é artificial, pois essa noção na outra língua não existe realmente para quem a usa. Na verdade, nunca existe o "plenamente expresso", mas lacunas, descontinuidades das quais não temos consciência em nossa própria língua porque a compreensão entre indivíduos que falam a mesma língua não é por elas afetada.

Nesse sentido a linguagem da criança não é desprovida de valor de comunicação e, de qualquer modo, não pode ser apreciada com referência à pretensa noção do "plenamente expresso". As crianças às vezes se entendem entre si do mesmo modo como compreendem, por exemplo, que um cubo desenhado em "rebatimento" por outra criança (cf. curso sobre *O desenho da criança*) representa realmente um cubo. Desde que entendido pelo parceiro, um modo de expressão deve ser considerado *válido* nesse nível particular. Com sua linguagem global a criança se faz entender pela outra, que imerge em sua consciência e capta através da ordem racional de suas palavras a totalidade do fenômeno: isso decorre do fato de que, assim como no desenho elas não projetam sobre um plano único o objeto que deve ser representado, também na linguagem não projetam a significação sobre o plano único da fala lógica. Seria preciso estudar a linguagem em estado vivo; não a linguagem do lógico, mas a linguagem pela qual o orador, o escritor e o próprio cientista se fazem entender. Veríamos então que sob certos aspectos a linguagem não pode deixar de ser "egocêntrica". Se Piaget passou ao largo desse fato foi porque os dois exemplos escolhidos por ele (história ou mecanismo) constituem extremos, nos quais há lógica demais ou de menos: toda criança com mais de 7 anos entenderá o mecanismo da torneira graças à sua experiência anterior e ao desenho unido à explicação, sem precisar prestar atenção *ao que lhe dizem*. Em compensação, se for eliminado um episódio da história de "Níobe", nenhuma intuição poderá suprir essa lacuna.

É que a noção de compreensão comporta dois aspectos: um que consiste em captar o sentido de um conceito em princípio totalmente expresso, e outro que é retomada, descoberta de um sentido a partir de indícios verbais, o que Stendhal chamava *"pequenos fatos verdadeiros"*, significativos do conjunto. (Por exemplo, por meio de um quadro pode-se captar todo o universo do artista.)

No todo, Piaget vê bem o fato da linguagem egocêntrica, mas só a define negativamente, não considerando os casos intermediários com todos os seus matizes: é o que acontece freqüentemente em psicologia, em que, para simplificar, são consideradas apenas as atividades periféricas e impessoais. Mesmo os trabalhos dos gestaltistas sobre a percepção, por exemplo, baseados em resultados de laboratório, omitem o que há de mais pessoal e significativo no exercício da percepção.

O mesmo ocorre com a linguagem: a linguagem lógica tem um relativo privilégio de exatidão. Mas perde-se de vista que ela não passa de um elemento, e um elemento morto, da linguagem total.

A PATOLOGIA DA LINGUAGEM

Do que precede segue-se que a *linguagem é uma superação, operada pelo sujeito, das significações de que ele dispõe, sob o estímulo do uso* que é feito das palavras em torno dele. A linguagem é um ato de transcender. Portanto, não pode ser considerada simplesmente como um envoltório do pensamento; é preciso ver nela um instrumento de conquista do eu por contato com outrem.

Tentaremos agora uma contraprova dessas afirmações, com base em exemplos extraídos da patologia.

É impossível saber *a priori* qual será a contribuição da patologia. Só o exame dos fatos será capaz de nos revelar as possíveis relações existentes entre o normal e o patológico. Contudo, podemos de saída descartar duas concepções:

a) *Identidade absoluta entre o normal e o patológico*: concepção dos positivistas do fim do século XIX, segundo a qual as atividades humanas são determinadas por leis naturais invariáveis, assim como uma máquina, mesmo desajustada, continua obedecendo às leis da física. Mas, como observa Husserl, ainda que continue observando as leis da física, uma máquina desajustada deixou de observar as leis da matemática. No entanto, dirão, não podemos comparar o corpo a uma máquina construída para dada finalidade. Mas quem diz comportamento diz atividade *orientada*: uma vez que à conduta falte um objetivo preciso, podemos falar de falha, ou mesmo de conduta patológica, e afirmar a existência de uma distinção entre normal e patológico.

b) *Alteridade absoluta*: concepção também inaceitável. A conduta patológica também tem um sentido. A doença é uma auto-regulação, há estabelecimento de equilíbrio em nível diferente do normal, mas não se trata de um fenômeno totalmente incompreensível. Blondel não se enganava ao indicar o caráter inefável da consciência mórbida imediata, *mas a estrutura dessa consciência permanece penetrável.* O normal e o patológico poderão enriquecer-se consideravelmente em contato mútuo.

O médico deverá adotar com o paciente a atitude definida por Minkowski (*Le temps vécu*, Delachaux e Niestlé, 1968): a observação do doente é na realidade um diálogo durante o qual se diferenciam e definem respectivamente o que é "normal" e o que é "patológico". É preciso rejeitar as atitudes dogmáticas: é constatação de fato que é possível entender as doenças mentais como doenças.

Estudaremos por um lado o fenômeno da fala na alucinação verbal e, por outro, a desintegração da linguagem na afasia.

I. ALUCINAÇÃO VERBAL

(Cf. Lagache: *Les hallucinations verbales et la parole*, in *Oeuvres*, tomo I, P.U.F., 1977)

Durante muito tempo o acesso ao estudo dessa doença ficou vedado por toda uma série de preconceitos. A ontologia clássica, baseada na distinção absoluta entre corpo material, alma situada no interior desse corpo e meio exterior, com papel de *estímulo*, teve como resultado desviar os cientistas do estudo da alucinação verbal. Uma vez que se admitia que toda percepção não passava de repercussão de uma excitação sensorial na consciência, era-se obrigado a supor no caso da alucinação, faltando excitação verdadeira, uma auto-excitação do centro nervoso. Donde a idéia de a alucinação ser a revivescência de uma percepção mais fraca. Por outro lado, nessa concepção, o conhecimento de uma língua resumia-se a dispor de certo número de engramas traçados no cérebro; a consciência evocava a imagem da palavra, e esta, por um processo inverso daquele que se supunha na percepção, desencadeava o influxo nervoso que, no nível do centro motor, ia dar origem ao ato motor, ou seja, à fala.

Toda uma neurologia e até mesmo toda uma psicologia haviam saído da posição ontológica inicial. Mas os fatos passaram a provar que essa neurologia e essa psicologia não eram válidas.

Primeira observação: Havendo consciência por parte do próprio paciente da diferença entre alucinação e percepção, tornava-se impossível reduzir uma à outra e explicar a alucinação como simples excitação do centro nervoso afetado. Por outro lado, na hipótese de uma identidade de natureza entre os dois fenômenos, era impossível penetrar o sentido do fenômeno patológico; podia-se no máximo lamentar quem percebia sem que houvesse objeto exterior à percepção. Mas na alucinação não haveria nada para compreender. Na verdade, há tanta coisa para compreender que as próprias descrições do paciente já são em si mesmas interpretação.

Segunda observação: A alucinação é acompanhada por movimentos do aparelho fonador: movimentos latentes, esboçados ou mesmo visíveis. A alucinação estaria então baseada na própria fala.

A questão aí é entender o mecanismo pelo qual a sua fala é percebida pelo sujeito como proveniente de outrem.

A originalidade do fenômeno em relação aos fenômenos "sensoriais" só se mostrará após a confrontação com outros transtornos. Seguindo a análise de D. Lagache, comparamos a alucinação verbal verdadeira com os seguintes fenômenos:

1) *Impulsão verbal*. É uma vertigem da palavra que se impõe ao paciente de modo obsedante no momento menos adequado. O paciente seria forçado a proferir a palavra como se cuspisse um caroço de cereja, para livrar-se de um corpo incômodo.

Na alucinação verbal encontramos esse caráter do "à revelia". Ele constitui o lado negativo da doença. Mas esta vai mais longe, pois a fala será atribuída a outrem.

2) *Alucinação motriz verbal completa*. Acompanhada por inícios de movimentos, mostra-se como uma transição entre o caso em que o paciente considera que suas palavras são provenientes dele mesmo e o caso em que as considera provenientes de outrem.
3) *Alucinação cinestésica verbal*. As palavras não emanam do paciente nem de outrem; o paciente tem a impressão de estar imerso numa corrente de palavras anônimas. Ouve, por exemplo, o canto dos pássaros como palavras, e isso se dá diretamente: não se trata de interpretação delirante.
4) *Pseudo-alucinação motriz verbal*. Não há localização no espaço. O paciente tem a impressão de que falam através de seu cérebro, tem a impressão de ouvir a "linguagem do pensamento". O fenômeno sensorial desapareceu totalmente. Trata-se então de uma fala mental que outra coisa não é senão a linguagem interior acentuada.

Em resumo: essa descrição mostrou que o fenômeno central não é o fato sensorial, mas a despersonalização: o paciente já não tem a impressão de coincidir com sua própria fala. Aí está o germe da ilusão de uma fala estranha. Para a psicanálise, as relações entre os componentes do *ego* – *id* e *superego* – são de imediato relações de discordância. O superego desmente o id, elemento involuntário do ego, e realiza assim uma conduta de autopunição. No entanto, visto que a tensão criada pelo conflito é demasiado forte, o paciente geralmente tenderá a projetar em outrem esse elemento condenável do ego, realizando assim uma distensão: o conflito entre mim e outrem é menos penoso que o conflito comigo mesmo. Por exemplo, uma criança que tenha mentido acusará outra criança de mentirosa. Um paciente que, com a morte da mãe, tenha sentimentos de culpa em relação a ela, alguns anos mais tarde acreditará ser alvo de perseguição.
Assim eu e outrem não somos duas substâncias distintas uma da outra. Outrem é o que me livra de minha própria ambivalência: somos, ele e eu, duas variáveis de um mesmo sistema. Por um mecanismo de projeção, atribuo-lhe qualidades que na realidade são minhas e, inversamente, por introjeção, considero como minhas próprias as qualidades que são dele.

Aplicação à alucinação

É esse mesmo mecanismo que se encontra na alucinação. Assim como há passagem do *"sou assassino"* ao *"sou assassinado"*, também há passagem do *"falo"* ao *"falam-me"* (*I am spoken to*). Sentir-se injuriado é injuriar-se.

Lagache mostrou que toda fala é ação a dois – quando escuto outra pessoa falar, não estou silencioso, já percebo antecipadamente suas palavras, e minha resposta já está pelo menos em estado de esboço; inversamente, há em quem fala a crença implícita na minha compreensão. Cria-se entre nós um "campo de falas" individuais. A função da linguagem não passa de caso particular da relação geral entre mim e outrem, que é a relação entre duas consciências das quais cada uma se projeta na outra.

Seria simplesmente esse mecanismo levado ao extremo que produziria a alucinação. O alucinado perceberia com tal antecipação as reações de seus possíveis interlocutores que chegaria a pôr-se totalmente no lugar deles e a adotar para com suas próprias palavras uma atitude resolutamente receptiva.

Toda a teoria clássica da alucinação foi construída com base no exemplo do membro fantasma. Ora, a percepção do membro fantasma foi reinterpretada, e as conclusões da interpretação são absolutamente incompatíveis com a concepção clássica de percepção provocada pela excitação direta dos centros nervosos: um paciente perdera havia vários meses o uso do dedo mínimo, e após a amputação teve a ilusão do braço fantasma com uma mão de quatro dedos. Se a ausência de sensibilidade durante algum tempo basta para impedir essa ilusão, não pode tratar-se de excitação dos centros nervosos, mas de um fenômeno global: a ilusão baseia-se num esquema corporal (que é esquema de todas as atividades possíveis, mais que esquema do estado do corpo).

É preciso fazer uma revisão semelhante da concepção de alucinação em geral; é preciso considerar a fala como uma estrutura total, um sistema pelo qual se pode atingir a comunicação com outrem: a alucinação não é uma relação entre sujeito e objeto, é uma relação de ser: existo pela linguagem em relação com outrem.

Mas será legítimo interpretar o normal à luz do patológico? É claro que essa identidade substancial entre falo e "falam-me" só existe no doente, mas se essa confusão existe no estado patológico é porque existe já em estado embrionário no indivíduo normal, porque há já, neste, um germe de alienação, uma relação em potência entre o falado e o ouvido.

Assim chegamos ao paradoxo seguinte: o indivíduo normal seria aquele que só aceitasse tornar-se ele mesmo em contato com outrem, que reconhecesse a qualidade enriquecedora da discussão; o indivíduo anormal seria aquele que recusasse essa dialética do eu, que se obstinasse a só considerar a linguagem como uma espécie de lógica abstrata, e que, embora permanecendo consciente dessa dualidade, se visse coagido a transferir para um outrem imaginário um dos termos da contradição.

II. ESTUDO DA AFASIA

Não será preciso revisar essas conclusões se examinarmos os fundamentos fisiológicos da fala (*localizações*).

Como conceber que a linguagem possa ser ao mesmo tempo um fenômeno intersubjetivo e um fenômeno puramente individual ligado ao terceiro giro frontal esquerdo do cérebro?

Confrontação das duas teses

A análise clínica da afasia (perda da fala não ligada a um distúrbio do órgão da fala), à medida que se foi desenvolvendo, mostrou que as interpretações clássicas eram falsas: a imagem verbal não é um *engrama,* o centro nervoso não é um *armazém de imagens,* é um centro encarregado de organizar os movimentos; é apenas o lugar de uma função.

É o que confirmam os seguintes fatos: o afásico não é alguém que não fala mais, porém alguém que fala menos de modo diferente: ele se lembra de uma palavra em certa situação e não em outra. Ex.: um doente é incapaz de repetir a palavra "não", porém mais instigado responde exasperado: "não, não posso dizer essa palavra"; assim, chega-se à idéia de uma linguagem com dupla função; haveria:

a) uma *linguagem concreta,* cujo papel seria dar resposta a situações efetivas;

b) uma *linguagem categorial,* que, considerando a palavra em si como entidade puramente abstrata, responde a situações fictícias ou a "problemas".

A afasia reduziria a linguagem à sua primeira função.

Análise da linguagem em K. Goldstein

Tínhamos chegado à hipótese segundo a qual a afasia seria um transtorno intelectual que não atingiria a linguagem em sua materialidade; o doente não teria perdido tanto o uso automático da palavra quanto a disponibilidade de certo tipo de linguagem: a *linguagem categorial*.

Goldstein analisou certos afásicos nos quais o transtorno da linguagem seria acompanhado por outro, mais geral: a incapacidade de classificar os objetos percebidos; por exemplo, um deles, posto diante de uma série de meadas de lã de cores diferentes, é incapaz de classificá-las a partir de uma cor fundamental: não sabe reunir os diferentes matizes de uma mesma cor; age de maneira muito mais minuciosa, aproximando as amostras para compará-las; não segue nenhum princípio orientador, e durante a experiência começa de repente a agrupar as diferentes amostras segundo outro princípio, por exemplo pelo grau de saturação, de claridade.

Interpretação: o indivíduo normal é capaz de considerar um objeto concreto como representante de uma categoria; sua conduta é categorial; se o doente parece mudar de princípio, é porque na realidade ele *não tem nenhum*; só tem uma experiência concreta de adequação ou de inadequação.

O doente pode, porém, reconhecer a cor quando ela pertence a um objeto caracterizado por essa cor; exemplo: vermelho-cereja, verde-garrafa; a possibilidade de encontrar o nome da cor indiretamente explica-se: a consciência que visa o "vermelho" é uma abstração, uma atitude desinteressada de investigação pura, enquanto a consciência que visa a cereja é concreta; é através da consciência concreta da cereja que o doente encontra a denominação abstrata: o vermelho.

O interesse da pesquisa de Goldstein é pôr em evidência o papel de uma *função de substituição* que, para o observador exterior, encobre o transtorno: o indivíduo responde "é azul" pensando do "azul-anil".

Há pessoas que deixaram de ter a noção de número, mas que, por uma função de substituição, podem dar a aparência de contar: a cada objeto fazem corresponder um dedo, e a cada dedo, um número da série recitada automaticamente.

Essa descoberta convida o psiquiatra a um exame muito mais atento: se antes a questão principal era determinar as funções de que o paciente era capaz e aquelas cuja capacidade perdera, agora a questão é buscar, nos casos mesmos em que o paciente é bem-sucedido, *por qual caminho, em que sentido,* ele tem sucesso; o *"saber verbal exterior",* que é somente a aparência do saber, pode mascarar deficiências importantes da denominação verdadeira. (Ver Goldstein [em colab. com Gelb], *Jeber Farbennamenainnesie, Psychologische Forschung,* 6, 1924; Hochheimer: *Analyse d'un cas de cécité physique. Psychologische Forschung,* 16, 1932.)

Mas qual é exatamente a significação dessa análise de Goldstein? Aparentemente, ela vai no sentido dos trabalhos de Pierre Marie, que distinguia os casos de *anartria* dos casos de *afasia verdadeira;* parece que a linguagem seria condicionada pelo pensamento; enquanto Broca considerava a linguagem como uma soma de engramas cerebrais, ela é um fenômeno global e parece exigir o funcionamento geral do pensamento. Haveria portanto inversão das posições iniciais; ao contrário de Broca, Goldstein apresentaria uma concepção idealista, que por trás da função lingüística mostra um poder de pensamento; partindo do exterior, ela voltaria à interioridade, à consciência pura, a uma função espiritual que não comportaria as frases ou os nomes; "função *simbólica"* indivisível.

Mas então como pode ela ser vulnerável? Na realidade, nem a atitude de Broca nem a atitude idealista ou intelectualista dão conta do fenômeno lingüístico; para um, não há sujeito falante, só há imagens verbais; para o outro, não há sujeito falante, mas simplesmente sujeito pensante; a teoria da afasia deverá passar para além desta segunda posição, assim como da primeira, e determinar os papéis respectivos do *condicionamento corporal* por um lado, da *consciência intelectual* por outro lado; ora, quando se examinam atentamente as análises de Goldstein, percebe-se que, nas melhores partes, elas não se orientam para o intelectualismo.

1) Fatos fisiológicos:

Nenhum autor sério renunciou à noção de localizações cerebrais, mas já não se trata de uma relação entre continente e conteúdo; Goldstein propõe a idéia de que é preciso ter em mente duas verdades: todo *o cérebro contribui para cada operação parcial,* portanto não há funcionamento em mosaico.

Isso não quer dizer que as funções do cérebro sejam difusas; nem todas as partes do cérebro contribuem do mesmo modo para cada operação: uma desempenha o papel de figura, as outras, de *fundo;* há localização no sentido de que a integridade de certa parte do cérebro é absolutamente necessária para a ativação de certa função. As suplementações nunca são o equivalente exato da função destruída.

Exemplo: na percepção de uma figura sobre um fundo, a região occipital desempenha o papel essencial, mas o cérebro inteiro é posto em ação.

2) Fatos clínicos:

Goldstein nunca afirmou que a função categorial é espiritualidade absoluta. No doente, a incapacidade de classificar está ligada a uma transformação da *própria percepção*: enquanto no indivíduo normal há de imediato organização do campo perceptivo segundo linhas de força, no doente, ao contrário, há desagregação desse campo. A deficiência da atitude categorial é ou implica uma mudança de estruturação da percepção. Não há atrás da denominação uma operação intelectual distinta dela: a função categorial encarna-se na palavra, confere-lhe fisionomia; quando falta, tem-se a impressão de que a palavra se "esvaziou", *de que perdeu "o que a tornava própria para designar"* (Goldstein).

Falta-nos então compreender como o pensamento habita a linguagem, como o sentido habita a palavra (ver *Journal de Psychologie,* número especial: K. Goldstein, *L'analyse de l'aphasie et l'étude de l'essence du langage,* ano XXX, 1933, 15 de janeiro – 15 de abril, pp. 430-96; retomado na obra coletiva *Essais sur le langage,* Editions de Minuit, 1988). O pensamento subjaz ao material lingüístico em todos os níveis. Esse fenômeno é evidente no doente cujo pensamento sintático se desenvolve à custa da fisionomia articular, o que mostra que o pensamento condiciona os dois fenômenos. A linguagem do afásico perdeu uma qualidade essencial: deixou de ser viva. Assim, um dos pacientes de Goldstein só conseguia falar seguindo um plano, sem nenhuma inflexão pessoal nem improvisação. Havia no conjunto de sua linguagem algo de descolorido, uma ausência total de estilística.

É preciso ressaltar a *produtividade da linguagem*: a linguagem é um conjunto de instrumentos para nossas relações com outrem que reflete o grau de inventividade de que somos capazes. É uma manifestação do vínculo que temos com outrem e conosco (Goldstein).

Num livro publicado no ano passado (*Language and Language Disturbances*, Grune and Statton, N. York, 1948), Goldstein torna mais precisa suas idéias; redefine a atitude categorial e introduz uma noção nova: a de instrumento lingüístico (*instrumentalities of speech*). Mostra que essas duas funções são estreitamente dependentes entre si, que a perda desta prejudica aquela.

O interesse da análise está em não redundar na bipartição clássica entre físico e espiritual. É o mesmo transtorno que se verifica no nível da atitude categorial e no nível dos instrumentos lingüísticos. Não se trata de reduzir a linguagem ao pensamento, mas de introduzir o pensamento na linguagem, e, segundo essa inserção seja mais ou menos satisfatória, a linguagem aparecerá como normal ou anormal. Estudaremos:
1. *a atitude categorial*,
2. *os instrumentos lingüísticos*,

tentando elucidar a osmose das duas funções e o papel do pensamento em cada uma delas.

1. *A atitude categorial*

A atitude categorial possibilita uma série de operações cujos princípios são:
– capacidade de assumir uma tarefa mental, de tomar iniciativas, de executar uma performance lingüística solicitada;
– possibilidade de examinar um mesmo problema sob diversos aspectos;
– capacidade de considerar simultaneamente dois estímulos independentes e de reagir aos dois simultaneamente;
– capacidade de depreender o essencial do acidental;
– capacidade de conceber um futuro, ou seja, de pensar não apenas o real, mas também o possível;
– capacidade de distinguir o *ego* do mundo exterior.

Quando há destruição da função categorial, verificam-se transtornos no nível da instrumentalidade, como por exemplo o doente que deixa de saber utilizar a tabuada de multiplicação, ainda que a saiba de cor.

É fácil distinguir os casos em que a função instrumental é atingida diretamente e os casos em que ela o é indiretamente através da atitude categorial.

Neste último caso verifica-se:
– que o aparato lingüístico funciona em certos momentos e não em outros;
– que as palavras se tornaram palavras individuais, com significação concreta, que já não têm relações com o contexto: ex.: a palavra "coisa", que para o indivíduo normal abrange uma noção, torna-se no doente uma maneira de designar um objeto cujo nome ele não sabe mais, um meio de mascarar a deficiência.

Mas a função categorial é encarnada no objeto; sua relação com a linguagem é a relação exterior de causa e efeito; o eu é um corpo através do qual aparece uma intenção. A fala não é um simples automatismo a serviço do pensamento; ela é seu instrumento de atualização: o pensamento só se realiza de fato quando ela encontrou sua expressão verbal.

Para o doente, ao contrário, a palavra aparece como um complexo sonoro: já não é o veículo do pensamento e permanece numa relação exterior com ele.

2. *Os instrumentos lingüísticos*

Os transtornos resultantes de sua perda são bem diferentes:
– confusão de letras ou palavras;
– na falta da palavra procurada, o paciente utiliza outra de mesma fisionomia (mesmo número de letras, de sílabas);
– deficiências das palavras pequenas (preposições, advérbios, artigos);
– transtornos de repetição.

As palavras se deterioraram, mas conservam seu poder significante; é assim que vemos o pensamento encarnar-se na linguagem instrumental. Por qual mecanismo? É o que Goldstein tentará mostrar, indo buscar em Humboldt a noção de *"innere Sprachform"*.

Para este, *"innere Sprachform"* é coisa bem diferente da noção de linguagem interior de alguns psicólogos (simples evocação de certo número de imagens verbais). É o reflexo, na linguagem, da perspectiva sobre o mundo que é própria a uma cultura:

cada língua tem sua maneira própria de exprimir diferentes relações como o tempo ou como o espaço (a estrutura do grego indicaria uma *"arquitetônica do tempo"* própria aos gregos). Mesmo a maneira de repartir as tônicas, as flexões, o uso do artigo são expressivos de uma visão do mundo.

"Innere Sprachform" é a totalidade dos processos e das expressões que se produzem quando estamos a ponto de expressar nosso pensamento ou de compreender o pensamento de outrem.

A junção do pensamento puro e da linguagem ocorre portanto na *"innere Sprachform"*, que difere, segundo estejamos falando ou escrevendo, segundo nos dirijamos a nós mesmos ou a outrem. Entre a linguagem, soma de palavras, e o pensamento, interpõe-se uma camada de significações que supõem certa relação com ela. É essa espécie de pensamento na linguagem, não explícito, que constitui o *estilo*.

Podemos agora completar o que dissemos no início do curso sobre a aquisição dos fonemas. Enquanto para Jakobson essa aquisição é determinada por leis objetivas, para Goldstein, ao contrário, o desenvolvimento fonêmico se dá segundo certo *"estilo"* fonêmico, que, em si mesmo e de saída, não é prescrito por nenhuma necessidade. Assim como um organismo, em vez de realizar todos os movimentos de que sua estrutura o capacitaria, adota, entre todas as posturas, algumas preferenciais que correspondem a uma organização fundamental de sua conduta, a um *"Urbild"* do indivíduo considerado (ex.: a posição de repouso escolhida por um indivíduo não pode ser explicada por sua anatomia), também a forma sistemática dos fonemas que serão utilizados por uma comunidade lingüística é elaborada por ela como o melhor meio de expressão de sua visão sobre o mundo.

Do mesmo ponto de vista, cabe rever agora o que Piaget disse a respeito da linguagem infantil. As palavras não são, como ele afirma, simples índices de pensamento; elas têm legitimamente, no início da linguagem, o que Goldstein chama de *"valor situacional"*. A criança utiliza certas palavras antes de entender plenamente seu significado, à maneira do adulto que, aprendendo uma língua estrangeira, usa certas locuções cujo sentido não conhece, mas que sabe poder aplicar à situação. É essa linguagem que não dá conta de si mesma que Piaget chama de egocêntrica. Para Goldstein ela é o meio que permite à criança ter acesso à linguagem e que no adulto não cessa de sustentar a realidade.

Outros fatos vêm reforçar sua tese:

— Na repetição, o processo habitual não consiste em repetir a frase tal qual esta se apresenta ao ouvido, mas compreendê-la antes para depois dar dela uma reprodução pessoal equivalente. Ou seja, até que ponto o pensamento atravessa os signos para ir à significação, até que ponto a linguagem mascara pouco o pensamento. A atenção à linguagem como tal é difícil. Isso decorre do fato de que ela é *pregnante* de significação, o que enfim só é possível pela *innere Sprachform*.

— Nos tagarelas, a abundância de palavras desenvolve-se em detrimento da significação; no estado patológico, esse mesmo fenômeno aparece em quem perdeu o uso da linguagem interior: a pessoa *fala* mais para *dizer* menos; a *"innere Sprachform"* é a vida expressiva da linguagem que a torna capaz de *estilo*.

Toda a linguagem é espírito; ela não é uma melodia verbal que não supõe vigilância intelectual. Mas o espírito que governa a linguagem não é o espírito para si; é paradoxalmente um espírito que só se possui perdendo-se na linguagem.

Conclusão:

A teoria de Broca é superada sem que a análise moderna da afasia seja um retorno ao idealismo: o sentido que habita a linguagem é o sentido situacional de que falamos; é fácil defini-lo quando aplicado a coisas concretas, mais difícil quando aplicado a palavras abstratas como entendimento ou filosofia... Mas também esses conceitos podem ser considerados elementos de uma situação cultural.

A *"innere Sprachform"* é um paisagem mental comum a todos os membros de uma comunidade lingüística, pela qual é possível a coexistência de uns com outros através de um meio cultural.

SUBSÍDIOS DA LINGÜÍSTICA

Os lingüistas de hoje já não aceitam propor o problema da origem da linguagem; há várias razões para isso:

1. A origem da linguagem é da alçada da pré-história da linguagem, não de sua história. Não há pesquisas baseadas em ves-

tígios escritos, portanto não há solução positiva. Contudo, a objeção não é decisiva.

Jespersen vê um meio positivo de abordar esse problema, que seria proceder a partir do estado atual da linguagem, de estabelecer curvas de evolução que seriam prolongadas para trás, em direção à origem por via indutiva.

2. Explicar a origem da linguagem é tentar fazê-la derivar de outra coisa; ora, há sempre um hiato entre as formas de expressão naturais e a linguagem propriamente dita.

Foram feitas algumas tentativas no fim do século XIX para preencher esse hiato:

a) Houve quem quisesse mostrar que a linguagem articulada seria uma variedade de uma linguagem mais simples baseada na imitação. A relação entre signo e significação estaria fundada na *onomatopéia*, que representaria a forma inicial de todas as palavras.

Ex.: Em francês o canto do galo [*coq*], "cocorocó", teria dado a palavra *coq* e toda uma família de palavras: *coquet, cocarde, coquelicot...*

Essa idéia já não é defendida por ninguém. A onomatopéia seria o equivalente do ideograma na escrita; ora, o ideograma não é estável, ele se enche gradualmente de certo sentido tornando-se escrita silábica ou alfabética. Assim, a linguagem não pode ser reduzida a modos de significação tão estreitos.

b) Outra tentativa: vincular as palavras às *manifestações emocionais,* às exclamações, por exemplo. Mas, por um lado, as exclamações aparecem quando nos surpreendemos, para dizer alguma coisa, e, por outro, variam de uma língua para outra, portanto, têm valor institucional.

Quanto à derivação a partir do grito, só se aplica a um pequeníssimo número de interjeições.

A expressão da linguagem articulada assenta num princípio diferente do princípio que possibilita a palavra imitada. O que faz que a palavra "sol" designe o sol não é a semelhança entre a palavra e a coisa, nem características internas, mas é a relação da palavra sol com o conjunto de palavras da sua língua, a maneira como ela se diferencia delas. A palavra só significa através de toda a *instituição* da linguagem.

Muitos lingüistas acreditam, pois, que propor o problema da origem da linguagem seria reduzi-la a modos de expressão que nada têm em comum com ela. Eles querem situar-se apenas na linguagem constituída.

No entanto, não se pode pelo menos negar a historicidade da linguagem. Assistimos a criações parciais: seja qual for sua originalidade em relação aos modos de expressão não lingüísticos, essas criações são *condicionadas*. Cumpre admitir que há limiares, que não se chega a qualquer coisa a partir de qualquer coisa; que, em certas constelações, uma criação que não era possível antes torna-se possível. Admitir uma história da linguagem é simplesmente admitir que não se pode chegar a certo estado sem passar por etapas sucessivas.

Há uma *concepção causal* da história que postula haver mais na causa que no efeito, ou tanto na causa quanto no efeito, e uma concepção da história como simples explicação do que se dava na origem. Essas duas concepções negam o papel do tempo. A linguagem não se acomoda a nenhuma delas. Obriga-nos a considerar a história como um curso contingente e lógico das coisas, em que os fenômenos podem esboçar-se e depois ser sistematizados pelos atos de vida social ou de pensamento. Exemplo: a negação *"pas"*, em francês, começou como palavra que designava o passo [*pas*] de um homem andando ("je ne fais *pas"*, no sentido de não faço passo, não avanço). Por um deslizamento a palavra *pas* foi carregada de sentido negativo. Graças a um equívoco, houve retomada e aquisição. Depois de certo tempo de uso, a palavra torna-se um novo instrumento lingüístico. Cada momento do tempo, na linguagem, é retomado do passado, modificado por uma série de escapes. Por isso, cabe admitir, se não um nascimento da linguagem, pelo menos uma marcha da linguagem para suas formas mais expressivas a partir de formas menos expressivas, que poderiam ser bem diferentes de nossa linguagem para merecer o nome de *pré-linguagem*.

São formas desse gênero que Jespersen tenta reconstruir.

Ele observa a eliminação progressiva dos sons considerados mais difíceis e mais longos. As palavras primitivas devem ter sido, em comparação com as nossas, o que foram os plesiossauros em comparação com nossos animais.

Nossa língua é menos emocional do que as formas rudimentares. Não teria havido diferenças iniciais entre a ato de falar e o ato de cantar.

Gramática: as gramáticas antigas têm uma forma mais sintética; as modernas, mais analítica (o latim é mais sintético que o francês). Os verbos poderiam ter variado segundo numerosíssimas dimensões: sexo, complemento etc. O falar arcaico teria sido muito menos complicado que o falar moderno.

A forma inicial da linguagem seria, portanto, uma espécie de canto. Os seres humanos teriam cantado seus sentimentos antes de comunicarem seu pensamento. Assim como a escrita no começo foi pintura, também a linguagem no começo teria sido canto que, analisando-se, ter-se-ia tornado signo lingüístico; pelo exercício desse canto os homens teriam experimentado seu poder de expressão.

Busca-se portanto descrever certas formas de expressão pré-lingüísticas que, sem serem as *causas* da linguagem, seriam seu *berço*. Da mesma maneira, Revesz, em seu livro medíocre (*Origine et préhistoire du langage,* Payot, 1950), descreve experiências de contato e chamamento que, se não fornecem à linguagem condições de possibilidade, pelo menos fornecem certas condições de realização.

Não se pode falar de uma origem empírica da linguagem. Pode-se pelo menos descrever formas pré-lingüísticas a partir das quais um *ser humano tende* a falar, e a linguagem se torna como que iminente.

Mesmo para os autores que admitem uma evolução, o aparecimento da linguagem articulada é como um *"Ursprung"* (brotamento). Os lingüistas nos convidam, portanto, a situar-nos dentro da linguagem e não a considerá-la de fora.

Poderíamos nos interessar por suas conclusões filosóficas gerais ou por seus trabalhos científicos. Se adotarmos o segundo ponto de vista, entraremos em choque com as objeções feitas ao filósofo toda vez que ele utiliza uma disciplina positiva; censuram nele:

a) vincular os destinos da filosofia ao sistema científico em questão, ou seja, a teorias relativas e provisórias, *sacrificar a filosofia à ciência;*

b) reinterpretar os fenômenos científicos, dando-lhes assim uma significação que eles não tem, *sacrificando a ciência à filosofia.*

As duas objeções subentendem a necessidade de fazer uma escolha entre ciência e filosofia. A ciência é uma construção elaborada pelos homens, destinada a elucidar certo número de experiências que eles ou outros tiveram, por meio de métodos rigorosos. Espere-se dela, ou não, o conhecimento do próprio ser, nenhuma filosofia pode abster-se de encontrar para seus métodos de "verificação" um vínculo e um estatuto filosófico. Sendo a lingüística o exame mais rigoroso possível da língua como instituição, não se concebe filosofia da linguagem que não seja obrigada a colecionar e a articular em torno de suas próprias verdades as verdades estabelecidas pelo lingüista. Se considerarmos a filosofia como a elucidação da experiência humana, e a ciência como um momento essencial dessa experiência, o dilema desaparece.

O que pediremos, portanto, aos lingüistas, não são suas conclusões filosóficas (como filósofos eles não são mais consistentes que outros). Procuraremos participar de sua experiência da linguagem. O lingüista, aproximando as línguas entre si, mostra cada uma delas sobre um fundo que a revela de repente a quem a falava, mas não a *via*.

O estudo comparativo e objetivo é indispensável para nos despertar para essa linguagem que acreditávamos conhecer porque a falamos.

A lingüística em princípio estuda a língua objetivamente, ou seja, considera a língua como ela é, "por trás das costas" (Hegel) de quem a fala. Mas veremos que na verdade o método objetivo tem convergência com a reflexão direta sobre a linguagem.

1. *Os sons*

A *fonética* é o estudo das mudanças ocorridas no sistema dos fonemas ao longo da história de uma língua. Os sons dependerão unicamente de nossos órgãos da fonação? Nesse caso poderíamos prever a existência de leis universais de vecção, segundo as quais as línguas tenderiam a transformar-se em certo sentido. Ora, segundo opinião comum, as leis fonéticas só são válidas dentro de um período histórico dado, o que nos permite presumir que tais leis não são comparáveis às leis físicas, ou, mais precisamente, que nunca têm uma necessidade incondicionada. Haveria uma dependência da lei em relação a certa estrutura histórica da língua, assim como uma lei física – a queda dos corpos, por exemplo – só é válida em certo estado do mundo. Ex.: a lei da queda dos corpos só se entende num sistema de rotação da terra no qual a velocidade de rotação não ultrapasse certo limite. Toda lei está vinculada a certo coeficiente de fato (Brunschvicg). Isso se aplica ainda mais à lingüística, cujas leis são afetadas por um coeficiente de facilidade. Portanto, não permitem nenhuma previsão e são indubitáveis só quando se fala do passado (Vendryes).

Por outro lado, o fenômeno fonético não constitui uma ordem em si, que não leve em conta o sujeito falante. Mesmo no que se refere aos sons, assistimos em certos momentos ao aparecimento de fonemas provenientes de outras línguas e que não são determinados por uma necessidade fonética interior à língua, mas por fenômenos como a imitação. Um elemento de lógica é reintroduzido *a posteriori* pela prática da linguagem. Verificam-se, por exemplo, efeitos de hiperurbanismo ou de hiperdialetismo que são um exagero voluntário do acento por parte dos habitantes da cidade e do campo por necessidade de distinguir-se.

Finalmente, é preciso perceber até que ponto os sons que empregamos na linguagem são mais ricos que os sons emitidos naturalmente por nosso aparelho fonador. Nunca chegaremos, pronunciando *qualquer som,* a igualar a riqueza e a variedade dos sons de uma língua. Assim, sob esses três aspectos, está claro que já o fenômeno sonoro, na linguagem, é uma ordem transnatural.

2. A gramática

Os gramáticos dos séculos XVII e XVIII, inspirados em categorias gramaticais não adaptadas à estrutura real do francês, nos dão dela menos um conhecimento que uma imagem deformada.

A *etimologia* também pode falsear nossa idéia de uma palavra; de fato, visto que o sentido de uma palavra não se dá para trás, mas para a frente, temos que esse sentido prospectivo não é forçosamente a resultante dos sentidos passados. "Não somos filhos de nossos ancestrais, mas escolhemos nossos ancestrais" (Aron). Isso pode ser aplicado à etimologia popular, que é a escolha com a qual as pessoas exprimem o sentido efetivo que dão atualmente a uma palavra.

Semantemas são palavras como céu, mesa etc., enquanto os *morfemas* exprimem relações entre palavras: a, de, para...

Morfologia é o estudo do conjunto das formas que reúnem as palavras. A noção de morfema generalizou-se muito, e os lingüistas mostraram que a ausência de signo é um signo ("morfemazero"). Por exemplo, o nominativo, que não comporta desinência numa língua dada, é designado por essa ausência de desinência, do mesmo modo que há silêncios expressivos em música. Além do inventário dos morfemas manifestos, a morfologia completa terá, pois, como tarefa distinguir esses morfemas latentes. Vejamos alguns exemplos:

– Existem línguas (peul) nas quais a negação é marcada pela *entonação*.

– A expressão francesa "*il a fait*" compõe-se de três palavras: os lingüistas se perguntam se essa análise não é convencional. Comparam uma expressão desse tipo aos morfemas característicos do aoristo em grego. Para quem fala francês, a expressão "*il a fait*" não é composta por um pronome, um verbo e um particípio: é a expressão total na qual "*il*" é equivalente ao σ e ao aumento do aoristo grego.

– Em chinês, a relação de dependência entre palavras principais é marcada pela *ordem das palavras*; não existem morfemas positivos, e no entanto as relações morfológicas são expressas com tanta força quanto entre nós por particularidades destinadas a esse fim.

– Em francês, quando dizemos "*Pierre frappe Paul*" [Pedro surra Paulo], o único morfema expresso é *frappe*.

Essa análise da noção de morfema leva-nos a generalizar consideravelmente: o morfema está bem distante de ser sempre uma palavra à qual pode corresponder um conceito positivo.

Houve às vezes derivação de semantema a morfema (cf. "*casa*" em latim, que deu "*chez*" [em, em casa de] em francês). O semantema esvaziou-se de sentido, e através dele emergiu um sentido que por vezes permaneceu indeciso. É próprio do morfema ser um instrumento gramatical, caracterizado por *valores de uso*, mais que por *significações*. Em certos casos, ele aparece como indefinível por excesso: é impossível dar uma *definição* da preposição "*à*" [a] francesa, à qual correspondem oito possíveis traduções em alemão (*zu, nach, an, in, mit, auf, bei, um*). Essa observação nos servirá quando nos perguntarmos, com Saussure, como a linguagem significa.

Vimos que a distinção entre semantema e morfema, de aparência simples, complica-se quando considerada com mais atenção. É assim que os *pronomes pessoais,* que de início eram semantemas, acabaram por converter-se em morfemas puros e simples. Exemplo: em *"je le dis"* [digo-o], o pronome cola-se ao verbo cada vez mais estreitamente: a conjugação *je dis, tu dis, il dit* (pronunciada *jedi, tudi, idi*) é o equivalente ao latim *"dico, dicis, dicit". Jedi, tudi, idi* podem ser considerados extensões de uma flexão anterior da palavra.

– É impossível congelar as palavras numa função gramatical absolutamente definitiva, pois, na realidade, não há conceitos do substantivo, do pronome etc. A palavra é como um *instrumento definido por certo uso,* sem que possamos atribuir a esse uso uma fórmula conceitual exata. (Essa observação é válida para a maioria das categorias gramaticais.)

O *gênero,* ainda que na origem parecesse baseado em características observáveis ou místicas do objeto, hoje já não tem nenhuma significação intrínseca.

Sempre que uma palavra não é acompanhada por um artigo cujo gênero seja bem evidente, o gênero da palavra tende a tornar-se ambíguo.

Exemplo: em francês as palavras que começam com vogal (*l'aurore, l'abîme*) tendem a mudar de gênero porque não têm artigo que as sustente em seu gênero original. O gênero tende a ser um simples índice que diferencia as palavras, um "classificador".

O *número* corresponde a certo aspecto das coisas. Mas é preciso que esteja calcado nas relações das coisas e daí extraia uma significação absolutamente unívoca. Devemos escrever doce de groselha ou de groselhas? Essa hesitação decorre do fato de que o plural francês abrange duas significações indistintas – *pluralidade* e *coletivo.*

A mesma observação é válida para a maioria das categorias lingüísticas que, além do sentido principal, encerram sempre um sentido latente em desenvolvimento ou regressão. Não há um sistema de categorias imutáveis e inerentes às coisas. As categorias evoluem: o plural francês germina (coletivo); a língua contém significações adquiridas, disponíveis, e outras que começam a esboçar-se. Nós a empobreceríamos se a restringíssemos àquilo que já está realmente fixado nela.

Tempo: a distinção entre presente, passado e futuro parece fundamentada nas coisas. Mas há línguas que não têm futuro e outras que possuem outros tempos que não esses, ou seja, entendem o tempo de outro modo.

É impossível compreender as conjugações do grego ou do indo-europeu sem levar em conta o *aspecto* tempo que serve para distinguir a ação considerada no instante. O aspecto seria mais uma categoria da *duração* que uma categoria do tempo. Assim, não há evidência objetiva do tempo gramatical, mas simplesmente diferentes *instrumentos lingüísticos* para explorar o tempo. Em hebraico, o futuro serve de futuro e de passado na narração, enquanto o pretérito pode servir de futuro: dizemos que há indecisão porque tentamos pensar o modo de articulação do tempo através do nosso. Na realidade, se conseguirmos pensar essa conjugação conforme sua "arquitetônica própria" (Gustave Guillaume), veremos que ela tem sentido e possibilita uma comunicação das relações fundamentais de tempo. Em francês, aliás, vemos que o aspecto emerge sob a influência da necessidade de expressão: as palavras compostas com *"re"* substituem a forma simples quando se tem em vista apenas o *resultado,* e não o processo; embora na origem o *"re"* implicasse a idéia de reiteração, depois ele foi carregado de significação diferente, indicando uma nuance do aspecto para a qual o francês não dispõe de designação oficial. (Ex.: *abattre* [abater, derrubar] e *rabattre* [abater, diminuir; baixar, fazer descer; achatar, assentar], *abaisser* [baixar, diminuir] e *rabaisser* [abaixar, rebaixar].) Portanto, vê-se aparecer numa língua o equivalente do que se encontra noutra, expresso com maior ou menor habilidade técnica. Se há unidade de linguagem através das línguas, é no esforço comum em direção à expansividade que cabe procurá-la, e não num sistema de categorias "universais"; é uma unidade na ordem da existência, e não na ordem da essência.

A conjugação francesa contém exceções a suas próprias regras em número suficiente para que a consideremos mais como instrumento lingüístico do que como uma representação do tempo.

Ativo e passivo: a distinção teórica entre essas duas categorias gramaticais consiste no fato de que uma executa a ação e a outra sofre a ação.

– O gato come o rato (ativo).

– O rato é comido pelo gato (passivo).

Mas a forma passiva não se restringe a este último uso. Por outro lado, não se executa uma ação quando se diz: morro, sofro; na própria conjugação ativa francesa, há formas passivas: *je suis allé* [fui].

Certas línguas não têm outro modo além do passivo. O aparato de expressão não pode portanto ser considerado uma soma de signos para significações discretas e justapostas que ele se limitaria a evocar para seu entendimento puro.

Transitivo e intransitivo: em princípio um admite objeto, outro não. Na realidade não há valor conceitual rigorosamente definido desse instrumento lingüístico, nem paralelismo lógico-gramatical sobre esse ponto. *"Noces tibi"* é transitivo pelo sentido. A possibilidade de uma gramática universal continua problemática porque a língua é feita de significações em estado nascente, está em movimento, e não imobilizada, e talvez caiba reconhecer em última análise "significações em mutação", como dizia Husserl em suas últimas obras.

Todas as nossas distinções entre espécies de palavras (pronomes, adjetivos, verbos) são esquemáticas em relação ao uso da língua.

No entanto, existe uma diferença irredutível entre duas espécies de frase:
– *a frase verbal,* que contém um verbo que não é o verbo ser;
– *a frase nominal,* que contém o verbo ser e enuncia as propriedades de um objeto.

Mas a análise aristotélica é insuficiente não apenas, como várias vezes se disse, para passar da linguagem ao pensamento, *mas também para caracterizar a própria linguagem.* Os lingüistas recusam-se a reduzir a frase verbal à frase nominal.

Por fim, outras distinções de sentido são expressas pelo *estilo,* e não pela gramática. *A ordem das palavras,* em certas línguas sem morfemas, condiciona a significação; em outras, é relativamente facultativa e deixa o campo livre para nuances de estilo. Em latim *"homo est avarus"* significa que ocorre a esse homem ser avarento, ao passo que *"avarus homo est"* significa que a avareza é o defeito desse homem.

Isso é especialmente claro quando comparamos a língua escrita e a língua falada: "pessoalmente, não tenho tempo para pensar nesse assunto" em língua escrita, torna-se na língua oral: "tempo, eu lá tenho tempo pra pensar nesse assunto?" (Vendryes).

Segundo alguns, a origem da gramática teria sido a língua falada, portanto a *comunicação viva.* Haveria uma *pré-gramática,* que, estabilizando-se, daria a gramática.

Depois da morfologia em repouso, caberia considerar *a morfologia em transformação*. A linguagem se caracteriza por duas necessidades contraditórias: *necessidade de uniformidade* e *necessidade de expressividade*; é preciso que uma forma esteja em uso para ser compreendida, e no entanto uma forma empregada com demasiada freqüência perde seu sentido: (genial, fantástico); a necessidade de expressividade luta contra a deterioração das palavras e das formas e provoca criações lingüísticas em dado momento.

Essas criações, evidentemente, não correspondem a nenhum plano preestabelecido. São sistemáticas, mas na maioria das vezes se valem de um acaso da história da língua. Por exemplo, a tônica italiana na penúltima sílaba das palavras tornou caduca a última, mas ao mesmo tempo tornou necessário um novo sistema de expressão não flexional; o francês, que, ao surgir do latim, começou a "consertar" por meios improvisados as flexões avariadas. Por exemplo, os particípios *vu, tenu, rompu*, incorporaram-se no francês por analogia com as palavras em –utus, do baixo latim. Mas isso não bastou. Era como se um novo sistema de expressão viesse à tona: artigos e pronomes vão desenvolver-se, e a necessidade de preposições vai transformar palavras plenas em preposições: *chez* [< *casa*, em, em casa de], *excepté* [exceto], *malgré* [malgrado, apesar], *sauf* [salvo], *plein* [muito, plenamente].

A deterioração, a decadência de um sistema expressivo deixou atrás de si destroços que foram recolhidos, remanejados, reutilizados, como por uma nova onda de expressões. A deterioração da última sílaba em latim, resultante da tônica na penúltima, *torna-se* de repente o fato positivo da tônica francesa na última sílaba. Tudo ocorre na língua como um jogo do espírito, de aproveitamento constante de acasos. Trata-se, portanto, de uma espécie de espírito cego cuja natureza precisaremos esclarecer.

3. *O vocabulário (a semântica)*

Embora não admitam sem restrições a identidade de uma palavra através do tempo (vimos que a etimologia não dá o sentido real), os lingüistas são obrigados a admitir que "*absolutus*" deu "*absoluto*" [fr. *absolu*] (por ex.), caso contrário a morfologia e mesmo a fonética comparadas seriam impossíveis. Mas essa identificação através do tempo é "desfocada", como certas fotografias "instantâneas". Palavras indistinguíveis na linguagem viva: *louer* [alugar] e *louer* [louvar] são diferentes para os etimologistas porque provêm de duas palavras diferentes, *"locare"* e *"laudare"*. Há palavras que o etimologista vê como idênticas, admitindo apenas que elas têm *vários sentidos,* ao passo que, na realidade e considerados no estado presente da língua, esses sentidos já não têm mais nenhuma relação; isso se pode dizer dos três sentidos do verbo francês *"rapporter",* segundo se fale de um terreno [produzir], de um cão [trazer a caça] ou de uma criança [dedar]. *Maréchal* [ferrador] e *Maréchal* [marechal] têm a mesma etimologia e nenhuma relação de sentido. Assim, quando falo da *"pena"* para escrever, não penso na pena de ave que, no entanto, está na origem da pena de escrever. A "polirresia" das palavras é tal que se pode dizer que numa frase não é a palavra que tem sentido unívoco, mas sim a palavra situada no contexto. Mas o próprio contexto é constituído por outras palavras, que também têm vários sentidos. Ocorre então entre as palavras uma interação cujo resultado é atribuir a *cada uma* o sentido compatível com o das outras, mas a estas, por sua vez, o sentido compatível com o da primeira. Problema do mesmo tipo encontra-se na percepção, em que cada elemento do campo perceptivo recebe o valor cromático, espacial e significativo que lhe é atribuído por um conjunto *de que, por hipótese, ainda não dispomos.* A constituição de tal *Gestalt,* no mundo percebido, só se compreende afinal se nos referirmos aos corpos e aos *órgãos* considerados como o que em nós é capaz de realizar tal vaivém das partes ao todo, de "adivinhar", pela *familiaridade* que têm com o mundo percebido, o que *vai ser* a configuração do conjunto, e de conferir a cada detalhe, por conseguinte, o valor conveniente. Da mesma maneira, na linguagem viva e da comunicação presente, nunca entenderemos como uma frase pode apresentar-nos um sentido imediato e dar-nos a própria presença do pensamento de outrem, se o sujeito que compreende é entendimento puro, se ele está adstrito a um recenseamento de todas as significações possíveis de cada palavra e do conjunto, se não é *sujeito falante* mais que sujeito pensante. A linguagem funciona em relação ao pensamento como o corpo em relação à percepção.

Para finalizar esta parte de vocabulário da semântica, é impossível delimitar as palavras de uma língua, fazer um recenseamento completo. Certas palavras só surgem em nós quando precisamos delas, assim como a faísca não está contida na pedra, mas se forma em contato com o metal que a atrita. A linguagem como instrumento não é comparável a um martelo cujos modos existem em número finito. Mais parece com um piano, do qual se pode extrair um número indefinido de melodias. Num inventário de vocabulário, por acaso se conta uma palavra para cada um de seus significados? Contam-se acaso, como parte do vocabulário de um indivíduo, todas as palavras cujo sentido exato ele não conhece, embora as use adequadamente? (a maioria dos franceses não sabe o que é *"linotte"* [pintarroxo], a não ser através da expressão *"tête de linotte"* [cabeça de vento]). Contam-se como parte da língua atual as palavras novíssimas que ainda são mais ou menos entendidas, mas tendem a desaparecer? Admitir que seja possível contar as palavras de uma língua é supor que essa língua é formada por uma soma finita de signos e significados, ao passo que, na realidade, trata-se de um sistema unificado de expressões cujas aplicações nem sempre são *numeráveis*.

Na verdade, numa língua não há *palavras* dotadas, cada uma, de um ou vários sentidos. Cada palavra *só* tem o sentido que é sustentado nessa significação por todos os outros, e como o mesmo se pode dizer destes últimos, a única realidade é a *Gestalt* da língua. Para que uma palavra persista em seu sentido é preciso que seja escorada por outras. *Captivus* (e seu derivado fr. *captif* [cativo]), escorada por *capio*, mantém o sentido sem mudanças; mas *chétif* [mirrado, enfezado] resvala para outro sentido; a posse do sentido pela palavra só é possível numa situação de equilíbrio muito instável: uma palavra só conserva seu sentido quando freqüentemente empregada em diferentes contextos (a palavra francesa *"fruste"*, que na origem era aplicada apenas à moeda cuja efígie estivesse apagada, muda de sentido e passa a significar "grosseiro" porque não foi mantida em seu sentido inicial pela intersecção de contextos variados). Mas se a palavra é usada em demasia e em demasiados contextos, acaba por ser solicitada por eles e muda de sentido também.

A unidade, a interligação de todos os fenômenos, que vimos nesses três parágrafos (sobre os fonemas, a morfologia e o vocabulário), existe também entre essas três ordens de fenômenos. É a ação combinada e compensada entre fonética, morfologia e vocabulário, é a vida de uma língua. Mas em certo sentido, mantendo-se a mesma unidade gradual, através do devir das línguas, chega-se, com Vendryes, à idéia *de uma* unidade *da função linguagem através das línguas.* Não se trata de sonho de uma gramática universal que com seu sistema conceitual domine todas as gramáticas empíricas; Vendryes quer falar de uma universalidade concreta que só se realizaria gradualmente e se encontra na vontade expressiva que anima as línguas mais que nas formas transitórias nas quais ela redunda.

"Uma língua é um ideal que se busca, uma realidade em potência, um devir que nunca chega" (Vendryes). É uma entidade comparável à idéia kantiana, que resultaria da totalização ao infinito de todos os meios de expressão convergentes. O francês se define no momento como a meta comum a todos os indivíduos que o falam, considerando-se que consigam comunicar-se entre si. Essa comunicação bem-sucedida não impede que, de geração em geração e por gradação insensível, diferenças quantitativas se transformem em diferenças qualitativas. O francês não é uma realidade objetiva que possa ser dividida de acordo com fronteiras rigorosas no espaço e no tempo; é uma realidade dinâmica, uma *Gestalt* no simultâneo e o sucessivo, um conjunto que culmina em certas propriedades distintivas, mas que não se pode dizer começar exatamente aqui e terminar exatamente ali. Não se pode datar com exatidão o aparecimento do francês, ainda que, ao termo de determinado tempo de evolução, se veja emergir certa *"arquitetônica"* (G. Guillaume) que já não é a do latim. Ele extravasa forçosamente seus "limites", pois sempre é uma forma que se destaca sobre um fundo. Mesmo uma língua comum como o francês pode, por fatores não lingüísticos (política), adquirir uma unidade pronunciada. Mas os dialetos que se renderam às forças lingüísticas espontâneas não chegam nunca a uma unidade; as linhas isoglóssicas não lhes são sobreponíveis, não se pode dizer que aqui o francês seja como o provençal.

Desse contato com alguns fatos lingüísticos o filósofo pode já extrair algumas informações:

1. No que se refere aos fonemas, vimos que, quando um deles é subtraído de uma língua, trata-se de uma mudança sistemática (todas as palavras que o continham o perdem), mas não

se trata de algo semelhante a uma decisão comum. O acontecimento não deixa de ter analogia com a subtração de certos elementos do "esquema corporal", que se observa em certas doenças. Já se observou (síndrome de Ganser) que muitos doentes desconhecem sua deficiência sensorial ou motora, tendendo-se a explicar esse fato com a observação de que o indivíduo evita todas as tarefas que exigiriam a participação do membro ou do órgão afetado. Este é posto "fora do circuito". O indivíduo parece renunciar a ele (como se ele já não figurasse em seu esquema corporal). Do mesmo modo, a língua põe fora do circuito um fonema que antes utilizara, sem que se trate de uma verdadeira convenção ou decisão.

Na atividade do corpo, assim como na da língua, há uma lógica cega, leis de equilíbrio que são observadas pela comunidade dos sujeitos falantes sem que nenhum deles tenha consciência dela. A essa lógica espontânea opõe-se a lógica voluntária dos fenômenos de *hiperurbanismo* e *hiperdialetismo*.

2. Considerando a gramática, vimos que a palavra se define acima de tudo por seu valor de instrumento, que ela tem alcance, mais que *significação*. Em francês a partícula *"ti"*, na forma como é empregada já por certas personagens de Molière (*"j'aime-ti pas ma fille?"*), não é explicável pela análise lógica. Na origem, a forma interrogativa do presente do indicativo era usada em todas as pessoas; depois, gradualmente, deixou de ser usada nas duas primeiras pessoas do singular e do plural (*aimons-nous, aimez-vous*) porque criava confusão com o reflexivo, e enfraqueceu-se nas duas primeiras pessoas do singular por razões de eufonia. A forma que era própria à terceira pessoa (*aime-t-il*) invadiu as outras pessoas, e *"t-il"* pronunciado *"ti"* passou a significar a interrogação em si, a tal ponto que se pode dizer *"j'aime-ti pas ma fille?"*. Considerando esse nascimento em francês de uma quase-partícula *ti*, é explicável a impossibilidade de atribuir à partícula αγ em grego uma análise que unifique as diferentes significações de que ela está carregada.

Pronomes, gêneros, números tendem também ao valor de uso. O sentido de uma palavra acaba por reduzir-se à consciência de uma substituição possível por estas ou aquelas outras palavras, e impossível por outras. Em particular, pareceu-nos que a análise lógica da proposição é impossível.

Parece, pois, que não seria possível resolver o problema da linguagem concebendo-a como uma série de signos dos quais cada um abarque uma significação ou um conceito: a consciência de significação não é exaustiva na linguagem, não chega ao conceito, e, correlativamente, está menos *atrás* do signo do que misturado a ele como o halo de seus usos possíveis na comunicação. Toda palavra isolada supõe um estado presente do diálogo. Cada frase é a modulação de um poder de expressão total que temos em comum. Assim como saber tocar piano não consiste em conseguir executar alguns trechos mas em dispor de um meio geral de traduzir notas escritas em música, saber falar não é dispor de um número finito de signos puros e de significações puras.

Essas observações fazem-nos rever certas idéias de Saussure (*Cours de linguistique générale,* obra citada), que, aliás, orientaram o trabalho dos lingüistas de todo o período recente. Saussure admite que a língua é essencialmente *diacrítica*: as palavras não carregam tanto um sentido quanto descartam outros sentidos. O que equivale a dizer que cada fenômeno lingüístico é diferenciação de um movimento global de comunicação. Numa língua, diz Saussure, tudo é negativo, existem apenas diferenças sem termos positivos. O lado significado reduz-se a diferenças conceituais; o lado significante, a diferenças fônicas.

Disso decorre que, falando-se da linguagem, deveríamos preferir dizer *"valor"* a *"significação"*, no sentido com que se fala do valor de uma moeda que se pode trocar por um número infinito de objetos. Há polissemia da palavra assim como há pluralidade de usos possíveis da mesma moeda. Michel Breal compara a palavra com a instituição em história. Ex.: o Parlamento, que na origem era um tribunal, adquiriu progressivamente, a partir do direito de registro de editos, o direito de censura, a tal ponto que no século XVIII se tornou um órgão de oposição política. Assim também, a palavra que foi introduzida para significar uma coisa perde o sentido original e adquire outro. A cada momento, o sentido é um elemento de uma configuração total: pode-se considerar a linguagem assim entendida como um aspecto daquilo que os sociólogos *"culturalistas"* chamam de *"cultura"*. Quando Saussure fala do caráter *"convencional"* da linguagem, está expressando em outro vocabulário essa idéia de que a linguagem é "cultural", não "natural".

A tentativa de Saussure em relação à linguagem é dupla:
a) *De um lado*: retorno à língua falada, viva, "a língua não é uma entidade, ela só existe nos sujeitos falantes".

A língua escrita, meio de conserva da língua viva, posterior a ela, não pode nos dar a chave da linguagem, ainda que possa às vezes obter um rigor e uma articulação da expressão inexistentes na língua falada.

b) *Mas ao mesmo tempo*: a língua não é uma função do sujeito falante; este, inserido na comunidade falante, não é o proprietário de sua língua; ele é, inteiramente, vontade *de ser entendido e de entender*.

Saussure vai ao encontro aqui do *problema filosófico capital das relações entre o indivíduo e o social*.

Para ele, o indivíduo não é nem *sujeito* nem *objeto* da história, mas um e outro simultaneamente. Assim, a língua não é uma realidade transcendente em relação a todos os sujeitos falantes, como uma fantasia formada pelo indivíduo. Ela é uma manifestação da intersubjetividade humana. Saussure elucida a relação enigmática que liga o indivíduo à história com sua análise da linguagem, ou seja, de uma das realidades sociais mais fundamentais: ele considera a lingüística como parte de uma "semiótica" mais geral.

Estudaremos de início as relações que unem a sociedade por meio da linguagem, depois generalizaremos e tentaremos esboçar uma idéia geral das relações entre indivíduo e coletividade.

1. Relações entre signo e significação

Saussure parte da idéia de que *tudo é psicológico na língua*. A palavra atual não é pura e simplesmente o resultado em si das palavras que lhe deram origem historicamente. É preciso distinguir entre identidade *substancial* (posso encontrar no belchior a mesma roupa que me roubaram) e identidade *estrutural* (o expresso das 9h17 é sempre o expresso das 9h17, embora não seja nem o mesmo trem, nem o mesmo maquinista). Entre a palavra "mar" e sua origem latina *"mare"* não há identidade substancial, mas identidade estrutural, houve transmissão por passagem contínua de uma geração à outra sem consciência de mudança de palavra. Não é a continuidade fonética ou material o fundamento da identidade da palavra; ela a pressupõe ao contrário.

No que se refere às *formas*, não há por que *explicar o* francês atual pelo francês do século XVIII. Exemplo: a locução *"bon marché"* [barato] deve ser considerada hoje como um predicativo único. É o valor de uma palavra que constitui sua identidade, assim como uma peça do jogo de xadrez não se define por sua matéria, mas por certas possibilidades definidas de defensiva e ofensiva. Isso mostra até que ponto tudo é psíquico numa língua.

Mas esse psíquico não é individual. De fato, uma língua não é uma nomenclatura, uma soma de signos ligados a outros tantos significados; as palavras são sistemas de poder solidários entre si. Em nenhum lugar se pode confrontar *uma* palavra e *seu* significado. Só existe relação entre a cadeia verbal e o universo significado. Dentro de uma mesma língua todos os signos que exprimem idéias semelhantes se limitam.

Exemplo: a área de ação da palavra francesa *"mouton"* [carneiro] não é a mesma da palavra inglesa *"mutton"*, porque o inglês possui duas palavras, das quais uma, *"sheep"*, serve para designar o animal, e a outra, *"mutton"*, a carne.

Segundo exemplo: há em certas línguas duas palavras para designar o sol, conforme se fale do sol em si mesmo ou de seus raios sobre a terra.

A característica mais exata de uma palavra é ser "o que as outras não são". Não há significado de uma palavra, mas de todas as palavras, umas em relação às outras; nunca nosso presente poderá ser o mesmo que o presente de uma língua sem futuro; é por isso que nunca se pode traduzir exatamente uma língua em outra. Assim, o fenômeno lingüístico é essa coexistência de uma multiplicidade de signos, que, tomados individualmente, não têm sentido, mas se definem a partir de uma totalidade de que eles mesmos são constituintes. Existem apenas "diferenças conceituais" e "diferenças" *fônicas* (Saussure). Portanto, nosso modo costumeiro de considerar a linguagem em suas relações com a consciência é falsa. A língua em seu funcionamento transcende a setorização habitual entre sentido puro e signo puro.

Com isso, cada sujeito falante encontra-se reintegrado na coletividade dos sujeitos falantes. É a *vontade global* de comunicar-se com o *alter ego* que funda o positivo do fenômeno lingüístico, que, considerado instante por instante, é sempre negativo diacrítico: ele cunha uma possibilidade de comunicar-se que constitui a própria essência do sujeito falante.

2. Relações entre o sujeito falante e o sistema expressivo

Não se pode distinguir de modo absoluto língua e sujeito falante. O pensamento sem as palavras é como um "sopro". Inversamente, as palavras sem o pensamento não passam de caos de signos sonoros. A função da língua é fazer aparecer o pensamento articulado no contato desses dois caos, e não servir de meio material para a expressão do pensamento. O "pensamento puro", diz Saussure, é como o sopro do vento sem figura e sem contorno. A linguagem em si mesma é como as massas de água do lago, sem configuração. É no contato dessas duas realidades amorfas, à superfície da água, que se produzem as vagas, suas formas geométricas, suas facetas; ou seja, o pensamento articulado e determinado. Não existe "nem materialização do pensamento, nem espiritualização da linguagem"; pensamento e linguagem não são mais que dois momentos de uma única e mesma realidade.

Isso conduz a uma concepção original das relações entre o espírito e o objeto.

3. Relações entre razão e acaso

Distinção fala-língua (*parole-langue*).
Distinção diacronia-sincronia.

a) Distinção fala-língua (parole-langue)

Fala (*parole*) é o que se diz; língua é o tesouro do qual o sujeito extrai recursos para falar; é um sistema de possibilidades.

Mas como ter acesso a esse francês "em si"? Na realidade, sempre que falo, viso à minha língua em sua totalidade, e me é muito difícil delimitar as fronteiras entre fala (*parole*) e língua (*langue*). A oposição não pode ser mantida numa forma tão simples.

b) Distinção diacronia-sincronia

– *Do ponto de vista diacrônico*, considerando a língua na sucessão dos tempos, segundo um corte longitudinal, ela nos aparece como uma seqüência de acontecimentos fortuitos. Verificamos a queda de um sistema, que passa ao desuso, a utilização fortuita de um detalhe que será depois retomado e sistematizado.

– *Do ponto de vista sincrônico*, ou seja, considerada em sua totalidade em dado momento de seu devir, a língua aparece, ao contrário, como tendente para certa ordem, como algo que forma um sistema.

Imaginemos que um planeta seja subitamente aniquilado; todo o sistema planetário será modificado, e se reorganizará pela utilização das forças que o habitam. O mesmo ocorre em lingüística. O acaso está na base de todas as reestruturações da língua; nesse sentido pode-se dizer que a língua é o domínio do *motivo relativo*: nada de racional nela se encontra que não derive de algum acaso retomado e elaborado por meio de expressão sistemática pela comunidade dos sujeitos falantes.

Em certos pontos importantes foi possível revisar a concepção saussuriana das relações entre sincronia e diacronia. G. Guillaume admite a existência de um esquema sublingüístico, definido por uma arquitetônica, nesses diferentes meios de expressão que se desenvolvem ao longo do tempo e orientam a diacronia. A linguagem não seria então uma *Gestalt* do instante, mas uma *Gestalt* em movimento, evoluindo para certo equilíbrio, sendo capaz, aliás – uma vez alcançado esse equilíbrio –, de perdê-lo logo em seguida como que por um fenômeno de deterioração, passando a procurar novo equilíbrio em outra direção. Segundo uma concepção desse tipo, há portanto um princípio interior à língua que seleciona os acasos da diacronia, e acaso e razão, diacronia e sincronia já não estão apenas *justapostos*, como em Saussure.

Mas mesmo para aqueles que, como G. Guillaume, remanejam a concepção saussuriana das relações entre sincronia e diacronia, permanece um elemento essencial do pensamento de Saussure: *a idéia de uma espécie de lógica vacilante cujo desenvolvimento não é garantido, que pode comportar todo tipo de descaminho, e em que ordem e sistema são, porém, restabelecidos pelo impulso dos sujeitos falantes que querem entender e ser entendidos.*

Aplicação à filosofia da história:

A concepção saussuriana, se generalizada, talvez possibilitasse encontrar um caminho entre as duas grandes atitudes da filosofia diante da história:

a) *A história* é uma soma de acontecimentos independentes, de *acasos* (nariz de Cleópatra).

b) *A história é providencial,* é manifestação de um interior, é um desenvolvimento compreensível.

As concepções da história de Bossuet (*Discurso sobre a história universal*) e a de Hegel (*Filosofia da história*) têm afinal em comum o fato de admitirem um destino histórico: o espírito conduz o mundo, e a razão histórica trabalha "atrás das costas dos indivíduos". Na verdade, isso dá a impressão de uma racionalização retrospectiva (Bergson, Aron): é ulteriormente ao fato que a idéia aparece como causal, e porque suas condições de realização são dadas por hipótese. No momento do evento o sentido e a orientação da história nunca são realizáveis sem o concurso de acontecimentos – presença na hora H deste ou daquele indivíduo excepcional, "parteiro" (Lenin) dos acontecimentos etc. – cuja ocorrência nenhum poder garantia *em absoluto*, ainda que tivessem se tornado *prováveis*.

O que Saussure viu foi justamente essa engrenagem do acaso e da ordem, essa retomada do racional, do fortuito, e a toda a história é possível aplicar sua concepção de história da língua: assim como o motor da língua é a vontade de comunicar-se ("somos lançados na língua", situados na linguagem e por ela engajados num processo de explicação racional com outrem), também o que move todo o desenvolvimento histórico é a *situação comum* dos homens, sua vontade de coexistir e reconhecer-se.

O princípio de ordem e racionalidade histórica não elimina os acasos; transforma-os ou utiliza-os; converte, como diria mais ou menos Saussure, o fortuito em sistemas; solicita e investe o acontecimento puro sem o eliminar. Talvez seja uma idéia desse tipo que constitui a originalidade da concepção *marxista* da história (por oposição à concepção hegeliana). Pelo menos era o que Trotski entendia ao dizer que a lógica da história pode ser considerada, por metáfora, como uma espécie de "seleção natural" (evidentemente, não passa de metáfora, visto que as forças em ação aqui são as da produtividade humana, e não da natureza: trata-se de uma "seleção histórica"): se certos regimes desaparecem, é por serem incapazes de resolver os problemas do seu tempo, o impulso intersubjetivo do momento. O que se chama lógica da história é um processo de eliminação pelo qual só subsistem os sistemas capazes de fazer face à situação. A história não é um Deus oculto que age em nosso lugar e a que deveríamos nos submeter. Os homens fazem sua história como fazem sua língua.

Conclusão: seria possível dizer sobre a linguagem em suas relações com o pensamento o que se diz da vida do corpo em suas relações com a consciência: assim como não podemos pôr o corpo em primeiro lugar, e tampouco podemos subordiná-lo, retirar-lhe a autonomia (S. de Beauvoir), não podemos dizer que a linguagem faz o pensamento, mas tampouco que é feita por ele. Ela o habita e é seu corpo. Essa mediação de objetivo e subjetivo, de interior e exterior que a filosofia procura, poderia ser encontrada na linguagem, se conseguíssemos chegar muito perto dela.

A criança vista pelo adulto

Esta primeira aula esclarecerá o objeto do curso: a pedagogia. Como deve ela ser concebida?

I. POSIÇÃO DA PEDAGOGIA EM RELAÇÃO ÀS OUTRAS DISCIPLINAS

Costuma ser situada simplesmente em relação à psicologia da criança: admite-se que ela é a técnica da educação e apóia-se numa ciência de que depende: a psicologia da criança. À primeira vista, essa relação parece clara: é a relação entre a ciência (estudo das causas e conseqüências) e a técnica (estudo dos meios e dos fins).

Segundo essa concepção, a pedagogia é o conjunto das técnicas que resumem a ciência psicológica e a transformam em regras de ação.

Mas nessa relação, a pedagogia está duplamente subordinada: em primeiro lugar à psicologia e em segundo à moral, pois supõe valores preestabelecidos que não questiona (postulados implícitos, como, por exemplo, a medicina a postular implicitamente que a vida é um valor e preferível à morte).

Essa dependência dupla é sustentável?

a) *Relação entre pedagogia e moral*: A pedagogia deve pressupor uma moral estabelecida e limitar-se a aplicar os valores assim preestabelecidos? Achamos que não: não se podem admitir valores preestabelecidos antes de conhecer a situação real da criança. Antes de tudo, é preciso estabelecer o valor da própria situação. Não se podem estabelecer imperativos preconcebidos antes de conhecer os conflitos entre adulto e criança.

Em *L'Expérience morale* (Alcan, 1903), F. Rauh esclarece essa idéia de que nenhuma moral pode ser estabelecida *a priori*: enquanto só houver fins abstratos, não haverá moral real; o imperativo moral real emerge em contato com as situações.

Por conseguinte, há algo de artificial nesse primeiro recorte.

b) *Relação entre pedagogia e psicologia da criança*: Quanto à dependência da pedagogia em relação à psicologia da criança, também é artificial; a pedagogia não é aplicação da psicologia, ela *é* psicologia da criança. Assim como não há médico prático puro, é impossível ao pedagogo separar observação e ação. Quando se trata de seres vivos, e com mais razão de seres humanos, não existe observação pura: toda observação é já uma intervenção; não se pode experimentar ou observar sem mudar alguma coisa no objeto de estudo. Toda teoria é ao mesmo tempo prática. E, inversamente, toda ação supõe relações de compreensão. As relações entre educador e criança não são acessórias, mas *essenciais* à situação.

Diremos, portanto, que as relações entre a teoria e a prática não são de dependência linear, mas circular, ou de envolvimento recíproco: toda prática supõe um juízo e produz um juízo; toda pedagogia é ao mesmo tempo psicologia, ao menos implícita.

O problema do pedagogo é o do psicanalista e em geral de todo experimentador: ele modifica seu objeto de estudo. Mas isso só é inconveniente se ele ignorar o sentido de sua própria intervenção. O mais grave é que às vezes ele só pode conhecê-la através da reação da criança. Portanto, é simultaneamente que o adulto aprende a conhecer-se e a ensinar a criança.

Em nossas relações com a criança, a criança é aquilo em que nós a transformamos. Isso não tem importância se sabemos o que introduzimos (ver em toda resposta da criança uma reação à pergunta do adulto). Essa relação circular, mesmo que implique um perigo de ilusão, não pode ser evitada: não há outro meio de acesso à criança. É preciso saber separar, pouco a pouco, o que vem de nós e o que é dela. Em suma, a relação entre observação

e ação, teoria e prática, nunca é uma relação de puro conhecimento, mas uma relação de existência; com uma crítica suficiente, pode-se esperar constituir um saber real. Portanto, não há três disciplinas distintas, não há diferença de natureza, mas um trabalho único dirigido:
– para o estudo das regras de conduta (moral), ou
– para o saber objetivo (psicologia da criança), ou
– para as reações do adulto em relação à criança (pedagogia).

Só que a psicologia da criança vê as coisas mais do lado da criança; a pedagogia, do lado do adulto. A pedagogia será, portanto, a descrição da imagem que o adulto tem da criança. Procura saber como este estabelece suas relações com a criança e como isso foi feito nas diferentes épocas da história.

II. PEDAGOGIA E HISTÓRIA

Toda pesquisa deve recorrer à história da pedagogia. É ela que nos dará informações sobre as diferentes condutas do adulto diante da criança, seja de fato, seja como doutrina. A história ajuda-nos a compreender o fenômeno especular que ocorre entre adulto e criança: ambos se refletem como dois espelhos indefinidamente fronteiros. A criança é o que nós acreditamos que ela é, reflexo do que queremos que ela seja. Estamos todos indissoluvelmente ligados pelo fato de que outrem é para conosco o que somos para com ele. Somente a história pode fazer-nos sentir até que ponto somos os criadores da "mentalidade infantil". Ela nos mostra as variações concomitantes e nos faz sentir, por exemplo, que as relações de "repressão" com a criança, que acreditamos fundadas numa necessidade biológica, são na realidade expressão de certa concepção da intra-subjetividade. Em nada a tomada de consciência é tão difícil como quando se trata de nós, e o fenômeno quase sempre nos escapa quando estamos diretamente implicados na situação. Pela história e pela etnografia, entendemos a pressão que fazemos pesar sobre a criança.

Nossas relações com a criança parecem-nos ditadas pela natureza, estabelecidas com base em diferenças permanentes, biológicas. Nossa conduta de dominação parece-nos natural e necessária, pois a criança espera tudo de nós. As crianças nos parecem dadas como posse, em vista de suas semelhanças conosco, porque parecem continuação nossa, encarregadas pela natureza de realizar nossas esperanças. Nossa atitude parece-nos justificada e até imposta pela "natureza", pois esta traz ao mundo a criança em estado de desnudamento e impotência. Mas aqui convém fazer a distinção de Descartes entre "liberdade" e "poder", uma vez que a liberdade é a mesma para todos, mas o poder (os meios de realizá-la) não o é. Isso se aplica à criança: completamente desprovida de "poder" ao nascer, a liberdade não tem sentido para ela, pois não lhe é possível nenhuma autonomia. É esse estado totalmente passageiro que nos parece recomendar uma atitude possessiva. Na realidade, esse desnudamento provisório da criança humana está ligado a seu poder ulterior: é porque será homem que tem tão poucos instintos e está muito mais desaparelhado que um filhote de animal. Ao prolongar além da primeira infância a autoridade assumida, o adulto não está obedecendo à "natureza", está criando uma dependência, fazendo um escravo e inovando.

Não vemos o que nossa conduta tem de derrisório, porque falta destacar-nos sobre um "fundo" (como dizem os gestaltistas). Comparando civilizações diferentes, obtemos justamente esse fundo, entendemos nossa civilização. A história nos dará duas referências: o passado e os outros setores da atividade humana. A história revela-nos a unidade profunda das diferentes atitudes, religiosas, econômicas e políticas.

Isso nos leva a procurar saber qual é, para a pedagogia atual, a contribuição da psicanálise, por um lado, e do materialismo histórico, por outro lado.

III. PEDAGOGIA E PSICANÁLISE

A psicanálise prefere dar mais atenção à relação "criança-adulto" do que à relação "adulto-criança". No entanto, durante a análise, podem emergir reações típicas de adultos (reações de hostilidade, como por exemplo no caso de uma avó de sessenta e cinco anos, cuja hostilidade antiga para com o neto revelou-se como deslocamento da hostilidade antiga para com seu irmão, nascido quando ela tinha dois anos). Caberia examinar como certas condutas generalizadas poderiam ser reduzidas a deslocamentos análogos.

É costume de certas tribos só dar nome definitivo à criança quando ela é admitida na comunidade. É como se a tribo desconfiasse da criança, tivesse medo de tudo o que de duplamente desconhecido ela representa: como reencarnação do ancestral, que não se sabe ainda se é hostil ou favorável, e como agente de dissolução, devido à sua ignorância absoluta das convenções de seu meio. Talvez seja possível fazer um paralelo entre esses fatos de isolamento e desconfiança e os atos de infanticídio e as condutas de terror diante da criança. Talvez fosse preciso generalizar pesquisas tais como as que Freud tentou em *Totem e tabu* [Payot, col. "P.B.P."] (em que ele explica o totemismo pela celebração do suposto assassinato do pai disfarçado em animal). O que devemos então pensar da psicanálise como instrumento de uma psicologia coletiva e de uma filosofia?

a) *Em que medida se pode aplicar a psicanálise ao estudo das relações sociais?* A psicanálise estuda as relações interindividuais tais como estas se estabeleceram no decorrer da vida. Em geral não trata dos esquemas de conduta ancorados na vida social, esquemas que a sociedade impõe aos indivíduos. Será possível, nesse caso, estender a psicanálise ao estudo da vida social?

Vale observar em primeiro lugar que Freud tende a ver em todo drama histórico ou social a manifestação de um drama parental. Assim, ele explica o totemismo pela revaloração disfarçada de um antigo parricídio. Contudo, o "social", ou seja, a parte da vida que se mantém nas relações com as instituições, parece comportar um ritual próprio, uma concepção do sagrado e do profano não resultantes das experiências próprias do indivíduo, mas a ele *preexistentes*. Viver em sociedade significa viver uma experiência mais ampla que a experiência estritamente individual. A partir daí, não será paradoxal interpretar as manifestações sociais unicamente em função da experiência individual? Nossa inserção num conjunto típico de condutas válidas enseja modificações em nossas relações com outrem: portanto, todas as nossas relações com outrem não parecem poder ser entendidas a partir apenas de condutas individuais.

Freud vincula em grande proporção a atitude para com a sociedade à atitude infantil para com os pais (sendo os pais a primeira imagem da sociedade que a criança tem). Mas deve haver outros fatores a determinarem a atitude social, pois toda integração na sociedade implica uma extensão, uma modificação da vida individual. Freud mostra, aliás, a existência de componentes propriamente sociais na atitude individual: em sua obra sobre o monoteísmo (*L'homme Moïse et la religion monothéiste,* Gallimard, 1986), ele tenta mostrar como o monoteísmo, introduzido por Moisés e momentaneamente suplantado pelo assassinato deste, triunfa depois de certo lapso de tempo com a reabilitação de Moisés e o "retorno do recalcado". Freud aqui associa o drama histórico e social ao desenvolvimento de uma neurose (traumatismo, tempo de latência, retorno do recalcado) e parece admitir a existência de traumatismos coletivos, que depois de várias gerações atuam sobre os indivíduos. Mas, à medida que admite a influência desses fatores coletivos, admite que o drama individual não é o único determinante, e que a história coletiva superpõe seu ritmo à história individual.

Conclusão

1) Assim, a história individual não é a única determinante da atitude social (é o inconsciente coletivo de Jung). A história intra-individual (a aprendizagem das regras sociais pelo indivíduo) e o drama histórico-social desempenham papel importante na formação do indivíduo.

2) O esquema mencionado por Freud é em geral estabelecido por analogia com a história individual. Trata-se de visões interessantes pelo alcance heurístico que têm, pela perspectiva nova aberta às pesquisas. Mas são insuficientes, por não estarem amparadas por nenhuma prova histórica: são hipóteses, conjecturas (por exemplo, o parricídio originário do totemismo) a partir da psicanálise individual; mas são desprovidas de tudo o que há de autêntico, de convincente na psicanálise individual; ou seja, do sentimento concreto que liga o médico ao paciente e que lhe permite prever suas reações e seus sentimentos.

b) *Equívocos na concepção da psicanálise.* (O drama sexual terá valor explicativo universal?) É possível distinguir duas concepções da psicanálise: uma psicanálise no sentido estrito, outra no sentido lato. O equívoco provém do fato de que as duas concepções estão misturadas em Freud e em seus discípulos, de que eles passam continuamente de uma para a outra, embora haja diferenças essenciais entre elas.

1) *Psicanálise no sentido estrito.* Em suas primeiras obras, Freud constrói um sistema psicanalítico estrito, que consiste na redução da conduta a seu componente sexual; isso é feito em três tempos: *Primeiro tempo,* a conduta do adulto baseia-se em sua pré-história infantil. – *Segundo tempo,* essa pré-história infantil permanece em estado inconsciente. – *Terceiro tempo,* esse inconsciente infantil é de natureza sexual.

2) *Psicanálise no sentido lato.* Ao lado dessa concepção estrita, há uma concepção mais ampla que predomina no segundo período da carreira de Freud; é nela que se inspiram os "psicanalistas latos" como Politzer (*Critique des fondéments de la psychologie,* P.U.F., 1967), Bachelard, Sartre ("psicanálise existencial") e Lacan, em seu verbete sobre a família (*Encyclopédie française,* tomo VIII; retomado com o título *Les complexes familiaux,* Navarin, 1984).

A concepção lata difere da primeira em cada um dos três pontos seguintes:
– *Primeiro tempo*: A pré-história infantil não permanece no adulto em estado inerte; ela é perpetuamente recriada por suas atitudes atuais. O "complexo" é um traumatismo que a criança nunca quis superar, que ela recria continuamente; a não-aceitação provoca a regressão.
– *Segundo tempo*: A noção de inconsciente dá lugar à noção de ambivalência. A melhor análise do que é ambivalência nos é dada por Politzer: "O inconsciente é uma criação do analista, do seguinte modo: quando um paciente conta ao analista o sonho que teve, este *interpreta* esse 'primeiro relato' de acordo com certas regras, traduz de algum modo esse relato para uma linguagem psicanalítica ('segundo relato'). O psicanalista supõe ser esse segundo relato o que o paciente tinha no espírito ao sonhar o 'primeiro relato', o que implica que ele quis ocultar, 'reprimir' a verdadeira significação." Para Politzer, essa substituição do relato original pelo relato interpretado é absolutamente ilegítima: o segundo relato pertence unicamente ao analista, que supõe no doente uma segunda consciência atrás da primeira, na qual ele

deposita tudo o que obtém pela análise. Esse procedimento seria legítimo se o sonhador tivesse sonhado no mesmo estado – o estado de vigília – que é o estado em que faz seu relato. Mas, por definição, o homem desperto e o que sonha não têm a mesma perspectiva: de fato, o que sonha não sonha seu sonho como o conta depois: ele o *vive*, com seus símbolos que não são signos convencionais que lhe permitam disfarçar seu pensamento de sonho, mas realidades afetivas, cheias de sentido, livremente projetadas nele. Só que, uma vez desperto, não reconhece mais seu sentido; essa significação está portanto, para ele, em estado *ambivalente* (vivenciado, pressentido, mas ignorado), e não no estado inconsciente.

Portanto, é de preferir essa noção de ambivalência, que retrata perfeitamente tudo o que há de equívoco em certas condutas "resistentes" ao tratamento, das quais o paciente é cúmplice pela metade: atitudes de ódio que são ao mesmo tempo amor, desejos que se expressam pela angústia etc.

– *Terceiro tempo*: A sexualidade entendida no sentido lato – já em Freud – tem razões para distinguir o "genital" (referente diretamente aos órgãos sexuais e a seu funcionamento) do "sexual", ou seja, de todo investimento afetivo que implica também o genital, mas o ultrapassa em muito.

Essa ambigüidade nos termos deu origem à censura de "pansexualismo" feita a Freud. Na realidade, não se trata de explicação pansexual, mas de uma generalização da noção de corporalidade, de consciência do corpo. Depois, Freud emprega o termo "sexual-agressivo", para indicar que a sexualidade está ligada a uma relação geral do sujeito com outrem.

Durante esse segundo período, ele também desenvolve as noções de projeção, identificação e fixação: são essencialmente fenômenos de alienação a outrem, com um sentido metagenital.

Todas as noções psicanalíticas serão retomadas e aprofundadas. Assim, Lacan retoma de uma maneira muito mais concreta a noção de narcisismo infantil (o "estágio do espelho"). A contemplação de sua imagem tem para a criança algo de fascinante. Ela sente o contraste entre a visão de seu corpo tal como o vê de fora, tal como outrem o vê, e a imagem que tem em si mesma (o contraste entre mim como objeto e mim como consciência vivenciada).

A relação com outrem pode determinar certa identificação com ele (cf. as experiências com gafanhotos: a presença de outros gafanhotos provoca transformações morfológicas). Esse fato mostra que o aspecto "relações com outrem" sobrepuja o aspecto "sexual" individual. Assim, a "corporalidade" supera a "sexualidade", que pode ser considerada um caso maior daquela; a sexualidade é importante por ser o espelho de nossas relações com o corpo. Vemos portanto que a sexualidade intervém como componente em relação à corporalidade; ora, a conduta não pode ser explicável por ela apenas.

Assim, vemos que é também impossível reduzir tudo a uma explicação psicanalítica estrita e abstrair-se completamente. Tomemos como exemplo a análise do ciúme. Sabe-se que Freud o explica pela homossexualidade latente do parceiro ciumento: uma mulher que tem ciúme do marido está na realidade passivamente apegada à outra mulher, mais que ao marido, e a rivalidade apresenta-se com um aspecto não habitual: rivalidade entre marido e mulher por causa da outra mulher, e não rivalidade das duas mulheres por causa do marido...

Essa interpretação não parece sustentável. É difícil conceber uma "homossexualidade" da mulher ciumenta que se manifestasse exclusivamente em caso de infidelidade do marido e tivesse como único objeto uma mulher amada pelo marido. Isso significaria que essa mulher só é valorizada pelo marido; sem ele, não haveria apego à outra nem rivalidade. Essa interpretação, portanto, esbarra em dificuldades importantes para quem se atém a uma psicanálise "estrita". Mas a interpretação "lata" confere a essa concepção um sentido profundo e incontestável: o apego ao ser amado significa sempre muito mais que simples apego a uma pessoa; engloba toda a esfera de interesses do ser amado, sua família, seus amigos, tudo aquilo em que ele "se investe"; nesse sentido pode-se falar de uma espécie de polimorfismo sexual da mulher que ama; ligada a um homem, ela está fatalmente, através dele, ligada a todo ser ao qual ele se apega. Assim, em sua identificação com o marido, a mulher ciumenta sente-se pessoalmente presente nas relações amorosas que ele possa ter com outra pessoa; seu sofrimento provém sobretudo de que ela participa delas, querendo ou não.

Essa interpretação ultrapassa muito a esfera "sexual" e chama a atenção para um fenômeno geral: toda relação humana é irradiante, "extravasa-se" sobre o *entourage*. Não há relações a dois, ainda que as relações entre marido e mulher englobem todo um conjunto de dados que influi sobre seus sentimentos recíprocos.

Nessa perspectiva, a idéia de Freud parece incontestável. O exemplo nos mostra a necessidade de considerar em psicologia social a unidade profunda de todas as condutas.

IV. PEDAGOGIA E MATERIALISMO HISTÓRICO

A transformação da natureza pelo trabalho humano exerce influência profunda sobre todas as relações humanas, e é com referência a ela que podemos compreender também as relações entre adulto e criança. As modalidades da propriedade, dos meios de produção e da produção influem sobre uma sociedade de modo mais profundo do que parece; a maneira como "trabalhamos" o mundo exterior define nosso modo de pensamento.

a) *Exposição da concepção de Engels*: Em *A origem da família, da propriedade privada e do Estado* (*L'origine de la famille, de la propriété privée et de l'état*, Messidor – Éditions sociales, 1983), Engels esboça a constituição da estrutura familiar atual de um modo bastante conjetural. Ele supõe que ela foi precedida por uma época, correspondente à Idade da Pedra, em que a terra não era dividida entre os membros do clã e os raros instrumentos de lavoura, enxadas e enxadões, podiam ser manejados tanto pela mulher quanto pelo homem. Segundo Engels, os dois participavam igualmente da produção: o homem dedicando-se à caça e à pesca, a mulher ocupando-se da cultura dos campos.

Nessa época, a mulher não teria sido subordinada ao homem, nem se teria confinado ao trabalho da casa. Foi a invenção do arado que teria posto fim a essa igualdade: não podendo já ser assumida pela mulher, a cultura da terra tornou-se privilégio do homem; ao mesmo tempo, nasce o desejo de apropriar-se de parcelas de terreno; e como faltava mão-de-obra, recorreu-se à mão-de-obra servil (prisioneiros, escravos): é o nascimento da propriedade privada. Engels chama o aparecimento do arado de "derrota histórica da mulher". Conclui que um novo progresso social, obstado pela propriedade privada e pela atual estrutura da sociedade e da família, só poderia ocorrer com a volta da mulher à vida produtiva; o aparecimento de novos procedimentos industriais possibilita essa reintegração da mulher na vida coletiva.

Todos os conflitos familiares, os traumas infantis proviriam da falsa situação da mulher; a estrutura familiar atual, baseada numa desigualdade intrínseca, está fadada a desaparecer e, com ela, tudo o que havia de nefasto na educação das crianças.

b) *Exame dessa concepção*: Há certa descontinuidade na análise de Engels; ele avança por "saltos" sucessivos:

1) O nascimento da propriedade privada com o aparecimento do arado é explicado por Engels como "vontade" que as pessoas tinham de possuir terra, mas Engels não explica por que elas começam a desejar, a conceber mesmo a idéia de propriedade: essa idéia, que nos é natural, devia ser estranha para elas, pois supõe-se que a ignoraram completamente até então. Na análise de Engels, esse ponto permanece misterioso. Para esclarecê-lo, seria preciso recorrer à tese de Hegel (*Princípios da filosofia do direito** [*Principes de la philosophie du droit*, Gallimard, col. "Idées"]) sobre a origem da idéia de propriedade, que ele vincula à consciência de uma propriedade fundamental, a do corpo humano, de *nosso corpo*. Esse corpo nos é precioso como meio de nos afirmar; é uma figura concreta de nossa força. A propriedade privada não passa de sua expansão; se o homem sente unidade com seu corpo, a idéia de propriedade é perfeitamente concebível. De que modo o homem deixou de sentir-se indiviso, parte integrante do clã, para afirmar sua existência própria? Aí está uma criação última do ser humano, o movimento do homem a dissociar-se do anonimato da coletividade e a afirmar sua individualidade com todos os prolongamentos de seu corpo.

A invenção técnica, ao invés de criar essa auto-afirmação, a pressupõe: é por tornar-se consciente de si que o homem procura novos meios de poder. O progresso consiste em que depois as conquistas novas tornam-se uma estabilização da conduta e induzem nos sucessores uma atitude que na origem foi de invenção. Em suma, no criador, a invenção é conseqüência de sua auto-afirmação; nos sucessores, torna-se condição de auto-afirmação. Mas sem intenção de afirmar-se, não há criação nova.

Em resumo, a análise de Engels não distingue condições e causa. É evidente que o meio de produção é uma condição de po-

....
* Trad. bras., São Paulo, Martins Fontes, 1997.

der, mas dizer que ele é sua causa não faz sentido. A técnica é a estabilização de certa atitude; para as gerações seguintes, ela se torna motivo de certos modos de pensar.

2) O segundo hiato na afirmação de Engels reside nesta afirmação: a propriedade privada escravizou a mulher.

Para Engels, o processo é simples: o homem, ao fazer escravos para aumentar sua produtividade, faz uma escrava suplementar, permanente, para sua casa. Mas por que, nesse caso, ele não se contentaria com uma escrava comum? Engels não explica o advento nem dessa escrava de tipo específico, nem dessa relação especial entre marido e mulher.

Hegel, ao analisar esse fenômeno, mostra como ele decorre naturalmente de uma nova atitude do homem. Segundo ele, trata-se do interesse que existe em dominar um ser humano, que não é precisamente escravo. A semi-escravidão da mulher assume significado não apenas econômico, mas humano: em seu projeto de afirmação total, agressiva, o homem cria para si um testemunho permanente de sua superioridade. Entendemos que a invenção de um novo meio de produção e a escravização da mulher decorrem de uma mesma atitude afirmativo-agressiva do homem, sem que seja necessário reduzir uma de suas conseqüências à outra: a estrutura da família não é redutível à estrutura econômica, as duas são devidas à mesma intenção do homem. Portanto, não há "superestrutura" no sentido em que Engels entende; superestrutura e infra-estrutura escoram-se mutuamente.

Para Engels, na sociedade atual, a propriedade privada já não tem o sentido que tinha na origem: inverteu-se; de instrumento de progresso, de conquista, torna-se obstáculo a paralisar os novos progressos. Como se explica então que ela continue mantendo as mesmas tendências? Ora, as mesmas estruturas familiares continuam subsistindo, provando que as "superestruturas" têm força em si, que exprimem uma atitude humana, não apenas uma conseqüência econômica, e que foi assim desde o início.

c) *Conclusão*: O que há de precioso nas concepções de Engels é considerar os fenômenos econômicos com significação humana. Mas seria falso achar que a infra-estrutura econômica constitui a causalidade única. Assim, a família não é apenas um produto da economia de uma sociedade, mas exprime uma relação humana.

Por isso, ocorre com o materialismo histórico o que ocorre com a psicanálise: em todo fenômeno humano, é impossível abstrair sua significação econômica, mas também é impossível subordinar-lhe todas as outras significações. Há uma relação de determinação recíproca, de que um materialismo histórico "lato" (como uma psicanálise "lata") dá conta perfeitamente.

A história da pedagogia nos permitirá compreender qual é nossa concepção da criança. Mas, antes de estudar a situação da criança nas sociedades primitivas, veremos como a relação parental se apresenta em nossa sociedade atual.

I. ANTES DO NASCIMENTO DA CRIANÇA

O nascimento de um ser humano constitui um problema "difícil de pensar" (Husserl), mesmo para alguém menos diretamente interessado que a mãe. Trata-se do começo de uma consciência, da passagem de um ser vivo da condição de organismo para a de sujeito, passagem do "em si" ao "para si".

Esse problema é vivenciado de maneira primordial pela mulher que vai ter um filho. Ela sente o próprio corpo se lhe alienar, deixar de ser simples auxiliar de sua atividade, deixar de ser inteiramente seu para ser sistematicamente habitado por outro ser e logo pôr no mundo uma outra consciência.

Sua própria gravidez não é para ela um ato igual às outras ações realizadas com seu corpo: trata-se de um processo anônimo que ocorre através dela e de que ela é apenas sede.

Assim, por um lado, seu próprio corpo lhe escapa, mas, por outro, a criança que nascerá é um prolongamento de seu corpo. Durante toda a gestação, ela vive esse mistério maior que não é nem da ordem da matéria nem da ordem do espírito, mas da *ordem da vida.*

Por isso, a gravidez é acompanhada por todo tipo de angústia, preocupação, ambivalência. Os sentimentos da mulher para com sua gravidez são sempre sentimentos mistos, pois há sempre um conflito latente entre sua vida pessoal e a invasão disso a que cabe dar o nome de espécie (cf. Hélène Deutsch, *La psychologie des femmes* [2 vol., P.U.F., col. "Quadrige"]; observações feitas com mulheres casadas que tinham grande desejo de ser mães: o próprio excesso de desejo encobria o medo desse novo papel).

Há um despertar de todas as angústias da mulher: angústias em relação a quem a cerca, mas também despertar de seus conflitos infantis.

Relações com as pessoas de seu meio:

a) *Com a mãe*:
Observam-se duas atitudes típicas da mulher grávida para com a mãe:
– ou ela abdica de seu futuro papel de mãe em favor de sua própria mãe e considera-se mais como uma irmã mais velha da criança que vai nascer, e que na realidade pertencerá à sua mãe;
– ou ela teme e recusa essa entrega: atitude muitas vezes acompanhada por sentimentos de culpa. (Hélène Deutsch cita vários casos em que o medo de ser obrigada a entregar a criança à mãe provoca um aborto.)

b) *Com o marido*:
A atitude da mulher em relação à sua gravidez dependerá muito dos sentimentos que nutre pelo marido: se o ama, modelará seus sentimentos pela criança conforme os que tem pelo marido. Se espera segurar o marido com a criança, seus sentimentos serão diferentes. Mas sua gravidez também poderá ser ocasião para separar-se moralmente do marido; ela pode amar o filho *contra* o marido; pode amá-lo porque ele não se parece com o marido, ou odiá-lo porque se parece com ele.

c) *Com a criança*:
Mas as perturbações mais importantes provêm, evidentemente, do modo como ela vê suas relações com a própria criança. Essa relação é essencialmente ambivalente: ela possui a criança, mas também é possuída por ela. A criança desencadeia nela todos os tipos de sentimentos positivos e negativos:
– *positivos*: essa criança é de algum modo o objetivo de sua vida, sua justificação; faz-lhe sentir que sua vida é necessária. Ademais, a gravidez transforma a mulher num "valor" perfeito, independente de seus méritos próprios.

Os psicanalistas consideram que a gravidez constitui para a mulher uma compensação do complexo do desmame: não se deve entender esse complexo ao pé da letra, mas como uma angústia da separação definitiva da mãe, o início da aprendizagem da solidão humana. Nesse sentido, a gravidez a mergulha de novo na corrente de vida, de comunhão com outro ser.

– *negativos*: mas ao mesmo tempo, ela precisa renunciar a muitos projetos pessoais, suportar o cansaço e o medo da deformação. Ela sente que essa ação misteriosa ocorre nela e a põe em perigo (simetria entre nascimento e morte).

Além disso, essa situação é duradoura, situação que ela não controla, cujo desenrolar-se ela precisa esperar passivamente; e vem acompanhada de todos os tipos de fantasia. A criança é imaginada ora como herói, ora como monstro, destinada a ser o mais feliz ou o mais infeliz dos seres. Muitas vezes, ela sente com agudez o significado desse nascimento e as modificações que ele trará à sua vida. Hegel, falando da vinda do filho e do casal, diz que ele é "o ser para si do amor dos dois que cai fora deles". O filho é ao mesmo tempo a expressão do ser a dois de seus pais, e sua negação: é a terceira personagem que só poderá transformar essa relação. É por isso que Hegel diz também: "O nascimento dos filhos é a morte dos pais." Ele é ao mesmo tempo a realização e a transformação de sua união.

Muitos fenômenos da gravidez são expressão dessa ambivalência fundamental:

– os vômitos, com base numa modificação fisiológica (que, porém, não os produz nos outros mamíferos), são, em grande parte, condicionados psicologicamente: os psicanalistas os consideram uma recusa da gravidez, uma expulsão simbólica da criança; rejeição compreensível, pois sempre se trata de conflito entre indivíduo e espécie;

– os "desejos", fenômenos bem factícios. São obsessões de caráter infantil, incentivados e amplificados pelo meio.

Mas esses fenômenos ocorrem sobretudo no início da gravidez, enquanto esta constitui um mal-estar impreciso e aparentemente sem saída. Em seguida, quando a presença do novo ser se torna sensível e o desfecho se aproxima, há tranqüilização. No entanto, as preocupações relativas à criança persistem.

II. DEPOIS DO NASCIMENTO

Nota-se com freqüência, logo depois do nascimento, um sentimento de estranheza, de irrealidade. É compreensível, considerando-se que a criança, apesar de ter vida pré-natal relativamente autônoma, era parte integrante da mãe, posse sua. A partir do nascimento, já não é dela, escapa-lhe; ela não pode senti-la no mesmo grau como "sua". Alguns psicólogos consideram que a anestesia durante o parto é responsável por esses sentimentos, mas estes também são observados freqüentemente quando não se usa anestesia. São mais explicáveis pelo fato de que a criança passa da condição de criança imaginária, à qual estavam abertas todas as possibilidades, à condição de criança real, que não pode realizar tudo o que se imagina e, mais importante, não tudo ao mesmo tempo. É a diferença entre a multiplicidade dos possíveis e o real único. Segue-se sempre uma espécie de empobrecimento, acompanhado de decepção (cf. a decepção que sempre acompanha o retorno do soldado em licença, a impressão dos dois lados, do "não é bem isso", impressão falsa, devida ao fato de que, evidentemente, é impossível realizar-se completamente num instante, de dar já na chegada o equivalente daquilo que se é em toda a vida. A mesma impressão acompanha geralmente a entrevista com um "grande homem", pelas mesmas razões).

A mãe precisa de um tempo variável, às vezes bastante longo, para tomar posse do filho, para identificá-lo e amá-lo como seu, do modo como ele é. A relação entre mãe e filho só em pequena parte é instintiva: trata-se de uma relação humana.

A) *A relação "mãe-filhos"*

A mãe considera o filho em parte como prolongamento, como duplo de si mesma, e em parte como um ser independente, um testemunho dela. Disso decorrem sentimentos sempre ambivalentes, conduta mutável em relação à criança, conforme domine um ou outro desses sentimentos. Sem perceber, ela passa do desejo de que o filho seja forte e livre ao desejo de que ele dependa sempre dela. Dessa ambivalência podem nascer numerosos conflitos, sobretudo quando a mãe não consegue libertar-se de seu próprio passado traumatizante:

– considerando os filhos como prolongamento seu e querendo evitar que passem pelas experiências pelas quais ela passou, a mãe chega, por condutas para eles incompreensíveis, a um resultado muitas vezes exatamente contrário ao desejado por ela (é o caso da Sra. Mazetti em H. Deutsch, *Psychologie des femmes*, vol. II); ou

– a mãe se transforma em escrava dos filhos, aparentemente abdicando de sua vida pessoal em favor deles; na realidade, essa atitude muitas vezes é um meio de dominá-los (ela faz do sofrimento uma arma e com a resignação tenta provocar atitude afetuosa).

Na verdade, a relação adulto-criança é sempre difícil na humanidade, pois todas as circunstâncias trazem à baila a totalidade dessa relação (cf. a criança que, resolvendo um problema, diz ao pai: "ganhei de você!", Lévi-Strauss, *Les structures élémentaires de la parenté*, cap. VII [P.U.F., 1947; nova ed. Mouton, 1967]).

Em geral, não há conduta realmente ajustada que seja possível diante da criança; porque, sendo ainda um bichinho em muitos aspectos, ela dispõe da palavra, instrumento da razão; diante do adulto que tenta repreendê-la, ela age como um bichinho; mas, quando o adulto quer amestrá-la como um bichinho, a criança replica com a palavra (S. de Beauvoir).

1) *Relações entre mãe e filho (homem)*: Muitas vezes, a mulher considera o filho como o homem que a vingará da superioridade masculina sob a qual ela sofreu. Com esse objetivo, ela o incentivará a ter uma atitude ainda mais "masculina" do que a que ela sente nos outros homens.

Mas, ao mesmo tempo que o quer famoso e grande, para satisfazer através dele suas próprias ambições, quer protegê-lo de todos os riscos, pois a perda desse filho significaria o fracasso de sua vida.

2) *Relações entre mãe e filha*: Outras identificações complicarão as relações com a filha: por um lado, através dela a mãe recomeça sua própria vida, mas, por outro lado, vê nela uma rival que poderia destituí-la das atividades da casa e da vida. Donde os acessos paradoxais de raiva diante de uma filha demasiado capaz de substituí-la; donde a emoção e a irritação simultâneas ao ver a filha tornar-se mulher etc.

Em resumo, vemos que a relação mãe-filhos não é guiada por um "instinto materno" capaz de resolver automaticamente todos os problemas. Todos os problemas da mãe refletem-se em sua atitude diante do marido e dos filhos, e representam o risco de comprometer o equilíbrio da família. Por isso, é ilusório recomendar a uma jovem o casamento e a maternidade para remediar suas dificuldades: a maternidade, após talvez um breve período de calma, só servirá para acentuar sua neurose. A maternidade não resolve os problemas pessoais; muitas vezes os agrava: as mães equilibradas eram equilibradas antes de serem mães.

3) *Relações da mãe idosa com o filho adulto*: Em certo aspecto, é na fase de declínio como pessoa útil que a mulher sente maior paixão pelo filho, justificação viva de sua vida que se tornou vazia de sentido e compensação de sua inutilidade presente.

Por isso a rivalidade tantas vezes trágica com a nora, a intrusa que lhe roubou o filho e a substituirá no papel de mãe (cf. o caso da Sra. Lefebvre, que matou friamente a nora grávida e nunca manifestou o menor remorso por tal gesto).

B) *O papel do pai*

A atitude do pai em relação aos filhos é tão ambivalente quanto a da mãe. Ele se identifica com a criança e oscila entre a dominação e o sacrifício; como em toda identificação, há elementos sadomasoquistas em seu comportamento. Ele sente a criança como seu segundo eu que, por fazer parte dele, compromete-o com seus atos e precisa ser repreendido. Mas a punição agride-o também, visto que ele se identificou com a criança. É freqüente vermos esses pais irritados com o filho, tendendo a repreendê-lo, mas formando um bloco com ele sempre que outra pessoa intervenha. No entanto, os problemas do pai são menos agudos que os da mãe, por várias razões:

– Sua identificação com a criança é menos intensa e de natureza diferente. A da mãe tem base na gestação, numa comunhão fisiológica; a do pai é mais tardia e ocorre em outro nível.

– Nossos costumes dão ao homem maior serenidade em seus conflitos com a criança, visto que ele fica afastado do lar grande parte do dia. Ele arbitra os conflitos de mais longe e de cima, o que muitas vezes enseja maior generosidade, fator do acaso em suas decisões.

Mas o papel do pai nem por isso é insignificante. Sua imagem é dos elementos mais duráveis e fortes na vida da criança. Ele age pela simples presença, o que significa sua tarefa.

Ponto de vista sociológico. Em muitos aspectos, a paternidade é um elo institucional. Malinowski, estudando as relações sexuais e de paternidade nas tribos das Ilhas Trobriand, constata que essas tribos não estabelecem nenhuma relação entre o ato sexual e a concepção, ou seja, um não é causa do outro. Assim, não há elo real entre o pai e os filhos; o papel do pai é de distração e divertimento com os filhos. A repressão e a severidade ficam por conta do tio materno. Com essa espécie de dissociação da função paterna há menos conflitos entre o pai e os filhos.

O complexo de Édipo é consideravelmente atenuado; mas os sociólogos verificaram, em contrapartida, que as tribos organizadas segundo esse modelo são indolentes, inativas, e que a degenerescência do papel paterno ("a decadência da *imago* paterna") talvez seja acompanhada por uma degenerescência cultural (cf. Lacan, *Les complexes familiaux,* obra citada).

Podemos dizer que a identificação do pai com o filho é uma *construção,* no sentido de que não está escrita no destino, mas constitui uma decisão de liberdade. Isso não significa que seja arbitrária: é uma realização humana criada pela vida em comum.

CONCLUSÃO

As relações com outrem são sempre complicadas. Mesmo numa discussão objetiva, o triunfo da razão é sempre sentido como o triunfo da pessoa inteira. Ademais, raramente há igualdade completa de situações. Mesmo quando nos esforçamos por respeitar a autonomia de outrem e lhe concedemos a liberdade, a outra pessoa não pode sentir-se completamente livre por ter recebido essa liberdade do parceiro.

Mesmo nas relações entre adultos, sempre se pode escapar a esse dilema instituindo uma igualdade de situação: é possível colocar-se num nível além da luta (como na amizade ou no casamento) e renunciar a essa luta.

Por definição, entre o adulto e a criança essa igualdade não existe e não pode ser criada.

Durante os dois primeiros anos de vida, a criança está completamente desprovida de "poder", o que dá aos pais uma espécie de hábito da dominação. Depois, como é impossível a atitude perfeitamente ajustada, eles vão sempre de um extremo ao outro, ora respeitando demais a liberdade da criança, ora não o suficiente. Numerosos conflitos nascem do fato de que os pais têm em vista o futuro, e os filhos, mesmo os adolescentes, apenas o presente. Nenhum deles pode agir de outro modo. Portanto, não há igualdade possível entre adulto e criança: 1º é muito fácil convencer as crianças, pois é nossa autoridade, e não o nosso raciocínio, que os persuade. Mas 2º nunca as convenceremos completamente: cria-se na criança a convicção de ser influenciada pelo adulto (mesmo quando o adulto só quiser raciocinar), o que condicionará toda a sua atitude.

Assim, mesmo sem querer, não se pode evitar invadir a liberdade delas. O dever do adulto é, porém, reduzir essa invasão ao que é estritamente necessário. Não respeitar todos os caprichos da criança, mas não considerar tudo como capricho. Precisamos examinar nossa própria atitude e ter o cuidado de evitar o que, em nossa conduta, não é ditado pela situação presente, mas provém de traumas antigos.

Mas é preciso ir ainda mais longe e aceitar para a criança os riscos que aceitamos para nós. Aliás, ao evitarmos todos os riscos para a criança, com isso mesmo criamos outros. As relações com a criança nunca serão absolutamente objetivas, mas devemos agir de tal modo que o desequilíbrio não ocorra em detrimento da criança.

A lembrança da própria infância determina duplamente a conduta dos pais em relação aos filhos:

1) eles se identificam com os próprios pais, e daí provém uma conduta de autoridade, de repressão;
2) eles se identificam com os filhos, e daí provém uma conduta de cumplicidade, de solidariedade.

Uma ou outra dessas identificações pode prevalecer constantemente; em geral, surgem alternadamente no mesmo adulto e provocam a contradição, a ambivalência característica das relações adultos-crianças. Visto que o passado determina em tantos aspectos sua conduta atual, cumpre fazer uma descrição sumária dos estágios pelos quais a criança passa, e que influenciam seu comportamento de adulto.

ESTÁGIOS DO DESENVOLVIMENTO INFANTIL

Bibliografia: Lacan, *Encyclopédie,* tomo VIII; ver *Les complexes familiaux,* Navarin, 1984.

A visão do doutor *Lacan* é interessante como revisão e ampliação das concepções psicanalíticas. Ele propõe em primeiro lugar:

Uma nova concepção do complexo

É preciso entender a noção de "complexo" não no sentido de formação doentia, mas como chave de toda formação normal (não existe "homem sem complexos"). *Complexo* = atitude estereotipada em relação a certas situações, de algum modo o elemento mais estável da conduta, sendo o conjunto dos traços de comportamento que se reproduzem sempre que há analogia entre certas situações.

O complexo só se torna formação doentia quando a unidade da conduta é adquirida por uma experiência traumatizante inicial (ou, segundo o vocábulo de Janet: uma situação não resolvida).

Nesse sentido, pode-se dizer que a base da família não é o instinto, mas o complexo: seja qual for a base instintual, ela é transformada e complicada pelo fator humano. Complexo familiar é o conjunto de atitudes típicas à família humana. Mas essas atitudes familiares ora são geradoras de progressos, ora de neuroses, conforme abram ou não a criança à experiência.

A noção de imago

O complexo se traduz na presença de uma "imago". Imago, no sentido freudiano, não significa representação sensível nem em ato, mas foco implícito da conduta. Por exemplo, um homem pode não pensar nunca nas lembranças traumatizantes da infância que governam tudo o que ele faz. Ele depende dessas experiências passadas e sofre sua dominação presente.

Lacan tende a substituir a noção de "inconsciente" pela de "imaginário". A imago, por exemplo, em vez de ser "inconsciente", profundamente enterrada, deve ser considerada como uma formação "imaginária", ou seja, projetada adiante da consciên-

cia. Ele substitui, em suma, a concepção retrospectiva por uma *concepção prospectiva*.
Passaremos agora ao estudo dos complexos que marcam o desenvolvimento infantil, na ordem de aparecimento.

I. O COMPLEXO DE DESMAME

Para Lacan os complexos de base sexual só intervêm em fase bem mais tardia que a admita em geral pelos psicanalistas clássicos. O mais antigo é o chamado de "desmame". É preciso entender com isso não apenas os transtornos determinados na criança pelo desmame, mas a significação com que a retirada do seio materno pode revestir-se na consciência do homem, o caráter de símbolo que ela incontestavelmente assume. (É impossível atribuir à criança de poucos meses uma percepção nítida de seu meio, nem um "erotismo oral" que supusesse uma consciência precisa e diferenciada, também impossível nessa idade.)

Mas é preciso admitir, já nas primeiras semanas, uma sensibilidade à presença materna, uma percepção confusa do ser da mãe. Ademais, há uma fusão incontestável entre a mãe e o lactente no seio, e pode-se supor que a separação do desmame reproduz e acentua a primeira separação, a do nascimento.

Experiência do nascimento: Angústia física devida à asfixia, à mudança de meio – mal-estar labiríntico indubitável. Os primeiros seis meses de existência são mais ou menos impregnados por ela (a *"dificuldade de ser"*). Assim, mesmo que não se lembre do *fato do nascimento*, a criança conserva a lembrança do mal-estar, e por conseqüência pode *imaginar* o bem-estar anterior a esse período (realidade incontestável das fantasias do seio materno, de universo fechado etc.).

No pensamento adulto, o nascimento significa separação, e o desmame constitui um recomeço dessa separação, tanto mais penoso por estar ligado a todos os tipos de dificuldades (dentição, marcha etc.). Os dois se associam em seu espírito, formando contraste com o "paraíso perdido".

Esse complexo tem grandes ressonâncias sobre o comportamento da mãe: ela sente o mal-estar da criança, que foi seu também, e procura mitigar-lhe o máximo possível esse choque: daí a persistência dos cuidados dispensados à criança e a vontade tenaz de evitar que ela sofra as "dores da vida" em geral.

Conseqüências do complexo de desmame: Esse complexo contém certas constantes danosas, pode interromper o desenvolvimento do indivíduo, em vez de favorecê-lo: depois do desmame, manifesta-se freqüentemente o que Freud chamou de "pulsão de morte" – que deve ser entendida mais no sentido de ausência de pulsões, de insuficiência vital. Muitos transtornos, anorexia mental, neuroses gástricas etc., lembram a recusa da nutrição, a falta de vontade de viver após o desmame. Essas manifestações de recusa da vida separada da mãe são acompanhadas pelo desejo de retorno ao seio materno, de abrigo, retorno à totalidade, à casa etc. (cf. sinonímia em muitas línguas e em muitos ritos etnográficos no que se refere à terra e ao seio materno: terra materna, terra que dá e toma de volta a vida etc.).

Em todos os casos, o "complexo de desmame" nunca é um simples derivado da ablactação, mas um desenvolvimento e um enriquecimento de uma atitude tomada no início da vida.

II. O COMPLEXO DE INTRUSÃO

É o conjunto de atitudes estereotipadas em relação a irmãos e irmãs. Não se trata de uma rivalidade de ordem vital (pela comida etc.), mas de um ciúme de ordem humana, luta pelo amor dos pais, muitas vezes desencadeado no nascimento de um caçula. Baseia-se sobretudo numa identificação do mais velho com o mais novo; a observação dos cuidados dispensados ao bebê desperta a necessidade – e o desejo – do seio materno.

Mais tarde, manifesta-se no *jogo*: se os parceiros forem de idades próximas, as relações serão sobretudo de rivalidade; a parte mais clara do jogo consiste em provocação e reação repetidas indefinidamente.

Se a diferença de idade for maior, as relações se modificam: exibição (que é sempre exibição para o outro e para si mesmo), tentativas de sedução, mando etc. Mas, na base, há sempre *a identificação com outrem*.

Assim se explica o ciúme: não por uma libido homossexual, como pensava Freud, mas pela identificação. Lacan distingue nitidamente identificação e desejo. Não é uma relação primariamente sexual. A atitude do ciumento ao se identificar com o outro é dupla: 1) ele sente tudo o que o outro sente: sai de si mesmo e se absorve no outro; 2) mas também se sente oposto a outrem, odeia-o.

É a mistura de sadismo e masoquismo: não há diferença fundamental entre essas duas atitudes, elas estão ligadas uma à outra. Na identificação, o sofrimento infligido a outrem é infligido a si mesmo; inversamente, infligido a si mesmo, o sofrimento parece ser do outro.

Para Lacan, o masoquismo retoma e acentua voluntariamente o complexo de desmame, de que ele constitui apenas um caso particular. (Certos jogos, segundo Freud, são também um símbolo do desmame: pegar, esconder e voltar a mostrar um objeto, a mão, por exemplo.) A criança masoquista encontrará alimento para seu sofrimento junto a outras crianças: outrem pode admirá-la, mas também detestá-la; a atitude passa de um papel a outro: da hostilidade à submissão, nos casos extremos do assassinato ao suicídio (simbólico pelo menos). A imagem do irmão não desmamado pode despertar a "imago" do seio materno e as tendências de morte.

Será graças ao espelho que a criança conseguirá estabelecer uma relação sistemática com outrem.

Importância da imagem especular: A reação da criança ao espelho é especificamente humana e, assim como a identificação numa foto, não se observa de modo idêntico em nenhum animal: um macaco superior mostrará interesse diante do espelho, depois passará para o outro lado, tentando ver o que há atrás. Só a criança se contempla atentamente, se reconhece e manifesta intenso júbilo – esse júbilo certamente é uma reação à correspondência entre as mudanças observadas na aparência visual e a intenção interior.

Para a criança, o acontecimento da imagem especular significa uma espécie de recuperação de seu próprio corpo: antes dessa verificação visual, só há fragmentação, dispersão do corpo (cf. as fantasias de castração, caso particular desse estado, incontestáveis em muitos sonhos, as mitologias...).

Portanto: 1) graças ao espelho ocorre a integração visual do próprio corpo na consciência proprioceptiva. Mas 2) o espelho representa um perigo para o desenvolvimento psicológico da criança. Lacan retoma e enriquece o mito de Narciso apaixonado por sua imagem a ponto de atirar-se na água, para dela se aproximar e morrer afogado. Freud vira no narcisismo principalmente o componente sexual, a libido voltada para o próprio corpo. Lacan utiliza plenamente a lenda e nela integra seus outros componentes:

1) tendência de morte, de auto-aniquilação;

2) predileção por si mesmo como espetáculo (exame ou inventário de si mesmo);

3) o componente solidão que o narcisismo implica: o adulto narcísico, sedutor e déspota, quer demais ver e ser visto, ao mesmo tempo que se recusa a outrem.

Assim, o espelho permite também ao sujeito fechar-se em si e estabelecer um sistema de reciprocidade, facilitar a intrusão de outrem.

Num artigo (*Propos sur la causalité psychique,* in *Le problème de la psichogénèse des névroses et des Psychoses,* Desclée de Brouwer, 1950, reed. 1977; retomado in Lacan, *Écrits,* Éditions du Seuil, 1966, pp. 151-93), Lacan retoma o problema do espelho: a imagem especular permite que a criança confirme sua posição no mundo, sua "paixão de ser homem", "essa loucura com a qual o homem se crê homem"; essa imagem a limita e elimina nela o elemento de superação de sua condição humana.

Lacan cita duas séries de experiências que provam a importância da percepção da imagem do corpo nos animais.

1 – Experiência de Harrisson com a pomba

A ovulação da pomba é provocada apenas pela visão de um congênere, com exclusão de qualquer outro sentido. Visão do macho: ovulação ao fim de doze dias; visão da fêmea: ovulação ao fim de dois meses; visão da imagem especular: ovulação ao fim de dois meses e meio.

2 – Experiência de Chauvin com gafanhotos

Há duas variedades de gafanhotos que diferem em termos de aspecto morfológico: a variedade gregária e a variedade solitária. Chauvin evidencia que o gafanhoto jovem se desenvolve para uma ou outra variedade dependendo de ter visto ou não um congênere no início da vida.

Essas duas séries de experiências provam que há um mecanismo de reconhecimento rudimentar nesses animais.

Dissemos que, no homem, a imagem do próprio corpo assume significado muito profundo. Mas, já no animal, ela co-determina mecanismos que se acreditava ser estritamente biológicos.

III. O COMPLEXO DE ÉDIPO

1 – *Definição*

Segundo Freud, é a situação criada pelo apego incestuoso ao genitor de sexo oposto.

Lacan objeta dizendo que não é possível conceber apego sexual em crianças tão novas (entre 4 e 7 anos), em que a sexualidade não corresponde a nenhuma experiência precisa. Para ele, trata-se de um sentimento não comparável literalmente ao sentimento do adulto, mas de uma espécie de antecipação que transporta repentinamente a criança a um nível psicológico bem superior à sua idade, como se vê com freqüência durante o desenvolvimento da criança. É uma espécie de puberdade psicológica, anterior à puberdade real. A diferenciação dos sexos, nesse momento, baseia-se mais na fisionomia, no aspecto geral, e o sentimento não é tematizado, não é incestuoso no sentido adulto.

Essa espécie de prematuração sexual ocorreria por volta dos cinco anos, depois tudo voltaria a adormecer até a puberdade, que atualiza a sexualidade.

O complexo de Édipo, por implicar identificação e rivalidade com o genitor do mesmo sexo, provoca de sua parte uma atitude de interdição e sentimentos de culpa em relação a ele.

2 – *"Complexo de Édipo" e "complexo de Electra"*

Freud concebeu o desenvolvimento do menino e da menina de maneira paralela, embora depois tenha dado o nome de "complexo de Electra" ao apego da menina ao pai. No entanto, há várias diferenças essenciais:

a) A fixação do menino à mãe parece mais precisa que a da menina ao pai. A menina primitivamente se fixaria na mãe, como o menino; ao longo de sua evolução esta deverá realizar uma espécie de inversão, ao passo que o apego do menino à mãe é imediato. A repressão é também mais vigorosa no caso do menino, em razão do prestígio e da autoridade do pai, que tornam suas sanções mais impressionantes que as da mãe.

b) A evolução da função e dos sentimentos sexuais não pode ser idêntica nos dois, em razão das diferenças de conformação: no menino, eles são mais imediatamente ligados ao órgão genital, e o desenvolvimento é mais contínuo. Na menina, além da passagem da sexualidade difusa para a sexualidade ligada ao aparelho genital, deve ocorrer a passagem da sexualidade clitoridiana para a sexualidade vaginal.

c) Outra diferença essencial diz respeito à evolução do "complexo de castração": na menina, segundo Freud, ele consistiria no fato de que por volta dos cinco anos, descobrindo as diferenças entre os sexos, ela precisa renunciar à "virilidade imaginária", o que se traduzirá pelo desapego da mãe e o apego ao pai. No menino, o complexo de castração estaria mais estreitamente ligado à formação do *superego*, instância de vigilância e de castigo. Esse "superego" é mais frágil na menina, devido à sua fixação primitiva ao genitor do mesmo sexo, vindo o amor pelo pai só depois.

Crítica a esse ponto de vista: Não há razão para se acreditar num complexo particular de castração na menina, devido à sua conformação. As fantasias de castração não passam, na realidade, de um caso particular de fantasia de desmembramento do corpo, comum a todos. Por outro lado, se na menina existe inveja da virilidade, também em muitos meninos há inveja da maternidade, sem que se conclua por um complexo similar neles (observação de *Melanie Klein*). Aliás, esse tipo de sentimento na menina raramente se baseia numa revelação precoce, porém mais numa imagem construída do poder masculino. E não é indubitável que essa espécie de cobiça também exista no sentido freudiano, pois o sentimento de orgulho ligado ao órgão sexual só pode ser conhecido interiormente – pelo próprio menino.

Em suma, a evolução desses sentimentos no menino e na menina foi concebida de forma excessivamente simétrica por Freud.

3 – *Importância do "complexo de Édipo"*

No entanto, diz Lacan, é preciso ficar com o essencial das concepções freudianas. O complexo de Édipo determina o desenvolvimento ulterior do indivíduo, evidentemente com riscos de desvio.

Para o menino, o apego à mãe pode alimentar e despertar o complexo de desmame, provocando a regressão e o despertar das "pulsões de morte", ou seja, a falta de desejo de viver. Mas também comporta um aspecto positivo muito importante: a identificação com o pai, com o desejo de se parecer com ele.

Na menina, a identificação com a mãe não comporta os mesmos perigos, pois ela encontra na maternidade uma saída normal para o complexo de desmame.

A importância do complexo de Édipo consiste no fato de que ele realiza pela primeira vez uma objetivação do mundo para a criança, que a ajuda a conceber um mundo exterior distinto de si mesma. Sua vida ulterior dependerá do modo como essa objetivação se dará. Assim, o complexo de Édipo, segundo Lacan, tem duas funções: uma negativa, de repressão, e uma positiva, de sublimação e formação.

a) *Função de repressão*: O complexo de Édipo desempenha um papel considerável na formação do "superego", em razão do conjunto de interdições e castigos (reais ou imaginários) que representa. Contudo, Lacan acredita que os interditos em relação ao próprio corpo remontam a uma fase bem mais remota na vida da criança: a partir da educação esfincteriana e do abandono das satisfações imediatas, talvez se formem um "superego" arcaico e rudimentos de sentimento de desmembramento (e de castração). A idéia de que só é possível realmente tornar-se homem sacrificando uma parte do próprio corpo está profundamente arraigada no espírito dos homens e encontra-se em muitos ritos primitivos.

b) *Função de sublimação*: O complexo de Édipo, com suas identificações, contribui para a formação do ideal do ego, da *"consciência"*. Garante a constituição do ideal masculino ou feminino que a criança gostaria de atingir; mas essa formação evidentemente não se realiza sem conflitos.

4 – *A questão da universalidade do "complexo" de Édipo*

Freud, em *Totem e tabu*, aventou a hipótese da universalidade do complexo de Édipo: ele supõe uma família primitiva com forte dominação do pai, seu assassinato pelos filhos; depois, por retorno do recalcado, e após uma fase de latência, restauração da autoridade do pai, na forma de culto totêmico com comemoração do assassinato (comunhão totêmica), sentimentos de culpa e numerosos interditos sexuais.

Essa concepção não assenta em nenhuma análise histórica, e há vários argumentos contra ela:

– nas sociedades matrilineares, a repressão sexual não está ausente;

– a proibição do incesto também existe nelas;

– quanto à universalidade do complexo, que serve de argumento à tese do parricídio original, haveria sociedades em que não se observa complexo de Édipo (cf. Malinowksi).

O complexo de Édipo seria uma "instituição" ligada à estrutura de nossa sociedade. Mesmo nessa hipótese, cabe, aliás, saber se o complexo de Édipo não garante, nas sociedades em que existe, melhor desenvolvimento da cultura (Lacan). Acredita-se verificar uma espécie de estagnação e de degenerescência em todas as civilizações nas quais o complexo de Édipo e a *imago* paterna perdem força. É superando a fixação à mãe e as tendências à morte encarnadas por esta que o homem se tornaria capaz de progredir. No matriarcado, o ímpeto de sublimação é dominado pela regressão social porque essas duas funções são separadas (tio materno expulso).

É interessante confrontar essa tese com a tese segundo a qual, ao contrário, a civilização deveria comportar a reintegração da mulher na sociedade produtora, o abandono da opressão masculina e a utilização de todos os valores da condição feminina, até então "perdidos para a história" (Stendhal, citado por S. de Beauvoir).

Análise de um exemplo: Sun Chief, de L. Simmons (Don C. Talayesva, *Soleil Hopi,* Plon, col. "Presses-Pocket-Terre humaine").

Uma ilustração da existência de todos os conflitos infantis trazidos à tona pela psicanálise é dada pela autobiografia de um índio hopi do Arizona (L. Simmons: *Sun Chief*). É a vida de um trabalhador que viveu algum tempo em meio americano, para voltar a fixar-se, final e definitivamente, em sua aldeia.

Mora numa aldeia a 1.500 metros de altitude, numa região deserta do Arizona, aldeia rondada pela lembrança das fomes; sua sociedade parece em plena decadência.

Ele está certo de não ser "como todo o mundo", e conta, a respeito de seu nascimento, que, no ventre de sua mãe, havia uma irmã gêmea. Mas, no parto, o médico da aldeia pressionou demais e reuniu as duas pessoas nele; portanto, ele carrega na testa uma marca que comprova a presença de sua "irmã" nele.

Durante a infância, passa por várias experiências traumatizantes. Certa noite surpreende as relações sexuais de seus pais e acha que o pai está matando a mãe; acaba tendo uma reação de hostilidade em relação à atitude de solicitude dos pais. Outra experiência: uma ameaça real – ou quase – de castração: seu avô, levando longe demais uma brincadeira de mau gosto, amarra-o e faz de conta que vai castrá-lo. O menino desmaia; as mulheres, com muita raiva, não encontram nada para dizer ao avô, a não ser que "*Quando ele crescer, vai fazer-lhe o mesmo...*".

Em geral, aliás, as relações entre crianças e velhos são de rivalidade.

O menino aprende as lendas de sua tribo, lendas que têm, todas, caráter ameaçador: os "corações-duplos", espécies de vampiros, que matam ou exigem de quem os encontre que mate seus irmãos e irmãs; os "*Katcinas*" que vão atrás dos "corações-duplos" e são representados por dançarinos montados em pernas de pau, que, em data marcada, percorrem a aldeia para agarrar as crianças: as mães os tranqüilizam dando-lhes carne (há uma mescla de brincadeira e crença real nesses ritos); a "mulher-aranha" que Don – o herói do relato – acredita certa noite encontrar no campo, e que queria atraí-lo (os pais o acalmam, mas eles mesmos acreditam mais ou menos naquilo).

Procedimentos pedagógicos. Há clara repressão das manifestações de violência, pelo menos na aparência; é proibido bater nas crianças, visto que toda e qualquer violência põe as crianças em perigo (as mortes "naturais" são sempre causadas por maus pensamentos, todo ato violento pode ter conseqüências incalculáveis). O único modo de punição permitido é sempre de caráter religioso: o contato com os elementos ameaçadores, especialmente sufocantes, como, por exemplo, manter a criança debaixo de uma coberta, ou na fumaça, ou lavá-la com água gelada. Portanto, trata-se de uma violência mascarada. A crueldade também é mascarada, mas se manifesta nos jogos. Há também a advertência, feita pelos velhos às crianças, contra a sexualidade (perigo físico que a mulher representa para o homem).

Quando ele tem dez anos, nasce-lhe um irmão. Don sofre com isso e, depois de ter sido esbofeteado pela mãe (fato inusitado), tenta suicidar-se (cf. complexo de intrusão).

Em seguida parte para a escola americana, a trinta quilômetros da aldeia. Por volta dos catorze anos situam-se suas primeiras tentativas sexuais: encontrando jovens a banhar-se, ele muda de caminho (em conformidade com as leis da sociedade), mas pára não longe dali, bem à vista, para que elas venham encontrá-lo. Essa atitude de crença ambígua (respeito pelas formas da lei, que ele torce quando lhe é cômodo) caracterizará toda a sua vida futura.

Aos catorze anos, sua voz muda; raspa o bigode que está nascendo e tem sonhos esquisitos (meninas que se transformam em meninos quando ele quer aproximar-se delas) (cf. *ambivalência sexual*, nesse estágio de desenvolvimento, constatado por Freud).

Incidente característico da forma de violência mais autorizada, a existente entre meninos e velhos, que se encontram em estado de guerra permanente: indo para sua aldeia, encontra o avô, prende-o no laço e puxa-o por toda a aldeia.

Saindo da escola, vai trabalhar em Colorado – sua primeira compra é um revólver (agressividade). Nesse momento, há dissidência em sua aldeia: a maioria dos habitantes é hostil aos brancos e, depois de uma deliberação, essa parcela vai embora, morar mais longe. Don faz parte dos que ficam.

Episódio afetivo. Conhece uma mulher faminta e quer protegê-la (a fome, a lembrança das antigas fomes na aldeia, em que, parece, chegou-se a devorar crianças, continua sendo fator poderoso de emoção). O caso com essa mulher não dura muito, e leva a descobrir outro traço permanente de Don: toda vez que uma mulher o seduz, ele a pede em casamento e depois a esquece completamente quando aparece outra.

Adere ao cristianismo, faz parte da YMCA, único momento em que desejaria ser branco.

Grande crise. Fica sabendo que a irmã morreu de parto, e que sua morte é atribuída aos "corações-duplos". Essa novidade leva-o de volta às origens, desperta nele sentimentos de culpa, e ele se pergunta por que os "corações-duplos" não o levaram em lugar da irmã; resfria-se no mesmo dia: pneumonia; é hospitalizado, mas os remédios não atuam. Acredita ter ofendido os "corações-duplos" (que são ao mesmo tempo poderosos, ruins e infelizes), e tem uma visão de que se lembrará por toda a vida: um "*Katcina*" aconselha-o a visitar o reino dos mortos e voltar ao corpo antes de morrer completamente; diz-lhe que se apresse para voltar ao corpo a tempo. Na viagem para o além, passa pela aldeia, encontra a mãe, que não o vê, sua avó, em quem reconhece um "coração-duplo" e chega por fim a uma bifurcação onde precisa escolher o caminho (tema mítico freqüente); escolhe o bom, encontra animais estranhos que lhe gritam para ir depressa, chega à montanha fronteira à Casa dos Ancestrais. Umas espécies de palhaços dizem-lhe que ele está atrasado; ele precisa fazer outra escolha importante: entre diversos elixires, escolhe o que o levará de volta à vida; uns velhos o aconselham a ir correndo sem se voltar (mito conhecido, que expressa a encarnação, a contingência que se deve vencer); escapa dos maus espíritos. Os animais já encontrados dizem-lhe então que ele precisa voltar para viver muito tempo, e agora ele sabe que seu corpo é "bastante habitável". Acorda, comove-se – o pessoal do hospital achava que ele já estava morto! –, revê seu "anjo da guarda", o *Katcina*" que promete cuidar dele e repreendê-lo quatro vezes: depois disso, se pecar de novo, vai morrer (cf. crianças e psicastênicos: recurso aos números).

Retorno definitivo. Fica muito impressionado com a experiência, submete-se facilmente a todos os ritos da tribo. Sua maior preocupação é evitar o casamento. No entanto, tem muitas aventuras com mulheres de seu clã (com as quais, aliás, ele sabe que não pode se casar). Acaba por casar-se bem mais tarde, perde seus três filhos em idade tenra, é acusado de feitiçaria, mas não julgado, não pode mais ter filhos e adota um menino.

Segunda crise psicofísica. Numa briga com o filho adotivo, ameaça bater nele; o filho, com raiva, responde: "Então me mate de uma vez." O pai tem uma crise de cólera patológica, bate no filho (tratamento raríssimo entre os hopis), depois se arrepende e repreende o filho por querer sua morte; sente, efetivamente, que a morte se aproxima: sintomas físicos de todos os tipos, com sensações de asfixia. Por fim, recupera-se.

Como explicar essa violência e essa conduta de doença?

Sentido da cólera e da doença no incidente com o filho. A conduta violenta de Don para com o filho adotivo contrasta com a brandura habitual das relações dos pais com os filhos entre os hopis, como já dissemos. Don fora acusado de feitiçaria por ocasião da morte de seus três filhos, e assumira uma atitude de defesa agressiva, dizendo: "Então me matem de uma vez"; o filho, ao tomar a mesma atitude diante dele, desperta seus sentimentos de culpa. Ele então projeta essa culpa no filho, querendo inverter a situação: o filho provocaria sua morte – e *Don se faz doente*.

Os sintomas são os das punições autorizadas da infância: sensações de asfixia, de sufocação, com dores na boca, lembrando um castigo especialmente cruel da professora (que o obrigava a ficar com um pedaço de sabão na boca durante muito tempo). Todos esses sintomas estão, portanto, ligados às experiências traumatizantes da infância.

Conclusões. A vida inteira de Don situa-se sob o signo da "alienação": toda responsabilidade, toda autonomia é delegada a uma autoridade exterior: costumes, espíritos etc. A "consciência infeliz", no sentido hegeliano, é a consciência que põe seu centro fora de si mesma.

Verifica-se nessa sociedade a importância da repressão às manifestações de violência: impossibilidade de exteriorizá-la, mas ela se expressa em sonho e nas lendas.

Tudo o que diz respeito ao nascimento e à morte é marcado pelo medo da violência: toda morte natural é suspeita, e é sempre provocada por maus pensamentos.

Também cabe ressaltar a importância das questões alimentares: lembrança obsedante das antigas fomes.

O conjunto da violência reprimida reflete-se nas relações "pais-filhos": brandas na aparência, mas em segundo plano há o antagonismo "jovens-velhos" (simbolizado na iniciação do menino à vida adulta – danças e brincadeiras violentas, expressando que daí por diante o menino poderá oprimir o velho).

No que se refere às relações sexuais, são livres e encaradas com indulgência; mas, de tempos em tempos, revelação de terror e de desconfiança profunda (advertência dos meninos pelos velhos).

Quanto às relações sociais, em geral, há uma mistura de amor e ódio, ambivalência geral, alienação que possibilita a criação (em Don, pelo menos) de duas regiões psíquicas completamente separadas: o sobrenatural e o cotidiano (bipartição do mundo, freqüente nos primitivos).

Com esse exemplo se vê como é impossível reduzir um comportamento a um único componente, sexual ou social: há sempre interação dos dois, com uma tomada de posição individual em relação a todos os problemas. Donde intricamento entre as condições e suas conseqüências.

Análise de outro exemplo: Condições da criança nas Ilhas Trobriand (Malinowski, exposição de Grandjean).

Nessa sociedade, o "pai" é considerado estranho à concepção da criança; é simplesmente o único homem que mora na casa, o marido da mãe. O casamento *é patrilocal*.

Os deveres dos filhos para com o pai são legitimados pelos cuidados que este lhes dispensa – a casa pertence ao pai; é ele o dono –, mas o papel da mulher é considerável, e certos objetos lhe pertencem pessoalmente.

A autoridade paterna é exercida pelo irmão da mãe, que sustenta a casa; o menino herda dele.

Tabus numerosos e rigorosos (mas sempre efetivamente observados).

As crianças são reencarnações dos espíritos dos mortos, que tomam essa forma quando estão cansados de sua eterna juventude. Então, flutuam sobre a água e entram no corpo da mulher, geralmente pela cabeça.

Interdito bem paradoxal contra filhos ilegítimos, apesar da absoluta liberdade sexual. A explicação dada é que essas crianças não têm pai para acarinhá-las. Outra contradição: não fica bem dizer que a criança "se parece com a mãe". Considera-se que o pai, embora estranho à criança, molda sua aparência com os cuidados constantes que lhe dispensa.

Durante a gravidez, a mulher vai morar longe do marido. O homem tem grande orgulho de sua família (irmãs, primas e filhas). A criança é desmamada muito tarde, quando sabe dizer que tem fome ou sede. As crianças nervosas ou difíceis são levadas para a beira-mar ou para outra aldeia; acredita-se que a mudança de ares as recupera.

As crianças são bem livres e não são obrigadas a obedecer aos pais; liberdade também muito grande nos jogos sexuais. Os pais não castigam os filhos; se batem neles, admitem a reação como coisa normal. Em geral, a idéia de castigo é considerada imoral, inconcebível. As crianças, aliás, formam umas espécies de "repúblicas de crianças" e são completamente livres.

Vida sexual. Ninguém se esconde da criança. Freqüentemente elas são testemunhas das relações sexuais dos pais; só lhes pedem que não manifestem excessiva curiosidade. Com exceção dos numerosos tabus, não há código moral: as meninas a partir de qua-

tro ou cinco anos e os meninos a partir de seis a oito anos ensaiam relações na forma de jogos sexuais.
Os adolescentes também têm vida sexual livre.
Tabus. Proibição rigorosa de ternura entre irmão e irmã: proibição de brincarem juntos.

Crescendo, a criança deve tomar conhecimento dos diversos tabus (efeito muitas vezes traumatizante, pois são criadas sem nenhuma coação) e das leis de sua sociedade; assim, a criança aprende que não faz parte do clã de seu pai, mas do clã de seu tio materno, do qual é herdeira e onde seu próprio pai é considerado estranho.

Assim como as crianças, os adolescentes vivem em comunidades: possuem "Casas de solteiros", onde se encontram, mas não moram. A Casa pode receber de três a cinco casais ao mesmo tempo; é muito freqüentada.

Vida matrimonial. As ligações entre adolescentes não são sempre iguais – o noivado restringe a liberdade sexual. O mais favorável é o casamento do filho de um homem com a filha de sua irmã, meio com que o homem dá ao filho o benefício dos serviços e dos presentes que é obrigado a dar à sobrinha. Essa nora, que é sobrinha, é sua verdadeira parente que protegerá o pai velho da feitiçaria dos estrangeiros.

Em compensação, é proibido o casamento entre filhos de duas irmãs.

Complemento às observações de Malinowski

Bibliografia. MALINOWSKI, *La vie sexuelle des sauvages dans le Nord-Ouest de la Mélanésie* (Payot, 1930).
– *La sexualité et sa répression dans les sociétés primitives* (Payot, col. "P. B. P.").

1 – *Situação do pai*: O pai biológico (embora não seja considerado como tal) em geral prefere o verdadeiro filho ao sobrinho do qual se incumbe e que será seu herdeiro; donde o conflito. Vários expedientes lhe são oferecidos: ele pode beneficiar o filho com o usufruto de seus bens; pode arranjar tudo para que este se case com a prima. Assim, o filho será beneficiário de sua herança.

2 – *Situação da mulher*: A mulher goza de certo valor social; possui objetos pessoais, jarros de água, em especial. Sua família deve fornecer a metade da subsistência da casa etc. Por isso, às vezes a mulher busca o divórcio, mas isso raramente acontece ao marido.

Mas o dono da casa é o marido: como o casamento é patrilocal, nem a mulher nem os filhos (que, passada a primeira infância, devem em princípio ir para a aldeia do tio materno – considerada sua verdadeira aldeia) estão na verdade em casa.

A mulher conserva as prerrogativas e os tabus de sua classe; em certos casos, mantém sua superioridade social no casamento. Mas ela não exerce o poder: delega-o ao chefe de seu clã.

Quanto à magia, a mulher pratica uma magia mais poética, lírica, enquanto a magia prática (tratamento das doenças) é reservada ao homem (salvo, porém, o tratamento das dores de dentes).

3 – *Casamento*: Contraste evidente entre a vida livre dos solteiros e o caráter estrito do casamento. Não há cerimônia de casamento: os noivos passeiam juntos em público e fazem suas refeições em comum (se os pais da mulher estiverem de acordo, mandarão um presente; se não, virão buscar a filha). O jovem casal deve morar com a família do marido até a colheita seguinte, depois vai morar em casa sua.

Os esposos demonstram muita afeição um pelo outro e sempre dedicam uma parte do tempo à conversa.

O marido tem o direito de matar a mulher adúltera; mas se ela lhe comunicar primeiro sua decisão de ir embora, ele não poderá opor-se. Em geral, cada um dos parceiros volta a casar-se bem depressa. Conhecem-se vários casos de suicídio de mulheres acusadas injustamente de adultério pelo marido. Malinowski interpreta esses fatos como a impossibilidade que tem a mulher de continuar a viver com o marido ou sem ele. Mas talvez caiba ver nisso também a intenção de fazer o marido se sentir culpado (cf. suicídios "de honra" no Extremo Oriente).

O chefe de clã tem direito a várias mulheres; em sua casa encontram-se três tipos de mulheres: esposas de predecessores, mulheres escolhidas quando ele era jovem, mulheres mais jovens que substituem as esposas falecidas. Ele tem direito a escolher qualquer mulher que encontre; mas então a fidelidade da mulher não é realmente tão rigorosa quanto nos casamentos comuns.

A mulher grávida é cercada de consideração; ganha uma roupa especial; é levada aos banhos (para purificação). Na época do parto, mora com a mãe, e todos os homens da casa se mudam; depois do parto, precisa ficar reclusa por mais dois meses, com tabus estritos (por exemplo, só pode falar com o marido através de uma porta); até o desmame da criança, fica isolada com ela. Essa situação é muito favorável para a criança, atenuando ao máximo os traumas do nascimento.

4 – *As crianças*: As crianças não conhecem a violência: não há castigos, não há repressão sexual. Por isso, muito cedo mesclam sentimentos de afeição e ternura às condutas sexuais. Nessas sociedades não se observa a dissociação tão freqüente entre nós de sexualidade e amor-sentimento.

O desejo de casar-se tem como origem não apenas interesses econômicos, mas também a vontade de tornar duráveis e oficiais os laços de afeição que já unem o casal; também há o desejo de ter filhos.

5 – *Aspectos negativos*: Como contrapartida da não-violência, encontram-se (provavelmente em via de desaparecimento) relatos de orgias públicas e o relato de um costume segundo o qual as mulheres escolhem o homem ferindo-o com faca. Encontram-se também elementos agressivos e fantasias de castração nas lendas de mulheres cruéis, habitantes das ilhas vizinhas, que atraem e matam homens e crianças.

Também há um costume da época da capina dos pomares, em que as mulheres têm toda a liberdade de atacar os estranhos que passem por suas aldeias.

Há portanto presença latente de certa agressividade.

6 – *Comparação entre crianças de Trobriand e crianças civilizadas*: Malinowski extrai desses fatos as seguintes comparações:
– a mulher grávida das Ilhas Trobriand goza de maior proteção;
– o desmame ocorre mais tarde, e o lactente vive isolado com a mãe; por isso, situação menos traumatizante, e começo de vida mais fácil para a criança;
– não existe rivalidade entre pai e filhos pelo amor da mãe;
– não há tirania masculina;
– pouquíssimas perversões (homossexualidade desconhecida antes da chegada dos brancos);

– no desenvolvimento psicológico da criança, não há associação (habitual entre nós) do sexual e do anal como coisas "indecentes"; por isso, desenvolvimento sexual mais direto e menos sujeito a desvios;
– dos três aos seis anos ocorre em nossas sociedades a constituição do ideal paterno, com sua decepção simultânea; nada de semelhante entre eles: a autoridade é delegada ao tio materno, revestido de todas as insígnias sociais. O papel do pai, portanto, é de afeição pura; *não há crise na puberdade*;
– dos seis anos à puberdade, há, em nossa civilização, um "período de latência" (declínio do "complexo de Édipo" e adormecimento dos interesses sexuais). Antes de declarar ser essa uma lei geral, Freud admitira a influência do meio sobre a existência, a intensidade e a duração do período de latência. Em todo caso, mesmo em nossa civilização, esse período é bem menos sensível nos meios camponeses ou operários do que na burguesia (cf. sua coincidência com a predominância súbita dos interesses escolares).

Nas crianças de Trobriand, esse período de latência não existe: é o período de sua maior liberdade (vida em república de crianças) e de suas primeiras experiências sexuais.

– *Na puberdade*: período de grande tensão familiar entre nós. Notam-se em especial agressividade contra o pai e violência com mãe e irmãs, provavelmente em relação com os pensamentos referentes à própria origem.

Essa tensão é desconhecida dos habitantes de Trobriand: é o momento em que a criança precisa trocar sua aldeia pela do tio materno.

Malinowski constata, portanto, a ausência de complexos nessa sociedade, que ele sente pela ausência de neuroses e psicoses (não se encontram doenças mentais, salvo manias e cretinismo), pelo fato de quase não falarem de sonhos e de darem a impressão de não acreditarem muito no poder de seus feiticeiros.

Malinowski acredita, por outro lado, na existência de um drama tipicamente trobriandês: a atração pela irmã e o ódio ao tio materno, que representa a autoridade. Uma série de fatos prova a existência de conflitos: o tabu excessivamente estrito que proíbe qualquer relação, mesmo de amizade, com a irmã; vários mitos de tendência incestuosa; a análise das injúrias.

Controvérsia Malinowski-Jones
sobre a universalidade do "complexo de Édipo"

Partindo desses fatos, Malinowski quer provar que o "complexo de Édipo" é uma formação histórica associada à organização patriarcal de uma sociedade. Preconiza uma nova orientação psicanalítica que consista em buscar os complexos próprios a cada sociedade ao invés de buscar apenas formações edipianas. Isso provoca uma controvérsia entre ele e Jones, um psicanalista clínico.

1 – *Argumentos de Jones*: O complexo trobriandês não passa de máscara destinada a dissimular e a remediar o "complexo de Édipo", deslocando para o tio a agressividade contra o pai, e para a irmã o amor pela mãe (a irmã simboliza a mãe). Jones censura em Malinowski o fato de deixar sem explicação as origens do matriarcado.

2 – *Resposta de Malinowski*: A objeção de Jones e a posição psicanalítica são evidentemente irrefutáveis, pois a ausência de sintomas será interpretada no mesmo sentido que sua presença, valendo a negação tanto quanto o afirmação. Para os psicanalistas, a ausência de sintomas demonstra apenas uma repressão particularmente forte, o que não pode ser provado nem refutado. Mas esses complexos dissimulados atrás de outros complexos suporiam uma espécie de "superinconsciente": essa é uma solução puramente verbal.

Mas Malinowski aplica-se sobretudo a criticar a metodologia freudiana, que consiste em reconstruir a história com os elementos extraídos de nossa própria psicogênese. Não se tem o direito de interpretar, por exemplo, o totemismo primitivo por meio das indicações fornecidas pela psicanálise infantil ocidental, a menos que se tenha provado a universalidade dos mecanismos psicológicos. Caso contrário, apresenta-se como prova o que não passa de postulado. Para constituir uma psicanálise antropológica objetiva, é preciso buscar os elementos no próprio terreno das sociedades estudadas.

Outra objeção: o parricídio é suposto por Freud ao mesmo tempo como conseqüência da autoridade do pai e como causa de uma civilização patriarcal, o que parece difícil de conceber. Sendo simultaneamente conseqüência e base de certa civilização, o parricídio terá ocorrido só uma vez, após o que a civilização se propagou, ou devemos admitir uma "epidemia de parricídios"?

(Cf. Kroeber, *Totem and Tabou: an Ethnologic Psychoanalysis* [1920]; in *The Nature of Culture*, Chicago, 1952.)

Diante dessas dificuldades, é impossível contentar-se com provas *a priori*. Apesar do grande interesse dessas visões, cabe ressaltar alguns *pontos fracos nas teses de Malinowski*:

– Quanto aos *sonhos*, os habitantes de Trobriand não falam deles; mas isso não prova sua ausência (em todos os casos patológicos, esse silêncio obstinado é indício certo de resistência). Aliado à discrição extrema em torno de todas as questões sexuais, esse fato parece indicar certo recalque;

– O *quadro clínico do "complexo trobriandês"* é concebido por simetria com o "complexo de Édipo". Mas não é um verdadeiro complexo, e não pode funcionar como tal: o dinamismo do "complexo de Édipo" provém do fato de ser um "drama a três", em que cada antagonista está ligado aos outros dois, e em que qualquer relação entre dois deles repercute no terceiro. Nada há de semelhante no complexo trobriandês: a irmã e o tio não estão ligados entre si, e não é por estar ligado à irmã que o menino odeia o tio; trata-se de *dois conflitos independentes*.

Os freudianos afirmam que a estrutura psicológica é causa da civilização. Malinowski substitui a causalidade psicológica por uma causalidade sociológica e considera o complexo de Édipo como produto da civilização. Mas é evidente que ambas as coisas são inseparáveis e interferem uma na outra. É preciso construir uma psicanálise e uma sociologia que não sejam concebidas em termos de causalidade: é a orientação da nova psicanálise antropológica, o culturalismo, que tende para uma superação, uma síntese dos dados clássicos.

TRABALHOS DA SOCIOLOGIA CULTURALISTA

BIBLIOGRAFIA

ROHEIM (Géza) (Psicanalista que se aproxima do culturalismo)
   1925: *Australian Totemism*, Allen and Unwin, Londres, 1925;
   1941: *Play Analysis with Normanby Island Children* (in *American Journal of Orthopsyhiatry*, XI, pp. 524-30);
   1947: *Dream Analysis and Field Work in Anthropology* (in *Psichoanalysis and the Social Sciences*, I, pp. 81-130);

MEAD (Margaret) (Culturalista que se aproxima cada vez mais da psicanálise):
1928: *Coming of Age in Samoa* (*Adolescence à Samoa, in Moeurs et sexualité en Océanie*, Plon, col. "Presses-Pocket-Terre humaine");
1930: *Growing up in New Guinea* (*Une éducation en Nouvelle-Guinée*, Payot, 1973);
1945: *Sex and Temperament in Three primitive Societies* (*Trois sociétes primitives de Nouvelle-Guinée*, in *Moeurs et sexualité en Océanie*, obra citada).

KARDINER (Abram):
1939: *The Individual and his Society* (*L'individu dans sa société*, Gallimard, 1969).
1945: *The Psychological Frontiers of Society* (Columbia University Press).

LINTON (Ralf):
1945: *The Cultural Background of Personnality* (*Le fondement culturel de la personnalité*, Dunod, 1986).

HOMBURGER (E.):
Childhood and Tradition in two American Tribes (Série: "*The Psychoanalytic Study of the Child*", publicação anual desde 1945).

SACHS (W.):
1937: *Black Hamlet* (*Un Hamtel noir*, Calmann-Lévy, 1940).

BALLANDIER: cf. in revista *Critique*, artigo que resume duas obras de KARDINER e LINTON (fevereiro de 1948).

A partir de Durkheim, a sociologia francesa tem por base a noção de "consciência coletiva", distinta das consciências individuais. Essa noção metodológica contestável, com incidência metafísica (embora este aspecto tenha sido exagerado), foi recebida com grande reserva. Depois de ter possibilitado um novo impulso da sociologia, também constituiu um motivo de sua estagnação.

No movimento culturalista americano, o fator social não é uma consciência coletiva, ainda que a influência do meio sobre o indivíduo não seja de modo algum subestimado. Deriva mais da noção hegeliana de "espírito objetivo": Hegel distinguira espírito objetivo (a projeção do espírito humano em seu meio, revelado em suas criações e instituições) de espírito subjetivo (o espírito humano como o apreendemos em nós mesmos).

Essa concepção é muito diferente da de consciência coletiva. Não tem em vista uma entidade hipotética, mas fatos, realizações humanas, a impressão de suas intenções que marca todas as suas criações (visível até na paisagem, profundamente transformada pelo homem). É a "cultura", vista em seu aspecto de sedimentação das atividades humanas: ela impregna o recém-nascido desde o primeiro dia; constantemente, o ambiente em que o indivíduo vive instiga-o a retomar as atitudes que contribuíram para formar esse mesmo ambiente (cf. Ruth Benedict: *Pattern of Culture* [*Échantillons de civilisations,* Gallimard, 1950], primeira tentativa de aplicar a teoria da forma aos conjuntos sociais).

Desse ponto de vista, a influência do social sobre o individual tem a vantagem de não ser uma hipótese. É uma concepção *intersubjectiva* (identificação de cada indivíduo com os outros); ela permite fundar uma sociologia positiva, sem criar, com a "consciência coletiva", nenhuma espécie de *fatum* em que o indivíduo perde toda a sua autonomia.

É em Kardiner, principalmente, que encontramos uma síntese das idéias principais do "culturalismo":

1 – Introduz a noção de *"personalidade básica"* (*basic personnality*); toda cultura, todo conjunto social inserido na estrutura de uma sociedade tende a definir um *tipo;* quanto mais restrito o grupo, com mais exatidão esse tipo pode realizar-se. Uma noção dessa espécie já se encontra em Karl Marx, quando ele fala de um "indivíduo de classe" (*Ideologia alemã*) e da possível desintegração dessa classe, proveniente dela mesma em certas circunstâncias. De todos os modos, a noção de integração é familiar a Marx.

2 – No que se refere a essa noção de integração, ou seja, à conformação a certo ideal do eu, a um *"padrão"* proposto pela sociedade, Kardiner não a concebe de maneira estática; o indivíduo pode modificá-lo, reagir contra o *padrão* social. Quando essa modificação é devida à estrutura da própria sociedade, há revolução de costumes. É, pois, uma concepção dialética, portanto dinâmica (transformação do *padrão* por si mesmo).

3 – Para os culturalistas, trata-se de estudar a cadeia de integrações que une o indivíduo à sociedade e o leva a assumir a estrutura institucional de seu meio. Donde a importância atribuída à educação das crianças, mas sem admitir que a evolução ulterior de um indivíduo possa depender unicamente de sua infância. É portanto uma concepção diferente da de Freud: a infância não é considerada como instalação num indivíduo de certos

complexos que para ele desempenham o papel de destino, mas como *a iniciação a certo meio de cultura*. Como os conflitos estudados pela psicanálise correspondem a *uma* das constelações afetivas realizadas pela história, todos os aspectos de sua vida contribuem para formá-lo, e estão em relação uns com os outros; cada elemento de uma cultura é significativo do conjunto, mesmo quando os diferentes fatos não parecem ter relação alguma entre si.

ESTUDO DE KARDINER DAS POPULAÇÕES DA ILHA DE ALOR
(in *The Psychological Frontiers of Society,* cap. 5 e seguintes)

Essa população já fora estudada por Cora Du Bois. Kardiner recolhe suas observações e as completa com descrições de conjunto, biografias individuais e testes (sobretudo o Rorschach) instituídos por um etnógrafo que não tivera conhecimento dos resultados de C. Du Bois.

I. DESCRIÇÃO DOS TRAÇOS GERAIS

A ilha de Alor, situada a 60 milhas a leste de Java e a 70 milhas ao norte da Austrália ([antiga] possessão holandesa), tem uma população sobretudo negróide: 70.000 habitantes, dos quais 10.000 muçulmanos. Essa população é estacionária (cerca de quatro filhos por casal, mas com mortalidade infantil muito elevada), tem poucos contatos com a administração (salvo com a polícia), mas paga um imposto bem elevado: 1,25 dólar ao ano por chefe de família, o que representa dois meses de trabalho.

Há três tipos de casas: casas rurais, mal construídas, provisórias, que se deterioram rapidamente; casas familiares, construídas sobre pilotis, em menos de um ano, também pouco sólidas; somente as grandes casas de família são sólidas e são edificadas em cinco anos.

Os homens são mais vaidosos que as mulheres; usam uma indumentária bem rica, com numerosos jóias.

Higiene: o banho é conhecido mas bem raro, pois a água fica a grande distância. É preciso captá-la com longos tubos de bambu. Homens e mulheres tomam banho separados, e não se mostram nus.

– A alimentação é boa (trigo, arroz, cogumelos, banana e, para as crianças, carne de porco, frango, alguns carneiros, cães; as crianças caçam e comem ratos).

– A terra é propriedade individual, dividida entre o pai, a mãe e (teoricamente) os filhos a partir de dez anos. Tudo o que se refere aos cereais e à cultura da terra é de incumbência das mulheres; tudo o que se refere à carne – criação, abate, cozimento – cabe aos homens. A propriedade é individual, mas o trabalho é coletivo: cultivam-se os campos uns após os outros, o que dá ensejo a muitas brigas.

– Há festas; cada um leva carne, que é redistribuída e comida em comum.

– As refeições são freqüentes, mesmo durante a noite, e pouco abundantes. Em geral, as noites são agitadas; os habitantes vão e vêm, comem, fazem barulho.

– *As crianças, à primeira vista, são subalimentadas*; estão sempre à cata de comida, e, em bandos, roubam bananas e mangas; os adultos as deixam fazer isso.

– Homens e mulheres comem separados: o homem e os filhos primeiro; a mulher e as filhas depois. Em geral, as questões alimentares desempenham papel importante. Eles são avaros com a comida e não gostam de dá-la. No entanto, nunca há fome de verdade (no máximo períodos de restrição de um ou outro alimento). Há quase sempre de tudo em quantidade suficiente. As restrições não bastam para explicar essa verdadeira obsessão por comida.

– A principal atividade masculina consiste em *transações financeiras: o dinheiro desempenha papel extremamente importante na vida dos habitantes*. Como "moeda" utilizam porcos, vasos preciosos e gongos. *Um décimo dos habitantes é financista*: é a profissão mais considerada. Cada família possui um ou dois porcos; mesmo quando é muito rica, a família nunca tem porcos em número maior. Preferem o sistema das "participações" no porco (1/4 ou 1/10 de porco, por exemplo), por duas razões:

a) desse modo sua fortuna é mais dissimulada;

b) acham que, se várias pessoas têm interesse pelo mesmo animal, é maior a garantia contra roubo.

– O casamento é submetido a condições financeiras complicadíssimas (a moça precisa levar dote, mas o marido precisa pagar aos pais dela uma soma de aproximadamente três vezes o montante do dote). Há tratativas intermináveis, e os resultados nem sempre são bem recebidos pelos filhos; os casamentos são pouco estáveis; com freqüência as mulheres, no início ou mesmo depois, recusam-se sexualmente aos maridos. Os divórcios também são complicados, e dão ensejo a conflitos financeiros insolúveis.

– O parentesco é bilateral, e o casamento entre parentes próximos não é bem-visto. O incesto é proibido em princípio, mas por tabus pouco estritos.

– Os funerais são muito caros (pois é preciso apaziguar o espírito do morto) e também acompanhados por transações financeiras complicadas (e intermináveis, não fosse o medo do morto): sete grupos da família devem participar da organização dos funerais. Praticamente não sobra herança, e há até casos de famílias arruinadas pelas despesas do enterro.

– Há ódios entre famílias, com guerras de clãs, roubos de crianças, vinganças intermináveis. Mas tudo pode ser ajustado com acordos financeiros.

– *A religião é muito vaga,* não elaborada: espíritos guardiões da aldeia, bons e maus, porém pouco individualizados. O conjunto é pobre. Constata-se o medo do sobrenatural e das relações com o sobrenatural; tudo o que ultrapasse a vida cotidiana é temido e mascarado (com a aproximação da morte, os doentes se retiram; seus filhos colhem presságios e os comunicam ao doente; depois os pais os guardam estreitamente abraçados até a morte).

– Aliás, eles têm pressa de livrar-se dos mortos, e parece que é grande o número de enterrados vivos!

– Os feiticeiros são considerados subalternos (aliás, em geral escolhem esse ofício quando não conseguem tornar-se homens de negócios), e quase não há exemplo de magia natural, ativa (embora se encontrem vestígios nas lendas).

– Acredita-se que os mortos têm duas almas, uma que logo depois da morte vai para uma aldeia do além, outra que fica rondando a aldeia e precisa ser satisfeita com funerais imponentes (ver acima) e com ofertas de alimentos. Depois disso, não despertam mais nenhum interesse dos habitantes. Não há culto dos mortos.

– Não há suicídio institucional.

– Algumas lendas: uma delas conta a história de um homem que tinha seis irmãos; é abandonado por eles e corre o risco de morrer de fome. Seu pai lhe aparece em sonho e indica-lhe o lugar para onde deve ir; ele chega a uma aldeia "benfazeja". Ali lhe prometem comida; no momento em que está subindo para a casa, é ferido por um projétil lançado de dentro. Mas as duas moças da casa – espécies de fadas benfazejas – cuidam dele e o alimentam. Ele vai trabalhar com elas; num buraco feito na terra, vê sua aldeia e vai até ela por magia. Negam-lhe água, só uma mulher lhe dá água, e ele se casa com ela. Mas, aos poucos, ela se transforma em "mulher ruim" e tenta matá-lo em várias ocasiões; a cada vez, ele é salvo pelas duas irmãs. No fim, sai da aldeia definitivamente, levando consigo a metade dos homens, os "bons", e vai morar na aldeia "benfazeja" das duas irmãs.

– O nível das crenças é bem baixo: *não há ritual*. Há maldições, fetiches, mas eles só acreditam pela metade; tanto quanto, aliás, no poder dos feiticeiros.

– Não há aristocracia, mas diferenças de fortuna que põem uma parte da aldeia sob a dependência da outra. É muito importante ser rico, pois é quase impossível um homem pobre casar-se, e um solteiro não é considerado *homem de verdade*: só é plenamente homem quem tem um filho.

– Caráter: extremamente suscetível. Fazer alusão a um defeito físico é visto como insulto grave (mas todas as injúrias podem ser remediadas com dinheiro). Fortíssimo sentimento de vergonha: eles temem "perder a honra".

– Trabalhos manuais pouco numerosos e desprovidos de qualidades artísticas: tudo é rude e grosseiro. Alguns ofícios menores: feiticeiro, calendarista, genealogista (mas as genealogias, como o resto, são pouco estruturadas). Nem tecelagem, nem cerâmica, apenas fabricação de gongos.

– Um pouco de versificação, bastante prosaica: *Diálogo entre o credor e o devedor*.

Chegamos aos traços mais expressivos, referentes ao desenvolvimento das crianças.

– Nascimento. *O papel do pai é conhecido*: acredita-se que a criança seja resultado da mistura do sêmen do pai com o fluxo menstrual da mãe, e que há necessidade de várias relações sexuais para uma concepção. A mulher grávida tem todos os tipos de mal-estar, náusea e desejos (de alimentos, em especial). São freqüentes os abortos espontâneos; quando a mulher está descontente com o marido, tenta provocar o aborto trabalhando muito na lavoura. Numerosos tabus. Durante o parto, que é em casa da família da mulher, os homens são afastados.

– Depois do nascimento, a mulher fica em casa por oito dias, banha a criança em água quente (mais tarde, os banhos serão frios), e a amamenta. Ao fim de quinze dias, volta a trabalhar; o aleitamento regular é repentinamente interrompido. A criança, com a idade de seis dias, come legumes mastigados de antemão, bananas, e a mulher a alimenta à noite, quando volta. A partir desse momento, a criança parece perpetuamente faminta, não recebe nada durante o dia, e, assim que pode locomover-se, está sempre à cata de alimento, tentando mamar nos dedos dos adultos (brincadeira favorita destes).

– Os homens interessam-se mais pelos filhos que as mulheres. Estas não gostam de tê-los nem de alimentá-los. A criança compartilha o colchão dos pais; as relações sexuais são reiniciadas logo depois do nascimento (as mulheres queixam-se disso; circunstância agravante: elas sabem que o marido volta principalmente quando não conseguiu encontrar outra parceira, nesse ínterim).

– Os filhos choram muito; mais tarde, têm acessos de raiva, rolam no chão quando a mãe sai para trabalhar. Ela os masturba para acalmá-los. Não há controle esfincteriano antes de as crianças começarem a andar: a partir daí, o aprendizado é rápido.

– A partir de três anos, a criança brinca ao lado da casa, vigiada pelo pai ou por outra criança mais velha. O desmame total é repentino, e a mãe muitas vezes gosta de provocar seu ciúme, por exemplo dando o peito a outra criança. A criança é habituada a andar limpa; é enxugada com folhas ásperas, o que provoca úlceras, que são cuidadas com métodos mais irritantes ainda: banhos frios extremamente dolorosos.

– Não se observam nem coprofagia nem constipação nessas crianças.

– Sono perturbado pelas idas e vindas dos adultos.

– Primeira palavra: "Dá!"; bem cedo, aparecem os xingamentos e os palavrões. Mas, em geral, as crianças são caladas, a não ser nos acessos de raiva.

– Castigo habitual: fazer a criança passar vergonha. Não há recompensas, porém muitas falsas promessas (brincadeira dos adolescentes com crianças); não há contatos francos entre adultos e crianças; muitas ameaças (mas não ameaças de castração, nem de cunho sexual); conduta irregular dos pais em relação aos filhos: em alguns dias, castigam e cumprimentam pela mesma ação. Muitas idéias de abandono nas crianças: algumas lendas a respeito.

– Os desentendimentos entre os pais bem cedo é aproveitado pelos filhos.

– Há freqüentes mudanças de residência, algumas vezes as crianças são deixadas com outras famílias: ocorrem fugas das criança, que vão morar com outra família por algum tempo.

– A partir dos seis anos, a situação das crianças melhora; comem pela manhã e à noite. Durante o dia, roubam aos bandos (os adultos fecham os olhos). Às vezes, trabalham para se sustentar (jardinagem); os açougueiros deixam-lhes restos; as crianças caçam ratos pelos campos e os comem.

– As meninas trabalham mais nos campos; os meninos são mais espectadores.

– Há castigos coletivos (reféns). Geralmente, acredita-se que as crianças não sentem nada.

– A mentira é considerada natural: tudo o que se diz é posto em dúvida. Ninguém acha que alguém poderia dizer a verdade. O vocabulário é rico em palavras que exprimem dúvida.

– Os adultos apoderam-se dos brinquedos dados às crianças.

– Aos oito anos, as crianças ganham uma tanga; a partir daí, dissimulação dos jogos e relações sexuais. As meninas costumam ter a iniciativa e desempenham o papel do menino.

– Não existe homossexualismo aberto; é clandestino, raro e malvisto. Mas não há repressão real.

– Para os adolescentes, não há rito de passagem, iniciações nem cerimônias, salvo uma tatuagem de má qualidade que não dura muito. É facultativo limar e escurecer certos dentes. – Nessa época, os meninos se tornam vaidosos; depois, começam a pensar em entrar para o sistema financeiro.

– Uma atitude característica: diante das cenas de violência (como brigas, incêndios), os adolescentes ficam como que paralisados; assistem passivamente e nunca participam.

– Noivados e casamentos: as mulheres freqüentemente tomam a iniciativa; há troca de presentes. – As mulheres muitas vezes se recusam: inibições sexuais. Quando os homens têm preocupações financeiras, isolam-se em casas de homens e se abstêm de relações sexuais (mas não há a impressão de ser um costume ritual).

– Os casamentos são instáveis. Numa aldeia de 112 homens e 140 mulheres, há 49 homens divorciados, 49 divorciados e não casados de novo, 14 jovens. Entre as mulheres, há 93 não divorciadas e 47 divorciadas e casadas de novo.
– A mortalidade é maior entre os homens; a situação moral e social da mulher é mais estável que a do homem.
– A poligamia é permitida, mas difícil em razão dos encargos financeiros.
– *As mulheres são o eixo de toda a atividade produtiva* – alimentar, em especial – mas não são muito consideradas.

II. INTERPRETAÇÃO DE KARDINER

Primeiro resumiremos as características mais marcantes da sociedade das ilhas de Alor:
– *cultura da terra assumida pelas mulheres;*
– *pobreza das concepções religiosas e morais;*
– *pobreza das concepções mágicas;*
– *pobreza de sentimentos* (tudo/todo é regido por transações financeiras);
– instabilidade dos casamentos.

O tipo de *"personalidade básica"* que emerge dessa civilização se caracterizaria pela *falta de organização de todas as condutas*: ausência de condutas técnicas e incoerência das condutas agressivas.

Kardiner *demonstra como esse tipo deriva necessariamente da maneira como são tratadas as crianças,* a partir do primeiro contato com o meio social realizado através dos pais. A presença regular da mãe pára já no décimo quarto dia: ela volta às suas atividades e abandona a criança. Por isso, tensão irredutível para esta, que se traduz primeiramente pela fome. Mas parece que o elemento traumatizante não é a falta quantitativa de alimento, porém o acesso *irregular à alimentação*: esta não é dada em hora certa nem pela mesma pessoa, *o que priva a criança do sentimento de segurança que emana da imagem materna*. Não há hostilidade sistemática contra a criança (ela é protegida contra os perigos materiais), mas *os cuidados são irregulares*. Ela não pode sentir-se protegida por um princípio favorável e constante (nos mitos, os seres benfazejos surgem de repente, não se sabe de onde e não têm identidade pessoal). Essa impossibilidade de constituir uma *imago pa-*

rental provoca um estado de tensão constante e uma vaga atitude defensiva, sem valor formador, pois não é acompanhada por efeito algum.

Não há *repressão sexual*, mas o primeiro contato da criança com a sexualidade (masturbação pela mãe para acalmá-la), em vez de possibilitar uma fixação, só aumenta o estado de confusão.

Kardiner não atribui a essa primeira educação o papel de *fatum* de que dependa a sorte futura da criança: admite que um tratamento mais atento por parte dos pais, depois da primeira infância, poderia corrigir essas primeiras impressões e permitir uma integração da conduta: mas *a atitude dos pais só confirma a primeira incoerência pela falta de incentivo e pela indiferença* durante o aprendizado da marcha, aliadas ao sofrimento das ulcerações etc. Tudo aumenta sua ansiedade e confirma sua situação sem esperança.

Também não há conexões estabelecidas entre o controle esfincteriano e alguma recompensa: na educação ocidental, a educação esfincteriana dá ensejo, por um lado, a diversos desvios "anais", mas, por outro, permite a constituição de um sistema de valores fixos com a segurança resultante de um conjunto de condutas ideais propostas. Nas ilhas de Alor, não há palmadas nas nádegas nem erotismo anal, mas também há sistema de valores; por isso, sentimento de abandono e incapacidade de manter uma conduta coerente. Outra conseqüência: o fetichismo anal é substituído por uma supervalorização da mama.

A única conduta estável com a criança – humilhação, caçoada, ironia, mentira, falsas promessas etc. – tem como resultado confirmar a impotência da criança a adaptar-se a um mundo no qual não se pode confiar em nada. Incapaz de constituir um sistema coerente de defesa, sua única reação será a cólera irracional, violenta e não agressiva, que só exprime seu desnorteamento total e não tem valor formador. Aliás, bem cedo a criança reconhece sua inutilidade absoluta. Por isso, no adulto, a passividade, a não-violência da fraqueza.

O roubo é um hábito constante e admitido. É principalmente uma *atitude de independência*; realiza uma espécie de equivalência do "presente" em que a idealização do presenteador é substituída pelo desprezo pelo roubado. Portanto, é uma reação de desconfiança e desdém derivada diretamente dos primeiros contatos sociais. Mais tarde, o adulto demonstra por outrem uma agressividade sem segurança nem coesão. O que prova que a frustração por si só não basta para realizar uma conduta agressiva coerente: esta é uma reação sistemática de força impossibilitada ao habitante da ilha de Alor, por sua convicção íntima de inutilidade. Essa falta de profundidade de sentimentos agressivos explica o fato de as transações financeiras poderem resolver todos os seus desacordos. Aliás, os indivíduos não têm nenhuma ambição de realização, a não ser a de fazer fortuna.

A incapacidade de envidar esforço contínuo e de manter uma conduta de obediência ou de ternura para obter conduta equivalente de uma mulher derivam do mesmo sentimento de abandono e incoerência. Eles não imaginam nenhuma relação entre sua própria conduta e a conduta alheia. Por isso, instabilidade das relações efetivas e do casamento.

Essa sociedade caracteriza-se pela ausência total de condutas técnicas: tudo *é irracional.* Parecem carecer de todos os meios de expressar seus sentimentos (por exemplo, com grande simpatia pela etnógrafa, seu único modo de relação com ela ainda é o roubo).

Em geral, a formação do superego é fraca por falta de atitudes definidas da parte dos pais. Não há sequer cooperação entre crianças: as mais velhas já se vingam nas mais novas. Tampouco há fixação aos pais do mesmo sexo; donde a ausência de homossexualismo. A antipatia das moças pelo casamento também não decorre de alguma masculinização, mas do medo da vida dura. É, portanto, uma atitude bem mais social que sexual.

Por conseguinte, sempre no sentido de uma fragmentação da conduta: a atitude de fuga (crianças que fogem da casa da família) e a fraqueza dos laços libidinosos se repetirão para toda a vida. A ausência de rito de passagem quando o menino ingressa na vida adulta corresponderia à ausência de concepção de um direito qualquer a fazer parte de uma sociedade organizada. Tornar-se adulto significa apenas participar da luta pelo dinheiro.

A atitude de desconfiança para com a mãe, provocada por suas aparições e desaparições será transferida para todas as mulheres. O homem demonstrará grande ansiedade, timidez e diversos transtornos. Há ausência de violações e freqüência de divórcios.

A superestimação da potência sexual e do poder do dinheiro deverá servir para impor-se por meios exteriores e para consolidar situações instáveis.

A atitude da mulher diante da maternidade é de medo. O desejo de maternidade, proveniente, segundo Freud, do desejo de inverter a situação do desmame, não ocorreria nela, que tem um desmame violento demais. Mesma origem para os abortos freqüentes. Sua reserva sexual deriva do fato de que tudo é considerado como derrota. Única contrapartida: as mulheres reinam no âmbito alimentar e constituem o único fator de oposição à desintegração familiar.

Ausência de hierarquia social: as mudanças rápidas da situação financeira transformam o *status* social em algo provisório. Também aí não há coesão nem cooperação: é uma *sociedade marginal*.

Para Kardiner, todos esses sintomas derivam, evidentemente, das primeiras decepções da criança, repetidas indefinidamente ao longo do crescimento.

Ele confirma seu diagnóstico com biografias individuais e testes (Rorschach). As biografias revelam uma ansiedade exasperada e grande quantidade de sinais de inibição etc., provando que a orientação sexual das sociedades ocidentais está longe de esgotar todas as possibilidades de transtornos sexuais.

Os 38 testes de Rorschach convergem, revelando o mal-estar geral, inibições, passividade, procura da calma, vida improvisada no dia-a-dia, falta de contemplação e entusiasmo, desnorteamento fácil; todos os sintomas já revelados por outros meios.

Kardiner extrai duas conclusões gerais de seu trabalho:

– a primeira é de que a constelação edipiana está ligada a certo tipo de cultura;

– a segunda é de que, seguindo um método de trabalho rigoroso, é possível superar o dilema "sociologia-psicologia".

CONCLUSÕES

1.º Característica principal dos habitantes da ilha de Alor: *inorganização* de todas as condutas, *desagregação* das relações afetivas com outrem. Os transtornos observados nessa população vinculam-se a complexos anteriores às relações edipianas e levam a pensar no comportamento descrito por G. Guex (*La névrose d'abandon*, P.U.F., 1950), observado em certos pacientes que não melhoram com o tratamento psicanalítico clássico. O tratamento possibilita que os pacientes revivam a situação edipiana e resolvam os conflitos a ela vinculados, mas os pacientes em questão sofrem de transtornos infantis claramente vinculados a um estado pré-edipiano de insegurança contínua: sentindo-se obrigados a confirmar incessantemente a existência de relações afetivas com outrem, são incapazes de estabelecer relações efetivas.

2º O método de Kardiner tem a vantagem de superar a oposição habitual entre psicologia e sociologia; atribui grande importância ao conjunto dos cuidados dispensados às crianças, mas não considera em momento algum que tais cuidados sejam causa do comportamento futuro do indivíduo. Há interação constante entre o indivíduo e sua sociedade; os cuidados dispensados às crianças, vistos como um primeiro contato desta com outrem, já são reflexo da concepção que os pais têm da sociedade.

Outros etnólogos procuram nas diferentes maneiras de criar os filhos a causa direta de dada estrutura social. Mas esse caminho é falso, no sentido de que a correlação entre dois fatos (no caso, primeiros cuidados e atitude social) não comprova obrigatoriamente uma relação de causa a efeito entre eles: estes podem estar em variação concomitante em virtude de outra causa, ignorada. Kardiner põe em evidência essa espécie de círculo vicioso em que certa concepção do mundo dá ensejo a certa atitude dos pais para com os filhos, o que determinará nas crianças atitudes que as farão agir, por sua vez, com seus próprios filhos do modo como seus pais agiram com elas. Assim, dada cultura se esclerosa cada vez mais, e esse círculo que, no início, poderia ter sido facilmente rompido acaba por pesar inexoravelmente sobre o indivíduo oriundo dessa cultura.

3º As concepções de Kardiner apreendem a diferença entre sociedade estática e sociedade dinâmica. Na ilha de Alor, vemos o tipo de sociedade estática monótona, cujos princípios estáticos se acentuam de geração em geração. Outras sociedades, como as ocidentais, trazem em si um germe de mudança.

Vemos que o *método culturalista* é bem flexível e permite explicar sem dogmatismos as situações sociais.

OUTRO EXEMPLO: ALDEIA AMERICANA DE PLAINVILLE

Depois de estudar a Ilha de Alor, Kardiner tenta aplicar seu método ao estudo de uma aldeia americana, tentando depreender lá também um tipo de personalidade básica. Esse estudo é difícil:

1º Uma aldeia americana dificilmente pode ser estudada de modo isolado como uma sociedade primitiva; ela faz parte de um conjunto mais amplo, a nação, à qual está ligada de vários modos (moeda, comunicações, rádio, eleições etc.). Assim, o comportamento dos habitantes dessa aldeia é definido em parte por *estímulos* provenientes do país e até do mundo inteiro.

Mas, se é verdade que dificilmente se depreendem nos habitantes de uma aldeia americana relações apenas locais, também não é impossível tentar a experiência.

2º A sociedade de uma aldeia americana muda muito mais depressa que as sociedades arcaicas habitualmente observadas.

Mas as sociedades arcaicas também mudam, embora menos depressa; o estudo sociológico deverá procurar saber precisamente se está diante de uma sociedade de esquema móvel ou imóvel.

3º A população de uma aldeia americana não é homogênea (cinco religiões representadas na mesma aldeia); será possível, apesar disso, depreender um tipo básico?

Parece que sim: um calvinista e um católico se parecem porque ambos praticam uma religião de estrutura precisa, que evoluiu por muito tempo e permitiu elaborar dogmas divergentes. Calvinistas e católicos diferem profundamente de um primitivo que pratique a religião de Alor, recentemente estruturada, que nunca teria suportado essa longa evolução nem teria visto sentido nisso.

A tentativa de Kardiner, embora difícil, parece muito interessante; ela tenta interpretar e sistematizar traços de cultura, que geralmente se observam sem pensar e interligar.

"Plainville" é a cidadezinha de fazendeiros estudada por Kardiner (só os nomes são fictícios); situa-se às margens das ricas planícies do Middle West, metade sobre colinas, metade na planície. A população divide-se em fazendas em torno do centro. Quatro grupos de empresas: fazendas, pequenos negócios locais montados com capitais locais e em geral periclitantes, diaristas e um quarto grupo representado pelos jovens que, emigrando para as grandes cidades por volta dos dezoito anos, muitas vezes voltam mais tarde.

Características principais: Pobreza da indumentária: homens sem roupa íntima, ausência de gravata; geralmente vestidos de macacão e capacete; mulheres vestidas de roupa de algodão barato.

A população vive, em geral, numa *economia fechada*: as fazendas produzem todo o necessário, os habitantes evitam ao máximo comprar fora; raridade de dinheiro ("economia de subsistência" em oposição à "economia de dinheiro": compra do supérfluo por prestígio).

Desconfiança dos "estrangeiros", ou seja, estrangeiros para a aldeia; suspeição e hostilidade que se estendem ao "governo" – ao New-Deal (quanto ao socorro pecuniário aos desempregados etc., malvisto por uma sociedade onde o dinheiro é raro e considerado um luxo) –, aos progressos técnicos da exploração agrícola e até à instrução.

Disposição geral: conservadora.

Estrutura social: Distinção entre os moradores da planície (aristocracia) e os da colina. Vários "meios": pequeno número de "grandes" proprietários, grande número de fazendeiros médios (que se autodenominam "bons", "honestos", gente que "trabalha todos os dias", *"nice"*, *"fine"*, *"betterclass people"*, *"people who are all right"* etc.). As classes inferiores, constituídas pelos moradores da colina, dividem-se em dois grupos segundo as convicções religiosas: as famílias praticantes (autodenominadas *"better lower class"*) e as atéias, chamadas pelos outros de *"lower elements"*, ou *"gente que vive como bicho"*.

Vida social: reduzida. Aos domingos, todos gastam mais com a toalete; os velhos reúnem-se na praça; as mulheres, num grande empório. Algumas tentativas novas de sociabilidade, como reuniões dançantes de jovens etc., aliás muito malvistas.

Religião: Quatro grandes igrejas, na ordem do prestígio social: *Christian Church* (Igreja Cristã), metodistas, batistas, *Holiness* (Igreja de Deus). Há muitos não crentes; a adesão a uma igreja é questão de ordem (exceto para a Igreja de Deus). Também com exceção desta, trata-se de igrejas muito rigorosas, de culto formal. A Igreja de Deus, que se considera a única verdadeira, viva, na tradição evangélica, é malvista pelas outras três: barulhenta, emocionais, sem "compostura".

Caráter notável de toda a vida religiosa: a pessoa ingressa numa igreja por "conversão", porque foi "salva"; a conversão é considerada a marca de que o indivíduo foi "salvo", sinal *indubitável* de sua redenção.

Até 1925, a igreja metodista tinha a posição social mais elevada; nessa época, graças ao apoio financeiro de um membro da *Christian Church* (construção de novo prédio, fundação de um banco etc.), esta passa ao primeiro lugar. Fato marcante: a partir de então, a "compostura" das reuniões religiosas metodistas cai notavelmente: elas se tornam mais barulhentas, mais emotivas também.

Sistema projetivo (o conjunto das crenças ou condutas visam a alguma coisa que não é imediatamente visível; a religião é apenas um elemento disso); Kardiner não vê nos habitantes de Plainville nenhuma atitude dionisíaca (nem jazz nem dança etc.). Em compensação, observa o culto dos artistas de cinema (fotografias) que representam a imagem ideal do sucesso social. A popularidade imensa de Charlie Chaplin e de Mickey Mouse decorre do fato de que, sendo fracos em si mesmos, tais personagens acabam por se tornar defensores dos fracos, mas sem o desejarem expressamente. Ambos renunciaram à segurança e ao prestígio social. São pobres, humilhados, solitários num mundo onde não há lugar para eles. Mas, de vez em quando e em geral com bom humor, põem os poderosos deste mundo em seus devidos lugares. Enquanto para o homem médio, na sociedade moderna, só há escolha entre aceitar a ideologia do sucesso (com a disciplina daí resultante) ou renunciar ao mundo, Charlie Chaplin, assim como Mickey Mouse, agradam porque são solitários espirituosos e dão ao fracasso social a dignidade da ironia.

A posição política dos habitantes de Plainville, outro elemento de seu sistema projetivo, parece "hereditária": as opiniões *são de família,* acompanhadas de um grande ceticismo político. Republicanos no conjunto, são contrários ao *status quo,* ao *New Deal,* à política de Roosevelt.

São contrários a todos os meios de auto-afirmação, ao sindicalismo, às idéias sociais, à bebida e à sexualidade. Observa-se um ódio latente, mitigado pela inveja, por aqueles que se afirmam, se distinguem.

Educação das crianças: Para Kardiner, essa atitude está estreitamente ligada ao comportamento dos pais para com os filhos: a família é nitidamente patriarcal, monogâmica, com predominância da mãe na primeira infância, do pai em seguida.

– *Atitude da mãe*: Muito atenta à satisfação das necessidades do bebê, trocando-lhe as roupas e alimentando-o sempre que chora. Conseqüência negativa: essa atitude provoca na criança um modo de adaptação passiva; os pais são concebidos como todo-poderosos, o papel próprio da criança não é acentuado. Conseqüência positiva: sentimento de segurança. Mas as conseqüências negativas são ainda acentuadas por um desmame muito tardio (às vezes por volta dos seis anos), o que mantém a criança indefinidamente na primeira infância.

– *Controle esfincteriano*: Imposto energicamente entre quinze meses e dois anos, constitui a primeira socialização e a primeira *responsabilidade* da criança. (Pode-se observar nos Estados Unidos um gosto às vezes patológico pela limpeza: propagandas, anúncios, maquilagem dos mortos.)

– *Latência sexual*: Repressão sexual violenta (por decência, não se faz anúncio do noivado nem do casamento). Atitude da mulher: ignorância, recusa e passividade consideradas naturais. Acha-se normal que as mulheres não tenham nenhum gosto pela vida sexual.

Observam-se algumas reações sociais contra essa repressão: masturbação coletiva de jovens, associada a outras atividades de gangues, sujeira sistemática etc.

Como as habitações são exíguas, a criança muitas vezes compartilha o quarto dos pais e é testemunha de suas relações sexuais, o que lhe permite idealizar ainda mais a mãe a *suportar* a agressão do pai. Daí o círculo vicioso: o menino idealizará sua mulher do mesmo modo, e ela também o *suportará*.

A vida familiar em geral realiza ao máximo a constelação edipiana. Mas aqui também o complexo de Édipo não é tanto *causa* quanto momento de certa atitude para com outrem que está implicada em toda essa cultura.

Castigos físicos muito tardios; algumas vexações para provocar a reação dos filhos. Por isso, partida freqüente de jovens por volta dos dezoito anos. Em geral, voltam.

Conseqüências dessa educação: Fortíssima formação do superego, introjeção máxima das proibições impostas pelos pais com perigo de manifestações neuróticas (repressão neurótica: faz *esquecer* até o que deve ser reprimido: é o contrário do autocontrole voluntário). Por isso, ansiedade freqüente, hostilidade contra a arte etc. Esse sistema educativo está vinculado ao cristianismo calvinista, puritano.

O sistema projetivo é muito menos forte que o sistema repressivo; as formas de desafogo realizadas pelas promessas da antiga religião tendem a ser substituídas pelo *culto do sucesso,* pela inveja etc. Mas esse desafogo é insuficiente em comparação com o antigo sistema de repressão, que continua muito forte: donde situação de crise mais ou menos pronunciada em todas as civilizações ocidentais, em que uma educação dada em função de uma religião sobrevive a essa religião e realiza uma repressão predominante sem desafogos possíveis.

A fraqueza, o aspecto rudimentar do sistema projetivo da população de Plainville explicam-se por essa forte repressão que dobra o indivíduo sem lhe dar compensações.

O fato de essa análise parecer menos probante e menos evidente que a de uma sociedade primitiva decorre sobretudo de o sistema projetivo de uma população americana ser mais desenvolvido, mais matizado e menos apreensível. Como esse sistema é mais complicado e nos é familiar, temos tendência a não o considerar como uma projeção, mas como uma realidade em si, sem a vincular ao resto. Perdemos de vista a atitude que está por trás do sistema, a causa do volume desse sistema.

Além disso, a sociedade de Alor é uma sociedade em equilíbrio, e a de Plainville está em desequilíbrio; ocorre equilíbrio quando, entre a realidade e o sistema projetivo, há possibilidade de descarga suficiente das tensões. Esse não é o caso dos habitantes da aldeia americana de Plainville.

ESTUDO DE OUTRO TIPO DE EDUCAÇÃO ARCAICA: OS NAVAJOS
(Cf. Dorothea Leigton e Clyde Kluckon, *Children of the People,* Harvard University Press, 1948)

Os autores fazem um estudo não psicanalítico de uma população indígena de América do Norte, os navajos (mesma região geográfica dos hopi, limitada a leste pelo Novo México, a oeste e ao norte pelo Colorado). São levados a dar menos importância à *primeira infância,* constatando que, apesar da educação liberal e bem compreendida, os adultos apresentam transtornos afetivos. Destacam a importância da educação dada entre seis e doze anos. Esse trabalho parece menos esclarecedor do que os trabalhos inspirados pela psicanálise; os traços observados não são correlacionados num sistema coerente.

O estudo começa com a entrevista de uma menina de doze anos; observam-se principalmente:

– predominância das preocupações com a saúde, acentuação das perguntas referentes à vida e à morte;

– papel afetivo considerável dos chefes de clã;

– pouca menção a brincadeiras, predominância das *tarefas* por cumprir; há sempre alguma coisa para fazer;

– importância das crenças religiosas e sobrenaturais contrabalançando as preocupações com a saúde. Mas essa *religião* é pouco estruturada. Uma de suas crenças diz que os navajos foram precedidos em sua terra por um povo santo que lhes transmitiu as regras de vida e de higiene.

Educação nos seis primeiros anos: As crianças são muito apreciadas; sua vinda é desejada pelas mulheres, que têm filhos a cada dois ou três anos.

Há numerosos tabus durante a gravidez: não fazer nós, para que a criança não se estrangule ao nascer; não pôr cobertas no avesso para que o parto seja normal; não assistir a eclipses (pois a criança ficaria louca ou vesga). Também não se deve preparar o berço de antemão. O conjunto desses tabus indica o terror que envolve o nascimento.

Há mal-estares durante a gravidez, problemas de parto, que provam ser um mito o parto sem dor das mulheres primitivas. É alta a mortalidade das mães. Quando um nascimento atrasa, todos soltam os cabelos e desamarram os animais.

Após o nascimento, enterram-se a placenta (interpretação psicanalítica: hostilidade contra a criança) e o cordão umbilical; todos os panos sujos durante o parto são queimados. O recém-nascido é banhado e depois a água é cuidadosamente jogada (concepção da impureza de tudo o que cerca o nascimento). Assim também, como que para dar sumiço a todos os sinais biológicos do nascimento e marcar a vontade de remodelar a criança, ela é massageada, os primeiros cabelos são queimados e a primeira refeição consiste numa papa de trigo (o primeiro leite da mãe é considerado ruim).

A criança só recebe nome duas a quatro semanas depois do nascimento. Assim também, seu primeiro berço é provisório. O berço é um objeto de valor que desempenha papel importante na vida social. O primeiro, provisório como dissemos, é feito de uma única tábua; o segundo, definitivo, é feito de duas tábuas oblíquas e decorado com numerosos ornamentos (diferentes segundo o sexo, mas sempre de valor artístico real).

A criança é enfaixada, apertada e solidamente segura em seu berço sem poder se mexer; os navajos acreditam que a criança ficaria fraca demais se não fosse segura assim. Em princípio acreditamos que essa posição entrava o desenvolvimento motor da criança. Mas parece que favorece a integração precoce da criança a seu meio: como ela fica solidamente presa ao berço, este pode ser posto de pé, e bem cedo a criança pode participar da vida de seu meio na posição vertical, que é a mesma dos outros. A criança não parece sofrer com a falta de liberdade; embora seus músculos não se exercitem, o equilíbrio diferente e o hábito da posição vertical podem favorecer o desenvolvimento da marcha (que depende mais de uma coordenação funcional e do sistema nervoso que dos músculos). Mais ou menos com a idade de seis meses, ela começa a ser solta.

Na verdade, a idade da aprendizagem da marcha para as crianças navajos é exatamente a mesma das outras. O autor acredita, portanto, que, em dado contexto, esse tipo de cuidado dos pais pode ser omitido.

Aliás, a criança é objeto de atenções constantes; a mãe toma providências assim que ela se molha, oferece-lhe o peito sempre que ela chora e com a mesma freqüência para fazê-la dormir.

– O primeiro sorriso tem grande importância: os amigos comunicam-se o acontecimento.

– Quando as crianças começam a andar, demonstram com freqüência grande crueldade com os animais; essa atitude é tolerada pelos adultos.

Atitude da criança: Caracteriza-se pela confiança e pela passividade. Como os adultos não exercem autoridade sobre ela, ela nunca tem a impressão de que eles pertencem a um mundo à parte, poderoso, ao qual é preciso ter acesso. Não haverá introjeção. Por isso, os adultos carecem completamente do sentido de autoridade; não há chefe.

O sistema educativo de proibições e punições é substituído por um sistema de educação pela realidade, e as ameaças anunciam punições sobrenaturais, e não a vontade dos pais. Os pais nunca se apresentam como legisladores.

Higiene: As regras de higiene e decência são sempre impostas com brandura, quando a criança aprende a falar; a mãe as explica.

Alimentação: A criança come o que quer e quando quer. Toma chá e café (que têm pelo menos a vantagem de serem bebidas fervidas). O desmame ocorre entre dezoito meses e dois anos; mas já no sexto mês oferece-se à criança alimento sólido. O desmame, como as outras disciplinas, é imposto progressivamente, devagar. A mãe ausenta-se vários dias, avisando sua ausência. Apesar de todas as precauções, o desmame parece constituir um período crítico; as crianças ficam caprichosas, nervosas; os meninos parecem mais afetados que as meninas.

Nota-se grande ciúme dos recém-nascidos (em geral, antecedido pelo desmame). Nesse momento começam as dificuldades: muitas vezes a criança se voltará violentamente para outra mulher, mas não parece haver rancor aberto contra a mãe. O rancor recai mais sobre os irmãos e as irmãs. A personalidade dos caçulas parece mais estável.

– A mortalidade infantil é muito elevada: em 1941, 57% dos óbitos foram de crianças de menos de seis anos.

Integração na cultura: Por volta dos seis anos, a criança começa a compartilhar os terrores dos pais, assiste às cerimônias mágicas, participa da prevenção contra o parente temido (há sempre um na família).

Resumo: A criança nunca tem a impressão de que lhe impõem uma vontade exterior a ela. Mesmo a disciplina do controle esfincteriano é sentida mais como proteção que como imposição. Não ha obsessão de sucesso nem normas impostas: não se estabelece ideal de sucesso; tampouco há a idéia de uma transcendência dos pais, que a criança deve apropriar-se.

De seis anos à puberdade: Há forte contraste entre a educação branda dos primeiros anos e a súbita iniciação nos trabalhos dos adultos. A partir dos seis anos, ocorre a integração da criança nos conjuntos mais complexos de sua sociedade. Essa sociedade é caracterizada por uma série de sistemas culturais muito rígidos que fixam as relações de cada indivíduo com os membros da família. A linguagem é diferente segundo o parentesco (as relações com os brancos são atrapalhadas pela falta de formas tradicionais de linguagem e de atitudes que as regrem).

O tio tem a incumbência de repreender; as relações entre irmãos são envolvidas em interditos.

– Mudança de pais: em mil indivíduos, apenas quatro em dez ficam com os mesmos pais do nascimento à vida adulta. As causas são: freqüentemente, a morte da mãe ainda jovem, o divórcio (o pai se ausenta muito por causa dos negócios ou trabalha para os brancos; por isso, sua substituição por um padrasto não é traumatizante. O novo marido, muitas vezes tão ausente quanto o primeiro, é sempre muito afetuoso com as crianças).

– Relações com os pais: a criança é muito apegada a todos os membros da família. Sua afetividade não se concentra só nos pais; aliás, o nome de *mãe* não é dado apenas à verdadeira mãe.

Os adultos não estão habituados a assumir autoridade moral sobre as crianças. Suas relações com elas são menos estreitas que durante a primeira infância (reunião após o jantar, em que a criança deve ouvir em silêncio as histórias morais contadas em sua intenção).

A criança não parece conhecer o sentimento de *culpa, mas sim uma vergonha difusa* diante de todos. Nas sociedades ocidentais, o sentimento de culpa provém da introjeção das normas dos pais. Entre os navajos, não parece haver sentimento de responsabilidade moral (durante um processo, vêem-se criminosos e vítimas brincando um com o outro).

– Repressão desigual: com exceção de irmãos e irmãs, a repressão sexual não parece acentuada. Mas as mães advertem cedo as filhas sobre seu papel futuro de mulher, insistindo no que há de assustador na iniciação sexual.

Reação severa contra as crianças que urinam na cama e as sonâmbulas.

– Métodos de treinamento que contrastam violentamente com os da primeira infância, destinados a enrijecer os jovens.

– Jogos: são pouco organizados (concurso de caretas, decifração das constelações, batalhas, danças, cantos).
– Escola dos brancos. Essa é uma adaptação difícil para as crianças navajos, por duas razões: 1) escapa-lhe o sentido da competição e das classificações; 2) a falta de relações precisas com os brancos as perturba; voltam para a aldeia muito nervosas. Em contato com os brancos, entra em jogo outro conflito: entre suas próprias crenças e a religião cristã. Não se vê possibilidade de colocação na aldeia para as crianças que prossigam os estudos (por exemplo, um navajo que se tornasse médico não poderia exercer em sua terra).

Vida adulta: A maturidade física implica maioridade social. Ao contrário do que ocorre nas sociedades ocidentais, a nubilidade das moças é comemorada com uma festa, enquanto o casamento (considerado inevitável) não é anunciado antecipadamente. Este é condicionado por qualidades objetivas, condições financeiras e vantagens familiares, e não por escolha sentimental. Os noivos continuam a considerar-se pertencentes ao clã de origem; o homem exerce autoridade de chefe de família, mas a mulher cuida do rebanho e, no que se refere a este, costuma acatar mais as opiniões do pai que do marido. As mulheres têm a reputação de ser mais estáveis, mais sérias que os maridos, que lhes pedem conselhos sobre seus negócios.

Pouca estabilidade dos casais, como indicamos acima: uma mulher em três e um homem em quatro divorciam-se. Uma pessoa chega a casar-se até seis ou sete vezes; metade dos divórcios ocorre no primeiro ano de casamento, um terço no segundo; depois de três anos, as separações são mais raras. O procedimento é muito simples. Após o divórcio, as duas famílias costumam ter numerosas queixas mútuas, o que freqüentemente impede nova aliança entre elas.

A vida emocional parece instável; muitas vezes há discordância acerca das questões sexuais, mas são raros os casos de impotência e frigidez. Antigamente havia alguns homossexuais vestidos de mulheres.

As conversas são muito livres, e as questões sexuais interessam tanto às mulheres quanto aos homens. Mas há numerosos indícios de dificuldades latentes: quadro sombrio das relações sexuais pintado pelas mães, ciúme sexual, violência, tabus e cerimônias de purificação em torno da menstruação.

Os navajos acreditam que o homem que olhasse o sexo de uma mulher seria atingido por um raio; pudor entre os esposos (relações sexuais no escuro, ambos vestidos; castidade das quatro primeiras noites do casamento, relações bastante espaçadas). Em geral, parecem considerar a sexualidade como força venerável, mas também temível.

Velhice e morte: Há bastante antipatia pelos idosos, que são os únicos adultos a exercerem imposições sobre as crianças.

A morte é considerada coisa horrível; não há concepção do além. Essa aversão manifesta-se na cerimônia de enterro, que costuma ser deixada para os brancos ou para pais "alugados" para a ocasião. O morto deve sair da casa pelo norte (se necessário, abre-se um buraco na parede); durante várias horas, ninguém deve cruzar o caminho percorrido pelo morto. Quem morre fulminado por um raio é deixado no local.

Resumo: No que se refere ao aspecto da aldeia, há calma, silêncio, harmonia. As tensões manifestam-se, porém, na feitiçaria, e a luta contra os/as feiticeiros.

Os traços psicológicos essenciais são: curiosidade e interesse intensos por tudo o que ocorre no mundo e mesmo pelas causas ideológicas da guerra. Há uma diferença gritante entre os navajos e os indígenas das ilhas Pueblos, que são mais organizados, têm instalações mais sólidas, mas cujo interesse se limita aos próprios negócios.

Outro traço de caráter: a timidez; temem parecer estar sem dinheiro, nunca confessam que não entendem quando se fala inglês; há até regras de polidez para não intimidar os convidados: deve-se dar a impressão de não os notar. Observar também o apagamento pessoal: como muitas populações rurais, eles se abstêm de expressar opinião definida (usam: "talvez", "parece", "dizem")

Observar também a fluidez do tempo (*"imediatamente"*) não tem sentido para eles. Têm péssima memória para as datas; em compensação, têm memória precisa da seqüência e das inter-relações dos acontecimentos.

O humor é variável; há certo calor afetivo, com períodos de depressão e fechamento. Os suicídios são freqüentes (mulheres repudiadas – às vezes para evitarem a prisão): há dez suicídios de homens para cada um de mulher.

Os autores comparam suas observações sobre as crianças navajos com os resultados obtidos com várias séries de testes:

1) Escala de Grace Arthur e teste de desenho de Goodenough. Os resultados são divergentes: no de Grace Arthur, menos bons que para a média dos escolares brancos; no de Goodenough, ao contrário, há uma proporção muito maior de crianças bem dotadas. Os autores acreditam que essa divergência provém do fato de que o teste de Grace Arthur mede menos a inteligência "natural" que a inteligência "treinada" (a proporção de sucessos é mais elevada nas aldeias próximas a alguma escola, e quando essa escola está ali há muito tempo). Os resultados impressionantes do teste de Goodenough (três a quatro vezes superiores aos das crianças brancas) seriam devidos ao fato de que a educação navajo é essencialmente prática, exercitando a habilidade manual e a inteligência visual.

2) Uma série de testes que medem as respostas emocionais e morais. O *medo* é a emoção mais importante (só aparece em terceiro ou quarto lugar nas crianças brancas). As respostas morais revelam a importância da propriedade, da família, do sobrenatural e do trabalho em geral, bem como a falta de ambição.

3) Testes projetivos (desenho livre, T.A.T. e Rorschach); em geral, as respostas são pobres, pouco elaboradas, com um desabrochar da imaginação por volta dos oito anos de idade, que desaparece por volta dos onze.

Observações:

1) Estudo insuficientemente coordenado. Falta de nexos. Não há interpretação de conjunto, e muitos traços são discordantes.

2) No fim, os autores definem o sentido de seu estudo com algumas considerações gerais. A explicação dos traços psicológicos pelo modo de criar as crianças não deve ser considerada definitiva.

É preciso levar em conta a história dos navajos: inicialmente nômades, fixam-se depois da introdução da cultura das terras e voltam a ser nômades após a introdução dos carneiros (eles "seguem os rebanhos"). Seu modo de vida está estreitamente ligado à economia, o que é indispensável para compreender a personalidade navajo de hoje.

Com o diagrama abaixo, os autores evidenciam que não se devem considerar os cuidados dispensados pelos pais como um fator da personalidade que seja separável, mas que eles fazem parte da história, do modo de vida, da personalidade dos pais: o tipo de cuidados dispensados mostra não ser "causa" da personalidade, mas um *veículo*, um *instrumento de transmissão da cultura*.

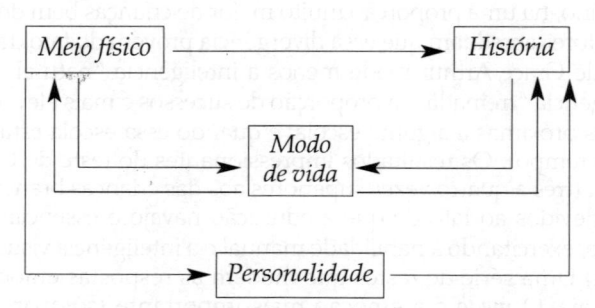

```
      Meio físico  ───────────▶  História
          ▲▲                        ▲▲
          │└──────┐    ┌────────────┘│
          │       ▼    ▼             │
          │        Modo              │
          │      └▶de vida◀┘         │
          │                          │
          └────▶ Personalidade ──────┘
```

É uma concepção interessante: mostra que dada cultura é formada de elementos múltiplos que constituem um sistema, e que cada um dos elementos traz a marca do sistema inteiro e reage sobre os outros. Nessa concepção, o *modo de vida* é considerado fenômeno central, transmitido à criança pela constelação das circunstâncias.

SOCIOMETRIA

BIBLIOGRAFIA

MORENO (J.): *Who Shall Survive?* ("Une nouvelle approche des relations interhumaines" ; *Fondements de la sociométrie,* P. U. F., 1954).
– *Psychodrama,* Vol. I (1.ª ed., N. York Beacon House, 1932)

Artigos publicados em: *Cahiers internationaux de Sociologie.*

MORENO (J.): *Méthodes sociométriques en psychologie* (Tomo II, 1947).
– *Méthode expérimentale, sociométrie et marxisme* (Tomo VI, 1949).
GURVITCH (G.): *Microsociologie et sociométrie* (Tomo III, 1947).

Monografias sobre psicodrama:

MORENO e MORENO: *La théorie de la spontanéité dans le développement de l'enfant* (N.º 8).

STROOBS: *Psychodrama in the Schools* (N? 10).
MORENO: *Pychodrama and Therapeutic Motion Pictures* (Ps. M. N? 11).
Esses três artigos estão reunidos em *Psychodrama I,* citado acima.

As idéias de Moreno têm duas origens: psicanalítica e marxista.

ORIGEM PSICANALÍTICA

O ponto de partida é o seguinte: atuando como médico em Viena, Moreno atende uma atriz que, tendo sido equilibrada até então, apresenta de repente um comportamento violento para com o marido. Ele lhe aconselha representar papéis de megeras; nesses papéis, ela dá vazão à tensão nervosa e volta a ser calma na vida conjugal.

Moreno generalizou então esse método e concebeu o *psicodrama:* criação sistemática de situações em que os conflitos dos pacientes podem exprimir-se. Essa manifestação dos conflitos profundos é uma *expressão total* do indivíduo (atitudes e condutas), mais completa que a expressão psicanalítica (unicamente verbal).

Mas o psicodrama cria uma *situação pessoal e fictícia.* Para remediar esses dois inconvenientes, Moreno ampliou seu método: criação do *sociodrama* para superar as situações pessoais, criar situações gerais e testar a atitude dos indivíduos diante dos problemas mais gerais. Por outro lado , a *sociometria* procura pôr em jogo situações reais (série de pesquisas sobre a composição dos grupos, escolhas, repulsas etc.).

Até hoje, os resultados das pesquisas sociométricas são bastante incompletos, revelando principalmente que as escolhas de parceiros são diferentes, segundo as situações em vista (trabalho, jogo, vida).

O sociodrama está em desenvolvimento. Existe em Nova York um teatro de sociodrama público que funciona uma vez por semana. Em 1950, dramatizavam-se as situações mundiais, para explorar as diferentes atitudes assumidas diante desses problemas (são, evidentemente, sessões improvisadas).

ORIGEM MARXISTA

Pode-se distinguir um marxismo de coloração "trotskista" e um marxismo de coloração "stalinista". O trotskismo enfatiza a dinâmica das classes, ou seja, as relações entre as consciências que constituem como que uma história espontânea e funcionam como regulador da ação voluntária do partido. O stalinismo admite que a ação política não pode ser guiada pelo sentimento espontâneo das massas, porque, para atingir seus fins, é preciso passar por fases em que a política socialista nem sempre é aparente. Os "desvios" exigem ênfase na disciplina interna.

As concepções de Moreno procedem de um marxismo de coloração "trotskista". Há uma análise marxista objetiva do dinamismo social das condições econômicas revelado na consciência das classes. Na verdade, a maioria dos marxistas comporta-se como se a análise objetiva e subjetiva estivesse essencialmente pressuposta. Moreno propõe fazer atualmente o estudo das tensões sociais por meio de investigação direta. Em princípio, tal estudo prolonga, matiza e precisa a análise marxista clássica.

Essa origem dupla das idéias de Moreno (psicanalítica e marxista) é a mesma dos culturalistas. Mas Moreno é mais subjetivo. Ao contrário dos culturalistas, que insistem no *"espírito objetivo"* revelado nas instituições, nos instrumentos etc. de dada sociedade, ele não se satisfaz em enfatizar a abordagem subjetiva, mas tende a considerar todas as instituições como "conservas" nas quais não se exprime a vida intra-subjetiva. Só dá atenção às atitudes e quer captar o espírito de uma sociedade no *statu nascendi,* na consciência de cada um. O método de Moreno seria um excelente meio auxiliar de recorte, mas, como método único de estudo (o que ele pretende), certamente é insuficiente.

ORIENTAÇÃO SOCIOLÓGICA: A SOCIOMETRIA

A) *Pontos interessantes*

Opõe-se ao método experimental em sociologia, entendido à maneira de Auguste Comte e Stuart Mill. Estes autores tentaram codificar o método das ciências da natureza. Supondo que conseguiram, seus esquemas não são aplicáveis à ciência do homem, que é uma ciência em que o cientista não pode, nem de fato nem de direito, fazer abstração de si mesmo. Stuart Mill mostra que o conhecimento científico deve consistir na indução rigorosa (noções clássicas de correlações, fornecendo relação causal objetiva, ciência que poderia ser o reflexo puro e simples do que ocorre no mundo físico). Esse cânone não é aplicável tal e qual a uma ciência social.

Brunschvicg observou com justiça que *não basta estarem dois fatos em coincidência constante para que se tenha o direito de uni-los com uma lei*. A seguir-se essa regra, seriam aceitas leis causais totalmente quiméricas. É preciso que a correlação dos fatos seja compreensível. Em física (eletrólise do potássio, de Davy), um grande número de coincidências não fazem uma lei. Com mais razão, *nas ciências humanas, a relação dos fatos deve ser compreendida*. Simples coincidências provocariam conclusões fantásticas (não basta notar, por exemplo, a coincidência entre o aparecimento de uma epidemia e de uma crise econômica; será que uma é causada pela outra, ou ambas dependeriam de um terceiro fato, como por exemplo a situação psicológica do grupo em questão?).

Moreno opõe-se portanto a uma abordagem apenas exterior dos fatos sociais e a substitui por um método interior. Não se trata de reabilitar a introspecção, mas de conhecer a sociedade vivendo nela, participando dela. Em toda sociedade, ele distingue sua história oficial ou manifesta e uma história vivida efetivamente pelos indivíduos que fazem parte dela. Vê-se aqui a origem marxista das idéias de Moreno. Segundo ele, é preciso entrar na dinâmica social para compreender os conflitos latentes que animam a vida de um regime. Marx foi quem primeiro propôs os princípios de uma "sociologia em profundidade". Segundo Moreno, é preciso despertar a espontaneidade social; a história real é aquela que se vive. Acrescenta que não podemos conhecer uma sociedade sem a transformar (estar ativamente implicado nela): "não se pode ser ao mesmo tempo membro do grupo e agente secreto do método experimental".

Poderíamos dizer que o método de Moreno é um *método socrático*, no sentido de que cada um é interrogado sobre realidades com as quais está em contato. Moreno reivindica o reconhecimento da estreita conexão existente entre métodos de prova e métodos de descoberta; não se pode impor à psicologia social um modo de prova que não esteja em relação com o modo de descoberta dos fatos sociais, ou seja, a participação social. Uma sociologia só pode ser realmente objetiva, isto é, fiel a seu objeto, que é a sociedade dos homens, se seguir um método *"subjetivo-objetivo"* (idéia que se pode encontrar em sociólogos franceses, em especial Mauss). Mas Moreno é *criticável* nos seguintes pontos: conceitos particulares hesitantes, tendência a ignorar pura e simplesmente a história institucional e a abordagem objetiva, que deveria funcionar como contraprova e cotejo para a análise "subjetiva".

B) *Insuficiência dos conceitos de Moreno*

a) *Papel social*: O proletário e o burguês são as "personalidades básicas" que caracterizam uma sociedade. Moreno não dá esse sentido culturalista a seus conceitos. Tratando como "conserva" (no sentido alimentar da palavra) tudo o que, numa sociedade, não é vivo, tudo o que é tipo, ele é levado a deixar de reconhecer o que pode haver de típico nos conflitos de uma vida, a considerar secundárias situações típicas dessa espécie, e a admitir que elas não apresentam problemas especiais. Para ele, não há problema do proletariado, no sentido socialista da palavra, mas um problema de "proletariado sociométrico" (todos os que estão descontentes com a sociedade e com sua situação). Essa maneira de fazer a situação econômica ser absorvida na situação individual não é de modo algum exigência dos princípios de Moreno. Tem o inconveniente de postular que não há drama objetivo, que há apenas dramas impessoais, o que, aliás, está em contradição com a idéia, defendida por Moreno, de um socialismo distinto do psicodrama. Ele chega a afirmar que o psicodrama, se tivesse sido difundido na Europa, nos teria poupado o fascismo. Tende a restringir indevidamente a noção de *papel*. Karl Marx mostrava, ao contrário, que há papéis *históricos* que só são compreensíveis pela análise dos fatores objetivos da dinâmica das classes (a revolução burguesa de 1789 reassumindo os papéis da república romana).

b) *A mais-valia*: Conhecemos a definição marxista desse elemento da realidade econômica capitalista. Segundo Moreno, trata-se de um caso particular de uma tendência atual em toda a sociedade. Ele considera que há uma tendência natural a extrair proveito do trabalho; a mais-valia existiria além do capitalismo.

A hipótese deve ser examinada; mas, mesmo que ela seja confirmada, não se pode concluir daí que a mais-valia capitalista não é um fator importante no drama histórico. Há algo de *ingênuo* nessa idéia de que o problema social pode ser resolvido nas condições estruturais dadas por pequenas revoluções sociométricas (em cada empresa, reduzir as tensões internas por meio da sociometria).

Comparemos as noções de papel em Marx e em Moreno. Para Marx, todo acontecimento histórico é representado duas vezes: uma vez em tom de tragédia, outra vez em tom de comédia (Napoleão I, Napoleão III: vivendo o segundo dos despojos do primeiro e não criando nada de sólido). O proletário, para Marx, é precisamente quem não representa papel nenhum; ele foi arruinado física e moralmente; emergindo para a história universal, ele faz aparecer o homem puro, sem disfarce e mascarado. Seu papel não é fictício, é toda a verdade do ser humano. Assim, Marx une a certa *situação humana* (a da burguesia com suas mascaradas) a impostura *das personagens históricas*. Moreno, ao contrário, considera que tudo o que é social não passa de papel e "conserva". Daí resulta que a análise de Marx dispõe de uma dimensão de profundidade que falta à de Moreno. Ainda que duvidemos da capacidade do proletariado de desempenhar sua missão histórica, não podemos, como faz *a priori* Moreno, encerrar toda a história social no terreno da aparência e do imaginário.

c) *Outra idéia contestável* (cf. Gurvitch, *Cahiers internationaux de Sociologie*): Segundo Moreno, inicialmente, *o átomo social* é a constelação das relações sociais características de um indivíduo. Mas Moreno declara alhures "que o átomo social não é o indivíduo", que é a forma social mais simples, a menos composta. No entanto, em outro trecho, considera que o grupo não passa de metáfora e só existe por si mesmo. Dessa *incerteza dos conceitos sociométricos fundamentais* resulta provavelmente a tenuidade das pesquisas sociométricas feitas até agora: essas pesquisas estão longe de esgotar as situações sociais por conhecer.

Até o momento Moreno só se interessou por sociedades factícias, passageiras (colégio, classe de colégio), medindo as relações emocionais dos indivíduos. Conviria ampliar o campo de aplicação da pesquisa, voltar a atenção para sociedades reais, duráveis, providas de história, que não se limitam a existir de fato, mas comportam certa imagem de si mesmas.

ORIENTAÇÃO PSICOLÓGICA

Moreno é bem duro com Freud. Seu primeiro encontro com este ocorre em Viena no ano de 1912. No entanto, ele continua consciente do que deve a Freud e, aliás, faz importantes correções em suas concepções teóricas. Trataremos disso em dois tópicos:
– infância (espontaneidade na infância)
– conseqüências dessas concepções no psicodrama.

Ele valoriza o *fator "espontaneidade"* que as baterias de testes não levam em conta. Esse fator é evidenciado quando o indivíduo em situação inédita encontra respostas originais adaptadas. Moreno não considera a criança na perspectiva do animal ou do doente, mas em sua orientação para uma verdade adulta que ela procura atingir.

Considera a situação, no nascimento, do seguinte modo: o nascimento humano é prematuro porque a criança está pouco apta à vida; sua sobrevida é quase um "milagre". Segundo Moreno, o fator espontaneidade interviria já no nascimento, pois a maturação fisiológica é insuficiente para explicar tudo. A espontaneidade, fator *prospectivo,* é um ponto de vista funcional que deve passar adiante do ponto de vista anatômico.

A situação da criança ao nascer é análoga à do adulto posto em situação de psicodrama (mesmo sufoco: resposta espontânea). A criança tem *arranques físicos* e *arranques mentais* que são fornecidos pelo meio.

Os "arranques físicos" não explicam por si sós o crescimento da criança; atuam sobre regiões do corpo que estão prontas para funcionar (zona bucal, anal), mas que funcionam, por assim dizer, cada uma por sua conta; a criança não vive seu próprio corpo como uma totalidade. O peito da mãe é um arranque físico, que aciona o reflexo de sucção. Para pôr em atividade essas diferentes funções, é preciso que a criança use "arranques mentais", que são extraídos do meio.

Não há arranques físicos que não sofram a influência dos arranques mentais. Os cuidados dispensados pelos pais influem profundamente sobre os arranques físicos (por exemplo, a sucção da mama de que falamos acima). O funcionamento dos arranques supõe uma adaptação, um ajustamento da criança à mãe (como a oferta do peito à criança, maneira como a mãe segura a criança, inclinação da mamadeira, pressa ou tranqüilidade da mãe etc.).

Certas particularidades, como, por exemplo, a voracidade infantil, seriam conseqüência do fato de que a criança, não tendo realizado essa unidade fundamental com a mãe, identifica seu corpo apenas com a função bucal.

A criança encontra, portanto, em tudo o que a cerca (em especial na mãe) "egos auxiliares". Tudo o que vive em torno dela coexiste com ela. Moreno dá a esse conjunto o nome de "placenta social" ou "matriz de identidade". O papel da mãe é duplo: ajudar e guiar a criança. Nem é preciso falar de identificação, como se a separação fosse primária: é a identidade que é primordial.

Segundo Moreno, não se deve acreditar, como certos autores, que essa dependência da criança seja uma imperfeição, e que a "prematuridade do nascimento" seja uma desvantagem para a criança; na verdade, ela "lança" já a criança em relações inter-humanas que vão, por assim dizer, aspirá-la para formas de desenvolvimento superiores. É preciso que a criança esteja o máximo possível em contato com um meio vivo. Moreno denuncia o uso excessivo de bonecas e dos aparelhos modernos com o intuito de substituir a mãe: eles não satisfazem a necessidade de afeição da criança; não contribuem para a sua "formação". "Espontaneidade induz espontaneidade."

A partir desse esquema do primeiro desenvolvimento infantil, Moreno critica certas noções freudianas: a amnésia dos primeiros anos não seria conseqüência de um recalque. Esse mecanismo não existe nos estágios infantis. O adulto tem a experiência da rememoração (retorno ao passado); isso não pode acontecer com a criança, pois suporia uma distância em relação às coisas que, na verdade, não existe. Se não há rememoração, tampouco há recalque das lembranças; a criança não pode lembrar-se, justamente porque não se dissocia dos objetos.

A dissociação, na criança, é ulterior; sucede à unidade primordial; ocorre com o fim do egocentrismo, na forma de cisão entre o imaginário e o real. (O papel do psicodrama será tentar restituir a unidade entre o imaginário e o real e voltar à espontaneidade inicial.)

Moreno considera que, em contato com a psicologia da criança, a psicanálise precisou revisar seus conceitos (inconsciente, lembrança, recalque). O próprio método mudou (associação livre substituída por jogo e desenho, catarse espontânea, sem que a verbalização seja necessária). Estendendo ao adulto o que a psicanálise aplica à criança, Moreno imagina, com o psicodrama, uma *catarse pela ação*. (Isso está em conformidade com a concepção de Politzer, segundo a qual a noção de ambivalência deveria substituir a de inconsciente.) Para Moreno, a psicanálise é retrospectiva. Mas a vida de um indivíduo não é entendida apenas por suas origens; o indivíduo é solicitado pelo que se lhe apresenta, e é assim que ele muitas vezes adota condutas mais adaptadas do que a conduta de que o acreditariam capaz.

Moreno não opõe a Freud uma liberdade sem condições, mas a possibilidade de, em certos *instantes*, haver aquisição e renovação pela situação: a espontaneidade é o poder de improvisar um papel em resposta a uma situação nova. As condutas passadas constituem esquemas de ação, "conservas" que têm *probabilidade* de repetir-se todas as vezes que o indivíduo se afasta do que de inédito há numa situação. Portanto não há, como quer Bergson, uma novidade de todos os instantes. Mas tampouco há uma explicação exaustiva pelo passado. A espontaneidade é como um "catalisador". Sua presença modifica nossa conduta e a torna insensível aos aspectos novos de toda situação. O que se chama "tendência" é, para Moreno, "espontaneidade em conserva". Ao longo de uma vida, há momentos de repetição (vivemos em "conservas").

O objetivo do psicodrama é despertar, "reavivar" a espontaneidade, devolver ao indivíduo o sentido do instinto; é preciso "desconservar" o indivíduo. Daí a hostilidade de Moreno por tudo o que é "produto acabado" (obras, livros etc.). O objetivo do teatro terapêutico será restaurar a unidade original entre o imaginário e o real. Ele não deve imitar a vida, mas tampouco reside em outro plano; o indivíduo transfere suas preocupações mais vitais para o plano do imaginário, e pode assim explicitá-los com um procedimento de *humorous self-expansion*, saindo dos impasses em que o bloqueio de sua espontaneidade o encerrara. Por uma espécie de efeito de indução, o despertar da espontaneidade em cada um provoca seu despertar nos outros, e os conflitos são resolvidos pela ação recíproca dos sujeitos.

A dramatização deve ser improvisada: nenhum *papel dado* deve entravar a escolha psicodramática. Moreno critica a concepção de Stanislavski, segundo a qual a comunhão entre o ator e a sala seria insuficiente. Fica o texto a entravar a espontaneidade. O psicodrama nem por isso é antiartístico. Não tem a função de "produzir obras de arte". Mas talvez possibilite um renascimento da arte ("em nossa opinião, a poesia"). Há em nossa civilização uma superestimação da obra-prima que paralisa o próprio escritor.

APANHADO DA PRÁTICA DE MORENO

Moreno propõe uma série *de exercícios* variados para "desconservar" os indivíduos:

1 – *Descontração* por compartilhamento do imaginário, por exemplo "jornal vivo". Fazer as pessoas *dramatizar* o que acabaram de ler no jornal; o modo de dramatizar é eloqüente, mas o objetivo em mira ainda é superficial.

2 – *Treinamento na profissão*: fazer todos os gestos adequados a uma profissão, uma ocupação etc.

3 – *Aprendizado de línguas estrangeiras*: a pessoa é posta em situações originais e obrigada a dramatizá-las na língua estrangeira que precisa aprender.

4 – *Teste de espontaneidade*: o indivíduo que chega durante um psicodrama em curso é submetido a esse teste. Essa operação, segundo Moreno, permite *distinguir*: a *falsa espontaneidade* – desenvoltura aparente, loquacidade agressiva antes da prova, que pára assim que se passa ao psicodrama – da *verdadeira espontaneidade* – de quem tem grande capacidade de adaptação a papéis, mesmo novos para ele.

1) técnica de resgate da espontaneidade;
2) análise interpessoal;
3) psicodrama propriamente dito (terapêutica por ação mútua);
4) sociodrama.

A) *Técnicas de resgate da espontaneidade*

a) *Cenas parciais*: Permitem uma exploração nova do sistema do psiquismo e a recuperação da espontaneidade dos indivíduos. São interessantes sobretudo para as crianças. A preferência por certos papéis, segundo Moreno, é um excelente meio de detectar as tendências do indivíduo. Moreno chega a conceber a noção de "idade cultural" da criança pelo número de papéis passíveis de serem assumidos por ela. As crianças são submetidas a uma espécie de questionário (lista de profissões que consideram mais interessantes): trinta ou quarenta papéis são assim selecionados. Pedem-lhes que dramatizem certos papéis ou que indiquem aqueles que não gostariam de representar.

Crianças de inteligência superior muitas vezes se mostram incapazes de representar um grande número de papéis; demonstram uma espontaneidade totalmente reduzida, ou às vezes uma "espontaneidade ilusória" (a criança, posta diante de um problema específico, não encontra resposta conveniente). Outras crianças menos inteligentes, em compensação, conseguem assumir papéis de maneira bem coerente e condizente. Certas crianças, muito inteligentes, dramatizam com exuberância certas seqüências de suas cenas, mas não conseguem manter o papel até o fim. Inteligência e versatilidade na dramatização não são necessariamente correlativas.

Pela avaliação dos papéis de que um indivíduo é capaz, pode-se prever que crianças entrarão em conflito e quais se entenderão. As crianças que só pretendem representar um ou dois papéis são pouco dadas ao conflito. Vêem-se também crianças que adotam papéis muito distantes de sua experiência (carteiro, motorista de ônibus, por exemplo). Moreno acha que isso se deve ao fato de que as condutas mais familiares (pai, mãe) ainda não se tornaram "papéis", e não são portanto passíveis de ser representados: essas crianças, portanto, ainda não estão na "matriz de identidade".

A exploração conduz assim à experiência dos adultos. Supõem-se dois indivíduos, marido e mulher, numa sala de visitas. O diretor anuncia que a sala de jantar, onde o bebê dorme, está pegando fogo. Examina-se o comportamento deles; a situação é complicada com elementos acessórios: a porta não abre, o telefone toca etc. Sua reação é um teste da atitude dos indivíduos na vida. Mas o próprio Moreno acha que essas operações não delimitam todo o indivíduo; ele propõe uma pesquisa mais aprofundada: por exemplo, uma mulher fica sabendo que o marido quer o divórcio para se casar com outra:

1) reações positivas apresentadas por algumas mulheres: um sorriso filosófico; aceitar a situação por razões de princípio; aceitar, mas declarar que já ama outro homem; aceitar com a condição de ter um encontro com a outra mulher; aceitar, mas pedir tem-

po para adaptar-se à situação; aceitar e fazer uma declaração de amor eterna; aceitar, e propor-lhe ajuda financeira para que possa casar-se de novo; pedir a guarda exclusiva dos filhos; ser beneficiária do seguro; aceitar, mas se suicidar logo depois; ficar com o apartamento;

2) reações negativas: ela vai ter um filho; ela o ama e não quer se separar; ela ficará desamparada se ele a deixar; ela ficou doente vivendo com ele; ela quer lutar contra a outra mulher para ficar com o marido.

b) *Cenas completas*: Moreno foi bem-sucedido na sua prática com gagos, usando exercícios que tendiam a explorar, reavivar o que eles podiam conservar de espontaneidade; os gagos devem representar cenas em que não falam, pronunciar sílabas quaisquer. O objetivo desses exercícios é obter o desbloqueio de todo o sistema verbal que é bloqueado na linguagem articulada.

Moreno cita também o caso de uma pessoa com tique (contrações da metade esquerda do rosto); livra-a do tique pedindo-lhe que se lance de corpo e alma num papel de agressor. A pessoa sofria vexações na vida, e o tique aparecia toda vez que seu rosto era iluminado; era a expressão estereotipada do medo do olhar alheio. O papel positivo de agressor desbloqueava sua espontaneidade.

B) *Análises interpessoais*

Moreno intervém num triângulo amoroso: são clientes atendidos em casa. Trata-se de uma neurose a três: não de três neuroses paralelas, mas de uma mesma dificuldade comum a três indivíduos. Um homem casado ama outra mulher; os três estão angustiados e não conseguem encontrar saída para o problema. A esposa teve cinco filhos em vinte anos de casamento, sofre de insônia, um pouco de histeria, idéias suicidas; quer voltar à situação inicial, e não se adaptar à situação atual ou recuperá-la. O marido, muito ocupado, não vê solução alguma, pois ao mesmo tempo que não sente nada pela mulher tem dificuldades com a outra, cuja família se opõe a um casamento: tem idéias suicidas.

Moreno leva-o a sentir o que está passando de fato pelo espírito de sua mulher, coisa de que ele nem desconfia. Sessões alternadas do médico com um e outro dos cônjuges, em que cada um tenta ganhá-lo para a sua própria causa. Percebe que está tratando uma relação interpessoal, espécie de fenômeno especular, e que precisa tentar facilitar a convergência dos sentimentos dos parceiros, *pondo-os em presença uns dos outros*.

A *outra mulher* também é infeliz, pois só tem correspondência por carta com o marido; a situação está em ponto morto.

Moreno leva então a mulher a conceber explicitamente o apego que tem pelo marido: ela o ama porque ele é "seu" marido, porque é o pai de seus filhos; o laço que os une é totalmente social. A hostilidade do marido é reforçada pelo fato de que os filhos apóiam a mãe; o pai tem, efetivamente, um resto de afeição pela mulher. Mas a situação tornou-se intolerável. A mulher concorda com o divórcio quando entende a natureza de seus sentimentos pelo marido.

Moreno pretende no caso dispensar a transferência freudiana; não é neutro, mas discreto. A "transferência" é, segundo ele, uma reestruturação das atitudes impessoais e não ocorre apenas nem principalmente entre o paciente e o terapeuta. É uma mudança das "telerrelações" do doente, em que o terapeuta, por mais ativo que seja, desempenha apenas papel de catalisador. Na psicanálise ortodoxa, ao contrário, o terapeuta, mesmo demonstrando não intervir ativamente, desempenha um papel excessivo, precisamente por sua atitude de observador onisciente.

C) *Terapia psicodramática*

Observação-tipo: Robert confessa uma espécie de *neurose de angústia*; pedem-lhe que faça o retrato do pai numa situação qualquer. Ele se identifica freqüentemente com o pai. Nos problemas do casal, o rapaz sempre toma o partido do pai, reproduz suas reflexões familiares; durante o psicodrama, está sempre apressado como o pai e descreve a mãe como alguém que está sempre se queixando de "que as coisas não estão no lugar". No pai há uma neurose do tempo; na mãe, uma neurose do espaço.

O paciente leva sua mulher alguns dias depois. Os solilóquios de Robert exprimem sempre a obsessão da falta de tempo, ele também acha que a mulher não põe as coisas no lugar ("este copo *pertence* ao aparador"). Toda a sua vida é bem calculada, e ele gasta o tempo buscando jeitos de economizá-la. Nele, os atos inacabados são numerosos.

O psicodrama continua espontaneamente em casa. Robert e a mulher são advertidos das dificuldades de um tratamento não supervisionado. No teatro, podem desbloquear sua espontaneidade em agressividade aberta: no teatro, pedem-lhes que representam cenas de sua vida e que façam em voz alta as reflexões pessoais com que são acompanhadas. Moreno também prescreve uma "dramatização" dos sonhos do paciente (desenvolvimento de certos elementos indefinidos do sonho durante a dramatização).

Uma das idéias de Moreno é de que cada pessoa é um terapeuta sem saber. Seria o caso de lhe objetar que, no psicodrama, fica-se à margem da vida, e que é justamente essa neutralização o que possibilita a expressão do paciente. Mas o psicodrama, embora não se passe no real, também não se passa no imaginário; é mais da *ordem do mito*. É o desenrolar-se dos conflitos reais, tanto quanto possível com seus atores reais (ou em todo caso com os *egos auxiliares* que os substituem) num domínio neutralizado pela presença dos outros e do terapeuta, onde, por conseguinte, é possível superar retrações e mobilizar a espontaneidade.

Moreno também considera as relações da música com o psicodrama, de duas formas:

1 – Uso da música como meio terapêutico (sessões de canto improvisado sobre temas indicados pelo diretor – palavras simples, ou linguagem inarticulada). Seria assim utilizada a fonação em cenas com mímica, e a assistência faria eco como um coro. Moreno pensa também em criar orquestras improvisadas. Mas, nesse caso, a música só serviria como preparação, antes do psicodrama.

2 – Uso do psicodrama no tratamento de músicos. O objetivo é sempre liberar a espontaneidade bloqueada. Nesse caso, uma observação: um violonista de 45 anos, virtuose e compositor, sofre de tremores da mão no momento de executar certas partituras, sobretudo em solo, diante do público ou na rádio. Ocorre que esses tremores desaparecem quando ele não está em público. Nesse caso, Moreno fala de "gagueira musical"; considera que todo instrumento é prolongamento do corpo, e associa a incapacidade do músico em usar seu instrumento à do gago que é incapaz de dominar sua fala. As relações com seu instrumento são quase humanas: o músico investe-se em seu violino.

Sentindo ciúme de seus colegas de orquestra, nos quais vê 60% de inimigos, ele é indiferente à família, que considera simples necessidade da vida. Sente antipatia por si mesmo quando se considera sob o ângulo social. Pode se admitir apenas como "artista", de algum modo morto para a vida. Por outro lado, nota-se nele grande insociabilidade.

Moreno trata seu problema profissional com os seguintes exercícios: execuções sem a orquestra, sem partitura, com violino sem arco, com arco sem violino, ou sem nenhum instrumento. Essas execuções são guiadas por temas concretos (não é que Moreno considere a música como ilustração sonora, mas esses exercícios permitem que o paciente supere as resistências diante do instrumento e da execução de uma partitura). Assim, Moreno tira a música do plano do dever e a passa para o plano do jogo, chegando a fazê-lo aceitar de novo a música escrita.

Essa nota não está completa: não ficamos sabendo se o paciente, curado do tremor, conseguiu integrar-se na vida familiar e social; mas desse caso podemos extrair indicações tais como a idéia de *análise prospectiva não retrospectiva*.

– A análise de um caso pode ser feita, em oposição ao método freudiano, a partir dos fenômenos terminais, e não pela busca dos traumas iniciais; a distensão obtida no campo dos sintomas terminais repercutiria no conjunto do psiquismo.

– Moreno é obrigado a transigir na sua hostilidade às "conservas" (música escrita). O músico "desconservado" pode empregar de novo sua espontaneidade ao benefício da música escrita.

D) *Sociodrama*

Diferentemente do psicodrama, o sociodrama trata das idéias e realiza experiências coletivas. Enquanto no psicodrama os papéis são pessoais, no sociodrama são papéis de tipos culturais. O sociodrama é um novo procedimento de registro das culturas (*cultures records*), tanto quanto a pintura, os instrumentos, as obras escritas. O esforço de Moreno voltou-se para a realização de representações de conflitos entre culturas (brancos e negros, por exemplo). Aplicou-se a comparar os papéis humanos e sociais que os indivíduos, a despeito das diferenças pessoais, desempenham quando postos em situações análogas.

Antes do sociodrama, uma pessoa vê a outra somente através de um clichê cultural e se vê pelos olhos da outra; daí a impossibilidade de relações espontâneas. O *tratamento* consiste em pôr ambas diante de realidades humanas e de problemas reais, e não de entidades ideológicas. O caso dos anti-semitas, que sempre excetuam os judeus que conhecem "porque não são como os outros", mostra que os problemas sempre se apresentam de modos diferentes, conforme estejamos em presença de indivíduos reais ou de entidades abstratas. Assim também, a presentifição dos papéis de "comunista-anticomunista" e "branco-negro" teria como resultado apresentar os problemas em termos reais, fazer os conflitos passar do fantástico para o verdadeiro.

O sociodrama toca em *assuntos atuais*; o papel do diretor é cada vez mais de segundo plano. Ele propõe o tema, e os papéis são escolhidos pelos indivíduos. Por exemplo, depois de uma sublevação de negros no Harlem (Nova York), um sociodrama pôs em cena as relações "negros-brancos": o casal de negros (papel representado de fato por um casal de negros) é injustamente atacado por uma branca que, no fim, acalmada pela boa-fé deles, convida o casal para jantar. Problema concreto: eles aceitarão o convite ou não? Palavras da mulher branca que os choca: será que ela quer convidá-los *de verdade* etc.?

Os *espectadores são associados* ao sociodrama: são convidados a representar de novo os papéis que acabam de ser representados, a expressar por voto se aprovam a maneira como foram representados etc. A vantagem é que todos são levados a discussões teóricas sobre raça, responsabilidade de brancos e negros etc., bem como à evidência concreta daquilo que há de intolerável na segregação.

Não se deve acreditar que o sociodrama seja uma maneira de encobrir os problemas: ao contrário, leva-os para o terreno das teorias, das racionalizações, das condutas e das reações vitais. O sociodrama não é *necessariamente neutro*. Os problemas continuam após as sessões. Apenas as atitudes seriam ameaçadas pelo sociodrama, se é que existem atitudes que só se baseiem em fantasias.

É preciso considerar uma conquista para a psicologia da criança a contribuição de Moreno em detectar as transfigurações da espontaneidade na integração social.

Estrutura e conflitos da consciência infantil

INTRODUÇÃO

SIGNIFICADO DA PALAVRA "ESTRUTURA"

Com isso se entende que a consciência infantil é diferente da consciência do adulto não apenas em termos de conteúdo mas também de organização. Ao contrário do que se pensava antigamente, a criança não é um "adulto em miniatura", com uma consciência semelhante à do adulto, porém inacabada, imperfeita – essa idéia é puramente negativa. A criança possui outro equilíbrio, e é preciso tratar a consciência infantil como um fenômeno positivo.

Nesse caminho, foi-se levado a compará-la à consciência primitiva, por um lado, e à consciência mórbida, por outro.

O pensamento primitivo, segundo Lévy-Bruhl, sendo totalmente estranho ao pensamento do "adulto branco civilizado, normal", é um pensamento de participações; sua lógica é impenetrável, irredutível à do civilizado. Essa concepção confere o monopólio da razão ao adulto civilizado.

Semelhante distinção fora feita por Blondel para a consciência mórbida, irredutível e impenetrável ao homem são, o que confere o monopólio da racionalidade ao normal.

Tais concepções sofreram uma revisão há cerca de vinte anos. O próprio Lévy-Bruhl tentou depreender a experiência concreta sobre a qual assentam os mitos dos primitivos; essa experiência concreta confere uma espécie de "verdade" aos mitos, que já não são desprovidos de sentido, mas exprimem certa relação com o mundo. Por outro lado, também se encontra "participação", embora em grau menor, no homem civilizado, quando se faz abstração de suas crenças pessoais, latentes. O próprio Lévy-Bruhl rejeita a noção de *pré-lógico* e passa a falar de uma lógica particular que compete saber captar.

O mesmo se pode dizer da consciência mórbida: se ela é radicalmente diferente da consciência normal, deve-se desistir de compreendê-la. Cumpria reagir contra os excessos dessa concepção (que, por sua vez, era uma reação às concepções do fim do século XIX e a Ribot). Agora, chega-se à afirmação de que a consciência normal e a consciência mórbida podem aclarar-se e conhecer-se mutuamente; a doença já não é uma ilha inacessível.

O mesmo se diga da consciência infantil. A imperfeição de sua estrutura não deve impedir de ver o sentido totalmente positivo que nela existe. Tomemos como exemplo o desenho infantil: há três atitudes possíveis diante dele.

Primeira atitude: a do homem "clássico" (que tem mais de setenta ou oitenta anos); ele rejeita o desenho como algo sem interesse; nele só vê o que lhe falta para ser perfeito.

Segunda atitude: a da maioria dos psicólogos, Piaget entre outros. O desenho merece ser estudado, tem uma estrutura original (realismo intelectual, sincretismo etc.); mas é sempre estudado em função do adulto. Considera-se nele o que tem de imperfeito, ele é visto como um ensaio do desenho adulto, único que seria uma representação "verdadeira" do objeto.

Terceira atitude: é a atitude desejável: reconhecer no desenho um *sentido positivo*. Por exemplo, um adulto, ao desenhar um cubo, desenha-o em perspectiva. A criança desenha quatro ou cinco quadrados justapostos. Se alguém insistir e disser "Isso não é o que você vê", encontrará grande resistência. A criança afirma que vê de fato daquele modo (aliás, é uma atitude que também se observa em adultos pouco instruídos). Caberá falar aqui apenas de "insuficiências motoras e perceptivas"? Ou se tratará realmente de outra maneira de ver? O estudo da pintura mostra que a perspectiva geométrica foi inventada em data precisa (Renascimento). Nossa atitude implica um postulado: o de que a perspectiva geométrica é mais verdadeira que a outra. As tentativas da pintura moderna questionam esse postulado e atribuem significado positivo a outras maneiras de ver. Para Picasso, por exemplo, a pluralidade dos perfis é um meio de expressão.

Podemos ver no desenho da criança a prova de sua liberdade em relação aos postulados de nossa cultura. Evidentemente, permanece a insuficiência perceptivo-motora: a criança não é um artista. Mas os esforços da pintura moderna dão sentido ao desenho infantil: precisamos deixar de achar que nosso desenho é o único "verdadeiro".

Vejamos em que sentido é preciso entender a expressão "estrutura da consciência". A criança é capaz de adotar certas condutas espontâneas que se tornam impossíveis para o adulto (influência e obediência aos esquemas culturais).

Aliás, a diferença foi muitas vezes exagerada. Cf. *American Journal of Psychology* de 1932 (experiências de Piaget com crianças de sete anos, reproduzidas com estudantes de 19 anos: encontram-se as mesmas condutas). Cf. também artigo de M. Deshaies, *La notion de relation chez l'enfant,* in *Journal de Psychologie* (1937, 34º ano, pp. 112-33). (Noções de relações características do adulto são encontradas na criança; e inversamente, há muitos resquícios infantis no adulto.) Nesse sentido, as concepções de M. Wallon são mais satisfatórias que as de Piaget.

SIGNIFICADO DA PALAVRA "CONFLITOS"

Talvez as "estruturas" gerais que começaremos estudando (egocentrismo, sincretismo etc.) estejam ligadas, por um lado, à situação da criança e aos conflitos nos quais ela se encontra. Lendo os psicólogos, às vezes parece que as condutas infantis resultam, como que por uma fatalidade, de sua idade mental. Mas é preciso considerar outro aspecto: o da história, dos acontecimentos da infância, que explicam sua mentalidade. Negligenciar esse aspecto histórico é incorrer no erro da abstração, freqüentemente censurado na psicologia da criança. É a censura feita por G. Politzer (*Critique des fondements de la psychologie*, P.U.F., 1967); não basta dizer que a criança não tem atenção; isso é abstrato. Seria preciso dizer em que ela pensa, para o que sua atenção é atraída quando ela não tem "atenção". É preciso acrescentar conteúdos positivos, pôr em evidência o aspecto funcional de sua conduta, dizer por exemplo não só que ela simboliza, mas o que simboliza e como simboliza. (O artigo sobre a "boneca-flor" [Dolto (F.), *Cure psychanalytique à l'aide de la poupée-fleur*], na *Revue française de Psychanalyse* [tomo 13, n.º 1, janeiro-março de 1949, pp. 53-69; tomo 14, n.º 1, janeiro-março de 1950, pp. 19-41], evidencia bem o drama particular da infância).

Outra censura de abstração: a psicologia mostra a criança diante de estímulos abstratos (cores etc.). Mas o homem nunca está diante de estímulos isolados e impessoais; sempre está diante de seres ou de animais etc., e muitas vezes é por suas relações com os outros que se poderão compreender suas relações com a natureza e a maneira como a percebe.

À psicanálise cabe o mérito de ter descrito pela primeira vez as relações da criança com outrem (identificações, projeções etc.). Nela há possibilidades de estudos mais concretos. Donde o título do curso "Estrutura e conflitos da consciência infantil". Iremos das características formais da consciência infantil aos conteúdos particulares que esclarecem essas características formais. Nossa fonte serão tanto a psicologia experimental quanto a psicanálise.

NOÇÃO DE DESENVOLVIMENTO

I. DESENVOLVIMENTO FILOGENÉTICO

É o processo pelo qual a criança passa ao se tornar adulto. Mas é também o desenvolvimento filogenético. (A "psicologia genética" engloba o estudo das consciências infantil, primitiva e mórbida.) Essa noção leva a supor que em relação à consciência adulta a criança apresenta um estado arcaico e o doente, um estado regressivo. O fato de reunir as três supõe já que são paralelas. Há, aí, um postulado que cabe examinar: está implicado que a criança reinicia o crescimento da humanidade ("os primitivos são crianças grandes", "a ontogênese reproduz a filogênese"). Examinaremos primeiro se é legítimo estabelecer esta relação: 1) entre criança e doente, e 2) entre criança e primitivo.

1) *Relações entre criança e doente*

Pode-se comparar, por exemplo, uma criança que quase não fala, ainda, e uma criança doente (afásica) que quase já não fala?

O afásico foi adulto; já falou, restam-lhe aquisições formais. K. Goldstein mostra que, embora o afásico tenha perdido a linguagem criativa, resta-lhe durante muito tempo uma linguagem automática, um "saber verbal exterior". Por exemplo, já não sabe contar nem pensar "2 + 3 = 5". Mas, com ajuda dos dedos, encontra o resultado por um desvio, uma ação de substituição. A criança conta nos dedos, mas seus automatismos não são herança de uma vida de adulto, e o uso da mão para contar supõe nela uma primeira abertura para o número, uma comparação das coisas que devem ser contadas com a mão tomada como sistema de referência e como conjunto numérico concreto. A regressão nunca é pura e simplesmente retorno ao estado que antecedeu o desenvolvimento. Há mais e há menos no afásico que na criança.

Sejam quais forem as analogias entre a criança e o doente (afásico), resta uma diferença essencial: o doente falou, a criança não. No adulto, resta um vestígio do saber antigo que permite certas ações de substituição que podem iludir durante muito tempo sobre o estado do doente; na criança, nada há de semelhante: para calcular "2 + 3 = 5", ela conta nos dedos, como o afásico, mas já tem certa abertura para a noção de número, consciência de uma relação entre 2 e 3 que o doente perdeu completamente. Assim, a mesma ação no doente parece ao mesmo tempo mais cega e mais segura que na criança, pois, mesmo desprovida de sentido, ela se baseia num mecanismo muito antigo. Esse mecanismo ainda falta na criança, a ação é hesitante, mas marcada com *insight*, com a compreensão interior da operação.

A noção comum da semelhança entre criança e doente baseia-se, nos cientistas, numa noção válida embora imperfeita: a da *integração*. Introduzida por Jackson e Head, significa que o sistema nervoso tem dois estágios, em que os automatismos se integram pouco a pouco num sistema superior (representado pelo córtex cerebral) que, em relação ao sistema primitivo, desempenha o papel de freio e inibidor.

Os distúrbios que ocorrem em caso de lesão dos centros superiores são prova disso (reflexo de Babinsky).

Mas a tendência a considerar que a função do cérebro é unicamente de controle e inibição (Head: a "vigilância" do cérebro) é totalmente contestável. Autores mais recentes perguntam se a integração dos centros inferiores aos superiores não é diferente: se ela não modifica até o próprio conteúdo dos automatismos. Nesse caso, haverá no doente, cujos centros superiores estão lesados, uma transformação das condutas, mas não um retorno puro e simples aos automatismos antigos: assim como durante todo o desenvolvimento, em que tudo foi demoradamente transformado e modificado, haverá, na lesão dos centros superiores, o aparecimento de outra coisa, que já não será o automatismo primitivo.

Portanto não há razão para postular esse paralelismo entre criança e doente.

2. Relações entre a criança e o primitivo

Ao se estabelecer o paralelismo entre criança e primitivo, subentende-se que o primitivo representa a infância da humanidade. Mas esquece-se que a maioria das sociedades primitivas têm atrás de si uma longa história, e que várias delas representam o estado degenerescente de uma civilização antiga.

É preciso renunciar a essa idéia de um estado arcaico comum à criança e ao primitivo. No entanto, é um preconceito muito forte, oriundo de uma metafísica evolucionista que pode induzir em erro até mesmo as inteligências preocupadas em não se deixar levar por essa metafísica. (Piaget admite formalmente certo paralelismo entre criança e primitivo: ver *Le jugement et le raisonnement chez l'enfant* (Delachaux e Niestlé, 1978), em que ele põe no mesmo plano mentalidade infantil, mentalidade primitiva e autismo.)

Contudo, as diferenças são evidentes e até impressionantes:
– o primitivo é um adulto numa sociedade feita à sua medida;
– a criança vive numa sociedade à qual não está adaptada.

A aprendizagem da linguagem tampouco apresenta semelhança profunda com a evolução lingüística. Guillaume, num artigo de 1927, mostra que a linguagem infantil é uma seleção daquilo que lhe oferece a sociedade em que a criança vive, e não uma recapitulação de tipos lingüísticos antigos. Por exemplo, é totalmente artificial querer ver na omissão infantil das flexões uma recapitulação do estágio das línguas não flexionais. A criança, mesmo quando ainda não emprega a flexão, entende-a nos outros. Mas essa compreensão ainda não transpôs o limiar da linguagem falada.

Mesmo Claparède acredita no paralelismo criança-primitivo. A diferença é que, tentando desfazer-se dos preconceitos, ele o explica pela identidade das situações: diz ele que "a natureza utiliza os mesmos meios" para formar o indivíduo e a espécie. Mas, como vimos, a criança e o primitivo não se encontram na mesma situação.

Restam semelhanças parciais: cabe constatá-las, mas não interpretá-las no sentido de recapitulação.

Lévy-Strauss (*Les Structures élémentaires de la parenté*, 1949, 2.ª ed., Mouton, 1967) aventa uma hipótese totalmente diferente sobre essas semelhanças. Sua pesquisa versa em torno de três pontos (sem querer limitar os pontos de semelhança):

– no primitivo e na criança, o mesmo respeito à "regra pela regra";

– certo esforço no sentido do estabelecimento de relações recíprocas que permitam superar os conflitos;

– o valor sintético da dádiva (a dádiva acrescenta algo à coisa dada, pelo fato mesmo de ser dada). Esses três pontos se explicariam por uma identificação com outrem; a criança só deseja os objetos na qualidade de objetos pertencentes a outra pessoa; reciprocidade e dádiva destinam-se a superar os conflitos nascidos dessa diferenciação.

A criança e o primitivo se assemelhariam simplesmente porque a criança deixa mais à mostra certo cabedal comum a toda a humanidade, a partir do qual se realizam as diferentes seleções culturais. Na criança encontram-se em esboço todas as formações possíveis.

No mesmo sentido em que Freud fala do polimorfismo sexual da criança, seria possível dizer, segundo Lévy-Strauss, que a criança é socialmente "polimorfa".

Algumas dessas formações são inibidas depois, enquanto no primitivo elas podem estabilizar-se. Isso significa simplesmente que há uma pluralidade de possibilidades em todas as crianças, civilizadas ou primitivas. Culturas diferentes inibem e escolhem diferentemente.

Temos tendência a achar os primitivos "pueris", mas eles têm a mesma opinião a nosso respeito. Certos indígenas da América do Norte, por exemplo, acham pueril nosso modo de perguntar sempre, pois "o adulto não interroga, prefere olhar".

Não podemos defender aqui essa tese do polimorfismo infantil. Apenas a citamos para mostrar que a hipótese da recapitulação não é de modo algum a única que explica as semelhanças entre a criança e o primitivo.

II. DESENVOLVIMENTO ONTOGENÉTICO

A noção de desenvolvimento individual também deve ser despojada de certo número de preconceitos.

1) *Maturação e aprendizagem*

A distinção entre inato e adquirido foi mais ou menos abandonada em favor da distinção entre maturação e aprendizagem:
– processo de maturação: desenvolvimento devido aos fatores internos (endógenos);
– processo de aprendizagem: desenvolvimento devido aos fatores externos (exógenos) (*"Reifen"* e *"Lernen"* dos psicólogos alemães).

a) *Exame da noção de maturação*. Existirá, à parte os primeiros meses da vida, um processo devido unicamente a fatores internos? Sem dúvida, "o instinto" só pode manifestar-se quando o organismo está sensibilizado para certas condutas.

No entanto, cabe fazer restrições: será que os reflexos (processos endógenos por excelência) se baseiam em arranjos orgânicos preestabelecidos? Todo um grupo de fisiologistas recentes admite que o reflexo não é uma atividade normal do organismo, mas um processo artificial, provocado em laboratório, e que poderia até representar uma reação patológica. A atividade normal do organismo não seria o reflexo (resposta idêntica a um estímulo idêntico), mas uma atividade de adaptação: atividade regulada a todo momento pelas propriedades do estímulo. Para a reflexologia, o papel do estímulo é de desencadear um circuito existente antes, uma repetição cega que depende de um trajeto preestabelecido de fibras nervosas. Mas na verdade, a reação no mais das vezes não leva em conta o estímulo isolado, porém a situação total: um cachorro em pé sobre três patas a coçar-se com a quarta executa algo bem mais flexível que um reflexo cego (quando a pata acompanha deslocamentos mínimos do estímulo, essa pequena mudança de atitude supõe a cada instante uma reorganização motriz completa, um novo equilíbrio); parece bem difícil conceber para cada variação um circuito diferente preestabelecido. É mais o próprio estímulo que regula a resposta: ao invés de um reflexo cego, tem-se toda uma escala entre automatismo e adaptação. O que se chama "instinto" também não parece dependência única de fatores internos: sabe-se que o rouxinol só é capaz de cantar melodiosamente se ouve esse canto durante certo período de seu desenvolvimento.

No homem, praticamente não existe instinto que dependa apenas de um processo de maturação. A psicanálise mostrou que o "instinto sexual" e suas perversões dependem do desenvolvimento, da história do indivíduo (seria preciso substituir "instinto sexual" por "história sexual"). O instinto não pode manifestar-se caso faltem condições internas, mas estas nunca são causalidade única.

b) *Exame da noção de aprendizagem.* Quanto ao problema da aprendizagem ("*learning*"), restrições semelhantes. O reflexo condicionado (protótipo da aprendizagem) é submetido às mesmas críticas que o reflexo propriamente dito. Quando Watson estuda a inibição na criança (não pôr mais o dedo no fogo), verifica que a aprendizagem nunca se estabelece antes do 178.º dia; antes dessa data, não ocorre nenhuma inibição, seja qual for o número de repetições. Mas, uma vez estabelecida, a inibição torna-se geral: a criança não toca mais o fogo e nenhum objeto brilhante. Ela não aprende a "tirar o dedo", mas a "evitar o fogo" (Koffka). É uma atividade geral demais para ser simples mecanismo.

Nunca o reflexo condicionado é uma conexão simples entre um estímulo e uma reação. Piéron diz que o animal, normalmente adquire respostas não em face de *estímulos* isolados, mas em face de formas gerais de situações.

Portanto, não há meio de separar fatores externos e internos, nem maturação e aprendizagem.

Vimos que é impossível delimitar o papel exato da maturação e da aprendizagem, já que ambas estão indissoluvelmente ligadas na aquisição de toda conduta.

Também parece artificial querer opor instinto e inteligência: na realidade, não há fronteira nítida entre conduta instintiva e conduta inteligente. O estudo do papel da percepção dará melhor compreensão da continuidade entre as duas; toda conduta, instintiva ou inteligente, desenrola-se sobre um fundo de percepção de uma situação.

2) *Conjunto percepção-motricidade (sensação-movimento)*

a) *Posição clássica.* À primeira vista, a relação entre sensação e movimento parece muito clara:

– Sensação: posse de uma qualidade (vermelho, frio etc.), contemplação, diz respeito ao conhecimento;

– Movimento: ação em vista de modificar o meio, acontecimento, comandado pelo influxo nervoso.

Desse ponto de vista, não há nenhum vínculo interior entre percepção (fato elementar de consciência) e motricidade (pertencente à ordem das coisas). A psicologia clássica, que assim define suas relações, transformou-as em problema insolúvel.

b) *Nova formulação do problema.* Os psicólogos da forma descobrem uma relação tão estreita entre percepção e motricidade que lhes parece impossível dissociá-las: é preciso considerá-las como dois aspectos de um *mesmo fenômeno.* (Cf. D. Katz: *Der Aufbau der Tastwelt,* [*Zeitschrift für Psychologie,* Ergbd, XI, 1925].)

Analisemos, por exemplo, a experiência tátil: a sensação de "liso" ou "rugoso" é obtida por um movimento de exploração da superfície; sem movimento do corpo que procura obter uma informação tátil, não há sensação do tato.

O mesmo para a visão: de acordo com as experiências de Goldstein e Rosenthal, cada cor determina uma atitude de nosso corpo, prepara para uma atividade ou inatividade motora. Há um elo essencial entre "sentir" e "assumir uma atitude diante do mundo exterior"; todo movimento se desenrola sobre um fundo perceptivo, e toda sensação implica uma exploração motora ou uma atitude do corpo. A visão se reduziria a pouca coisa se não fosse orientada pela *intenção* de ver. (Cf. Déjean, *Étude psychologique de la "distance" dans la vision,* P.U.F., 1926; *Les conditions objectives de la perception visuelle,* P.U.F., 1926.) Inversamente, todos os movimentos de uma pessoa ocorrem sobre um fundo de percepções. As crianças surdas só aprendem a falar quando se substitui a percepção auditiva que lhe falta por uma percepção tátil ou visual. Assim também os transtornos motores (ataxia locomotora da tabes, por exemplo) têm como fundo transtornos perceptivos: há lesão das vias sensitivas, e não das vias motoras. Koffka mostra que essas lesões provocam a perda do controle tátil do chão: por isso a marcha "com os calcanhares"; mas o paciente consegue andar corretamente quando fica olhando para os pés, ou seja, quando substitui a sensação tátil pela sensação visual. Assim, todo movimento é regulado por uma percepção tátil ou cinestésica.

A psicologia da forma obriga-nos, portanto, a reconsiderar o problema da sensação e do movimento: cabe falar de um lado perceptivo e de um lado motor da conduta, ou seja, de dois aspectos de uma mesma realidade.

É difícil fazer esse esforço: a distinção clássica baseia-se em razões filosóficas profundamente enraizadas, tais como a noção de consciência contemplativa. Os gestaltistas pedem-nos que renunciemos a essa concepção de consciência contemplativa, desvinculada da ação: eles a substituem pela concepção de *consciência ativa*, para a qual o corpo é instrumento de exploração do mundo.

c) *A noção de hábito*. Todos os fatos referentes ao hábito confirmam essa maneira de ver as relações entre percepção e motricidade.

Para os clássicos, o hábito não diz respeito ao espírito, mas ao corpo. Trata-se de mecanismos montados no corpo: quando a compreensão do movimento desaparece, subsiste o automatismo.

Assim, não há meio de compreender o fenômeno do hábito: é impossível considerá-lo como simples automatismo. Como explicar os numerosos casos em que uma única percepção basta para constituir o hábito?

Há hábitos *gerais*: podem ser transferidos (o hábito de escrever pode ser transferido de uma das mãos para a outra), podem adaptar-se a situações variáveis (o organista capaz de tocar em outros órgãos que não o seu, após uma única inspeção do instrumento); é porque não se trata de automatismos nem de operações intelectuais: o ato habitual é esclarecido pelo "*insight*", sem estar fundado numa intelecção. Qual a origem dessa flexibilidade?

É possível resolver esse problema desde que não se separe artificialmente percepção e motricidade: trata-se sempre de certa percepção da situação, com a condição de se admitir que essa percepção comporta por si mesma uma adaptação motora correspondente.

Aplicação à psicologia da criança: o desenvolvimento da motricidade comporta automaticamente um desenvolvimento da percepção, e vice-versa. É inútil perguntar-se, a cada progresso, se ele provém do desenvolvimento perceptivo ou do desenvolvimento motor: um implica o outro.

3) *Método objetivo e método subjetivo*

O problema da escolha entre esses dois métodos paralisou por muito tempo a pesquisa. Mas é um problema artificial, visto que os dois estão indissoluvelmente ligados.

a) *Método objetivo*. Se admitirmos que todo movimento implica certo modo de percepção, então é possível decifrar na conduta da criança a percepção que ela tem de seu meio: portanto é legítimo ler nessa conduta sua representação do mundo. Procedimento legítimo em primeiro lugar porque não podemos fazer outra coisa; em segundo, porque ele é considerado legítimo em psicologia animal.

Quando um macaco não hesita em pegar um pau para arrancar uma banana, podemos inferir que ele tem conhecimento da relação instrumental entre banana e pau. Se objetividade consiste em só utilizar dados mensuráveis, deixamos aí de ser estritamente objetivos. Mas não se deve confundir objetividade e medida. Uma participação do psicólogo na conduta animal e infantil é legítima no sentido de que temos motivos para introduzir elementos qualitativos de valorização (desde que os fatos nos autorizem a isso) se a conduta não puder ser descrita corretamente de outro modo.

b) *Método subjetivo*. Guillaume, num artigo do *Journal de Psychologie*, 1931, mostra que não há diferença de natureza entre a observação de si mesmo (introspecção) e a observação exterior: mesmo para nos observarmos, recorremos à prova da *conduta*; não confiamos nas impressões, tiramos conclusões a partir dos dados de nossa própria conduta. É inútil deixar-se obcecar pela alternativa, há uma identidade intrínseca de todos os métodos, pois todos se dedicam a encontrar a estrutura de uma conduta. A conduta infantil, aliás, desenvolve-se não apenas sob a influência de estímulos físico-químicos, mas graças a uma comunhão com o meio.

PLANO

PRIMEIRA PARTE: Estrutura da consciência infantil. (Estudo de suas relações com a natureza);
   a) Percepção do mundo na criança;

b) Magia, simbolismo, jogo, onirismo (espécie, causalidade, coisa);
c) Representação do mundo: "animismo", "artificialismo", "realismo".
SEGUNDA PARTE: *Conflitos da consciência infantil.* (Suas relações com o meio.)
a) Sexualidade;
b) Estudo das relações da criança com outrem;
c) Socialização da criança.
CONCLUSÃO: Situação da criança em relação ao adulto.

PRIMEIRA PARTE
ESTUDO DA PERCEPÇÃO NA CRIANÇA

Neste estudo, levaremos em conta principalmente a vivência da criança, e não as noções com as quais ela interpreta essa vivência. Nossa atenção estará voltada para a experiência direta da criança, experiência não ainda sistematizada pela linguagem e pelo pensamento.

Essa distinção entre vivência e racionalização marca o limite do método de investigação que consiste em interrogar as crianças.

Há série de problemas.

Problema do egocentrismo. A criança tem consciência de um mundo exterior? Sente-se na presença de uma realidade que a envolve?

Piaget, na primeira parte de sua obra, *La représentation du monde chez l'enfant* (P.U.F., 1972), mostra que o pensamento da criança é essencialmente caracterizado pelo "egocentrismo"; é um modo de pensar e de sentir que faz escapar à criança a noção de um mundo exterior a ela. O "egocentrismo" infantil, do modo como Piaget o entende, é um conceito com muitos matizes, não merecendo as críticas que lhe são feitas com freqüência. Não significa que a criança começa pela subjetividade, ou seja, pela consciência de si, e que se afasta do mundo para experimentar "estados" subjetivos: não se deve acreditar que Piaget cometeria esse erro (erro decorrente do preconceito subjetivista segundo o qual a experiência começaria pela "sensação").

O conceito de egocentrismo deve ser entendido de maneira bem diferente. Para Piaget, a criança está voltada desde o início *unicamente* para o mundo exterior, sem vestígio de introversão; há, sim, um realismo excessivo que ainda não sabe criticar as coisas: a criança ainda não sabe distinguir o que há de pessoal em suas experiências, e toma seu eu por realidade objetiva; é um estado de indiferenciação entre o mundo exterior e o eu. Assim, em vez de significar um excesso de autoconsciência, esse conceito põe em evidência a falta de autoconsciência.

Dito isto, poderemos achar satisfatório o método de análise ulterior dos conceitos da criança pelo adulto? É preciso admitir que o material das obras de Piaget é mais convincente que suas interpretações: muitas vezes há uma grande distância entre o que a criança exprime e o que Piaget entende.

Tomemos como exemplo alguns questionários de *Représentation du monde chez l'enfant*, sobre a evolução do conceito "pensamento" na criança. Piaget distingue três estágios:

Primeiro estágio (até cerca de 6-7 anos): ignorância absoluta do que é pensamento, concepção totalmente "materialista" (pensa-se com a boca ou com o ouvido).

Segundo estágio (cerca de 8 anos): já aparecem conceitos adultos, mas interpretados a seu modo pela criança (pensa-se com a cabeça ou com o cérebro, mas o pensamento é considerado uma voz).

Terceiro estágio: "desmaterialização do pensamento"; a criança assimilou os conceitos do adulto.

Examinemos com detalhes as respostas infantis.

À pergunta: "Com que você pensa?", a criança responde: "Com a voz". Mas nada indica que ela "materializa" o pensamento: ela simplesmente toma a voz como veículo da fala. Aliás, ela considera a voz, a linguagem em geral, como uma realidade dotada de eficácia própria.

Outra confusão da criança é entre visão e luz: para ela, o olhar é uma realidade, emana dos olhos e pousa sobre os objetos (observa-se em muitas crianças a idéia de que dois olhares que se cruzam deveriam chocar-se ou misturar-se; ou que deveríamos "sentir no rosto" quando nos olham). Os olhos são fontes luminosas que emitem "um pouco" de luz. Assim, a criança seria "substancialista": pensamento, olhar, memória, tudo seria uma substância do corpo; a noção de "objeto mental" falta completamente nesse primeiro estágio em que não há nenhuma consciência do psíquico.

A criança chega ao terceiro estágio quando atende às seguintes condições:
– localizar o pensamento no cérebro;
– caracterizá-lo como imaterial, ou seja, separá-lo da matéria.

Discussão desse ponto de vista. É preciso discutir as conclusões de Piaget, digamos, em nome de outro método de leitura.

Piaget pensa por categorias bem definidas, tendo sempre em mente dicotomias como matéria-espírito-pensamento, linguagem interior-exterior. Supõe que faltam essas distinções à criança e analisa as suas respostas apenas com relação a esse registro de distinção. Na verdade, ele não procura compreender as concepções da criança, mas traduzi-las para o seu sistema de adulto. Ora, em psicologia da criança, é preciso abster-se de fazer uso desses conceitos de adulto e até mesmo de seu vocabulário. Para não falsear o pensamento infantil, a fim de descrevê-lo, cabe usar uma linguagem nova em relação às distinções do adulto. (Cf. Guillaume, *L'intelligence sensori-motrice d'après Jean Piaget, Journal de Psychologie,* n.ºs 1-3, janeiro-março [1940-1941], pp. 264-80).

Por exemplo, Piaget diz que a criança não acredita na persistência dos objetos depois que eles desapareceram de seu campo visual. Mas é absurdo supor na criança a crença tanto na permanência quanto na não-permanência no sentido entendido pelo adulto. Para descrever a experiência original da criança, seria preciso encontrar um meio de expressão que não sugerisse nem um mundo permanente, no sentido do adulto, nem um mundo de objetos que desaparecem.

Admita-se que Piaget não encontrou essa linguagem neutra que permitiria evitar as categorias do adulto. No entanto, ele tinha consciência desse problema, pois censurou o psicólogo Baldwin por não fazer descrição positiva dos fenômenos observados. Essa crítica aplica-se a ele: quando declara que, para a criança, o pensamento tem origem física, não se pergunta o que a criança entende por "o pensamento vem da boca ou da voz".

Não tendo noção do psíquico, no sentido adulto, a criança também não tem noção do físico, e para ela "boca" e "voz" não são fenômenos físicos. O que ela entende por "corpo" não é o corpo físico, mas o corpo "fenomênico", ou seja, o corpo na sua experiência interior, um sistema de meios que possibilita entrar em contato com o mundo exterior. Assim também a voz: é o fenômeno do verbo; a criança refere-se aos objetos virtuais do pensamento, à sua experiência interior: não se trata de um "conceito materialista".

Piaget não se refere, portanto, à experiência real, mas apenas à sua racionalização por meio de conceitos adultos. (Esses conceitos, aliás, são contestáveis, mesmo no próprio terreno de Piaget: quando exige, por exemplo, que a criança, no terceiro estágio, conceba o pensamento ao mesmo tempo como "imaterial" e como localizado no cérebro.)

Em resposta a Stern, que verificara em sua filha de quatro anos um início "implícito" de distinção entre realidade e ficção, Piaget declara não poder dar conta das concepções implícitas. Admite, em suma, que seu estudo não está voltado para as próprias concepções da criança, mas para a sua racionalização, sua expressão segunda. É essa "tradução" que faz parecerem absurdas as concepções infantis: suas vivências não são absurdas; é possível até encontrar grande semelhança entre as experiências da criança e as do adulto desde que se consiga fazer abstração do que há de convencional na expressão deste último.

A PERCEPÇÃO NA CRIANÇA

Não se aborda a questão da percepção sem certo número de noções preconcebidas:

1) NOÇÃO CLÁSSICA DA GÊNESE DA PERCEPÇÃO

Segundo as concepções clássicas, a criança vem ao mundo com órgãos dos sentido que lhe fornecem certo número de sensações. Concebe-se a percepção infantil como uma soma de dados dos sentidos isolados, sem nada de comum entre si. As primeiras experiências da criança seriam experiências múltiplas disjuntas: progressivamente, ela vai conseguindo fazer distinções entre elas, estabelecendo correspondência entre as percepções e as sensações. Essa concepção implica que o desenvolvimento da percepção exige a organização das sensações por um *conceito do espaço*, sem o qual não existe objeto identificável. A noção de espaço interviria como uma espécie de hipótese que possibilita interpretar as sensações; e a percepção do espaço torna-se elemento integrante da percepção dos objetos.

Além disso essa concepção supõe na criança uma *noção de causalidade*: os objetos apresentam-se a nós com um aspecto essencialmente variável (movimento, diferenças de distância, de claridade etc.); se quisermos encontrar o idêntico sob o variável (ou seja, reconhecer os objetos), precisaremos saber por que eles parecem mudar. Nesse sentido, nossa percepção é já um trabalho científico incipiente (Leibniz).

Diante de cada objeto há vários modos de julgar; escolhe-se a hipótese mais econômica. Por exemplo, sobre um objeto em movimento, é mais simples supor que ele se desloca em relação a uma moldura imóvel do que o inverso. Isso não significa que a outra hipótese (o fundo que se mexe em relação ao objeto) seja descartável.

Assim, de acordo com a concepção clássica, o ponto de partida da percepção residiria na experiência disjunta e múltipla; de tal modo que o problema, para os psicólogos clássicos, reside na reorganização das sensações esparsas. Desse ponto de vista, teríamos uma "matéria", que seria a sensação e, por outro lado, uma forma a reunir as diferentes sensações por meio dos conceitos de espaço e de causalidade. Em outras palavras, a criança está diante das sensações como diante de um texto por decifrar; chegaria à decifração por uma operação intelectual.

Essa concepção postula que na origem da experiência infantil há uma diversidade, uma multiplicidade de sensações, com a necessidade de se chegar a uma síntese tanto em relação a um mesmo sentido quanto em relação a vários sentidos. Isso implica o seguinte corolário: essa síntese é feita por um ato intelectual em nível de juízo.

2) DISCUSSÃO

a) *As primeiras sensações da criança apresentam-se realmente na forma de desordem e de multiplicidade?*

A experiência parece provar o contrário.

Acompanhemos, por exemplo, o desenvolvimento da percepção da cor; podemos distinguir três estágios:
– já muito cedo a criança reage à luz;
– em seguida, reação às cores saturadas;
– aparecimento da diferenciação das cores: quentes de início, frias depois.

O estudo da percepção das cores na criança topa com várias dificuldades: o resultado é incerto por ser complicado definir as cores intermediárias (Koffka); além disso, tendemos a achar que nossa percepção é a mesma da criança. Damos, por assim dizer, à criança o direito de enganar-se quanto ao nome das cores, mas dificilmente admitimos que entre nós e ela possa haver diferença de percepção. Parece-nos haver correspondência de direito entre o que está nas coisas e o que está na consciência. Os psicólogos muitas vezes disseram que há semelhança de percepção, mas diferença de "apreensão". Para Koffka (*Die Grundlagen der psychischen Entwicklung*, Osterwieck am Harz, A. W. Zwickfeldt, 1921, traduzido em inglês com o título *The Growth of the Mind*, London, Kegan Paul, Trench Trubner and Co, N. York, Harcourt, Brace e Co., 1921), essa concepção é ilegítima, porque baseada numa ilusão: a ilusão de que há necessariamente na percepção o que há no mundo exterior. Na realidade, diz Koffka, a criança não percebe as mesmas cores que nós. Durante as primeiras semanas de vida, só percebe estruturas globais que se articulam e diferenciam progressivamente. A experiência da criança começa com grandes categorias, no interior das quais há pouca diferenciação (por exemplo, objetos coloridos, objetos sem cor). Estamos muito distantes da hipótese de uma multiplicidade indefinida de sensações visuais na origem.

b) *Relação entre as sensações transmitidas pelos diferentes sentidos*

Segundo a concepção clássica, pelos diferentes órgãos dos sentidos a criança receberia sensações diferentes (sensações visuais dadas pelo olho, auditivas pelo ouvido etc.), cuja síntese depois ela precisaria fazer. Na realidade, essas sensações não deixam de estar interligadas: trata-se de um *conjunto* de dados sentidos por intermédio do corpo *inteiro*. De fato, a criança usa seu corpo como uma totalidade, não distingue o que é dado pelo olho, pelo ouvido etc.; não há multiplicidade de sensações (cf. Goethe,

Tratado das cores [*Traité des couleurs,* Triades, 1983]: a cada cor corresponderia um estado afetivo). O fato de a criança querer ver um som que ouviu implica a existência de relações *intersensoriais*. Isso é confirmado por várias experiências: a influência dos sons sobre a percepção das cores (a audição de um som modifica uma cor vista isoladamente); um estímulo brevíssimo provoca um abalo do corpo dificilmente localizável num só dos sentidos.

Há uma unidade do corpo, que não é a soma de sensações táteis ou cinestésicas, mas um "esquema corporal". Esse esquema não pode reduzir-se a uma soma de sensações; ele engloba:
– a consciência de nosso corpo no espaço;
– a unidade abarcadora de todos os dados sensoriais.

Em suma, para a criança, assim como para o adulto, a percepção implica, por um lado, uma relação entre as diferentes partes do corpo entre si e, por outro, uma relação com um mundo exterior.

Verificamos que *a percepção* não começa com experiências múltiplas e disjuntas, mas com *estruturas globais* muito pobres que vão sofrendo diferenciação progressiva. Existe uma unidade anterior ao juízo. Caso especialmente importante dessa organização perceptiva é o fenômeno de *constância*.

3) FENÔMENO DE CONSTÂNCIA

1º *Interpretação clássica.*
A percepção natural produz uma impressão de profundidade pelo mesmo meio que o estereoscópio. É através de sinais (disparidade das imagens retinianas, acomodação do cristalino, convergência), que chegamos à permanência do objeto.

Nossa percepção da profundidade consiste num trabalho de análise que nos faz a cada momento atribuir a uma luminosidade certa quantidade de cor e outra quantidade ao objeto iluminado, chegando assim à cor "verdadeira" do objeto através das variações de luminosidade.

A ordem da percepção é tardia, é uma ordem intelectual.

2º *Reconsideração dessas análises pela teoria da forma.*
O fenômeno de constância seria um fenômeno *precoce*.

Segundo Guillaume, o fenômeno de constância do tamanho é semelhante na criança de onze meses e no adulto. As análises mencionadas supõem que o objeto se apresenta a mim com um tamanho aparente cada vez menor conforme aumenta a distância. Ora, a criança e o adulto não culto ignoram a diminuição do diâmetro aparente segundo as leis da perspectiva (as dificuldades aparecem no desenho).

Variação da cor aparente: desde as primeiras semanas de vida a criança identifica conjuntos coloridos (rosto da mãe). Não há então possibilidade de conhecimento teórico.

Cabe dissociar dois aspectos na teoria da forma:
– descrição
– tentativa de explicação.

A percepção do tamanho dos objetos é um fenômeno inseparável da configuração *sensível* que nos é oferecida. Vemos o objeto à distância, não o *julgamos* à distância.

A constância é vista assim como é vista toda qualidade de forma (forma = propriedade de conjunto. Ex.: numa melodia, a forma é o que permanece constante quando se faz uma transposição). É preciso eliminar toda interpretação intelectual. O espetáculo da percepção não é modificado pelo conhecimento, mas por um fator de organização. Os pretensos sinais da psicologia clássica são ignorados pelo sujeito que percebe. São apenas condições operantes. Não é o conhecimento deles que determina a impressão de profundidade.

Último "sinal" mencionado pela psicologia clássica para explicar a percepção da profundidade: objetos interpostos. Se a lua parece maior no horizonte do que no zênite, é porque há objetos interpostos (Malebranche). Se isolarmos a lua, olhando-a por um tubo de papelão, seu tamanho será apreciado corretamente. Tal é a interpretação clássica. A *Gestalttheorie* mostra que, quando olhamos por um tubo de papelão, decompomos, analisamos o campo perceptivo. E que, inversamente, quando olhamos livremente, deixamos que o todo aja sobre cada parte: é essa organização total que provoca a constância. Se ela é mais perfeita no plano horizontal, não é porque o discernimento leva em conta os objetos interpostos, mas porque a estruturação é melhor no plano em que nos deslocamos e vivemos. Fator biológico, não intelectual.

Experiência do nível espacial (Wertheimer):

Um indivíduo sentado num sofá vê por um espelho o reflexo distorcido do aposento; as paredes aparecem oblíquas (confusão espacial). Depois de certo tempo, as linhas principais vão retomando aos poucos o sentido vertical. Por conseguinte, a impressão da verticalidade não vem da imagem retiniana, mas de um *fenômeno de organização* (as direções principais tendem a assumir o caráter horizontal ou vertical).

O mesmo ocorre com as cores: à noite, na hora de acendermos as luzes, por contraste com a luz diurna, a lâmpada elétrica parece amarela. Ao fim de certo tempo, a iluminação tende a parecer neutra. A luz diurna parece então azul.

Por isso, importância não da composição física da luz, mas de sua *posição num meio.* Fenômeno de constância, redistribuição de todos os valores cromáticos dentro do campo em relação à luminosidade.

Nível de luminosidade: o mais difundido no campo visual.

Portanto: estruturação que redunda no nível espacial e no nível cromático, que parece ligado às propriedades intrínsecas do *campo perceptivo.*

Na criança, graças ao fenômeno de constância, existe uma visão não caótica com estruturação do campo perceptivo (o que não quer dizer que a estruturação seja a mesma do adulto, nem tão perfeita quanto esta). Não há um trabalho secundário de interpretação. (Cf. Guillaume, *Psychologie de la forme*, Flammarion, col. "Champs".)

A *tentativa de explicação* feita pela *Gestalttheorie* é menos válida que essa noção do campo perceptivo. Ela procura encontrar o equivalente do espetáculo perceptivo e de sua configuração nas *formas físicas* (Köhler) cuja sede é o sistema nervoso.

PERCEPÇÃO DO MOVIMENTO

Teoria clássica: Corpo móvel idêntico a si mesmo, que ocupa diferentes posições: P, P', P".

Teoria gestaltista: Não se devem pensar coisas e movimentos separadamente. O movimento é um fenômeno da estrutura imposto pela totalidade do campo. Wertheimer: duas posições-limite de uma mesma figura dão a impressão de movimento (fenômeno condicionado pelo conjunto): movimento "estroboscópico".

Ora, a percepção do movimento estroboscópico é mais fácil na criança do que no adulto. (Estudos de Meili e Tobler; *Archives de Psychologie*, 1931-1932, Vol. 23, pp. 131 ss., sobre a percepção do movimento estroboscópico na criança.) Parece portanto que desde o início da experiência existe uma organização espontânea do campo, do tipo da que é descrita pela *Gestalttheorie*.

CONCLUSÃO

– Para a teoria clássica: a coisa é intelecção de certas relações entre funções e variáveis. Ela é totalmente inteligível.
– Para a teoria da forma: a coisa é unidade pré-intelectual; ela se define para a percepção como certo estilo. Exemplo: para a primeira, círculo = lei da geração dessa figura concebida por mim; para a segunda, círculo = certa fisionomia, certa curvatura. Aprendemos a ver a *unidade das coisas*. (Ex.: amarelo do limão, unido à sua acidez, comunidade de estrutura que os torna *sinônimos*.)

Tudo confirma, portanto, que a experiência infantil não começa pelo caos, mas por um *já mundo*, cuja estrutura é apenas lacunar.

DADOS MAIS PRECISOS SOBRE A CONCEPÇÃO GESTALTISTA DA PERCEPÇÃO DA CRIANÇA

Admitiremos, com os psicólogos da forma, que a percepção infantil está estruturada desde o início. Vários psicólogos censuram a *Gestalttheorie* por "inatismo", acreditando que ela atribui à criança uma percepção já de início semelhante à do adulto. Mas dizer que a percepção infantil está estruturada desde o início não significa dizer que ela tem a mesma estrutura da do adulto. Trata-se de uma estrutura sumária com lacunas, regiões indeterminadas, e não da estruturação precisa que tem a do adulto. À medida que a criança se desenvolve ocorrem transformações, reorganizações. Mas, já no início, existem conjuntos que merecem o nome de coisas e constituem um "mundo".

Por isso, de acordo com P. Guillaume (*L'intelligence sensorimotrice, d'après J. Piaget,* in *Journal de psychologie,* 1940-1941), deve-se rejeitar a idéia proposta por Piaget, de não-permanência das coisas na criança. Piaget acredita que essa não-permanência é provada pelo fato de que a criança deixa de ter conduta adaptada a um objeto desde que ele desapareça de sua vista ou lhe seja apresentado por um ângulo não costumeiro. Dá como exemplo o bebê que deixa de reconhecer a mamadeira quando ela lhe é apresentada pela base. Essa prova nos parece frágil, pois só a manipulação e a experiência poderiam ensinar o lactente a reconhecer esse objeto assimétrico que por hábito lhe apresentam pela outra extremidade, mas que esse problema não ocorre quando o objeto é mais ou menos simétrico.

Em geral não cabe atribuir à criança a concepção de uma coisa *absolutamente* permanente, como a natureza para o físico, que aliás, mesmo no adulto, não pertence ao mundo da percepção: cabe apenas reconhecer nela uma organização perceptiva preliminar às *operações lógicas,* contudo capaz de funcionar segundo sua lógica própria.

Ao afirmarmos que a percepção infantil é estruturada, não somos obrigados a afirmar uma estrutura semelhante à do adulto. Num artigo de *Archives de Psychologie* (1931-1932), *Les perceptions chez l'enfant et la psychologie de la forme,* Meili esclarece em que as estruturas infantis e adultas diferem. Na criança, a percepção é sincrética (termo extraído de Claparède). As estruturas são amontoadas, globais e inexatas. Às vezes, ao contrário, a criança se detém nos detalhes mais ínfimos que se destacam sem ligação com o conjunto. Mais que o adulto, ela está presa à alternativa de perceber globalmente ou por detalhes. A percepção infantil é, portanto, ao mesmo tempo *global* e *fragmentária* (o que não é contraditório), enquanto a do adulto é *articulada.* Tomemos como exemplo a criança que desenha uma bicicleta. Ela reproduz um conjunto mais ou menos coerente, com detalhes hiperacentuados (o pedal, por exemplo), mas as relações mecânicas existentes entre as diferentes peças (relações entre pedal e roda traseira), que guiam o adulto em seu desenho, esses elos lhe escapam quase inteiramente.

Na percepção Meili distingue forma (melodia, ritmo) e estrutura (nexos precisos entre os detalhes). A percepção infantil muitas vezes consegue apreender a forma, mas raramente a estrutura do objeto. Existem conjuntos cuja forma é complicada, mas cuja estrutura é muito simples, e a criança pode apreendê-los.

Mas uma vez que se complique, a estrutura escapa à criança, que reincide na percepção analítica dos detalhes apenas. Essa percepção fragmentária, portanto, tem significação de uma reação de confusão.

Sobre uma figura complexa, a criança pode também aventar uma hipótese baseada na semelhança: ela reduz a estrutura complicada a uma estrutura mais simples que lhe seja familiar, acrescentando os detalhes discordantes que a impressionaram no desenho da estrutura complicada.

Vemos, portanto, que a percepção infantil não carece de síntese, mas de síntese articulada. Por outro lado, a percepção infantil tem aspectos nitidamente positivos. A criança percebe conjuntos mais facilmente que o adulto (por exemplo, os limiares do "movimento estroboscópico" são menos elevados na criança que no adulto). Isto porque existe nela maior número de "formas certas", ou seja, ela organiza conjuntos com mais facilidade que o adulto. A diferença é que, quando o conjunto é complicado demais, ela reincide no fragmentário. Em suma, o que ela percebe melhor são estruturas fortes pouco diferenciadas.

Ao adotarmos a explicação gestaltista, portanto, não somos obrigados a optar pelo "inatismo", como parece acreditar Piaget. Koffka dá uma elucidação da concepção gestaltista num artigo intitulado *Psychologie* (in *Lehrbuch der Philosophie* hgg von M. Dessoir, II parte. *Die Philosophie in ihren Einzelgebieten*, "A filosofia em seus domínios particulares", Berlim, Ullstein, 1925). Explica que a percepção infantil começa com desordem e confusão relativas, e que destas emergem formas. O caos completo (*"Und-Verbindung"*) é inconcebível; ter consciência do caos é uma impossibilidade, pois a consciência é forçosamente consciência de alguma coisa, que se destaca sobre um fundo. A concepção do "Und-Verbindung", o pluralismo, a análise, são concepções de adulto. A experiência infantil é sempre experiência de uma totalidade. Mas é possível dizer que a percepção vai do mais caótico ao mais estruturado: na criança, há uma estruturação mais pobre, porém nunca nula.

Em suma, a crítica de "inatismo" feita à psicologia da forma é um erro de interpretação. Erro em parte justificado, porque certos gestaltistas parecem trazer para a constituição das formas apenas condições externas (proximidade, semelhança dos estímulos), que são dadas desde o início da vida, e subestimam o restante das condições internas. Mas outros, como K. Goldstein em seu livro *Der Aufbau des Organismus* (*La structure de l'organisme,* Gallimard, 1951), dão esclarecimentos bastante satisfatórios ao insistirem no que há de abstrato na questão. O grande mérito da psicologia da forma é a evidenciação da idéia de estruturação, ou seja, uma ordem que não é acrescentada aos materiais, mas que lhes é imanente e se realiza pela organização espontânea deles.

CONFIRMAÇÕES

Confirmaremos essa idéia com o exame de alguns trabalhos recentes:

1º Os últimos trabalhos de Piaget sobre o desenvolvimento da percepção.

2º Michotte: a percepção da causalidade.

Faremos por fim uma espécie de contraprova por meio do estudo do desenho infantil.

TRABALHOS DE PIAGET

Pesquisas sobre o desenvolvimento das percepções

I. A percepção visual dos círculos concêntricos (Delboeuf). *Archives de Psychologie* (1942-1943);

II. A comparação visual das alturas em distâncias variáveis (*ibid.*);

III. O problema da comparação visual em profundidade (constância do tamanho).

Mais duas outras contribuições no tomo seguinte de *Archives de Psychologie.*

Discutiremos sobretudo esses três primeiros trabalhos.

O objetivo manifesto desses trabalhos é o exame crítico da teoria da forma.

Piaget reprova a tendência de certos teóricos da forma a reduzir a inteligência a um fato de percepção. Por exemplo, Wertheimer, em seu estudo sobre o silogismo (*Drei Abhandlungen fur Gestalttheorie,* Erlangen, 1925): sejam dois termos iguais, A e B. Se B é igual a C, é evidente que A também será igual a C. A operação lógica se faz por meio de duas percepções: primeiro percebe-se A como igual a B; depois, percebe-se B como igual a C, e faz-se a síntese. A percepção consiste precisamente em investir um dado de uma significação. Assim, o raciocínio é um fato de percepção.

A análise de Wertheimer não é falsa no sentido de que todo raciocínio supõe essa tripla percepção. Mas Wertheimer não vê que a percepção recebe aqui propriedades totalmente novas: no nível da percepção propriamente dita, se houver intuição de um sentido, a percepção que dá B como equivalente de A excluirá qualquer outra (quando se percebe certa figura sobre um fundo, essa percepção exclui qualquer outra). Mas em nosso exemplo, percebe-se simultaneamente B como igual a A e igual a C. B é visto *simultaneamente* na perspectiva de A e na perspectiva de C. É essa permanência de visão sob duas relações distintas que possibilita o raciocínio e a síntese. Na hipótese de Wertheimer, não raciocinamos, mas percebemos A numa relação e depois noutra, e ele se torna pouco reconhecível segundo a perspectiva visualizada. Portanto, o que possibilita a síntese é alguma coisa mais que a percepção no sentido comum do termo, algo que permite que A seja identificado simultaneamente nas duas perspectivas diferentes.

É o que falta aos chimpanzés de Köhler (*L'intelligence des singes supérieurs*, Alcan, 1927; nova edição, P.U.F.-C.E.P.L., 1973); eles só conseguem visualizar os objetos numa única relação: quando um chimpanzé visualiza uma caixa como possível escada, deixa de percebê-la como possível cadeira, e vice-versa.

Piaget, portanto, tem razão de discutir a redução da inteligência à percepção. Mas o que ele propõe no lugar desse empirismo é apenas outra forma do intelectualismo clássico, e nisso não podemos acatá-lo. De fato, ele procura mostrar que a regulação, em tudo o que ela tem de primitivo, não passa de esboço de operação lógica. Ele distingue "inteligência sensório-motora" de inteligência propriamente dita, mas a análise que faz dela não sai dos trilhos da psicologia clássica: veremos que "a inteligência sensório-motora ou é *associação de idéias* ou é *operação lógica*". Disso resulta que todos esses estudos descrevem a percepção como uma inteligência incompleta, e não como um fato positivo, e Piaget deixa escapar exatamente o que seria preciso apreender: o *mundo percebido* pela criança. Nessa empresa, o melhor método parece-lhe ser "tentar exprimir as relações do mundo percebido com a linguagem das operações intelectuais". Em suma, ele se propõe "traduzir" a percepção, exprimi-la na linguagem da lógica formal. O único resultado desse método será pôr em evidência o que, na percepção, *não é* lógico, o que lhe falta na perspectiva da inteligência. *Ao fazer isso, Piaget incide nas críticas que ele mesmo fazia a Baldwin e aos psicólogos que o precederam.*

A ILUSÃO DE DELBOEUF interpretada por Piaget

I. *Descrição da ilusão*

Num conjunto de dois círculos concêntricos é preciso apreciar o tamanho aparente do círculo interno, segundo as variações do círculo externo.

Sejam dois círculos concêntricos, A e A', sendo A o círculo interno e A' o externo. Seja ainda um círculo A2 = A, externo aos dois outros, servindo de comparação.

Faremos variar o diâmetro de A'. O problema estará em saber que influência exerce essa variação sobre o tamanho aparente de A, medida por A2.

Verificamos a série de fatos seguintes:

– para A' muito próximo de A: situação confusa;

– à medida que A' aumenta ocorre uma *ilusão positiva crescente,* ou seja, A é cada vez mais superestimado, até um máximo de ilusão;

– se A' continua a aumentar, a ilusão positiva decresce: A é sempre superestimado, porém cada vez menos;

– a certa distância de A' em relação a A, verificamos um ponto de *ilusão nula,* ou seja, A é percebido em seu tamanho real, sem influência apreciável de A';

– se A' aumenta além desse ponto de ilusão nula, ocorre uma *ilusão negativa crescente*: A é subestimado, e cada vez mais até um ponto máximo de ilusão negativa;

– se A' continua a aumentar, a ilusão negativa diminui, ou seja, A continua sendo percebido como pequeno, porém cada vez menos;

– por fim, quando A' aumenta mais, deixa de influir sobre a percepção de A e a ilusão é definitivamente nula.

Em suma, verificamos, à medida que o diâmetro de A' aumenta (começando-se com diâmetros bem próximos de A e A'):
– situação confusa;
– ilusão positiva crescente;
– máximo de ilusão positiva;
– ilusão positiva decrescente;
– ponto de ilusão nula;
– ilusão negativa crescente;
– máximo de ilusão negativa;
– ilusão negativa decrescente;
– ilusão nula.

Verificamos também os seguintes fatos:
– a ilusão é maior nas figuras pequenas que nas grandes;
– para as crianças a ilusão é maior que para os adultos: para o adulto, os máximos são menos elevados, e a ilusão termina mais depressa (com uma distância menor entre A e A').

II. *Interpretação de Piaget*

Na criança, o mundo *percebido* precede o mundo *concebido* (pela inteligência). Piaget nega a esse mundo percebido qualquer estrutura estável, que só poderá ser introduzida pela inteligência. Donde sua crença na não-permanência dos objetos no mundo infantil. Não pode haver objeto permanente no nível da percepção antes da constituição de um mundo representado. As ilusões ópticas são prova da labilidade e da infidelidade da percepção não escorada pela inteligência.

a) *Transposição do fenômeno para a linguagem lógica*

Piaget tenta traduzir os fenômenos observados (na ilusão dos círculos concêntricos) na linguagem da lógica formal: faz a comparação entre relações lógicas e relações perceptivas e formula o processo da ilusão da seguinte maneira:

Seja B o conjunto constituído pelos dois círculos A e A'. Se B, em vez de ser uma figura percebida, fosse um conjunto de classes (no sentido da lógica) ou um sistema lógico, nesse caso todo e qualquer aumento de diferença entre as partes desse conjunto deveria traduzir-se na diminuição de semelhança (se B = A + A', teremos necessariamente A = B – A', ou outra relação lógica

reversível). Na percepção, ao contrário, ocorre que diferença e semelhança atuam independentemente uma da outra:
– *na ilusão positiva,* há preponderância da semelhança sobre a diferença; o círculo interno adere de algum modo ao círculo externo e participa de seu tamanho;
– *na ilusão negativa,* a diferença prevalece sobre a semelhança: A e A' são disjuntos e parecem mais diferentes do que são na realidade.

É o que Piaget expressa de diferentes modos, sempre na linguagem da lógica formal:
– nos conjuntos perceptivos, as mudanças das partes dão ensejo a transformações não compensadas nem compensáveis: são relações *não reversíveis;*
– ou ainda: no conjunto B, à medida que as partes se diferenciam, ocorre um deslocamento das condições de equilíbrio (a cada vez que o valor do conjunto muda, pode-se dizer que se cria um equilíbrio novo no qual predomina ora a semelhança, ora a diferença).

Em suma, nos conjuntos perceptivos as condições de equilíbrio não são as mesmas dos conjuntos lógicos: há ausência de agrupamentos estritos nas relações em jogo; semelhança e diferença não atuam logicamente, mas *causalmente*: a semelhança exerce uma espécie de atração; a diferença, uma espécie de repulsão, de tal maneira que as relações sucessivas não são aditivas.

Contudo, é preciso constatar uma espécie de *regulação perceptiva,* demonstrada pelo fato de que a ilusão decresce depois de passar por um máximo.

b) *Explicação de Piaget*
A ilusão varia em função do tamanho do conjunto e em função da idade do sujeito.
– *Tamanho do conjunto*: parece provar que o fator mais importante da ilusão é a distância real entre os círculos A e A';
– *Idade do sujeito*: parece devida também à distância entre A e A': com a idade, a importância do fator de proximidade diminui.

NOÇÕES DE FIXAÇÃO E DESCENTRAÇÃO DO OLHAR

1.º *Fixação*: A proximidade não age apenas em relação a A e A', mas principalmente em relação ao conjunto que está no centro de fixação do olhar: no caso de grandes círculos, a ilusão não existe porque eles tiram o sujeito do campo perceptivo, ao passo que no caso de pequenos círculos, o olhar se centra no conjunto. A fixação do olhar produz uma zona central que compreende um pequeno número de relações que incidem simultaneamente sob o olhar. Assim, essa zona central torna-se escala de nossa percepção e assume valor de padrão em relação ao resto. Ora, toda fixação do olhar provoca superestimação da zona fixada, com subestimação do resto.

O resultado é esta relação absolutamente contrária às relações lógicas: considerando três zonas de fixações sucessivas numa paisagem, F1, F2 e F3, as zonas F1 e F2 podem ser indiscerníveis, as zonas F2 e F3 também: isso não faz que F1 e F3 sejam percebidas como indiscerníveis.

2.º *Descentração*: Correlativamente a essa fixação, a correção, se houver, deverá ocorrer por descentração; as fixações sucessivas corrigem-se mutuamente, produzindo uma coordenação nova.

Piaget distingue descentração relativa e descentração absoluta: os dois pontos de ilusão nula na ilusão de Delboeuf não têm o mesmo sentido: quando a ilusão cessa completamente, houve *descentração absoluta*, ou seja, os dois círculos concêntricos são objetos de duas fixações do olhar realmente diferentes, já não fazem parte, para o olho, do mesmo conjunto. Mas para o ponto de ilusão nula em que a ilusão positiva cede lugar à ilusão negativa, houve *descentração relativa*: as forças de semelhança e de diferença apenas se equilibram antes que haja uma inversão de relações, ao passo que, na descentração absoluta, essas forças já não agem mais.

Por conseguinte, o conjunto de fenômenos assinalados na ilusão de Delboeuf explica-se, na linguagem de Piaget, pela instalação de uma escala de valores perceptivos, à qual são comensuradas todas as outras percepções, sendo a escala em questão a zona central de fixação do olhar. Quando as partes do conjunto já não se encontram na mesma escala, não há mais ilusão.

No entanto, há um problema. Tudo ocorre, conforme dissemos, como se as fixações sucessivas do olhar se referissem sempre à primeira fixação. Na realidade, não existe nada semelhante, pois:

1) a ilusão também ocorre no taquistoscópio e com uma única fixação;

2) pode-se fazer oposição à ilusão adotando-se uma atitude analítica: é preciso fixar apenas o círculo A e recusar-se a considerar A', a despeito da atração exercida por A' sobre A. Realiza-se assim uma "descentração virtual".

Piaget acredita, portanto, que nosso equilíbrio perceptivo é solicitado por todas as fixações sucessivas *possíveis,* e que a regulação perceptiva é uma influência das fixações *virtuais* sobre a fixação atual. Donde a idéia de um devir da percepção: quando todos os pontos de fixação possíveis entram em conta, produz-se um equilíbrio definitivo da percepção, e com ela um mundo de objetos permanentes. Em suma, no mundo estável percebido pelo adulto, todos os pontos de fixação virtuais agem corrigindo a fixação única, causa de ilusão.

3º *Aplicação à percepção da perspectiva*: Piaget explica pelo mecanismo da descentração o fato de que o olhar identifica o tamanho aparente variável segundo o afastamento do objeto. Toda vez que o olhar fixado sobre o objeto realiza uma centragem efetiva sobre o tamanho aparente do objeto, todas as centragens possíveis, virtuais, surgem e devolvem ao objeto seu tamanho real.

Assim também, quando olhamos um cubo em perspectiva, identificamos as linhas aparentemente oblíquas como quadrados reais, e o todo como um cubo: isso decorre do fato de que a visão atual é acompanhada de centragens virtuais que possibilitam ao mesmo tempo perceber oblíquas e restabelecer sua posição vertical. (Assim, o objeto afastado é ao mesmo tempo visto como diminuído e percebido segundo seu tamanho real.)

Desse modo, para Piaget, a descentração verdadeira (baseada na possibilidade de implicar todas as fixações virtuais na fixação atual do olhar) é apenas possível no nível da inteligência: no nível da percepção apenas não haveria descentração absoluta nem mundo estruturado e permanente.

EXAME DAS CONCEPÇÕES DE PIAGET

As explicações de Piaget sobre a percepção têm caráter hipotético: ele constrói um conjunto de hipóteses que coincidem com o resultado observado. Já nas outras ciências isso não é suficiente para satisfazer a teoria: é preciso ainda que ela nos dê uma visão inteligível do mecanismo do fenômeno. Em psicologia, não podemos deixar de recorrer à experiência vivida: ora, está claro que o esquema de Piaget não corresponde à experiência do sujeito. É um esquema associacionista: as noções de centragem atual, centragem virtual e suas interações lembram as fórmulas de física, tais como as componentes de forças.

I. *Objeção principal: a regulação perceptiva ocorre em virtude de esquemas adquiridos anteriormente ou é inerente a cada percepção?*

Se os dados atuais da percepção são modificados por esquemas adquiridos, o que indica à percepção atual que cabe aplicar esse esquema? Para que o esquema de descentração atue, alguma coisa na percepção atual deve *chamá-lo a atuar*. É o que mostra a teoria da forma: a "projeção das imagens" (o fato de um dado incompleto, tal como as palavras numa frase por exemplo, ser percebido de modo completo) só pode ocorrer se a figura incompleta é *significativa* em si mesma. Esse recurso à memória (mencionado por Bergson), à percepção anterior, só ocorre quando a configuração atual se presta a isso: quando a figura se insere, por exemplo, num conjunto, numa forma mais forte (princípio da camuflagem). Do mesmo modo, as percepções virtuais só podem intervir se algo atual as provoca. É nesse sentido que já Ciaparède declarava que seria preciso admitir, em cada percepção atual, uma referência a um ponto de compensação *máxima,* uma *orientação atual* para a objetividade.

Piaget rechaça essa idéia de orientação imanente à percepção presente e postula – o que faltaria provar – a regulação em virtude de esquemas anteriores. Ele só admite dois modos de organização de nossa percepção:

1) associação, acumulação de lembranças e recurso da percepção a essas lembranças;

2) organização lógica, operacional, praticamente inexistente na criança.

Assim, deixa de considerar precisamente o que há de mais original em nossa percepção, a organização imanente revelada pela *Gestalttheorie*.

II. Regulação da percepção dos tamanhos aparentes

Sabe-se que, com o afastamento dos objetos, o tamanho aparente não diminui tão rapidamente quanto a imagem dos objetos na retina (cf. o contraste bem mais marcado nas fotos ou nos filmes). Isso provém de uma compensação perceptiva que diminui os objetos demasiadamente próximos e aumenta os objetos afastados. Piaget postula a intervenção de uma recordação do tamanho médio do objeto, de uma referência a centragens anteriores: na realidade, essa noção da conservação do tamanho não tem sentido:

1) não encontramos nada em nossa consciência que corresponda a semelhante referência;

2) Piaget fala como se a mudança de dimensão dos objetos, assim como as transformações provocadas pela perspectiva (aproximação das paralelas entre si etc.) fossem transformações reais às quais a intervenção de outros materiais (*lembranças*) viessem opor-se; ora, é impossível para a percepção normal, global, cifrar as mudanças do tamanho aparente: para tanto, é preciso substituir a percepção global por uma percepção analítica artificial (fechar um olho, aplicar um referencial). A perspectiva geométrica resulta de um artifício de transposição. Na realidade, os valores espaciais (distâncias, tamanhos etc.) são elementos de uma configuração total, resultante de uma interação recíproca das partes do campo, cada uma das quais é investida de um valor único em relação ao das outras: em nenhum momento pode intervir a lembrança de percepções anteriores para articular essa percepção global.

III. Regulação da percepção das alturas comparadas

Em outros artigos, Piaget analisa os fenômenos que ocorrem na comparação das alturas, e constata que:

– a comparação é exata quando os objetos são aproximados um do outro;

– é inexata quando os objetos por comparar são afastados um do outro: nesse caso ocorre sempre uma superestimação do termo que serve de padrão de medida; resultam relações não lógicas e não reversíveis, em que o mesmo termo parece maior quando serve de padrão e menor quando é o termo medido;

— mas se, em vez de compararmos dois objetos de alturas diferentes, compararmos toda uma série de objetos de duas alturas diferentes, todos os erros de percepção desaparecem.

— *Interpretação de Piaget*: na comparação serial, os erros são eliminados porque, dentro da série, cada termo funciona alternadamente como padrão e como termo medido. Generalizando: a educação progressiva da percepção pode ser considerada como a constituição de séries temporais; tal seria o esquema de assimilação que elimina a ilusão.

— *Objeção*: não parece possível considerar as séries por comparar como uma soma de objetos disjuntos, comparados sucessivamente. Em vez de considerar uma série como uma *soma*, não seria melhor admitir que ela constitui uma nova *totalidade*, diferente dos objetos disjuntos e justapostos que a compõem? A criança já compara os termos de uma série com mais exatidão do que quando compara dois objetos; isso provaria que mesmo a percepção infantil tende à organização objetiva quando dispõe de vários elementos.

[Nota dos primeiros editores: Falta o curso de 2 de fevereiro de 1950 sobre a *constância do tamanho aparente* e *constância das cores*.]

PERCEPÇÃO DA CAUSALIDADE
(Michotte, *La perception de la causalité*, Vrin, 1946.)

I. *Introdução*

Idéia diretiva: O mundo é percebido originalmente como uma organização total, senão completa, em que os efeitos são ligados às causas, e isto antes de qualquer representação intelectual.

Em geral, o estudo da causalidade na criança só versa sobre suas expressões elaboradas e está voltada para suas *concepções intelectuais*, mais que para *experiências perceptivas;* mas há sempre uma distância bastante grande entre elas: Cassirer (*Philosophie der symbolischen Formen*, II; *Philosophie des formes symboliques*, II, Éditions de Minuit, 1972), analisando a causalidade nos mitos dos primitivos, conclui que suas construções, suas concepções do mundo devem ser compreendidas a partir de sua *percepção*. Assim também, se quisermos ter uma idéia exata do mundo infantil, precisaremos primeiramente estudá-lo no nível da percepção: é *nesse nível que se elabora a causalidade.*

Análise clássica da causalidade (Hume e Malebranche): a relação de causa a efeito desaparece com a análise objetiva dos fenômenos. Quando consideramos duas bolas de bilhar (a primeira colidindo com a segunda, que se põe em movimento), dizemos, por metáfora, que o movimento da primeira "passou" para a segunda. Mas na realidade verificamos apenas que a primeira bola pára enquanto a segunda começa a deslocar-se. Conclusão: o nexo de causalidade que liga a primeira bola à segunda é um nexo subjetivo ou imaginário, não há experiência da causalidade. A análise de Hume reduz a experiência do movimento à de um simples deslocamento.

Objeção dos teóricos da forma: a análise clássica parece incontestável, *desde que se tenha antes reduzido o campo perceptivo,* decompondo-o, analisando-o. O campo perceptivo vivenciado é habitado por todas as espécies de relações, é percorrido por linhas de força, por "vetores" (cf. K. Lewin, *Kriegslandschaft,* "descrição de uma paisagem de guerra", Zeitschrift für Angewandte Psychologie, 1917, 12, pp. 440-7); mas para apreendê-los, é preciso tomar o mundo exterior tal qual ele é dado, e não reduzi-lo a uma soma de estímulos isolados. Foi essa redução do campo visual que Hume e Malebranche fizeram: ao não se considerar uma paisagem viva, mas uma multiplicidade decomposta ponto por ponto, não se encontrarão vestígios de relações de causalidade, mas também se terá substituído o mundo percebido por um mundo fictício.

Para os psicólogos clássicos, na criança a noção de causalidade tem origem na projeção, feita nas coisas, das "forças" percebidas pela experiência interior. Seria uma projeção muito plausível, pois a criança ignora a distinção entre subjetivo e objetivo. Nada no mundo circundante corresponde a essas relações de causalidade. O próprio Piaget retoma essa idéia que vem de Maine de Biran. Para Michotte, trata-se de um postulado discutível. Segundo ele, a coisa se apresenta de chofre à criança como algo que "faz alguma coisa". Para a criança, a bola que se mexe não é um fragmento de matéria em movimento, mas um ser que age sobre outro ser. *A criança vê o objeto A produzir o movimento de B; percebe sua relação de causalidade.*

Em suas experiências, Michotte demonstra que essa causalidade é percebida ou não segundo condições bem precisas: condições sempre de ordem sensorial, e não de ordem intelectual, o que prova que se trata de uma verdadeira percepção, não de uma representação. A causalidade percebida não é, evidentemente, a dos cientistas (relação de função a variáveis), mas uma causalidade produtora, quase mágica: ao vermos despejar-se o vinho, não percebemos um líquido a deslocar-se de um recipiente para outro, vemos realmente o vinho *sair* do gargalo.

Essa *percepção é "antropomórfica"*. Mas, segundo uma observação de Heidegger, a percepção de um mundo totalmente objetivo, sem nenhum predicado antropomórfico, é inconcebível. Mesmo um universo puramente geométrico seria impossível sem nenhum elemento humano; assim, uma figura geométrica – o círculo, por exemplo – pode ser expressa por uma fórmula analítica; mas um indivíduo que nunca tivesse visto um círculo não saberia reconstituir o sentido intuitivo da fórmula. Toda geometria se baseia no conceito essencialmente antropomórfico de contorno, ou seja, de um limite entre o "fora" e o "dentro", distinção que só existe para um sujeito situado no espaço, vendo de certo ponto de vista (seu corpo), em relação ao qual a distinção do fora e do dentro ganha sentido. Não há contorno sem um sujeito que estruture elementos dados para deles fazer figuras.

II. Experiências de Michotte

Através de uma tela fendida, o observador vê uma segunda tela na qual são projetados dois quadrados: um deles, A, à esquerda e o outro, B, no meio. Sob os olhos do observador, o quadrado A desloca-se para a direita, alcança o quadrado B e pára. O quadrado B põe-se em movimento: em certas condições o observador terá *a impressão de que A comunicou movimento a B; terá a percepção de um fenômeno causal,* de um "efeito de impulsão".

Esse efeito de causalidade está submetido a condições rigorosas, sempre de ordem sensorial, e não de ordem intelectual: são condições topográficas, espaciais e temporais no momento em que B se põe em movimento. Se A desaparece.

– A e B devem estar presentes na tela no momento do choque, e tem-se a impressão de que um único quadrado se deslocou da esquerda para a direita.

– A visão deve ser direta: se o choque ocorrer em posição lateral, obtém-se o efeito "túnel", ou seja, tem-se a impressão de que A passa por trás de B e continua a deslocar-se.

– A distância entre A e B e o percurso de B não podem ser muito grandes: o efeito de impulsão só é obtido quando o fenômeno é centrado no choque. Passado certo limite, o efeito de impulsão já não ocorre, e os dois quadrados parecem deslocar-se "cada um por sua conta".

(Essas condições quase sensoriais mostram que se trata de uma percepção verdadeira: como a projeção de uma lembrança poderia ser possibilitada ou impossibilitada por tais mudanças?)

Variando-se as velocidades e os trajetos, obtêm-se efeitos outros, não o de impulsão. Por exemplo, ora se obtém o efeito de "impulsão em movimento", ora o efeito de "arrastamento" quando A e B estão em movimento e A avança mais depressa e alcança B.

– O efeito de impulsão é destruído por diversas mudanças da configuração do campo perceptivo, sem mudança nenhuma na experiência em si: por exemplo, cercando B de objetos imóveis ou acrescentando um terceiro objeto à direita de B que se desloque em direção a B em sentido inverso de A. (Essa experiência prova também que se trata de um fenômeno de ordem perceptiva: a projeção de uma lembrança não seria em nada afetada por uma mudança do campo que não dissesse respeito ao próprio fenômeno.)

– Michotte obtém efeitos de impulsão com "objetos fantasmas" (espécies de manchas indistintas, áreas iluminadas), seja entre um quadrado e um "fantasma", seja entre dois "fantasmas". São efeitos quase mágicos, absolutamente irracionais, e a impressão do observador é que se trata de uma causalidade "de um mundo para outro".

– O efeito de impulsão entre A e B é substituído por um efeito de "arremesso" quando, após o choque, B se movimenta mais depressa do que A se movia.

Michotte tenta tornar cada vez mais restrita a impressão de impulsão; o fenômeno é sempre percebido como um fenômeno global, como um todo pertencente a uma única força, e nunca como se fossem dois movimentos: mais como uma *metamorfose* do movimento de A em movimento de B; é uma causalidade transitiva, em que os dois movimentos pertencem a uma mesma "linha do mundo", a uma única linha de força. Foi dissociando os dois movimentos que Hume e Malebranche chegaram a negar a causalidade objetiva e a reduzir o movimento a um simples deslocamento. De fato, há uma diferença marcante entre movimento e deslocamento, que Michotte também põe em evidência: ele substitui o efeito de impulsão (movimento) por um efeito de "transporte" (deslocamento maciço obtido quando A alcança B e os dois continuam juntos; tem-se então a impressão de que A transporta B (A "se move"; B é apenas "deslocado").

Uma outra série de experiências evidencia a percepção de verdadeiros movimentos vitais de locomoção, tais como o rastejamento ou a natação, com o uso de figuras esquemáticas:

– *rastejamento*: um retângulo cujos dois lados verticais se deslocam alternadamente; primeiro (para um movimento da esquerda para a direita), o retângulo se dilata pelo deslocamento da esquerda para a direita do lado vertical da direita, que se imobiliza alguns centímetros adiante; nesse momento, o lado vertical esquerdo desloca-se na mesma direção e imobiliza-se quando o retângulo atinge sua dimensão primitiva; em suma, ele se reconstituiu um pouco mais adiante, à direita; imediatamente, o lado direito recomeça, sempre na mesma direção: o efeito de rastejamento é impressionante. O movimento total parece determinado por uma *mudança interna.* Espontaneamente os dois lados do retângulo são designados como "cabeça" e "cauda", e o retângulo é percebido como organismo vivo.

– *natação*: ainda um retângulo; ele se dilata por deslocamento simultâneo dos dois lados verticais em sentido contrário (o lado esquerdo para a esquerda, e o lado direito para a direita). Segundo tempo (para um movimento à direita): o lado direito continua a mover-se para a direita, porém mais lentamente, enquanto o lado esquerdo volta depressa a ocupar uma posição com a qual o retângulo retoma suas dimensões primitivas. Feito isto, recomeça a mesma série de movimentos. Produz-se um efeito de natação irresistível. O movimento parece sempre produzido por uma mudança interna, que para todos os observadores parece motivado por uma espécie de *circulação interna de matéria.* O retângulo parece cheio de uma espécie de protoplasma vago.

Dissociando-se o movimento da "cabeça" do movimento da "cauda" sempre se obtém um deslocamento, mas o efeito de locomoção é destruído.

É de notar que esse efeito também é destruído quando são retirados os lados horizontais do retângulo, embora eles não desempenhem nenhum papel efetivo no movimento; sua presença é indispensável para formar uma figura fechada, dentro da qual se possa produzir o movimento de quase matéria, responsável pelo movimento total.

III. *Interpretação dos resultados*

Essas experiências mostram que a impressão de causalidade pode ser provocada e modificada de acordo com certas condições precisas, de ordem sensorial. Os psicólogos clássicos objetam que alguns estímulos pouco numerosos suscitam no espectador a lembrança de experiências passadas (lembranças de impulsão, de rastejamento, de natação etc.).

Mas:
1) Para que cada efeito produzido suscitasse a lembrança de uma experiência passada e para que certas mudanças aparentemente insignificantes na constelação impedissem a lembrança de ocorrer, seria preciso que nossa experiência do choque dos corpos e do movimento dos animais fosse bem mais precisa e mais diversa do que efetivamente é.

2) Se supusermos que se trata da rememoração de uma lembrança extraída de nossa experiência dos movimentos reais, do rastejamento e da natação reais, e que, portanto, a causalidade não é perceptível imediatamente nas experiências de Michotte, faltará explicar como podemos percebê-la ao vermos o animal nadar e o pedregulho ser lançado. Se Hume tiver razão, e as relações causais não forem do âmbito da percepção (se forem uma relação puramente intelectual), serão por definição *imperceptíveis*: mas não o são tanto no caso de uma causalidade verdadeira quanto no caso de uma pseudocausalidade.

3) Por fim, suponhamos que se trate realmente de uma evocação de lembrança: ainda seria preciso, para que a evocação ocorra em tais condições (enumeradas acima) e, ao contrário, seja impossível em outras condições, que alguma coisa na *percepção atual* possibilite ou impossibilite essa evocação. Essa alguma coisa é precisamente o fenômeno de causalidade. Segundo a lógica, a introdução de um terceiro elemento no campo perceptivo (cf.

acima) não muda nada nos deslocamentos relativos de A e de B. É porque não se trata de organização lógica, mas de organização perceptiva. Afetada pela configuração do campo, a percepção da causalidade é exatamente a percepção também de um fenômeno de configuração sensível. Há, portanto, uma percepção da causalidade, um mundo percebido, e precisaremos nos lembrar disso quando examinarmos "o artificialismo" e "o animismo" infantis.

O DESENHO INFANTIL

Observações preliminares:
1) *Existirão traços permanentes do desenho infantil, independentes da influência cultural?* Se compararmos coleções de desenhos de crianças, o que se faz há cinqüenta anos, ficamos impressionados com as diferenças de estilo, que parece sempre ter algum parentesco com o estilo geral da época. Assim como os desenhos de crianças de diferentes países produzem diferenças essenciais. (Cf. Herbert Read: *Education through Art**, Faber and Faber, Londres, 1943.)

É impossível discernir o que se deve à cultura e o que pertence propriamente à criança. Numa discussão sobre o desenho sempre intervêm considerações sociológicas e mesmo ideológicas (assim, para certos marxistas, o desenho infantil não figurativo seria devido unicamente à influência do meio cultural burguês).

No que se refere à época atual, a partir de Manet cabe notar a reconsideração radical de todos os problemas de pintura (recurso à arte bárbara e oriental) etc. A pintura moderna, por ser radical, vai ao encontro, inevitavelmente, do modo de expressão da criança que, situando-se aquém das formas de expressão aceitas, é também "radical". Mas esse elo interno só existe entre o desenho da criança e uma pintura como a moderna. Na maioria das vezes deve tratar-se de uma *influência*. As atividades de cunho artístico dos adultos têm repercussão sobre o meio da criança: assim, os anúncios publicitários, as vitrines e até o mobiliário difundem modos de expressão lançados há vinte ou trinta anos; há sempre essa assimilação e essa difusão das atividades artísticas, e a criança é muito sensível a essa forma de comunicação.

....

* Trad. bras. *A educação pela arte*, São Paulo, Martins Fontes, 2001.

Cabe notar que essa influência sobre o desenho infantil é um argumento que também incide sobre o desenho infantil "realista": num meio que proscreve a arte não figurativa, o desenho realista da criança está solidário com seu meio.

Portanto, é impossível separar a criança das influências culturais: trata-se de um *falso problema*; mesmo a ausência total de meio (se isso pudesse ser concebido) agiria sobre a criança como meio especial (isolamento) e modificaria suas produções nesse sentido

Portanto, é preciso ater-se aos traços estruturais do desenho, quando se quer falar do desenho infantil.

2) *Em que medida o desenho infantil reflete a percepção da criança?* Pode-se considerar que a criança imita o que vê com o desenho? É certo que várias particularidades de seu desenho se devem à imperícia motora; mas é fácil separar esses traços negativos dos positivos, detectar aquilo a que a criança se atém realmente.

A confusão do desenho infantil não é obrigatoriamente decorrente de uma confusão das coisas diante de sua visão; a criança não olha desse modo o que desenha. Mas se admitirmos que muitas vezes seu desenho espontâneo é a reprodução de sua visão interior das coisas, a pouca precisão do desenho será significativa da pouca atenção que a criança presta na precisão do contorno das coisas. Nesse sentido, seu desenho exprime globalmente, portanto, a sua percepção.

Mas não há imitação estrita da natureza; o que há é sempre uma expressão, pois se trata de transpor para um único plano o que vemos em profundidade. A perspectiva geométrica (tradução segundo leis sistemáticas) parece-nos refletir fielmente nossa visão porque uma longa tradição artística prestigiou esse procedimento. Portanto, quando a criança usa outro procedimento de representação (por exemplo o "rebatimento" – um cubo representado por quatro ou cinco quadrados justapostos), cabe considerar que está havendo uma representação tão válida quanto o desenho em perspectiva: a criança não considera os quadrados justapostos como se estivessem *num mesmo plano*.

Somos nós que não estamos habituados com sua "chave".

Objeção de Prudhommeau: não seria possível atribuir dignidade igual aos procedimentos infantis e aos dos adultos, pois todas as crianças começam com os primeiros e os abandonam em favor dos segundos.

Mas esse fato não nos autoriza a considerar nosso modo de representação como o único válido e como o "mais próximo" da realidade percebida (cf. pintura moderna).

Portanto, é preciso entender que o desenho infantil nunca será considerado como uma cópia do mundo que se oferece à criança, mas como um ensaio de expressão.

O DESENHO DA CRIANÇA SEGUNDO LUQUET

Luquet, em seu livro *Le dessin enfantin* (Delachaux et Niestlé, 1972), primeiro estudo de conjunto, já clássico, apresenta fatos importantes e sempre justos, ainda que a interpretação seja contestável.

Os fatos:

1) *Para a criança o desenho é um jogo*: ela tem consciência disso e distingue com cuidado seu desenho dos croquis explicativos, por exemplo, que é levada a fazer (dizendo destes últimos: "este não é para desenhar, é para mostrar"). Para ela, seu desenho é uma obra, uma performance pessoal (ocorre-lhe desenhar uma centena de homenzinhos em menos de meia hora).

Mas o desenho é quase sempre orientado para as coisas (o que Luquet chama de "realismo do desenho"); um desenho sem significado atribuível representa *"uma coisa"*.

2) *Plasticidade do desenho*: a criança nem sempre fica satisfeita com seu desenho, mas sua correção é "tácita"; ela raras vezes risca completamente os traços que devem ser eliminados, e tudo ocorre como se tivesse deixado de vê-los, como se o elemento visual não fosse o estimulante essencial e bastasse "riscá-los mentalmente".

Do mesmo modo, o sentido do desenho é plástico: em geral ele tem significado "retrospectivo"; esse significado pode mudar no meio do caminho, se o desenho parecer corresponder mais a uma nova significação, e isso sem má-fé. O desenho é uma realidade tanto quanto os objetos: ele existe, e, visto que existe, deve significar alguma coisa. É a tal ponto realizado em si que a criança se esquece de que é sua criação, e zanga com ele ou justifica todos os seus detalhes, mesmo manchas fortuitas.

Sua capacidade de exprimir alguma coisa com o desenho também difere da nossa; alguns traços lhe bastam para reconhecer o objeto.

3) *Impermeabilidade ao olhar da experiência*: a criança desenha de acordo com um tipo e a ele se conforma, seja qual for a realidade observável e mesmo que ela reconheça essa realidade (braços inseridos na cabeça etc.).

Além disso, ela não hesita em fazer figurar duas vez o mesmo detalhe em seu desenho (acrescentar um segundo nariz à cabeça etc.). Tudo isso prova que não se trata de reproduzir o que ela vê. É mais como se ela se submetesse a um ritual; por isso, usa novos procedimentos, como se aquele fosse ruim. Para ela esse tipo interior parece estar vinculado ao sujeito que desenha (ela não gosta que o adulto desenhe como ela: "duplicidade do modelo").

Que não se trata de imitação comprova-se pelo número de animais com cabeça humana; a criança não quer representar um animal com sua cabeça, mas o animal que tem uma cabeça "em geral", o elemento fisionômico.

4) *Presença de um modelo interno*: a criança não desenha o que vê, mas o que *sabe* ser elemento constituinte da coisa por representar (as duas bases de uma bobina etc.). O que se tem é sempre uma reconstituição original do objeto. É o que Luquet chama de *"realismo intelectual"*.

Interpretação dos fatos:

Luquet parte da idéia diretiva que o desenho infantil é *"realista"*, ou seja, de que nele nunca se encontram *"esquematismo"* (nenhuma decisão de simbolismo) nem *"idealismo"* (sempre orientado para as coisas).

O fato de, apesar desse "realismo", o desenho da criança estar tão distante das coisas ocorre porque ele precisa percorrer vários estágios antes de ser perfeito. Esses estágios são: em primeiro lugar o *"realismo fortuito"*, em segundo o *"realismo malogrado"*, em terceiro o *"realismo intelectual"* e por fim o estágio do *"realismo visual"*.

1) *Estágio do realismo fortuito*: é o traçado ao acaso que a criança chama de "desenho" (cf. o estágio da linguagem em que a criança imita a "linguagem em geral", seu jeito, seu ritmo, sem pronunciar palavras). Ela se apercebe então das vagas semelhanças com um objeto e interpreta *a posteriori* seu desenho, dizendo, por exemplo, "é um cavalo".

2) *Estágio do realismo malogrado*: quando ela percebe que seu traçado pode representar alguma coisa e esforça-se deliberadamente por representar os objetos. Mas é atrapalhada por sua imperícia motora – a desatenção – a *"incapacidade sintética"* (impossibilidade de interligar os detalhes). Zazzo e os psicólogos escolares a observaram em apenas 4 a 5% das crianças: importância exagerada atribuída aos detalhes e importância atribuída à moldura material (desejo de preencher, por exemplo, toda a folha, ou desejo de introduzir todos os detalhes num espaço livre reduzido etc.).

Por fim, seu desenho peca por uma série de *"disjunções"* dos elementos que, na realidade, estão juntos: cabeça de animal separada do corpo, olhos fora da cabeça, sino separado da igreja, porta da casa entre a janela e a chaminé etc.

O desenho da criança é, portanto, sempre definido negativamente, e todas as suas particularidades são consideradas malogros.

3) *Estágio do realismo intelectual*: quando a perícia motora e a atenção aumentam, a criança desenha as coisas, não como as vê, mas como sabe que elas são (cf. *Método em psicologia da criança*). Desenha representações intelectuais, inserindo tudo o que pode explicitar suas intenções (lendas escritas). Inexistência da perspectiva e *transparência* (homem deitado, visível sob o lençol, morto visível no caixão etc.) são conseqüências. Ela utiliza o *rebatimento*, procedimento que acha válido, pois não pensa em projetar um cubo, por exemplo, num único plano, mas usa vários planos simultaneamente.

4) *Estágio final, realismo visual*: por fim, a exigência de coerência visual faz que ela se dedique a articular os elementos entre si, o que só é possível de um ponto de vista único: é então que ela aprende o princípio da perspectiva geométrica.

Narração gráfica: existem três métodos; os dois primeiros são métodos do adulto:
1) o desenhista escolhe para representar o momento decisivo de uma ação, de tal modo que o observador pode adivinhar o que vem antes e o que vem depois;
2) método das imagens de Épinal: recortar no acontecimento uma série de instantâneos, ilustrando o desenvolvimento da ação;
3) a criança usa o tipo "sucessivo": reúne numa única imagem os diferentes momentos do tempo. Em certos casos a criança representa numa moldura permanente as mesmas personagens em diferentes momentos; ou então dá um jeito de só representar cada personagem uma vez, e as diferentes personagens são desenhadas na atitude que assumem em diferentes momentos da "história".

Para Luquet, esses ainda são fenômenos de realismo intelectual, pois a exatidão visual é sacrificada à continuidade, enquanto o adulto sacrifica tudo pela exatidão visual.

Problemas da interpretação de Luquet

Luquet se contradiz quando diz, por um lado, que a criança desenha segundo um modelo interior e, por outro, que em seu desenho não há esquematismo nem idealismo.

A dificuldade surge do fato de Luquet estudar o desenho apenas na perspectiva do "realismo visual" ao qual a criança *deve* chegar, de julgar tudo em relação a um futuro ideal. Ele fala do modelo interior, mas não extrai as conseqüências dessa idéia. Não tomando o desenho infantil do modo como ele se apresenta, mas julgando-o em relação ao futuro de adulto, sua descrição é obrigatoriamente negativa, já nos termos escolhidos ("fortuito", "malogrado").

O estágio do realismo malogrado é todo definido por lacunas e contingências: imperícia, acaso, *falta de atenção*. Mas esse tipo de explicação é desqualificado por toda a psicologia contemporânea: o freudismo que nega o "acaso" e a *Gestalt* que evidenciou o caráter superficial da explicação pela *desatenção*. (Cf. Lewin dans *Psychologische Forschung: Über die Nicht-Existenz der Aufmerksamkeit* – da inexistência da atenção). Dada uma série de percepções, a psicologia clássica postula que as percepções mais articuladas existem já na visão confusa, mas que nem sempre são *aclaradas pela atenção*. Na realidade, é preciso admitir que na atenção nunca há um aclaramento diferente das mesmas percepções, mas uma mudança de estrutura do campo perceptivo. Os objetos aos quais "não se presta atenção" não estão realmente presentes na configuração do campo atual. (Por exemplo, quando a criança desune os objetos com muita constância, é porque isso corresponde à sua estrutura mental atual.)

A descrição negativa de Luquet baseia-se no postulado que está precisamente em questão, ou seja, que a percepção corresponde de direito, rigorosamente, ao mundo exterior do adulto, e, por conseguinte, a criança deve em princípio perceber da mesma maneira que nós. Luquet postula que a fotografia é a representação "mais exata" da natureza como nós a percebemos, mas cabe perguntar se a foto representa realmente o mundo como nós o vemos: ao chamar de pueris os procedimentos infantis, ele condena também grande número de procedimentos expressivos empregados pelos pintores, todos bem distantes da fotografia (um vazio para figurar um reflexo de luz, um contorno azul para indicar certa qualidade, em Daumier a intensidade de expressão atingida pela figuração dos olhos "fora da cabeça"). Em geral, seria possível dizer que, sendo contestável a idéia de um *contorno* existente na natureza, o próprio ato de desenhar consiste em pôr traços onde não os há e vice-versa.

Toda a interpretação de Luquet está suspensa naquilo que os gestaltistas chamam de "postulado de constância": a hipótese segundo a qual nossa percepção e o mundo (os estímulos que a condicionam) estão numa relação de paralelismo estrito. Luquet conclui que a criança deve ver as mesmas coisas que nós; se não as vê, é porque é "desatenta". O mesmo se diga da "correção tácita": não se deve acreditar que a criança faz de conta que não vê mais os traços "riscados mentalmente": eles estão realmente excluídos de sua percepção, talvez por um fenômeno comparável ao que nos faz deixar de ver o objeto procurado que está diante de nossos olhos quando estamos cansados. É desse ponto de vista que também seria preciso interpretar a plasticidade do desenho infantil: caberia entender que ela corresponde à estrutura frouxa de seu campo perceptivo. Não se deve falar aí em "associação de idéias", mas compreender que ela se deve à grande facilidade da criança para as formas simples; ela as vê realmente (cf. a respeito Meili e Tobler).

No fim de sua obra, o próprio Luquet expressa certas restrições a suas concepções.

Ele *interpretara* o desenho infantil *unicamente em relação ao realismo visual*, estágio final que a criança deve atingir. *Mas ele acaba por perguntar se, com esse raciocínio, não se substitui o mundo percebido pela criança pelo mundo visto pelo adulto* (o que explicaria os caracteres puramente negativos atribuídos ao desenho infantil). Tomado do modo como se apresenta, seu desenho representa um modo de síntese, é verdade, diferente do nosso, mas não uma "incapacidade de síntese".

A criança, chega a dizer Luquet, tenta representar toda a realidade existente, *enquanto nosso modo de síntese é uma abstração que suprime do mundo tudo o que não se pode ver de um único ponto de vista.*

Luquet conclui que mesmo o "rebatimento" constitui um procedimento "realista", tão válido quanto a perspectiva do desenho adulto (os dois procedimentos devem sacrificar alguma coisa, mas, enquanto o adulto sacrifica tudo pela aparência visual, a criança sacrifica esta última para exprimir o objeto em sua totalidade).

Assim, o realismo intelectual teria direito de existência ao lado do realismo visual, "assim como duas línguas de estrutura diferente", diz Luquet, podem existir uma ao lado da outra.

Não se deve esquecer que nossa perspectiva geométrica é convencional: para certos primitivos ela parece tão incompreensível quanto nos pode parecer o rebatimento infantil.

O mesmo ocorre com a *narração gráfica*: Luquet acaba por se perguntar se ela não repousaria numa concepção do tempo que tem seu valor, ao lado da concepção do adulto. Para a criança há embutimento do passado no presente, enquanto o adulto se representa o tempo como uma seqüência de instantes nitidamente distintos a se sucederem. Do ponto de vista filosófico, essa concepção de um "tempo sucessivo" é insustentável; de fato é impossível conceber um presente sem intricamento do passado e do futuro, intricamento que a narração gráfica da criança tentaria traduzir à sua maneira.

Mas essas concessões de Luquet põem em causa toda a sua interpretação. *O desenho infantil pertence a um modo de comunica-*

ção diferente do nosso, um modo que é sobretudo afetivo. Para a criança, há continuidade entre a coisa e sua representação gráfica: ela tenta representar *a coisa em si*. Em certo sentido ela vai mais longe que o adulto nesse caminho. Seu desenho é ao mesmo tempo mais subjetivo e mais objetivo que o do adulto. Mais subjetivo porque se liberta da aparência; e mais objetivo porque tenta reproduzir a coisa como ela é realmente, enquanto o adulto só a representa de um único ponto de vista, o seu.

Assim, devemos admitir que, *para a criança, o desenho é uma expressão do mundo, e nunca simples imitação*. Também devemos tomar o termo expressão em seu sentido pleno, de junção entre quem percebe e a coisa percebida, não o confundindo com a fabricação de uma simples cópia. Aliás, é lei de todo desenho exprimir as coisas, e não parecer-se com elas. Seria tão absurdo esperar do desenho que se pareça com a coisa desenhada quanto esperar da palavra que se pareça com a coisa designada: só podem *significar, expressar* o mundo.

O DESENHO DA CRIANÇA SEGUNDO PRUDHOMMEAU

Os estudos de Prudhommeau (*Le dessin de l'enfant*, P.U.F., 1947) *confirmam os fatos trazidos à tona por Luquet, mas vistos de uma outra perspectiva*.

Assim, Luquet via o desenho infantil como jogo. Prudhommeau o considera como um *elemento da atividade total da criança*: o desenho desenvolve-se e modifica-se paralelamente à sua conduta (ele constata, por exemplo, a coincidência entre o primeiro grafismo voluntário e os primeiros passos da criança).

Insiste mais que Luquet no fato de que os desenhos feitos de cor são freqüentes; e que *o desenho obedece a um modelo interno* (persistência de *esquemas* como o *"homenzinho cabeçudo"*, apesar de todas os explicações dadas pelas pessoas que cercam a criança). Mas Prudhommeau se atém sobretudo a demonstrar o paralelismo entre o desenvolvimento do desenho e os diferentes aspectos do desenvolvimento psíquico. Assim, os progressos do "realismo", inexplicáveis na perspectiva de Luquet, são explicados como idênticos aos progressos dinâmicos da própria criança:

1) O esquema do homenzinho se desenvolve de acordo com a *consciência do próprio corpo*: à medida que a criança diferencia os elementos de seu corpo, o homenzinho se enriquece com novos elementos.

2) O emprego do perfil também se explica pelo dinamismo de sua conduta e pela extensão de suas relações sociais: à medida que a criança estende sua ação aos objetos e às outras pessoas, quer representar seu homenzinho também agindo. Como o perfil se presta mais a isso, é introduzido.

3) A necessidade de representação realista aparece com a idade escolar, quando a criança aprende a distinguir signo e significado. Assim, também, a criança adquire a técnica da perspectiva depois que aprendeu a *fixar* seu contato com as coisas num plano em que elas são "projetadas".

É nesse sentido que se orientam as pesquisas da maioria dos autores modernos. Eles querem demonstrar que o desenho exprime a personalidade total da criança, mais que sua inteligência (emprego da escrita como teste de inteligência e do desenho teste do caráter). O desenho exprime o posicionamento afetivo da criança.

Essa tendência predomina em Read (*Education through Art*), para quem o desenho infantil é ou pode ser *não objetivo* e *não figurativo*. Assim como para o primitivo, confunde-se com o ato de simbolizar. Isso explicaria por que se assemelha tão pouco com os modelos exteriores. Read demonstra que o modo de desenho de cada cultura é essencialmente convencional. Assim, certos primitivos educados em escolas ocidentais, ao retornarem para seu meio, retomam a maneira emblemática de desenhar da sua sociedade, ao mesmo tempo que são submetidos aos ritos de iniciação.

O desenho teria ainda outra função, a de libertação: por meio dele, a criança pode livrar-se das formas que a obsedam; ele seria uma maneira de descarga das tensões. Isso explica a regressão quantitativa do desenho quando a criança aprende a exprimir-se por escrito.

O estudo do papel do desenho leva-nos de volta à função que está em sua base: a percepção.

Vimos que os *desenhos exprimem a afetividade, mais que o conhecimento*. Como conseqüência, é de esperar que a percepção infantil – e mesmo a do adulto, quando este consegue desvencilhar-se das atitudes convencionais – consiste em encarar as coisas como estimulantes da afetividade, e não apenas como objetos de conhecimento.

DESENHO E PERCEPÇÃO

Segundo Luquet, a criança substitui o que vê pelo que sabe. Mas parece que a criança representa sobretudo o que pode tocar, sua experiência emocional (desenho de uma plantação de batatas: um quadrado que representa o campo, salpicado de pequenas formas ovais que representam as batatas). Os objetos apresentam-se à criança principalmente com um aspecto afetivo (pesos e consistência, temperatura da batata em sua mão). Os psicólogos clássicos quiseram considerar secundário esse aspecto. Na realidade, para a criança, os caracteres afetivos dos objetos são primordiais e constituem sua estrutura mesma. Só no adulto aparece a idéia de qualidade pura. Aliás, em geral, a qualidade sensível não pode ser expressa no estado puro; só em termos afetivos. "Não há cor que não provoque atitude", dizia Goethe (cf. estudo de Goldstein e Rosenthal). Ora, essas atitudes são características da própria estrutura da cor: ocorre uma sincronização de nosso olhar com a cor apresentada, e é isso que constitui seu dinamismo.

Isso pode ser estendido a todas as qualidades sensíveis: cada uma é ao mesmo tempo suscitação e símbolo de uma maneira de ser. Assim se concebe uma tentativa como a de Bachelard, de uma *"psicanálise dos objetos"*.

O mel por exemplo, à primeira vista, parece líquido, mas mostra-se viscoso quando tocado; ao ser saboreado, percebe-se que é doce; ora, cada uma dessas qualidades é inseparável das outras. O viscoso e o doce são duas maneiras de ser análogas do mel; o mel é ao mesmo tempo aquela matéria que se prende insidiosamente em nossos dedos e que, pelo sabor persistente que deixa atrás de si, aliena a liberdade do indivíduo. A persistente personalidade física do objeto é inseparável de sua personalidade moral, e essa personalidade se revela por inteiro através de cada qualidade.

Não concebemos que um limão possa ser laranja, ou verde. É a acidez do limão que é *"amarela"*, é o amarelo do limão que é ácido: "*come-se a cor*" de um bolo, e o sabor desse bolo é o instrumento que dá forma e cor àquilo que poderemos chamar de "intuição alimentar" (Sartre).

Na mesma ordem de idéias, a fluidez, a mornidão, a cor azulada, a mobilidade ondulosa da água da piscina são dadas de uma vez umas através das outras, e é essa significação total que se chama "água de piscina". Foi o que tão bem viu um pintor como Cézanne, que declarava poder pintar tudo, fossem formas, cores, odores, sabores.

A mesma tendência pode ser encontrada:

1) num filósofo como Politzer, para quem cada coisa está revestida de um sedimento humano;

2) um escritor como Francis Ponge, para quem cada objeto é um *complexo*: um modo de existência em relação com nossa vida mais íntima, que forraria o fundo de nossa consciência e poderia emergir na forma de sonhos vegetais ou minerais, símbolos dessas realidades profundas.

Essas considerações ampliam nossa concepção do desenho: o desenho infantil prolonga a percepção infantil. Nem sempre corresponde à realidade das coisas, mas à *expressão de um caráter e de uma atitude.*

Dois tipos de pesquisa dedicam-se a aprofundar esse aspecto dos desenhos infantis:

– as análises de Minkowska evidenciam no desenho infantil as características *formais* constantes, reveladoras de uma constituição mental;

– a psicanálise dedica-se sobretudo ao *conteúdo* e procura no desenho o reflexo de certos conflitos (de dois pontos de vista diferentes: como símbolo de uma atitude para com o mundo e como meio de investigação terapêutica).

Análises de Minkowska (Cf. F. Minkowska: *De Van Gogh et Seurat aus dessins d'enfants. À la recherche du monde des formes* [Rorschach]. Ed. por ocasião da exposição do Musée pédagogique, de 20 de abril a 4 de maio de 1949, Beresniak, 1949. Da mesma autora, *Van Gogh, sa vie, sa maladie, son oeuvre,* Presses du Temps Présent, 1963; Prinzhorm, *Bildnerei der Geisterkranken,* "*Imagerie des malades Montaux*", Springer, 1922.)

Minkowska vê no desenho infantil a confirmação de sua tipologia (duas constituições mentais: *esquizóide-epileptóide*, entre as quais se podem classificar, em graus diversos, todas as estruturas mentais).

Segundo as características formais, o desenho se aparenta em maior ou menor grau com uma ou com outra constituição.

Características do desenho epileptóide (o tipo epileptóide caracteriza-se pela *"viscosidade mental"*; prende-se às coisas: terra, família, nação; com explosões violentas de tempos em tempos. Sintonia com o meio). No seu desenho predomina a cor berrante e o movimento: agrupamentos apinhados, aglomeração densa, detalhes minuciosos. Tudo parece aglutinado, contudo ordenado. A lentidão alterna-se com explosões de dinamismo violento, mas o mundo representado é sempre um mundo organizado, um "cosmos" com nexos internos profundos.

Características do desenho esquizóide (esquizoidia: ruptura afetiva com o meio, *"autismo"*, *"geometrismo mórbido"*). Seu desenho é caracterizado por: imobilidade, regularidade, geometrismo abstrato, cores apagadas, desagregação, divisão dos detalhes sem nexos entre si (por oposição com o aglutinamento dos epileptóides); o sujeito não gosta de representar-se em seu desenho, ou então se representa sem família. As janelas de suas casas são sem vida, sem cortinas; também não gosta de desenhar a natureza.

O DESENHO VISTO PELA PSICANÁLISE

Cf. Sophie Morgenstern: *Psychanalyse infantile; symbolisme et valeur clinique des créations imaginatives chez l'enfant* (Denoël, 1937).

Essa interpretação do desenho infantil ocorreu a Morgenstern após a observação de uma criança cuja personalidade ela não conseguia estudar por nenhum meio. Era de fato uma criança muda, reticente, que só conseguia exprimir-se com os desenhos que produzia. A terapeuta interpretava esses desenhos, e a criança aprovava ou desaprovava com movimentos da cabeça.

Morgenstern cita algumas produções da criança: *pássaros, animais de grande porte, homenzinhos com capacetes, homens de três braços, com cachimbo, com faca, homens na lua, lobisomens, pais sem cabeça* etc.

A terapeuta conta-lhe então a história de uma criança fictícia, imaginada conforme a imagem de seu pequeno cliente; o final da história é feliz. Na há nenhuma alusão sexual nessa interpretação, e a criança ouve quieta. Cria um novo desenho-resposta que consiste em: um homem com uma faca, de novo um homem com uma faca segurando uma coisa inominável (mais tarde a criança dirá que aquilo representava sua barriga). O fim do tratamento leva a criança a desenhar uma cena manifesta de castração. Depois, a criança representa-se cortada. A seguir, um homem de barba, a própria criança de barba; a barba é comprida e munida de um cadeado. A seguir Morgenstern é representada com as mãos cortadas; no terceiro mês de tratamento a criança tem transtornos nas funções de excreção (urina na cama, defeca na roupa). Pouco depois a criança fala com a irmã mais nova; é possível então continuar o tratamento com ajuda da fala.

Mesmo depois disso a criança gosta de responder por meio de desenhos (cenas alegres, personagens do mesmo tamanho, ao passo que antes os adultos eram exagerados).

Interpretação analítica
A ampliação da cabeça é um deslocamento para o alto do conflito sexual, para tentar mascará-lo. Os homens de capacete, os pássaros e a fumaça são fantasias do pai e do sexo paterno e exprimem principalmente a obsessão sexual. Língua, barba: a criança se cala para evitar ser castrada. Seu mutismo é autopunitivo; sentimento de culpa em relação ao pai.

Dessa constatação podemos extrair certo método para compreender o desenho infantil.

O próprio Luquet assinalou a predominância da cabeça e do *homenzinho cabeçudo* no desenho da criança, mas não deu nenhuma explicação.

Em psicanálise, a acentuação da cabeça é uma espécie de deslocamento para o alto; esforço da criança para dissimular, transpor um conflito que ela não gostaria de exteriorizar. O rosto torna-se de algum modo visceral, e as características agressivas são exageradas. A excessiva acentuação de certos elementos do desenho (luz, fumaça, rabos) deve ser relacionada com o modo como a criança se considera em seu meio familiar. Exemplo: uma menina de cinco anos é levada a Morgenstern por transtornos de caráter. Está voltando para seu meio familiar mais de um ano após a morte da mãe. Ali encontra uma madrasta que o pai decide fazer passar por sua verdadeira mãe. A criança percebe a mudança, diz isso à madrasta; acordo entre as duas, para não dizer nada ao pai. A criança perde então toda a confiança neste. Chega a duvidar da morte da mãe; pede que lhe mostrem o túmulo; a dúvida e a desconfiança generalizam-se. Produz desenhos em que tudo é desproporcional, nenhuma discriminação entre um elefante e uma pessoa. Cabe considerar esse transtorno como expressão no plano motor da *discordância* moral na qual ela vive; os objetos representados não têm mais nenhum princípio estável.

O que Luquet chamava de "interpretação *a posteriori*" recebe aqui outro significado. Exemplo: uma criança produz cenas de batalhas; os soldados têm atrás de si homens barbudos, oficiais, e voltam suas armas contra estes últimos. A criança dá as três interpretações sucessivas seguintes:

– japoneses contra chineses,
– ingleses contra alemães,
– soldados jovens: os oficiais são pais maldosos que forçam os soldados novos a lutar contra a vontade.

Para Luquet, há *aqui indeterminação* no espírito da criança, mas segundo a psicanálise seria preciso ver nisso a expressão da multiplicidade da significação das coisas, ou seja, da *ambivalência* que caracteriza as relações da criança com seus pais.

Interpretação nova do rebatimento.

Procedimento realista para Luquet, para a psicanálise o rebatimento passa a ser um caso particular do pensamento artístico (representação síncrona de elementos que não aparecem como tais, porém ligados no espírito da criança por uma relação afetiva).

Ensinamentos que devem ser extraídos das observações de Morgenstern.

Segundo ela, o desenho para a criança, assim como para o adulto, é uma *sublimação*. A criança, assim como o pintor, vê nesse escape uma espécie de *catarse*.

Mas em nossa opinião, há grandes diferenças entre esses dois desenhos.

No adulto, o psicanalista procura determinar o conteúdo latente do símbolo, que quando se manifesta só aparece muito deformado. Na criança, ao contrário, é impossível conceber um mecanismo de censura comparável ao do adulto. Mais que dualidade entre conteúdo latente e conteúdo manifesto, há um único texto cujo significado não está determinado.

Georges Politzer criticou nos freudianos os conceitos de *conteúdo latente* e *conteúdo manifesto* que, segundo ele, não existem nem na criança nem em quem sonha. Se alguém sonha com uma casa, não pensa de imediato nos órgãos sexuais; pensa diretamente na casa, que é imediatamente expressão sexual. Assim também, na criança, os símbolos são evocadores de imensidade, masculinidade no sentido lato e representam diretamente o conflito criança-pais. A simbolização na criança não se baseia no conhecimento separado de dois termos objeto-símbolo; o sentido sexual é imanente ao desenho. A propósito, Roger Cousinet falou em *"analogia imediata"*, e Minkowska, em *"metáfora vivenciada"*. Esse é o único meio de interpretar as tentativas de Morgenstern: se o desenho infantil tem virtude catártica, embora não verbalize os conflitos, é porque esses conflitos na criança não estão *encerrados num inconsciente.*

RELAÇÕES DA CRIANÇA COM O IMAGINÁRIO

Segundo as concepções filosóficas e psicológicas clássicas, as relações da criança com o real apresentam-se do seguinte modo: a criança toma conhecimento de objetos exteriores carregados de qualidades por contemplar. Ora, vimos que a percepção do real é sobretudo a conformação da conduta da criança na qual não se pode distinguir o que é objetivo e o que está ligado à estrutura do pensamento infantil: para a criança, a percepção é uma *conduta* pela qual ela trava um verdadeiro comércio com as coisas. Entendem-se assim as observações de Piaget sobre o egocentrismo infantil: é uma idéia justa que comentaremos conferindo-lhe um conteúdo *positivo.*

Mas se reexaminarmos assim as relações da criança com o real, a noção de imaginário também deverá ser reconsiderada. Não poderemos mais dizer, com Taine, que a imagem é uma soma de qualidades que reaparecem em nós mais ou menos enfraquecidas. A noção de imagem (= *percepção enfraquecida*) nos é natural porque legitimada à primeira vista pelas relações existentes entre nossa percepção e nosso organismo, mas não corresponde a nenhuma realidade. Sabemos que a teoria dos engramas cerebrais é falsa. Há paralelismo entre processo fisiológico e processo de consciência, mas não se trata de um paralelismo de conteúdo, e sim de um paralelismo funcional que não autoriza a transportar para o terreno psicológico a noção de engramas, superada no terreno fisiológico. Segundo as concepções modernas, os centros cerebrais são centros coordenadores, e não depósitos de imagens (cf. Piéron: *Le cerveau et la pensée*, Alcan, 1923).

I. *Imagem*

A imagem não é uma percepção enfraquecida. Não é passível de ser "observada", ou seja, examinada ponto por ponto como uma coisa percebida; ela não enseja, como a coisa percebida, um desenrolar de aparências concordantes para cada variação de ponto de vista. Ela não é "coisa" interior ou "psíquica", mas uma convicção global. Alain dizia que ela é *credulidade, convicção de ter visto*: não vemos, *acreditamos ver* (cf. Alain: *Le système des beaux-arts*, Gallimard, col. "Tel"). Quando, numa floresta, tomamos uma árvore por uma silhueta humana, essa ilusão só é possível porque de início *consentimos* em não olhar realmente, pois, sempre segundo Alain, *só vemos o real*. Podemos usar o real percebido para enxergar outra coisa, mas então não estamos olhando.

Assim, Alain chegava a uma negação radical da imagem que é insustentável. A imagem não é um simples juízo, pois não é possível que um juízo ignore sua própria atividade. Ora, a imagem e a alucinação comportam uma impostura, dão-se quase como visões. A mentira do louco não o enganaria por si mesma; há sempre algo de positivo em sua visão que funda seu comportamento. A análise de Alain comporta uma contradição: ele afirma simultaneamente que o imaginário nunca é visível e que o imaginário é visível porque resulta de um juízo, e que ver é julgar.

Por outro lado, a análise da imagem apresenta dificuldades insuperáveis, quando a consideramos como um objeto em miniatura que deve ser introduzido na consciência.

Voltemos portanto à análise direta da imagem. A imaginação visa sempre ao objeto percebido. Imaginar não é contemplar um quadro interior, mas referir-se ao objeto único. Não há Pedro em imagem e Pedro na realidade; só existe um Pedro, aquele que está ali, que tento fazer aparecer aqui. Imaginar é tender para o objeto real a fim de fazê-lo aparecer aqui. Há uma *pseudo-realização* do objeto imaginário, há produção de um *"analogon"* do objeto ausente. Sartre mostra a função desse *analogon* ao comparar a imagem mental e os fenômenos conexos:

1) *Imaginar com um apoio exterior*
– caso dos imitadores profissionais que conseguem encarnar uma personagem numa matéria inteiramente diferente: seu próprio corpo. Trata-se de uma espécie de incorporação, de possessão, graças à qual um corpo é habitado pelo estilo de conduta de uma pessoa ausente e torna-se sua *imagem*.
– fotografia: suporte sensível que permite evocar a imagem da pessoa fotografada, cuja *natureza expressiva* invade o papelão.
– quadros: realizam no mais alto grau o fenômeno da *"presença na ausência"*, como se a essência do modelo viesse reencarnar-se na matéria presente. É Carlos IX que sorri naquele quadro, que nele se encarna, assim como os espíritos aparecem na mesa girante.

Esses exemplos evidenciam o caráter afetivo da imagem, incompreensível se quisermos defini-la em termos de conhecimento.

2) *Caso-limite*
Imagem mental pura, sem suporte material: aí se trata de uma projeção, mas de uma *projeção afetiva,* ativa e não intelectual (como quer Alain); para imaginar Pedro, assumo a atitude que tenho habitualmente com ele, adoto a *"conduta de Pedro"* (Janet). Assim, a imaginação mostra ser um fenômeno essencialmente *afetivo e motor.*

Nessa perspectiva os sentimentos são maneiras de *visar o objeto,* e de quase lhe conferir presença. Visamos o objeto com *movimentos, intencionalidades motrizes,* sem precisar representá-lo efetivamente (por exemplo, quando imaginamos o espaço que está atrás de nós, temos uma espécie de detecção do corpo junto a uma impressão global: visamos o espaço sem representá-lo intelectualmente). Assim, a afetividade não pode mais ser definida por "estados", mas por *"maneiras de visar"* ou intencionalidades.

Para entender o que há de falacioso na imagem (equivalente inapreensível do objeto) seria preciso recorrer a outra coisa, que não as funções de conhecimento: todo o problema da imaginação dependerá do grau de precisão dado às noções de *intencionalidade* afetiva e motriz. Nossa relação com o imaginário não é uma relação de conhecimento, mas uma relação de existência; trata-se de um modo de consciência emocional.

II. *Imaginário e emoções*

Só em data relativamente recente começou-se a conceber a emoção como um modo de apreensão das coisas. Janet foi um dos primeiros a ver que os fenômenos fisiológicos das emoções são banais e não diferem radicalmente de um tipo de emoção para outro. Para ele, *"estar emocionado"* significa adotar certa atitude de fuga que livra o indivíduo da conduta racional que deve ser mantida. (Cf. o exemplo da jovem que precisa explicar seus sintomas ao médico, não consegue e tem uma crise de nervos para transformar a atitude científica do médico em atitude compassiva.)

Janet concebe a vida psíquica como resultado de um jogo de tendências, classificadas segundo sua maior ou menor dificuldade de execução e segundo seu grau de *"ativação"* (indo do estágio de "preparação" ao de "consumação").

Essas tendências correspondem a diferentes graus de *tensão* segundo sua dificuldade própria e seu grau de ativação: uma conduta difícil de alta tensão no estágio de "preparação" despende a mesma energia de uma conduta fácil de baixa tensão, chegada ao estágio de "consumação".

Essas concepções de Janet fazem da conduta uma resultante da dinâmica das tendências: a substituição de uma conduta difícil por uma conduta fácil é considerada como *"derivação"*. Com essas metáforas físicas, Janet perde o benefício daquilo que havia ganho ao admitir que todas as condutas *têm um sentido*. A emoção não passa de derivação para tendências mais fáceis ou menos completamente ativadas da conduta orientada.

A psicanálise dá um passo adiante nessa análise: vê na emoção uma reminiscência traumática e atribui-lhe a significação positiva de equivalência simbólica de tal ação. Mas essa interpretação não leva a compreender muito mais: por que se recorre à emoção e por que a conduta simbólica é emocional.

K. Lewin (num artigo de *Psychologische Forschung*) faz a "topologia" da emoção (descrição das situações que a produzem). Quando alguém tende para um objetivo de que é separado por obstáculos físicos ou morais intransponíveis, todo o seu campo de consciência sofre uma reorganização, é valorizado (positiva ou negativamente) em relação a esse objetivo. Se a pessoa não consegue romper essa tensão, se, a despeito da impossibilidade de mudar os dados da situação, continua a tender para esse objetivo, então ocorre a emoção. Essa descrição tem o mérito de mostrar que as emoções não são fenômenos isolados, mas representam tipos de condutas, ou "modos de consciência" que afetam o psiquismo inteiro. Mas também não diz em que consiste a emoção e o que a faz emocional.

Sartre prolonga essas análises (*Esquisse d'une théorie des émotions*, Hermann, 1969), mostrando que na cólera, por exemplo, busca-se uma solução imediata para um problema, e, na impossibilidade de resolvê-lo, tenta-se eliminá-lo, *negá-lo* (quebrar o objeto que não se consegue usar). É a substituição de uma ação efetiva por uma negação emocional do problema.

Assim também, nas relações com outrem: quando não conseguimos convencer o adversário, nós o destruímos ficticiamente num acesso de raiva. Há na emoção uma afirmação da onipotência da consciência, uma espécie de loucura do "*para si*" em que o problema é resolvido ou eliminado *para mim*, mas não para as testemunhas exteriores em si. Portanto, é um modo de consciência essencialmente mágico. (Cf. Freud: definição da magia como "onipotência do pensamento".)

A tristeza é também uma atitude mágica: ao adotar uma atitude de fechamento e de desinteresse em relação ao mundo, eu despojo efetivamente o mundo de tudo o que ele tem de interessante. Confirmamos assim que o interesse das coisas depende de nossa vontade, e que podemos mudar o aspecto do mundo mudando de atitude. Evidentemente, essas condutas são assumidas de boa-fé: em nenhum momento o indivíduo tem consciência de estar criando esse novo aspecto das coisas.

Essa conduta emocional, que parece absurda perante o mundo dos objetos, é eficaz em nossas relações com outrem: de fato, é próprio de um rosto humano *agir à distância* sobre o outro. Outrem pode agir sobre mim sem pôr em ação meios reais; as relações humanas são essencialmente mágicas, porque são relações de significante a significante, e aí a fala constitui um destino. (Cf. Alain: "O homem é o feiticeiro do homem".)

A emoção é uma maneira de ser. A partir dessa concepção podemos compreender o imaginário como algo cuja fonte está na emoção, e os fenômenos do sonho e da alucinação ganham novas luzes. O alucinado propõe um mundo imaginário; com sua conduta, confere às coisas um sentido ilusório. Ele não percebe suas alucinações; ele mesmo constitui a diferença entre coisas percebidas e desenvolvimento alucinatório; ele admite que os outros não podem ouvir suas vozes. Suas percepções sofrem uma alteração no sentido de seu delírio, recebendo assim uma nova significação pela atitude que as envolve. O objeto alucinatório não é, portanto, um objeto dos sentidos, mas o objeto intencional de certa conduta. Se, para o doente, ele faz as vezes de realidade, é porque a realidade sofreu uma desvalorização, o doente não pode mais, como o sujeito são, *opor* o mundo vivido ao imaginário.

Vimos a diferença radical que existe entre a imagem e o real: a imagem distingue-se da percepção pelo fato de nunca ser *observável*. Mas a imagem adere à consciência do alucinado ou do sonhador justamente *por não ser observável*. A imagem dá a idéia de uma comunicação direta, absoluta: apresenta-se de chofre, e nisso tem uma espécie de poder convincente. Há semelhanças entre a percepção da imagem e o desenho infantil: nessas duas operações a consciência precipita realidades não síncronas, que não seriam perceptíveis ao mesmo tempo, segundo o "princípio de prazer" (Freud). O mesmo ocorre no domínio do sonho, em que qualquer coisa pode significar qualquer coisa. (É nesse sentido que cabe compreender o simbolismo do sonho que não exige um mecanismo de censura: as realidades evocadas são mascaradas não apenas por uma censura atenta, mas sobretudo pelo fato de que *no sonho* tudo significa tudo.)

A crença que temos na imagem resulta do fato de que perdemos o contato com a realidade (e com o relativismo que ela supõe), para nos colocarmos numa atitude especial. Toda percepção sabe que é parcial, que se move no relativo; o imaginário move-se no absoluto. O imaginário põe-se em relação com o absoluto sem que eu acredite por isso que o imaginário é real. O alucinado, mesmo, distingue esses dois mundos, mas vive no imaginário porque perdeu a referência ao real. É nesse sentido que o poder de imaginar é ao mesmo tempo um poder enganador e uma manifestação da liberdade da consciência. A consciência nos liberta do presente pelo imaginário, é um poder de se irrealizar fora das coisas.

Quando imagino, suprimo a distância que separa os objetos percebidos; o centro de minha consciência desaparece: o objeto que imagino não está a *tal distância*, ou, se me aparece com o aspecto que teria a cem metros, sei muito bem que não posso mudar esse aspecto aproximando-me. É preciso que a consciência deixe de viver no mundo dos objetos, que ela se "ponha" no espetáculo que se lhe oferece; subjetivo e objetivo desabam; trata-se então de uma terceira dimensão, inexprimível (cf. Sartre *L'imaginaire*, Gallimard, col. "Folio-Essais"). É próprio da consciência onírica manter-se aquém da distinção subjetivo-objetivo.

No início de seu livro, Sartre fez uma distinção absoluta entre os domínios do imaginário e do real. Mas vemos agora que ela não pode ser mantida até o fim; ao longo da obra, ele revisa suas concepções e esboça uma nova.

– A distinção absoluta de Sartre não basta para resolver o problema do imaginário. Para que o imaginário possa deslocar o real, não é preciso que real e imaginário sejam antinômicos, que estejam separados como o dia e a noite. Não haveria lugar para o mito em tal concepção. O mito pertence àquela terceira ordem, onírica, que o autor introduz na segunda metade de seu livro e que está *entre* a percepção desperta e a "ficção" do homem adulto e são.

Na realidade, como Sartre indica, não se pode mesmo dizer que na percepção do real exista *crença*. A crença só intervém depois de uma dúvida prévia. É no imaginário que acreditamos realmente, *porque* nossa crença carece de apoio. Não acredito na cadeira que estou vendo: a cadeira está lá, e basta. A percepção não espera as provas para aderir ao objeto, ela é anterior à observação atenta. Nesse sentido, assim como o imaginário, ela supera as premissas.

Para que o imaginário valha como realidade, é preciso que haja no percebido uma parte de conjectura, de ambigüidade. É essa ambigüidade comum que permite às vezes que o imaginário substitua o real.

A criança não vive no mundo de dois pólos do adulto desperto: ela habita uma zona híbrida, que é a zona da ambigüidade do onirismo.

Jaensch ressaltou que existe na criança uma capacidade de imaginação enorme (eidetismo ou imaginação eidética) que confina com uma quase visão. Fez pesquisas experimentais a respeito. Na realidade, não há na criança uma imagem que seria tão forte quanto a percepção, mas uma indistinção entre real e imaginário.

A verdadeira distinção: real e imaginário são duas consciências ambíguas. A consciência real nunca está na posse plena daquilo que põe. Não existe critério que permita distinguir com certeza uma imagem de uma percepção. Mas:

– o irracional da percepção está aberto a uma experiência que o justifique;

– o irracional do imaginário é fechado, não passível de verificação.

(Cf. Sartre: diferença de comportamento quando a pessoa amada está presente e quando está ausente: *amor "imaginário"* e *amor "real"*.)

A distinção entre real e imaginário é dialética. Há uma maneira de querer a realidade que nos faz perdê-la (caso do homem que gostaria de amar uma mulher por certo número de razões).

O homem de que se acaba de falar não quereria aceitar que o "racional" entrasse no irracional. É preciso dar lugar à percepção que temos de outrem, assumir os riscos daquilo que ela encerra de desconhecido. Assumir o irracional nesse caso é o que conduz a uma vida que pode ser considerada racional, no sentido de não comportar dilacerações.

Há uma dialética entre imaginário e real, ambigüidade entre esses dois domínios. A única racionalidade possível é a que aceita a moldura irracional da vida, da percepção. A racionalidade de nossas relações com outrem reside no fato de que o outro continua livre mesmo quando o considero. É preciso estabelecer uma comunicação que não condene o outro a conformar-se à imagem que tenho dele.

A passagem ao estado adulto seria essa passagem ao estado secundário em que o homem não é mais feiticeiro do homem, em que cada liberdade deixa de ser ameaçada pelas outras liberdades.

Germaine Guex mostrou que certos neuróticos podem ser caracterizados como indivíduos que continuaram amando como crianças (cf. *Névrose d'abandon*, P.U.F., 1950), que desejam *possuir* o objeto de seu amor.

As pessoas que sofrem da neurose de abandono, de que ela fala, vivem em estado de insegurança, de avidez afetiva. Três elementos nesses transtornos:

– medo de ser abandonado; à deriva,
– atitude agressiva daí resultante,
– baixa auto-estima.

Tal pessoa quer vingar o passado, obter uma revanche (amor exigente, tirania). Açambarca toda a afetividade de sua mulher, detesta os amigos, volta tarde sempre que há convidados para o jantar. Em geral, reivindica atenção total do companheiro, ignora as intenções e só se atém às aparências, não sabe introjetar as relações afetivas. Move-se no absoluto; quer ser adivinhado, põe à prova o indivíduo que ama.

Recusa-se a considerar as contingências, a adivinhar o amor em alguém que não o manifeste a todo instante: não dá crédito, nunca desculpa um atraso, uma ausência. Tudo para ele tem algum sentido, não há "acaso". Não admite que o outro exista fora de sua relação com ele. De modo geral, tem uma atitude passiva: deixa-se amar, mas não ama, é incapaz *de doar*. Está no estágio receptivo e captativo, que lembra a "querença" [*aimance*] infantil. Em suas relações com outrem não demonstra nenhuma "sabedoria de vida". À força de fracassar, acaba por admitir que não saberia "sair-se bem" num sentimento, o que acaba por ser verdade. Responsabiliza a família por todos os seus males. Isso é verdade até certo ponto, mas quem sofre da neurose de abandono agrava seu caso provocando os fracassos cuja lembrança comprometerá qualquer nova tentativa. Chega a sentir hostilidade por si mesmo, em virtude de um masoquismo primário, diferente porém do descrito por Freud, que deriva de um sentimento de culpa. O masoquismo primário não é tanto autopunição, porém recusa de confiar em si mesmo e em outrem, recusa de viver por espírito de economia moral, desvalorização de si mesmo.

Piaget distinguiu na evolução intelectual do indivíduo três estágios sucessivos que vão da confusão entre o eu e o mundo exterior à distinção entre o eu e o não-eu. No plano afetivo seria possível traçar a mesma evolução. No entanto, a tomada de consciência de si mesmo, na ordem afetiva, é mais difícil e mais tardia. Não há paralelismo entre as duas evoluções: muitas vezes no adulto o desenvolvimento afetivo não se completou. No mundo físico, há o desmentido da experiência (resistência dos objetos). Tais desmentidos, no plano afetivo, são sempre ambíguos: num conflito afetivo, é difícil a análise do que me cabe ou do que cabe a outrem (ex. dois indivíduos vêm a romper uma relação amorosa: são incapazes de discernir que parcela de responsabilidade cabe a cada um). No indivíduo que sofre de neurose de abandono esse fenômeno se acentua: ele não se apercebe de que sua atitude de exigência absoluta é precisamente o que afasta o outro. Suas relações com outrem baseiam-se numa experiência de exclusão. (Cf. Proust: "Primeiro encontro com Gilberte e as jovens".) Ele tem sempre o sentimento de ser o outro, o não essencial. Espera de outrem uma adesão tão completa quanto a que a criança espera da mãe. Nele tudo é catástrofe ou ameaça de catástrofe (donde a recusa a exprimir-se, o horror a escrever, o horror ao telefone: tem o sentimento da deterioração de sua personalidade e acha que sua expressão o demonstrará). Não percebe que justamente todas essas condutas de precaução contra o abandono o fazem ser abandonado. A experiência, portanto, não pode ensiná-lo, e a tomada de consciência de si mesmo é indefinidamente postergada, porque ele imputa a outrem o que vem dele.

Essa descrição de Guex é seguida por uma interpretação: o indivíduo afetado pela neurose de abandono ainda está no estágio pré-edipiano, não sofreu a experiência formadora do Édipo. A descrição dada por ela valida essa hipótese.

Esse indivíduo gostaria de *no imediato* obter um absoluto. Sua atitude é onírica no sentido de ser uma recusa dos obstáculos e do relativo; ele recusa qualquer contingência entre si e outrem para obter esse outrem. Tal sentimento e todas as suas conseqüências (descentração do sujeito) aproxima-se da atitude imaginante nas relações com outrem. A atitude imaginante, "louca", em relação aos objetos, é de algum modo inevitável com outrem, pois a outra pessoa é por definição *alguém* que pretendo atingir em pessoa através das manifestações sempre parciais. A atitude do indivíduo afetado pela neurose de abandono leva ao extremo um componente inelutável de nossa percepção do outro. O "externismo", ou seja, a exteriorização de meus sentimentos (e, inversamente, a introjeção dos sentimentos alheios em mim), absurdo nas relações com os objetos, tem fundamento nas relações com outrem. Mesmo as relações entre os indivíduos mais sadios são tingidas de *"feitiçaria"* (Alain). Sem isso, o amor poderia tornar-se simples ritual, e outrem não estaria lá. Como a introjeção e a projeção são inevitáveis, minha conduta para com outrem será sempre imaginante sob algum aspecto. Há sabedoria nas relações com outrem, não há equilíbrio indiferente.

Na criança, em razão de sua inferioridade física e da desigualdade dos talentos, não pode haver em relação a outrem a generosidade, o reconhecimento da liberdade alheia com a qual o adulto sai da *"feitiçaria"* e tende para a comunicação. A criança ama obrigatoriamente como ama o neurótico do abandono.

Assim, encontramos aí, na ordem afetiva, um equivalente do egocentrismo descrito em Piaget na ordem do conhecimento, e essa noção está aprofundada. O próprio Piaget recentemente deu maior precisão às correlações entre seus pontos de vista e as concepções freudianas (*La formation du symbole chez l'enfant*, Delachaux e Niestlé, 1978). Haveria paralelismo entre egocentrismo e magia, por um lado, e princípio de prazer (por oposição a "princípio de realidade") e onipotência do pensamento, por outro. O ser que está no imediato pratica a todo momento o pensamento mágico. E é o realismo afetivo na criança que explica o realismo intelectual, pois é ele que nos leva a entender de maneira análoga a união do sujeito e do mundo no egocentrismo, a vertigem do imaginário.

Essas constatações podem elucidar o *jogo*, a *imitação* e o *sonho*.

1) *O jogo*.

O jogo, a brincadeira, algumas vezes foi considerado um pré-exercício da vida adulta. Essa concepção supõe, na criança, uma espécie de subordinação do jogo à vida real. Tal distinção é coisa de adulto. Para a criança, brincadeira é coisa séria. Piaget disse que o jogo é uma conduta de assimilação (a vida da criança é um vai-e-vem entre assimilação e acomodação), ou seja, uma atitude imaginante e onírica.

2) *A imitação*.

Segundo Piaget, a imitação é o *fundamento da imagem*. É uma das fontes da formação do símbolo na criança. A imagem é uma imitação interiorizada. Fórmulas como essas, em sua obra *La formation du symbole chez l'enfant*, corrigem de maneira feliz o que havia de sumário na concepção das imagens utilizada na obra *La représentation du monde chez l'enfant*.

3) *O sonho*.

Nesta última obra (P.U.F., 1972) Piaget distingue três estágios do sonho:
  a) sonho considerado como proveniente de fora,
  b) sonho interno mas de origem externa,
  c) sonho de origem interna.

Mas notava que a criança nunca confunde seus sonhos com a realidade. Ela tem a impressão de que o sonho está no lugar que representa estar e ao mesmo tempo sobre a parede do quarto. Essa observação levava a suspeitar do que havia de insuficiente na concepção da imagem como "objeto mental". Hoje (*A formação do símbolo*) Piaget veria na imagem, como fez Sartre, uma conduta que visa a obter a pseudopresença de um real ausente. O sonho já não é um simples desfile de imagens; é uma conduta simbólica que tem seu lugar na dialética infantil. É uma espécie de linguagem com que a criança fala consigo mesma (conjuntos de símbolos primários e secundários por decifrar). Há, portanto, convergência entre as análises de Piaget, Freud e Sartre, a deixarmos de lado nos dois primeiros os resíduos da psicologia atomista.

A REPRESENTAÇÃO DO MUNDO NA CRIANÇA

Pode-se falar de verdadeira *representação do mundo* na criança? Isso subentende uma organização conceitual da experiência infantil que possa ser formulada em proposições expressas. Supor na criança alguma coisa desse tipo talvez seja desconhecer o essencial da mentalidade infantil, a saber, a ignorância do *problema* como tal (Wallon: *Origines de la pensée chez l'enfant*, P.U.F., 1975). Diferença essencial entre adulto e criança é que para a criança tudo é, em certo sentido, evidência, não há lugar para dúvidas. Para edificar um sistema do mundo, é preciso a afirmação de certo número de teses. Atribuir à criança uma "representação do mundo" é certamente fazê-la semelhante demais ao adulto, no sentido de atribuir-lhe um conjunto de teses e explicações formalmente comparáveis a teses e explicações de adultos – e ao mesmo tempo diferente demais do adulto –, pois a experiência infantil, cristalizada em "representação do mundo", aparece como absolutamente estranha à do adulto e baseada em outra lógica.

Talvez não falar de "representação do mundo" na criança fosse a condição para chegarmos a tomar consciência dessa *aderência às situações dadas*, que seria o caráter essencial do pensamento infantil.

Examinaremos sucessivamente as concepções de Piaget (cf. *La représentation du monde chez l'enfant* e *La causalité physique chez l'enfant* [Alcan, 1927]), depois um estudo de I. Huang (*Children Explanation of Strange Phenomena*, publicado em *Psychologische Forschung*, 1931), revisão experimental das idéias de Piaget. Por fim, certas indicações de Wallon (*Les origines de la pensée chez l'enfant*).

I. *Piaget*

Segundo Piaget, a noção de causalidade física na criança passa por três estágios:

1) Explicações psicológicas, fenomenistas (constatação de contigüidade), finalistas ("... para ir"), morais ("porque precisa") e mágicas (participação entre coisas, e participação entre coisas e gestos).

2) Explicações artificialistas (por fabricação), dinâmicas (por forças que têm uma intenção permanente) e animistas (por intenções quase humanas).

3) A partir de sete a oito anos, explicações de tipo racionalista: explicação por reação circular ("o ar empurra as nuvens, isso produz ar que empurra as nuvens"), por contato, por geração (para as plantas), por identificação substancial (sol: feito de nuvens), por condensação e rarefação, por composição atomística, explicações espaciais e deduções lógicas.

A evolução para as concepções adultas ocorre de três modos:
1) por dessubjetivação,
2) por formação de séries causais temporais,
3) pela introdução da reversibilidade das operações causais.

A noção de lei evolui paralelamente:
1) estágio: necessidade moral,
2) estágio: necessidade física,
3) estágio: necessidade física acompanhada por necessidade lógica.

Piaget caracteriza a representação do mundo na criança jovem como *realista*. Ela deve evoluir:

1) *do realismo para a objetividade*: o realismo é a indiferenciação entre eu e mundo; a objetividade à qual a criança deve chegar supõe a tomada de consciência do eu e sua ruptura com o mundo exterior.

2) *do realismo à reciprocidade*: a criança deve tomar consciência do fato de que sua perspectiva não é absoluta, e de que sua posição cognitiva e prática perante outrem não conta mais que a

posição de outrem perante ela – de que, portanto, não há posição privilegiada do eu. (Ex.: se ela *tem* um irmão, ela *é* "irmã" também; o que está à sua esquerda está à direita de quem está diante dela etc.)

3) *do realismo à relatividade*: a criança deve compreender a relação entre os fenômenos (o peso não é uma qualidade intrínseca dos objetos – "o ferro é pesado, a madeira é leve" –, mas uma propriedade ligada ao volume; a sombra está ligada à luz; relações geométricas etc.).

Essa evolução possibilita a socialização da criança.

Em sua análise, Piaget declara que não faz um estudo do pensamento infantil por si mesmo, mas que estabelece um contraste entre esse pensamento e as concepções adultas, identificadas estas com as do cientista. Toma como critério do pensamento adulto as "verdades de senso comum" e certos princípios da física clássica, que o ensino vulgarizou. (Também deixa de lado vários aspectos dessa ciência, tais como a não-reversibilidade do devir na natureza). Caberá perguntar se esse postulado explícito não leva Piaget a caracterizar de maneira *totalmente negativa* o pensamento da criança.

II. *Huang*

Suas experiências são feitas de um ponto de vista totalmente diferente do de Piaget. Em vez de usar um questionário para exigir das crianças uma *explicação* de fenômenos que muitas vezes não fazem parte de sua experiência direta e familiar, ele as põe diante de fenômenos que chamaremos "surpreendentes", podendo então captar sua reação imediata, que em geral é de curiosidade e espanto (o que implica nelas uma concepção do "natural" comparável à nossa), e a maneira como procuram *espontaneamente* interpretá-los. Pode-se assim perceber o pensamento delas em ação, seus "princípios" em estado implícito. Entre essas experiências e a maioria dos interrogatórios de Piaget (ou mesmo de Wallon) a diferença é mais ou menos a que existe entre o *teste* e o *questionário*.

Além do mais, Huang procura compreender a criança por si mesma e procede a uma descrição que não é "normativa".

Diante da criança são realizados passes de prestidigitação simples que a espantam e interessam:

1) *O "palito de dentes" quebrado*: diante da criança embrulha-se um palito de dentes num lenço, ao qual foi costurado, de antemão, outro palito de dentes. Manda-se a criança quebrar o palito costurado ao lenço, e quando ela abre o lenço encontra intacto o palito que acreditava ter quebrado.

A grande maioria das crianças nem sequer acha que pode tratar-se do mesmo palito. Acreditam que o quebraram mal (e então a experiência é repetida) ou que houve substituição. *Nunca* recorrem espontaneamente a uma explicação por magia. Nas mais jovens observa-se uma atitude indeterminada, mas mesmo nestas nenhum assentimento à aparência.

Três crianças em cada 36 aventam magia, mas em desespero de causa, e é preciso levar em conta influências culturais (contos de fadas etc.). As crianças só recorrem a tal explicação quando incentivadas.

2) *A "moeda na manga"*: o experimentador introduz, diante da criança, uma moeda em sua manga, levanta o braço para fazê-la deslizar até a axila e (pegando outra moeda escondida sob um botão) faz de conta que retira a primeira moeda de baixo do braço, mostrando, claro, a segunda moeda à criança.

Nessa experiência todas as crianças mostram resistência ainda maior a uma explicação de tipo sobrenatural. Nenhuma criança quer acreditar que houve passagem miraculosa da moeda através do pano. Acham que a costura foi desfeita ou então – quando lhe mostram que isso não ocorreu – que há um buraco na manga etc. É notável que a criança cria, imediata e espontaneamente, uma nova hipótese quando a antiga é invalidada: não se nota em absoluto a "impermeabilidade à experiência", notada por Piaget.

Em 32 crianças, todas rejeitam a idéia de magia. Todas dão sugestões *razoáveis*, mesmo que o procedimento imaginado seja irrealizável.

3) *A "vela soprada através de um vidro"*: todas as crianças concordam, antes da experiência, que não se pode soprar uma vela através de um vidro de vidraça. Este é então substituído por um copo: a vela se apaga (porque o sopro contorna o copo). Cinco crianças em 19 explicam espontaneamente que o sopro passou *em torno* do copo; as outras dizem que passou *por baixo* (erro cometido por vários adultos), e, convencidas do contrário por uma experiência complementar, apegam-se à primeira hipótese. *Ne-*

nhuma criança supôs por um instante que o sopro tivesse atravessado o vidro.

4) *"A agulha flutuante"*: uma agulha de costura, imersa verticalmente na água, cai ao fundo, mas flutua na superfície quando cuidadosamente enxugada e posta horizontalmente sobre a água (fenômeno de tensão superficial). Como ocorreu nas experiências anteriores, Huang começa pedindo informações a respeito das idéias das crianças sobre a flutuação: constata que o peso é primeiramente ligado à matéria; convencida do contrário, a criança começa a ligá-lo ao tamanho dos objetos. Ao contrário de Piaget, Huang nunca percebe nas crianças a presença de uma noção de densidade. Piaget interpretava a noção de "pesado" no sentido de "sólido" para conciliar as respostas aparentemente contraditórias das crianças, quando são instadas por perguntas (– Por que o papel flutua? – Porque é leve; depois: – Mas por que o barco flutua? – Porque é pesado). Huang considera que não se deve tentar resolver a contradição, porque a segunda resposta, extorquida pelas perguntas do examinador, não representa uma convicção da criança: ela dá uma explicação de quebra-galho, mas só acredita na primeira resposta.

Vendo a agulha flutuar, a criança procura espontaneamente uma explicação (porque existe ar no buraco, porque a agulha está seca?). Tenta assim reduzir o desconhecido a uma noção conhecida, de *maneira ingênua mas não absurda*. Também lhe acontece interpretar o desconhecido invocando um fator novo, quando explica por exemplo que, posta horizontalmente, a agulha "não tem força" para afundar na água. Outras crianças limitam-se a constatar a estranheza do fenômeno. Em caso nenhum se observa diferença de natureza entre o raciocínio da criança e o do adulto (pré-lógico-lógico, místico-racional): assim como o adulto, a criança tenta explicar o fenômeno de forma "natural".

5) *"Um copo cheio de água é obstruído com um papel"*: a água não escorre: dez em 31 crianças achavam que a água escorreria; vendo que não, dizem que a água cola o papel que a impede de escorrer. Aqui ainda explicação ingênua, mas não absurda.

6) *"Um dado posto sobre um papelão"*: não cai, mas fica sobre a mesa quando se retira o papelão com um movimento muito rápido: em geral as crianças acham que o dado não deve cair porque não é tocado. Algumas acham que a queda está ligada à natureza da superfície do papelão: uma superfície áspera arrasta o dado,

ao passo que uma superfície lisa o deixa no lugar. Outras acham que a posição do dado sobre o papel é determinante (quando o dado está do lado para o qual se faz o movimento, cai). Outras acreditam que o papelão não foi puxado bem na horizontal se o dado deslizou.

7) *"Na ponta de um cordão gira-se uma caixa de papelão aberta na qual foram postas várias moedas"*: a força centrífuga impede que as moedas caiam. Essa experiência permitira que Piaget determinasse quatro estágios de desenvolvimento nas explicações infantis (no 3.º e no 4.º estágios, explicações "aristotélicas" por deslocamento de ar). Huang sempre encontra explicações do "2.º estágio": a caixa "vira depressa demais" para "que a moeda tenha tempo de cair".

8) *"Experiência de contraste"*: uma figura de papelão pardo parece de cor diferente sobre fundo amarelo e sobre fundo brilhante incolor. Algumas crianças acham que a figura foi trocada; outras responsabilizam qualquer mudança no meio ambiente, o que Raspe chamava de "causalidade mística". Huang responde que a criança não tem uma atitude afirmativa, mas exatamente a atitude do adulto que se interroga sobre um fenômeno cuja causa ainda não percebe, e aventa hipóteses ("deve ser o carburador"). Trata-se de uma espécie de causalidade "regional".

9) *"Põe-se sobre um bico de fogo uma garrafa cheia de água, arrolhada com uma tampa que tem um tubinho que a ultrapassa"*: a criança constata que a água sobe até ele quando se aquece. A maioria das crianças relaciona o aumento do volume da água com o fogo, mas sem se preocupar como: o que Piaget chama de "animismo". Mas a criança não diz nada além de "o fogo *faz* a água subir", causalidade não animista, mas *dinâmica*. O erro de Piaget seria traduzir as respostas da criança em termos de uma "representação do mundo", no momento em que a criança renuncia a enunciar qualquer "pensamento". *No momento em que ela se situa no aquém do lógico, formulam-se em linguagem lógica as suas conjecturas, que, por isso, aparecem como manifestações de uma outra lógica.*

10) *"Ilusão de Jastrow: dois segmentos de círculo são idênticos, mas não parece possível sobrepô-los devido à posição relativa dos dois"*: a ilusão é a mesma para adultos e crianças. Todas as crianças responsabilizam a posição dos segmentos, apesar da encenação destinada a induzi-las em erro (apresentam-se os dois segmentos de círculo sobre fundos de cores diferentes).

Introduzindo-se fenômenos surpreendentes e estranhos à situação nessa mesma experiência, Raspe consegue provocar explicações do tipo "místico" – quando põe um metrônomo para bater, por exemplo, durante a experiência, as crianças responsabilizam as batidas pela ilusão. Raspe interpreta esse fato dizendo que a simples contigüidade estabelece um nexo de causalidade. Huang pergunta se não convém interpretar de outro modo e se a criança não estaria simplesmente pondo em causa o único elemento que naquele momento *sobressai* do meio ambiente e que não é explicado por nada mais. Explicar é preencher uma lacuna do campo; para preenchê-la a criança se volta para o fenômeno desconhecido e sem contexto, porque é o único passível de ser integrado no contexto incompleto. Huang consegue aí captar o pensamento da criança de uma maneira concreta, *em termos de percepção*: trata-se de uma *situação incompleta que precisa ser completada*. A criança, diante de tal situação, não raciocina, evidentemente, como o físico, mas, na falta de explicação plausível, faz um agrupamento dos elementos percebidos (Huang chega aí às mesmas conclusões de Michotte).

11) *"Um copo cheio de água com fenolftaleína é despejado num copo vazio que contém soda e está provido de uma máscara marcada de vermelho"*: a água despejada fica vermelha. Em seguida é despejada num terceiro copo que contém ácido sulfúrico e está provido de uma máscara marcada de branco. Em contato com o ácido sulfúrico, a água volta a ser incolor.

As crianças mais velhas responsabilizam o reflexo da máscara ou acham que se trata de material corante. As mais novas estabelecem uma relação com a máscara, porém mantêm a mesma relação caso se inverta a cor das máscaras: portanto, não fazem associação por contigüidade ou semelhança, mas parecem buscar a causa no único elemento que não tem nenhuma relação visível com outros elementos da situação.

Em geral, as crianças não dão explicações do tipo "artificialista". Assim como o adulto, procuram explicações "naturalistas". Seu raciocínio não é abstrato e quantitativo, como o da ciência adulta, mas *a orientação* é essencialmente naturalista (ação regular de um fator sobre outro).

– Huang acredita que as interpretações de Piaget estão presas ao meio cultural em que suas experiências foram feitas. Huang evita esse inconveniente interrogando as crianças de um meio operário, com um grupo de controle oriundo de um meio burguês.

– Para Huang, outra razão para as interpretações de Piaget é que este só interroga as crianças sobre objetos distantes: sol, lua, nuvens etc.; quando as crianças dão explicações do tipo animista ou artificialista, é preciso levar em conta o fato de tratar-se de objetos que não fazem parte do campo de manipulação e experiência delas, e que, por outro lado, constituem temas de muitos mitos e contos.

– Uma terceira razão seria que Piaget considera explicação suficiente mesmo uma resposta que a criança dê pressionada pelas perguntas do adulto. Muitas vezes as próprias crianças não acham que sua resposta é uma explicação definitiva. Mas Piaget condensa como "representação do mundo" o que freqüentemente não passa de recurso momentâneo. Para que se pudesse falar de verdadeira "representação do mundo", seria preciso que a criança totalizasse sua experiência. Mas pode ser que ela não seja capaz de tal totalização.

III. Wallon. A noção de "ultracoisas"

Teremos uma idéia mais precisa do pensamento infantil se nos basearmos numa concepção profunda introduzida por Wallon, à qual o próprio autor não dá a devida importância: é a presença, na experiência infantil, de *"ultracoisas"*, ou seja, seres que não estão ao alcance da criança, que ela não pode delimitar com o olhar e cujos aspectos ela não pode fazer variar à vontade, por meio de deslocamentos dirigidos do corpo, seres que ela não pode, enfim, *observar*.

O céu, a terra são "ultracoisas" *sempre* incompletamente determinados pela criança.

A presença dessas *"ultracoisas"* na experiência infantil provoca ou supõe na criança a presença de um tempo e de um espaço pré-objetivos, que não são ainda dominados e mensurados por seu pensamento, que aderem de algum modo ao sujeito que os vivencia. A criança *sabe* que seus pais foram filhos de outros pais etc., mas só acredita nisso da boca para fora, e, se as perguntas forem insistentes, será possível perceber que ela acredita ter preexistido a seus próprios pais, assim como acredita que a "casa" ou "o campo" são um absoluto dimensional (o adulto é do tamanho "da casa" etc.). Nesse plano, a criança é incapaz de aceitar que nem sempre existiu. Mesmo para a consciência adulta, aliás, é impossível conceber realmente o próprio início, assim como o próprio fim. Daí resulta que o sujeito se sente coextensivo ao ser. E essa crença, ressaltou Wallon, é inerente à subjetividade. Em certo sentido, subsiste no adulto: não podemos pensar fora de um ponto de vista, podemos rechaçar para mais longe a fronteira das *"ultracoisas"* (aprendendo o sistema de Copérnico), mas não podemos eliminá-las de todo.

A mentalidade infantil, portanto, é caracterizada pela atemporalidade e pela a-espacialidade, sendo ambas aspectos de sua subjetividade. Por essa razão, existe um grande número de *"ultracoisas"* que não estão ainda inseridas numa rede de objetos determinados. A interpretação de Piaget é falaciosa por converter as *"ultracoisas"* em coisas de outro gênero, organizadas segundo outra lógica.

CONCLUSÃO

A diferença entre adulto e criança não é a diferença entre uma mentalidade lógica e uma mentalidade pré-lógica. É apenas a diferença entre um mundo percebido, que comporta poucas *"ultracoisas"* (mas existem *ultracoisas* mesmo para o adulto, a *morte*, por exemplo), e um mundo infantil que comporta grande número delas, porque os comportamentos organizados da criança não se estendem além de um círculo estreito. Portanto, pode estabelecer-se uma relação humana entre adulto e criança, pois a criança não está *fechada* num mundo mágico, e o adulto pode compreender, pelas *"ultracoisas"* que estão no horizonte de sua experiência, o que é a experiência pré-objetiva da criança, encontrando em si mesmo o equivalente da situação da criança. Ao mesmo tempo, percebem-se os perigos do racionalismo dogmático em psicologia: enrijecendo em conceitos e em "representação do mundo" uma parte da experiência infantil e uma parte da experiência adulta, ele os opõe como duas "mentalidades" impermeáveis uma à outra, e torna teoricamente impossível a comunicação do adulto com a criança, comunicação que, no entanto, é testemunhada pelas extraordinárias "antevisões" do pensamento infantil e pelas puerilidades que se encontram na experiência do adulto.

O racionalismo dogmático trabalha, assim, *contra* o progresso do saber e da psicologia, ao mesmo tempo que *contra* o humanismo.

A única atitude científica em psicologia da criança é aquela que visa a obter, por meio da exploração exata dos fenômenos infantis e dos fenômenos adultos, uma exposição fiel das relações entre a criança e o adulto, tais como elas se estabelecem efetivamente na própria investigação psicológica.

Somente a análise da situação infantil e da situação adulta pode fundar a possibilidade da investigação psicológica.

A verdadeira objetividade não consiste em tratar do *alto* a experiência infantil e convertê-la num sistema de conceitos impenetráveis para nós, mas em perscrutar as relações vivas entre a criança e o adulto, de tal maneira que se evidencie o que lhes permite comunicar-se.

O saber efetivo é antípoda do racionalismo dogmático.

Psicossociologia da criança

NOÇÃO DE DESENVOLVIMENTO

Noção central na psicologia da criança, pois criança é desenvolvimento. Noção paradoxal, pois não supõe continuidade absoluta nem descontinuidade absoluta, ou seja, o desenvolvimento não é nem uma soma de elementos homogêneos nem uma seqüência de etapas sem transição.

Existem duas concepções de desenvolvimento da criança. Para a primeira concepção, mecanicista, o desenvolvimento consiste numa soma de elementos homogêneos. A segunda concepção, idealista, considera que o advento da personalidade adulta não é preparado pelo psiquismo infantil e surge subitamente quando a criança chega à idade devida. A primeira concepção nega toda e qualquer mudança qualitativa e estrutural no interior do desenvolvimento. A segunda nega que haja transição entre o estado de criança e o estado de adulto.

I. A *concepção mecanicista* é principalmente ilustrada pela reflexologia (teoria do *Learning*) que vê o desenvolvimento da criança como a aquisição de uma série de *reflexos condicionados* (Pavlov). Cabe lembrar, a propósito, o que é reflexo condicionado.

O organismo é sensível a certas excitações exteriores às quais responde pelo mecanismo do circuito reflexo. Este pode ser modificado quando o estímulo natural é freqüentemente associado a um chamado estímulo condicionado; a reação é obtida por substituição de um estímulo por outro, sem que haja conscientização dessa substituição no sujeito. Isso não deve ser confundido com a memória. Para os teóricos do reflexo, esse poderia ser considerado o princípio explicativo da memória; tais teóricos consideram a conduta como um edifício de reflexos condicionados cada vez mais complexos, adquiridos por transferência do poder reflexogênico. As respostas da criança se tornariam cada vez mais matizadas, e a própria conduta simbólica derivaria desse mecanismo.

Discussão. Para começar, essa concepção supõe que as respostas dadas por um organismo dependem essencialmente de fenômenos exteriores. Não há condição interna da reação, a não ser anatômica. Mesmo se admitindo que só estímulos externos desencadeiam respostas, o organismo não é passivo. A resposta não é apenas condicionada pelo número e pela qualidade desses estímulos, mas também pela atitude do organismo em relação a eles, pois o organismo seleciona os elementos operantes do meio que o cerca. Algumas pessoas acreditam que as relações entre organismo e meio seriam comparáveis às relações estímulos-respostas.

O organismo seria modelado pelo meio. Mas percebeu-se que as modificações do organismo muitas vezes são anteriores à influência do meio. Não há adaptação de um organismo passivo a um meio ativo, mas freqüentemente se observa uma pré-adaptação ativa, ou seja, o organismo tende a estabilizar-se num meio apto ao desenvolvimento de suas possibilidades. A noção de adaptação é tão equívoca quanto a de reflexo, pois as modificações não se dão em um único sentido; há reciprocidade. Cabe, portanto, distinguir "ambiente geográfico" e "ambiente de comportamento".

Em segundo lugar, essa concepção do desenvolvimento só admite uma simples diferença de graus entre o que precede e o que sucede. Todo o desenvolvimento da criança resultaria de uma soma de modificações. Ora, observamos que o desenvolvimento não é contínuo (ver sobre o assunto Guillaume, *La formation des habitudes,* P.U.F., 1973). A curva de desenvolvimento mostra fases súbitas de aquisição seguidas de patamares (semelhantes à curva que representa a lei de Weber). Se o hábito fosse uma soma de reflexos, não seria compreensível como é possível transferir um hábito sem precisar de uma nova aprendizagem. Além do mais, um hábito sempre tem caráter de relativa generalidade. O que se adquire no hábito não é uma série de movimentos determinados, mas uma possibilidade, uma aptidão a inventar uma solução válida para uma situação que não se pode superpor exatamente à situação da aprendizagem. Esse caráter de generalidade do hábito encontra-se no fenômeno da transferência dos hábitos; um hábito adquirido pela mão direita, por exemplo, transmite-se em parte à mão esquerda. Há, portanto, relativa independência do hábito em relação aos sistemas motores. Por conseguinte, no ser humano existe uma capacidade de organização que não é redutível à atividade de nossos sistemas motores.

II. A *concepção idealista* ressalta o fato de que no ser humano o desenvolvimento não é um registro, no sistema nervoso, de certas respostas a certos estímulos. O desenvolvimento supõe tomada de consciência, compreensão da situação, coisa que o ponto de vista mecanicista ignora. Este não abre espaço ao papel da inteligência na aquisição dos hábitos, que se daria por *"insight"*; não se entende como a repetição apenas poderia possibilitar o desenvolvimento da criança. Segundo a atitude idealista, todo desenvolvimento é produzido por uma série de atos de ideação que intervêm rompendo de forma absoluta com o que antecede. Essa é, se não a tese de Piaget, pelo menos uma conseqüência de suas análises, pois a reversibilidade pura é considerada como algo de natureza diferente das regulações perceptivas. A tomada de consciência de uma situação no plano intelectual supõe certa reversibilidade do espírito. A criança a atinge superando a etapa sensório-motora, para chegar ao advento de um pensamento que não esteja realmente aplicado em um ponto de seu raciocínio, mas que possa ser virtualmente transportado para outro ponto complemente diferente.

Como o pensamento sobrevém repentinamente em certo momento, o desenvolvimento se daria por "golpes de estado". Essa atitude idealista não permite entender a realização de ordem na conduta e está em contradição com a própria noção de desenvolvimento.

1) *Na concepção mecanicista,* a socialização da criança será necessariamente uma inserção mecânica: o meio social intervém de fora, sem preparação nem solicitação por parte da criança. Os psicólogos do *learning* comparam essa socialização à inserção de um animal num labirinto experimental em que descargas elétri-

cas o inibem em certos caminhos, por exemplo. Assim também, na integração à vida social, a criança estaria submetida a interditos inibidores. Há um "labirinto social".

2) *Na concepção idealista ou "logicista"* o estado adulto não tem equivalente algum nos estados iniciais. Piaget é idealista no sentido de considerar uma série de *"regulações perceptivas"* pré-intelectuais (erros perceptivos imperfeitamente corrigidos) em comparação com o pensamento adulto (visão objetiva, reversível, sem ponto de vista especial). Os esquemas perceptivos, portanto, não podem ser mais que um registro da impressão passada sem organização intrínseca. O grande mérito dos gestaltistas foi formular o problema da organização concreta da percepção, independentemente da inteligência. Essas duas atitudes, idealista e empirista, não se excluem. Em certo sentido, são complementares. Chegam a ser encontradas em níveis diferentes da análise no mesmo autor.

Essas concepções de pensamento são insuficientes. A inteligência e a percepção manifestam-se de maneiras diferentes. Na percepção da profundidade, o número de erros é inversamente proporcional à quantidade de objetos dados no campo; para a inteligência só há uma diferença de grau entre esses diferentes casos. Para a percepção, perceber dois pedaços de giz é qualitativamente diferente de perceber um conjunto de cinco pedaços de giz. Os gestaltistas diriam que cada objeto é visto em relação ao conjunto. A presença de cinco pedaços de giz institui também um *fenômeno de nível* em que a dimensão e a distância dos objetos são mais bem determinadas. O que era equivalente do ponto de vista do juízo torna-se muito diferente na percepção (o primeiro fenômeno do nível estudado [Wertheimer] é constituído pelas linhas dominantes, vertical e horizontal, em relação às quais todo o resto se situa). Há mais, porém: observa-se uma interação que confere a cada um dos termos propriedades de grupo, "uma transformação", um autodesenvolvimento que não aparece na experiência do reflexo condicionado. Para os gestaltistas nem toda forma é estática; existe uma forma temporal. A percepção desenvolve-se no tempo (a melodia é qualitativamente diferente das notas que a compõem).

As concepções de Piaget introduzem pouquíssima diferença entre a criança e o adulto.

A reversibilidade absoluta do pensamento adulto encerra a criança num estado mental pré-lógico. Ora, por um lado, há "antecipações" na criança e, por outro, pode-se indagar se o pensamento do adulto, fora da matemática, não procede por conceitos perfeitamente puros que demonstram uma reversibilidade absoluta.

De outro ponto de vista, a diferença entre o adulto e a criança é maior do que acredita Piaget, que descreve a atitude infantil de maneira "negativa". Por exemplo, na aquisição da percepção das cores, não há entre a criança e o adulto uma simples diferença de grau, sendo o adulto mais "atento" às mesmas "sensações". Há reorganização do próprio campo perceptivo. Para os gestaltistas (Koffka), a própria estrutura da percepção infantil é diferente, e a noção de sensação mítica.

3) *Na concepção dialética*:

a) O desenvolvimento é caracterizado por uma emergência de formas novas (nisso, essa concepção opõe-se à teoria do *Learning*) motivadas pelas fases anteriores.

Estamos diante de uma autotransformação, de saltos preparados pelas aquisições anteriores: o movimento modifica seu próprio movimento.

b) Há ação recíproca entre o dentro e o fora. Maturação e aprendizagem são correlativas. É inútil e impossível separá-las.

c) Assistimos a fenômenos de acumulação quantitativa que produz mudanças qualitativas, a uma transformação da quantidade em qualidade (fenômenos de patamar).

Essa concepção dinâmica encontra-se na *Gestalttheorie* e em certos *psicanalistas*. No desenvolvimento da sexualidade há autotransformação, ação recíproca da libido ("condição interna") e do "meio" parental. Por fim, Wallon é quem expressou melhor essa teoria.

III. Introdução à segunda parte do curso: *Relações entre o psicológico e o sociológico no desenvolvimento da criança.*

A) De acordo com os psicanalistas e mesmo numa concepção como a de Moreno, é possível considerar as situações por seu ângulo interpsicológico: eles não introduzem o *institucional* em sua análise do domínio individual.

B) Para os sociólogos (Lévi-Strauss) os seres humanos são regidos pelas relações de parentesco e de sociedade, assim como os astros o são pelas leis da cosmografia, quer eles saibam ou não.
C) Pode-se tentar um ensaio de integração nas duas teorias (culturalismo).

INTRODUÇÃO AO PROBLEMA DA PASSAGEM DA PERCEPÇÃO À INTELIGÊNCIA SEGUNDO PIAGET

De maneira clássica, pode-se ter dois modos de encarar a questão:
1. Uns tendem a reduzir inteligência a percepção.
2. Outros tendem a reduzir percepção a inteligência.

Resolver um dos termos no outro não é resolver o problema, mas eliminá-lo, como se pode observar desde já...

1. A primeira resolução adotada já na Antiguidade pelos filósofos e depois pelos psicólogos é indicada pelo senso comum: há um mundo exterior a nós que age sobre nossos sentidos e provoca uma percepção; desde Aristóteles e a descoberta da formação das imagens retinianas, essa tendência é quase irresistível. Haveria uma analogia entre a percepção psicológica e os fenômenos fisiológicos que a precedem e provocam, uma relação constante entre o que age sobre minha retina e o que a isso responde. Meu campo perceptivo estaria aí como elementos sensíveis surgidos em meu espírito, em resposta à excitação das diferentes partes de minha retina. Essa concepção é influenciada pelo *atomismo psicológico*. Perceber é captar a soma de experiências sensíveis que posso ter desta ou daquela coisa, sendo tais experiências sensíveis possíveis (imagens) ou atuais. Essa associação de imagens engendra um estado de expectativa. Em suma, a percepção constitui uma unidade sem princípio interno.

Nessa *concepção "sensacionista"* qual é então a *relação* entre *percepção e inteligência?*

Não há intelecção no estado de perceber. A inteligência não passa de expectativa de percepções, de imagens que se atraem reciprocamente.

2. Na segunda perspectiva, há inteligência desde que haja percepção. É a posição de filósofos como Descartes, Kant, Lagneau ou Alain, preocupados em não se deixar impressionar pela situa-

ção corporal da percepção. Esta é uma análise reflexiva no interior do sujeito que percebe. Lembramos da análise de Descartes e do pedaço de cera, da qual ele conclui que o objeto é irredutível a seus fenômenos (cor, odor, forma etc.). O elemento permanente da percepção – certa maneira de ocupar o espaço e de poder receber certo número limitado de formas – não é sensível, mas acessível apenas ao juízo, à inspeção do espírito. Diz Descartes em *Dióptrica*: "Não é o olho que vê, é a alma."

Para ver, é preciso ser de natureza diferente do objeto percebido: nem retina, nem cérebro, nem mecanismo corporal nenhum. Só vê "o que se sabe a si mesmo", o "para si". A percepção é uma modalidade do pensamento, da *"cogitatio"*. Essa concepção é retomada por toda a *tradição idealista*.

Tomemos como exemplo a percepção do espaço, do modo como foi considerada no século XIX. Corresponde a uma construção intelectual que coordena os elementos sensíveis.

Malebranche constatara que a lua parece maior quando a vemos no horizonte. Tentou-se explicar esse fenômeno (as causas físicas não entram em jogo: os vapores da atmosfera terrestre atuariam mais em sentido inverso). Para os idealistas, quando enxergo a lua no horizonte, sua distância é materializada pelos objetos terrestres próximos; ela é julgada maior devido à sua grande distância. O juízo modifica a percepção.

A mesma transformação pode ser observada quando olhamos para uma figura ambígua. Seja por exemplo o cubo ABCDEFGH. De acordo com a idéia que fazemos dele, é ora a face ABCD, ora a face EFGH que aparece em primeiro plano.

Tomemos um terceiro exemplo: a visão estereoscópica, ou seja, a visão normal simultânea dos dois olhos. A disparidade das imagens retinianas é como um problema proposto ao sujeito. Ele o resolve seguindo uma interpretação intelectual, a visão em profundidade do relevo.

Para Kant, a coisa mesma é diferente da massa das sensações que ela provoca em nós, é a ordem em que suas imagens se apresentam, o invariante de uma série de experiências diversas, a lei do desenvolvimento das sensações concordantes.

Para Alain, "a percepção é uma ciência incipiente, e a ciência não passa de percepção mais acabada".

Resumindo: trata-se de uma análise *logicista*. Entendemos essa palavra num sentido restrito: o sujeito percipiente, sendo corpóreo, é habitado por uma atividade lógica não situada, universal. Perceber é pensar.

3. *Teoria da forma*. Sua contribuição para o problema que nos ocupa é positiva. Criticando a noção da correspondência exata, na percepção, entre elementos físicos e psicológicos, ela raramente põe em causa a hipótese de constância. Constata que a pluralidade dos estímulos difere de sua soma global, que tem ações recíprocas, funções, propriedades "transversais". A noção de sensação é insustentável independentemente de um meio. Está estreitamente vinculada às noções de juízo e atenção.

Em seu artigo *Sobre as sensações não percebidas e os erros de julgamento* (*Ueber unbemerkte Empfindungen und Urteilstäuschungen*, in *Zeitschrift für Psychologie*, LXVI, 1913), Köhler diz que, no caso de sensação sem percepção (procuro desesperadamente um objeto de uso que está diante de meus olhos), a psicologia clássica recorre à noção de sensações inconscientes, de desatenção ou de ausência de juízo. E denuncia aí uma falsa solução.

a) É preciso desistir da hipótese de constância na qual se apóiam as concepções sensacionistas e as idealistas. Um mesmo objeto pode dar diferentes percepções. Atenção é uma palavra vazia; a percepção torna-se uma *estruturação progressiva do objeto percebido*.

A crítica da hipótese de constância – a um estímulo dado responde uma reação determinada – possibilita caracterizar a teoria da forma. Esta, tomando posição ao mesmo tempo contra o empirismo clássico e o intelectualismo, resgata com uma contribuição positiva o que cada uma das doutrinas antagonistas sacrificava.

b) *As percepções têm um sentido*, mas esse sentido não é acrescentado por uma atividade intelectual livre; é imanente à percepção, quase sensorial. No caso das figuras ambíguas (o cubo), a passagem de um modo de percepção a outro não se dá graças a duas hipóteses intelectuais, mas por uma mudança da própria configuração da figura. Basta como prova o seguinte fato: mesmo que, intelectualmente, se saiba que há diferentes maneiras de ver a figura, pode-se, de fato, malograr na sua reestruturação. Alguns exemplos.

Fenômenos de camuflagem: encobre-se a forma característica de um objeto numa forma mais vasta (um canhão na linha de demarcação de um campo e de um prado).

Interversão entre figura e fundo: só possível em laboratório, em que intervém pequeno número de estímulos; na vida, tal mudança de perspectiva levaria à subversão completa, ao próprio desaparecimento do mundo.

Figuras enigmáticas. Encontrar o coelho no mato... Enquanto não houver percepção do objeto procurado, não haverá nada.

Figura diferente da figura do fundo. Verifica-se experimentalmente que o limiar diferencial é maior para a mudança de cor do fundo que para o da figura.

c) H. Bergson diz: "Perceber é lembrar." Vejo o que espero ver. A escola da forma responde: só há situações experimentais; a projeção das lembranças não funciona de modo automático, mas é absolutamente condicionada pela configuração presente.

Na experiência das duas figuras, raras são as pessoas que na figura 2 enxergam espontaneamente o simétrico da figura 1 que havia um instante tinham diante dos olhos. A disposição para perceber esta ou aquela forma não está nas coisas, mas em nós. A percepção de um quadrado exato é extremamente rara na realidade; sua forma não é privilegiada pela freqüência com que a vemos, mas pela organização que ela possibilita.

Para os intelectualistas, perceber é decifrar (visão estereoscópica), é descobrir a significação de signos por um ato intelectual. Mas – observa a teoria da forma – esses signos não são dados ao sujeito; ele não tem nenhuma consciência da disparidade das imagens retinianas, nem da acomodação do cristalino; os signos são condições da visão, mas não a constituem.

Experiência dos pratos brancos:

1) Põe-se a tela T entre dois pratos; o observador vê o prato A de uma cor diferente do prato A'. Essas são as condições da visão restrita.

2) Em visão livre, ou seja, sem tela, os dois pratos aparecem da mesma cor, com simples diferença de claridade. Percebe-se que a claridade não constitui argumento que comporte um raciocínio, mas a luz configura o campo perceptivo. A percepção é uma organização sensorial, mas não intelectual.

d) *Noção de nível.* Na experiência anterior, a claridade desempenha o papel de fundo perceptivo. A cor atribuída aos objetos depende, além disso, do nível colorido do meio no qual estamos. No crepúsculo, estamos habituados ao meio diurno, e a iluminação elétrica parece-nos amarela: um pouco mais tarde esta se torna azul.

Chamemos de sentido perceptivo o valor conferido a cada fenômeno de detalhe pelo nível geral no qual ele se situa. A ilusão do movimento depende do ponto de fixação: assim, parece que a torre da igreja vai cair quando fixamos o olhar nas nuvens. Meu corpo torna-se o componente fundamental de meu campo perceptivo, agente de minha "ancoragem" em certo nível espacial ou colorido.

RELAÇÃO ENTRE LÓGICA E PSICOLOGIA SEGUNDO PIAGET E CONSEQÜÊNCIA PARA O ESTUDO EXPERIMENTAL DA PASSAGEM DA PERCEPÇÃO PARA A INTELIGÊNCIA

Quando Piaget dá início a seus trabalhos, duas opiniões extremas se confrontam: psicologismo e logicismo.

Para os psicologistas, tudo o que é intelectual (é a propósito que não definimos com mais precisão esse termo) é expressão secundária de nossa vida psíquica; a consciência é uma relação de fatos, e as relações lógicas são apenas um caso particular desta (levada ao extremo, essa concepção se anula num ceticismo absoluto). É a tendência do associacionismo, para a qual a causalidade, por exemplo, é a experiência de uma relação constante de sucessão entre sujeito e predicado.

Para os logicistas, a partir do momento em que há juízo, surge uma ordem de natureza diferente da ordem do "psíquico". A verdade, assim como a falsidade, distinguem-se, pela metatemporalidade, da sucessão empírica dos estados subjetivos de consciência.

Partindo de uma posição logicista, Husserl tenderá cada vez mais a conciliar valor lógico e valor efetivo de nosso pensamento. Contra o psicologismo puro, utiliza a seguinte comparação: uma máquina de calcular funciona segundo as leis da física, assim como nosso espírito funciona segundo as leis da psicologia. Mas para que os cálculos sejam válidos, a máquina precisa funcionar também segundo as regras da matemática. O funcionamento físico é o funcionamento efetivo (sejam os cálculos verdadeiros ou falsos). O funcionamento matemático é o funcionamento válido. O sujeito pensante, submetido a um condicionamento psicológico, supera essa simples relação de fato. A ordem lógica é superior à ordem de facticidade. Foi com essa oposição entre o existente psicológico e o subsistente lógico que os psicólogos ficaram. É de seu primeiro período, logicista, que data a maior influência de Husserl sobre os psicólogos de seu tempo e em particular sobre a "escola de Würtzburg" que, com uma introspecção experimental, procura a lógica nos próprios fatos: Marbé diz que descobrimos a lei lógica no funcionamento do pensamento. Essa lei lógica não é o fato, mas a irrupção de uma organização exterior no fato. Seltz, "psicólogo do pensamento", diz que o pensamento de fato é simplesmente uma imagem do "pensamento" fora da existência. Vemos que em tal concepção o problema da gênese do pensamento é a pedra de tropeço.

Piaget refere-se a esse debate.

1 – *De início toma posição expressamente contra o logicismo*: segundo ele, toda lógica reduz o pensamento único a uma série de operações elementares. Assim, a lógica formal decompõe uma realidade simples, o pensamento. É preciso ir ao encontro do pensamento de fato, vivo e agente, ao único motor das operações de nosso pensamento. Restam então duas tarefas: acrescentar à lógica uma lógica das totalidades e redefinir a lógica de tal maneira que não se faça dela uma espécie de realidade-modelo, mas um retrato vivo do pensamento de fato.

Piaget concebe a lógica como um sistema *hipotético-dedutivo* de natureza diferente de uma afirmação de fato. Como na matemática e na geometria euclidiana, pós- ou meta-euclidiana, proponho certo número de definições ou de axiomas e deduzo as propriedades deles resultantes. A lógica para os objetos correspondentes constrói modelos possíveis de pensamento que se aplicam em seguida ao mundo existente; atitude fecunda, instrumento de dissecação insubstituível, diz Piaget. A lógica não se sujeita à psicologia, pois tem seu método, nem sujeita a psicologia, pois não diz o que é o pensamento real, efetivo. O pensamento de fato e sua gênese constituem o domínio próprio da psicologia, que apenas converge no final com a lógica, no estado de equilíbrio último do pensamento.

Tomemos como exemplo o princípio de não-contradição: A diferente de não-A. Nosso pensamento de fato respeitará essa noção, será que ela lhe é imposta de fora? Está claro que não é dessa forma que a questão se apresenta ao pensamento de fato. Em geral trata-se mais de saber se há compatibilidade entre dois elementos A e B. Ninguém se pergunta se é possível ser simultaneamente comunista e não-comunista, mas se é possível ser ao mesmo tempo comunista e patriota. Há dois modos de resolver o problema:

a) *Definindo* o essencial das duas noções em jogo, segundo o procedimento tão caro aos lógicos. Mas é preciso que a definição cole bem com a realidade, e que a palavra e os conceitos axiomatizados circunscrevam perfeitamente a realidade efetiva... Ora, a definição não passa de tomada de consciência retrospectiva e muitas vezes incompleta.

Pascal, Descartes e, antes deles, Montaigne, diante da lógica de Aristóteles, sugeriam que a definição não esgota o "sentido" da palavra, que tem significação aberta. Como dizia Montaigne, "é-me mais fácil dizer o que é um 'homem' do que dizer o que é um 'animal' e 'racional'".

b) O segundo modo de resolver o problema é verificar qual é o funcionamento efetivo do pensamento. Acabamos de ver que a definição não esgota todos os elementos do real. Se, de acordo com a definição, patriotismo e comunismo são contraditórios em seus elementos escatológicos e finais, no plano dos fatos, em certas condições bem definidas do desenvolvimento histórico, o comunismo pode assumir a defesa nacional (cf. Lenin). O pensamento vivo e interessante não está nas definições; é preciso tentar construir os conceitos (estabelecimento de inter-relações de dois termos) com referência à vida. O problema não se apresenta em relação com o princípio de não-contradição, e o funcionamento efetivo de nosso pensamento na existência permite que essa noção se realize de maneira muito mais completa e matizada. O que fazemos é observar a coesão nos fenômenos vividos, e não confrontar rigorosamente termos lógicos. Parecemos estar aqui no extremo oposto do logicismo.

2 – No entanto, na aplicação concreta, o fundamental para Piaget são as operações; ora, segundo ele, elas não existem sozinhas, mas apenas em agrupamentos ou sistemas. O trabalho efetivo do espírito tende para um *equilíbrio final,* por sua vez regido pela lógica; em suma, para um sistema total e fechado.

Mas a partir do momento em que admite existir no pensamento um estado de equilíbrio final no qual todas as operações mentais são agrupadas, Piaget *restaura certo logicismo*; pois só chegamos a um pensamento puramente operacional, reversível, quando lidamos com significações fechadas. A idéia de equilíbrio final do pensamento está em contradição com a de operação no sentido ativo, ou seja, no sentido de operação inacabada. Todo pensamento de fato aparece como impuro e imperfeito, e Piaget tende a defini-lo negativamente. Ele considera a expressão intuitiva, a linguagem infantil como inadequada, imagética e poética. (Fala do "logro da imagem".) Chega-se assim a desprezar toda a parte *expressiva* da linguagem.

Observação – Com isso Piaget volta, ao mesmo tempo, a certas afirmações psicológicas. Se considerarmos o sistema operacional em seu objetivo final, definiremos o desenrolar das operações parciais em termos de ausência em relação ao desenvolvimento ulterior. Segundo Piaget, é preciso deslindar o "mecanismo causal" da inteligência. (Cf. *Psychologie de l'intelligence*, Colin, col. "U.-Prisme".)

Acabamos de ver que Piaget assume, em princípio, posição contra o logicismo. De verdade, interligando as operações de pensamento num conjunto que tende para um equilíbrio final, ele adota involuntariamente posição logicista; o que o leva a desvalorizar as formas pré-intelectuais que seriam passíveis de explicação causal.

A razão dessa bifurcação em Piaget talvez esteja no fato de que ele se recusa a esclarecer o problema. "O grande mérito da logística contemporânea – diz ele por exemplo – é desligar-se de toda e qualquer filosofia." A logística torna-se uma técnica axiomática.

Mas estaria aí uma prova de valor ou de não-significado filosófico? Em filosofia, não fazer parte ainda é fazer filosofia; aqui, certa filosofia desatenta, que deixa vagas as relações entre lógica e psicologia.

Isso talvez explique por que Piaget, decidido a realizar uma superação da logística e do psicologismo, volta por fim e alternadamente a essas duas atitudes. Isso suscita dificuldades fundamentais no que se refere à concepção do desenvolvimento. O que há de logicismo em Piaget põe à mostra as formas iniciais do pensamento como um não-pensamento. A definição de inteligência dada por Piaget é a de um pensamento descentrado, não situado, total – a definição de Deus na filosofia clássica.

Tal resultado não situado, não perspectivo, é inimaginável para nós; já não é uma operação no sentido de um trabalho dinâmico do espírito. E entre esse pensamento em equilíbrio e a locomoção que o precede na gênese, há uma verdadeira descontinuidade... Esse equilíbrio final é definido por Piaget com base no modelo da noção física de equilíbrio.

Equilíbrio móvel: ao contrário da percepção, que deforma e volta a centrar a cada vez seu campo perceptivo, o pensamento não modifica os objetos sobre os quais incide e não é deformado pelos aspectos do objeto que percorre.

Equilíbrio permanente: o pensamento tende para o definitivo, e os/as adjunções não subvertem o conjunto já adquirido.

Supõe a reversibilidade: enquanto o campo perceptivo é investido de certos vetores (assim, olhar da cadeira ao quadro é completamente diferente de olhar do quadro à cadeira), no domínio do pensamento puro as mudanças de orientação do sujeito não modificam as coisas conhecidas.

Tal definição de pensamento em equilíbrio não é extraída dos lógicos que falam de reversibilidade abstrata, formal ou logística. Piaget apóia-se numa noção física do equilíbrio para evitar o dogmatismo da lógica pura. Contudo, essa noção física de equilíbrio não terá os mesmos inconvenientes de uma noção totalmente lógica de pensamento rigoroso?

O pensamento vivo, dizia Piaget, não se limita a trabalhar com definições dadas, "pensamento embalsamado". Ele precisa formar as noções, e não lhe basta explicitar as conseqüências de noções já formadas. Mas, a ser assim, será o pensamento capaz desse equilíbrio definitivo com que Piaget introduz o modelo final? As "operações" não serão "congeladas", não deixarão de ser operações se for possível um equilíbrio final?

É a vida do pensamento que transforma suas próprias noções. Um pensamento em equilíbrio não seria uma ausência de pensamento?

O pensamento deve conhecer estados de equilíbrio, mas relativos, e não finais. Sabemos que nossas convicções mais profundas serão completadas e modificadas por nossas experiências vindouras. Todo equilíbrio de pensamento contém em si mesmo um fermento de evolução. A independência absoluta do sujeito em relação ao que ele pensa seria imobilizada.

Piaget (cf. *Psychologie de l'intelligence*) fala de uma inversão fundamental de sentido. Segundo ele, o desenvolvimento consiste na passagem de uma ordem causal, em que o pensamento se explica, a esse estado de maturidade acabada do pensamento. O próprio Piaget indicara as dificuldades de tal passagem; ela obriga:

1) a explicar o superior com o inferior, interpretação que Piaget rejeita, ou

2) a situar o termo final por antecipação nos estados anteriores, o que Piaget também não quer.

Só resta, então, fazer surgir o estado final "*ex nihilo*".

Na aplicação, Piaget incide neste último obstáculo indicado por ele: Piaget fala da "necessidade" do equilíbrio final. Com "necessidade", ele volta a um modo de pensar idealista. Tais dificuldades só seriam evitadas substituindo-se termo final e termos precedentes num verdadeiro desenvolvimento dinâmico.

Examinemos as conseqüências dessas dificuldades de princípio no que se refere à passagem da percepção à inteligência (pesquisas sobre as ilusões perceptivas, ilusão de Delboeuf). Há entre as partes do campo uma espécie de atração que deforma as aparências mas pode exercer influência feliz; são as regulações perceptivas. Pela ação combinada de duas deformações de sentido contrário, não há mais ilusão.

Só existe verdadeira descentração no nível da inteligência propriamente dita. Cada centração atual é solicitada por centrações virtuais; essa operação é diferente das verdadeiras relações de tamanho da inteligência geométrica, são dois erros que se compensam.

Como se dá essa regulação pela percepção? As centrações virtuais são depositadas em nós pela experiência anterior.

Claparède propunha admitir que, em cada espetáculo percebido, há orientação da percepção para um equilíbrio superior; na própria percepção, uma organização mais conforme ao real. Era já a idéia essencial da teoria da forma.

Piaget rejeita expressamente tal interpretação. As propriedades de um objeto novo só podem ser constatadas em relação à experiência anterior. Ele não admite auto-regulação nem força realmente intrínseca dentro do campo perceptivo. Não há reestruturação interna, mas acumulação de elementos. Examinemos melhor o papel das centrações virtuais:

a) *O cubo*: Quando vemos um cubo desenhado, certos elementos apenas são representados em suas proporções reais. Preciso perceber certa orientação das retas traçadas em negrito e atribuir-lhes um comprimento real, diferente da que vejo no quadro. É como se eu me situasse lateralmente em pensamento e retraçasse as oblíquas.

b) *Percepção da distância*: vejo uma manchinha preta a mexer-se num campo e digo: "Um homem está lá trabalhando." Essa é uma percepção virtual devida a minha experiência passada.

c) Experiência de Hering (ver a experiência dos pratos brancos): pela fenda de observação, a folha branca (ou o prato) parece cinzenta. Na visão livre, a mesma folha parece branca, mas à sombra. Nesses três casos, Piaget explica a percepção pela soma das centrações virtuais aos dados atuais.

Na realidade, não há primeiro percepção de uma superfície, depois de uma profundidade, por centração virtual. O que vejo é o cubo em profundidade, meus olhos seguem as oblíquas. O mesmo ocorre com os outros dois exemplos; ver o ponto que se mexe é ver o homem ao longe.

Quanto à experiência da folha de Hering, não posso dizer que sou eu que projeto centrações virtuais; a visão depende do próprio feixe luminoso, do efeito da iluminação sobre o campo perceptivo, o que Claparède chama de "implicação". A ação recíproca entre iluminação e objeto iluminado provoca uma auto-regulação de campo. A análise de Piaget procede pelo método "isolante". Katz, ao contrário (*Der Aufbau der Tastwelt, Zeitschrift für Psychologie* Ergbd XI, 1925; *Der Aufbau der Farbwelt, Zeitschrift für Psychologie* Ergbd 7, 2.ª ed., 1930), mostra que a organização do percebido é implicada pela estrutura mesma das qualidades sensíveis que a preenchem.

Observações (depois de exposição de um estudante) sobre os artigos de Guillaume: *L'intelligence sensori-motrice d'après Jean Piaget* (*Journal de psychologie*, n.º 1-3, janeiro-março de [1940-1941], pp. 264-80) e *L'intelligence et la perception d'après les travaux récents de Jean Piaget* (*Journal de psychologie*, ano XLII, 1949, pp. 202-39).

No primeiro artigo, Guillaume quis mostrar que em Piaget há noções semelhantes às noções de uma psicologia intelectualista. Assim, a idéia do sinal que "captaria as necessidades", por exemplo, da sineta que substitui uma motivação natural, levaria a pensar no deslocamento associacionista. O aparecimento muito tardio, na criança, da noção de realidade, a idéia de primeira fase subjetiva da experiência lembram as concepções empiristas da gênese.

Claro que é preciso chegar a uma concepção da psicogênese; a noção da realidade no lactente é, evidentemente, diferente da noção do adulto. A cada fase do desenvolvimento ocorre uma clivagem entre o mais subjetivo e o real. O resultado final apóia-se numa noção remodelada, mas presente desde o início. Essa observação é muito importante, pois marca dois pontos de vista diferentes sobre a psicogênese.

Piaget crê que a criança, se pudesse definir seu ponto de vista, seria "solipsista"; a isso Guillaume responde que aí está uma resposta de adulto. O que também se aplica à crença na persistência dos objetos. Para Piaget, a criança não acredita na persistência, e depois passa para um plano superior, em que acredita.

Guillaume responde que, desaparecido o objeto, a criança não pensa mais nele, e que seria perigoso atribuir-lhe alguma tese sobre a permanência ou desaparição dos objetos. Reconheçamos, aqui, a idéia original e fecunda de Guillaume, que deseja uma reforma da linguagem adulta para descrever a posição da criança, que não é nem solipsista de fato, nem plenamente consciente de outrem.

A respeito da percepção em profundidade, Piaget tenta mostrar que a profundidade não é exatamente percebida. Isso não quer dizer que não há percepção à distância. Nada nos pode fazer ver a lua e as estrelas em planos diferentes, apesar de todos os nossos conhecimentos. A profundidade é, portanto, um modo de organização perceptivo, e não um modo de conhecimento.

Piaget admite que o pensamento, ao longo de seu desenvolvimento, vem a distinguir mudança de posição e mudança de estado. Isto supõe a noção adulta de espaço, ou, mais exatamente, a noção euclidiana. Piaget acredita que essa distinção não existe na criança e que só aparece tardiamente.

Não se contesta o fato. Mas a questão é saber se, tardia ou precoce, a percepção do movimento é imediatamente inferida das aparências.

Na realidade, quando percebemos um movimento, há relatividade desse movimento em relação a um ponto de referência. Mas não temos opção entre o que estará em movimento e o que estará imóvel. Cabe ressaltar aí um caráter original da percepção.

Por fim, Guillaume põe em questão a noção de *função "sensório-motora"*. A própria estrutura dessa expressão mostra que se parte de uma concepção da sensação e do movimento elementares.

Na verdade, sensação e movimento não se opõem. São dois setores do comportamento que funcionam como um todo. Não há movimento sem objetivo intencional e não há sensação sem certo movimento.

Guillaume, por fim, propõe a idéia profunda de que o mundo percebido é o "protótipo" que nossa inteligência tem para reorganizar, mas que tem *sua* unidade e *sua* ordem.

PASSAGEM DA PERCEPÇÃO À INTELIGÊNCIA PARA OS GESTALTISTAS

Nosso objetivo será dissipar um mal-entendido decorrente dos termos empregados e evitar que, com uma leitura superficial, a inteligência seja rebaixada a caso particular das *"Gestalten"* perspectivas. Nesse sentido, certos textos de Wertheimer poderiam levar a crer que ele reduz o silogismo clássico a formas perceptivas. Consideremos o *silogismo* bem conhecido: Sócrates é homem; todo homem é mortal; logo Sócrates é mortal (ou a simples relação matemática A = B, B = C, logo A = C). Façamos um paralelo entre esse exemplo e a pura *organização perceptiva*.

Seja, por exemplo, a experiência do macaco de Köhler. Ele colhe um galho e o usa como instrumento de prolongamento do braço para alcançar alguma coisa que está fora de seu alcance. Pode-se fazer um paralelo entre a ação de colher o galho e a premissa maior do silogismo. Há, nos dois exemplos, uma configuração que organiza o elemento dado. Mas aqui ocorre uma observação essencial: no caso da *organização perceptiva*, é como se o objeto inicial perdesse sentido, ou seja, se um congênere se sentar na caixa, esta perde para o macaco o valor anterior de escada. Diz-se que o objeto inicial foi enriquecido pela *Gestalt*, mas ele é eliminado como objeto. O macaco não pode perceber uma coisa simultaneamente sob diferentes aspectos, ele não tem a conduta da caixa, idêntica em seus diferentes usos possíveis. Ao contrário, no silogismo, é próprio do raciocínio que os três termos, embora entrando em relações diferentes, permaneçam idênticos sob a aparência variável. Por isso, a *Gestalt* da inteligência é totalmente diferente da configuração perceptiva. A. Gurwitsch (*Le fonctionnement de l'organisme d'après K. Goldstein, Journal de psychologie*, n.º 1-2, janeiro-março de 1939, pp. 107-38), diz que, quando há raciocínio, não há apenas uma série de organizações, mas consciência da identidade do termo através das significações. Nós transpomos através do tempo a diversidade dos momentos para pensar na permanência do objeto. Mas Gurwitsch atém-se mais à aparência do que à substância da tese gestaltista, pois ela não *reduz* inteligência a percepção, ao contrário do que muitas vezes se acredita (cf. Koffka: *Principles of Gestaltpsychology,* "Princípes de la psychologie de la forme" [Harcourt, N. York, 1935], capítulo da inteligência: *Learning*). Sua posição não é nem associacionista nem logicista (a verdade estaria fora da ordem dos fatos). Ela não põe o "subsistente" fora do "existente", mas não o reduz a este, e não nega a originalidade do lógico que faz aparecer o verdadeiro e o falso: *ela faz a racionalidade descer para a existência.*

O mal-entendido reside no fato de se ter desejado fazer da *Gestalt* uma coisa, enquanto ela é apenas um *fenômeno de organização,* um tipo de estrutura.

A *Gestalttheorie* tenta analisar o pensamento efetivo; mas a organização da inteligência e a da percepção não são comparáveis. Nos dois casos estamos tão distantes dos acontecimentos puros quanto do puro valor. Mas a estruturação que se chama inteligência é coisa diferente da estruturação simplesmente perceptiva.

Esclarecendo melhor:
1) Veremos que paralelo se pode estabelecer entre inteligência e percepção.
2) Mostraremos que, embora se tenha dos dois lados uma estruturação do campo, as estruturações são diferentes.
3) Descobriremos por fim que essa diferença não constitui uma verdadeira ruptura que faria da percepção um automatismo puro, e da inteligência, uma interioridade pura.

1. *Paralelo entre a organização da inteligência e da percepção*

Abordaremos a questão em três níveis diferentes:
Nível sensório-motor.

Nível animal.
Nível humano.

a) *Nível sensório-motor.*
Tomemos, assim como Koffka, o exemplo da fixação do olhar. Visto que a imagem se forma nas duas retinas, o que ocorre para que eu tenha a visão nítida de um só objeto? As duas imagens se assemelham, formam-se mais ou menos na mesma região da retina, e aí está uma condição necessária e suficiente para eliminar a disparidade. Os gestaltistas acreditam que, quando o campo perceptivo se reflete ao mesmo tempo nos dois olhos, os influxos nervosos vão expressar-se no centro visual, e os olhos convergem de *tal maneira* que as excitações se fundem e é possível a visão de um só objeto. Em sua "tese sobre o espaço" (*Étude psychologique de la "distance" dans la vision; Les conditions objectives de la perception visuelle*, P.U.F., 1926), Dejean ressalta a atividade "prospectiva", antecipadora do olhar. Há aí um paradoxo, pois, embora essa função não seja intelectual, a imanência do resultado rege os diferentes movimentos dos olhos.

Aí está uma organização em nível sensório-motor.

Neste caso, como em todos, a *Gestalttheorie* está dividida em duas tendências:

1) A primeira tende a explicar os fenômenos mais complexos pelas formas inferiores. Por exemplo, procura no fisiológico a base das operações psíquicas; é o que se chama de isomorfismo, que não é uma assimilação de um a outro, mas a busca de uma comunhão de estrutura. É essa tendência que desejaria fazer a inteligência repousar sobre formas quase perceptivas.

2) A segunda tendência consiste na pura e completa descrição dos fenômenos. É a contribuição mais positiva da teoria. Para o problema que nos ocupa, ela constata que a organização intelectual é de um tipo diferente da organização perceptiva (mas a organização constitui entre ambas um denominador comum que possibilita a passagem de uma à outra sem que haja redução do superior ao inferior). Os gestaltistas não procuram, no caso, negar a realidade do juízo incontestável, mas mostrar que ele é de ordem diferente da percepção. A percepção tem um sentido: de fato, se retomarmos o exemplo bem conhecido da figura ambígua, veremos que o conjunto está sempre presente nas diferentes partes. Mas o sentido do percebido não é o sentido intelectual;

ele pode ser descrito no que tem de original, sem contestar a existência de uma psicologia da inteligência.

Voltemos ao exemplo da fixação do olhar. O objeto P aparece-me em certo ponto do espaço. Para a psicologia clássica a explicação é que cada ponto da retina deve ter sua especificidade espacial, e que a posição aparente do ponto exterior decorre do fato de terem sido estimulados pontos homólogos das duas retinas. Mas a explicação não funciona quando o objeto P é excêntrico, e as duas imagens retinianas não são simétricas. Na realidade, não há valor espacial atribuído, por construção, a um elemento retiniano. Estamos diante de um fenômeno de distribuição cuja sede seria o cérebro, que atribui a cada estímulo luminoso um valor espacial, levando em conta outras estimulações simultâneas. Essa função do sistema nervoso central geralmente é reconhecida hoje em dia. M. Piéron (*Le cerveau et la pensée*, Alcan, 1923), falando dos valores cromáticos, observa que durante muito tempo se acreditou que certas regiões do cérebro são destinadas à percepção desta ou daquela cor; sabe-se hoje que a percepção das cores não é devida a uma distribuição funcional dos diversos elementos anatômicos do cérebro, mas que a mesma região funciona de maneira qualitativamente diferente segundo a estimulação recebida (centros coordenadores).

Vejamos outro exemplo: as experiências de Koffka. Apresentam-se, separadamente, a cada olho duas áreas retangulares diferentes. Constata-se que os dois fenômenos se fundem, apesar de suas diferenças qualitativas. Assim, na experiência (A), o que importa é a função "ponto sobre fundo homogêneo", e não as diferenças qualitativas. Na segunda experiência (B): sobre uma das áreas, o ponto preto é ligeiramente desviado de sua posição central. Também aí os "olhos dão um jeito" de assimilar as duas imagens. O estímulo não age sobre dois pontos simétricos, mas as imagens, homólogas, são fundidas como se, dada a função análoga dos dois pontos, o olhar antecipasse o resultado. Quando deveria ocorrer diplopia, ou seja, visão de dois pontos, nossos olhos funcionam de tal modo que realizam uma unidade. Os estímulos parecem desempenhar o mesmo papel. As diferentes partes do campo têm relações intrínsecas entre si.

É como se o olhar fosse sensível à sua "função", orientado para certa "tarefa", guiado por uma "atividade prospectiva". A percepção é, portanto, diferente da soma dos fenômenos locais. Existem relações intrínsecas entre as diferentes partes do campo.

b) *No nível animal, fenômenos de inteligência prática.*

Em *L'intelligence des singes supérieurs* (Alcan, 1927; nova edição, P.U.F.-C.E.P.L., 1973), Köhler define assim a inteligência prática: capacidade de mudar a significação dada de um objeto para uma significação nova, de antecipar-se à função; assim, o galho transforma-se em pau. O nível animal não é essencialmente diferente do nível sensório-motor. O olhar já é um aparelho corporal capaz de dirigir-se de acordo com o sentido do que se lhe apresenta e de antecipar-se a ele. No entanto, passado certo limite, a fusão das imagens deixa de ocorrer. A inteligência prática é, com mais razão, a mesma coisa. Com mais razão, pois os elementos estão mais distantes, as condições são menos estritas. Mas ela ainda não é incondicional: Köhler diz que o pau precisa estar em *contato óptico* com o objetivo para ser tratado como instrumento. Essa inteligência prática é encontrada no homem. O psicólogo alemão von Allesch relata, por exemplo, que, tendo sido mobilizado para as tropas de montanha, certo dia em que carregava pesada carga precisou descer por uma corda que descobriu ser curta demais para atingir a plataforma inferior. Sua posição era crítica; sem sequer pensar, prendeu imediatamente a corda entre os dentes. Desse modo chama atenção para o fato de que o corpo encontrou a única solução possível para suprir os meios normais, que se mostraram ineficazes. É o que também ocorre nos fenômenos de substituição (*Ersatzleistungen*). O inseto que teve um membro amputado improvisa um novo modo de locomoção.

No tênis ou em qualquer outro esporte, é preciso levar em conta grande quantidade de dados: vento, velocidade da bola, posição do adversário, natureza da quadra, momento da partida. O corpo "demonstra inteligência" diante das situações inteiramente novas, o gesto resolve um problema que não foi proposto pela inteligência e cujos elementos são infinitamente numerosos. Observa-se também que as regras estão presentes no jogo, sem serem nunca mencionadas.

Essa forma de inteligência não é consciente de si mesma, está nos hábitos; não naqueles – muito mais raros do que se pensa – que são mecanismo e estereotipia, mas nos hábitos-aptidões, hábitos de atos (mais que de gestos), os que nos permitem responder a situações do mesmo tipo com condutas adaptadas e diversificadas (saber dançar, saber nadar). Chevallier mostrou que o hábito de tocar um instrumento só está sujeito a este num prazo de adaptação muito curto; o organista aprende a conhecer uma nova disposição dos teclados e até "se incorpora" de certo modo nessa disposição. O mesmo se aplica à escrita com a mão esquerda: verifica-se que a aprendizagem é muito mais rápida se já ocorreu na mão direita (transferência de hábitos). Donde se pode concluir que uma parte do hábito é independente de seu instrumento; que a inteligência é capaz de responder a situações novas; a um conjunto, e não a elementos; a um sentido geral, e não a estímulos. No entanto, essa inteligência concreta, em sua forma de habilidade motora, ainda é diferente da inteligência propriamente dita.

c) *Inteligência humana, fenômeno de organização rumo a uma solução.*

Tomemos, por exemplo, um problema de geometria. Ele se apresenta como uma situação aberta, definida pelas "hipóteses". Resolvê-lo é reduzir, no sujeito, a tensão provocada pelos dados; é, utilizando esses dados e lembrando os seus conhecimentos anteriores, descobrir a solução.

– Seja o problema de conhecer a soma dos ângulos de um triângulo ABC.

Pelo vértice C prolonga-se o lado BC, e traça-se uma paralela a AB. Na construção presente, podemos dizer que os ângulos B e C_3 são iguais como correspondentes, que os ângulos A e C_2 são iguais como alternos-internos formados pelas paralelas AB e CD e a secante AC; ora, $C1_2 + C_2 + C_3 = 180°$, pois o ângulo C é plano. Portanto, os ângulos C, A e B são iguais a 180°, e a soma dos ângulos de um triângulo é igual a dois ângulos retos.

– Seja agora a equação de segundo grau $ax^2 + bx + c = 0$. Não posso resolvê-la diretamente e tenho a idéia de recorrer a um artifício: os dois primeiros termos podem ser considerados como o início do desenvolvimento do quadrado do binômio $\frac{b}{2a}$ da forma do quadrado perfeito $(a + b)^2$. Obtenho assim a equação

$\left(x + \dfrac{b^2}{2a}\right) - \dfrac{b^2}{4a^2} + \dfrac{c}{a} = o$ que será fácil resolver graças a meus conhecimentos anteriores.

Constato, portanto, que no primeiro e no segundo exemplo é a própria forma da figura (ou da equação) que suscita em mim a idéia da construção que deve ser feita ou do teorema que deve ser utilizado. Há uma espécie de antecipação; agimos em função de um resultado que não foi ainda encontrado; não é o acaso que nos dirige, mas uma espécie de faro.

Nisso, essa forma de inteligência é semelhante às duas outras, mas caracteriza-se pela *construção,* que é seu fenômeno central.

2. Diferenças essenciais entre os diversos níveis da inteligência

A inteligência psicofisiológica está sujeita a condições muito estreitas; os elementos por identificar devem estar pouquíssimo afastados um do outro. A inteligência prática do animal é ainda muito limitada; é como se o animal não pudesse pensar no valor funcional do objeto, desvinculando esse valor das contingências perceptivas. O chimpanzé atribui significação nova ao objeto, mas a título provisório e por uma relação fortuita (Köhler nota todo um jogo de mímicas, a experiência vitoriosa do ha! ha! u! "*Aha Erlebnis*"). Ele tem certa generalidade da aprendizagem: o animal aprende a relação entre meio e fim, mas não a capta plenamente; pode mudar os setores de seu campo, mas é incapaz de desvincular este das condições particulares de fato. Correlativamente, o sujeito não é tanto sujeito inteligente como sujeito desejante. A relação "meio-fim" não é facultativa, instala-se sob a pressão da necessidade (fome), não é realmente possuída pelo sujeito. Daí provém a estreiteza do poder de organização do animal. Se ele fosse movido por conceitos, o tempo não interviria na forma de esquecimento, de distração. As relações de adequação não podem ser excessivamente distendidas: mesmo para a organização perceptiva do homem só há três maneiras de perceber a figura ambígua.

Ao contrário, no caso de um problema intelectual, é bem grande o número de maneiras de transformar os dados. Se todos resolvem os problemas perceptivos, nem todos resolvem nem mesmo propõem problemas intelectuais.

Pode-se observar que nos três níveis – sensório-motor, animal, humano – a organização da inteligência não é incondicional. No primeiro estágio, vimos que a inteligência está ligada a certa distribuição dos estímulos nos sistemas sensoriais. No segundo estágio, a relação entre meio e fim está ligada àquilo que Köhler chama de "contato óptico"; em todos os fenômenos dessa inteligência prática, o agente principal é o corpo; pau e objetivo devem estar na trajetória de um único gesto.

Quanto à *inteligência propriamente dita,* ela é, em última análise, clarividente, total, *"insight",* ou seja, a percepção de uma relação interna entre meio e objetivo. Trata-se de uma relação intrínseca, baseada nas propriedades mesmas do objeto, e não apenas na contigüidade, ou em alguma outra condição não menos contingente que acompanhe o *"insight"* do nível animal. Aqui, ao contrário, a captação das relações seria completa a cada experiência e independente dos acontecimentos psicológicos que variam de um momento ao outro; ela tenderia a uma *verdade.* O acontecimento psicológico é da ordem do fato. A verdade é da ordem do direito. Entre os acontecimentos psicológicos puros e a *apreensão* da verdade, a *Gestalttheorie* introduz o meio-termo *organização perceptiva,* que supera o plano do mecanismo (cf. Guillaume, *La formation des habitudes* [obra citada]: todo hábito é geral no sentido de consistir numa *reorganização* de mim mesmo que facilita a captação da relação verdadeira, a função da inteligência propriamente dita) e contém já relações intrínsecas sem que haja inteligência real. O pensamento que organiza seu campo não se limita a criar uma estrutura que deforma o objeto, que o "camufla", diriam os gestaltistas. Ela se dá como uma organização *existente já antes do momento da tomada de consciência, durando para além dela;* em outros termos, ela se dá como *verdadeira.* Sua pretensão é penetrar até o ser do objeto fora de nosso psiquismo particular. Quando percebo, organizo meu campo de experiência utilizando as propriedades contingentes dos objetos; quando organizo intelectualmente, utilizo os traços gerais, as propriedades essenciais, e não mais contingentes; retraço um "dinamismo essencial". Isso faz que haja demonstração, e não simples verificação.

Extrairemos alguns exemplos do livro póstumo de Wertheimer, recentemente publicado, *Productive Thinking* (Harper and Bros, Nova York e Londres, 1945):

Experiência de Galileu. Pareceria, *a priori,* que a queda dos diferentes corpos varia segundo o corpo. Assim, o que há de comum no modo de cair de uma folha morta, de uma caneta ou de uma bola de borracha? Para compreender esses fenômenos, é preciso captar entre eles um elemento comum que não é dado na aparência sensível, "construir", um modelo ideal que é o fenômeno "puro", nunca observável, da queda livre. A experiência do plano inclinado é apenas uma verificação aproximada. Esta última consiste em acrescentar certas condições à criação do conceito de queda livre.

Também em química, os corpos puros são entidades; não há no uso corrente enxofre puro cuja temperatura de fusão corresponda exatamente à temperatura teórica. Assim também, a prata é sempre oxidada. A combinação dos elementos teóricos não encontra correspondência pontual no real, mas é verificada em seu conjunto.

3. *A inteligência se diferencia da percepção*

A inteligência diferencia-se da percepção porque dá um salto no possível, a partir do qual será preciso compreender o efetivo das experiências. Há recriação do campo fenomênico, e não adaptação. Os fenômenos percebidos tornam-se variantes de um dinamismo único.

Wertheimer dá outros exemplos dessa idéia.

1) *Exemplo da superfície do paralelogramo.*

O aluno precisa entender que a construção das três linhas AE, GC, DF resulta de um único dinamismo de pensamento, de uma intuição central que é realizar um retângulo equivalente. Se não, o problema lhe parece insolúvel no caso da figura 2.

Ele não tem a idéia de girar o paralelogramo 2 em 180 graus para transformar essa figura "alta e magra" na outra, "baixa e gorda", que já conhece. É o acesso à essência do fenômeno que constitui a inteligência. Ele não viu o problema um caso particular de uma verdade essencial.

Wertheimer constata, porém, que o *trabalho da inteligência é uma "Gestaltung".*

Nessa organização passível de grande generalidade, visando ao essencial do fenômeno, é ainda o mundo da percepção que funciona, e sem ele todo o edifício passado não teria sentido algum. Há *referência do espírito* à articulação sensível da figura. É preciso antes construir para poder demonstrar (cf. tese análoga de Goblot. *Traité de logique,* A. Colin, 1947).

O geômetra percebe os vetores da figura, e há mudança sensível nesta quando a solução é percebida. Se conheço a superfície do retângulo AECG, falta-me avaliar a dos dois triângulos ABE e CGD. Esses dois triângulos aparecem-me como o "ponto sensível" sobre o qual deve versar minha demonstração. A partir do momento em que vejo que a superfície deles é igual à do retângulo CGDF, minha percepção da figura muda.

Em outro ponto de seu livro *Productive Thinking* (obra citada), cheio de idéias fecundas, mas no qual se poderia criticar a ausência de uma exposição sistemática, Wertheimer apresenta o mesmo problema de outra forma.

Descubro que a + b = b + a'. Só posso saber disso *a posteriori*; deveria dizer, de preferência, que a + b torna-se b + a'. *A transformação trazida pelas operações mentais e manuais*, segundo um princípio geral, é *inconcebível sem a percepção da figura.*

2) *Exemplo da superfície do retângulo.*

Wertheimer observa que há duas espécies de demonstração, igualmente corretas, mas das quais uma é clara para o espírito e a outra não comporta *insight.*

a) Considera-se que a fileira *a* é formada por 7 blocos, a fileira *b*, por 2 blocos; haverá então 7 × 2, ou seja, 14 blocos. Isso representa a superfície do retângulo considerado, e é pensável pela criança.

b) Utilizando o raciocínio algébrico faz-se o seguinte cálculo: subtrai-se *b* de *a*.

$a - b = 5$
$(a - b)^2 = (5)^2 = 25$
$(a - b)^2 - b^2 = 25 - 4 = 21$
$(a - b)^2 - b^2 - a^2 = 21 - 49 = -28$
$$\frac{a^2 + b^2 - (a - b)^2}{2} = \frac{28}{2} = 14 = ab$$

Essa demonstração também é formalmente correta, pois por ela se pode traçar a figura *beta*, mas não é "clarividente"; não vê de que modo a conseqüência deriva do princípio.

O pensamento está submetido à estrutura do objeto considerado, isto é, como estamos na álgebra, à configuração da equação dada.

3) *Teorema aritmético*.

Este exemplo é extraído da vida do físico Gauss, que, aos doze anos, quando o professor lhe pede que faça a soma de uma seqüência de números inteiros, imagina a seguinte demonstração:

$$1 + 2 + 3 + 4 + 5 + 6 + 7 + 8 + 9 + 10$$

Gauss, achando que somar os números um a um era uma operação longa e, por isso, sujeita a erro, e considerando a série crescente e a decrescente, teve a idéia de comparar os números entre si: o primeiro com o último, o segundo com o penúltimo, o terceiro com o antepenúltimo etc. A soma obtida era constante, em virtude da lei de construção da série $1 + 10 = 2 + 9 = 11$. Pelo que ele pôde dizer que em toda série de números inteiros o valor de cada um dos pares é igual a $n + 1$, e como há $\frac{n}{2}$ pares, a soma da série considerada é igual a $(n + 1)\frac{n}{2}$.

A reflexão domina a questão vinculando-a a um princípio essencial. Esta última providência do espírito não consiste numa visão cega; ela é visão, apreensão da estrutura interna.

Vê-se assim que a *Gestalttheorie* mantém a relação entre a inteligência e o mundo percebido.

Que a inteligência é uma organização do campo perceptivo fica visível no exemplo da translação dos triângulos para a demonstração da superfície do paralelogramo. De fato, só a idéia de comparar os dois triângulos *a* e *a'* supõe toda uma série de convicções: a imutabilidade dos triângulos, a do retângulo restante, que o paralelogramo não muda com as mudanças de forma nem com as operações do espírito sobre ele.

Todas essas evidências são postas em questão pelas geometrias não euclidianas.

Nestas, as translações são acompanhadas por deformações, o excepcional é a permanência da forma. Não existe evidência nem absurdo, pois em certos níveis as concepções não euclidianas se verificam. (Assim como no nível perceptivo um detalhe basta para mudar a fisionomia afetiva de um amigo). Significa que a inteligência é uma reestruturação do campo.

Resposta dos gestaltistas às objeções que lhes foram feitas

Notávamos acima que M. Gurwitsch, na *Revue philosophique* (*La science biologique d'après M. K. Goldstein,* tomo CXXIX, 1940, pp. 244-65), criticava os gestaltistas por esquecerem que a inteligência é uma estruturação que deixa subsistir a identidade dos objetos sobre os quais ela se aplica no raciocínio: a = b; b = c; logo, a = c; o elemento *b* continua o mesmo através das diferentes *Gestalten* em que ele é sucessivamente inserido. Portanto, segundo Gurwitsch, é preciso passar ao plano do *"eidos"* para definir a inteligência, que é assim radicalmente distinta da percepção. A isto Wertheimer responderia que passar ao plano do *"eidos"* não soluciona o problema. Para que haja identidade no espírito, é preciso que haja transporte do elemento *b* de uma relação à outra, é preciso que o espírito *aperceba e efetue* a transformação.

A inteligência não sai do tempo. Ela é um dinamismo orientado em certo sentido, agarrando o momento anterior e antecipando o devir; ela reconquista o tempo, mas não o *transcende*.

Guillaume diz com razão que o mundo percebido fornece-nos os *protótipos* dessa organização; a inteligência prossegue mais adiante a recuperação do diverso, mas seguindo o movimento da percepção, que a inteligência transforma e explicita sem inutilizar. Escapa-se assim ao dilema clássico entre empirismo e intelectualismo sem reduzir um ao outro.

Não podemos sequer conceber o que seria uma inteligência absolutamente desvinculada do mundo; Wertheimer mostra que mudanças perceptivas acompanham a resolução do problema da superfície do paralelogramo. Primeiramente são os lados AB e CD apreendidos juntos; depois, os lados AB e EF, seguindo uma direção não mais oblíqua, porém vertical.

Tais mudanças são sempre possíveis em geometria a partir dos elementos essenciais da figura; a demonstração tem, por conseguinte, um valor geral.

Goblot fala aqui de "constatações" e "construções" *lógicas,* e não da ordem prática da constatação perceptiva. Também Wertheimer nota essa diferença; em toda ciência matemática há uma vontade de evitar o contingente, o caso hipotético particular, ou, se este for empregado, para se obter simplicidade maior tenta-se generalizar, *discutindo* a solução a fim de retornar a um mecanismo mais geral. Isso não ocorre na atuação da percepção. Contudo, os dois mecanismos são próximos, pois nos dois casos há estruturação da figura; "a própria prova tem sua estrutura", diz Wertheimer.

Falando ainda do problema de Gauss, ele diz que nem todas as fórmulas têm o mesmo valor; algumas são apenas "sensíveis", elucidam, dão o *insight* sobre a questão.

Assim, a fórmula: soma de $n = (n + i)\frac{n}{2}$, que conclui o encaminhamento do raciocínio de Gauss, desvenda o mecanismo de seu pensamento. (Observemos que n não é as duas vezes empregado no mesmo sentido. Em $\frac{n}{2}$ e na soma de n, n representa o número de termos da série. Em n + 1, n representa o último termo da série.) Ao passo que a fórmula $\frac{(n+1)}{2}n$, também válida do ponto de vista algébrico, não é uma prova elucidativa, pois é preciso que a fórmula mostre como o resultado se constrói a partir dos elementos concretos. Nisso, Wertheimer está próximo de Descartes e de Kant. Este diz que temos uma intuição da forma ou *intuição formal*. Ela nos permite pensar o espaço e distingue-se tanto da percepção quanto do pensamento lógico. Assim como o *insight* de que fala Wertheimer, a intuição formal é distinta da percepção sensível e inseparável dela.

É o que diz Wertheimer ao afirmar que as operações lógicas só são possíveis graças à referência ao espaço concreto, ou que a percepção é necessária mas não suficiente para a geometria. Descartes já ressaltava nas *Respostas às objeções às Meditações* que há duas maneiras de apresentar as verdades matemáticas: de uma maneira analítica, seguindo a ordem das descobertas, ou de uma maneira sintética, deduzindo o resultado das verdades antigas. A ordem analítica de Descartes é o procedimento de demonstração "clarividente" de Wertheimer.

Algumas vezes objetou-se a Wertheimer que suas observações só têm alcance pedagógico para o ensino da matemática (esta foi efetivamente aplicada pelo Dr. K. Stern com o maior sucesso), que saem à cata daquilo que não passa de treinamento, e só cuida dos mecanismos intelectuais sem ter em vista a própria essência do fenômeno matemático.

Com efeito, perguntaram-lhe como a verdade se define. Visto que, uma vez descoberta, ela transcende as causas, é preciso situá-la fora da ordem dos fatos.

Wertheimer teria confundido *causa e razão*.

Nosso autor opõe-se a tal interpretação de seu pensamento. Se é verdade, diz ele, que se tem acesso a uma ordem inteligível (quase platônica) das idéias, nem por isso elas deixam de ser inseparáveis das condições estruturais que as sustentam. Para apoiar essa asserção, cita a célebre *descoberta* de Galileu: o movimento de um corpo que se desloca sobre um plano é o caso-limite entre um movimento de queda acelerada e um movimento ascendente que perde velocidade.

Essa comparação expressa-se na idéia de inércia (corpo que não é submetido à ação de nenhuma força, e no entanto está em movimento retilíneo uniforme) e na idéia correlativa de força. Mas, inversamente, essas idéias não têm nenhum significado determinável, a não ser por referência a uma representação espacial em que o movimento uniformemente acelerado (queda), o movimento uniformemente retardado (pedra atirada no ar) e o movimento sobre um plano aparecem como variantes de um único dinamismo. Uma apresentação sintética seria falaciosa, pois o sentido mesmo da idéia é inerente ao contexto concreto em que ela foi elaborada.

Em resumo, é preciso ter da própria verdade uma concepção "estrutural", diz Wertheimer.

A referência aos passos concretos, em outras palavras, a causa e a razão, constituem uma unidade e coincidem no processo clarividente, e não simplesmente histórico.

Mesmo quando redunda na transformação total das idéias, trazendo à tona elementos que ali não estavam, a pesquisa intelectual é provocada por uma falta de equilíbrio que engendra uma tensão a partir da qual uma reestruturação se orienta para um equilíbrio novo. Estamos inegavelmente diante de um processo estrutural que mostra com clareza o erro do logicismo.

Os gestaltistas, porém, não reduzem inteligência a percepção. No nível desta última, não se pode dizer que há conhecimento do que é ângulo. As figuras (ângulos de 45, 90 e 135 graus) só se tornarão "ângulos" se os referirmos a um círculo que os mede.

CONCLUSÃO: COMPARAÇÃO ENTRE A CONCEPÇÃO DE INTELIGÊNCIA EM PIAGET E NOS GESTALTISTAS

Os gestaltistas admitem, assim como Piaget, que é preciso *descentração* para que haja inteligência. Mas Piaget fala dessa descentração como se ela pudesse ser absoluta (pensamento não situado, quase divino), enquanto para os gestaltistas ela é relativa; é, na realidade, o avesso de uma nova centração. Dizem eles que só há estrutura para um pensamento situado. Em resumo, há acordo quanto à concepção de desenvolvimento dinâmico (desequilíbrio e reequilíbrio), mas divergência no termo final: só se poderia pensar em estado de relativa centração.

Retomemos a comparação que havíamos feito do ponto de vista metodológico entre a concepção marxista do desenvolvimento efetivo e a teoria psicanalítica do desenvolvimento do indivíduo. Já vimos que é possível distinguir, entre muitas doutrinas, três maneiras *essenciais de encarar* a história:

1) *Concepção causal*: para ela, o período histórico é um conjunto de acontecimentos somativos que não têm entre si nenhuma relação íntima. Assim, a Revolução Russa de 1917 teria sido provocada por certo número de condições sem relação intrínseca:
   a) exército desorganizado;
   b) nascimento do proletariado na Rússia;
   c) miséria dos camponeses;
   d) ausência de uma burguesia forte.

Os historiadores limitam-se a notar a convergência fortuita dos acontecimentos.

2) *Concepção teleológica*: vê a história dirigida por intenções, seja no espírito dos que vivem os acontecimentos, seja no pensamento providencial.

3) *Concepção marxista*: em sua visão metodológica da história, atribui missão histórica a certos grupos. Por exemplo, na evolução dos acontecimentos, o proletariado teria por missão resolver uma série de problemas-conflitos. Pois a história é feita de conflitos. Foi do conflito que nasceu o proletariado, e por essa ra-

zão ele traz em si a solução do referido conflito. O resultado da história está inscrito nos fatos.

Observe-se, de passagem, que Marx mais constata a revolução do que a prega. Diz ser ela um fantasma que ronda a Europa, embora ainda não esteja realizada: o sistema de conflitos teria um sentido em si mesmo e, pelo jogo de suas forças, tenderia a fazer surgir uma ordem nova; a lógica interna das situações de conflito tende a resolver os conflitos. É esse o sentido da célebre frase: "Proletários de todos os países, uni-vos!" Os proletários não estão em casa em suas diferentes pátrias, pois pelo simples fato de existirem são representantes virtuais do que será a humanidade; não devido a dados psicológicos privilegiados, mas por sua situação.

Dessas considerações, decorrem *duas conseqüências*:

a) É inevitável que a evolução que se desenha nos fatos se realize um dia, mas isso não é fatal. A história só poderá ser terminada se os agentes tomarem consciência do fato da história, ou seja, de sua situação e de sua missão. Se falharem, acabaremos num caos, pois o sentido imanente da situação não é suficiente para estabelecê-la. O papel dos políticos revolucionários é o de "parteiros" da revolução, e há maus parteiros que a fazem abortar; eles precisam entender os processos em curso e dar-lhes uma forma final. Vemos que há aí uma busca da *lógica* na história, que não desconhece a *contingência* dos fatos. Os marxistas empregam com freqüência a expressão "inelutavelmente"; é um meio-termo entre "fatalmente", noção não ortodoxa, e "muito provavelmente". Essa fórmula explicaria melhor a necessidade de adequação entre o sentido dos acontecimentos e a consciência que os homens têm deles.

b) Papel da consciência. Vimos que este é nulo nas concepções causais e teleológicas; na concepção marxista os homens fazem sua história, mas a partir de situações dadas. Ela não é uma criação "*ex nihilo*" nem o simples reflexo da situação preexistente. O problema fundamental é descrever e analisar o sentido no qual evoluem os acontecimentos antes de se tomar consciência deles. Sem essa conscientização, o desenvolvimento histórico pode ser anulado e cair na desordem: vemos que a concepção em pauta integra tanto o sentido quanto o não-sentido da história; o sentido histórico de que falamos é imanente, está inscrito nos fatos, é a *noção da situação*.

Observe-se que é a mesma noção que encontramos nos problemas da vida.

O organismo, segundo Goldstein, não é um simples pedaço de matéria submetido às ações do meio; ele mesmo define as condições que atuam sobre ele. O fenômeno de pré-adaptação é uma espécie de "escolha" das possibilidades internas.

O organismo fixa-se em situações aptas a favorecer seu desenvolvimento. Assim, por exemplo, a ida dos animais migradores para regiões onde seu equilíbrio interno é melhor. Há, portanto, colaboração entre a organização interna e as condições extra-orgânicas. A situação da organização é feita da constelação das condições internas e externas, assim como o desenrolar da história é o sentido em via de formar-se, na coletividade pela própria progressão dessa coletividade.

O motor do desenvolvimento histórico é a situação tal como acabamos de definir. Isso está em conformidade com o espírito, se não com a letra, das doutrinas de que falamos. Do ponto de vista marxista, a economia não constitui um setor fechado em si. Não há divisão entre ideologia e economia; o marxismo reconhece o papel positivo das superestruturas; a economia em si é uma noção burguesa: os fenômenos econômicos podem ser transformados por intervenção humana (revolução). O que caracteriza os homens é que não são apenas "objetos" da história (como os animais), mas essencialmente sujeitos da história. As idéias agem quando se tornam motivo de tomada de consciência, ou quando a impedem. O conjunto das relações que os homens mantêm no plano do trabalho é entremesclado por juízos de valor, mas isso desmorona quando se retira o alicerce econômico. Marx observa que as ideologias ou são reflexo do estado econômico ou são sua contrapartida fantástica. Nos dois casos, agem. *O motor da história não é a consciência sozinha nem a economia sozinha, mas o homem em situação (em especial na sua situação econômica), ou seja, o sujeito consciente, agindo em contato com os fatos concretos nos quais seu papel é essencial.*

O interessante dessa concepção é que ela não sacrifica a novidade do futuro, pois o futuro não está contido no passado, como na teoria finalista. Por outro lado, o elo com o passado está garantido, pois o futuro nele está inscrito nas entrelinhas.

Voltemos agora a nosso assunto inicial: a psicogênese tal como foi vista, se não por Freud, pelo menos por seus sucessores, segundo intuição análoga. Em paralelo com o exemplo de filosofia da história que acabamos de estudar, abordaremos o problema sob dois ângulos:
1) Relação entre a evolução do corpo e a evolução psíquica (economia – ideologia).
2) Racionalidade no desenvolvimento, que possibilita a este certa ordem e certo sentido.

1) *O corpo sozinho não é motor suficiente para o desenvolvimento,* mas é necessário. O corpo nada faz sozinho, mas há necessidade de impulsos de origem somática para que a gênese se produza. Por exemplo, a menstruação é considerada critério da puberdade na menina, diz H. Deutsch, mas não é a chave do fenômeno: é preciso que haja envolvimento, retomada humana do acontecimento fisiológico. O que o corpo carreia é um impulso vago, cego, incapaz de por si só chegar ao estado novo, à exigência de certa superação; mas essa pulsão deve aliar-se a uma maturação do aspecto psicológico, para que não se acabe em transformações imperfeitas ou mesmo patológicas (cf. impulso da evolução histórica – retomada pela consciência de classe – na concepção marxista). Em seu livro *O segundo sexo* (*Le deuxième sexe,* 2 vol., Gallimard, col. "Folio-Essais"), Simone de Beauvoir observa com justeza que não se pode pôr o corpo em primeiro lugar nem em segundo, ou seja, o corpo não é um objetivo normal nem simples meio, o que para ele seria uma degradação. Sua posição em relação à consciência é ambígua: se fosse inerte, seria instrumento, mas não o é, pois seu consentimento é necessário. O somático será a base do desenvolvimento, mas o psíquico lhe dará sentido sem ser eficaz por si só. O aparecimento da menstruação, se não for assumido psiquicamente, talvez cause retrogradação. A consciência aí atuante não é consciência como conhecimento. De fato, não é a ausência de conhecimento que provoca o choque, o trauma, pois para a psicanálise a ignorância é explicada por uma resistência prévia do sujeito. Em suma, o essencial do desenvolvimento é a reestruturação graças à qual uma situação corporal é assumida em vista de realizar um novo tipo de vida.

2) *O que enseja uma ordem no desenvolvimento?* Se não admitimos um *fatum*, mas sim uma contingência e uma possibilidade de caos, qual é o motor que permite freqüentemente atingir um desenvolvimento formal? Para esse estudo, consideraremos certas fases particularmente interessantes:
   a) passagem do pré-genital ao genital;
   b) declínio do complexo de Édipo e a passagem à fase de latência;
   c) puberdade.

a) *Passagem do pré-genital ao genital*
É a passagem de uma vontade de prazer imediato e infinito a uma atitude mediata, da agressividade ao amor por outrem, à distinção entre ego e *alter ego*. É a libido que vem romper o círculo vicioso inicial: agressividade, sentimento de culpa, ansiedade... os dados brutos da superação são fornecidos pelo corpo; assim, a atitude sádica está ligada a uma atividade mínima do corpo, atividade oral, ao período em que a criança não pode fazer nada por si só. Mas o desenvolvimento somático da motricidade do aparelho genital, dos hormônios etc. é insuficiente para realizar a superação. Vejamos um exemplo: a identificação do menino com o pai na resolução do complexo de Édipo. O fracasso da fase precedente, o impasse, a frustração na qual ela redunda provocam a ansiedade; esta é um fator do desenvolvimento, pois possibilita assumir um novo papel, mas sem fornecê-lo (não é uma enteléquia). A criança é integrada nesse papel pela *ambiência cultural* na qual vive. O indivíduo é iniciado no meio social pela mínima experiência de que é objeto, pois todos os gestos e todas as condutas respondem a um sistema global: a idéia que os pais e a sociedade fazem da criança. Ela percebe a significação da atitude que os outros têm para com ela. A integração social adquire importância enorme na educação: a menina é tratada como futura mãe, ganha bonecas, ensinam-lhe desde cedo a ter pudor. Se a criança opta pela via de Édipo é porque esta lhe é indicada por todo o ambiente cultural que a cerca. Freud não falou expressamente de cultura, mas foi o primeiro a ressaltar o vínculo estreito que existe entre as psicologias individual e interindividual.

A passagem à fase genital supõe uma determinação fisiológica e psicológica. Mas Freud observa que a identificação com o genitor do mesmo sexo é anterior ao apego ao genitor de sexo oposto, e caberia perguntar por quê. O adulto desempenha aí papel de modelo; existe uma relação de reciprocidade entre o desenvolvimento da criança e a conduta dos pais para com ela (relógio de criança, escrivaninha etc.). Ocorre por reestruturação, ou seja, por realização de uma forte união entre um projeto de natureza psicológica – parecer com os adultos – e as aquisições fisiológicas. O momento decisivo do desenvolvimento é esse, o aparecimento de relações novas, de uma reciprocidade indispensável entre objetivo e condições, "formas" e "forças".

Se introduzirmos a *noção de forma*, ela nos permitirá generalizar a questão, relacioná-la com problemas de psicogênese: percepção, passagem do antes ao depois, advento de um período histórico cuja descontinuidade em relação às condições que o provocaram é ressaltada por Hegel. Essa noção de forma, mais que a expressão freudiana de "libido", força abstrata que traz em si o esquema do desenvolvimento, põe em evidência a união íntima entre projeto psíquico ou cultural e condições motrizes insuficientes.

b) *Passagem de Édipo à fase de latência*
(Cf. 1923, Freud, *La disparition du complexe d'Oedipe*, in *La vie sexuelle*, P.U.F., 1969.) Nesse artigo, Freud considera duas explicações:

1) o Édipo desaparece por si mesmo graças ao amadurecimento, assim como caem os dentes de leite em virtude de fatores endógenos internos, chegada a hora.

2) São circunstâncias exteriores que condicionam a superação do Édipo. Por exemplo, a menina que acreditava ser a bem-amada do pai no dia em que é severamente punida por ele é obrigada a abandonar suas ilusões. Mesmo que não ocorra nenhum incidente traumatizante, o Édipo desaparece pela impossibilidade inerente. É preciso que a criança sinta essa impossibilidade. Somos levados a dizer que o Édipo é uma experiência que produz uma transformação de si por si. Essa concepção é mais satisfatória que a explicação pelo medo de castração.

Freud recusa-se a optar entre as duas hipóteses. No entanto, conserva certa predileção pela primeira, pois ela se baseia na concepção filogenética segundo a qual a ontogênese reproduz a filogênese – a seguir a psicanálise substituiu essa tese por fatores culturais. Enfatizou-se a segunda hipótese: o interesse pelas condições que atualizam o declínio do complexo de Édipo. A repercussão do fracasso sobre as condições que haviam determinado o Édipo carreiam uma mudança geral da conduta. É o conjunto dessas condições que permite compreender a passagem que permanece misteriosa na concepção de uma libido destinada a ser edipiana. Para esta, a relação entre fim e meios é contínua e móvel na conduta da criança. Podemos fazer uma comparação entre essa teoria e a noção habitual de instinto: fim e meios são associados numa relação preestabelecida, sem aprendizagem anterior. Diríamos, de preferência, que há inserção de meios num fim, dos momentos numa totalidade; o desenvolvimento seria um impulso sem finalidade, suscitado pela evolução somática, utilizado pelo sujeito que se identifica com o meio, ou, para usar uma imagem freudiana, o cavaleiro pode mudar de montaria, pois não há soldadura inata entre eles, sendo o cavaleiro a consciência da criança que se identifica com os adultos.

c) *A puberdade*
O problema consiste em realizar uma união entre a afeição, elemento psíquico adquirido durante o período de latência, e a realidade acrescida da sexualidade e do instinto. A criança cria seu desenvolvimento sob a direção da cultura ambiente. É o próprio processo que se reinicia e, a cada aquisição, atrai um novo desenvolvimento. O desenvolvimento não está inscrito *a priori* numa natureza pronta; ele não surge tampouco *ex nihilo,* mas progride de *Gestaltung* em *Gestaltung,* assim como um escritor cria aos poucos sua linguagem (cf. Malraux, *Psychologie de l'art* [obra citada na edição em 3 volumes publicada pela Skira, 1947-1950]: "o escritor precisa aprender a falar com sua própria voz"). É pelo exercício da vida, pela criação de si por si, que a criança se torna adulto. Não há trilhos do desenvolvimento, a não ser a presença dos pais em torno da criança e da cultura que eles veiculam até ela.

Tocamos aqui nas *relações entre psicologia e interpsicologia.* Não há um único fato da psicologia individual que não seja um fato de psicologia social. Isso não significa dizer que o fato individual é sempre explicado de maneira exaustiva por meio da sociedade, pois não existe correspondência pontual entre eles. O exterior modifica a conduta de cada um levando em conta a contribuição do passado individual. O social é interior ao individual, e o individual é interior ao social, pois o próprio passado individual é interpsicológico desde o nascimento, e, por outro lado, toda atitude típica, dada pela sociedade, sempre pode ser modificada pela ação dos indivíduos, o que explica a evolução cultural da sociedade. Não há concorrência entre psicologia e interpsicologia, assim como não há rivalidade entre geometria plana e geometria espacial. Não há fronteiras: tudo é social e tudo é individual.

Vemos aqui que a concepção culturalista da norma é insuficiente.

M. Mead observa em *Male and Female* (trad. fr. *L'un et l'autre sexe*, Gallimard, col. "Folio-Essais") que os caracteres femininos e masculinos diferem com a configuração da cultura (por exemplo, na espécie dos coelhos, dos cães e dos cavalos, assim como nas diferentes sociedades humanas). Donde ela conclui que um acontecimento é normal se está de acordo com a cultura em questão (uso do berço e de faixa). Não há normal em si. Mas essa concepção não nos satisfaz porque não dá conta da possível mudança das culturas. O padrão das culturas pode ser habitado por dúvidas. Nas chamadas sociedades estagnadas a realização de uma norma não significa que todas as possibilidades dos indivíduos são assim realizadas. Em certos casos, há referência a uma outra norma, e isso faz que certas culturas estejam em movimento.

Análise de H. Deutsch do aparecimento da puberdade.
Ela faz uma distinção entre fase de puberdade e pré-puberdade, sendo esta considerada uma fase de transição. O indivíduo já não sendo criança ainda não é adulto, e deve realizar uma reestruturação de sua vida; é então alvo de dupla solicitação: pelo *futuro*, para o estado adulto, e pelo *passado*, causa de regressão em caso de dificuldades.

1. A solicitação para o futuro é mais forte durante a pré-puberdade do que um pouco mais tarde. Ocorre por antecipação das condutas adultas, mas estas não estão realmente elaboradas; são condutas de imitação, não centradas.

2. No entanto, é forte a tentação de recuar para o passado, em especial nas condutas sexuais. De fato, após alguns choques, há regressão a uma posição quase infantil: reedição das situações da infância, retorno ao lar dos pais.

H. Deutsch faz um paralelo com a situação triangular de Édipo. Durante a pré-puberdade, a menina se liga de preferência a uma "amiga íntima"; é uma atitude de homossexualidade, ou melhor, de não-heterossexualidade. Aos poucos ocorre um deslizamento, um interesse novo pelo irmão dessa amiga ou pelo rapaz que a corteja (cf. *Guerra e paz* de Tolstoi).

Nesse momento, há, pois, passagem à atitude heterossexual normal. Observa-se aí a reconstituição da hesitação da menina na situação edipiana entre o apego eletivo ao pai ou à mãe. Situação paralela pode ocorrer mesmo na fase adulta: certas mulheres só conseguem se apaixonar pelo marido de suas melhores amigas. Tal situação é um exemplo típico de *perseveração*. O desenvolvimento, ao contrário, exige que tais condutas sejam superadas em sua fase característica.

Percebe-se como essa concepção é dinâmica no sentido de descrever relações que tendem a superar situações típicas, pois também dá conta das antecipações. É ao mesmo tempo altamente psicológica: os fatores propriamente fisiológicos desempenham papel surdo; não são eles que determinam a orientação das forças (cf. concepção psicanalítica da causalidade).

Na fase de pré-puberdade, H. Deutsch enfatiza o ego, e não os fenômenos somáticos e humorais. A bagagem psíquica é já considerável e exige por si só uma renovação: a mocinha buscará outras relações, que não seu meio parental; afastar-se-á da mãe dando preferência a uma amiga íntima ou a uma pessoa de mais idade, como, por exemplo, o professor de filosofia. Sente necessidade de passar do imaginário ao real equiparando-se a uma heroína, fazendo planos de vida. Constrói segredos para identificar-se com a gente grande que sempre lhe disse: "Mais tarde você vai entender..." etc. Se preciso for, inventará, o que explica sua tendência à mentira, sua mitomania embrionária. Contudo, todas essas atividades têm caráter fictício. Ela tem sentimentos fortíssimos, mas ocos. A própria amiga íntima nem sempre é amada pelo que é, mas pelo meio novo que ambas criam.

A mocinha ainda não tem a atitude de timidez que terá mais tarde, durante a puberdade (recusa de usar meias de seda, maquiagem).

Nessa idade, ela deseja entrar prematuramente na vida adulta (donde certas condutas de gangsterismo na América do Norte após a guerra) e uma pressa extrema de ter vida sexual efetiva.

Toda uma série de modificações psicológicas preparam o advento da puberdade fisiológica. H. Deutsch distingue várias fases.

Pré-puberdade, que consiste numa "retomada" do problema edipiano, que era uma puberdade prematura. O desenvolvimento do "eu" assume caráter ofensivo: a criança tenta passar à realidade. Mas essa passagem nem sempre corresponde a necessidades efetivas. É antecipada, abstrata. O resultado é uma atitude "de jogo", mimética, em razão de seu caráter anacrônico. Esse anacronismo exprime-se de dois modos: condutas antecipadas que visam à condenação de sua própria infância e à libertação de toda e qualquer tutela e condutas de regressão devidas à necessidade de proteção. A criança tem saudade da infância ao mesmo tempo que a quer exorcizar. Esse desenvolvimento, por outro lado, tem estreita correlação com a atitude dos pais a seu respeito. A sutileza da criança permite-lhe adivinhar as preocupações da mãe, em particular, o que aumenta seus próprios receios.

Percebe-se assim que a puberdade pode abortar de duas maneiras: por esforço de libertação violento demais, ou, ao contrário, fraco demais.

A fase de puberdade nascente caracteriza-se por uma orientação mais decidida para o outro sexo, em que a passagem ocorre por retomada das atitudes anteriores, graças a situações triangulares. É por esse meio que a criança desliza para a heterossexualidade. Dissemos que havia retomada de atitudes antigas: o fenômeno em questão tem portanto raízes no passado, mas não há reprodução pura, há *retomada do passado.* Édipo era um primeiro encontro, seguido por um período de latência.

Essa hesitação na orientação para a heterossexualidade muitas vezes é imaginária: a fantasia do "irmão gêmeo" dotado de todas as qualidades seria assim decorrente de um desejo de masculinidade.

A puberdade propriamente dita.

No plano psicológico, caracteriza-se por dois tipos de fenômeno: atitudes regressivas devidas ao conjunto de mecanismos de defesa contra os impulsos instintivos e atitudes progressivas, em que o "eu" se desenvolve e aperfeiçoa. Essas duas espécies de atitude constituem o narcisismo da puberdade, ou seja, uma orientação para o "eu". Essa época caracteriza-se em especial por: sentimento de solidão e autocontemplação; a garota quer ser artista, jornalista ou romancista, por desejo de mostrar-se, aparecer, mais que por gosto positivo de introduzir-se numa personagem (cf. H. Deutsch, pp. 100-1).

Há uma espécie de decisão abstrata de procurar experiências. Mas esse "deleite" consigo não impede o superego de ser muito violento, intratável mesmo. A garota é ao mesmo tempo confiante e desconfiada demais; e com uma satisfação que se alimenta de sua própria negação, ela se crê incompreendida (Maria Barkirtseff é um exemplo).

Esse período também é caracterizado por uma mistura de audácia e infantilismo (cf. H. Deutsch, p. 105). As concepções da vida sexual são ainda muito infantis nessa idade. E aquelas que têm as opiniões mais progressistas às vezes são as que têm comportamento mais infantil, pois há uma enorme distância entre as noções intelectuais e o que é realmente assimilado. É nessa assimilação que consiste justamente o problema da puberdade: ela é a junção desses elementos intelectuais com a vida afetiva e a interpenetração de um pelo outro.

O lado fisiológico é necessário, mas não constitui por si só uma condição suficiente. A atitude da menina, na época da menstruação, tem relação direta com a de sua mãe. Em geral, a mãe tem atitude de reserva, de segredo, que leva a criança a crer em algo pavoroso. É assim que certas lendas do folclore e expressões populares que atribuem propriedades maléficas ao sangue menstrual teriam raízes psicológicas que a seguir se transformaram em fatores culturais.

A psicanálise vincula a isso fantasias de desmembramento do corpo, de castração. As reações vivas na idade da menstruação correspondem mais tarde a grandes reações diante de ferimentos; observa-se assim em certas mulheres uma espantosa sensibilidade a cortes.

Tudo isso, portanto, só pode ser compreendido como um resultado entre psicologia e interpsicologia. Quanto à ignorância da menina sobre o assunto, é mais efeito que causa; explica uma atitude de resistência a tudo o que diz respeito a essa zona sensível.

H. Deutsch também dá outra série de explicações. A atitude de depressão seria devida à expectativa de um fenômeno imaginário. Segue-se uma decepção que H. Deutsch resume com "é só isso" (expressão que Stendhal põe na boca de certas personagens suas). Ela é resultado da confrontação do imaginário com o percebido. O domínio do imaginário é vago, enquanto o "percebido" é sempre estritamente limitado. O choque em presença do percebido é portanto inevitável, e a depressão daí decorrente é ainda maior quando precedida por uma vida imaginária intensa e por fantasias numerosas. Portanto, a depressão é também um fenômeno psicológico.

Por fim, toda uma série de reações pode ser considerada como condicionamento psicológico de fenômenos fisiológicos. Ela cita, por exemplo, na p. 138, fenômenos de derivação causados pelo medo psicológico. A função se desloca, simbolizando a resistência do sujeito. Mas as funções psicológicas nem sempre estão sob a dependência exclusiva do psiquismo; na realidade, há implicação mútua das duas ordens.

Em conclusão. O fator corporal existe, mas é de algum modo vago e cego. O desenvolvimento sexual não é a simples explicação de um fator, que seria a libido.

Existe uma relação constante com a vida psíquica do sujeito: Freud põe em jogo também o meio cultural e a tradição (costumes, linguagem). Quanto ao mecanismo do desenvolvimento, não consiste apenas numa *união* (associação exterior), mas numa conversão das aquisições do conhecimento em coisa sentida e vivida, portanto em uma modificação total da vida afetiva, a fim de fazer surgir alguma coisa que corresponda realmente aos significados sobre os quais a criança se lançou com a avidez do imaginário. O desenvolvimento não é feito apenas do corpo, nem apenas do cultural. (O sexual isolado é o patológico.) Nessa situação dupla, há elaboração de um tipo de conduta que busca um equilíbrio, e este não se encontra na simples adição. O que compete é encontrar um *verdadeiro presente* entre a antecipação e a regressão, um presente que seja ponto de partida do futuro, mas um presente pleno, e não antecipado.

(*Segue-se a exposição de uma aluna sobre as* teorias de Wallon, *relativas ao desenvolvimento da criança.*)

Em seguida, M. Merleau-Ponty destaca algumas perspectivas gerais.

I. *Qual é o meio do desenvolvimento?*

Quer dizer, o que se desenvolve na criança? O que impressiona logo de início é a regularidade do desenvolvimento, a sucessão de fases sensivelmente idênticas em todas as crianças. Observa-se que a substituição, quando ocorre, diz respeito a apenas duas fases sucessivas. Pode-se atribuir valor explicativo, condicionante, a essa sucessão? Observa-se de fato uma discordância entre o advento de uma fase nova e o desenvolvimento propriamente dito: Wallon diz que "a antecipação é a regra". A razão disso é que o desenvolvimento está menos ligado à perfeição de seus mecanismos de execução do que à presença de um motivo interno. É sua disponibilidade que faz a criança assumir um papel que seu organismo ainda não pode carregar. Donde a necessidade de uma psicologia que admita um interior do comportamento.

A noção correlativa à antecipação é a regressão: desaparecimento de uma conduta aparentemente adquirida. Não se pode, portanto, concluir que uma conduta está ou não adquirida em todos os níveis. Por exemplo, a causalidade: mesmo quando adquirida no plano dos objetos percebidos, não foi adquirida ainda no plano verbal. Nesse estágio, ainda se observa na criança respostas míticas e participacionistas. Da mesma maneira certos sons que figuram no balbucio da criança ainda não estão adquiridos para a linguagem como fonemas. É preciso distinguir a materialidade do gesto e o sistema ao qual ele pertence.

Mesmo uma psicologia estritamente behaviorista deve distinguir condutas centradas de outras não centradas. A aquisição é, pois, a integração à totalidade da conduta (assim, o estudo de Goldstein sobre os afásicos mostra que na aquisição da linguagem há dois níveis: o automatismo e o nível categorial).

O meio do desenvolvimento não é, portanto, nem o corpo – pois não se poderia explicar o elemento interior da conduta – nem a consciência, pois não se entenderia como ela se integra cada vez mais. É um terceiro elemento: a estrutura total da conduta.

A respeito, Wallon faz algumas observações sobre o alcance de certos métodos da psicologia experimental, pelos quais, aliás, ele se interessa e nos quais reconhece um valor de análise e verificação. Falando das correlações, diz que uma psicologia autêntica deve dar uma hipótese unificadora que reconstitua a totalidade, a unidade interna do comportamento manifestada nas correlações. Em especial, mostra certas reservas em relação ao possível alcance dos testes concebidos como correlações de conduta. Ele quer pôr à prova uma atitude global da criança. O levantamento estatístico dos fatos normais só dá o contorno do comportamento da criança.

II. Fatores e motor do desenvolvimento

Pode-se notar a respeito, no livro de Wallon, uma posição à primeira vista contraditória. De início ele se baseia nas causas orgânicas, o crescimento do corpo. O órgão desenvolve-se antes da função, pelo menos durante a primeira infância. Ele ressalta a importância dos hormônios para o aparecimento da puberdade. Explica, por exemplo, a voz do garoto, que muda com o aparecimento de uma nova estrutura do aparelho fonador, inervado por um sistema ainda infantil; uma transformação interior leva a uma mudança de função.

Na seqüência da análise, Wallon admite que, para funções mais psíquicas, a relação entre orgânico e inorgânico é menos simples. Opõe-se à concepção de Piaget: o desenvolvimento como resultado de um acúmulo de sensações ou "esquemas". É mais produto de reestruturações e integrações, não sendo estas conseqüências, porém condições.

Sua posição não é organicista, ele não nega o aparecimento do novo com uma explicação aditiva, mas, ao contrário, insiste na *maturação funcional.* Num organismo humano, as funções devem ser procuradas, a humanidade está em sua própria indeterminação; a mudança orgânica é necessária para que haja realização plena do desenvolvimento, mas não é suficiente (cf. Deutsch: sem hormônios, não há puberdade). É preciso explicar a situação psicológica complexa entre antecipação e regressão, o sentimento de inferioridade em relação aos pais e a oposição a estes, as relações heterossexuais e quase homossexuais (amizade pré-pubertária). Cf. p. 222, definição inteiramente psicológica da puberdade.

Na realidade, se Wallon insistiu no papel do corpo, foi para se opor às concepções do *"learning".* Não é nem o corpo nem a consciência que fazem o desenvolvimento, mas é a existência entendida como conjunto das configurações, das condutas possíveis para um indivíduo em dado momento. Aliás, o *learning* nunca é registro mecânico: teoria das tentativas e erros (cf. Wallon, *De l'acte à la pensée,* Flammarion, col. "Champs"). É o contexto perceptivo e prático de certa tarefa que o animal se proporia efetuar (cf. os gestaltistas Köhler e Koffka).

Toda conduta oscila entre assimilação e acomodação, é resposta a uma situação e função do ritmo do organismo (anabolismo – catabolismo). Há portanto uma reação primária e uma reação secundária de latência e de incubação. Percebe-se como o conceito finalista de latência está distante das teorias organicistas e mecanicistas.

Para terminar, Wallon faz algumas observações sobre o alcance das fases, estágios que são paradas momentâneas num desenvolvimento sempre em pauta. Não há natureza da criança de três anos, mas estabilização provisória do desenvolvimento que ocorre por volta dos três anos. Tal concepção dinâmica se interessa mais pela "idade da criança" do que pela "idade da infância". Wallon nunca nega que haja fases aproximadamente previsíveis, mas essa divisão só tem valor macroscopicamente, e não microscopicamente. Assim também, em lingüística, a determinação de uma data exata para a passagem do latim ao francês seria arbitrária; o fato espalha-se por períodos bastante longos. Wallon nega o caráter ontológico dessas fases (Piaget); são ordens de grandeza. Diante de uma criança de sete anos, não se deve definir seu grau de desenvolvimento por alguns sinais que permitam classificá-la em certo "estágio", mas encontrar seu dinamismo individual.

RELAÇÕES ENTRE PSICANÁLISE E SOCIOLOGIA

No início da psicanálise sociológica há sobretudo uma invasão desta na sociologia, sem a percepção do que é específico do social. Não só em *Totem e tabu* (*Totem et tabou,* Payot, col. "P.B.P."), mas também em *Essais de psychanalyse,* Payot, col. "P.B.P.", os fatos sociais tornam-se anedóticos.

A multidão que Freud se propõe estudar está mais próxima das oscilações individuais que das instituições sociais.

Do mesmo modo ele aproxima a ação do herói sobre a multidão da relação existente entre o psiquismo de um sujeito e o modelo que ele adota, o que ocorre na relação parental.

Reduz os fatos sociais a fenômenos de libido dessexualizada. Assim, em *Totem e tabu,* Freud explica o complexo de Édipo com um autêntico parricídio anterior cuja memória histórica se perdeu.

Portanto, é preciso ver com reservas aquilo que há de excessivamente estreito nessa concepção do social. Mesmo permanecendo fiéis às noções fundamentais da psicanálise ortodoxa, certos discípulos de Freud, como a austríaca Elsa Roheim em seu estudo sobre a sexualidade oral, não procuram construir a história seguindo hipóteses psicológicas, como a do parricídio originário, de que não resta vestígio algum. Aliás, o próprio Freud, em seus últimos trabalhos (*L'avenir d'une illusion* e *Malaise dans la civilisation*, P.U.F., 1971), reconhece que, além do superego parental, existe um *superego coletivo* a constituir um elo original entre os diferentes membros da sociedade, sendo irredutível aos diversos episódios individuais da vida e consistindo na introjeção de valores sociais comuns. Aí está o ponto de partida de uma concepção mais objetiva da sociologia. É preciso então levar em conta fenômenos psicológicos e fenômenos sociais sem, porém, reduzir um ao outro. Assim, na formação de um superego, não cabe atribuir papel único aos valores sociais nem aos valores parentais. Os pais desempenham papel essencial na transmissão dos valores sociais, mas o próprio papel de pais lhes vem da sociedade. Chegamos a uma generalização da noção do superego que se torna expressão de um drama cultural, histórico, original. Munidos dessas constatações, retomemos os exemplos correlativos entre neuroses e fenômenos sociais dados pelas audaciosas primeiras teorias; essas *correlações readquirem todo o seu valor desde que não se tente reduzir um termo ao outro.*

1) Examinemos primeiro os mitos referentes ao nascimento dos heróis em certas lendas favoritas dos paranóicos: construções delirantes sobre seu próprio nascimento (filho de rei raptado e criado por um pastor); graças a esse desdobramento, o pai imaginário é ao mesmo tempo invejado e odiado, e o pai real, considerado adotivo, é amado com ternura, mas com indulgência.

2) O paralelo entre o estado de espírito fanático ou dogmático e o ritual obsessivo.

É preciso considerar a afirmação dogmática não em seu conteúdo mas naquilo que ela exclui. Nesse sentido, pode-se dizer que há heresia porque há dogma. É certo que isso é mais compreensível quando estudamos o ritual dos obsessivos. Assim, a salvação da alma ou a danação eternas são dependentes do fato de ter posto o pé sobre a junção de duas pedras.

Com essa convenção o doente escapa à vertigem da incerteza. Nos casos menos patológicos, a ginástica matinal ou o ritual de levantar-se e deitar-se também são uma luta contra o terror inspirado pela liberdade, garantindo boa consciência e equilíbrio.

3) Comparemos agora os mitos dos primitivos e os sonhos. O mito não é a transposição dos sonhos individuais; o sonho constitui a fronteira entre a vida efetiva e as psicoses. Há, portanto, uma elucidação recíproca.

Apesar de seu dogmatismo, Freud teve o mérito de propor pontos de partida; ele teve a intuição daquilo que, nos fenômenos patológicos, se aproximava dos fatos sociológicos; foi de seu pressentimento que partiu a ciência. Aliás, ele via seus próprios trabalhos como marcos num caminho, e no fim da vida reviu suas primeiras afirmações, dizendo que a neurose é uma caricatura dos fenômenos sociais: assim, a histeria é uma obra de arte deformada, a mania paranóica é um arremedo de filosofia e a obsessão é uma religião deformada.

Se nos reportarmos ao debate sobre a universalidade do complexo de Édipo, poderemos dizer que Malinowski se restringe a observações superficiais, e que, ainda que as diferentes culturas inventem meios de defesa diversos, a situação edipiana sempre se realiza.

Aplicações da psicanálise a certos fenômenos econômicos e econômico-políticos.
Logo se percebeu que não era possível explicar por conflitos individuais fenômenos como o dinheiro e as trocas econômicas. Cf. Jones: *Études sur la psychologie des Irlandais.* Não se trata de negar o fato geográfico, mas de dizer que ele não aparece no estado puro, porém como que cercado de símbolos psicológicos. Assim como ocorre em torno do grão de areia na ostra, acumulam-se imagens, pensamentos, crenças, lendas.

1) É possível fazer uma psicanálise do traidor, do colaboracionista (cf. estudos feitos por Kissling na Inglaterra). Constata-se neles um prazer de profanar a pátria (símbolo materno) e uma cumplicidade com aquele que a viola. Mas não se pode explicar isso por redução ao incesto; é preciso considerar a situação psicossocial: simpatia por estes ou aqueles aspectos intelectuais do ocupante (políticos, econômicos, sociais). Uma análise dessas é interessante, mas não exaustiva; é necessário todo o funcionamen-

to da ostra para que haja pérola, mas é preciso uma parcela que seja a sua causa.

2) Tentou-se uma explicação do capitalismo pelo erotismo anal, que conduziria à avareza. Odier fez uma psicanálise do pequeno lucro (*Le complexe du petit profit*, in *Revue française de psycanalyse*, 5, 1932, pp. 402-23). Fromm fala de anastomoses dos fenômenos sociais e psicanalíticos.

Karen Horney diz que certas neuroses são neuroses sociais devidas aos acontecimentos de uma época (cf. *A personalidade neurótica de nosso tempo* [*La personnalité néurotique de notre temps*, L'Arche, 1953] e Fromm: *Conditionnement social de la thérapeutique analyste*).

Bastide diz que o social é uma ordem original que comporta suas situações e seus conflitos próprios, mas que, ao atingir os indivíduos, desperta neles harmônicos sexuais. O resultado é uma erotização social ou política. Os símbolos sociais nos sonhos não têm obrigatoriamente significado sexual. Existe uma separação entre um sexual social e um sexual libidinoso. Nos casos de tabus sexuais, é sobre certa forma de sexual social que se impõe um interdito, e não sobre o sexual individual, considerado indiferente.

Mas quando abandono o dogmatismo, a psicanálise constitui um complemento útil para a sociologia, em especial quando se trata de relações sociais não cristalizadas em instituições. Esse problema é freqüente no contato de duas culturas. Por exemplo, a vida dos negros nos Estados Unidos é muito mais regida por usos práticos e por relações inter-humanas do que por codificações legais. Não se poderia falar de simples relação de exploração: não há comparação possível entre os negros mais ricos e os brancos mais ricos. Vemos a necessidade de uma análise psicanalítica para explicar o messianismo dos negros da América do Norte e a atitude dos intelectuais brancos americanos, mesmo simpatizantes dos negros, que contribuem para formar um mito do negro: atitude idílica, canto, relação direta com a natureza... e essa imagem impressiona o próprio negro. Esses brancos gostam dos negros por razões ruins, bajuladoras, desumanas, conseqüência de suas neuroses pessoais. Assim também, para o estudo da Rússia, de fevereiro a outubro de 1917, a consideração dos fatores econômicos não basta. É preciso ver a luta das consciências, em que cada um age em função do que acha que o outro vai fazer.

É esse estudo das relações entre consciências que constitui a originalidade da psicanálise.

RELAÇÕES ENTRE PSICOLÓGICO E SOCIOLÓGICO

I. *Idéias de Mauss sobre as relações entre psicologia e sociologia*

(Cf. Mauss, *Rapports réels et pratiques de la psychologie et de la sociologie,* in *Sociologie et anthropologie,* P. U. F., col. "Quadrige".)

1. *Situação da psicologia em relação à sociologia*

a) Há uma *psicologia* dos animais, assim como uma psicologia do homem, ao passo que a sociologia é essencialmente humana, antropológica, pois trata de *instituições,* que são os traços de nossa vida em comum.

b) A psicologia orienta-se para o indivíduo; a sociologia, para o coletivo.

A psicologia coletiva, ou interpsicologia, não pode substituir a sociologia. Essa substituição só seria possível se a sociedade se reduzisse aos fenômenos de consciência dos indivíduos. Embora interprete de modo válido o arbitrário, o simbólico, a interpsicologia não poderia explicar a coerção.

(Cf. Durkheim: "o fato social é coercitivo".)

O fato social também comporta, segundo Mauss, o substrato material e concreto do grupo, enquanto a interpsicologia só está voltada para o espírito do grupo. As três ordens de fatos que ela não consegue atingir são:

– os fenômenos morfológicos que diferem segundo se trate de homens, idosos, crianças, que têm papéis complementares de acordo com usos, costumes, regras que limitam institucionalmente o grupo (por exemplo, casamento permitido ou proibido com certo parente);

– a fisiologia social ou maneira de pôr os valores econômicos, monetários;

– a história, as tendências e os hábitos do grupo, que ela não poderia explicar porque tem uma concepção abstrata do indivíduo.

Mauss certamente aprovaria os estudos feitos com minorias, pois acredita que as representações coletivas e as condutas por elas ensejadas – o que hoje se chama *sistema projetivo* de uma sociedade – são os elementos essenciais de estudo.

Essas pesquisas representam, em sua opinião, uma invasão da sociologia na psicologia, e não uma psicologia social. Toda formação superior da consciência só é compreensível num dinamismo institucional.

Há invasão pelo social até no corporal: signos, símbolos instituídos, lágrimas. Não se trata de reduzir o indivíduo ao coletivo; o indivíduo transforma as instituições, mas não se pode isolar numa vida individual um único fato que não seja também da alçada da sociologia.

2. Serviços prestados à sociologia pela psicologia

A sociologia fornece fatos, a psicologia possibilita compreendê-los.

A psicologia trouxe um complemento importante à sociologia na medida em que era psicologia do homem total, ou seja, o que se opõe à psicologia das faculdades e das funções, em que ela se aplica a descrever as relações entre consciência e corpos. Por exemplo, os estudos de psicopatologia sobre as psicoses e neuroses podem ser aplicados ao estudo dos fatos de sociedade na Austrália. Graças à psicologia pode-se compreender o fato sociológico da *tanatomania*; o indivíduo, considerando-se em estado de pecado, deixa-se morrer. Mauss, a respeito de *Totem e tabu*, diz que, sob certos aspectos pouco sérios, o livro contém idéias passíveis de um desenvolvimento imenso:

– ele confirma a ponte lançada entre sociologia e psicopatologia;

– enfatiza *a noção de símbolo* posta depois em evidência pelos estudos de Head sobre a afasia (*Aphasia and Kindred Disorders of Speech*, Cambridge, 1926). É graças à consciência simbólica que a inserção do indivíduo na totalidade social é possível. Isso explica os rituais de iniciação aos símbolos de uma civilização.

3. Serviços prestados à psicologia pela sociologia

A psicologia tem o direito de compreender fatos que, sendo normais no estado coletivo, seriam patológicos no estado individual.

Para Mauss, a lingüística é uma parte da sociologia. E com a lingüística a psicologia pode aprender a tratar o homem como um todo, pois a linguagem é um fenômeno ao mesmo tempo biológico, psicológico e social, sem distinção numérica possível.

Reverberações mentais. Os símbolos implicados nos múltiplos braços de Vixnu seriam expressão da pluralidade das consciências na sociedade. Assim também o significado de direita e esquerda não é fisiológico nem psicológico, mas essencialmente institucional. A explicação está na magia das sociedades arcaicas. Os princípios de proximidade e de distância também têm origem institucional e social.

Em suma, Mauss preconiza entre psicologia e sociologia relações de colaboração através de fronteiras voluntariamente indefinidas. Essa proposta foi confirmada pela história. Verificamos um envolvimento recíproco, e não uma rivalidade. A sociologia estuda a vida humana institucionalizada; a psicologia, a vida humana em estado nascente, naquilo em que esta não se reduz aos fenômenos sociais. A humanidade, diz Mauss, edificou seu espírito servindo-se de seus corpos (técnica do corpo), donde uma osmose completa de todos os domínios geralmente distinguidos. A psicologia revela uma perspectiva de compreensão; a sociologia, uma perspectiva objetiva sobre a instituição e a norma.

Entende-se assim a necessidade de esforços convergentes para uma única realidade que mescle corpo, alma e sociedade, porque aqui e ali há "fenômenos de totalidade". Mas a ambigüidade permanece, pois indivíduos e sociedade são duas totalidades; há portanto uma totalidade numa totalidade e dupla perspectiva. A psicologia não deverá mais ser uma psicologia das faculdades; deve ensinar-nos a conhecer o homem afetado em todo o seu ser por qualquer choque físico ou psicológico.

II. *Concepção dessas relações no culturalismo*

A propósito de uma exposição sobre *Male and Female* (*L'un et l'autre sexe*, Gallimard, col. "Folio–Essais") de Margaret Mead, M. Merleau-Ponty aborda as principais questões suscitadas.

A. Se a relação entre psicologia e sociologia, vida privada e costumes sociais é evidente nas microssociedades, descritas pelos culturalistas, pode-se perguntar se essa relação é tão imediata em sociedades como a nossa.

Dois elementos principais as diferenciam:

1) *Porte.* A ilha de Alor, descrita por Kardiner, tem dimensões de pequena aldeia, na qual os termos da vida política e da vida

social não têm sentido. Como não poderia haver governo nem administração organizada, as relações sociais são imediatamente psicológicas.

Não há fenômeno social, coletivo, que não possa ser previsto a partir da vida privada. No entanto, essa diferença entre microssociedades e sociedades de grande porte talvez não nos impeça de tentar uma psicologia das sociedades maiores, conforme mostraram os estudos de Kardiner sobre uma cidade média dos Estados Unidos, feito segundo métodos análogos.

2) As chamadas sociedades primitivas às vezes parecem, pelo menos à primeira vista, em estado de *estagnação*. Kardiner, falando dos comanches, diz que eles conheceram bem acontecimentos como a introdução de uma nova modalidade de cultura do arroz, mas que tais acontecimentos não são produzidos pela própria sociedade (in *The Psychological Frontiers of Society*, Columbia University Press, 1945*)*. Com todas as restrições possíveis à possível insuficiência de nossas observações macroscópicas, podemos dizer que a *relação com o tempo* não é o mesmo nos dois casos de sociedade. Aqui o espaço mental dos indivíduos está sendo continuamente modificado, seja pelo jornal, seja pelas múltiplas telerrelações que estão na base do seu condicionamento social. A vida social entre nós assume verdadeira autonomia, com os perpétuos posicionamentos que exige, como se pode constatar por oposição às estruturas psíquicas, que evoluem só lentamente.

É nas sociedades que se pensam como históricas que essa relação é mais complexa. Histórico, ao sentido de *"Geschichlich"*, qualifica as sociedades que consideram um passado de fato e um futuro necessários à sua realização no tempo.

A consecução realiza-se de uma geração à outra, o que constitui a inserção em movimento de um fenômeno no outro. Há, em suma, um devir do todo, e o todo tem sua razão de ser na evolução. Ele permanece, mas exige uma análise mais complicada, pois os circuitos de causalidade são mais amplos. Continua aberta a questão de saber se *o acontecimento social* nas sociedades desse tipo tem mais importância que a *estrutura psicológica.*

B. É verdade que esse mesmo tempo social histórico não deixa de ter certa estrutura psicológica. Portanto, é um subsídio importante dos culturalistas a consideração do psicológico e do institucional como dois aspectos de uma mesma estrutura, deixando-se de fazer do psíquico uma "vivência individual", um contato de mim comigo apenas, mas sim uma "*vivência intersubjetiva generalizada*"; essa é sua contribuição mais original.

É a *estrutura de personalidade básica* (cf. Mikel Dufrenne, *La personnalité de base*, P.U.F., 1972, N.d.E.), que expressa o que em nós é pré-pessoal.

Na concepção clássica da filosofia, consideram-se, por um lado, átomos psíquicos ou mônadas e, por outro, o espaço; é o dualismo sujeito-objeto, espírito-extensão.

Para os culturalistas, existe entre mônadas e espaço um espaço antropológico povoado por caracteres humanos; esse espaço flutua em torno de nós e dele todos participam (cf. o *Espírito objetivo*, Hegel); por isso, diante da realidade, o sujeito não é apenas cognoscente, o que seria a propriedade do ser individual. Assim, as relações da criança com a mãe não são relações de conhecimento, de "cogitação", mas de experiência. Isso já fora revelado pelos lingüistas, quando falaram da reciprocidade essencial da linguagem (*to speak to – to be spoken to*).

Trata-se de uma relação de dois termos, como quando dois indivíduos seguram as duas extremidades de uma corda. O corpo serve de veículo, é o meio de nossa relação com outrem. "É o corpo que aprende os caminhos do corpo" (M. Mead). Assim, entre a criança e a mãe existe uma relação carnal que favorece a identificação imediata com a mãe. Ora, essa é nossa primeira iniciação social. O mérito do culturalismo é, portanto, apresentar uma concepção concreta do elo social, que não elimina a realidade do individual.

III. *Conclusões sobre Lévi-Strauss e Margareth Mead*

A posição de Lévi-Strauss parece paradoxal: por um lado, ele estabelece entre psicologia e sociologia uma relação interna por intermédio da interpsicologia; por outro lado, conclui, como os culturalistas, por uma sociologia diferente da vivência dos indivíduos, constituindo uma ordem em si, distinta da ordem psicológica (cf. Lévi-Strauss, *Introduction à l'oeuvre de Marcel Mauss*, in Mauss, *Sociologie et anthropologie*, pp. IX-LII; ed. citada, P.U.F., 1950; nova edição, P.U.F., col. "Quadrige").

1. Falando de Mauss, define sua própria concepção. Conhece as noções culturalistas porque as praticou pessoalmente: existe uma relação estreita entre a estrutura social e a psicologia das relações interpessoais da criança com os pais. Há homogeneidade entre as duas pesquisas, pois a ordem social não é natural. Cf. p. 26: "Tudo o que é psicológico é social e vice-versa; a prova do social só pode ser mental. Só podemos ter certeza de compreender uma instituição revivendo sua instância sobre uma consciência individual..."

É tão estreita a relação entre as duas disciplinas que toda experiência sociológica deve ser retomada na *experiência vivida* pelo sociólogo, pois em toda pesquisa feita com homens a referência à vivência é indispensável. "O estudo do fato sociológico deve sempre ser total, o observador é da mesma natureza do seu objeto; faz parte de seu objeto. Nessa situação particular, o objeto é ao mesmo tempo coisa e representação; é preciso apreendê-lo totalmente vivendo-o como o indígena, e não o observando como etnólogo." Cf. p. *27:* "O que para o observador equivale a reviver em essência, por uma experiência imaginária, a estrutura de parentesco em questão. Chega-se à identificação do sociólogo com as estruturas psicossociais que estuda."

2. Mas as idéias de Lévi-Strauss evoluem ao longo de sua obra. Ele afirma então (cf. p. 30) que as relações sociais estão contidas nas representações, *mas que estas são inconscientes.*

– É a tese de Mauss: "Em magia, assim como em religião e em lingüística, são as idéias inconscientes que agem." O social volta a ser uma realidade exterior aos indivíduos que o vivenciam, o que provoca uma concepção objetivista da sociologia. Às relações de parentesco subjazem idéias que precisaríamos compreender a partir de nossa experiência de parentesco, modificando-a. Seria preciso, por exemplo, realizar a intuição daquilo que representam afetivamente as relações de primos cruzados e primos paralelos. Mas isso nos é impossível, pois esses modos de ligação atuam sem que os indígenas saibam. São determinados sem seu conhecimento, assim como "os átomos não precisam conhecer as leis da física" que os regem, assim como "o significante precede e determina o significado e a linguagem; o social é uma realidade autônoma".

Essa concepção enseja uma matematização progressiva da sociologia. Existe um número finito de relações simples, realizadas nas numerosas sociedades, e a partir das quais o cientista pode determinar as diferentes formas de sociedade realizáveis. Assim, a partir dos trabalhos de Freud, Erikson traçou um quadro de todos os tipos possíveis de sexualidade pré-genital. O mundo atual estudado por Freud e depois dele não passa de pequeno setor particular que a sociologia combinatória deve interpretar à luz das diferentes combinações possíveis. Os esquemas de Erikson, considerados do primeiro ponto de vista, só têm significação em relação à nossa vivência e por variações imaginárias a partir desta. Se introduzirmos a noção de social a agir inconscientemente, o social se tornará uma espécie de "em si" independente do psicológico.

Quais são as razões que levaram a essa bifurcação do pensamento de Lévi-Strauss?

– O temor de fazer uma fenomenologia verbosa a pretexto de fazer uma sociologia fenomenológica.

– Ele gostaria de evitar a redução do social às concepções que o selvagem tem do social. A linguagem, tipo mesmo das relações sociais (semântica), é um fenômeno autônomo, irredutível às concepções que temos dela, concepções que, por sua vez, são uma análise feita "*a posteriori*", a partir de regras gramaticais aprendidas e esquecidas.

Lévi-Strauss teme que se deixe de ver o que há de profundo no social. Assim, um fenômeno como a troca deve ser percebido já de início como um conjunto, uma estrutura social, e não como uma soma de aquisições psicológicas.

3. Seremos obrigados a basear o social em noções inconscientes? É preciso introduzir a possibilidade de viver, com consciência, em relações recíprocas. Trata-se de estabelecer uma comunicação com meu inconsciente e com um outro eu, que é o homem primitivo. Podemos fazer aqui uma comparação instrutiva: a psicanálise não revela um eu que opere sem meu conhecimento; ela vincula o inconsciente ao consciente; é inconsciente o que não queremos assumir. Assim, o social não escapa à consciência, mas as pessoas vivem mais coisas do que acreditam. *O inconsciente não é uma segunda consciência, mas uma vivência não tematizada*. Assim, o sistema de parentesco, se não é conhecido

tematicamente – para isso seria preciso sair dele, como o etnólogo que estabelece comparações –, nem por isso é forçosamente desconhecido por nós que o vivenciamos. *A autonomia do social reside na noção da vivência, mais ampla que a de inconsciente proposto por Lévi-Strauss.*

IV. *Interpretação final do culturalismo*

1. Não deve ser reduzido a caso particular de um pensamento causal que ligue grandes efeitos a pequenas causas: os cuidados dispensados pelos pais são reflexo, e não a causa, da cultura estudada. A transmissão de uma cultura se faz por identificação recíproca de uma geração a outra, por um processo circular.

2. O culturalismo está próximo de uma sociologia fenomenológica, pois considera a integração da criança na sociedade como fenômeno de consciência simbólica.

A ambigüidade entre essas duas concepções é manifesta em Lévi-Strauss, assim como em Margaret Mead e Kardiner.

O que ocorre, nesses autores, com o estudo da personalidade básica, vista dessa vez em sociedades históricas mais complexas? A relação entre psicologia e sociologia, embora menos direta, continua sendo essencial. Kardiner esboça essa relação no caso de uma cidade americana, média, de camponeses puritanos, com o nome suposto de "Plainville". Do ponto de vista psíquico, essa sociedade é de estrutura edipiana acentuada: punições, tabus sexuais, ignorância da sexualidade nas mulheres (= Édipo canônico).

Do ponto de vista social e político, os habitantes são republicanos céticos, hostis ao governo democrata, "às idéias vermelhas de Roosevelt", tais como a seguridade social, pois dão mais importância aos valores pecuniários que aos valores naturais. Pode-se perguntar qual é a raiz profunda do ceticismo comum ao aspecto psicológico e às idéias político-sociais dessa comunidade. Há uma conexão entre sua atitude em relação à vida, à sexualidade e ao prazer, e em relação ao *New Deal*. A fonte comum seria a exasperação com um poder que lhes escapa. Os filhos escapam à tutela paterna do mesmo modo como os adultos escapam ao engajamento político. A tensão dentro do meio familiar e no plano social corresponde a uma crise do sistema total. Aqui, como nas sociedades que não têm governo, a explicação é ao mesmo tempo social e psicológica.

O culturalismo é a melhor contribuição dada há cem anos ao problema que nos ocupa. Por intermédio da personalidade básica, oferece um meio de pensar essa relação ressaltada pelo marxismo.

Não é um marxismo magro, descarnado, que só vê determinismo econômico, ou seja, relações de produção: o marxismo vigoroso remete à estrutura total do mundo e em particular aos motores econômico, social e político. Ele não é indiferente aos problemas de cultura. Não julga em virtude da ortodoxia das conclusões de um autor, mas em função das normas culturais particulares. Assim, Marx afirmava que Balzac era um autor de primeira importância, não obstante o fato de ter sido reacionário. Não se deve aplicar à cultura procedimentos que a reduzam a outros fenômenos econômicos e sociais, mas orientar as pesquisas segundo os critérios da estética e da sociologia.

Relacionamento da criança com outras pessoas

INTRODUÇÃO

1.º *Relações entre esse assunto e os dos cursos do ano passado (Estrutura e conflitos da consciência infantil e Consciência e aquisição da linguagem).*
a) *Relações com a estrutura e os conflitos da consciência infantil.*
Esse curso tratava das *relações da criança com a natureza*: percepção, percepção da causalidade, relação da criança com o imaginário, representação do mundo na criança, ao passo que este ano a criança será estudada em suas *relações com pais, irmãos e, se houver tempo, com o meio escolar, com a classe social.*

O curso do ano passado enfatizava a psicologia do conhecimento, que muitas vezes se considera como uma infra-estrutura; o deste ano tratará da psicologia da afetividade e das relações da criança com outrem. Mais adiante se mostrará que estes últimos problemas não são secundários nem mais especiais.

O curso do ano passado levava à seguinte conclusão: a percepção, as relações de causalidade captadas pela criança não são reflexo dos fenômenos externos nem simples triagem de dados oferecidos pelo meio, mas uma *"configuração" de sua experiência.* Por exemplo, o desenho infantil não é um desenho malogrado de adulto (Luquet), não é reflexo do mundo; é uma maneira de exprimir o mundo. A respeito da representação do mundo, o animismo, o artificialismo podem ser considerados expedientes empregados pela criança para responder às perguntas do adulto sobre as "ultracoisas" (termo de Wallon).

Essas representações do mundo são suscitadas pelas perguntas do adulto. Portanto, à percepção e ao conhecimento, na criança, subjaz uma função mais profunda, que está em relação estreita com a afetividade.

b) *Relações com a aquisição da linguagem.*

A conclusão à qual chegávamos era da mesma ordem: a criança adquire um sistema aberto de expressões, não por operações de intelecção, mas pelo uso e pela assimilação da língua empregada em seu meio. O que a criança faz não é pensar o sistema da língua, mas adquirir o manejo de um *instrumento lingüístico,* apropriar-se de uma conduta; e aí também o conhecimento é efeito mais que causa.

2.º *A afetividade não está subordinada às funções de conhecimento.*

Primeiro exemplo: a *percepção mesma das coisas é profundamente modificada pela personalidade e pelas relações interpessoais com o meio humano:* trabalhos de Frenkel-Brunswick, *Journal of Personnality* (setembro de 1949): *Intolerância à ambigüidade como variável da personalidade nos domínios da emoção e da percepção (Intolerance of ambiguity as an emotional and perceptual personnality variable).* Esses trabalhos são inspirados nos de Jaensch, sobre a percepção das figuras ambíguas, que seriam mais freqüentes nos sujeitos "liberais" (indivíduos aptos a reconhecer vários aspectos de uma coisa).

O estudo de Frenkel-Brunswick baseia-se no mesmo princípio dos métodos projetivos que supõem (Rorschach) que a personalidade se exprime no modo de estruturação dos dados sensíveis. O traço de personalidade escolhido é a rigidez psicológica. Pesquisas das correlações desse traço com certos modos de percepção são feitas por experimentação: 120 casos extremos em 1.500 crianças de 11 a 16 anos (exame clínico: entrevista, testes; exame dos pais). A rigidez psicológica, noção de origem psicanalítica, é a atitude dos sujeitos que, para *qualquer pergunta,* dão *respostas simples, sumárias, categóricas e sem nuances,* sendo pouco dispostos a reconhecer fatos discordantes.

Essa rigidez não é força psicológica, mas uma máscara sob a qual se esconde uma personalidade muito dividida: é uma *formação reacional.* Por exemplo, esses sujeitos, em geral tradicionalistas, na descrição dos pais limitam-se a traços exteriores, como se temessem descobrir imperfeições em profundidade. Assim também, quando lhes armam uma armadilha ("Que pessoas você levaria para uma ilha deserta?"), eles omitem os pais. Ou ainda, ao T.A.T., insistem nos aspectos coercitivos dos pais.

Esses exemplos revelam uma *divisão profunda* dos sujeitos consigo mesmos e uma *agressividade reprimida para com os pais*. Evitam toda e qualquer ambigüidade e procedem por dicotomia (dilemas obediência-autoridade, limpeza-sujeira, virtude-vício, masculinidade-feminilidade). A rigidez psicológica nasce, de fato, das relações com os pais e estende-se às concepções morais. As famílias dessas crianças são, em geral, *autoritárias e frustrantes*. A imagem que a criança tem dos pais é dupla: uma, benigna, que aparece em primeiro plano; outra, agressiva, que se esconde profundamente ("mãe bondosa e mãe malvada").

M. Klein distinguiu a noção de *ambivalência da noção de ambigüidade. Ambivalência: o sujeito tem duas imagens alternativas de um mesmo ser, imagens que não são percebidas como representantes do mesmo objeto. Ambigüidade:* é uma noção da vida adulta. *O sujeito percebe duas imagens, mas sabe que elas se referem ao mesmo objeto.*

Aspecto social do fenômeno: essas famílias, *socialmente marginais* (ex: novos ricos, minoria italiana ou irlandesa nas cidades americanas) *e, por isso, autoritárias,* provocam na criança o surgimento da rigidez psicológica, que se traduz por certa maneira de viver as relações sociais. A criança "rígida" muitas vezes tem preconceitos raciais porque projeta numa minoria "exterior" o que não pode aceitar em sua própria personalidade. (Mitos da sexualidade dos negros dos Estados Unidos; mitos da luta dos sexos: cada um lança sobre outrem as deficiências que não quer reconhecer em si mesmo.)

Primeiro exemplo (continuação): *Como a rigidez psicológica se exprime na percepção.*

Os sujeitos são submetidos a certo número de provas para revelar *sua rigidez psicológica.* Exemplos:

a) "As pessoas podem ser divididas em duas categorias: as fracas e as fortes."

b) "Os professores deveriam dizer aos alunos o que devem fazer, em vez de ficarem perguntando o que eles querem."

c) "As moças só deveriam aprender coisas referentes à casa."

d) "Os refugiados deveriam ser expulsos, e seus empregos deveriam ser dados aos veteranos."
e) "Só existe uma maneira de fazer bem alguma coisa."

Em geral, os sujeitos psicologicamente rígidos *respondem afirmativamente* a cada pergunta.

São feitas outras experiências com os mesmos sujeitos, para evidenciar as *características de sua percepção*. Exemplo: projeta-se numa tela a imagem de um cão que aos poucos se transforma em gato. O sujeito só percebe a mudança muito tarde e insiste em não ver o que contraria seu primeiro modo de visão. Repugna-lhe reconhecer *fenômenos de transição*.

Essas pessoas, às voltas com conflitos fortíssimos, têm claras dificuldades para reconhecer uma ambigüidade nas coisas percebidas ou nas idéias. A ambigüidade *emocional* se traduz pela recusa à ambigüidade *intelectual*. São muito lentas para adaptar-se a um novo tipo de problema. Seja qual for o enunciado, mantêm o mesmo método e tendem a reconduzir qualquer situação nova a uma experiência já conhecida.

O autor não quer dizer que a rigidez psicológica se traduz *sempre* pela rigidez na percepção. Seu ponto de vista é mais matizado, e a relação existente entre os dois fenômenos pode ser bastante complexa. Certos indivíduos *compensam* sua rigidez psicológica com uma grande flexibilidade no domínio perceptivo; em todo caso os dois fenômenos estão sempre interligados e formam um todo.

O autor também não quer ligar a rigidez psicológica a *certas opiniões*. Há pessoas aparentemente liberais, mas de uma maneira absoluta, abstrata: declaram, por exemplo, que todos os homens são idênticos, *em todos os pontos de vista*, e recusam-se a ver as diferenças das situações históricas. O que anuncia a rigidez psicológica não é tanto a adoção desta ou daquela tese (com exceção das teses racistas que, baseadas num mito, só são justificáveis por uma explicação pelos mecanismos psicológicos), quanto a maneira de adotá-la, de justificá-la, de apegar-se a ela. Assim, o liberal psicologicamente rígido recusa-se a admitir as diferenças de meio. Todos são ambíguos, mas o importante é a maneira como essa ambigüidade é tratada: quem demonstra ter maturidade psicológica aceita ver a ambigüidade e "interioriza" o conflito.

O objetivo do autor é pôr em evidência as *relações entre a maneira de perceber e a maneira de viver socialmente*. Não se trata em absoluto de mostrar que as funções cognitivas *são explicadas* pela estruturação social. A questão da causalidade não é passível de decisão experimental, pois sempre se pode supor que o modo de percepção preexistia ao modo de relação com outrem e o determinou em parte. Como o indivíduo sempre esteve no meio social ao qual pertence, e como viveu essa experiência com suas predisposições constitucionais, não há possibilidade de instituir uma experiência crucial que estabeleça qual dos dois fatos é causa do outro. *Na realidade, a questão da causalidade é desprovida de sentido:* como dizer se é o modo de viver socialmente que modela as percepções ou se é o contrário? Seria preciso poder isolar os dois fenômenos, o que é impossível. *Frenkel-Brunswick apenas buscou as correlações estreitas que existem entre os dois fenômenos, e mostrou que eles são dois momentos de um só todo: o indivíduo em situação em certo meio histórico.*

Segundo exemplo: o desenvolvimento da inteligência e a aquisição da linguagem estão ligados à afetividade. Artigo de F. Rostand, *Revue française de psychanalyse, Grammaire et affectivité* (tomo XIV, n? 2, abril-junho de 1950, pp. 299-310).

Existem correlações entre a idade de maior dependência em relação aos pais (0 a 2 anos) e o período sensível no que se refere à aquisição da linguagem. Se durante esse período a criança não tiver modelo lingüístico, não falará, ou pelo menos nunca falará com total normalidade. Exemplos: as crianças selvagens e as crianças surdas readaptadas; existe na sintaxe destas últimas particularidades curiosas: por exemplo, a ausência da voz passiva.

Rostand estuda o elo existente entre a relação mãe-filho e a aquisição da linguagem. Toda linguagem é, de algum modo, materna. Assim como as relações da criança com a mãe, a aquisição da linguagem é um fenômeno de *identificação.* Aprender a falar é aprender a desempenhar certo número de papéis, a assumir condutas de que se é, antes de tudo, espectador.

a) *O paralelismo entre a constelação familiar e a aquisição da linguagem é antes de tudo estudado num caso de ciúme acentuado num segundo irmão*: ao nascer mais um filho, a criança identifica-se com o recém-nascido. Numa primeira fase observa-se regressão da linguagem e do caráter, e, numa segunda fase, alguns dias depois, a criança identifica-se com o irmão mais velho e supera o ciúme. Esse ciúme pôde ser superado graças à presença fortuita na família de uma quarta criança, que retira do irmão mais velho sua qualidade de mais velho absoluto. Assiste-se então à brusca cura de uma gagueira neurótica e à aquisição, em um único dia, de várias formas de flexão verbal.

O ciúme manifestado ao nascer o irmãozinho pode ser interpretado como uma recusa a mudar de situação. A chegada do recém-nascido elimina o papel desempenhado até então. Essa fase desaparece graças à constituição de uma espécie de esquema passado-presente-futuro. Depois de se ter mantido em seu presente, que ela considerava um absoluto, a criança substitui sua atitude: "Estão tomando meu lugar" por "Eu era o mais novo, já não sou mais, serei o mais velho". A criança reestrutura suas relações com outrem, reestrutura seu universo. Trata-se de um fenômeno de *descentração* (Piaget), mas de *descentração* vivenciada que se realiza por uma operação vital, e não intelectual. A criança aprende a pensar relações recíprocas: distingue a noção de *papel* da noção de *indivíduo,* aprende a relativizar as ações de caçula e mais velho. Mas, também neste caso, o desenvolvimento intelectual é carreado por um desenvolvimento vital e afetivo.

b) F. Rostand *estuda em seguida o caso de uma menina* de 35 meses que, deparando com uma cadela que amamenta os filhotes, fica muito emocionada. Dois meses depois, ao nascer um irmãozinho, a menina adquire de repente certos modos lingüísticos, sobretudo o imperfeito. Existe um elo entre a aquisição, o nascimento do irmão e a emoção passada.

Como explicar o que ocorreu? Para a menina, que sabia que ganharia um irmão ou uma irmã, a cadela representava um símbolo. O esquema futuro, irmão-eu-pais, estava sendo antecipado por filhotes-eu-cadela. Para assimilar esse esquema, a criança precisava abandonar sua posição de objeto privilegiado e assumir atitude maternal em relação ao recém-nascido. Era preciso passar de uma atitude *captativa* a uma atitude *oblativa,* de uma atitude *passiva* a uma atitude *positiva.*

Aparecem então o uso do imperfeito, de "mim" e "eu" e de quatro verbos no futuro. O futuro é um tempo de agressividade: o sujeito toma pé no porvir e faz projetos; o uso do "mim" e do "eu" indica que o sujeito adota uma atitude mais pessoal; o uso do imperfeito mostra que a menina entende que o presente se afastou, é passado, mas também que esse passado subsiste no presente. O imperfeito é usado toda vez que o assunto é o bebê, sendo este o que ela era até então.

A emoção foi apenas uma oportunidade de reestruturar o meio humano. Pode haver progresso lingüístico, sem emoções desse tipo, mas, mesmo então, o progresso lingüístico é sempre descontínuo. Supõe sempre uma reestruturação do meio humano da criança, porque na primeira infância o meio humano e parental é o mediador de todas as relações com o mundo e com o ser. O que se chama *inteligência* é um nome para designar o tipo de relação com outrem, o modo de intersubjetividade ao qual a criança chega. Aí também não se trata, aliás, de explicação causal de um fenômeno pelo outro, mas de reconhecer a conexão dos dois "projetos" dentro do projeto único que é a vida da criança.

A maneira como a criança assume suas relações com a constelação familiar pode ser lida no tipo de percepção e de conhecimento que ela realiza.

I. PROBLEMA TEÓRICO

Antes de empreender o estudo das relações da criança com pais, irmãos, meio escolar etc., cabe uma questão de princípio: *Em que condições a criança entra em relação com outrem? Qual é a natureza dessa relação? Como ela se estabelece?*

1º *A psicologia clássica* abordou esse problema com grandes dificuldades, e ficou claro que lhe era impossível resolvê-lo.

a) *O que é psiquismo? O que é dado a uma só pessoa*, responde a psicologia acadêmica: minha sensação de verde, de vermelho é minha e você não a conhecerá jamais. O psiquismo de outrem é inapreensível em sua essência e incomunicável.

b) *Como representar-se o corpo de outrem?* O psiquismo de outrem revela-se por sua aparência corporal: gestos, mímicas, palavras... Em presença desse corpo, posso saber que ele é habitado por um psiquismo, graças à noção, fundamental para a psicologia clássica, de *cenestesia*: meu corpo seria apreendido por mim por meio de uma massa de sensações brutas que me informam sobre o estado de meus diferentes órgãos, de minhas diferentes funções. Ora, se só é apreensível pela cenestesia, a consciência de meu corpo permanece impenetrável para outrem, e o conhecimento de outrem torna-se então impossível.

Só resta um recurso: supor que, como espectador dos gestos alheios, decifro as expressões que me são dadas e projeto em outrem o que sinto de meu próprio corpo.

O problema da experiência alheia aparece como um sistema de quatro termos:
– *meu corpo como objeto,*
– *eu que sinto meu próprio corpo* (imagem interoceptiva de meu próprio corpo),
– *o corpo de outrem que eu vejo* (imagem visual),
– *o sentimento que outrem tem de sua própria existência.*

A percepção de outrem consistiria em deduzir o 4.º termo do 3.º por analogia com a relação, suposta, do 1.º termo com o 2.º.

Assim o problema parece difícil de resolver.

1) *A percepção de outrem é relativamente precoce*: desde muito cedo a criança é sensível ao sorriso. Como poderia ela, pelo sistema complicado visto acima, saber tão cedo que esse sorriso é sinal de benevolência? Essa projeção, para ocorrer, deve basear-se na analogia entre os gestos alheios (no caso o sorriso) e os seus. Essa operação suporia uma espécie de raciocínio por analogia: compreender o significado do sorriso alheio de acordo com o significado de seu próprio sorriso. Seria preciso uma correspondência pontual entre o corpo visto e o corpo sentido. Ora, a criança tem uma experiência ínfima de seu corpo visual, e a imagem interoceptiva de seu próprio corpo é muito diferente da imagem visual de outrem. *Cabe então supor que a criança tem outros meios de identificar globalmente o corpo alheio.*

2) *O fenômeno da imitação.* A criança faz o gesto segundo a imagem do que vê outra pessoa fazer: sorri porque lhe sorriram. Seria preciso que ela traduzisse a imagem percebida em linguagem motora. Mas ela não tem uma imagem de si mesma sorrindo, nem o sentimento motor de outrem. A transferência de outrem para ela não é possível por analogia.

2.º *Só se pode resolver o problema abandonando os preconceitos da psicologia clássica.*
a) *Reforma da noção de psiquismo: noção de conduta.*
Como o psiquismo de outrem só é acessível a uma única

pessoa e completamente impenetrável para os outros, será em sua *conduta* que poderei apreender, encontrar a outra pessoa: as *ações têm um sentido*.

Exemplo: para Guillaume (*L'imitation chez l'enfant*, P.U.F., 1969), imitam-se as ações alheias demonstradas por gestos. O que a criança imita não é o indivíduo, mas sua conduta. Ela pode descobrir que tais ações são alguém porque ela mesma é capaz de as executar.

b) *Reforma da noção de cenestesia: noção de esquema postural*.

Meu corpo não é apenas conhecido por sensações internas, mas também por um esquema corporal (Head, Wallon, Lhermitte). A noção que tenho de meu corpo é um sistema, um esquema que comporta a relação com a posição de meu corpo no meio ambiente. Os diferentes domínios sensoriais participantes da percepção de meu corpo mantêm certas relações: o esquema corporal fornece-me, nesse sentido, um sistema de equivalências. Se meu corpo já não é apenas conhecido por uma massa de sensações estritamente individuais, mas como um objeto organizado em relação ao meio, segue-se que a percepção de meu corpo pode ser transferida para outrem e que a imagem de outrem pode ser imediatamente "interpretada" por meu esquema corporal.

Pela reforma da noção de psiquismo substituída pela de conduta, e da noção de cenestesia, substituída pela de esquema postural, o problema do conhecimento de outrem pode ser resolvido. Tem-se então um sistema de dois termos:

– *meu comportamento,*
– *o comportamento de outrem,*
que constituem um todo.

c) *Para Husserl*, por exemplo, a *percepção de outrem é como um fenômeno de acoplamento* (termo tomado ao mesmo tempo no sentido *fisiológico* e no sentido mais geral de *dupla*): percebo o corpo de outrem e sinto nele as mesmas intenções que animam meu próprio corpo e vice-versa. Não poderemos perceber outrem se fizermos uma distinção entre *ego* e outrem; ao contrário, isso é possível se a psicogênese começar por um estado em que a criança se ignora como diferente.

Vou tomando aos poucos consciência de que meu corpo está fechado sobre mim. Correlativamente, ocorre uma modificação da imagem de outrem, que aparece em sua insularidade.

Primeira fase: existência de uma espécie de *pré-comunicação*, de coletividade anônima, sem diferenciação, espécie de existência a várias pessoas.

Segunda fase: objetivação do próprio corpo; segregação, distinção dos indivíduos. Exemplo, Guillaume (*La formation des habitudes chez l'enfant*, P.U.F., 1973): no início, a consciência não está fechada em si; o primeiro eu é latente, virtual. O egocentrismo é a atitude de um eu que se ignora, que vive tanto nos outros quanto em si (*Sociabilité syncrétique* de Wallon). A consciência individual só aparece mais tarde, assim como a objetivação do próprio corpo, que estabelece uma repartição estanque entre mim e outrem e a constituição de um outrem e de um eu como "seres humanos" em relação de reciprocidade.

Esse estudo permite descrever as fases das relações da criança com outrem.

II. A CRIANÇA DE 0 A 6 MESES

É a fase inicial. A criança organiza seu esquema corporal e começa a perceber outras pessoas. Nos dois casos há uma espécie de encarnação. São duas operações análogas e complementares. No entanto, a percepção de outrem e a do próprio corpo não se desenvolvem no mesmo ritmo. A percepção do próprio corpo precede a de outrem. É um sistema que se desenvolve no tempo.

Essas percepções não são inatas: há desenvolvimento, mas o desenvolvimento não é *aditivo*. A percepção do corpo, que aparece primeiro, cria um desequilíbrio e provoca um desenvolvimento ulterior da percepção de outrem. Em cada fase do desenvolvimento existe um germe que prepara a fase seguinte.

1º *Percepção do próprio corpo*

Primeiro, é um corpo interoceptivo (Wallon, *Les origines du caractère chez l'enfant*, P.U.F., col. "Quadrige"). A exteroceptividade só pode ser exercida em colaboração com a interoceptividade.

É um corpo *bucal* ("espaço bucal" de Stern) e um corpo *respiratório*. Na fase seguinte, a criança percebe as regiões ligadas às funções de excreção. Os órgãos interoceptivos vão servir como órgãos exteroceptivos, até que haja *união* entre os dois domínios.

(Isso justifica a importância atribuída pela psicanálise à relação mãe-filho.)

É só entre o 3.º e o 6.º mês que ocorre a união entre externo e interno (mielinização). Enquanto essa união não se realiza, a percepção não é possível, pois para que ela ocorra o corpo precisa equilibrar-se (equilíbrio obtido apenas na posição de decúbito dorsal, mas então é o sono). *Ainda não há esquema corporal total.*

Obtida a união, persiste uma discrepância. (A mielinização ocorre, por exemplo, nos pés com um atraso de três semanas em relação às mãos; para a mão esquerda, um atraso de 26 dias em relação à mão direita.) A verdadeira atenção ao corpo é tardia: atenção à mão direita no 115.º dia; exploração da mão esquerda pela mão direita na 23.ª semana; perplexidade diante de uma luva posta ao lado da mão, na 24.ª semana.

A consciência do próprio corpo é fragmentária de início.

2.º *Percepção de outrem*

Guillaume nota uma expressão espantada, atenta e fugidia diante do rosto humano entre 9 e 11 dias. Segundo Wallon, o recém-nascido não tem verdadeiras sensações de mudança de seu próprio corpo. Até três meses ele não tem noção de seu corpo, mas apenas uma impressão de *descompletude.*

O primeiro contato exterior, o primeiro *estímulo* exteroceptivo, é a *voz humana.* Ela provoca gritos, sorrisos (dois meses); o olhar pousado sobre a criança a faz sorrir (dois a três meses); ela responde com gritos aos gritos de outra criança; chora com a partida de qualquer pessoa. Com dois meses e cinco dias, nota-se a experiência de outrem por meio visual: reconhecimento do pai. Com três meses, saúda com gritos qualquer pessoa que chegue.

As primeiras relações com outras crianças são expressas por um contágio de gritos (dois e três meses). Os primeiros olhares fixam as partes do corpo da outra criança. Só após os seis meses ela transfere para si mesma os diferentes conhecimentos de outrem. Ainda não há fraternização aos cinco meses. Aos seis meses, a criança é capaz de fixar o rosto de outra criança.

III. A CRIANÇA DE 6 MESES A 3 ANOS

Esse período é caracterizado por um súbito desenvolvimento do conhecimento do corpo de outrem. *É o período de "sociabilidade incontinente"* (Wallon).

Começaremos estudando o desenvolvimento dessa espécie de sistema cujos três elementos são: consciência interoceptiva do próprio corpo, percepção do próprio corpo visto de fora e percepção de outrem. Examinaremos, portanto, paralelamente o desenvolvimento da experiência do próprio corpo e o da consciência de outrem.

1º Desenvolvimento da experiência do próprio corpo

Após seis meses a criança adquire uma representação visual do próprio corpo *graças ao espelho e à imagem especular.*

a) *Contraste entre a conduta dos animais e a das crianças em relação ao espelho.*

– *Preyer estudou o comportamento de um pato-do-mato* que, depois da morte da companheira, ficava o tempo todo diante de um espelho. Segundo Wallon, essa conduta não seria comparável à da criança. O pato não considera a imagem como uma imagem de si mesmo, mas como a de um outro animal (a fêmea), à sua frente. Ou ainda, a fêmea, antes da morte, era para o pato uma imagem dele mesmo.

– *Wallon relata o comportamento de dois cães.* Diante do espelho, um apresenta reações de medo e evitação. O outro, que é acariciado pelo dono durante a experiência, tranqüiliza-se e vira a cabeça para ele. A imagem para o animal não é nem outro cão nem sua própria imagem: é uma espécie de complemento. Quando é acariciado, o cão só tem em conta o seu corpo, sentido por interoceptividade.

– *Köhler estudou o comportamento dos chimpanzés* (*L'intelligence des singes supérieurs*, Alcan, 1927; nova edição, P.U.F.-C.E.P.L., 1973). Quando se apercebem de sua própria imagem, os chimpanzés passam a mão atrás do espelho, parecem decepcionados e então se recusam obstinadamente a interessar-se por ela. Wallon interpreta essa atitude da seguinte maneira: no momento em que teriam acesso ao conhecimento da imagem, os macacos se afastam do objeto que lhes parece estranho: a imagem mal esboçada se desvanece tão logo aparece. Contudo, os chimpanzés parecem reconhecer-se nas imagens, fotografias deles mesmos que lhes são apresentadas.

Todos esses comportamentos contrastam com o da criança posta diante de um espelho.

b) *Reconhecimento da imagem especular de outra pessoa pela criança*: é mais precoce que o de sua própria imagem especular. O mesmo ocorre com a distinção entre a imagem de outra pessoa e sua presença real. Segundo Guillaume, a consciência que a criança tem de outrem seria precoce; segundo Wallon, não apareceria antes do fim do terceiro mês. Por volta do quarto ou quinto mês, trata-se de simples fixação do olhar. Só depois dos seis meses observa-se o aparecimento de verdadeiras condutas com referência à imagem, e não apenas mímicas. Exemplo: a criança sorri para a imagem especular de seu pai. Quando este fala com ela, a criança se volta, surpresa. Portanto, até então não tinha consciência precisa da diferença entre a imagem e o modelo. Parece que nesse *momento a criança aprende alguma coisa;* sua atenção prova que não se trata de simples treinamento, nem de reflexo condicionado; ela começa a tomar consciência de alguma coisa, mesmo que ainda não se aproprie da relação imagem-modelo e não saiba considerar a imagem como uma projeção do pai no espelho. Aliás, a conduta da criança ainda não é firme e estável. Por exemplo, a criança de Preyer, algumas semanas depois da experiência citada acima, ainda tenta agarrar a imagem do pai no espelho.

Naquela primeira fase, a criança considera que imagem e modelo têm *existência própria, independente*: a imagem especular é um *fantasma* do pai. A criança, ao se voltar, reconhece o pai de um modo bem prático, e não se pode ainda dizer que retirou da imagem aquela quase realidade, aquela existência fantasmagórica.

c) *Estágio da aquisição da imagem especular do próprio corpo*: é apenas *por volta dos oito meses* que as reações são nítidas. Com 35 semanas, a criança estende a mão para a imagem e parece surpreender-se com o contato do espelho. Na mesma idade, quando a chamam, ela se volta para sua imagem.

Por que aquela imagem do seu corpo é reconhecida mais tarde que a de outra pessoa? É que a criança está em presença de um problema mais difícil de resolver (Wallon). Para o pai, a criança dispõe de duas imagens visuais: o pai e a imagem especular dele. Mas para si mesma, a criança só tem uma imagem visual completa de seu corpo: a do espelho. Ela precisa entender que aquela imagem não é ela mesma, pois ela está onde se sente estar interoceptivamente, mas também que é visível para outrem naquele lugar onde se sente, assim como vê sua imagem no espelho.

Segundo Wallon, deve-se admitir que a criança começa vendo sua imagem especular como uma espécie de projeção de si mesma (heautoscopia). No sonho, nos estados hipnagógicos, nos moribundos, reaparece a consciência originária que a criança tinha de si. Os primitivos podem acreditar que uma pessoa se encontra, ao mesmo tempo, em vários lugares. Assim como acredita que está onde se sente e onde se vê, a criança pode achar que uma pessoa pode estar em vários lugares onde ela já viu essa pessoa. *A criança tem um modo de espacialidade diferente do adulto.* Essa espacialidade que adere às imagens se reduz ao longo do desenvolvimento. Com o desenvolvimento intelectual, aprenderemos a sobrepor nossa imagem especular a nosso próprio corpo e a reconhecer que *a imagem está apenas numa espécie de pré-espaço*. É porque nossa inteligência redistribui os valores espaciais e corrige os dados de nossa experiência que chegaremos a reconhecer nossa imagem especular como não real, a superar essa espacialidade aderente às imagens e a substituí-la por um espaço ideal com redistribuição dos valores espaciais.

Com um ano, essa redução a uma imagem sem realidade já está feita. Guillaume relata que sua filha, ao passar diante de um espelho e perceber que se esqueceu de tirar o chapéu, põe a mão na cabeça, e não na imagem refletida. A imagem especular não é mais que o *símbolo que remete ao objeto refletido*. Uma contraprova consiste em observar os transtornos da espacialidade nos apráxicos; estes têm dificuldade para agir de modo adaptado quando regulam os gestos a partir de uma imagem especular.

Isso não quer dizer que esse sistema de correspondência entre imagem e corpo não tenha falhas e que esteja perfeitamente adquirido com um ano. Entre 12 e 15 meses, a criança faz exercícios diante do espelho, exercícios análogos aos usados pelo reeducador com o apráxico: gestos que tomam a imagem especular como modelo. Quando se pede a uma criança de 60 semanas que mostre sua mãe, ela a aponta, *rindo*, no espelho. Se ainda brinca com essa imagem é porque não está tão distante do primeiro estágio. Com 57 semanas, o filho de Preyer passa a mão por trás do espelho e, descontente, dá-lhe as costas (conduta comparável à dos chimpanzés). Wallon mostra que aí não se trata de incompreensão, e que a verificação tem como alvo o espelho, e não a imagem. A explicação não é inteiramente convincente, pois, para que a imagem seja bem entendida, é preciso que a criança tenha algum entendimento do espelho: ora, a criança ainda não entendeu o reflexo. *A constituição de uma imagem especular supõe a elaboração, de elemento em elemento, de toda uma física elementar.* Com 61 semanas, o filho de Preyer toca, lambe a imagem, bate nela, brinca com ela. Wallon relata que uma menina de 20 meses abraça sua imagem, todas as noites, antes de se deitar. Com 31 meses, a criança brinca com sua própria imagem: diverte-se a constatar a existência de um reflexo que tem toda a aparência de ser animado ("jogos animistas" de Wallon). Mas esses jogos animistas não provam que a criança se apropriou de uma imagem especular perfeita. Se não restassem vestígios do fenômeno primitivo, esses jogos nos seriam incompreensíveis. A criança ainda acha que a imagem é um duplo dela. E cabe perguntar se o próprio adulto considera a imagem especular como um simples reflexo. O adulto tem dois modos de se perceber: um modo analítico, reflexivo, e outro, global, direto, que implica a presença de um ser animado. (Assim também, diante de um quadro, o retrato de Carlos XII, por exemplo, estamos em presença de uma imagem, mas o sorriso, o olhar não são vistos apenas como coisas.) *A imagem é algo misterioso, habitado* (exemplo: repugnância que os muçulmanos têm de reproduzir os traços humanos). A imagem é de algum modo uma encarnação. Desse ponto de vista, entendemos que a consciência da imagem é difícil de adquirir e está sujeita a recaídas. A imagem nunca é um simples reflexo, mas *quase uma presença*. Com quatro anos, o filho de Preyer percebe que tem sombra e fica com medo. Uma menina de quatro anos e seis meses, andando sobre a sombra de Wallon, declara que está andando sobre ele. A sombra permanece investida de valor humano. A compreensão da sombra também precisa ser adquirida. *Não se trata de um fenômeno intelectual,* como Wallon acredita, *pois tal fe-*

nômeno é compreendido de uma vez por todas ou não é compreendido (lei do tudo ou nada).

Wallon chega a considerar que o conhecimento do próprio corpo e o de outrem estão ligados num mesmo sistema. *Critica veementemente a noção de cenestesia: esse conhecimento do corpo em si mesmo é coisa de psicologia do adulto.* A criança, em suas relações com seu corpo, não distingue o que é dado por interocepção do que é fornecido pelo exterior. *O visual e o interoceptivo são dados numa espécie de indistinção.* A criança percebe o corpo de outrem como se sente no espelho. Wallon cita um caso patológico: os distúrbios da cenestesia estão ligados aos transtornos das relações com outras pessoas. Ao contrário da psiquiatria clássica, a psiquiatria moderna mostra que o que ocorre primeiro é uma espécie de sincretismo a intervir nas relações com outrem, e não uma localização dos mal-estares nas imagens (vozes internas). Isso está de acordo com o ponto de vista de Lagache (*Les hallucinations verbales et la parole,* in *Oeuvres,* tomo I, P.U.F., 1977; cf. análise do ponto de vista de Lagache, *Bulletin de Psychologie,* n.º 8 e n.º 9 de abril-maio de 1950). Como entender que a pessoa acredita ouvir vozes exteriores quando é ela que está falando? É que a linguagem é uma operação a dois, e no caso patológico há indistinção entre o ato de falar e o de ouvir. Wallon cita um fenômeno desse gênero: os pretensos distúrbios da cenestesia não passam de transtornos das relações com outrem: impotência para manter a separação entre mim e outrem, entre passivo e ativo.

Para Wallon: o corpo interoceptivo, o corpo visual e outrem formam um sistema. *Pode-se presumir que, assim como há identificação global da criança com a imagem no espelho, haverá identificação com outrem.* A criança não pode limitar sua vida a si mesma: fenômeno do *transitivismo: indistinção entre si mesmo e outrem (sociabilidade sincrética).*

d) *A interpretação de Wallon deve ser completada*: quando Wallon sugere que há unidade entre meu corpo e o de outrem, vai mais longe do que quando fala da imagem especular. Isto porque ele caracteriza bem a imagem como não real; mostra como a criança aprende a reduzir a imagem, mas não diz por que a imagem especular da criança a interessa, nem por que ela acha essa experiência tão divertida. É o que os psicanalistas tentam nos fazer compreender. *Veremos que não há discordância entre os dois pontos de vista.* Trata-se apenas de dar a esse problema *um sentido mais concreto.*

Em seu artigo *Le stade du miroir comme formateur de la fonction du Je* (*Revue française de psychanalyse*, nº 4, outubro-dezembro de 1949; retomado em *Écrits*, Éditions du Seuil, 1966), o Dr. Lacan parte justamente do júbilo da criança diante de sua imagem. Por que esse interesse extremo na criança que ainda não atingiu a maturidade motora nem a maturidade das conexões nervosas e na qual subsistem vestígios de remanências humorais maternas? É que se trata de uma *identificação no sentido pleno que a análise dá a esse termo, a saber, a transformação produzida no sujeito quando ele assume uma imagem.* A criança torna-se capaz de ser espectadora de si mesma. Já não é apenas um eu sentido, mas um espetáculo; é o alguém que pode ser olhado. A personalidade, antes da imagem especular, é o Id. A imagem vai possibilitar uma outra visão da personalidade (alguma coisa que se pode e deve ver), elemento primeiro de um *superego.* Isso pode ser considerado como a *aquisição de uma nova função; contemplação de si, atitude narcísica,* e por esse fato assume uma importância capital. Ao mesmo tempo, essa imagem do próprio corpo possibilita uma espécie *de alienação, de captação* de mim por minha imagem espacial. A imagem me prepara para uma outra alienação, a de *mim por outrem.*

"*A assunção jubilatória parecerá desde então manifestar, numa situação exemplar, a matriz simbólica em que o EU se precipita numa forma primordial, antes de objetivar-se na dialética da identificação com o outro e de a linguagem restituir-lhe, no universal, sua função de sujeito.*"

É toda uma dimensão de experiência que a criança descobre com a imagem especular. Ela pode contemplar-se, observar-se. A criança constrói para si um eu visível: um superego, que deixa de ser confundido com seus desejos. A criança é puxada de sua realidade imediata; sua atenção é captada por esse eu cujo primeiro símbolo ela encontra na imagem especular: função desrealizante do espelho. Esse jogo realiza já, antes da integração social, a transformação do EU. Ocorre uma alienação do eu imediato em proveito do eu do espelho.

e) *Diferenças entre o ponto de vista de Wallon e o da psicanálise.* – A psicanálise acentua a essência afetiva do fenômeno, ao passo que para Wallon se trata de um trabalho de conhecimento. O visual, para os psicanalistas, não é apenas um modo sensorial; tem um significado bem diferente: o *visual é o sentido do espetáculo, do imaginário*. O que era integração de diferentes sensações torna-se modo de relação consigo mesmo e em breve com outrem.

– A psicanálise enfatiza ao mesmo tempo a antecipação e a regressão sempre possível. A criança se define por uma espécie de avanço feito pelo sujeito em relação a seus meios do momento. O nascimento é caracterizado pela prematuridade; *a primeira manifestação pré-edipiana é uma espécie de pré-puberdade ou "puberdade psicológica"*. A criança vive no futuro, mas o adulto pode regredir: a infância nunca está inteiramente acabada. Por uma espécie de crença mágica, continuamos vendo na imagem um duplo de nós mesmos.

As aquisições da criança, nesse campo, não são propriamente intelectuais. Uma vez compreendido, o passado deveria ser perfeitamente reabsorvido. Se, na verdade, as formações passadas não são anuladas, é porque as formações novas não são resultado de uma atividade de pura intelecção, mas de uma *Gestaltung* vital, concreta, sempre parcial, sempre capaz de regressão, menos estável que um progresso que resultasse de pura inteligência.

– A psicanálise põe em relação *a compreensão da imagem e a identificação da criança com outrem*.

Essas observações críticas permitem definir os caminhos pelos quais a análise psicológica deve enveredar.

Wallon reduz a compreensão da imagem especular a um processo de intelecção: atividade *intelectual que a todo instante realiza reduções e integrações*. Vejo a imagem e depois, graças ao conhecimento inteligente, retiro da imagem sua existência absoluta, pois meu corpo só está no lugar em que o sinto. *Mas será possível dar uma explicação psicológica desse fenômeno?* A atividade intelectual não será condicionada por ele, em vez de condicioná-lo? Wallon observa que não há um corpo sentido e um corpo visual, para a criança, em dois locais distintos, e que os dois espaços não são comparáveis. Mais que de um segundo corpo no espelho, trata-se de uma espécie de identidade a distância, de uma ubiqüidade do corpo. A operação de unificação dos dois locais do corpo já não terá mais razão de ser, pois não há distinção nítida entre os dois: a análise deve ser retomada em outra linguagem. Não é pela redução de uma síntese intelectual que o problema pode ser resolvido, mas pelo estabelecimento de uma relação da criança com outrem, na qualidade de outrem. Tenho um aspecto exterior, sou visível para outrem; existe um ponto do vista de outrem sobre mim. *A relação com outrem tem valor de verdadeira estrutura*; é um sistema de relações dentro de minha experiência. O fenômeno assim compreendido terá necessariamente caráter imperfeito e já não se fala de uma síntese ideal em que as antecipações e as regressões se tornam difíceis de pensar. O controle intelectual que supostamente "reduz" a imagem não é constatado por nós: não temos a impressão de julgar quando nos olhamos num espelho. A redistribuição dos valores espaciais está sujeita a certas deficiências; isto porque a atividade de que falamos, mais que atividade intelectual, é a busca tateante de um estado de equilíbrio que não conhece claramente seu objetivo.

Conseqüência: as regressões serão os únicos exemplos de retorno do pensamento infantil no adulto? É o que veremos ao estudarmos a sociabilidade sincrética.

2.º *Sociabilidade sincrética*

Entre seis e doze meses, aparecem as relações com outrem: *explosão de sociabilidade incontinente.* Entre seis e sete meses, a criança deixa repentinamente de fixar o olhar nas pessoas sem acompanhar esse olhar com gestos. Multiplicam-se os gestos feitos para o parceiro ou para o próprio corpo (quatro vezes mais freqüentes que na fase anterior). A criança sorri quando a olham. A sensibilidade social desenvolve-se e está notavelmente avançada em relação ao conhecimento do mundo físico.

Em seu livro *Étude sociologique et psychologique de la première année,* 1927, Charlotte Bühler (cf. not. Ch. Bühler e Hetzer *Das erste Verständnis für Ausdruck im ersten Lebensjahr,* in *Zeitschrift für Psychologie,* 1928) relata suas observações com crianças numa sala de espera de hospital. Antes dos três anos, as crianças interessam-se pouco pelas crianças mais novas, pois ainda não emergem de sua situação. Quando duas crianças se encontram, muitas vezes uma se exibe e a outra é espectadora; uma fala, brinca, mostra-se, e a outra olha (situação análoga à relação do déspota e do escravo). Para que essa situação ocorra, é preciso que haja pelo menos três meses de distância entre as duas crianças. Geralmente é a mais velha que se exibe; às vezes é a mais nova, desde que esteja habituada a que lhe peçam opiniões: lógica automática das situações afetivas (Wallon). O que caracteriza essa relação é que as duas crianças estão de algum modo fundidas na situação. A que contempla só existe por identificação com a outra. O despotismo baseia-se sobretudo no sentimento que o escravo tem de ser escravo, e não na derrota do adversário. O que o senhor procura é o reconhecimento do seu senhorio pelo escravo; aquele só se encontra no abaixamento deste: confusão entre si e outrem numa mesma situação sentimental. A combinação com outrem é própria das situações afetivas da criança.

A relação de ciúme é importante durante esse período. O par espectador-espetáculo é interiorizado. Ciumento é alguém que gostaria de ser aquele que ele contempla: ele tem o sentimento de frustração. Segundo Guillaume, o ciúme apareceria com sete meses; segundo Wallon, com nove. Mais tarde, o ciúme se manifestará por birras: a criança desiste do que gostaria de ser e aceita a angústia de uma ação reprimida. *O ciúme é essencialmente confusão de si com outrem.*

O fenômeno de crueldade está ligado ao ciúme; o que o outro é, é em detrimento do ciumento, que procura fazer o outro sofrer. Mas a crueldade supõe uma simpatia pelo outro, que é considerado outro si-mesmo. *A crueldade é uma "simpatia sofredora"* (Wallon). O mal que faço a outrem faço a mim mesmo. Gostar de fazer mal a outrem é gostar de se fazer mal: em todo sadismo há masoquismo (idéia pouco diferente da noção de sadomasoquismo de Freud). O ciumento gosta de se fazer sofrer e sente uma espécie de prazer que visa a aumentar sua paixão sexual.

Todas essas concepções de Wallon concordam com as da psicanálise. Para esta, em toda conduta ciumenta existe um elemento de homossexualidade. Para Wallon, o ciúme assume as atitudes que um terceiro tem para com outra pessoa. (Noção de "voyeur" da psicanálise.) A psicanálise insiste no caráter contemplativo do ciúme, que está capturado, cativado, e gostaria de capturar, cativar. O ciumento desempenha em espírito todos os papéis da situação na qual se encontra. (Cf. análise de Proust, a respeito de Albertine.)

A simpatia é primordial para Wallon. Esse fenômeno aparece sobre um fundo de mimetismo que é uma função irredutível. Há captura, invasão de mim por outrem. A mímica é um aspecto do sistema que me reúne a outrem. Sou capaz de reproduzir expressões fisionômicas e de entender o sentido delas. É pela função postural que compreendo as atitudes de outrem.

Relações entre a mímica e a função postural. Esta possibilita realizar as condições de todo gesto. A mímica possibilita realizar movimentos análogos aos que vejo. A percepção do semelhante se traduz por atitudes que têm o mesmo significado das de outrem. Ela provoca em nós uma reorganização motora. Segundo Guillaume, nós nos pomos no lugar do outro e executamos o que já sabemos fazer. Para Wallon, o mimetismo seria o ponto de partida do qual emergirá a simpatia, sendo esta uma *maneira de traduzir o sistema eu-outrem*.

Detalhemos as características da fase de "pré-comunicação" com o estudo da *concepção da personalidade na criança* e com a *expressão dos fenômenos de pré-comunicação na linguagem da criança*.

Abordaremos em seguida o estudo da *crise dos três anos*.

3º Concepção de personalidade na criança (personalidade própria e alheia)

A personalidade, na criança, não se distingue das situações nas quais ela está envolvida e imersa. Por exemplo, a criança não reconhece o pai quando este não aparece em seu meio habitual (uma criança habituada a ver o pai em Viena não o reconhece quando o revê no interior). A criança funde-se com a situação. Exemplo: uma criança segura o copo, coloca-o em algum lugar, e, alguns instantes depois, tem um sobressalto ao ouvir barulho de vidro quebrado e acredita ser responsável pelo incidente. Ela estabelece uma relação mágica entre as duas situações. Não há na criança uma concepção distinta dos diferentes momentos do tempo e das relações de causa e efeito. *A criança funde-se na situação.*

– Em seu estudo *A personalidade da criança de três anos* (Die Persönlichkeit des dreijärigen Kindes, Psychol. Monographies [editado por K. Bühler] 1926), Elsa Köhler cita o caso de uma menina que come as balas do irmão. Quando o pai chega, ela se precipita em sua direção e diz com entusiasmo que comeu as balas. O pai a repreende: ela chora e diz que se arrependeu. Alguns minutos depois, a mesma cena se reproduz com a mãe (entusiasmo, pranto, arrependimento). Como entender isso? De fato, é preciso que a criança não faça nenhuma associação entre a vinda do pai e a da mãe. Cada situação é tomada em seu significado imediato; cada conduta é autônoma em relação às condutas anteriores.

– Ao nascer-lhe uma irmã, o filho de W. Stern identifica-se com a irmã mais velha e atribui-se o nome dela: acredita, assim, estar assumindo as características da mais velha. A situação relativa ao conjunto familiar define a criança a seus próprios olhos. Ela pode sentir-se como várias pessoas e desempenhar vários papéis (uma cliente de Janet acredita ser ao mesmo tempo Nossa Senhora e sua própria filha). Isso torna compreensíveis as verdadeiras conversas que a criança tem consigo mesma e explica o fenômeno de transitivismo: aptidão da criança ou do doente de encontrar em outrem o que pertence a si mesmo; atitude dos hipocondríacos, de buscar sinais de mau estado de saúde nos outros. Tudo o que nos acontece nos sensibiliza em relação a certo aspecto de outrem.

Em psicanálise, encontramos noção análoga: pela *projeção*, pensamos outrem, graças a nossas experiências pessoais (*transitivismo*); assim também, pela *introjeção*, projetamos em nós o que vem de fora (*mimetismo*).

Exemplo citado por Wallon, de acordo com Ch. Bühler: uma menina, sentada ao lado de uma amiguinha, demonstra preocupação, esbofeteia a vizinha e diz que foi esta quem a agrediu. A criança passava por uma fase de angústia cujo efeito era impregnar a sua própria vida e sua visão das coisas, em especial de sua amiguinha. O tapa é uma resposta à angústia que vem de fora. As duas personalidades são indistintas.

Essa concepção especialíssima da personalidade na criança supõe toda uma estrutura da consciência infantil: indistinção dos diferentes momentos do tempo (exemplo do copo quebrado); *sincretismo do espaço;* de modo geral, *inaptidão para conceber que o tempo e o espaço comportam perspectivas distintas umas das outras.* A criança não distingue nem as coisas no tempo e no espaço, nem o símbolo e o que ele significa (fusão de signo e significado; ausência de consciência simbólica).

No curso do ano passado, o estudo do desenho infantil mostrou-nos que a criança não tem uma concepção da perspectiva no sentido do adulto. A criança esmaga num único desenho diferentes aspectos de um mesmo objeto, aspectos que o adulto declararia incompreensíveis.

4.º Expressão dos fenômenos de pré-comunicação na linguagem infantil

As relações sincréticas com outrem também se manifestam no uso que a criança faz da linguagem. As primeiras palavras-frases da criança visam condutas e ações pertencentes tanto a outrem quanto a ela mesma. Isso parece supor uma espécie de abstração. Na realidade, explica-se pelo fato de que não há distinção entre o que é percebido como seu e como pertencente a outrem. *A criança está como que difundida nas imagens que as ações ensejam* (Wallon). (As crianças têm facilidade maior para compreender a pintura moderna que os adultos, treinados por toda uma cultura artística clássica.)

O pensamento infantil geralmente é pré-pessoal, pré-individual. A palavra EU aparece tardiamente, pois a criança demora muito para se distinguir de seu meio. Ela tem consciência de comunicar-se com a coisa. O EU aparece quando a criança entende que o VOCÊ e o TE podem tanto se dirigir a ela quanto a outrem. Para Guillaume, grande número de nomes de pessoas é aprendido já no início do segundo ano. Mas a criança, com dezesseis meses, só emprega seu próprio nome em casos muito delimitados: (Como você se chama? Para quem é esse bolo?). Nessa idade, a criança ainda não tem consciência de sua perspectiva própria. Para si mesma, não usa sujeito (para dizer *eu quero comer*, diz *comê*); para os outros, usa sujeito (para *papai está comendo*, diz *papai comê*). A aquisição do próprio nome se dá a partir das outras pessoas. O uso do pronome EU é ainda mais tardio, pelo menos no seu sentido pleno, quando a criança concebe que cada um pode dizer EU por sua vez e pode ser considerado como "TE", "VOCÊ", e quando tem consciência das relações entre os diferentes pronomes e da passagem de uns a outros: com dezenove meses, o filho de Guillaume diz: *à moi* (meu), *à toi* (teu), *à lui* (dele); com vinte meses, acrescenta: *à chacun* (de cada um). *No fim do segundo ano, a aquisição do EU está completa.*

IV. A CRISE DOS 3 ANOS

De acordo com a obra de Elsa Köhler, citada acima, a criança deixa de atribuir seu corpo e seu pensamento a outrem, deixa de se confundir com as situações e os papéis nos quais está implicada; ela é alguém que está aquém de suas diferentes situações, aquém de seus diferentes papéis. A criança pode representar-se uma situação em vez de apenas viver nela. Portanto, é preciso que nela se dê uma espécie de desdobramento do que lhe serve de espetáculo. Ela se torna um sujeito livre em relação às intuições sensíveis e capaz de redistribuí-las segundo seu pensamento.

1.º *Wallon indica certo número de características dessa crise de três anos*

a) Decisão deliberada de fazer tudo sozinha.
b) Mudança das reações da criança em relação ao olhar alheio. Antes dos três anos, o olhar de outra pessoa a encorajava, ajudava. A partir de três anos, a impressão de estar sendo olhada incomoda (princípio do "medo do público"). A criança diz que não conseguirá terminar o que está fazendo se a olharem (*inibição*). Sua atenção se desloca: "ela realizando seu ato" *torna-se* "ela vendo-se agir". Por aí se chega aos casos patológicos: cf. *La maladresse*, de Wallon, *Journal de psychologie* (25.º ano, 1928, pp. 61-78).

– Caso de um hemiplégico atacado por um acesso de riso convulsivo, com agitação dos membros quando alguém olha para ele.

– Caso de um piloto de provas em quem a presença de outra pessoa no automóvel provoca um surto de angústia caracterizada por tiques.

– Caso de tetraplégicos que, ao serem olhados, assumem expressões interrogativas, aprovadoras etc.

– Caso de idiotas que urram quando olhados.

Essas atitudes são semelhantes às adotadas pelas pessoas diante de uma máquina fotográfica. O olhar de outrem desperta na criança a consciência de não ser apenas o que é para seus próprios olhos, mas também o que é aos olhos alheios (fenômeno já constatado no estudo da imagem especular). O olhar alheio nos esmaga num ponto do espaço, ao passo que tínhamos a impressão de sermos ilimitados. A criança toma consciência dessa espécie de dublê de si mesma e percebe que as coisas têm outro aspecto. Quando o *ego* emerge de verdade, dobra-se com outro *ego* aos olhos alheios.

Não se deve confundir constrangimento de ser olhado com vergonha (vergonha da nudez, por exemplo, que só aparece por volta dos seis anos) ou *com o medo de ser repreendido*.

c) Na mesma idade, a criança quer que cuidem dela.
d) Atitudes de duplicidade.
e) Perturba as brincadeiras das outras por prazer.
f) Já não dá mais seus brinquedos sem acrescentar que não os quer mais. Toma os objetos dos outros pelo simples prazer de tomá-los. Aparece a idéia de presente no sentido de transação. *A criança põe em jogo a relação eu-outrem, que já deixou de ser indiferenciação.*

2º Problemas apresentados pela crise dos três anos

Em que medida a crise de três anos é uma reestruturação da infância? Em que medida a distinção eu-outrem está acabada? O estado anterior subsiste? Wallon responde que não está abolido. *As formas de atividade da fase anterior ainda não estão superadas.* A sociabilidade sincrética está resolvida aos três anos?

Parece que a crise dos três anos é mesmo um momento *decisivo*, mas o sincretismo é rejeitado, mais que suprimido. A criança toma consciência da distância entre o eu e outrem, percebe que existem barreiras (*Distância vivenciada* entre a criança e outrem: Minkowski). O transitivismo é rejeitado: a criança evitará fazer certas acusações a outras pessoas, pois saberá que é uma espécie de confissão de sua parte. Mas o transitivismo desaparece completamente? A indistinção entre o eu e outrem não reaparecerá em certos casos no adulto? Exemplo do amor. Caso de uma pessoa que não queria influenciar ninguém que a amasse. Seja qual for sua atitude, ela agirá sobre o outro, até mesmo pelo simples fato de recusar-lhe a aproximação. É um paradoxo não querer interferir na vontade do ser amado. Amar é aceitar sofrer influência por parte do outro e exercê-la também sobre ele. Assim, o adulto não pode adotar uma atitude de não-intervenção em relação à criança. Ele é obrigado a intervir em certos casos: não pode, por exemplo, deixar que a criança faça certas coisas perigosas. Entre adultos mesmo, existe essa participação. Se estamos ligados a alguém, sofremos com seu sofrimento. Estar ligado a alguém é viver sua vida, pelo menos em intenção. A experiência de outrem é necessariamente alienante para mim ("*O amor jura"*, Alain). Amar é afirmar mais do que se sabe. Por isso, a experiência que se tem de outrem sempre pode ser alvo de dúvida: atitude de quem sofre da neurose de abandono, que se recusa a confiar. Nesse caso, o doente demonstra mais rigor crítico que o são. Toda relação com outrem é, por conseguinte, algo que realiza um estado de insegurança. A indivisão com outrem subsiste noutro nível (discrepância de Piaget.)

– O transitivismo é superado no plano da vida comum, mas não o é no plano dos sentimentos.

V. RELACIONAMENTO DA CRIANÇA COM OS PAIS

No estudo do relacionamento particular que a criança mantém com outrem, começaremos por examinar o papel essencial desempenhado pelas relações com a mãe e o pai. Nesse domínio, a psicanálise fornecerá dados importantes.

OBSERVAÇÕES SOBRE O USO DOS DADOS PSICANALÍTICOS

Utilizaremos certos dados da psicanálise, mas é importante observar que aqui só podemos fazer *psicologia psicanalítica*, ou seja, estudar certo número de correlações na conduta, que representam mecanismos típicos. Seria anticientífico desinteressar-se desse material. Tão anticientífico quanto acreditar que por si só esse material é uma introdução à prática psicanalítica ou uma demonstração de seu valor.

a) *Esses conhecimentos não permitem fazer uma análise concreta dos outros ou de si mesmo.*

Interessar-se pela psicologia psicanalítica e praticar a análise de um indivíduo que sofre de certos transtornos são duas coisas muito diferentes. *No caso da psicologia,* trata-se de descobrir o significado de certos tipos de conduta: trabalho propriamente intelectual que pode ser feito com a ajuda de livros. *No caso da psicanálise,* trata-se de restituir a história de um indivíduo, de encontrar os acontecimentos essenciais de uma vida, os traumas e os mecanismos de defesa pelos quais o indivíduo se opõe a esses transtornos. É uma verdadeira arte: o psicanalista é um prático. Essa arte não está codificada; só se transmite pela experiência da *psicanálise didática*. Os estudantes às vezes se fazem de psicanalistas improvisados e querem até praticar a auto-análise. Ora, a psicanálise sempre apresentou a análise como uma operação na qual o analista é distinto do analisado.

A presença de outra pessoa permite que as palavras do analisado ganhem significação, pois suas perspectivas lhe dissimulam o que há de mais importante nelas.

b) *A psicologia psicanalítica poderia ser verdadeira sem que a prática psicanalítica fosse inteiramente justificada, e a prática poderia ser eficaz sem que todo o arcabouço teórico fosse justificado por ela.*

Poderia estar correto que o homem se comporta segundo os mecanismos psicanalíticos, ainda que o tratamento não dê solução a seus conflitos.

A psicanálise não cura apenas tornando inteligível para o sujeito a sua própria vida. Não se trata apenas de fazer o sujeito compreender sua vida, mas de levá-lo a revivê-la e, através da relação com o psicanalista, resolver seus antigos conflitos; por meio da *transferência,* o sujeito retoma o conjunto de suas atitudes para com as pessoas e os objetos que fizeram dele o que ele é. Todo o seu passado de relações objetais reaparece na relação atual com o psicanalista; essa relação nada tem a ver com os relacionamentos da vida; o analista não intervém, não fala, observa absoluta imparcialidade, não decide em lugar do sujeito, mas o põe em condições de decidir por si mesmo. A situação analítica substitui a neurose por uma neurose de transferência. Tem-se, portanto, coisa bem diferente de uma simples operação de *conhecimento.* As relações desvendadas pela psicologia psicanalítica poderiam ser verdadeiras sem que a prática psicanalítica conseguisse curar, assim como, inversamente, a arte psicanalítica poderia ser benéfica sem que todas as explicações teóricas de Freud fossem fundamentadas: a ideologia psicanalítica poderia constituir um sistema de símbolos que permitissem o domínio sobre a neurose sem que fosse preciso tê-la por verdadeira filosofia. A difusão da psicologia psicanalítica é inevitável porque ela diz respeito a todos e é necessária ao progresso do saber.

Ela não deve mascarar: 1.º a necessidade de uma elaboração teórica que determine o sentido último; 2.º a originalidade da prática psicanalítica, que exige longa aprendizagem.

I. RELACIONAMENTOS DA CRIANÇA COM OUTREM, SEGUNDO FREUD

São moldados em primeiro lugar pelo relacionamento com os pais. Toda vez que o adulto está em dificuldade, tende a regredir para modos de conduta da infância, influenciados diretamente por suas relações com os pais. As dificuldades aparecem já nas relações parentais: *sempre há uma espécie de tensão entre mim e outrem*. Freud o expressa de vários modos:

– *Oposição entre o princípio de prazer*, em virtude do qual o organismo procura satisfação imediata, e *o princípio de realidade*, que tende a diferir essa satisfação; toda relação com os outros supõe um abandono do prazer imediato.

– *Oposição entre o narcisismo* (solidão do eu em face de si mesmo, auto-estima e autocontemplação) e *as relações objetais*. Freud considera que o desenvolvimento realiza uma redução do narcisismo em proveito das relações objetais ("cicatrizes narcísicas"). A criança passa do amor captativo ao amor oblativo, que respeita outrem em sua diferença. Freud fez de início uma descrição bastante esquemática da dinâmica do desenvolvimento, e depois a matizou cada vez mais.

Faremos primeiro uma exposição dos esquemas mais antigos de Freud e, depois, uma exposição dos enriquecimentos introduzidos por ele e por seus sucessores. Essa exposição histórica é necessária, pois a teoria foi sendo construída por sondagens sucessivas e, se quisermos captar a dinâmica do sistema, será preciso levar em conta seus diferentes estados.

A) *Primeiras concepções de Freud*

Freud começou descrevendo as relações eu-outrem como o encontro de dois termos exteriores: *de um lado,* o inconsciente, as pulsões, o indivíduo; *do outro lado,* o controle social, o exterior. A relação entre ambos só podia ser de *colisão*. Todo o inconsciente era mais ou menos atribuído ao recalque. Se havia dinâmica, ela estava no encontro entre o indivíduo e o exterior (*dualismo entre indivíduo e outrem*).

A elaboração que se seguiu consistiu em apresentar os conflitos do ser humano como conflitos consigo mesmo, e não mais apenas com outrem. Forma-se uma cumplicidade entre mim e outrem, e ela faz que, mesmo quando há censura, alguma coisa em mim tome partido por ela. Freud retoma a noção de "defesa" psicológica como noção geral, da qual o *recalque* é apenas um caso particular. Define os mecanismos de defesa como uma série de operações pelas quais o ego tenta opor-se a tendências vindas de nós mesmos (Anna Freud definiu dez). A psicanálise já não é apenas uma psicologia "das profundezas", uma psicologia "abissal", mas uma psicologia do eu: não se exaure no estudo do inconsciente.

O indivíduo aparece cindido entre o ego e o id, parte impessoal, anônima, inconsciente. O estudo do id engloba, evidentemente, o recalque. Sou tanto o meu ego quanto o meu id. Verifica-se até que sou triplo: o superego (o ideal do ego, o que eu gostaria de ser, o modelo de mim mesmo) representa a introdução em mim das personagens parentais que eu admirava e com as quais me identificava. O superego, para Freud, constitui-se no fim da crise edipiana. O sujeito, no todo, já não é apenas desejo, força vital que caminha para a satisfação; é também, interiormente, o contrário, pois tem um ego e um superego (imagem dos outros que limita minhas pulsões). De tal modo que posso dizer que há em mim instinto de vida e instinto de morte, e que a repressão é minha tanto quanto a pulsão. *A dinâmica de meu desenvolvimento repousa num conflito comigo mesmo.* O próprio instinto de vida é ambíguo, pois supõe que se aceite o que Freud chama de "ruído", "complicação" (*Essais de psychanalyse,* Payot, col. "P.B.P."), ao passo que o prazer, pelo contrário, tende ao relaxamento, ao repouso.

Freud tendia, no início, a derivar o masoquismo do sadismo. Mas depois separa cada vez menos um do outro: a agressão contra outrem é já agressão contra mim. O ódio a outrem é só reflexo de meu conflito comigo. Passa-se assim de uma concepção em que ego e censura social se opunham a uma concepção em que a relação com outrem passa pela minha relação comigo. O dualismo inicial é "interiorizado".

O narcisismo, que era considerado atitude de partida, é, mais tarde, considerado componente permanente da vida humana, assim como as relações objetais.

Donde uma nova significação da sabedoria psicanalítica. No início, podia-se perguntar se o conflito entre o inconsciente e o social, para Freud, não dava sentido à vida humana. O freudismo não era por acaso uma reivindicação contra o aparelho social? Na seqüência da obra, compreende-se que, para Freud, o problema não é derrubar as barreiras do social. O verdadeiro "desrecalque" não consiste em remover um obstáculo exterior; consiste numa modificação de nossa própria atitude para conosco, atitude que nos torne capazes de nos relacionar com outrem: é fazer aparecer no sujeito uma situação de liberdade que lhe possibilite a coexistência com outrem.

Trabalhos antigos de Freud: *Três ensaios sobre a teoria da sexualidade* (1905; em fr., *Trois essais sur la théorie sexuelle*, Gallimard, 1987), obra anterior a *Cinco psicanálises* (1909; em fr., *Cinq psychanalyses*, P.U.F., 1954).

A matriz de nossas relações com outrem é a relação com nossos pais; relação *sexual e pré-genital*. Isto exige esclarecimentos imediatos: qual é a natureza exata dessa *sexualidade pré-genital*? As primeiras manifestações sexuais remontam ao início da vida: *sexualidade oral*. Na *fase de sucção* (relação criança-mãe que a alimenta), a relação não faz a criança sair de si mesma; o prazer a invade: é um período de auto-erotismo. Toda forma de sexualidade ulterior que voltar a essa fase será auto-erótica. A sexualidade, aqui, comporta apenas um *ato;* o sujeito é somente invadido por um estado de prazer. A fase seguinte é caracterizada pela *mordida*. O sentido das condutas de mordida torna-se compreensível graças ao estudo dos primitivos: refeição totêmica, relação com o objeto sagrado por absorção, por consumo. A relação com o objeto é uma relação de destruição: amar é destruir. Essa relação encerra um elemento de sadismo, de crueldade e um instinto de poder. É só durante a passagem à fase genital que a criança aprende a amar sem sadismo.

Esse estágio de sexualidade oral é seguido por um estágio de *sexualidade anal*. A retenção e a expulsão não parecem, à primeira vista, referir-se às relações parentais. Mas é sob o controle dos pais que a criança aprende a dominar os esfíncteres. É o que explica por que Freud atribui à defecação o sentido de dádiva e, mais tarde, o sentido de "pôr no mundo". Esse ato torna-se um meio, uma afirmação de poder. O treinamento sofrido pela criança tem como efeito privilegiar a atitude de retenção, base da desconfiança: recusa de dar, vontade de esconder. A espontaneidade é rompida por um controle brusco demais: origem da formação do caráter.

A esses dois estágios sucede-se, nas concepções ulteriores de Freud, a *fase fálica*, que coincide com Édipo e pertence à sexualidade genital. Adiante voltaremos a falar da fase fálica.

Por que Freud chama de sexuais e pré-genitais, ao mesmo tempo, essas manifestações anais e orais? Por acaso Freud pretenderá afirmar que a *mesma libido,* que depois será a base da vida genital, já está presente nas fases pré-genitais e aplicada aos aparelhos anal e oral? Essa concepção metafísica, que leva a pensar na força dormitiva do ópio, estaria em desacordo com as idéias de Freud, pois ele mostrou com brilho que a atividade genital, em sua forma adulta, supõe toda uma elaboração na história do indivíduo, e que, portanto, não se poderia falar na sua realização por antecipação no início dessa história.

A libido inicial não pode ser nada parecido com o que se chama comumente "instinto sexual", pois a obra de Freud consiste em grande parte em mostrar que não existe *instinto pronto.* Por que então essa obra chama de sexual a atividade pré-genital? *Ele quer dizer que há conduta em relação às diferenças de sexos,* com o pai e a mãe, uma vez que eles são diferentes, sem que haja conhecimento do como nem do mecanismo genital. Há sexualidade no sentido de antecipação, de discriminação dos sexos, anterior ao funcionamento total do aparelho genital, de uma sexualidade *prematura.*

Essa dificuldade não parece deter Freud, que fala freqüentemente uma linguagem realista e introduz a libido como uma qualidade oculta, como se, desde o início da vida, ela estivesse *destinada* a pôr em atividade o aparelho genital e possuísse já, portanto, um caráter sexual, antes mesmo de possuir seus meios, seus instrumentos de expressão. No entanto, uma vez mais, essa concepção é dificilmente conciliável com a idéia fundamental de Freud, segundo a qual tudo o que diz respeito ao genital *resulta* da história do indivíduo. A libido inicial deve ser indeterminada: a criança *é um perverso polimorfo.* Algumas indicações nos permitem corrigir a concepção realista da libido. Quando declara que a atividade da criança é sexual já no início da vida, Freud quer dizer apenas que *a criança estabelece diferenças entre os sexos de seus pais.*

Essa sexualidade que, por definição, é *indefinida* expressa-se o mais das vezes nas fantasias. *Haveria uma espécie de antecipação das relações sexuais* que a criança não poderia conhecer. O complexo de Édipo representa uma *puberdade psicológica.* A criança tem o espantoso poder de *transportar-se para as relações da vida adulta,* ainda que não consiga realmente imaginá-las nem participar delas. A tal respeito uma idéia importante de Freud (*Ensaios de psicanálise*) é que, desde o início do complexo de Édipo, *a identificação com o genitor do mesmo sexo,* e não o amor pelo outro genitor, *seria o fato primordial.* Isso torna mais compreensível para nós a precocidade da vida sexual da criança. Se o menino, por exemplo, sente a presença da mãe como um ser sexuado, é em primeiro lugar porque se identifica com o pai. A "sexualidade" é menos busca do outro sexo do que reconhecimento pela criança de seu próprio sexo. *Toda relação da criança com um dos genitores é também relação com qualquer pessoa que tenha relação afetiva com esse genitor; é nesse sentido que a criança assume o relacionamento que o pai mantém com a mãe.* Trata-se, portanto, de uma sexualidade difusa, anônima. Pode-se assim conceber as relações sexuais como uma dimensão permanente da vida infantil, sem que essa sexualidade seja conhecida explicitamente pela criança nem expressa ou exprimível na linguagem que convém à vida adulta. Essa sexualidade é ambígua: um corpo que não é ainda genital é, no entanto, capaz de portar caracteres sexuais.

O instinto sexual da criança ainda não está centrado. As relações sexuais são portadas por um organismo que ainda não é ele mesmo. Freud escreve que existe *um caminho entre as funções sexuais e as que não o são,* caminho que pode ser percorrido nos dois sentidos. Essas funções podem ser assumidas provisoriamente por outros aparelhos que, nesse momento, são o veículo principal entre a criança e o mundo. Há uma espécie de *sexualização* dos aparelhos bucal e intestinal (mais tarde também aparecerão mecanismos de dessexualização: fenômenos de sublimação). A sexualidade é capaz de anexar domínios que não são seus, domínios que serão dessexualizados pela atividade do adulto.

A noção de "sexualização", introduzida já por *Três ensaios,* permite compreender melhor o caráter ambíguo da sexualidade pré-genital. Freud diz também, em *Três ensaios,* que a sexualidade *apóia-se* nas funções vitais. Admite que a relação entre curiosidade e sexualidade não é simples, pois na curiosidade entram elementos que não são especificamente sexuais. *"O amor sexual e o amor filial, diz ele, abeberam-se nas mesmas fontes."*

Mais que a idéia de uma libido pronta e preexistente a suas manifestações, isso evoca a idéia de energia confusa, na qual se abeberam os dois amores: o que é tomado por um não pode ser tomado pelo outro, donde a concorrência e a relação estreita entre eles, não se podendo dizer que o amor filial seja um amor sexual *mascarado*. Fica claro, através desses textos, que a relação entre o sexual e o não-sexual não é a relação entre a substância e o acidente, ou entre causa e efeito. A intuição psicanalítica sugere aqui uma relação mais interessante e menos simples: a idéia de uma *solidariedade entre o sexual e o não-sexual,* que não é, contudo, um paralelismo ponto por ponto ou uma redução do não-genital ao genital.

Anna Freud escreverá que *"complexo de Édipo é simplesmente uma maneira prática e quase algébrica de designar o conjunto das tendências da criança para obter um amor exclusivo do genitor de sexo oposto"* (The Psycho-analytical Treatment of Children; ed. fr. *Le traitement psychanalytique des enfants,* P.U.F., 1951). Estando no mundo, a criança antecipa, retoma o que lhe é oferecido pelo meio; *vivencia a mãe como um absoluto.* O termo *algébrico* subtrai ao complexo de Édipo seu significado histórico, uma vez que Édipo era um adulto, e, como o complexo ocorre em nível de infância, não se pode falar em realizar na criança a libido adulta.

Portanto, não existe aí uma metafísica da libido, mas uma capacidade de adesão absoluta da criança, capacidade de identificar-se com um dos pais, logo de amar o outro.

Freud nunca disse isso textualmente, mas essa é a única interpretação que permite compreender como ele (*Três ensaios sobre a teoria da sexualidade*), mesmo rejeitando o desvio idealista (libido "energia física", Jung), *recusa também toda e qualquer explicação pansexualista.* O ser humano, situado num corpo que tem um sexo, é habitado por uma exigência de amor absoluto que o faz antecipar os papéis da vida adulta. A idéia é, no fundo, a de uma *encarnação*: o ser humano está situado num corpo sem se reduzir a ele.

Esse sentido concreto da noção de sexualidade só pouco a pouco se depreende dos trabalhos de Freud. Em *Três ensaios*, a passagem do narcisismo, do captativo ou do sadismo à realidade, ao oblativo ou ao objetal é ainda descrita como uma passagem do *prazer passivo à ejaculação.* A fase genital é caracterizada de uma maneira totalmente fisiológica, a ejaculação (não nos esqueçamos de que Freud sempre descreve a libido masculina, uma vez que toda libido, para ele, é de essência masculina). No entanto, mesmo em *Três ensaios*, outros textos introduzem motivações psicológicas no desenvolvimento sexual: Freud mostra, por exemplo, que, no período de latência, ocorre um desenvolvimento do afeto, que se vai conjugar com um novo surto sexual durante a puberdade. Segundo ele, *é como se um túnel fosse aberto ao mesmo tempo pelos dois lados*. Essa imagem já dá uma noção mais satisfatória das relações entre psicológico e fisiológico.

B) *Correções de Freud a seus primeiros esquemas*

Em *Além do princípio de prazer, O ego e o id* (*Ensaios de psicanálise*):
– Freud afasta-se cada vez mais de um esquema essencialmente fisiológico. As motivações psicológicas atuarão mais.
– Há cada vez menos a idéia de uma série de fases sucessivas bem delimitadas, pois numa fase sempre se encontram elementos de uma fase anterior: por exemplo, Freud renuncia à divisão entre o período narcísico e o período objetal (cf. a psicanálise do pequeno Hans: *Cinco psicanálises*) e considera o narcísico e o objetal como dois pólos permanentes da vida do indivíduo. A fase edipiana é isolada com menos nitidez do que no início. Também a relação objetal bem-sucedida (relação oblativa) e a eliminação do narcisismo aparecem cada vez mais como uma tarefa, e não como um estado.
– Dessas duas evoluções resulta uma terceira: aprofundamento do estudo do complexo de Édipo. O sexo é cada vez menos definido do ponto de vista fisiológico.

Num mesmo indivíduo existem o complexo normal, mas também o complexo inverso, visto que o indivíduo é bissexual. A partir do momento em que o Édipo normal é precedido ou acompanhado de um Édipo inverso, toda a concepção se modifica: o ser ao qual a criança se apega por um elo objetal é, *ao mesmo tempo*, o ser com que ela se identifica.

1) *Estrutura do ego, condição da relação com outrem*

A nova análise do ego feita por Freud parte da observação de que o sonho nem sempre é a realização de um desejo: existem sonhos desagradáveis. A criança repete cenas penosas para dominá-las (ab-reação): como que para livrar-se delas e retirar-lhes o caráter vulnerante.

Existe um elo entre as relações com outrem e as relações consigo mesmo. Toda cicatriz narcísica é compensada por atos agressivos para com outrem. Em especial, os mecanismos de projeção consistem em pôr em outrem o que se sente em si; é uma espécie de defesa do indivíduo contra si mesmo, é uma maneira de ignorar seus próprios perigos interiores.

Entrevê-se a idéia de um sistema de três termos:
– *O ego consciente* (minhas "técnicas" de vida, o que aceito ser).
– *O id* (minha espontaneidade).
– *Os outros* e seu representante em mim.

A relação com outrem passa pela relação consigo mesmo: quando me defendo de outrem na realidade defendo-me de mim. O ego constrói barreiras, "contra-ataques". O trauma é uma ruptura dessas barreiras e cria a angústia. A única atividade à qual podemos então nos entregar é a reparação, ato de repetição com o qual tentamos apagar a experiência traumatizante. Deve-se admitir que existe em nós *um princípio demoníaco*, tendência à estagnação, força de movimento e de contramovimento. Está presente em todo lugar. O id é também habitado por tal poder de negação. Toda busca de prazer tende ao relaxamento, ao repouso. Em suma, em nossos instintos mesmos existe uma vontade de morrer, de parar, simplesmente o *organismo quer morrer só à sua maneira*. Assim, no interior do id há aspectos negativos, um instinto de morte, e, no ego, aspectos positivos.

Os instintos sexuais contêm uma antipatia a si mesmos: *masoquismo primário* (tendência a negar-se). Entre a agressão contra si mesmo e a agressão contra outrem não há derivação: as duas formam sistema. Por comparação com o narcisismo, no qual se encontram duas espécies de conduta – amar sem ser amado e ser amado sem amar –, a atitude de maturidade consistirá em admitir os dois termos, e não em escolher um dos dois. A ambigüidade é algo normal, mas é diferente da dissociação.

Essas considerações permitem compreender os três instintos: ego, id, superego, que não são três realidades exteriores uma à outra, mas três aspectos de uma única dialética, a dialética da vida pessoal.

a) *Ego*: no sentido freudiano, é o sistema percepção-consciência, o que me põe em relação com o mundo exterior; busca de um contato com a realidade, de uma prova pela realidade. Seja qual for a experiência, o ego procura controlá-la por meio de certo número de técnicas. Grande número desses meios de ação foram adquiridos durante a fase de latência: leitura, escrita, saber escolar. Daí resulta uma grande margem de liberdade, maior facilidade de respostas, para o adulto. Mas a criança, na maioria das vezes, está em situações nas quais não tem meio de responder, o que, para Freud, a partir de 1926, é a definição de *ansiedade*. (A ansiedade fora inicialmente definida como resultado do recalque sexual. Agora passa a ser o seu princípio. A fraqueza do ego, na criança, a expõe constantemente à experiência do *perigo*.)

b) *Relações entre o ego e as outras duas instâncias*: não há divisão, fronteiras entre eles. O ego é a parte do id que cuida da realidade. Haure todas as suas forças do id, e é um dispositivo de comando (comparação com o cavaleiro: o ego e sua montaria, o id). Ao mesmo tempo, as forças estritamente instintivas buscam o relaxamento e chegariam a um simples estado de prazer que logo cessaria: espécie de negação do id por si mesmo. O ego terá como função usar utilmente essas forças, fazendo-as passar para o mediato. Não há antítese entre o ego e o id. O ego encontra no id como que uma cumplicidade: Anna Freud declara que "*os mecanismos de defesa não são obra do ego sozinho, e que existe uma tendência da pulsão a transformar-se em seu contrário*". O trabalho do controle do ego é buscado pelo id: cumplicidade entre o id (princípio de prazer) e o ego (princípio de realidade). Se é verdade que eros, componente do id, tende a entrar em conflito com o ego, nem por isso se deve opor radicalmente princípio de prazer e princípio de realidade. Freud mostra a transição que existe entre os dois. "*O id compreende todos os elementos psíquicos nos quais o ego se prolonga.*" Se o inconsciente é inconsciente, é porque resistimos a ele; mas as operações de resistência nos escapam; e, como elas são uma função do ego, o resultado é que *uma parte do ego é inconsciente*. Freud reconhece ser necessário um rearranjo da noção de inconsciente; não se entende bem o que ele significa, pois é ao mesmo tempo controlado e controlador, reprimido e repressor, recalcado e recalcador.

c) *Relações entre o superego e as outras duas instâncias*: o superego se constitui num primeiro esboço: o ideal *do ego*, maneira de compensar o que somos e de representar para nós o que queremos ser com referência a um ideal. O ideal do ego tem origem em nossa relação com outrem; quando a relação fracassa, o ego quer embelezar-se, introduz outrem em si e faz dele uma parte do ego. O caráter se forma com uma parte dessas introjeções. O id está na origem da formação do superego. É ao id que quero agradar. A libido objetal torna-se libido narcísica: amar outrem em mim ou amar-me nele.

Na fase oral, a identificação com os pais forma a primeira camada: é o único modo de relação com outrem. O elemento de narcisismo subsistirá sempre, mesmo nas escolhas objetais. A criança quer *ser* mais do que *ter* aquele que ela ama. Quando o objeto resiste, ela renuncia a ele como objeto e o introduz em si. Durante a crise edipiana, a criança chega a um impasse, interioriza seus pais. Por isso, Freud pode empregar fórmulas como: *o superego é herdeiro do id*. Tenho o superego mais à minha frente do que ao meu lado: é o que posso contemplar de mim. Essa consciência, essa observação de mim mesmo atinge só em parte seu objetivo. Freud quer dizer que o superego nem sempre é um ideal inteiramente consciente que represento expressamente, mas um ser para o qual eu tendo, um testemunho em cuja direção e diante do qual eu ajo. O superego é o ideal afetivo de minha vida, o pólo para o qual se orientam minhas principais atitudes. O superego, instância de controle, que tende às vezes à negação do que sou, não é, porém, um elemento exterior, pois fui eu que o introduzi em mim.

2) O que são essas três instâncias?

Não são três consciências dentro de minha consciência nem três personalidades dentro de minha personalidade. Entre o superego e o id encontra-se o ego, que é a retomada voluntária e industriosa, por mim mesmo, dos elementos espontâneos sob o olhar do superego. O que Freud nos apresenta como o tipo ideal da relação com outrem não é uma relação em que o superego predomine sobre o ego, nem uma relação em que o ego predomine sobre o superego, mas uma relação na qual as três instâncias estejam separadas uma da outra. Quando o id, o ego e o superego estão separados, há neurose, patologia: por exemplo, dissociação da histeria; recalque da neurose obsessiva. O objetivo do tratamento psicanalítico é restabelecer a comunicação entre as três instâncias: uma única vida manifesta-se no nível delas. Cada uma, por se negar a si mesma, chama as outras.

O esquema inicial segundo o qual as relações com outrem iam do narcisismo ao objetal, do "prazer" à "ejaculação", torna-se mais completo, mais concreto. O prazer tende a fugir de si mesmo, a realidade não se introduz de fora. A relação objetal aparece-nos passível de duas formas:

– *a verdadeira relação objetal,*

– *a pseudo-relação objetal,* quando nos identificamos com outrem, a presença de outrem não nos faz sair de nós mesmos, pois há malogro da relação verdadeira (caso do impasse edipiano). A criança, a cada minuto, é orientada para uma vida cuja técnica não conhece, sendo, portanto, inevitável que ela queira "ser" aqueles que ela não pode "ter". A identificação ameaça todas as nossas relações com outrem. Freud chegou a perguntar se aquilo que ele chamava de *sublimação* não deveria ser imputado a um mecanismo de introjeção. Conclui pela negativa, mas é interessante que tenha feito a pergunta. É possível que certos indivíduos nunca cheguem à relação objetal verdadeira. A relação com outrem aparece como uma tensão inevitável entre um dos dois termos da relação e o outro. O sujeito quer permanecer em sua imanência, que é difícil de superar. A alteridade de outrem só pode ser obtida a partir da verdadeira objetividade. Certas formas de devoção a outrem são narcísicas: busca de satisfação própria. Toda veneração puramente interior tem muita probabilidade de ser narcísica: é mais fácil afeiçoar-se a uma lembrança do que a uma pessoa viva. Se transferimos outrem para nós, se o interiorizamos, é para nos pôr a salvo de surpresas, de decepções. Os dois extremos, narcisismo inicial e narcisismo secundário (introjeção), são semelhantes. É além dessa oposição que começa a verdadeira relação humana.

II. CONTRIBUIÇÃO DOS SUCESSORES DE FREUD

Estudaremos os modos como os discípulos de Freud elaboraram a noção de sexualidade pré-genital e as relações com outrem no período inicial da vida.

A) *Trabalhos de Glover* (The Significance of the Mouth in Psychoanalysis, British Journal of Medical Psychology, vol. 4, 1924); (Notes on

Oral Character-formation, International Journal of Psychoanalysis, vol. 6, 1925) e de Abraham: (*Studien für Charakterbildung*, ed. fr. *Oeuvres complètes*, t. 2, *Développement de la libido. Formation du caractère*, Payot, col. "P.B.P.").

Esses trabalhos dão uma imagem mais concreta do modo como a relação com outrem se inaugura no início da vida. Essas relações da fase pré-genital se expressarão no caráter do adulto, *donde a necessidade de uma psicanálise do caráter,* pois a psicanálise dos acontecimentos revela-se insuficiente.

O caráter não é um simples reflexo dos acontecimentos; representa um resto, como que um saldo de uma pré-história do indivíduo ou de uma fase arqueológica da vida. Quando o lactente está com a mãe, passa pela aprendizagem de certas atitudes: no estágio oral, atitude de recepção; no estágio anal, atitude de posse; na fase genital, atitude de doação. Um desenvolvimento feliz supõe a integração dessas três atitudes. A fase genital suprime conservando. A regressão no adulto tornará predominante uma das fases anteriores. Uma delas, a oral, por exemplo, pode ser superacentuada (fixação) por dois meios opostos: por um lado, a criança pode estar muito bem nutrida; por outro, pode estar muito mal nutrida (nutrição significa não apenas boa alimentação, mas também relação harmoniosa com a mãe). Das duas maneiras, o resultado é que a criança aborda fases ulteriores com um acesso de desejo. Se a criança foi frustrada, terá tendência a reproduzir a fase anterior. Se tiver havido excesso de paixão, a fase ulterior a decepcionará, e ela regressará à fase anterior.

As fases pré-genitais são ambivalentes: as relações são de duplo sentido devido às relações que a criança pode, no momento considerado, estar mantendo com os outros. Seu corpo interoceptivo é incapaz de viver no meio exterior. A criança encontra-se num estado de impotência e de dependência: oscila entre o prazer e a agressividade (quando não tem meios de chegar à satisfação): donde a dupla imagem da mãe, uma benéfica, outra ameaçadora. A relação imediata e direta é o amor ou a agressividade. Há um componente sádico nas duas fases. Pode haver oposição não só entre as causas que produzem a predominância de uma das fases, como também entre os seus efeitos.

Se certa fase produz uma situação de frustração, a criança se defende, mas nem sempre tem consciência disso. As atitudes estabelecidas no adulto por tal fase infantil podem ser opostas. Tal caracterologia, portanto, daria menos *um quadro de condutas* características do "caráter oral" ou do "caráter anal" – pois os sintomas podem variar –, do que certo estilo de conduta, que se encontra em condutas opostas.

A fase oral constitui um ponto de partida que o indivíduo nunca esquece, seja qual for a atitude que tiver. Poderemos encontrar traços comuns ao caráter anal e ao caráter oral, mas as condutas não terão o mesmo estilo. Por exemplo, sujeitos anais e sujeitos orais demonstram grande liberalidade, mas essa conduta não tem o mesmo sentido para os dois: no sujeito anal, as fases de esbanjamento se alternarão com fases de avareza.

1. *Características da fase oral na criança e suas expressões no adulto*

As características são menos nítidas que as da fase anal, por uma razão de princípio. Todas as manifestações orais são mais aceitas que as manifestações anais (exemplo: a gula, os prazeres da boca, a fala). Além disso, a fase oral é mais antiga e é modificada pelas fases ulteriores. Abraham admite que a fase anal nunca é pura e já supõe malogros na fase anterior. Certos fenômenos podem vir da fase oral. Exemplo: a ambição que só aparece na fase fálica e que, de fato, só é reorganizada por esta última fase.

A fase oral é caracterizada pelo prazer da lactação e depois pelo prazer de morder. Podem-se distinguir duas partes nessa fase:

a) *Fase oral primária*. Caracteriza-se por um estado de desejo violento imediato: desejo em estado puro. Sem a mãe, a criança não tem nenhum poder; está desprovida de meios, de tal modo que tem um sentimento de impotência quando não recebe o que espera e um sentimento de onipotência quando seus desejos são satisfeitos. Segundo Glover, deve-se admitir que a relação com o objeto tem aqui um caráter caótico.

b) *Fase oral secundária*. A mordida representa uma técnica rudimentar, que consiste em incorporar a si o indivíduo amado: fase de *canibalismo* (Freud). É uma espécie de comunicação imediata com o objeto por absorção. Quase não existe intervalo entre a tensão instintual e a descarga emocional.

c) *Esquema teórico do caráter oral*. São especialmente importantes os seguintes traços de caráter: onipotência das idéias; ambivalência do objeto; descarga emocional rápida, imediata; alternância de períodos de excitação e de depressão; tendência a ver, a tocar, a sentir: participação da pele e dos músculos na atividade bucal (erotização do ato de nutrição).

Essa espécie de esquema teórico do que seria um caráter oral baseia-se na observação clínica.

d) *Tipos orais vinculados à fase primária.* Caracterizam-se por: impaciência, liberalidade, alegria, sociabilidade, espírito aberto às idéias novas, tendência à preocupação e à pressa.

e) *Tipos orais vinculados à fase secundária.* Caracterizam-se por: tendência à destruição, à inveja, ao ciúme, à hostilidade, por um caráter acerbo, um espírito conservador (no sentido lato da palavra), por relações rabugentas.

f) *Caracteres dos sujeitos orais primários.* Os orais primários tendem a ser lactentes perpétuos, a ser otimistas, categóricos, a acreditar que estão sempre protegidos. Caracterizam-se também pela superestimação da fala, por uma maneira gulosa de falar, por um amor à fala mordaz e incisiva, por uma conduta rápida e expeditiva (sobretudo em amor), pelo interesse por questões de psicologia, por uma espécie de avidez de saber. Uma fase oral primária frustrada conduz à superacentuação da fase seguinte. O mesmo acontece, aliás, com uma fase primária feliz demais. Nos dois casos, o sujeito se precipita na fase oral secundária com paixão e avidez, donde a expectativa descomedida, a decepção e a regressão.

g) *Caracteres dos sujeitos orais secundários.* São sujeitos cuja conduta favorita é a insistência, a súplica, a solicitação. Caracterizam-se pela absoluta intolerância à solidão, mesmo momentânea (*atitude "vampírica"*), por uma atitude de pessimismo ou depressão, por uma ambição sofrida, um desejo de ter sucesso, de subir, desejo acompanhado pela idéia de que isso é impossível, por uma atividade intermitente, uma atividade de eclipses, com fases de repouso e inatividade. São atentos às questões de horário; têm o hábito de ler, à noite, antes de dormir (relação com a mamadeira da noite). São invejosos e não gostam de repartir (caso de um professor que não gostava de ensinar em sua especialidade e preferia sempre dar aulas particulares; caso de um homem que sentia horror de jantar no restaurante com a mulher para não compartilhar a cerimônia íntima do jantar com outras pessoas; caso de outro homem que, morando no interior, tinha a preocupação de acordar primeiro para tomar posse da casa e do jardim antes dos outros, que não contava as novidades, guardava para si o que ficava sabendo e detestava conversas das quais ele não participasse).

Esse conjunto de caracteres pode dar ensejo a formações reacionais destinadas a mascarar as primeiras atitudes: por exemplo, a insistência em dar (caso dos anfitriões que insistem para que o convidado repita o prato e que parecem claramente desapontados quando isso é recusado; caso dos que gostam de oferecer bebida, dos que enchem os outros de conselhos ou de presentes exibicionistas). O que possibilita aparentá-los aos primeiros é que em todos os casos as situações desse tipo são superacentuadas, num sentido ou noutro (*atitude de mesmo estilo*): o excesso de amabilidade, por exemplo, pode ocultar grande agressividade. Em muitos aspectos, esses sujeitos têm caráter sádico: vontade de vexar o outro. Mas é preciso distinguir esse sadismo oral secundário do sadismo anal: o segundo caracteriza-se pela vontade de conservar, pelo apego a certos objetos; o primeiro, pelo medo de perder, que não depende do valor do que é possuído.

2. *Análise da fase anal*

Os caracteres dessa fase são mais convincentes porque mais visíveis: essa fase é mais reprimida e mais recente. Têm origem na experiência da criança durante o treinamento ao controle esfincteriano. O controle da excreção tem dois objetivos: reprimir na criança toda e qualquer tendência à coprofilia, à sujidade, e regularizar as horas da defecação.

Que significa psicologicamente essa educação? Para Abraham, o conjunto dessas funções ensejaria um prazer narcísico, uma impressão de onipotência. Para a criança, seria preciso sacrificar tudo isso na época do treinamento, em troca do *elogio dos pais* (estes enfatizam demais, com muita freqüência, a importância do uso do banheiro). É esse elogio que possibilita o controle esfincteriano pelo bebê. Se ele não tiver recebido essa compensação afetiva, haverá conflito permanente, que ficará em suas profundezas (Abraham cita o caso de uma doente muito bem-educada, de caráter bem adaptado, dócil, meiga, capaz de dominar-se, mas em quem surgia subitamente um fundo de insolência e de espírito de vingança. Tendo sido a segunda de três filhos, havia sido submetida a um treinamento prematuro, junto com o irmão mais velho, e fora incapaz de trocar a anarquia primitiva por uma condição adaptada).

A condição psicológica necessária para que ocorra a educação esfincteriana é que a criança saia da vida orgânica; é preciso que ela se interesse pelos outros, pela mãe, pela família em particular. Se for capaz dessa superação, a mudança será bem-sucedida. É por amor a outrem que ela faz esse sacrifício. O medo pode produzir resultados aparentemente excelentes, mas então *a libido se detém numa fixação narcísica*: incapacidade de pôr-se em comunicação com os outros; diminuição da capacidade de amar. A onipotência do pensamento estaria ligada à onipotência das funções de excreção. Para os indivíduos nos quais essa fase esteve sujeita a conflitos haveria uma diminuição do rendimento em todas as relações com outrem.

a) *O caráter anal.* Quatro traços podem ser distinguidos, segundo os estudos de Freud e Abraham:

– *Vontade de onipotência, sentimento de unicidade.* Só o que é feito pelos próprios sujeitos anais é bem-feito. Eles resistem a qualquer intrusão dos outros, são fiéis às decisões que tomam, às regras que se impõem (uma mãe, por exemplo, controla o programa que estabeleceu para a filha, programa cujos diferentes pontos são numerados). Essas pessoas estão "enterradas" em si mesmas; resistem aos pedidos que lhes cheguem de fora (relação com a criança que se faz de rogada para ir ao banheiro). A recusa da excreção representaria o esboço do caráter anal: certos sujeitos só dão quando não lhe pedem (caso de um marido que recusava dinheiro à mulher quando ela o pedia, mas o dava espontaneamente depois, mais do que ela havia pedido). Ou então dão aos poucos o que lhe pedem: dádiva reticente, comparável às defecações fragmentadas da criança (caso de um doente que alimentava sua cabra dando-lhe uma haste de palha por vez). O indivíduo anal critica os outros; é *um descontente*. É sensível à sua independência e à sua autonomia: *é perseverante ou obstinado.*

Diante do psicanalista, o paciente anal mostra fortes resistências, que se manifestam de modos diferentes: ora se recusa à livre associação (resistência ativa), ora espera as perguntas e silêncio (resistência passiva). Essas pessoas querem manter o controle de si mesmas. Essa atitude é acompanhada de uma orientação para a homossexualidade passiva. A regressão da atividade instintiva para a fase anal provoca diminuição de produtividade. O componente sádico dessa atitude torna os sujeitos anais inferiores ao que poderiam ser.

– *Tendência a só agir na última hora, a adiar a ação.* Mas depois que começam, prosseguem a ação até o fim, com obstinação (os introvertidos de Jung seriam esses indivíduos). Essa tendência pode ser relacionada com o retardamento da excreção. Os sujeitos anais furtam-se às solicitações do exterior (caso de certos escritores, por exemplo). Freqüentemente serão ciumentos; o terceiro é um intruso.

– *Interesse pelo dinheiro; certas formas de avareza.* Esse interesse não se traduz obrigatoriamente pela vontade deliberada de guardar tudo para si. Eles cuidam do dinheiro de modo minucioso, mas não sabem tirar grande proveito dele; relação do dinheiro e de tudo o que tem valor com o excremento. *Economizar,* para os sujeitos anais, *é a mesma coisa que reter a defecação* (Abraham cita o caso de um banqueiro que prescrevia aos filhos reter o maior tempo possível a defecação, a fim de assimilar o máximo possível dos alimentos). Observam-se nessas pessoas todas as nuances da avareza: algumas não querem gastar com compras não duráveis (caso de um homem que comprava discos, mas não queria pagar ingressos de concerto). A alimentação em geral está na categoria das coisas importantes (caso dos que se pesam com freqüência). Algumas pessoas demonstram sovinice com coisas insignificantes (caso de um homem que adquirira o hábito de não abotoar a roupa para não gastar as casas dos botões). Economizam tempo: só não é perdido o tempo dedicado ao trabalho; não sabem descansar: um dos fatores possíveis da "neurose do domingo" é o caráter anal. Freqüentemente fazem duas coisas ao mesmo tempo. Abraham analisa o costume adotado por certos indivíduos de ler no banheiro. Tem dois significados: aproveitar o tempo ao máximo; a função de excreção é sinônimo de produção: uma atividade favorece a outra (caso de um analisando que encontrava as melhores associações de idéias no banheiro). O gosto pelas coleções, por arrolar dinheiro e objetos (inventário de seu tesouro por Harpagon; escritores que gostam de se reler) estaria ligado à mesma atitude. Algumas pessoas não gostam de se separar dos objetos que possuem e guardam tudo (caso de uma mulher que, astuciosamente, dava um jeito de perder objetos que, de livre e espontânea vontade, não jogaria fora). De tempos em tempos, fazem grandes arrumações (atitude análoga ao ritmo duplo de retenção e liberação das fezes). Certas pessoas resistem a vestir roupas novas e as "guardam". Os sujeitos anais são sensíveis a tudo o que diz respeito à utilização dos restos: atitude freqüente nos esquizofrênicos.

Evidentemente, esses traços podem alternar-se com traços opostos de caráter: certas formas de esbanjamento súbito são simétricas às atitudes descritas acima. O que caracteriza esse tipo de conduta é a ênfase nos atos relacionados ao dinheiro.

– *Gosto meticuloso pela limpeza, pela ordem, pela pureza, gosto mais aparente que real, aliás*: espécie de formação reacional (caso de indivíduos limpos exteriormente e sujos nas roupas; caso dos que têm a escrivaninha em ordem e o armário em desordem: só há cuidado com o que é visível). É um fenômeno de superfície. Os sujeitos anais gostam da simetria (caprichos da adolescência: transpor tal espaço com um número par de passos, por exemplo; caso de um paciente que comprava algo para si toda vez que sua mulher comprava algo para ela). Entre os sujeitos anais há os que esquecem as dívidas e os que desejam estar quites com os outros: nos dois casos o motivo é o mesmo: não ser dependente. Eles têm senso de exatidão, de precisão; tendem a cuidar das "costas" das coisas; muitas vezes confundem direita e esquerda, leste e oeste: espécie de inversão generalizada (a inversão sexual seria seu símbolo mais visível). Por uma espécie de inversão dos hábitos, ficam em pé quando todos estão sentados; trabalham quando todos descansam e transformam essa atitude em sistema. Às vezes têm gosto por alimentos estranhos: *são os "originais"* (caso de um estudante que consumia o menu na ordem inversa dos pratos e que, aliás, depois acabou por se tornar paranóico). Por fim, têm tendência à projeção e à troca dos papéis.

b) *Fisionomia dos sujeitos anais.* O caráter anal, segundo os freudianos, acaba por fixar-se visivelmente no indivíduo, até modificar sua fisionomia. Abraham caracteriza essa fisionomia anal pelos seguintes traços: ar sombrio, expressão de satisfação narcísica, acentuação do sulco labionasal e predominância do lábio superior: o sujeito anal tem o ar de quem fareja, desconfia, sonda-se a si mesmo (caso de um indivíduo que cheirava suas próprias mãos e os objetos). Assim, essa caracterologia é acompanhada por um estudo da fisionomia: não é uma simples justaposição de traços do rosto que importa, mas a mímica geral. Os traços fisionômicos são interessantes em razão de sua função no rosto, que deve refletir a conduta.

3. *Análise da função genital*

Abraham tentou caracterizar essa fase em oposição às fases anteriores. Não insistiu muito porque ela é assunto constante da psicanálise. O amor, no sentido objetal, mediado pela sexualidade normal, constitui o meio de superar o que havia de imperfeito, o que havia de agressividade, de resíduo narcísico nas fases anteriores, e tudo isso será drenado pela libido. Não se deve acreditar, porém, que essa maturação não comporte gradações nem dificuldades.

Em particular, Abraham insistiu na existência de uma fase que realiza a maturação genital sem que haja maturidade psicológica correspondente: a *fase fálica*, que seria a introdução à fase genital. O corpo materno, para a criança, é motivo de admiração e inquietação. Ainda que seja investido pela libido na crise edipiana, isso não basta para que se passe à fase genital propriamente dita: para que seja realizada, a relação afetiva com outrem não precisa centrar-se nos órgãos genitais do sexo oposto. Não se deve acreditar que a superação dessa situação (passagem à *fase de afeição*) se deva apenas à atividade do aparelho genital. É preciso que essa atitude esteja englobada numa atividade mais ampla: a *afeição*. É na fase latente que se adquirem as capacidades de ternura e afeição, de ligar-se a outrem; ao mesmo tempo que se desenvolve o ego.

Tudo isso significa que os freudianos consideram que toda atividade centrada no aparelho genital é uma atividade que não atingiu seu objetivo: a eliminação do fetichismo do genital (falsamente atribuído a Freud).

4. *Alcance e significado dessa caracterologia*

a) *Explicação pela sexualidade em Freud*. À luz do que dissemos acima, se considerarmos as *fases pré-genitais*, veremos que não há sexualidade em sentido restrito: há uma relação com outrem e com os caracteres sexuais de outrem, mas carreada por um sistema corporal que não é o aparelho genital. Seria ilusão projetar na criança a sexualidade adulta. A sexualidade, no sentido adulto, ainda não está lá. O que, no adulto, será relação genital, na criança é relação com o sexo oposto por meio de sistemas outros, que não o genital. *Não é legítimo dizer que Freud quis mostrar que a boca, por exemplo, é sexualizada, no sentido que a palavra pode ter para o adulto.* Ele quis mostrar que ela é veículo de uma afetividade que, no adulto, será mais ou menos genital.

A *fase genital* não é de modo algum definida apenas pela atividade do aparelho genital. O que importa é que ela seja uma *fase de oblatividade, de doação.* Maturidade é a integração do genital nas relações com o objeto. Do ponto de vista freudiano, uma atividade genital que não fosse plenamente oblativa não seria normal. Essa atividade genital só funciona harmoniosamente quando associada à afetividade, cuja aprendizagem se dá durante a fase genital. Uma libido fálica só se realiza negando-se como libido plena.

Freud sempre estive muito distante de *explicar* a conduta pelo sexo; este serve de *portador* da relação com outrem.

b) *A caracterologia psicanalítica é explicativa, causal?* Será admissível que Freud queira explicar os traços de caráter pelo funcionamento de certas partes do corpo, boca ou ânus, por exemplo? O corpo, o aparelho digestivo, só desempenham papel explicativo como portadores de uma atitude típica do ser humano. Em conseqüência, não é o corpo como massa material que desempenha um papel importante, mas na qualidade de corpo integrado numa vida humana: atitude primária que é de recepção, atitude secundária que é a de conservação. O interesse da análise caracterológica não provém do fato de que certos traços de caráter estão ligados a uma parte do corpo, mas do fato de revelarem uma conduta típica do corpo. Caberia examinar a relação entre o psiquismo e o corporal na psicanálise: *relação de simbolização* (a boca é o símbolo da recepção; o ânus, o da conservação; o aparelho genital, o da doação). Essas condutas estão ligadas pela presença discernível de um mesmo sentido, de uma mesma significação na vida humana, na existência – elas são uma maneira de existir. Vemos que esse modo de entender a psicanálise é profundamente diferente do modo simplista corrente. A *psicanálise interessa-se pelas funções do corpo e pela maneira total de existir.* O corpo, por sua própria estrutura, acentua certas atitudes. Esse ponto de vista é, portanto, completamente diferente do da psicologia clássica, que explica o corpo pelo espírito ou o espírito pelo corpo. A caracterologia psicanalítica não é nem do tipo idealista (o corpo não passa de instrumento) nem do tipo da explicação do psíquico pelo corporal. Para a psicanálise, o original é a estrutura do corpo, como emblema da vida.

c) *Nada disso nos conduz a nenhuma espécie de fatalidade imperiosa.* É verdade que a psicanálise insiste na importância do passado, do passado infantil em particular, mas a relação entre o anterior e o que segue é *uma relação de integração, uma relação da parte com o todo*. É quando a integração não se realiza que se podem discernir traços facilmente reconhecíveis: quando a integração falha, há regressão. Abraham insiste no fato de que o caráter não é traçado definitivamente pelo passado infantil; após a infância ocorre uma construção e uma reconstrução do caráter. O presente acrescenta sua contribuição. Todo amor ocasiona reestruturações: o presente permanece aberto; tudo é *sobredeterminado*. Nenhum dado de nosso passado continua exercendo seu papel sem ser retomado e modificado pela seqüência de nossa vida.

É como se os dados de nossa infância fossem temas utilizados por nós. Atribuímos um sentido a esses dados. O início da vida não constitui uma fatalidade; todas as possibilidades subsistem. A infância é apenas uma situação de partida. Os traços de caráter têm natureza genérica e ambivalente. O que o adulto herda é a preponderância de certa dimensão, de certa ordem de problemas, de certa ordem de dificuldades: como o indivíduo as resolverá é outra questão, nada está fixado. Um sujeito anal, por exemplo, terá condutas de caráter compulsivo em relação ao ato de dar, mas há possibilidade de formações reacionais ou de sublimação, e nada o predestina a dar ou a guardar. A predominância do arcaico é um fundo sobre o qual devemos construir nosso presente e nosso futuro, que apresentarão dificuldades quando o passado não tiver sido integrado: é sempre verdade que a conduta tem relação com o passado, mas várias soluções se nos oferecem. Tampouco se deve acreditar que o presente suprime o passado. Precisamos retomar uma idéia análoga à de Hegel sobre a superação: conservar *transformando*. Todas as fases trazem sua contribuição para a vida adulta. Os componentes orais dão uma energia voltada para o futuro; os componentes anais dão outras contribuições na perseverança: alguma coisa profunda e contínua. Mesmo o sadismo contribui positivamente com o espírito de luta. Há, de fato, apenas uma superação relativa. Os psicanalistas, portanto, não acreditam que o passado é como que anulado. O caráter normal tem componentes pré-genitais. Cada fase recolhe e elabora as contribuições das fases anteriores. O ser humano adulto, que já foi lactente, conserva vestígios dessa fase.

Abraham acredita que o caráter adulto não é o meio-termo, mas a integração (coerência consigo mesmo). Só existem normas individuais. Isso concorda com o ponto de vista dos fisiologistas modernos: as condutas preferenciais são diferentes segundo os indivíduos. Cada um tem sua maneira própria de agir; os gestos dos indivíduos são incrivelmente diferentes; por exemplo, cada pessoa segura um martelo de um modo diferente. Assim, não há temperatura normal para todos os corpos, nem proporção ótima de cálcio no sangue de todos os seres humanos. A idéia de norma geral não convém nesse campo. Os psicanalistas estão bem próximos dessa idéia, ao dizerem que o caráter maduro não é um meio-termo. Certa conduta depois de certo passado será normal: seria anormal em outro, que não tivesse o mesmo passado. Normal significa integrado: os diferentes traços de caráter são assumidos pelo conjunto do organismo. A respeito de *Leonardo da Vinci e uma lembrança da sua infância* (*Un souvenir d'enfance de Léonard de Vinci* (Gallimard, 1987), Freud diz que tudo é explicado pelo passado do artista e que, em outro sentido, nada é explicado por esse passado (seus quadros). Leonardo da Vinci era filho natural e só teve situação familiar normal bem tarde. A mãe foi para ele como que pai também, donde seu interesse pelas lendas de fêmeas que concebem sozinhas: por exemplo o abutre. E suas fantasias de infância seriam encontradas em seus quadros: abutre nas dobras do manto de Santa Ana. *Freud não pretende explicar a arte com essa gênese psicológica.* Embora, em certo sentido, no adulto tudo se relacione com a criança (por exemplo, os sujeitos anais às vezes são escultores ou pintores), há algo que escapa ao passado: é o poder significante que esses elementos receberam em Leonardo da Vinci. O que não provém da criança é a conversão a que o artista submete o material. É o que dizíamos, acima, sobre o presente: a arte, assim como o presente, escapa à fatalidade.

Quando entramos no campo da expressão (termo tomado no sentido lato), é como se as particularidades anormais do artista fossem aproveitadas pela arte, a pintura por exemplo. Quando alguém é artista, um traço fisiológico torna-se meio de expressão. Desse ponto de vista, não são admissíveis as idéias segundo as quais Freud rebaixaria o homem ao buscá-lo em sua infância. O artista adulto só é visível na criança quando já se conhece a obra do artista. Assim, Freud não rebaixa o adulto, mas engrandece a criança, o lactente, mostrando que certas atividades, tidas até então como puramente "corporais", têm importância psicológica. Aliás, as mães sempre consideraram de grande importância a mamada ou o funcionamento digestivo dos filhos, e muitos fatos que chocam, quando os lemos nos trabalhos de Freud, eram bem conhecidos pelas mães antes dele, mas permaneciam como segredo entre elas e os filhos. *Freud foi um dos primeiros a levar criança a sério*, mostrando que suas funções corporais têm lugar numa dinâmica do psiquismo, e não que a criança é explicada por suas funções corporais. O tubo digestivo não serve só para digerir, mas é também uma maneira de entrar em relação com o mundo. O destino da criança é perceber a desigualdade entre o pequeno e o grande e tender ao grande. Melanie Klein diz que o que caracteriza as fases pré-genitais é uma exigência ilimitada, uma maneira absoluta de se relacionar com o objeto. Em suma, como dizia Montaigne, nem sempre as idéias mais "supercelestes" são as mais respeitáveis. Freud quis recolocar a criança na corrente da existência cujo veículo é o corpo.

Essas explicações são necessárias para dirimir certos mal-entendidos sobre a psicanálise.

B) *Contribuição da psicanálise da criança*

A psicanálise só tardiamente foi aplicada ao estudo direto da infância. Esse estudo interessava porque devia contribuir para confirmar ou desmentir noções da psicanálise dos adultos. A psicanálise da criança confirmou essas noções, mas também as subverteu e reorganizou em parte. Para estudar tais modificações, é preciso fazer um breve histórico da psicanálise da criança e de sua evolução.

1. *A psicanálise da criança segundo Anna Freud (Concepções de 1926)*

Sigmund Freud só fizera psicanálise da criança (o pequeno Hans) por intermédio do pai da criança. Anna Freud dedicou-se sistematicamente à psicanálise da criança, mas, em 1926, defende a idéia de que a técnica clássica ortodoxa não é aplicável à criança. Baseia sua opinião nas seguintes razões:

a) *Na criança não haveria consciência da doença nem decisão de curar-se*: a angústia não é sentida como tal, é mascarada, inapreensível. Disso resultaria que a relação do analista com a criança não é igual à sua relação com o adulto, que vai consultar o psicanalista por vontade própria, pois tomou consciência de suas deficiências e quer solucioná-las. O analista pode contar com a boa vontade do adulto, com uma espécie de cumplicidade fundamental. Isso não é possível com a criança, e o psicanalista é obrigado a interferir na vida da criança (o que não faz com o adulto): o *analista deve tornar-se educador.* Ou se torna cúmplice da criança, ou se alia com seu superego. De qualquer modo, o analista ocupa uma *função de autoridade,* intervém na vida da criança e deve abandonar sua atitude objetiva. Por exemplo, uma criança obsessiva de 12 anos, na qual Anna Freud tentava criar alívio, torna-se perversa. A. Freud intervém de modo autoritário daquela vez e consegue que a menina controle a linguagem e se comporte à mesa.

b) *Na criança não haveria verdadeira neurose de transferência.* (Lembremos que há neurose de transferência quando o sujeito substitui sua neurose original por uma outra neurose que o leva a transferir suas relações conflituosas com os outros para o analista.) Isso não é possível com a criança, porque suas relações com os pais ainda são atuais. De fato, no adulto, os conflitos parentais são do passado: trata-se de lutar com as sombras, com o passado. Na criança, cujos pais existem, não é fácil apagar, transformar a imagem que ela tem deles. A análise não pode ser feita sem que os pais sejam conhecidos (isso é possível em clínica, onde se podem obter resultados longe dos pais, mas, quando a criança volta ao convívio deles, os resultados podem desaparecer, e pode surgir uma nova neurose). É preciso que os pais ajam para se obter o fim dos sintomas patológicos da criança. Por exemplo, crianças que começam a ter controle esfincteriano quando são afastadas da mãe e o perdem quando voltam a conviver com ela. O superego ainda não está garantido. Mesmo mais tarde, na puberdade da criança, a ação dos pais às vezes desenvolve nela um caráter associal.

Além do mais, toda a interpretação dos dados pode ser aceita por um analisando cujo ego esteja educado: a verdade é aceita mesmo quando desagradável. O superego do adulto é menos cruel que o da criança: a possibilidade de estabelecer relação com o analista está excluída na criança. O analista deve tornar-se cúmplice da criança, mas desse fato resultará que esta dificilmente aceitará a interpretação do analista quando este voltar a assumir a atitude psicanalítica: possibilidade de jogo por parte da criança, que põe os pais contra o analista e este contra os pais. Portanto, é necessário pedir um mínimo de informações aos pais.

c) *A criança se recusa a fazer associações livres.* Na associação livre, o sujeito, em estado de relaxamento, entrega-se às idéias que lhe vêm e as passa ao analista. *A criança age mais que fala,* donde a necessidade de recorrer a técnicas específicas apropriadas: os *relatos de sonhos* (o sonho, aliás, é levado a sério pela criança), a *brincadeira* (sobretudo estudada por Melanie Klein). O inconveniente dessas técnicas é que elas não revelam os mecanismos de defesa. A criança brinca por brincar, e sua atividade lúdica não se orienta para o psicanalista. Toda conduta do sujeito adulto tem já um sentido porque ele está em situação de transferência, mas, na criança, não é possível obter dados bastante interessantes: é perigoso, por exemplo, interpretar dados da atividade lúdica, segundo Anna Freud.

d) *Os dados fornecidos pela análise das crianças freqüentemente são* mais claros porque o inconsciente está mais próximo do que no adulto (ainda não há formações reacionais), *mas ela não fornece dados aquém do período de linguagem.* Somente o período de latência fornecerá uma série de falsas lembranças e de formações reacionais, únicos reveladores: é mais fácil apreender a pré-história quando ela foi mascarada, pois é a máscara que permite encontrar o que foi mascarado.

e) *A criança está cronologicamente muito próxima do período de formação de sua neurose.* Não ocorreu um longo intervalo, que, no adulto, é aproveitado pelas técnicas de ação, graças às quais o sujeito poderá reempregá-las em outras formações. Se liberarmos forças no adulto, estas serão reempregadas; isso não ocorre na criança, que é incapaz de sublimar: donde o risco de ziguezague entre a neurose e a perversão, o risco de só liberar o que estava recalcado.

Conclusão de Anna Freud

Pelas razões estudadas acima, Anna Freud concluía, em 1926, que a técnica psicanalítica ortodoxa e clássica não é aplicável à criança, e que a psicanálise não deve ser aplicada a todas as crianças (oposição da escola vienense e da escola inglesa). Certas neuroses podem desaparecer sozinhas. Os sintomas podem ser levados por uma onda de desenvolvimento (por exemplo, um menino efeminado adotará atitude mais viril apenas com o desenvolvimento). Há possibilidade de superação definitiva. O transtorno neurótico caracteriza-se por uma rigidez da libido: espécie de calcificação interna do psiquismo. Mas grande número de transtornos infantis não são neuróticos. Por exemplo, as técnicas do ego ainda deficiente redundam por vezes em fracassos que se traduzem pela obsessão: a criança precisa aprender a renunciar a certos recursos, autocrítica, complexo de culpa, donde a tendência a negar o mundo exterior e a ignorar seus próprios instintos (projeção, introjeção). Todos os mecanismos reacionais compensam essas dificuldades que são próprias da infância e são superadas apenas com a idade. Só há neurose em número limitado de casos: histeria ou obsessão: o que se demonstra pela incapacidade da criança de adquirir as técnicas para cujo aprendizado já tem idade (necessidade de interromper os estudos às vezes).

Esses pontos de vista de Anna Freud vão ao encontro do ponto de vista de S. Freud, que, em 1905, fizera uma psicanálise de criança por intermédio do pai.

2. *A psicanálise da criança segundo Anna Freud (Concepções de 1946)*

Em razão de sua experiência e das descobertas feitas nesse campo, Anna Freud foi levada a modificar certas concepções suas de 1926. (*The Psychoanalytical Treatment of Children,* 1946, obra citada).

a) *Ela admite que é pequeno o risco de perversão, de liberação anárquica devida à psicanálise*: as tendências, vindo à consciência, perderiam parte de sua força. O reemprego das energias recalcas é possível: possibilidades de mecanismos, de sublimação. Assim, duas das objeções anteriores são eliminadas.

b) *O desenvolvimento da análise dos mecanismos de defesa do ego* possibilita entender melhor a criança e abreviar a fase introdutória. Anna Freud tende a admitir que a relação criança-analista é menos uma relação de autoridade do que acreditava em 1926.

c) *Finalmente, os pais conhecem melhor a psicanálise* e podem ter uma atitude mais neutra, mais objetiva.

Contudo, resta uma oposição entre as tendências de Anna Freud e as de Melanie Klein, e houve uma longa discussão na Sociedade Inglesa de Psicanálise, entre tais tendências.

3. A psicanálise da criança segundo Melanie Klein

a) *Se intervier autoritariamente,* o analista despertará ansiedade na criança e não poderá resolver o problema. Se quiser dar-lhe consciência de seu mal, aumentará a angústia e não obterá liberação como contrapartida. No fundo, o perigo é o mesmo das insuficiências ou dos riscos da educação sexual. Explicando essas questões em tom objetivo, não tocamos o verdadeiro conflito, não tocamos o caso pessoal da criança, que pode ouvir explicações sem as aplicar a seu próprio caso (por exemplo, uma criança que presenciou relações sexuais dos pais não obtém alívio com explicações sobre o ato sexual, e não se chega a nenhum resultado no que se refere às suas fantasias).

b) *Ainda que não haja verdadeira neurose de transferência, não deixa de haver transferência parcial,* pois a criança age com o analista como se ele fosse substituto dos seus pais. Os pais, quando vivos, podem contribuir com o analista, ao passo que os pais do passado, da forma como são vistos pelo adulto, já não podem contribuir. Os pais da criança podem mudar de atitude com relação a ela. Sua presença, nesse sentido, é portanto uma vantagem.

c) *É por excesso de angústia,* e não por incapacidade, que a criança não associa livremente. Sem esse meio, estaríamos privados de um recurso indispensável. A verbalização é necessária porque permite uma apropriação pela linguagem, que é a relação mais direta com o mundo. Uma psicanálise sem verbalização seria ineficaz porque estaria privada dessa apropriação de sua própria vida pelo sujeito. A dificuldade provém do fato de que a criança não está habituada a verbalizar sua experiência nem a enquadrar sua vida em fórmulas, mas não existem empecilhos de princípio.

d) *O perigo de perversão não é uma objeção,* pois, na verdade, a experiência mostra que a psicanálise não substitui a repressão pela perversão, mas por uma atitude crítica consciente.

Conclusão de Melanie Klein

Os fracassos da psicanálise da criança, de que fala M. Klein, proviriam justamente do fato de não se ter arriscado então a análise direta da criança, e nessa atitude é preciso ver uma espécie de resistência à psicanálise por parte de A. Freud (é muito freqüente, entre os psicanalistas, explicar, interpretar as teses opostas em linguagem psicanalítica; assim, um analista, falando do livro de G. Guex [*Névrose d'abandon,* P.U.F., 1950], criticava neste autor e na escola suíça a tendência a arranjar os fatos e a negar a universalidade do complexo de Édipo, dizendo que essa escola demonstrava assim resistência à psicanálise; o que, naturalmente, não está descartado, mas a crítica sempre pode ser devolvida).

Seria possível dizer que, na psicanálise, Melanie Klein representa a extrema-esquerda (posição radical segundo a qual a psicanálise ortodoxa pode ser aplicada até o fim), que a escola suíça representa a direita, e Anna Freud, o centro. A direita pode acusar M. Klein de querer arruinar a psicanálise estendendo-a com excessiva rapidez, mas a esquerda pode responder que a prudência dos outros é um entrave aos progressos da psicanálise (as mesmas discussões do universo político do marxismo, entre a "esquerda" e a "direita": cada um acusa o outro de "coveiro da revolução"). Essas espécies de objeção sempre ocorrem quando se está no campo das coisas da existência, em que o resultado objetivo pode depender da atitude subjetiva. Pode haver algo de verdade nas palavras de certos psicanalistas, porque estamos tratando com uma *prática*. Mas precisamos achar uma saída, e, como sempre se pode afirmar que a intenção é desvirtuada nos fatos, que a atitude de "esquerda" é "provocação", que a atitude de temporização é "oportunista", cabe julgar o máximo possível segundo a própria situação, a observação dos casos, e não de acordo com as intenções supostas.

Nesse aspecto, os psicanalistas dão uma lição de sensatez; Anna Freud, em dois ou três pontos, alinhou-se com as opiniões de Melanie Klein; elas confrontaram suas respectivas experiências, e seus pontos de vista se aproximaram.

Essa discussão sobre o método da psicanálise da criança abarca uma discussão sobre a doutrina: se o método deve ser aplicável à criança (e até a crianças muito novas: psicanálise de uma criança de dois a nove meses, por M. Klein) é porque a estrutura da criança é tal que a psicanálise tem domínio sobre ela. No entanto, aplicadas à criança, as noções fundamentais da psicanálise clássica sofrem uma modificação que precisamos examinar.

4. *Novas tendências da psicanálise da criança (Melanie Klein)*

Essas tendências podem ser sintetizadas em três:

a) *Predominância cada vez mais marcada do tema da agressão em todo o período da infância que precede a fase genital.* Essa idéia, já expressa por Freud – que empregava a expressão "sexual-agressivo" –, é ainda mais sensível em M. Klein. Já de início ela descreve a posição da criança na família como uma *posição de rivalidade* (situação em que a criança, pequena, se compara aos pais e às pessoas de seu meio, que são grandes). A vitória, para a criança, consistiria em inverter as relações. Essa rivalidade torna a criança culpada a seus próprios olhos, donde uma espécie de círculo vicioso: desproporção entre ela e o meio, ansiedade-agressividade, culpa, aumento da ansiedade etc. O círculo só pode ser rompido pela entrada de um elemento diferente: a libido, o desenvolvimento da sexualidade. Na primeira fase do complexo de Édipo, são reprimidas principalmente as tendências agressivas. A reforma introduzida por Freud em 1926, segundo a qual a ansiedade é algo que antecede, e não deriva, da repressão, é levada ao extremo por Melanie Klein: a conseqüência é que a tônica recai no primado da agressividade. Em certo sentido, isso já estava em Freud, porém é mais categoricamente expresso por M. Klein.

A situação inicial é sentida pela criança como perigosa: ela carece de meios, não tem recursos nem socorro. A ansiedade é a atitude de alguém diante de uma situação à qual não pode fazer face: ela está bloqueada. Essa ansiedade se traduz em agressividade, que dá origem a um sentimento de culpa, o que, por sua vez, redobra a ansiedade. A relação ansiedade-agressividade forma um círculo no qual intervém a libido como força transversal. Existe um vínculo indissolúvel entre a libido e a agressividade, em que esta está em poder daquela. *Esses dois componentes,* diz M. Klein, *são inseparáveis e opostos.* A passagem à fase genital tenderá a estabelecer um equilíbrio entre elas. A superação do complexo de Édipo não é considerado como o medo da castração, mas como a culpa desencadeada pela agressividade contra o pai.

Em seguida Mélanie Klein define a situação da criança como uma *posição depressiva*: comparação entre a conduta da criança e a conduta de luto. O luto faz o adulto regredir para uma conduta infantil: os votos agressivos contra a pessoa falecida são despertados, e daí decorre um sentimento de culpa. O adulto luta contra essas lembranças penosas recusando qualquer espécie de alusão aos defeitos do morto. Depois desse primeiro período, virão outras atitudes: desejo de arrumar as coisas, de mudar de casa (símbolo da atitude de reconstrução, atitude tipicamente obsessiva). Num novo período, o luto já não é silencioso: a idealização do defunto já não exige a repressão dos desejos de morte.

Essas são condutas de adulto, mas a criança, diante dos seres que teme perder, pode ter condutas análogas. A criança não tem confiança em seu poder – mesmo em seu poder de amar; não comprovou seu poder, por isso a atitude obsessiva, que, aliás, diminui com a experiência. A agressividade não vem necessariamente da frustração exterior, pois algumas pessoas submetidas a duras condições objetivas podem não sofrer com elas; a agressividade tem uma raiz interior. O princípio da frustração interior é a consciência de um perigo interno, projetado pela criança para a exterioridade (é menos penoso estar exposto a um perigo externo), daí a tendência à destruição. Esse perigo interior é o perigo dos instintos (caso de uma criança de cinco anos que se acreditava protegida por animais – elefante, lobo, hiena, leopardo etc. –, mas temia que se revoltassem contra ela: o elefante representava a estrutura muscular da criança; o leopardo, suas unhas e sua tendência a rasgar; o lobo, a projeção daquilo que a criança pode conter de veneno: excrementos; a criança vive com medo de um inimigo interior: revolta dos animais, dos escravos; o sadismo também se volta contra ela).

M. Klein, em seu livro *Contributions to Psychoanalysis* (*Essais de psychanalyse*, Payot, 1968) diz (p. 378 da ed. ingl.; p. 411, da ed. fr.) em que se baseia esse estado de insegurança: "*É inevitável certo grau de frustração no seio materno, pois a criança precisa de uma satisfação ilimitada.*" A ansiedade é compreensível pelo desejo, a vontade infinita que existe na criança; essa vontade é imediata, vai direto ao objetivo porque não há nenhuma espécie de articulação entre os meios e os fins. É nessa situação inicial que se encontra o motivo da agressividade e da ansiedade. Daí resulta que a atitude característica da criança será uma *atitude de ambivalência*: sentimento duplo, de onipotência e impotência; a criança não tem poder nenhum e quer tudo. Esse sentimento duplo reflete-se no que ela sente dos outros; as crianças são sensíveis à maneira com que os adultos se comportam em relação a elas: pessoas "boazinhas" e pessoas "não boazinhas". Além disso, esses qualificativos serão aplicados a uma mesma pessoa: "mãe boazinha" e "mãe ruim" (por exemplo, a criança se refugia, em pensamento, junto à mãe boazinha quando a mãe ruim vem puni-la); a bipartição da mãe compreende também o corpo dela: "seio bondoso" e "seio malvado" (lembremos que a ambivalência é quase o contrário da ambigüidade).

b) *Concepção do papel do corpo e das operações de introjeção e projeção como mecanismos corporais.* Os mecanismos psicológicos de introjeção e projeção, em vez de se mostrarem como operações mentais, devem ser entendidos como modalidades da atividade do corpo. O corpo fenomênico é o veículo das relações da criança com a exterioridade. Na fase oral, a relação do lactente com o seio, segundo M. Klein, teria o valor de verdadeira introjeção (noção que deve ser comparada à de canibalismo).

M. Klein encontra no material analítico numerosas referências ao corpo e aos órgãos genitais dos pais. Quando M. Klein mostra que a criança tem fantasias com as partes do corpo dos pais, não quer necessariamente dizer que a criança as viu, mas que aquela é a maneira infantil de ver os traços de conduta dos pais: os órgãos desempenham o papel de emblemas; o órgão sexual do pai é a maneira de expressar masculinidade ou virilidade. Nesse caso, o órgão é tomado como representante de todo o caráter típico (cf. *Contributions to Psychoanalysis,* obra citada [p. 379, ed. ingl.; p. 412, ed. fr.] e *The Psychoanalysis of Children,* p. 189; *La psychanalyse des enfants,* P.U.F., 1959). Por exemplo, a boneca, para a menina, representa seu próprio filho, ela mesma ou o pênis de seu pai. Isso não significa que há, na criança, uma imagem do órgão sexual do pai no sentido adulto, ou que há representação anatômica. A boneca é a encarnação da força viril do pai; tem o poder de remeter ao poder da virilidade. O simbolismo não deve ser reconstituído com imagens de adulto. A boneca tem o poder de remeter à impressão de virilidade, impressão que pode ser traduzida por uma imagem bastante vaga. *Não há associação entre uma aparência e um conteúdo latente diferente dela, mas não-dissociação.* A virilidade é como uma categoria na qual a criança se desenvolve, e a boneca se encontra nessa categoria. Essas idéias coincidem com a análise de Freud a respeito da libido pré-genital. O simbolismo é uma maneira infantil de enxergar os objetos do meio, e não há representação da boneca (no sentido adulto) à qual se some uma representação do sexo (no sentido adulto). "*Na verdade, através do seio, a mãe representa o mundo exterior"* (*The Psychoanalysis of Children,* p. 208). A corporalidade é o meio de acesso ao mundo. A criança não pensa no sexo do mesmo modo que o adulto. Existem duas maneiras de interpretar a psicanálise: por exemplo, pode-se dizer que certo homem é pintor porque, quando criança, a fase anal foi muito enfatizada. Mas pode-se dizer também que a atividade anal é o primeiro movimento da criança em direção à atividade para a qual ela se orientará mais tarde, a maneira de ter acesso ao mundo das formas ou das cores. Essa segunda interpretação é mais justa.

Sendo esse o significado dos elementos sexuais do material analítico, *de que modo os objetos assumem caráter sexual?* A projeção e a introjeção são funções constantes do corpo: incorporação oral ou sexual dos objetos do mundo exterior, apropriação pela criança das virtudes do objeto por meio de operações materiais. A agressividade contra a mãe é o desejo de tomar posse do corpo materno, de se introduzir nele, de rasgá-lo, de devorá-lo, de destruí-lo. Essa agressividade subsiste no adulto: na mulher o ato sexual seria uma forma de introjeção. A bipartição entre mundo interior e mundo exterior é entendida pela criança como o que está em seu corpo e o que está fora dele. O adulto mesmo tem a tendência de situar seu pensamento, sua alma no corpo (eu é meu corpo; o que introjeto é o que engulo). Consciente é o que vejo; inconsciente é o intracorporal. O bebê, incorporando os pais, fez deles objetos interiores. Ao se tornarem interiores, as pessoas, as coisas, os acontecimentos tornam-se inacessíveis: donde as dúvidas, as ansiedades, as incertezas. *Isso nos leva a uma idéia mais concreta do inconsciente.* Cabe admitir que a experiência prossegue nos planos interior e exterior, entre os quais ocorrem trocas perpétuas.

É dessa maneira concreta que M. Klein concebe a formação do superego infantil, que não seria resultado do término do complexo de Édipo, *mas começaria a formar-se assim que se estabelecessem as primeiras relações com outrem.* O corpo, zona misteriosa, contém por introjeção partes corporais dos pais. O superego é o conjunto das realidades exteriores que continuam a atividade subterrânea deles. Em seguida, esse superego se modificará segundo a descrição de Freud, da formação do superego. O superego das crianças é tanto mais cruel quanto mais precoce: poder de repressão ilimitada. A criança não tem a possibilidade de enfrentar. O superego edipiano é herdeiro do primeiro superego, que se formaria ao longo do terceiro ano de vida. As fantasias de animais devoradores representariam os pais, no que eles têm de ameaçador e inquietante para a criança.

Entende-se que o superego contenha não só o corpo dos pais, mas também todos os objetos: toda percepção, toda relação é "digerida" por nós. É *um mundo, um universo* (cf. *Contributions to Psychoanalysis*). Se o superego constitui todo um mundo organizado, com suas propriedades, sua linguagem, sua simbólica, essa instância difícil de analisar com palavras é compreendida intuitivamente, razão pela qual, em sua prática, o psicanalista ouve o doente, tudo se organiza nele.

Essa concepção do superego como universo, como conjunto, é importante e original. Assim se entendem melhor, por exemplo, os gostos e as aversões das crianças em relação à alimentação. Se admitirmos que o superego é um panorama interior, um duplo dos objetos, não será surpreendente que um elemento assuma valor significativo e se torne simpático ou não (caso de uma criança que de repente passou a desgostar profundamente de peixe, que ela adorara durante um ano; essa aversão tem correlação com sua evolução afetiva: o peixe aberto, eviscerado, rasgado, expressava a agressividade contra o pai). Essa concepção do papel do corpo é interessante. Proust já falara dessa memória do corpo: segundo a posição de seu corpo ao despertar, ele se acreditava num ou noutro lugar. Essa noção do papel do corpo na relação com o mundo e com o passado encontra-se nos psicanalistas: o relaxamento no divã induz uma maneira de ser. Assim, Moreno cita o caso de um indivíduo que se lembra de um sonho ao tentar representá-lo; ao contrário, o sonho se apagaria.

c) *Natureza do complexo de Édipo.* A concepção do complexo de Édipo é o ponto o mais conhecido das idéias de Melanie Klein. Essa concepção não se distingue apenas pela data precoce atribuída ao Édipo, mas também pelas mudanças na própria concepção do complexo. A questão cronológica é menos importante do que a questão de natureza. A primeira, aliás, não é inteiramente desprezada pela autora: M. Klein ora fala de um Édipo já no fim do primeiro ano ou no início do segundo, ora o situa um pouco depois.

Em que consiste a situação edipiana e em que ela se diferencia do complexo de Édipo freudiano?

– Trata-se de uma situação edipiana que se estabelece nas fases pré-genitais (oral ou anal). É uma relação com o objeto distinta da genital (relação agressiva ou sádica). O indivíduo encontra-se numa situação sem saída porque está ligado ao objeto e não possui nenhuma técnica que lhe permita dominá-lo: estado de dependência, de apego (onipotência e impotência), donde o caráter agressivo das relações com os objetos. "*As pulsões genitais não são visíveis de início, pois só se afirmam por volta dos três anos...*" "*O conflito não é tão visível nesse estágio quanto será depois [...] É confuso e vago*" (*The Psychoanalysis of Children*, p. 179). A criança tem uma tendência geral a incorporar o corpo da mãe; por isso o temor de punição, o temor do talião, que atingiria sua própria conservação. Dessa situação resulta que as relações entre os pais também são concebidas como relações orais: a situação da criança projeta-se em sua concepção das relações entre os pais: "*A frustração oral dá origem a uma noção inconsciente do fato de que os pais têm um prazer sexual de natureza oral*" (*The Psychoanalysis of Children*, p. 179). Essas relações sexuais serão concebidas como relações agressivas. O material psicanalítico ou psicológico mostra que o ato sexual é concebido pela criancinha como uma luta, como uma destruição mútua ou como um suplício infligido pelo pai à mãe.

Édipo tem um caráter global. Não se trata tanto de uma relação da criança com um dos genitores mais do que com o outro, mas sim de uma relação com os dois. O corpo da mãe é concebido como uma totalidade que contém todos os objetos com os quais a criança pode ter relações. Por exemplo, o pênis do pai seria guardado pela mãe em cada ato sexual; seria também aquilo que se transforma na criança dentro da mãe. O corpo da mãe contém assim ao mesmo tempo caracteres de feminilidade e de masculinidade. É para a mãe e para tudo o que ela representa que se dirige a agressividade, e é de tudo isso que a criança tem medo (cf. *The Psychoanalysis of Children*, p. 190). Se a relação é entendida como uma relação com o organismo materno, a precocidade de Édipo está explicada. Freud descrevera uma fase em que a criança teria a representação de uma mãe fálica. Para M. Klein, o corpo da mãe contém o falo. Assim também, na menina, o sentimento de castração e o desejo de ter um falo, para M. Klein, é o desejo de ter um filho de seu pai. Os dois sexos são reunidos numa única constelação (note-se, de passagem, que isso representa uma correção importante à tese de Freud sobre a essência masculina de toda libido). Da mesma maneira, Freud tornara mais flexível sua concepção, ao dizer que Édipo, em sua fase inicial, podia ser precedido de um Édipo inverso. Para M. Klein, o Édipo direto e o Édipo inverso coexistem (assim como os diferentes estágios do desenvolvimento, como o genital e o pré-genital). Toda relação objetal com um dos genitores é ao mesmo tempo identificação com ele, por conseguinte relação objetal com o outro (cf. *Contributions to Psychoanalysis*, p. 378). Restabelece-se o paralelismo entre o desenvolvimento do menino e o da menina. Não há prioridade para a representação do corpo masculino.

M. Klein admite que no menino existe uma fase feminina paralela a uma fase masculina na menina. Desde a fase de apego à mãe há ambigüidade e polimorfismo: espécie de flutuação entre o pai e a mãe. A diferença sexual é concebida mais em termos psicológicos do que fisiológicos. A menina teria um sentimento global de que seu corpo encerra um segredo (cf. *The Psychoanalysis of Children*, p. 283). É sempre de uma maneira mágica que a mulher pode dominar sua ansiedade. Ela se impõe menos por atos e mais por sedução, pela simples presença de seu corpo. Mas, psicologicamente, menino e menina podem ocupar quaisquer "posições". O "masoquismo feminino", que, segundo H. Deutsch, provém do complexo de castração, seria simplesmente o medo do pênis paterno interiorizado. Melanie Klein orienta-se para uma concepção mais psicológica da masculinidade e da feminilidade, baseando sua diferenciação na evolução dos indivíduos a partir de situações comparáveis de partida.

Essa concepção do complexo de Édipo permite-nos chegar a uma psicologia mais flexível e menos dogmática.

5. *Estudo de um caso analisado por Melanie Klein* (cf. *Contributions to Psychoanalysis,* pp. 367 a 377; *Essais de psychanalyse,* pp. 399 a 410).

Rita – que tem dois anos e nove meses no início da análise – caracteriza-se por uma ansiedade manifesta, por cerimoniais obsessivos, por estados sucessivos de maldade e bondade. Perdeu o apetite e chora sem motivo. Freqüentemente faz perguntas do tipo: "*Eu sou boazinha? Você gosta de mim, mamãe?*" Não se sente em segurança nas suas relações com outrem. Tem, por exemplo, uma crise de angústia quando o pai, por brincadeira, ameaçou um urso desenhado num de seus livros. Rita tenta introduzir o mínimo possível de imaginário em seus jogos, que no mais das vezes consistem em trocar as roupas de sua boneca e lavá-la.

A criança foi desmamada precocemente, depois de ter mamado no peito durante alguns meses; recusou a mamadeira. Aceita, porém, uma mamadeira todas as noites antes de dormir e recusa-se obstinadamente a abandonar esse hábito. Dormiu no quarto dos pais até a idade de dois anos. Tem um irmãozinho; a atitude da mãe, neurótica, é ambivalente.

Até o fim do primeiro ano, Rita tem nítida preferência pela mãe; depois, pelo pai. A preferência pelo pai é acompanhada de ciúme: ela quer ficar sozinha com ele num aposento (quinze meses). Com dezoito meses, a relação se modifica de novo. A mãe volta a ser a preferida. Por fim, cabe notar a fobia da criança em relação aos animais em geral e aos cães em particular. Essa descrição nos mostra que houve *desenvolvimento edipiano na menina.*

Como explicar o fato de que a preferência pelo pai não se manteve? O fato de a criança ter assistido às relações sexuais dos pais no quarto que dividia com eles dá origem ao ciúme e à ansiedade (mesmo porque as relações sexuais são concebidas como relações de agressividade). Com quinze meses, ela vê a mãe grávida. É como se a orientação edipiana fosse contrariada: a ansiedade, o sentimento de culpa para com a mãe devolvem a criança à sua primeira orientação. Os impulsos sádicos orais, fortíssimos, comandam a interpretação que a menina dá aos fenômenos exteriores. O surto edipiano torna mais intolerável a situação. O amor excessivo pela mãe seria outra expressão da fase em que ela se opôs violentamente a esta. A criança flutua entre várias posições e lhe é impossível fixar-se em qualquer uma delas.

Os sintomas mais específicos são mais bem percebidos à luz dessas idéias diretivas: o medo de cachorro está relacionado ao pênis do pai.

Com três anos, Rita vê um cocheiro bater no cavalo. Fica indignada com aquele ato de brutalidade, mas pouco depois pergunta: *"Quando a gente vai ver o cocheiro bater no cavalo?"* Para a criança – que pode ver uma coisa ao mesmo tempo como essa mesma coisa e como outra – o cavalo "representa" a mãe, e o cocheiro, o pai. Durante uma sessão de análise, Rita brinca com bloquinhos e um martelo; bate nos blocos num ponto coberto por papel e diz: *"Quando o martelo bate, a mulherzinha tem tanto medo."* Ou então brinca com seu ursinho de pelúcia; imagina-se fazendo uma viagem, indo à casa de uma mulher muito boazinha, querendo livrar-se do cocheiro que não quer levar o urso. De outra vez, põe o elefante de pelúcia perto da boneca, para que ele a impeça de ir ao quarto de seus pais: o elefante representa o superego da criança; quanto à boneca, é Rita em suas relações com os pais.

Durante uma sessão com o analista, Rita escreve numa folha de papel, rabisca e rasga a folha; põe os pedaços num copo e faz o gesto de beber, mas pára e diz: *"Mulher morta."* Esse ato simboliza a destruição da mãe por meios orais. Tal atitude mostra que a menina está a ponto de desistir da rivalidade edipiana. A recusa a alimentar-se e a abandonar a mamadeira da noite significa que a criança se recusa a entrar na fase seguinte. A partir do período de tratamento psicanalítico, a criança aceita a maternidade fictícia e aceita entrar na fase edipiana.

C) *Apanhado das discussões suscitadas pelas idéias de Melanie Klein*

Em 1945, Glover, em *Psychoanalytic Studies of Child* (Vol I, *Exame do sistema kleiniano de psicologia infantil,* in *Psychoan. Studies of Child*), critica vivamente as idéias de Melanie Klein. Apesar de aprovar suas primeiras concepções, expostas em seu livro de 1932 (*Psychoanalysis of Children*), por estarem na linha do freudismo, acusa M. Klein de afastar-se demais dela em seus trabalhos ulteriores, de ter transformado totalmente a psicanálise.

1º *Ressalvas de Glover ao livro de 1932*

Para Glover, M. Klein preencheu uma lacuna, decorrente do fato de que a fase edipiana não fora estudada até então e de que essa fase devia basear-se essencialmente no desenvolvimento da libido. Por exemplo, Freud admite que as relações com os pais, antes da fase genital, já são edipianas. Glover poderia acrescentar que Freud reconhece (em suas notas a *Essais de psychanalise*) ter errado ao separar pré-genital e genital e fazê-los suceder-se um ao outro (passagem do auto-erotismo ao objetal). A psicanálise do pequeno Hans ensinara aos psicanalistas que, já nos primeiros ensaios da fala, há simbolização do sexual pelo não sexual, e que as crianças, entre três e cinco anos, já são capazes de escolhas objetais. Mas, segundo Glover, é desagradável que M. Klein tenha cristalizado o que só estava indicado em Freud. Ela superestimaria a importância da ansiedade e da agressividade e subestimaria a do desenvolvimento da libido. *A crítica não parece decisiva.* Uma libido pré-genital só pode ser agressiva, pois não tem outros meios de expressar-se. A noção de libido é modificada e perde seu caráter metafísico. De fato, Freud tinha a tendência de invocar fatores hereditários, fatores filogenéticos. Assim, a respeito da passagem de Édipo à latência, Freud, em seu artigo *O declínio do complexo de Édipo* (*La disparition du complexe d'Oedipe,* 1923; in Freud, *La vie sexuelle,* P.U.F., 1969), formula duas hipóteses:

a) a passagem à fase de latência estaria ligada à presença *de um princípio regulador* do desenvolvimento na criança;

b) Édipo aparece ou desaparece em razão *das relações com o meio*: medo da castração, por exemplo.

Essas duas hipóteses não se excluem, mas em Freud há certa preferência pela primeira (o que, aliás, foi freqüentemente criticado). O mérito de M. Klein foi mostrar que a libido não é uma enteléquia e flexibilizar a concepção de Freud.

O que choca Glover, na concepção de M. Klein sobre a libido, representa na realidade um esforço para conceber uma dinâmica do desenvolvimento. Apesar dessas críticas, Glover considera que os primeiros trabalhos de Melanie Klein são, no conjunto, uma amplificação e um prolongamento justificado dos trabalhos de Freud.

2.° *Ressalvas sobre os trabalhos ulteriores de Melanie Klein*
Glover acusa M. Klein de ter subvertido a metapsicologia.

a) *Crítica de sua concepção de agressividade.* Quando Abraham fala de uma espécie de canibalismo na criança, é no sentido de expressão da libido; para M. Klein, é no sentido de expressão do sadismo, da agressividade, declara Glover. De fato, essa transformação torna mais compreensível e verossímil a noção de canibalismo. Klein abandona a concepção metafísica da libido, e é preferível dizer que as relações da criança com outrem são uma espécie de antecipação, assim como certas funções são garantidas antecipadamente por outros órgãos. O que ainda não é sexual pode vir a sê-lo.

Glover também critica a maneira como M. Klein concebe *a regressão e a fixação*. Um criança fixa-se ou regride quando a agressividade por ela dirigida ao objeto dá origem ao medo, e por compensação ela se apega excessivamente ao objeto. Diz Glover que isso é apresentar as coisas dando primazia a fatores negativos, o que não é aconselhável. Ora, esse conceito é interessante por atribuir significado dinâmico à conduta. A fixação e a regressão não são apenas resíduos do passado, mas atos efetivos para lutar contra a agressividade: elas estão vinculadas à dinâmica geral do comportamento. Glover subestima as contribuições de M. Klein para uma concepção dinâmica da conduta.

b) *Crítica ao papel atribuído por Melanie Klein ao corpo, crítica às suas simplificações da psicanálise infantil.* Entre uma imagem, uma fantasia, a significação de uma experiência, uma introjeção, um objeto interiorizado, o superego, não há grande diferença. A atividade total aparece simplificada, e graças a isso M. Klein a transforma em atividade corporal tanto quanto psíquica. Paula Heimann, aluna de M. Klein, escreve por exemplo: *"introjeção e pro-*

jeção são empregadas com referência a mecanismos mentais modelados por mecanismos corporais. [...] *As primeiras tentativas da criança consistem num esforço de tomar posse do objeto tocando-o e sugando-o* [...]. *Ela o incorpora* [...]. *Toda dádiva significa cuspir ou expulsar* [...] *As primeiras raízes do superego devem ser buscadas no seio bom e no seio mau"* (Certaines fonctions de l'introjection et de la projection dans la première enfance, in Developpements de la psychanalyse, P.U.F., 1966). Esses trechos manifestam que as noções freudianas são alvo de uma simplificação extrema. Todo objeto percebido é também assumido como "objeto interior". A distinção entre fantasia e realidade é menos nítida. Entre a atividade corporal (sugar, engolir) e a introjeção, já não há limites bem estabelecidos. O superego deixa de ser uma identificação com uma pessoa, mas encontra-se em estado difuso em toda relação com o exterior.

Isso representa uma degradação, uma confusão das concepções freudianas, ou um progresso teórico? Glover não capta a verdadeira significação do corpo. Ora, este tem uma função efetiva de mediação das relações com o mundo; é seu veículo e é agente do superego. Glover admite, porém, que o superego só foi estudado por Freud quando formado, e que é necessário estudar os precursores do superego. É como se Glover aprovasse as pesquisas de M. Klein mas lhe negasse os meios de fazê-las.

c) *Crítica ao papel atribuído por Melanie Klein às fantasias e ao imaginário, crítica ao papel da fantasia em Édipo.* A controvérsia sobre a data do início de Édipo não está dirimida: Freud não é categórico a respeito; fala de um apego da filha à mãe. Ora, M. Klein diz que Édipo é ao mesmo tempo direto e *inverso*. Apesar de se recusar a fixar o início de Édipo em data tão precoce quanto M. Klein, Freud indica que o desenvolvimento pode ser acelerado por circunstâncias próprias ao meio: presença da criança durante os contatos sexuais dos pais, nascimento de um irmão ou de uma irmã, por exemplo. A objeção não é uma questão de palavras: se entendermos *Édipo clássico direto,* é evidente que Édipo será mais tardio; mas se falarmos de Édipo como o descrevemos, com sua ambigüidade, a precocidade já não surpreenderá.

A respeito da natureza fantasista de Édipo, Glover acusa M. Klein de insistir na satisfação alucinatória, no fantasista, na frustração interior, pois assim são eliminadas as fronteiras entre frustração, interior e meio, e, por conseguinte, entre id e ego. *A ques-*

tão é saber se essas fronteiras existem. Tais noções não serão noções de adulto? Glover não percebe o que há de novo na concepção de M. Klein. Ela não equipara as fantasias da criança às do adulto: trata-se de um estado anterior à diferenciação entre percebido e imagem. Já nos primeiros meses, a criança tem inúmeras relações em que se unem fantasia, ódio, medo etc. Isso parece inverossímil a Glover, pois nessa idade a memorização ainda é fraca. Mas é que não se trata de memória, de capacidade de evocar o passado para uma situação temporal. O corpo da mãe está ali, na forma de presença, e não de lembrança. Não é possível separar interior e exterior, nem fazer clivagens, pois há intricamento. Isto coincide com o ponto de vista de Lewin, segundo o qual não se pode fazer uma separação entre "aptidões" e um dado meio.

d) *A conclusão de Glover leva-nos a um diagnóstico psicanalítico sobre Melanie Klein.* M. Klein interpretaria os atos da criança com o desejo de mostrar que esta é responsável e, por conseguinte, com o desejo de justificar a mãe. Já dissemos que tais argumentos são arbitrários e que só o exame dos fatos pode decidir. Ora, Glover não julga tanto os fatos, porém mais o que lhe parece "inverossímil" nas concepções teóricas de M. Klein. Nesse campo parece que não percebe:

– a necessidade de construir, na psicologia da criança, conceitos que expressem o que há de indiferenciado nas atitudes da criança;

– o interesse dos conceitos psicológicos de caráter dinâmico;

– a importância do fenômeno de antecipação.

No entanto, tudo isso corresponde a uma necessidade da psicologia. Politzer, em sua *Critique des fondements de la pychologie* (P.U.F., 1967), pede que a psicologia não aplique aos sonhos os conceitos da vigília. Assim também, todas as distinções próprias da psicologia adulta escapam à consciência infantil.

D) *Caso das crianças sem pais*

Este estudo nos servirá de *contraprova*. Analisaremos os trabalhos de René Spitz, *Hospitalisme* ou *Sauvegarde* (respectivamente, *in Revue française de psychanalyse*, tomo XIII, n.° 3, julho-setembro de 1949, pp. 397-425 e [?] n.° 36, dezembro 1949), e de D.

Burlingham e Anna Freud, *Enfants sans famille* (P.U.F., 1949 –1950). Esses estudos têm a vantagem de guiar-se por método (observações de conjunto) diferente da psicanálise, que só observa casos individuais.

Trabalhos de René Spitz

Spitz examinou as condições de desenvolvimento das crianças em orfanatos. Em 1940, nos Estados Unidos, foram feitos alguns estudos porque, apesar dos progressos nas condições de higiene, era freqüente a ocorrência de transtornos psíquicos nos jovens internos: crianças anti-sociais, delinqüentes, débeis mentais ou, em todo caso, crianças difíceis (*crianças-problema*), além da sensibilidade a doenças contagiosas. A intensidade dos transtornos aumentava à medida que aumentava a duração da estada nesses orfanatos: nenhuma alteração visível até três meses; os transtornos apareciam quando a permanência durava mais de oito meses, e tornavam-se irreversíveis após um período de três anos. O primeiro ano da vida é especialmente sensível a eles. Os fatores decisivos são:

– *ausência de estímulo*: as crianças não têm oportunidade de agir; os estabelecimentos mais bem equipados dão os piores resultados porque a *entourage* se torna mecânica, havendo uma espécie de esterilização psíquica;

– *a ausência de mãe*: as instituições em que a mãe está presente dão os melhores resultados.

Spitz retomou esses trabalhos. Estuda as condições de desenvolvimento de 130 crianças em dois estabelecimentos hospitalares (69 numa creche e 61 num orfanato). Para fins de comparação, estuda 34 crianças criadas no meio familiar (11 em lares burgueses e 23 em lares rurais).

Spitz emprega os testes de Heitzer e Wolf, que possibilitam uma investigação da personalidade (percepção, domínio do corpo, relações sociais e relações com os objetos em geral). Esses testes se traduzem numa curva de personalidade e permitem a apreciação concreta do estado psíquico da criança.

Os resultados brutos, na forma de *médias de quociente de desenvolvimento*, são os seguintes:

Meio	4 primeiros meses do 1.º ano	4 últimos meses do 1.º ano
Lar burguês	133	131
Lar rural	107	108
Creche	101,5	105
Orfanato	124	72

Esses quocientes de desenvolvimento mostram uma queda nas crianças do orfanato.

Por que no orfanato essa enorme queda do quociente de desenvolvimento das crianças? As condições de higiene e assepsia são as melhores possíveis nos dois estabelecimentos, no entanto as crianças do orfanato são muito mais sensíveis às doenças contagiosas do que as crianças da creche: durante uma epidemia de sarampo, dos 88 internos de dois anos e meio, registram-se 23 óbitos. A porcentagem é ainda mais elevada entre as crianças de um ano a um ano e meio. De 26 crianças de dez meses a dois anos, duas apenas conseguem dizer algumas palavras e andar, e nenhuma tem controle esfincteriano. Ao contrário, na creche, as crianças demonstram grande atividade e grande curiosidade.

a) *Semelhanças entre as condições de vida nos dois estabelecimentos.* As crianças do orfanato têm mães normais: as da creche têm como mães moças menores delinqüentes, muitas vezes débeis mentais, psicopatas e mesmo criminosas. Este último estabelecimento é, portanto, menos favorável.

As condições de higiene, na creche, são um pouco melhores: durante as primeiras seis semanas as crianças são colocadas em boxes envidraçados onde os adultos só podem entrar vestidos com um jaleco esterilizado e depois de lavarem as mãos; por volta de seis meses, são postos em quartos, com mais cinco ou seis crianças. No orfanato, as crianças são menos isoladas. A disposição dos boxes é menos bem-feita: o prédio só tem janelas de um lado, e uma série de boxes é menos iluminada que a outra. Não há cadeira nem mesa nos boxes.

Os bebês são alimentados no peito nos dois estabelecimentos, mas são desmamados mais cedo na creche. Os cuidados médicos são excelentes: uma visita por dia no orfanato, uma visita sempre que necessário na creche, onde as visitas cotidianas não são imprescindíveis.

b) *Diferenças entre as condições de vida nos dois estabelecimentos.* O equipamento da creche é mais abundante: numerosos brinquedos; os corredores entre os boxes são animados; as crianças vêem-se e ouvem-se umas às outras (paredes envidraçadas baixas); as mães brincam com elas; a partir dos seis meses, vivem em quartos comuns. *A vida social é mais ativa* que no orfanato. As crianças são muito ativas, ao passo que no orfanato ficam imóveis, deitadas de costas (afundamento no colchão); só enxergam o teto (os lençóis são estendidos sobre as bordas dos berços durante o dia); brincam com os pés e as mãos. A diferença essencial é que são atendidas por amas (uma ama para nove crianças), ao passo que na creche as mães alimentam seus filhos: não há pessoal *anônimo*.

Neste último estabelecimento, as mães são postas em condições especiais: as jovens internas não têm o direito de usar roupas vistosas, de pintar as unhas, de usar penteados excêntricos: portanto, suspensão de toda e qualquer atitude narcísica. As mães transferem essa atitude para os filhos e rivalizam entre si, procurando fazer que seu bebê seja o mais gordo, o mais bem vestido, o mais bem cuidado etc. Spitz não usa esses comportamentos compulsivos como exemplo, mas, visto que as enfermeiras exercem um controle severo, as crianças auferem todo o benefício dessa espécie de cuidado.

A falta de cuidados *afetivos* seria responsável pelos maus resultados obtidos no orfanato. De fato, as curvas de desenvolvimento das crianças nos dois estabelecimentos cruzam-se por volta do quarto mês (época do desmame), e a dos internos do orfanato decresce rapidamente a partir daí. Cabe, portanto, acreditar que a responsabilidade por esse estado de coisas é da interrupção das únicas relações humanas existentes. A criança da creche, graças à disposição melhor do ambiente, da possibilidade de brincar, recebe mais *estímulos perceptivos e motores.* Esse fator está intrincado com o fator *afetivo* estudado acima. O investimento da criança no mundo é facilitado. As crianças da creche sentem-se em segurança. A aprendizagem do controle esfincteriano e da linguagem, por exemplo, é facilitada pela presença da mãe. No orfanato, *"o meio é vazio de personagens humanas"*. No fim do segundo ano, o quociente de desenvolvimento cai, neste último estabelecimento, para 45; as crianças têm aspecto de bebês de dez meses. De 91 crianças de 0 a 3 anos, registram-se 27 óbitos em um ano e 7 no ano seguinte, ou seja, uma mortalidade de 37% em dois anos. Das 21 crianças que ficaram lá de dois e quatro anos e foram examinadas por Spitz, todas têm desenvolvimento mental muito atrasado e uma apenas é capaz de construir frases. Ao contrário, na creche, ainda que mais novas, as crianças têm aspecto físico mais favorável. Em três anos e meio, nenhum óbito registrado; em quatorze anos, três óbitos apenas para uma centena de crianças.

Conclusão. A comparação dos resultados obtidos nos dois estabelecimentos é conclusiva. Os inconvenientes do orfanato não são perceptíveis nos três primeiros meses de vida das crianças; são menos graves quando as crianças ingressam nesse estabelecimento com mais idade (depois de um ano).

A importância extrema do fator psicológico é constituída pela *presença da mãe,* e é *entre três meses e um ano* que a ausência desta acarreta conseqüências graves para o desenvolvimento da criança. Estudos como o de Spitz mostram que há meios de desenvolver um conhecimento metódico da afetividade na primeira infância, sem esperar que nosso conhecimento dos mecanismos fisiológicos subjacentes seja perfeito. Os elementos comportamentais são importantes, e não podemos negligenciá-los, com o pretexto de que os mecanismos fisiológicos que talvez estejam por trás desses elementos ainda não são conhecidos. Tal postulado seria a negação da psicologia. A criança é um organismo situado num meio humano, e não apenas um organismo físico-químico; é capaz de ter condutas não explicáveis apenas pelo funcionamento orgânico; pode antecipar-se: relação prematura com o meio (está adiantada em relação ao estado efetivo do organismo).

c) *Relações fictícias, imaginárias e fantasistas com pais imaginários.*

– *Relações com uma mãe imaginária.* Entre as amas e os internos estabelecem-se relações mais ou menos análogas às existentes entre mães e filhos. Constituem-se espécies de "famílias" (uma ama e várias crianças) nas quais se observam, por exemplo, sentimentos de ciúme: a criança não admite observações da parte dos adultos, exceto da ama. O ciúme pode tornar-se compulsivo: as crianças "grudes" têm medo de perder sua ama, principalmente porque já passaram pela separação da verdadeira mãe. As condutas do interno para com a professora e para com a ama são diferentes; isto devido à diferença de reação afetiva em relação a esses dois adultos. A criança é mais difícil com a mãe ou com sua substituta do que com os outros adultos: por exemplo, uma criança chama sua ama todas as noites, mas não tem nada para lhe dizer.

Não é evitando as tensões das situações afetivas que a criança se forma. O apego da criança ao adulto é suscitado pelo próprio adulto: é uma situação recíproca; se é amada, a criança ama. A criança sente na própria vida os contragolpes da afetividade alheia. A criação de uma mãe fantasmagórica não dá a satisfação que daria uma mãe de verdade.

Existem diferenças sensíveis entre a educação dada pela mãe e a dada pela ama. Entre a mãe e seu filho, há identificação física por parte da mãe, que sabe ter-lhe dado à luz. No início da vida, a criança não distingue seu próprio corpo do corpo da mãe. Essa "matriz de identidade" é mais ou menos semelhante à que se forma entre a ama e o interno. A criança chupa o polegar da ama em vez de chupar o seu, por exemplo. Mas há algo mais entre a mãe e a criança: é o sentimento que a mãe tem de ter criado a criança. O comportamento da ama é mais objetivo. Embora seja normal que o lugar deixado pela mãe, no internato, seja ocupado por outra pessoa (a ama), esse lugar não está inteiramente preenchido, e a criança compensa o vazio com um comportamento auto-erótico. Chupa o polegar por mais tempo do que a criança que *vive* com a mãe; balança-se, executa movimentos rítmicos; bate a cabeça e atira objetos quando fica com raiva. Apresenta tendência ao exibicionismo e à semostração, principalmente porque essas manifestações não são reprimidas na creche. A atitude dos internos para com os visitantes é característica: precipitam-se para eles, a fim de lhes mostrar os objetos ou os brinquedos que possuem.

A curiosidade é reprimida na família, sobretudo no que se refere ao corpo dos pais. A criança entra numa espécie de estado de estupor se essa curiosidade é excessivamente reprimida, e cria objetos-tabu: isso não existe na creche, onde sua curiosidade é em parte satisfeita, pois ela vê seus colegas (em compensação, na creche há uma redução da vida). O interno, porém, que pode observar todas as particularidades corporais das outras crianças, nem por isso deixa de ter suas teorias fantasistas sobre a sexualidade, donde a dificuldade que ele tem de passar do imaginário à percepção.

A grande diferença existente no internato é que a criança não exercita sua curiosidade em relação ao adulto: a ama está sempre vestida do mesmo modo e só é conhecida em suas ocupações na creche; é uma personagem incorpórea. A criança não pode ter da vida das amas o mesmo conhecimento que em casa tem da vida de seus pais. Assim, quando uma ama troca de avental, as crianças se amontoam e se espantam porque a vêem de vestido. O adulto, portanto, tem valor de personagem fantasmagórico. Os internos transferem sua curiosidade para as regras de vida no internato: "horas de saída", "entrada em serviço", "férias". As crianças multiplicam as perguntas: "Como você se chama? Onde você mora? Onde você dorme?" Esta última pergunta parece-lhes essencial. São muito sensíveis ao que há de impessoal nas amas. As conferências dos adultos as intrigam, e os internos criam idéias falsas: uma menina de oito anos pede à médica, alguns minutos antes de um curso de anatomia destinado às alunas, que lhe mostre o livro que traz debaixo do braço e, depois de ver um corte transversal do corpo humano, pergunta: "O que a senhora vai cortar hoje?". Os internos sentem que são mantidos à margem da vida dos adultos, e o segredo que os cerca é muito penoso.

– *Relações fantasistas com o pai.* Mesmo indo raramente ao internato, o pai desempenha papel importante para a criança. Porque, se a mãe é substituída por uma ama, o lugar do pai continua vago. As crianças suportam bem a ausência do pai, mas não conseguem aceitar a notícia de sua morte, e continuam a falar dele como se ainda estivesse vivo ou negam essa morte. Os casos de Tony e Bib são característicos nesse aspecto. Essas duas crianças criam imagens ora benéficas, ora maléficas do pai, e seus sentimentos por ele passam do amor apaixonado à agressividade total. A imagem do pai acompanha o desenvolvimento afetivo da criança, e esta é incapaz de dissociar imaginário e percepção.

É notável a ocorrência de todo um desenvolvimento das relações com as outras crianças: bebês de 15 a 24 meses dão demonstrações de afeição e amor sem nunca terem assistido a tais manifestações entre adultos. Meninos fazem propostas de casamento à ama. Basta que um interno ouça os colegas falar da vida familiar para adotar um comportamento análogo ao que teria se vivesse com os pais. As meninas têm atitudes maternais. Dados mínimos (visita dos pais, estada de um colega com a família) bastam para orientar as condutas dos pequenos internos. Percebe-se a enorme importância do fator cultural.

d) *Desenvolvimento da personalidade do interno.* As crianças imitam os gestos e as atitudes de suas amas, da médica. O interno tem grande capacidade de aprender, como se tivesse condutas familiares prontas para funcionar. O sucesso da educação no internato depende da possibilidade da criança de estabelecer laços afetivos.

e) *Idéias essenciais do livro de Dorothy Burlingham e Anna Freud*
– Importância das relações com os pais.
– As relações com outrem não se acrescentam de fora para dentro: são internas e secretadas pela criança. A relação com os pais não é instintiva, mas histórica. O instinto materno não intervém: o importante é o conhecimento da mãe, de ter dado à luz seu filho. A relação mãe-filho é uma *relação que se constrói.*
– Uma idéia mais nova se depreende da obra: as relações com outrem, na criança, não são travadas apenas com as pessoas existentes, mas também são intermediadas por certas concepções adquiridas pela criança quando aprende a falar. As significações estão em torno dela, ainda que, no início, vazias de sentido para ela. Seus conhecimentos serão co-determinados pelo meio: o contexto institucional desempenha papel de primeira ordem, sobretudo se a criança não tem pais verdadeiros. A relação criança-outrem e a relação criança-cultura estão profundamente interligadas.

III. IMPORTÂNCIA DAS RELAÇÕES PARENTAIS

O estudo das relações da criança com seus pais pode parecer de domínio restrito e constituir um caso particular. A criança acaso também não tem relações com as outras crianças? Com os outros adultos? Com grupos e coletividades escolares e sociais? Por que destinar lugar tão importante às relações parentais?

A) *Caráter fundamental das relações parentais*

1) As relações da criança com os pais constituem a matriz das relações com os adultos.

Os pais são os eixos, os pontos cardinais da vida infantil. Os outros adultos são também considerados personagens parentais. A criança recomeça com o adulto sua experiência da vida familiar.

As relações com os pais são mais que relações com duas pessoas apenas: *são relações com o mundo*. Os pais são os *mediadores* das relações com o mundo. Esse aspecto merece ser ressaltado, pois nem sempre aparece na obra dos psicólogos. Por exemplo, segundo Piaget, *os instintos sociais* que surgem por volta dos sete ou oito anos não teriam antecedentes; a sociabilidade não teria pré-história. Parece difícil admitir uma instauração *ex nihilo* das relações com outrem. Porque, já na *fase de egocentrismo,* superada por volta dos sete ou oito anos, existem relações com outrem. Susan Isaacs (*Social Development of Young Children,* Routledge and Kegan Paul, 1933), apesar de empregar termos pouco diferentes dos de Piaget a respeito do egocentrismo inicial, declara que outrem é um momento nas fantasias infantis, e admite que esse momento é superado pela transformação das relações com as outras pessoas, transformação que se realiza *progressivamente* para aparecer de modo bem marcado por volta de sete ou oito anos.

As primeiras relações da criança com seus pais traduzem-se por sentimentos ambivalentes (amor e ódio); a criança não tem meios de ação sobre o mundo, donde o caráter desesperado, impotente, excessivo das relações e o nascimento de uma tensão: a criança sente que os adultos lhe são superiores.

A relação com outrem se estabelece ao longo de *manifestações individuais de agressividade.* Por exemplo:

a) *O senso de propriedade* não deve ser considerado como um instinto inato nem como um átomo psicológico, mas como um prolongamento do sentido que a criança tem do próprio corpo. Além disso, esse senso de propriedade é uma *resposta social: a* luta pelos objetos é afirmação de si mesmo e oposição a outrem. Tais tensões existem já nas relações com o corpo materno ("seio bom e seio mau").

b) *A rivalidade entre crianças* também é característica. A hostilidade é dirigida no mais das vezes às crianças menores e em especial aos recém-nascidos, mas raramente aos adultos. A atitude de hostilidade é acompanhada, aliás, por uma atitude de proteção. Esse sentimento tem relação com os laços criados com os pais, laços estes afetados, por sua vez, por esse sentimento ambivalente. A criança sente que os pais, quando estão juntos, formam um grupo do qual ela está excluída, e elabora técnicas para separá-los.

As manifestações de hostilidade de grupo começam em torno dos quatro a cinco anos. Até essa idade, os grupos são pouco extensos e pouco estáveis.

Portanto, na fase mesma do egocentrismo, a relação com outrem, na criança, é ambivalente: de amor e hostilidade. Como ocorre a passagem para uma forma mais acabada de relações? S. Isaacs mostra que a sociabilidade inicial se transforma aos poucos. As relações com os pais modificam-se. Vimos que o criança se sentia excluída do grupo formado por seus pais, mas esse grupo parental tem um aspecto mais favorável: ela tem possibilidade de concentrar num deles toda a hostilidade e no outro todo o amor. Assim é possível algum desafogo (no caso da criança que só tem um dos pais, este deverá portar em si ódio e amor, ao mesmo tempo). A concentração num dos pais de uma única atitude possibilita o desenvolvimento de sentimentos positivos.

Após a *fase edipiana,* na qual a criança tenta conquistar os pais, vem uma fase de repouso, calma, *latência* que a leva à interiorização destes: ela os assimila ou assimila-se a eles; assimila sua conduta, sua justiça etc.; *aprende o papel do adulto.* A relação parental modifica-se interiormente. Isso acarreta modificações na atitude para com as outras crianças, com o aparecimento do sentimento de justiça, de igualdade. Para S. Isaacs, é um resultado, pois, quando há rivalidade, o meio mais econômico de resolvê-la é a justiça: o período de luta está superado. Além do mais, o sentimento de hostilidade pelos adultos vai aproximar as crianças entre si: por volta dos quatro ou cinco anos, os grupos de crianças se baseariam nessa hostilidade; assumem o caráter de turmas, bandos. Existe uma unidade mística e indefinível do grupo: sentimento de pertencer a um grupo do qual outros estão excluídos. Os grupos de crianças de quatro ou cinco anos são impressionantes nesse aspecto. A presença de "inimigos" comuns faz que a hostilidade se desloque para eles. Acredita-se que o estranho odeie os membros do grupo. A hostilidade às crianças menores tende a atenuar-se e é substituída pela hostilidade aos adultos: caso dos professores "queimados" nos estabelecimentos escolares. No grupo, a criança aprende a relacionar-se com as outras crianças: por exemplo, a "traição" em favor dos adultos desaparece (S. Isaacs cita o caso de duas crianças que estão brigando e são apartadas por um professor; uma delas se machuca e imediatamente os colegas acusam o professor: há projeção da agressão no adulto).

Portanto, não se pode dizer que em torno de sete ou oito anos aparecem instintos sociais *sem antecedentes.* A relação com os pais não é um fato isolado. Todo um sistema de relações com outrem formou-se ao longo do desenvolvimento das relações parentais. As relações com os pais têm um caráter de *infra-estrutura.* Por isso, o modo inicial das relações parentais pode exercer influência sobre o desenvolvimento ulterior das relações com outrem.

2) Vínculos entre o relacionamento com os pais e a cultura na qual a criança se encontra.

O que acabamos de dizer sobre o caráter fundamental das relações parentais não significa que elas sejam causa primeira, nem causa única: não são incondicionadas. A relação parental é o *veículo* de todas as relações com o mundo, e é no interior dessa relação que se manifestam as relações sociais. É confusa a discussão entre os que admitem que os conflitos provêm das relações interindividuais e os que não pensam assim. Certos psicanalistas são muito atentos às relações sociais, embora continuem a acreditar que a técnica psicanalítica tem fundamento e é indispensável. A psicanálise, portanto, não encerra a explicação. No entanto, os fatores interindividuais não são os únicos, e os psicanalistas só ganhariam se dessem explicações a respeito. Seus adversários, que muitas vezes consideram serem os fatores sociais a causa única, esquecem-se de perguntar por qual caminho os fatores sociais agem sobre as crianças. Não é indubitável que os acontecimentos sociais (guerra, por exemplo) exercem ação direta ("maleabilidade" da criança). Ao contrário, parecem agir por intermédio do meio parental, modificando-o. A integração da criança numa cultura ou numa subcultura ocorre em boa parte por meio dos pais.

Portanto, não há *concorrência* entre o fator social e o fator parental. Os pais agem em razão do papel parental admitido em sua sociedade; têm "figuras parentais" que se conformam *grosso modo* com sua cultura. Comunicam aos filhos sua marca pessoal, mas também a cultura na qual vivem. Na verdade, os dois tipos de causalidade não devem ser separados. Toda influência parental insere-se em certo esquema cultural e, inversamente, a iniciação social se faz por intermédio da influência parental. A cultura pode ser definida como o conjunto das atitudes tacitamente recomendadas pela sociedade ou pelos diferentes grupos nos quais vivemos, atitudes que estão inscritas na ordem material de nossa civilização. Por exemplo, o fato de usarmos cadeiras acarreta toda uma técnica do corpo. O cansaço e o descanso não têm o mesmo sentido que têm nas sociedades em que a cadeira é desconhecida. É o que explica por que uma estada no estrangeiro, onde todos os objetos tenham outra forma, onde as técnicas do corpo sejam diferentes, sempre provoca uma espécie de cansaço no início.

Os culturalistas querem dizer que o conflito familiar é uma primeira iniciação nas contradições de uma cultura. Os conflitos interindividuais são um molde, uma matriz. Em seguida, há tomada de posição em relação às primeiras relações com o mundo. Logo, não se pode discutir sobre a primazia dos fatores pessoais e das relações sociais: esses fatores não podem ser isolados. Precisamos abandonar a idéia de que a psicologia (ou a sociologia) nos revela uma verdade enquanto a sociologia (ou a psicologia) só se apega a uma *aparência*. O homem vive com tudo o que ele é: seu passado infantil, seu temperamento, sua condição social. É por raciocinarmos em termos de causalidade que acreditamos ser obrigados a escolher entre psicologia e sociologia.

Será preciso optar entre a interpretação psicanalítica e a interpretação sociológica?

Se considerarmos que as relações parentais constituem já uma iniciação a certo tipo de cultura, o significado dessas relações se torna muito mais geral. As duas ordens de fatores – psicológicos e sociais – interferem uma na outra. O ser humano vive com suas relações iniciais que constituem as primeiras relações com o mundo e também com suas relações ulteriores. Entre os fatores sociais e os fatores psicológicos (em especial, os fatores familiares), o nexo é menos simples do que se imagina.

Na seqüência da vida, os conflitos enfrentados não deixarão de ter relação com os conflitos enfrentados no meio parental. As experiências adquiridas mais tarde mostram-se aparentadas às experiências infantis.

Os conflitos familiares são conflitos entre uma criança e um de seus genitores, mas *também entre os diferentes papéis dos sujeitos, papéis que estão ligados à estrutura social do meio*. Os conflitos sociais estão em relação com os conflitos da família, porque sempre há certa relação de sentido histórico e político entre o que ocorre no plano social e no plano da família. *A vida psíquica pessoal já é institucionalizada*, ou seja, a vida psíquica desenvolve-se segundo esquemas, estruturas aprendidas. Inversamente, a vida institucional do adulto é passível de uma espécie de análise psicológica. As instituições sociais mais consolidadas correspondem a diferenciações psicológicas. Isso supõe a admissão de elementos simbólicos na vivência e, reciprocamente, de elementos psicológicos remanescentes na vida adulta.

O objetivo que temos em mira é mostrar que entre a vida psíquica e a vida coletiva ou social *existe uma mediação, um meio: é a cultura*. A cultura e a integração na cultura dão um sentido concreto às relações entre o psíquico e o social. Isso já foi observado há muito por Marx e Hegel: Hegel dizia, por exemplo, que o solipsismo pode ser considerado o correspondente de certo tipo de relação com a natureza (propriedade privada). Apesar dessas relações verificadas, não se compreendida o "como". *A noção de cultura traz uma resposta*. A relação entre o econômico e o psicológico (ou o ideológico) não é mágica: os fenômenos sociais não são apenas fenômenos econômicos, mas também certa organização do meio até em seus aspectos os mais concretos; a forma das casas, por exemplo. Todo o mundo cultural com o qual a criança já tem relações induz certo modo de existência (estilo de uma sociedade). Graças à conduta dos pais com a criança, esta entra imediatamente em contato com os fenômenos coletivos. A cultura deveria ser considerada como uma concepção do mundo que se inscreve até nos utensílios ou nas palavras mais usuais. De tal ponto de vista, *deve-se admitir ao mesmo tempo uma explicação histórica e social da psicanálise e uma psicanálise da história dos fatos sociais*. A psicanálise nasceu como expressão de uma sociedade ocidental, em tais e tais condições históricas. A psicanálise pode ser considerada o retrato dessa sociedade. Mas, reciprocamente, os mecanismos psicológicos que a psicanálise descreve interferem no funcionamento social, sem que por isso se reduzam a fatos "individuais". A análise psicológica do racismo – do anti-semitismo, por exemplo – não reduz esses fenômenos políticos ao psíquico individual. Semelhante psicologia de classe pode levar a explicar concepções do indivíduo inerentes a essa classe: "indivíduo de classe", de Marx. Por fim, essa psicologia da classe não supõe a supressão pura e simples do psiquismo individual: o passado individual atua simultaneamente às características da classe a que o indivíduo pertence. A psicologia da classe não se impõe ao indivíduo como um *fatum*. Por exemplo, o anti-semitismo é, estatisticamente, atitude de pequena burguesia, mas nem todos os membros dessa classe são anti-semitas. Portanto, a questão é saber por que este pequeno-burguês é anti-semita e aquele não.

Podemos e devemos admitir, simultaneamente, que a análise psicológica implica deferência ao fato histórico e social e, reciprocamente, que toda determinação social tem um sentido psicológico. *Mas precisamos deixar de pensar em termos de causalidade.* Mais: precisamos admitir que estamos diante de uma *causalidade em rede*, e não de uma *causalidade linear*. Em especial, o desenvolvimento da psicologia pode ser considerado como um fenômeno socialmente condicionado, mas nem por isso isento de verdade. Só se pode falar em "mistificação" quando a doutrina *mascara* os fatos: ela se torna então uma *ideologia* no sentido marxista da palavra. Ora, é impossível afirmar que a psicanálise mascara mais fatos do que revela. Uma psicanálise *que fosse redutora* deveria ser vista como uma ideologia. Uma psicanálise que tenha consciência de ser o retrato do funcionamento de certa sociedade, em certa data, não fecha os horizontes e deixa de ser uma ideologia. Semelhante psicanálise, que tenha demonstrado eficácia no tratamento das neuroses infantis, não esconde os fatos, mas os dá a conhecer.

Os conflitos psicológicos não são exteriores aos fatos sociais. O debate pode esclarecer-se desde que se tenha uma concepção aberta da psicanálise e do social.

– Concepção *aberta da psicanálise.* O drama psicológico pode perfeitamente não passar de um aspecto de um drama mais geral: o drama institucional. A psicanálise estuda certos papéis sociais no interior de certa cultura. Por exemplo, o complexo de Édipo é a forma assumida por certo conflito de papéis numa sociedade como a nossa. Numa concepção como essa, o papel é a resposta a uma situação criança-pai/mãe, com relações de identificação. Mais um exemplo: a psicologia do homem e a da mulher, em nossa civilização, não indicam um masculino ou feminino eternos. É preciso estudar os fatores de preponderância do homem, em nossa sociedade. Observou-se um fenômeno de estagnação (produção mínima) nas sociedades matriarcais. Não se devem, portanto, considerar os atributos da mulher ou do homem como naturais, porém como históricos. Não há nenhuma contradição – ao contrário – entre o estudo da dinâmica interpsicológica, buscado pela psicanálise, e o estudo da dinâmica histórica. A melhor prova é que o próprio marxismo apresentou uma teoria da família.

– *Concepção aberta do social*. A vida social não deve ser considerada como uma "coisa" (Durkheim), mas como a dinâmica de uma cultura. De fato, a noção de "coisa" é contestável, pois contém a idéia de que estaríamos tratando com uma ordem comparável à da natureza. A integração do indivíduo no social é tão grande que o social não precisa impor-se de maneira coercitiva, conforme afirmava Durkheim: o indivíduo está impregnado por ele. O social é a pluralidade dos homens em suas relações da vida concreta, relações estas que se tornaram instituições.

B) *Relações imediatas entre o social e o individual. Exemplos*

Para tornar mais concretas as noções que acabamos de indicar, tentaremos mostrar as relações internas entre o psicológico e o social, em certas culturas diferentes da nossa. De fato, é preciso sair de nossa civilização, pois essas relações não aparecem claramente em nossa sociedade: nós a pensamos através das categorias que a fragmentam e segundo distinções que "estão na cara".

1) Exemplo etnográfico: a cultura nas ilhas Alor.

O estudo de Cora Du Bois sobre a cultura dos povos das ilhas Alor (1924) é comentado no livro de Kardiner: *The Psychological Frontiers of Society*, Columbia University Press, 1945.

a) *A população das ilhas Alor*.

Essas ilhas situam-se mais ou menos a igual distância de Java, da Nova-Guiné e da Austrália (6.000 a 7.000 milhas). A população estudada vive numa ilha bastante pequena (50 a 30 milhas) e compreende 70.000 habitantes, dos quais 10.000 muçulmanos, que apresentam características negróides. Os autóctones mantinham relações distantes com a administração holandesa: raras relações com a polícia e o pagamento de impostos, que representavam cerca de dois meses de trabalho por cabeça de família, mais um mês de trabalho efetivo para a manutenção das estradas. O atendimento médico e hospitalar era insuficiente. O estudo de Cora Du Bois foi feito com os 180 habitantes de uma aldeola situada a 825 m de altitude, relativamente isolada das outras aldeias. Portanto, a influência dos colonizadores praticamente não se fez sentir.

b) *Modo de vida e civilização.*
– *Alimentação*: os habitantes alimentam-se de trigo, arroz, banana, cogumelos, porco, frango, rato e cão. Os alimentos são preparados pelos homens. Os legumes são cultivados pelas mulheres e lhes cabem como propriedade. As refeições são numerosas, mas não lautas. A quantidade dos alimentos é limitada, e as crianças são subnutridas.

– *Atividade humana*: a atividade masculina é em grande parte dedicada às transações financeiras: gongos, porcos e vasos servem de moeda. Os porcos servem para investimento: comprando-se porcos do rebanho coletivo pode-se dissimular a própria fortuna. As transações nem sempre têm o lucro como objetivo: as relações de prestígio são muito importantes. Um décimo dos homens cuida das transações financeiras, e os outros, na maioria, são seus satélites. As mulheres cuidam dos campos.

– *Casamentos*: a moça recebe dote, mas também é comprada (três vezes o valor do dote). A compra é paga em prestações; as negociações são intermináveis. Os devedores aceitam quitar suas dívidas dando a filha em casamento. As intrigas pessoais provocam verdadeiros dramas. Os acertos financeiros muitas vezes são atrapalhados pela interferência de certas festas: os funerais, em especial, exigem grandes despesas; a herança muitas vezes não basta para cobri-las. Em caso de divórcio, o dinheiro dado pelo marido lhe é devolvido: por isso, há certa estabilidade nos casamentos. Quando a mulher tem um novo pretendente, cabe a ele "reembolsar" o ex-marido.

– *Organização social*: o parentesco é bilateral. O casamento entre primos não é proibido, mas pouco recomendado. As relações de parentesco são complexas, e as brigas de família, intermináveis; em geral acabam em acertos financeiros.

– *Religião*: é pouquíssimo estruturada; trata-se de uma crença difusa em espíritos bons e maus. Os ritos não são sistematizados, e os sacrifícios não são organizados. Os feiticeiros nunca são utilizados com a intenção de prejudicar alguém.

– *Conduta em relação à morte*: o doente recolhe-se ao lar à noite. Confia-se no conselho de áugures. O filho fica abraçado ao pai. O delírio e a agonia são considerados equivalentes da morte; existe a possibilidade de os doentes serem enterrados vivos. Há de fato certa repugnância à perda do autocontrole: o álcool é proibido, e para os doentes mentais – que são pouco numerosos, mas em geral muito agressivos – a solução muitas vezes é a de serem enterrados vivos (no entanto, não existe suicídio coletivo). O morto é considerado como alguém que deve ser temido. As cerimônias dos funerais têm o objetivo de garantir contra a possível cólera do defunto e não têm o caráter de homenagem. O morto tem duas almas: uma que vai para a aldeia "do além" e outra que fica em torno da aldeia. Esta segunda alma tem fome e precisa ser satisfeita, apaziguada.

– *Condições sociais*: as diferenças de raça baseiam-se unicamente nas diferenças de fortuna. Se o jovem não tem dinheiro, não pode casar-se. Existe um elo estreito entre dinheiro e caráter. Os habitantes das ilhas Alor são muito suscetíveis (sobretudo os homens): alusões a defeitos físicos e à pobreza são considerados insultos e devem ser reparados com multas. Em compensação, não existe elogio de qualidades (o superlativo é desconhecido na língua: há apenas intensificadores). Uma atmosfera de vergonha cerca as relações interpessoais e cada um teme, a todo momento, passar por vergonha.

– *Trabalhos*: os homens trabalham a madeira (flechas, arcos, pilões) mas de modo rude e antiestético. Os ofícios mais considerados, depois do de financista, são os de genealogista, envenenador, feiticeiro e fabricante de calendários. Esses ofícios são, em geral, pouco estruturados. As casas são construídas com pouco esmero e não duram mais de quatro a cinco anos. A fabricação de cerâmica e a tecelagem são inexistentes. A versificação é elementar (os conflitos financeiros servem-lhe de tema: diálogo entre um devedor e seu credor, por exemplo). Os homens tocam gongo.

– *Ciclo de vida*: os habitantes das ilhas Alor acreditam que a mulher é fecundada com relações sexuais repetidas, e que a criança se forma pouco a pouco. As mulheres grávidas têm enjôos e "desejos". Os abortos são bastante numerosos porque as mulheres continuam realizando trabalhos pesados demais. Acredita-se que certos remédios têm o poder de apressar ou retardar a concepção. Os tabus são respeitados: as relações sexuais são proibidas durante a gravidez; durante o parto, as mulheres vão para a casa de seus pais; os homens afastam-se e não comem nada que tenha sido preparado pelas mulheres que assistem o parto.

Assim que a criança nasce, é banhada em água quente. Seis dias após o nascimento, a avó enterra batatas-doces, o que significa que os pais podem retomar o trabalho duro (quando a criança nasce o pai também pára de trabalhar). Muito cedo os bebês começam a consumir alimentos sólidos (farinha de cereais e bananas mastigadas). Os adultos interessam-se pelo recém-nascido, sobretudo os jovens. A criança é embalada, mordida: o beijo é desconhecido. Menos de duas semanas após o nascimento, a mãe volta a trabalhar nos campos; a criança fica sob os cuidados do pai, da avó ou de outros filhos; por isso, o aleitamento é muito irregular, e vêem-se bebês famintos, nos braços do pai, procurando o peito. As crianças estão em contínuo estado de subnutrição; aliás, as mães não gostam de alimentar os filhos. O bebê dorme com a mãe. As relações entre a mãe e o filho são pouco estreitas. Quando este chora, a mãe o masturba. Ela não faz nenhum esforço para ensinar-lhe a andar, falar ou atingir o controle esfincteriano. O desmame é repentino: a mãe rejeita a criança e bate nela. A partir de três anos, a criança brinca sob a vigilância das outras crianças ou dos velhos. Demonstra grande ciúme e chupa o dedo: aliás, isso dá ocasião a numerosas chacotas por parte do adulto. Não se observa nenhuma tendência, na criança, a brincar com as fezes. A prisão de ventre é desconhecida. De três a cinco anos, as crianças são livres e brincam sem controle. São obrigadas a tomar banhos frios, o que as deixa encolerizadas, pois a água fria torna dolorosas as feridas decorrentes da limpeza com folhas de árvores após a excreção. A masturbação não é reprimida; conversações e cenas sexuais ocorrem diante delas. Seu sono noturno é perturbado pela animação que reina à noite na aldeia. Para a aprendizagem da marcha e da linguagem não há recompensas; ou então fazem-se promessas que não são cumpridas; há castigo pelo ridículo. Os conflitos entre crianças são hipócritas: elas se beliscam e fogem. Tudo isso se reflete nas histórias, como, por exemplo, neste conto: um menino briga com um amiguinho; a mãe manda-o buscar água com um tubo de bambu furado. Um pássaro o avisa, mas ele não acredita e só se apercebe do fato quando chega à fonte. Ao voltar, vê os pais indo embora sem o esperar. Só a avó fica para trás e o conduz; ambos chegam à praia. Enquanto o menino dorme, a avó foge. Quando ele volta à aldeia, dizem-lhe que em casa de seus pais há comida escondida. Duas jovens – seres benfazejos que surgem do nada – entram acompanhadas do pai. O menino, ou melhor, o rapaz deve casar-se com essas jovens; seus pais voltam para o casamento, mas o filho só lhes dá para comer um tubo cheio de excrementos.

As relações entre os pais e a criança são caracterizadas pelos desentendimentos de que esta é causa e pelo modo como a criança joga um dos genitores contra o outro. As mudanças de moradia são freqüentes; as fugas, numerosas. As crianças, subnutridas, roubam batatas-doces, farinha; recebem refugos de carne nas festas; às vezes, ligam-se a uma mulher idosa e lhe fazem compras em troca de comida; caçam ratos nos campos para comê-los. O roubo é uma espécie de instituição.

As moças trabalham muito mais cedo que os rapazes. Adolescentes de ambos os sexos tomam conta de bebês. Trata-se de uma cultura sisuda: poucas festas; não há jogos para adultos, apenas danças. As falsas promessas e a mentira são consideradas coisas naturais, donde a grande desconfiança e a dúvida sobre tudo o que é dito (é grande o número de palavras para exprimir a decepção). Os filhos às vezes servem de refém por dívidas. Os castigos corporais consistem em puxar orelhas ou em amarrar a criança; não há palmadas nas nádegas. A nora pode ser castigada ou surrada pela sogra. A partir dos oito anos, os meninos começam a usar tangas. O erotismo cessa; a homossexualidade aberta é malvista, mas não muito reprimida; não há ameaças de castração; o início da atividade sexual não é reprimido; as crianças dizem palavrões; a potência sexual é altamente valorizada.

Uma característica de conduta coletiva notável: os habitantes das ilhas Alor ficam paralisados diante da violência aberta ou confessa e quase não têm reação. Não se imiscuem no que começou sem eles; por exemplo, não ajudarão a apagar um incêndio que tenha começado em sua ausência. Os adultos acreditam que as crianças não sabem e não sentem nada. Não existem ritos de passagem, casas de homens, sociedades secretas. Entre dez e catorze anos ocorrem práticas de tatuagem. Por volta dos dezesseis anos os rapazes usam cabelos longos, escurecem e limam os dentes; em geral, vestem-se e enfeitam-se mais que as moças.

– *Relações amorosas*: a iniciativa parte das mulheres. Estas freqüentemente se recusam ao marido. Os homens muitas vezes têm inibições sexuais, em especial durante discussões financeiras; dormem então em casas isoladas. Os costumes amorosos não são privados. Não há perversões. As uniões não são muito estáveis: de 112 homens e 140 mulheres, 49 homens e 93 mulheres são casados e não divorciados; 49 homens e 47 mulheres são divorciados; 14 homens e nenhuma mulher nunca se casaram (existe poligamia). As relações ilegítimas estáveis são raras: as mulheres que vivem maritalmente são consideradas loucas. O adultério é proscrito (teoricamente, é punido com a pena de morte), mas não punido severamente (na prática, é castigado com uma multa). As mulheres tentam limitar a poligamia contestando a legitimidade do bem do marido quando ele quer comprar outra mulher.

c) *Alcance desse estudo*

Para interligar e compreender os elementos desse estudo de Cora Du Bois, Kardiner procura os traços que constituem *a personalidade básica* nessa sociedade, e mostra em seguida que eles são renovados, a cada geração, pela maneira como as crianças são tratadas. Resume tais traços em seis:

– Responsabilidade das mulheres pela alimentação.

– Vaguidade e pobreza dos conceitos religiosos; importância relativa dos feiticeiros.

– Pobreza de sentimentos e fragilidade das relações afetivas; importância do dinheiro nesse campo.

– Instabilidade dos casamentos; fraqueza do superego (pouca importância da influência dos pais sobre os filhos).

– Falta de organização das atitudes agressivas.
– Pobreza das técnicas de cooperação para o trabalho.
Tudo isso em meio a uma ansiedade geral.
Kardiner quer levar a entender como essa base é constituída pela maneira como as crianças são criadas e pela maneira como são tratadas. Esse tipo de educação só pode levar a tal base. Esse ponto nos interessa especialmente. Kardiner gostaria de mostrar que as relações entre as crianças e seus pais são uma iniciação às relações inter-humanas e a todas as relações sociais realizadas entre os adultos dessa sociedade.

– *Como se dá essa iniciação nas ilhas Alor*: a criança não sofre hostilidade aberta, mas já no 14º dia de vida os cuidados maternos são suspensos. Depois, começam as tensões, em especial a fome: o mais importante, aliás, não é tanto a falta de comida quanto a falta da imagem de uma pessoa ligada à cessação da fome; a criança *não tem ninguém que lhe dê,* daí os mitos de personagens benfazejas. A criança não recebe ajuda para a aprendizagem das técnicas de vida. As tensões e a cólera acabam de modo confuso, sem que os pais apareçam como aqueles que resolvem as tensões. A masturbação não cria fixação afetiva. Mesmo depois dos dois ou três anos, a criança carecerá de recompensas: sua atividade será inconsciente; ela será *pulverizada em sua conduta*; não haverá vínculo entre o autocontrole e a recompensa; as funções de evacuação não são superestimadas; a raiva nunca se transformará em acessos agressivos organizados; a criança não tem oportunidade de formar constelações ou sistemas expressivos ou agressivos de ação. A atitude do roubo não é formadora, e não pode dar ensejo à "idealização do doador". A ineficácia das condutas de cólera pode levar ao medo da agressão, à paralisia, à tendência a desistir, donde o caráter fraco e mesquinho. Não existe obediência destinada a adquirir estima ou amor. A caçoada e a decepção fazem que a criança manifeste sua afeição pelos mesmos meios; por exemplo, uma criança rouba a etnógrafa, apesar de gostar dela. A consciência é substituída pela vergonha ou pelo medo: inexistência de um superego tônico. A raridade da homossexualidade é explicada pela falta de fixação ao genitor de mesmo sexo, que não tem existência bastante real. Os ritos de passagem que integram a adolescente na sociedade dos homens adultos não existem. Estamos diante de um mundo da riqueza. Assim, as necessidades de dinheiro para o casamento fazem que o filho entre em conflito com o pai, mas não sexualmente. A atitude geral de agressividade nas relações sexuais é explicada pela timidez e pela ansiedade dos homens: são as mulheres que tomam a iniciativa das relações. A potência sexual é superestimada.

A vaguidade das crenças é explicada pela fraqueza do superego. Só existem o sentido da vergonha e o medo do castigo. As mulheres não têm nenhuma tendência à maternidade: não têm vontade de dar porque não receberam quando eram crianças. Ademais, é uma maneira de recusar o papel feminino, que é duro demais. Contudo, como os homens são fracos, elas são obrigadas a tomar iniciativas. A conduta desses indivíduos tende à pulverização, à atomização, à dispersão, que é a única força atenuadora da força dos vínculos financeiros. Não existe classe social; o poder é dado pela fortuna adquirida. Esse prestígio, aliás, é tardio. A busca ativa de poder corresponde a um sentimento de inferioridade e de insegurança. A atividade financeira não tem o efeito de produzir, mas de submeter o devedor. Quando um homem possui muito dinheiro, dá festas para desarmar a inveja. As festas para os funerais não podem ser consideradas um culto dos mortos: servem para apaziguar o morto, que é uma espécie de credor. Na falta de um superego vigoroso, a agressão aberta é pouco freqüente e paralisa a vítima (falta de organização). O medo do álcool e do coma corresponde ao medo das irrupções de agressividade, pois eles sabem por experiência que não têm sucesso. A falta de arte e de invenção é característica. As pessoas passam o tempo a proteger-se dos ladrões (estacas diante da porta dessas casas devem atrair maldição sobre o ladrão). A falta de técnica de vida impede a criação de um governo. Os conflitos de trabalho são desconhecidos.

– *Confirmação dessa síntese*: Kardiner quis confirmar essa síntese feita a partir da relação criança-pais, por meio de comparações de biografias feitas pelos habitantes de Alor e do estudo dos habitantes com os testes de *Rorschach* e *Porteus*.

As biografias confirmaram a inibição quase total dos homens diante das mulheres. Estas apresentam diferenças profundas em relação aos homens: são ainda mais desorganizadas e têm um caráter informe.

O interesse na aplicação dos testes de *Rorschach* e *Porteus* residia no fato de que as pessoas encarregadas de aplicá-los não estavam a par das pesquisas etnográficas. Os resultados obtidos por esses testes indicam falta de autoconfiança, medo, timidez, ansiedade, atitude geral passiva, pouca expansividade, receio do esforço, ação por meios oblíquos, falta de poder criador, emotividade, falta de curiosidade. De acordo com esses testes, os habitantes de Alor caracterizam-se também pelos seguintes fatos: mais vivem uns ao lado dos outros do que uns *com* os outros. São incapazes de viver por si mesmos; são mais ágeis que ativos. As mulheres são ainda mais tímidas que os homens, porém mais capazes de reações.

2) Estudo dos trabalhos de Margaret Mead: ver bibliografia abaixo.

Precisamos completar os pontos de vista de Kardiner com certas idéias de M. Mead, idéias mais metódicas e sistemáticas. M. Mead analisa as relações entre filhos e pais mostrando seu vínculo com a estrutura social. As relações parentais não são consideradas naturais, mas *institucionais*. De fato, em nossa sociedade, tendemos a considerar que elas se fundam na *natureza humana*. Se M. Mead percebe o sentido institucional, "factício", dessas relações, é porque conseguiu compará-las às relações inter-humanas em cada sociedade. As relações entre filhos e pais aparecem como um momento das relações da vida. A masculinidade e a feminilidade têm nexos estreitos com as relações marido-mulher e com as relações moça-rapaz.

Apresenta-se um problema universal, independentemente dos modos de resolução que lhe possam ser dados.

a) Em toda civilização, os filhos são para os pais uma imagem de sua própria infância, e para os filhos os pais são a imagem de seu próprio futuro: relações *de identificação*.

b) A criança que nasce aparece num casal humano, ou seja, num grupo humano cujas relações já estão estabelecidas. O tratamento que a criança vai receber será influenciado por essas relações já existentes entre os pais. Lewin, por exemplo, tratando da criação dessa relação triangular, estudou o contragolpe dado pelas relações de um grupo de duas crianças com uma terceira sobre as relações já estabelecidas entre as duas primeiras. A criança percebe as mínimas nuances da relação entre seus pais. Toda sociedade encontra-se diante de um problema: como se estabelecerão as relações com esse terceiro, com esse recém-vindo?

c) *A prematuridade infantil*: a criança não é de modo algum um anexo, um produto marginal; está imbricada na vida adulta que não é feita à sua medida. Essa prematuridade reforça os dois primeiros fatos, indicados acima, ao mesmo tempo que os exprime. A criança tem condutas sexuais antes de ter sexualidade própria. Quando existem vários filhos, o problema complica-se ainda mais. Toda cultura deve encarar esse problema: há sempre um drama nas relações entre a criança e seus pais, e até mesmo nas relações com a cultura. As relações pais-filhos são comparáveis aos dados fisiológicos e psicológicos da sexualidade: relação masculinidade-feminilidade; a própria natureza do sexo determina a sexualidade. É sobre essa base que as culturas medram. Nas relações parentais, em que os pais são grandes, adultos, e a criança é pequena, a elaboração cultural pode variar.

M. Mead tenta definir as relações entre pais e filho em termos que permitam vinculá-las às relações dos adultos nas mesmas sociedades.

Esquematicamente, ela distingue:
– relações simétricas (a criança é reconhecida como um todo, equivalente em princípio ao adulto);
– relações complementares (a criança não passa de complemento da conduta parental; por exemplo, termo passivo numa relação benfeitor-beneficiário);
– relações recíprocas (relações de troca, em que a criança *devolve* tanto quanto recebe).

Depois de definir essas três variáveis abstratas, M. Mead estuda o modo como elas são dosadas nas diferentes culturas. Dessa maneira ela encontra o ponto de partida das relações entre adultos e o modo como isso ocorre, segundo a importância atribuída às diferentes partes do corpo. Por exemplo, a relação bucal é essencialmente complementar, com todas as espécies de nuances e variedades, aliás: assim a boca pode ter um papel passivo se o aleitamento é ativo. As relações entre pais e filho que se baseiam no treinamento da excreção são relações de reciprocidade. Veremos que as relações podem ser simétricas, como em Bali.

Pode ocorrer que, numa cultura, as relações sejam inicialmente complementares e depois simétricas: na Grã-Bretanha, por exemplo, onde as crianças são inicialmente formadas na família segundo uma relação complementar e em seguida mandadas à *boarding school,* onde a relação é simétrica; ou nos Estados Unidos, onde a mãe muda cedo de atitude em relação à criança. Essas relações são ao mesmo tempo causa e efeito de certa concepção das relações entre masculinidade e feminilidade e de toda uma estrutura social. Os cuidados dispensados à criança são causa daquilo que será sua atitude mais tarde, mas também são efeito da cultura na qual vivem os pais. As diferentes maneiras de tratar a criança expressam as estruturas sociais. Essa era já a idéia de Kardiner: assim, entre os habitantes das ilhas Alor, a quase ausência de cuidados dispensados aos filhos está em relação com a indigência dos sistemas organizados de defesa, com a fraqueza das técnicas de vida e de toda e qualquer atividade construtiva. A criança não tem oportunidade de formar um superego (em contrapartida, o masoquismo e o suicídio são desconhecidos nessa população).

M. Mead estuda sete povoações dos mares do Sul.

a) *Arapeches.* A relação de aleitamento é muito acentuada. Trata-se de um aleitamento ativo, ao passo que a criança continua passiva. Isso daria às meninas uma preparação satisfatória; os meninos são passivos em relação às mulheres (medo, pouca agressividade, pouca capacidade criativa). Essa sociedade mostra traços de instituições que separam homens e mulheres: casas dos homens, onde o adolescente é iniciado no papel de adulto (tais casas tendem a desaparecer). Os meninos e as meninas são tratados da mesma maneira benevolente; não há formação da fase de latência. A *relação é complementar, mas sem excesso.*

b) *Iatmuls.* A relação bucal é importante: a conduta da criança é ativa. Existem casas de homens: a língua designa essa casa com a mesma palavra usada para "útero". Segundo os mitos, os instrumentos musicais foram criados pelas mulheres, que transmitiram o segredo da invenção aos homens e que agora cometem um sacrilégio quando vêem esses instrumentos. *A relação complementar é extrema.* A iniciação dos meninos consiste em escarificações e humilhações. Os homens têm duplo papel: é grande a admiração dos jovens pela vida exterior dos homens que vêem de longe, na casa dos homens, mas no lar familiar o papel dos homens é deplorável, e a criança é levada a considerá-los como um reflexo da vida da mãe. Por meio das instituições é inventada uma maneira de compensar a relação com a mãe: a casa dos homens e a iniciação arrancam a criança à dominação da mãe.

c) *Manus*. As relações financeiras ou jurídicas ocupam lugar importante: as mulheres são um bem e não estão dissociadas do dote. Estamos diante de uma *relação recíproca*, baseada no anal. As relações eróticas ou amorosas são subestimadas e consideradas coisas vergonhosas: a relação sexual, para os manus, é uma espécie de excreção a dois. A igualdade dos sexos é estabelecida com base na desvalorização de toda e qualquer diferença sexual.

d) *Mondugumores*. As mulheres detestam os filhos e evitam quaisquer contatos físicos com eles: carregam os bebês nas costas, num cesto. Não existem casas dos homens; a iniciação não é um ato coletivo, mas uma espécie de parada por ocasião de certas festas. As mulheres são consideradas não essenciais e simples intermediárias. As tensões são acentuadas ao máximo: tendência à atomização. A conduta geral dos mondugumores mostra força aparente mas fraqueza real. Carecem de flexibilidade e sentem dificuldades para adaptar-se: segundo um mito, sua raça foi separada em duas (seja por migração, seja por deslocamento da margem). Eles não reagiram a essa mudança, têm um medo terrível da água, e o ódio pelos irmãos de raça que vivem na outra margem é implacável. Vivem como parasitas dos vizinhos. São incapazes de assimilar as técnicas introduzidas pela colonização.

e) *Balineses e samoanos*. Em Bali, o desenvolvimento artístico é de alto nível; em Samoa, sua riqueza não é tão grande, mas os habitantes são mais espontâneos. Essas duas civilizações são bissexuadas: os dois sexos coexistem com direitos iguais. *As relações são simétricas:* a mãe não estabelece dominação sobre o menino. A relação familiar é diluída. O homem adulto é notável pela serenidade e brandura; não mostra dotes extraordinários nem interesse estético ou religioso; suas ocupações são a maledicência e as pequenas intrigas políticas. Esses povos evitaram os problemas de Édipo, mas não se beneficiaram com sua virtude formadora. Os pais têm interesses demais para manterem conduta passional em relação aos filhos; as mães não transferem para o filho a insatisfação que sentem nas relações com o marido. Os samoanos, com grande força e versatilidade, adotaram certas técnicas dos colonizadores, conservando, porém, os elementos vantajosos de suas próprias técnicas; exemplo: construção das casas com tetos flexíveis que resistem bem aos tornados. Adotaram o protestantismo, mas Deus tornou-se sinônimo de perdão.

C) *Conclusão*

Seríamos tentados a acreditar que, embora o social e o psicológico pareçam intercomunicar-se nessas sociedades primitivas, o mesmo não acontece em sociedades menos embrionárias e mais populosas, nas quais estão ligados de forma menos estreita. Poderá a concepção culturalista estender-se para além das civilizações arcaicas? Os culturalistas não ignoram essa questão, e Kardiner, por exemplo, a propôs. Numa sociedade como a americana, que tem sua história coletiva, o social não será mais importante que o psicológico? No entanto, 1) há nas sociedades populosas núcleos relativamente independentes, e é possível fazer a análise de uma cidadezinha americana da mesma maneira como se analisa a sociedade de Alor. 2) o fato de a relação entre social e psicológico não ser imediata não quer dizer que não haja relação. A própria participação numa história coletiva, o contato com o acontecimento histórico supõe certa estrutura psicológica que deve ser estudada. Numa sociedade populosa e histórica já não há correspondência unívoca entre o psicológico e o social. Mas a história profunda da sociedade em questão, a sua expressão nas transformações de sua estrutura familiar e nos fatos da vida interindividual, das relações sexuais e conjugais encontram-se, transpostas para outra linguagem, nas flutuações e nas crises políticas e históricas. Assim, a formação edipiana, levada ao extremo, numa cidadezinha puritana dos Estados Unidos, conduziu a uma verdadeira crise. A formação do superego que permite adquirir as técnicas de vida é uma faca de dois gumes, pois Édipo pode ser a oportunidade de ocorrência de uma série de repressões cujos inconvenientes são bem maiores que as vantagens formadoras do superego. É o que ocorre em "Plainville" (Kardiner). Ora, a esse fato psicológico corresponde, na ordem econômica e social, certa concepção da propriedade e do Estado.

O culturalismo orienta-se bem no problema das relações entre social e psicológico. Evita a famosa alternativa: ser psicólogo contra a sociologia ou ser sociólogo contra a psicologia. Os conflitos psicológicos e o drama social não constituem alternativa. O culturalismo poupa os inconvenientes de um pensamento redutor: o psicológico não deve ser reduzido ao sociológico e, inversamente, o sociológico não deve ser reduzido ao psicológico. Não devemos esquecer nenhuma das duas espécies de problema e devemos encontrar as mesmas dificuldades, os mesmos problemas no plano psicológico e no plano sociológico.

Assim, ao insistirmos nas relações da criança com os pais, não quisemos *explicar* as outras relações com outrem, não reduzimos nosso tema. As dificuldades das relações familiares correspondem imediatamente às dificuldades da criança com o meio no qual ela vive.

Ciências humanas e fenomenologia

INTRODUÇÃO

I. HUSSERL E A CRISE DO SABER EUROPEU

Já na origem a fenomenologia aparece como uma tentativa de resolver um problema criado no início do século pela crise da filosofia, das ciências humanas e das ciências em geral. A tentativa de Husserl é de superar simultaneamente essas crises.

1 – *Crise da ciência*: é demonstrada pelos estudos publicados em torno de 1900-1905, relativos ao problema do valor da ciência (cf. número da *Revue de métaphysique et de morale* dedicado à revisão das noções fundamentais da física: Le Roy, Poincaré, Duhem [tomo LVIII, n.º 2, abril-junho de 1949]). Husserl assiste a essa crise; começa como matemático – seu primeiro trabalho é uma teoria da aritmética –, e essa circunstância contribuiu muito para sua determinação de empreender uma investigação filosófica radical.

2 – *Crise das ciências humanas*: Essa crise é provocada pelo desenvolvimento das pesquisas psicológicas, sociológicas e históricas, que tendem a representar quaisquer pensamentos ou opiniões expressos como algo determinado pela ação combinada de história, psicologia e sociologia. O resultado é a tendência da psicologia ao psicologismo, da sociologia ao sociologismo, da história ao historicismo. Em outras palavras, para dar um exemplo, a psicologia acabava por desenraizar seus próprios fundamentos,

pois os postulados do psicólogo (ou do sociólogo ou do historiador) devem ser considerados como determinados e postos em dúvida.

3 – *Crise da filosofia*: Esse ceticismo da psicologia em relação a seus próprios princípios também ocorreu com a filosofia, considerada como expressão de causas exteriores; é impossível manter os enunciados do filósofo como resultado de um contato direto e interno do espírito com a verdade, uma vez que o espírito é condicionado.

Já em 1905 essa crise redunda num irracionalismo que aparece como produto histórico contingente.

O problema de Husserl é tornar novamente possíveis a filosofia, as ciências e as ciências humanas, bem como a coexistência delas, por meio de uma elucidação de suas relações e de seus processos de conhecimento, pondo um fim à divisão entre saber sistemático e saber progressivo.

É ainda o mesmo problema que propõe no fim da vida, em 1935, na conferência dada em Belgrado [na verdade, Viena (N. do Edit.)], sobre *A crise da humanidade européia e a filosofia* (cf. *La crise des sciences européennes et la phénoménologie transcendantale*, Gallimard, 1976, e, com o título da conferência [*La crise de l'humanité européenne et la philosophie*], Aubier, 1987), em que se esforça por mostrar os meios da restauraçã o filosófica e científica. A filosofia é "funcionária da humanidade", diz ele; seu papel profissional é assumir as condições da existência humana, ou seja, de uma existência racional. Seria, portanto, um contra-senso supor que as pesquisas de Husserl são orientadas contra o saber ou contra a razão. A verdade é que ele quer tirá-los da crise em que entraram.

II. PERSPECTIVAS DO CURSO

O que faremos aqui não é apresentar a fenomenologia como Escola, ou tratar de um problema de história da filosofia. Nessa perspectiva, o problema seria saber, por um lado, o que pensam Husserl, Scheler e Heidegger da psicologia, e, por outro, o que os psicólogos pensam de Husserl, Scheler e Heidegger. Mas essa tentativa produz resultados confusos, pois nunca houve autores tão distantes da compreensão mútua: os fenomenologistas não entenderam que os psicólogos às vezes se harmonizavam com sua reflexão, e os psicólogos acham que a fenomenologia é um retorno à introspecção. Em vista desse mal-entendido constante, seria tarefa infindável a discriminação das posições.

Nosso objetivo é abordar a história da filosofia no sentido de história dialética; assim, não faremos a exposição apenas das idéias dos fenomenologistas segundo os textos, mas também segundo suas intenções. Por outro lado, tomando-se a psicologia no sentido de seu desenvolvimento espontâneo, e não ao pé da letra, será possível depreender sua convergência com a fenomenologia.

Aliás, a história da filosofia é sempre uma perspectivação por problemas, portanto sistematização tanto quanto história; ela não pode ser um registro objetivo das obras; comparar textos de Descartes e classificá-los é já escolher, interpretar e destacar uma *intenção* do cartesianismo. Tornamo-nos assim responsáveis por Descartes. Uma história da filosofia, estritamente objetiva, deveria ater-se à apresentação dos textos reunidos. Tentaremos chegar à redefinição de uma filosofia, uma fenomenologia e uma psicologia rigorosas. Assim, formularemos os seguintes problemas à fenomenologia e à psicologia:

1º Como Husserl concebe as ciências do homem, no início e no desenvolvimento da doutrina? (Consideraremos também as teses de Scheler e Heidegger, aparentadas às de Husserl, na última parte de sua vida.) O que o fenomenologista espera das ciências humanas e como ele as situa em relação à fenomenologia?

2º De que modo o desenvolvimento da psicologia contemporânea mostra convergência com a pesquisa fenomenológica?

a) de início, consultando os psicólogos que reconheceram explicitamente sua dívida para com a fenomenologia;

b) Koffka, por exemplo: compatibilidade entre teoria da forma e fenomenologia. – Jaspers, em sua *Psicopatologia geral* (*Psychopathologie générale*, Alcan, 1933). – Binswanger, cujos trabalhos de psicopatologia têm como origem as pesquisas de Jaspers e Heidegger. – Minkowski, com seu *Évolution psychiatrique*, que estuda a fenomenologia e a analítica existencial como psicopatologia.

c) Tentaremos, além disso, discernir a influência difusa de Husserl a partir de 1916-1920, não apenas sobre a psicologia alemã, mas também fora, sobre o desenvolvimento do *behaviorismo* (após Watson) e da *psicanálise* (após Freud).

Não se tratará de depreender uma influência direta, mas uma evolução espontânea das pesquisas que, às voltas com seu objeto, cheguem a posições teóricas e experimentais concordantes com as intenções da fenomenologia.

Esse mesmo trabalho também poderia ser feito com a sociologia, a história e a lingüística.

O PROBLEMA DAS CIÊNCIAS HUMANAS SEGUNDO HUSSERL

I. O PROBLEMA DA PSICOLOGIA E OS PROBLEMAS DE HUSSERL

A) *Psicologismo, logicismo e fenomenologia*

Pouco adianta que o indivíduo filosofante acredite expressar o contato de seu pensamento consigo mesmo; considerado do exterior, seu pensamento aparece como produto sem valor intrínseco, como simples resultado de um condicionamento por necessidades psicológicas, sociais, históricas. E toda crítica de um pensamento equivalerá a reduzi-lo a suas causas. Esse modo de pensar volta-se contra aquele que o emprega. O psicólogo que critica também está sujeito à mesma crítica: chega-se assim a um ceticismo radical.

O sociologismo também está exposto ao mesmo perigo; toda concepção política, julgada do exterior, aparece como contingente, irracionalismo político. A tarefa do filósofo consiste então em distinguir o verdadeiro do falso.

B) *Originalidade da posição de Husserl*

Husserl não opõe ao psicologismo ou ao sociologismo um logicismo que proponha a existência de uma esfera de verdade, de um meio de pensamento no qual o filósofo esteja em contato com a verdade. Esse logicismo torna inevitável o retorno do psicologismo e do sociologismo.

Husserl, em vez de encontrar um caminho no psicologismo ou no logicismo, tenta, por meio de uma reflexão radical que nada deixa subsistir desses preconceitos, "pôr entre parênteses" todo e qualquer condicionamento (biológico ou cultural), sem negar sua existência constante. O pensamento do filósofo pode querer-se radical, mas retoma seu lugar no tempo à medida que se desenvolve. Até mesmo a filosofia desce para o fluxo de nossa experiência; mesmo o pensamento que afirme dominar esse fluxo desce até ele e nele se aloja.

O filósofo, em sua atividade filosófica, não deve pensar como homem no sentido restritivo da palavra: deve distanciar-se, mas é inevitavelmente reconduzido a viver como homem. É próprio do filósofo destacar-se de sua experiência de fato e só considerar sua personagem empírica como uma possibilidade; mas ele nunca abandona sua situação de fato.

A redução fenomenológica, que consiste em pôr entre parênteses o conjunto das afirmações naturais não nos põe fora do tempo. Há vários modos de viver o tempo: como vítima dele ou captando-o em seu desenrolar; mas permanecemos temporais. A fenomenologia não é a ciência das verdades eternas. Ela é a ciência do onitemporal, ou seja, aprofundamento da temporalidade, mas não sua superação.

A lógica considera que as leis de nosso pensamento são universalmente válidas; o logicismo afirma que isso ocorre porque me comunico com um pensador universal (por exemplo, Deus); baseia a universalidade da lógica num direito absoluto.

Não é assim que Husserl tenta justificar as leis do pensamento; elas estão fora do Ser, porque coextensivas ao que podemos afirmar; a universalidade do pensamento baseia-se sobriamente no fato de haver aderência do pensamento a mim.

Husserl chega a dizer que nem mesmo Deus pode ter do mundo outra concepção que não seja um desenrolar temporal de aspectos perceptivos, na forma de perfis abertos (a noção de Deus é empregada nesse caso como índice filosófico, para ressaltar as características da experiência humana). Esse desenrolar temporal é próprio do objeto percebido e da definição do mundo.

Desde o início estamos diante de uma espécie de positivismo fenomenológico que não baseia a verdade universal em direito algum anterior aos fatos, mas em um fato central que constato em mim por meio da reflexão: o não-sentido de tudo o que não obedeça aos princípios de um pensamento verdadeiro.

Para Husserl, a filosofia não é, portanto, um salto fora do tempo, um sistema definitivo, mas uma "mediação infinita", ilimitada, que se desenrola numa "situação de diálogo". O filósofo não atinge um pensador universal: ele está situado, e a única superação está na comunicação com os outros homens, que permite realizar a pureza de pensamento: "Subjetividade transcendental é intersubjetividade".

A filosofia é uma idéia (no sentido kantiano de idéia-limite) que não se pode totalizar, que permanece no horizonte de nosso pensamento e só é validável num processo histórico sem fim. Não é portanto a reafirmação das velhas entidades filosóficas (verdades eternas etc.), mas a elaboração de uma filosofia integral, compatível com o desenvolvimento do conjunto das pesquisas das ciências humanas.

Husserl luta, portanto, em duas frentes:
– contra o psicologismo e o sociologismo, segundo os quais a filosofia não tem contato último com seu próprio pensamento;
– contra o logicismo que pretenda ter acesso direto à verdade.

Seu projeto essencial é a afirmação da racionalidade em contato com a experiência e a busca de um método que possibilite pensar ao mesmo tempo a interioridade e a exterioridade.

Esse projeto é análogo ao empreendido por Hegel. O próprio termo *fenomenologia*, aliás, vem de Hegel: para ele, é uma lógica do conteúdo; a organização dos fatos não vem de uma forma lógica, mas o conteúdo realiza espontaneamente uma organização lógica.

É a dupla vontade de colecionar todas as experiências concretas do homem (História como experiência das civilizações) e de encontrar, em seu desenrolar, uma ordem espontânea que permita caracterizar a fenomenologia.

O espírito fenomenológico é o espírito visível diante de nós, nas aparências, nas coisas, espírito difundido nas relações históricas e geográficas dos homens antes de ser encontrado pela reflexão. Não é apenas o espírito interior do *cogito*, mas o espírito manifestado.

Assim também, Husserl quer aliar a exigência do concreto e a exigência lógica. Mas, enquanto para Hegel a fenomenologia é uma introdução à lógica, para Husserl ela é a própria lógica: ele não quer atribuir às regras da lógica um valor distinto dos valores que elas recebem, em cada região do ser, das operações efetivas de verificação.

Na última parte da obra de Husserl, a analogia é ainda mais evidente; ele se dedica mais particularmente ao problema da história. Afirma, ao mesmo tempo, que o filósofo ainda está no mundo, mas que essa limitação não impede a emergência da verdade.

Husserl luta por uma ciência integral sem sacrifício da ciência nem da psicologia em particular; busca sobretudo a libertação da psicologia, presa a dificuldades metodológicas. Há conflito entre as exigências de uma filosofia, ciência do exterior. O problema, portanto, é o seguinte: como descobrir um modo de conhecimento que, mesmo não se desvinculando da experiência, permaneça filosófico? A solução do problema é buscada na intuição das essências, modo de conhecimento que tem o caráter concreto do conhecimento psicológico e a dignidade do conhecimento filosófico.

C) *A intuição das essências*

1 – Pode-se considerar que as *Erlebnisse* (vivências) são determinadas psicológica e socialmente; mas há uma maneira de abordá-las que delas extrai um significado universal. Por exemplo, minha presença em um concerto pode ser determinada por condições de fato; ela não está no instante, ela transparece nas execuções, como um objeto cultural não redutível a uma dada execução. Se eu conseguir tematizar o que ouvi, perceberei a essência da obra.

2 – *Intencionalidade* é a orientação da consciência para objetos intencionais. É a referência a algum coisa com que minha consciência se põe em discussão; subtrai a consciência à contingência dos acontecimentos.

3 – *Visão das essências* (*Wesenschau*) é a abertura para o que percebo. Não lhe devemos atribuir sentido místico ou platônico; ela não implica uma faculdade supra-sensível, estranha à inteligência. Ao contrário, estamos constantemente visando a essências, mesmo quando vivemos a vida em atividades naturais. Através da experiência concreta, capto uma estrutura intelectual que se impõe a mim, ultrapassa minha singularidade e a contingência do fato; confere *sentido* à série dos acontecimentos. Mas esse sentido não é dado imediatamente.

D) *Oscilação inicial do pensamento husserliano*

Nas primeiras formulações de seu pensamento, Husserl oscila entre os escolhos do psicologismo e do logicismo.

1 – *O escolho do psicologismo* aparece em *Filosofia da aritmética* (*Philosophie de l'arithmétique*, P.U.F., 1972). Por ser matemático, Husserl, chocado com as tendências logísticas dos matemáticos, quer basear as noções matemáticas na experiência psicológica: a noção de número, por exemplo, é um atributo de natureza psicológica. A fenomenologia aparece aqui como uma "psicologia descritiva".

Husserl já percebe que é preciso voltar à consciência para basear os conceitos matemáticos; mas só a compreende como uma região do ser, como um ser, entre os outros seres, que a psicologia deve descrever. Em seguida, a consciência se tornará coextensiva a todos os seres, referência a todo e qualquer ser, e essa consciência transcendental será o objeto primeiro e o fundamento próprio da filosofia.

2 – *O escolho do logicismo* surge em outros escritos nos quais as fórmulas não são bastante psicológicas, nos quais se discerne uma tendência a platonizar, a apresentar as essências como objetos facilmente percebidos pela consciência e sem elo interno com a atividade do sujeito.

E) *A redução fenomenológica*

Husserl rompe definitivamente com o logicismo e o psicologismo por meio de sua *teoria da redução fenomenológica*: a consciência última não se confunde com uma consciência de indivíduo encarnado e situado; ela não recebe de fora as essências a que visa.

A redução põe entre parênteses as relações espontâneas da consciência com o mundo, não para negá-las, mas para compreendê-las. Essa redução refere-se ao mesmo tempo às manifestações do mundo exterior e ao eu do homem encarnado, cujo significado a fenomenologia vai procurar.

Com essa concepção, Husserl distingue sujeito transcendental e sujeito empírico encarnado e situado no espaço e no tempo. Todo objeto intencional remete à consciência transcendental, fonte pura de *significações,* que constitui o mundo e o eu empírico.

Husserl resolve assim o problema da oscilação entre o psicologismo e o "platonismo", que caracterizava seus primeiros trabalhos, e essa concepção aparece em sua primeira forma sistemática na época de *Ideen* (*Idées directrices pour une phénoménologie,* Gallimard, col. "Tel"; livro II: *Recherches phénoménologiques pour la constitution,* P.U.F., 1982).

Mas seu pensamento ainda evoluirá por meio de um aprofundamento do método fenomenológico, e, no fim de sua vida, o objetivo da busca não será mais encontrar, aquém dos fenômenos particulares, uma consciência que dispusesse de tudo o que é necessário para fundar as essências, mas sim um sujeito já inserido nesses fenômenos. Essa evolução vai aparecer no exame da concepção husserliana de psicologia, lingüística e história.

II. HUSSERL E A PSICOLOGIA

A) *Concepções de Husserl até Ideen*

1 – *Redução eidética e psicologia*: De que modo o pensamento husserliano pode salvaguardar uma psicologia rigorosa?

A psicologia é uma ciência dos fatos, a ciência do homem no mundo que responde a situações com condutas diferentes. Portanto, não se confunde com a fenomenologia transcendental, reflexão universal tendente a explicitar e fixar todos os objetos intencionais visados pela consciência.

A psicologia não desempenha papel de filosofia; não se basta como filosofia, pois comunga as convicções do senso comum e recebe postulados realistas do senso comum. A obra da psicologia é legítima, mas ela permanece como modo de pensar "ingênuo", sem estatuto ontológico. Se refletirmos, ao contrário, o sujeito situado será ao mesmo tempo aquele que pensa o mundo. Não haverá mundo pertinente se ele não for pensado por alguém. O sujeito empírico faz parte do mundo, e esse mundo só existe para um sujeito transcendental: Husserl mantém aqui a "revolução copernicana". Mesmo uma psicologia preocupada em mostrar a unidade da consciência, como a *psicologia da forma,* é considerada por Husserl como uma filosofia insuficiente. Ainda que a consciência seja concebida como totalidade, essa totalidade é concebida à maneira das formas naturais; a psicologia da forma *naturaliza* a consciência uma vez que não elaborou a noção de totalidade como algo sem equivalente natural. Ora, para toda psicologia, o modo de ser da consciência não é radicalmente distinto do modo de ser dos objetos.

Em seu rigor filosófico, Husserl exclui psicologia da forma e psicologia atomística. Para chegar a um conceito que mantenha a singularidade da consciência, é preciso uma análise que descubra o sentido de toda psique possível; é preciso captar o *sentido interior* por meio de uma análise intencional, e não por simples constatação. Toda verdade de fato pertence à psicologia, mas supõe uma elaboração prévia. A indução, método da psicologia, continuará cega se não conhecer a consciência que estuda. Quais são as relações entre esses dois métodos? Para compreender o homem, é preciso cumprir essa indução pela visão interior que explicite a experiência.

A psicologia eidética, portanto, é uma psicologia reflexiva que elabora as noções fundamentais da psicologia. Extraímos da experiência comum e pré-científica grande quantidade de fatos, como os *conceitos de percepção, imagem, emoção* etc. Mas é preciso dar-lhes um sentido coerente e válido para saber o que significam as experiências sobre a percepção, sobre a imagem, sobre a emoção...

Assim, pois, é salvaguardada a autonomia da psicologia, encarregada da pesquisa sobre os fatos; mas ela permanece subordinada a uma psicologia eidética que, por meio da reflexão sobre a experiência, depreende o sentido dessa experiência. Encontramos um exemplo nos estudos que Sartre dedicou à imaginação e à emoção.

a) *Primeiro exemplo: a imaginação* (cf. J.-P. Sartre: *L'imagination,* P.U.F., col. "Quadrige"). Na última parte dessa obra, Sartre indica que, desde que não se reflita sobre o que é imagem, todos os trabalhos experimentais são letra morta. Se conservarmos a velha ontologia da imagem, introduziremos na análise psicológica elementos estranhos, devidos a um pensamento pré-científico, e perderemos o sentido do ato de imaginar na vida do homem.

A imagem não é observável, embora se apresente como tal; mas sua pretensão à presença não é fundada; ela é uma evocação do objeto, uma referência do eu que pensa no objeto com a pretensão de fazê-lo aparecer aqui e agora. Imaginar é, portanto, um modo de relação com objetos ausentes, por intermédio dos *analogons*; é fazer aparecer um ausente no presente. Uso como *analoga* elementos de percepção presente, a fim de provocar a presença mágica de um "quase-objeto".

A análise eidética, portanto, é considerada indispensável ao conhecimento dos fatos. Ela nos toma em via de imaginar e compreende a essência ou o sentido desse ato intencional.

b) *Segundo exemplo: a emoção.* A questão se nos apresenta muito confusa. O senso comum examina os fatos através de certos conceitos. A emoção é, ao mesmo tempo, manifestação corporal e representação; uma Escola parte da representação; outra, das manifestações corporais.

A psicologia fenomenológica deve substituir um recorte do real decorrente de conceitos malfeitos por um recorte do real decorrente de conceitos sob medida. A reflexão eidética interroga sobre o sentido da emoção; toma a emoção como um ato na totalidade da consciência e investiga aquilo que tem em vista.

Numerosos psicólogos deram início a esse estudo:

Janet cita o caso de uma jovem que entrava em crises nervosas para livrar-se da situação de interrogatório (*De l'angoisse à l'extase*, 2 vol., Payot, 1976); já a emoção aparece aqui como uma conduta cujo sentido compete encontrar.

Freud também considera a emoção como realização simbólica: os fatos psíquicos têm um sentido, e é preciso reintegrá-los na vida total da consciência.

Mas essas análises não são suficientes, segundo Sartre. A emoção é uma modificação de minhas relações com o mundo; ela renuncia à ação ordenada para passar a um modo de ação imaginário baseado numa relação mágica entre mim e o mundo, implicando que a vontade incondicional do sujeito quer projetar-se no objeto sem intermediário e sem meio.

A relação entre psicologia e fenomenologia deveria ser entendida de maneira análoga às relações entre física e geometria; foi preciso haver geometria para haver física.

Assim também, a psicologia está ligada à fenomenologia pela metodologia. Essa relação, diz então Husserl, é a mesma que existe entre sociologia e estatística; a estatística ainda não é sociologia; ela precisa entrar em contato com a realidade social. Do mesmo modo, é preciso um contato com a psique para compreender as investigações empíricas da psicologia e os fatos que ela nos revela.

Essa investigação do essencial deve ser conduzida pelo esforço da reflexão eidética, que não é um procedimento extravagante, sem relação com os procedimentos científicos.

2 – *Objeções*: Foram feitas duas objeções:

a) A primeira baseia-se num contra-senso e pode ser facilmente rejeitada. Essa objeção afirma que uma psicologia eidética implica um retorno à psicologia da introspecção, incidindo-se nos impasses desta. Nesse plano, comparou-se Husserl a Bergson e denunciou-se em sua obra uma tentativa obscurantista. Mas nenhuma confusão é possível nesse ponto: é verdade que a descoberta do *sentido* de um processo vivenciado se baseia na *reflexão*, no poder do sujeito de visar a si mesmo e de chegar a uma evidência última na qual o ser e o aparecer não se distinguem.

Husserl fala do *cogito*, ou seja, da consciência apreendida em seu último reduto, onde ela aparece como algo irredutível às coisas exteriores, dada a si mesma numa adequação que é o fundamento de toda certeza. Para Husserl, assim como para todos os cartesianos, a existência da consciência não se distingue da consciência de existir. O sujeito por conhecer é o sujeito que sou, e Husserl quer utilizar essa proximidade do eu ao eu que define o *cogito*. No entanto, essa reflexão cartesiana nada tem que ver com a introspecção.

A introspecção, com efeito, é a percepção interior, a observação de fatos que se passam em mim; ela define a passividade de uma consciência que se observa a viver. A reflexão, ao contrário, é um esforço para *depreender o sentido* de uma vivência. Husserl ressalta até que há mais certeza numa percepção exterior do que na percepção interior da introspecção. Trata-se de explicar a origem das percepções interiores como percepções exteriores.

Nada impede, de fato, que a reflexão fenomenológica incida sobre outrem e sobre uma conduta de que sou testemunha. Em *Meditações cartesianas* (*Méditations cartésiennes*, Vrin, 1953), Husserl introduz a *noção de conduta* (*Gebaren*) para com outrem: "A psicologia pura, autêntica, da intencionalidade é uma psicologia da intersubjetividade pura"; Já em 1910 Husserl notava a possibilidade de uma determinação intersubjetiva do psiquismo: logo, é impossível reduzir a psicologia eidética, indiferente à distinção "interior-exterior", à introspecção.

b) A segunda objeção vai mais longe: entrevista por Husserl, motivou um remanejamento de suas idéias na segunda parte de sua carreira. Ao apresentar uma psicologia eidética que determine as categorias fundamentais do psiquismo, por acaso a psicologia não se reduziria ao estudo dos detalhes? A experiência eidética será satisfatória? Acaso fica com à experiência e vai ao universal? Em trabalhos antigos, Husserl define as relações da psicologia com a fenomenologia como relação entre a explicação do *conteúdo* e a explicação da *forma*. Por exemplo, a fenomenologia nos diria o que é espaço, e a psicologia explicaria através de que conteúdos – táteis, visuais etc. – tenho acesso à percepção do espaço. O essencial parece então fornecido pela intuição eidética. A psicologia empírica e indutiva não teria outro papel senão o de mostrar na existência aquilo cuja essência foi fixada pela psicologia eidética. Em outros textos, a psicologia determina as leis de fato dos fenômenos, e a descrição, a compreensão das condutas cabe à fenomenologia. Essa definição será satisfatória?

Husserl explica que a intuição das essências deve permitir um conhecimento do concreto, ligado à experiência cujo significado ela retém, e ao mesmo tempo um conhecimento do universal. Mas a redução eidética realizará de fato essa síntese?

A psicologia fenomenológica mostraria como as essências aparecem no desenrolar causal de uma vida. Mas então as relações transcendentais descobertas nunca seriam desmentidas pela ordem causal da gênese psicológica. Então, a gênese nada mais mostraria além das realizações empíricas, parciais e confusas, das relações de essência recolhidas de outro modo.

De fato, no início, em Husserl, o problema da psicogênese é uma questão secundária. Cada vez mais, essa noção de gênese vai assumindo importância positiva, e as *Meditações cartesianas* falam de uma *fenomenologia genética*.

B) *A evolução do pensamento de Husserl*

Em Husserl não encontramos uma subversão, mas uma maturação do problema:

1 – *Primeira observação*: Se o conhecimento dos fatos é sempre socorrido pela visão das essências, o resultado é que todo conhecimento válido dos fatos deve encerrar certas intuições de essência. Portanto, é difícil estabelecer uma distinção nítida entre psicologia empírica e psicologia eidética.

Galileu, por exemplo, não sendo fenomenologista nem filósofo, ao estudar a queda dos corpos, realizou uma *Vesenschau* da coisa física, na qualidade de determinação espacial fundamental. Cada físico, a partir de então, contribuiu para desenvolver uma eidética da coisa. Portanto, não há um privilégio exclusivo da fenomenologia na investigação das essências.

2 – *Segunda observação*: devemos interrogar a natureza dessa intuição de essência e sua relação com os fatos. A *Vesenschau* é em primeiro lugar uma *constatação*. Husserl não tem em vista uma psicologia eidética *a priori* no sentido comum da palavra; nele, o que há é um *a priori material*. Em psicologia não se pode fazer uso da dedução; não há "matematização" do fenômeno, geometria do vivenciado. A psicologia fenomenológica, diferentemente da matemática – na qual as multiplicidades são definidas exaustivamente por um sistema de axiomas –, é essencialmente descritiva. Não há constantes, entidades psíquicas que possam desempenhar o papel de axiomas. As essências descobertas não são "essências exatas", passíveis de determinações unívocas: são "essências morfológicas", essencialmente inexatas, senão deparar-nos-íamos com as dificuldades do geômetra que quisesse definir a forma "denteada", a forma "umbrela", a forma "lenticular".

Husserl ressalta assim o caráter concreto da essência. A percepção é a base da *Vesenscbau*; ela é fecundante, mas não fonte de validade. A percepção funda a *Vesenschau,* que é uma retomada intelectual, uma elucidação do vivenciado. Portanto, é essencial à *Vesenschau* saber-se posterior e retrospectiva. Há aí, portanto, a idéia de um conhecimento mais direto, cuja significação é extraída pela essência. Isso leva à idéia de duplo envolvimento: o pensamento envolve o objeto, mas a percepção concreta é visada pela essência como alguma coisa que ela pressupõe.

Na base da *Vesenschau,* há a intuição do indivíduo que deve aparecer; não há intuição se não há "visibilidade".

3 – *Terceira observação: consciência de exemplo e indução*. Husserl reage contra a teoria de Mill, que define a indução como procedimento que descobrindo, na pluralidade dos fatos, fatos em relação de sucessão ou de simultaneidade constante, apresenta-os como característicos do conjunto dos fatos dos quais se partiu. Husserl faz aí uma crítica análoga à de Brunschvicg (in *Expérience humaine et causalité physique,* Alcan, 1922) sobre o exemplo de Galileu. Galileu terá chegado à idéia da queda dos corpos pela experiência de diferentes quedas de corpos? A lei que ele depreende é antes uma concepção ideal de um caso puro da queda livre dos corpos, sem exemplo na experiência em que a queda é sempre freada por atritos. Assim, os fatos tornam-se compreensíveis com o conceito puro da queda, associado a outros conceitos também construídos. O físico age realizando "ficções idealizantes", livremente criadas pelo espírito.

A lei de Newton, diz Husserl, não se pronuncia sobre a existência das massas gravitantes supostas. Essa indução, portanto, já é uma leitura de essência: leio nos fatos uma queda livre dos corpos, concebida e forjada pelo espírito. O que dá valor à ficção idealizante não é o *número* de fatos observados, mas a *clareza intrínseca que essa ficção transmite aos fatos:* a lei não é uma realidade-força, mas uma luz sobre os fatos.

4 – *Indução e Vesenschau: variação eidética*. A *Vesenschau* constrói-se sobre fatos, tanto quanto a indução, mas por *livre variação imaginária,* que faz a experiência variar em pensamento para isolar um invariante, que é a essência do fenômeno considerado. Numa melodia transposta, quando todas as notas são mudadas, o que permanece invariável é a essência da melodia. Pensa-se, portanto, sempre a partir dos fatos, mas o fato individual não é posto como uma realidade, pois o fazemos variar. A psicologia eidética é, pois, uma leitura de *estruturas invariantes* de nossa experiência a partir de casos imaginários, enquanto a psicologia científica, procedendo por indução, é uma leitura a *partir de casos reais.*

Logo, a única diferença é: variações imaginárias para uma, variações efetivas, realizadas de fato para a outra. O parentesco é que a indução nunca verifica, na totalidade dos casos, a relação inferida a partir de um número finito de experiências; ela é sempre ampliada por interpolação. Mesmo na indução percebem-se relações em algumas experiências; mas os diferentes casos são interligados pela variação imaginária.

Como se chega, por exemplo, à noção psicológica de labilidade do comportamento? É definido como lábil um comportamento que permanece sempre o mesmo ou que se inverte de modo imprevisível. Essa noção supõe a identificação da fixidez excessiva e da mudança excessiva. Como se chega a essa definição? Por uma construção mental, cujo exemplo é dado por Goldstein com as noções de comportamento centrado ou não centrado. O comportamento lábil, sob seus dois aspectos – constância e fragilidade – define-se pela falta de centração. Essa noção não pode, portanto, ser obtida por abstração a partir de fatos acumulados, mas por uma variação imaginária que constrói a idéia do fenômeno estudado. A concepção de indução de Bacon e Mill define, pois, uma opinião sem rigor, que impede de ver na descoberta da lei uma prática da *Vesenschau*.

Husserl nunca reconheceu a homogeneidade total dos dois modos de conhecimento, o indutivo e o eidético, graus diferentes da explicitação; no entanto, sua noção de essência experimentada encerrava isso em germe. Há uma dialética do conceito de essência; é preciso que a essência não implique faculdade supra-sensível e que seja tão contingente quanto um fato.

C) *Paralelismo entre psicologia e fenomenologia*

Husserl, porém, insistiu no paralelismo entre psicologia e fenomenologia. Por razões de princípio, dizia, a psicologia em todo o seu desenvolvimento é paralela à fenomenologia. Chega a escrever que "toda constatação empírica, como também toda constatação eidética, feita de um lado, deve corresponder a uma constatação paralela do lado oposto" (*Nachwort zu meinen "Ideen"*). O que equivale a dizer que a todo enunciado da psicologia empírica, experimental, deve corresponder um enunciado eidético, com a condição de ser dela inferido.

Estamos então bem distantes da idéia de psicologia eidética, que daria, por simples reflexão, os princípios de todo psiquismo possível, princípios que encerrariam, na qualidade de caso particular, o nosso psiquismo real, o de nós outros seres humanos. A realidade humana aparece aqui como o *ponto de inserção* de *Vesenschau*. É tomando consciência de mim tal qual sou que posso aperceber essências; e o possível e o real, aqui, não se distinguem.

Husserl chega até mesmo a dizer (in *Meditações cartesianas*) que "a psicologia intencional traz já em si o transcendental", o que equivale a dizer que, no fundo, entre o ponto de vista da psicologia e o ponto de vista da fenomenologia, ou da psicologia empírica, o que há é sempre o homem. Por conseguinte, mesmo que nossa imagem empírica de ser humano seja adquirida com todos os pressupostos da psicologia empírica – que vê o homem situado numa causalidade do mundo –, essa psicologia empírica, quando atenta para o que descreve, sempre acaba por dar ensejo à inversão que não vê o homem como parte do mundo, mas como o portador da reflexão. Assim, a relação de entrelaçamento ou envolvimento recíproco entre a psicologia e a fenomenologia é claramente indicada em textos como os que acabamos de citar.

Portanto, cumpre corrigir as fórmulas de Sartre que, referindo-se ao primeiro Husserl, supõem uma relação de sucessão entre fenomenologia e psicologia. É assim que, em *L'imaginaire* (Gallimard, col. "Folio-Essais"), Sartre inicialmente define o certo como análise fenomenológica da essência da imagem, e, numa segunda parte, o provável como análise indutiva e experimental da imagem. Na realidade, os dados da primeira parte são questionados na segunda, onde a essência da imagem, definida inicialmente como falsa presença do passado no presente (1.ª parte), é posta em questão em certos estados (como as ilusões), em que o percebido e o imaginário são indissolúveis.

Percebe-se então que não se deve apresentar essa distinção de modo excessivamente rígido. Husserl está consciente do perigo que representaria uma visão das essências que não tivesse nenhum lastro na experiência, e, num artigo antigo (*Philosophie als strenge Wissenschaft*, in *Logos*, vol. I, 1910-1911, p. 305), afirma que nada há em comum entre a intuição eidética e o método escolástico. Claro, pode acontecer que eu não atinja uma essência, mas sim um conceito ou um preconceito, por exemplo. É possível prevenir-se contra esse perigo: o conhecimento dos fatos não é suficiente; há construção da essência, por um lado, e, por outro, os fatos são uma prova para a essência. A lógica das coisas deveria ter levado Husserl a admitir relações mais profundas entre indução e *Vesenschau*, e a homogeneidade entre psicologia e fenomenologia. Certos psicólogos foram, nesse ponto, mais clarividentes que Husserl.

Ele sempre rejeitou as psicologias que se desenvolviam em seu tempo, inclusive a psicologia da forma, criada, contudo, por autores que haviam recebido seus ensinamentos. Para ele, não há diferença de princípio em conceber-se a consciência como totalidade ou como soma de átomos físicos, pois mesmo a totalidade dos gestaltistas é ainda uma coisa, e não uma consciência.

Koffka respondeu de maneira interessante em seus *Principles of Gestaltpsychology* (Harcourt, 1935). Há, de fato, numa psicologia como a sua, uma nova maneira de descrever a consciência que passa entre as duas dificuldades opostas do psicologismo e do logicismo. A descrição do "psiquismo" em termos de estruturas, de forma, daria satisfações, essencialmente, à filosofia como reivindicação da ordem das significações.

A objeção de Husserl à *Gestalttheorie*, assim como a toda psicologia, é que elas não conhecem a originalidade radical da consciência ao reduzirem a consciência a estruturas, que são "totalitárias", porém pertencentes à ordem das causas, do natural, do acontecimento.

Na realidade, o que Husserl procurava para "lastrear" sua intuição eidética e distingui-la definitivamente dos conceitos verbais era (sem saber) uma noção do tipo oferecido pelos gestaltistas, a noção de uma ordem e de uma significação que, por aplicação da atividade do espírito a materiais exteriores a ela, não produzam a noção de uma organização espontânea para além da distinção entre atividade e passividade, cujo emblema é a configuração visível da experiência.

A *Gestalttheorie* é uma psicologia na qual tudo tem sentido; não há fenômenos psíquicos que não sejam orientados para certa significação. É, nesse sentido, uma psicologia baseada na idéia de intencionalidade. Mas esse sentido, presente em todos os fenômenos psíquicos, não é um sentido que derive de uma atividade pura do espírito; é um sentido autóctone, que se constitui por si mesmo, numa organização dos supostos elementos. Essa talvez fosse a oportunidade de Husserl reconhecer uma verdade na "psicologia integrante" de Koffka, pelo simples fato de que ela ingressou no terreno dos fatos, de que esclareceu alguns deles, de que entreviu certas verdades essenciais e filosóficas, mesmo sem saber e sem querer.

Husserl mostrou que Galileu fixava as bases de uma eidética; deveria ter admitido que também a *Gestalttheorie* introduz uma eidética.

III. FENOMENOLOGIA E LINGÜÍSTICA

Nas primeiras aulas, examinamos a evolução do pensamento husserliano acerca das relações entre fenomenologia e psicologia. A evolução do seu pensamento a respeito das relações entre fenomenologia e lingüística, fenomenologia e história é paralela. Estudaremos a evolução dessas relações apenas como ilustração e esclarecimento do problema das relações entre fenomenologia e psicologia.

A) *Primeira tese de Husserl*
(*Quatrième recherche logique*. Cf. *Recherches logiques*, tomo II, 2.ª parte, P.U.F., 1962)

Esse texto define uma posição dogmática radical: só se pode compreender uma língua (como meio de expressão humana) situando-a sobre o fundo de uma teoria geral da linguagem, ou eidética da linguagem, enumeração e descrição das formas de significação. Desse modo ele concebe, assim como os gramáticos dos séculos XVII e XVIII, a constituição de uma gramática universal.

Assim como a psicologia eidética inferia as essências de certas regiões do psiquismo, a eidética da linguagem enumera as formas de significação sem as quais uma língua não é uma língua; é a redução eidética aos pressupostos da linguagem (existência categórica, particularidade, singularidade, modalidades do possível e do verossímil etc.), e a percepção daquilo sem o que uma linguagem não é uma linguagem.

Portanto, deve-se partir de um quadro dos modos de expressão fundamentais, das formas de significação inevitavelmente presentes como fonte de toda linguagem possível. Logo, é preciso distinguir dois estudos: um eidético, gramática geral, universal e racionalmente fundamentada, e uma outra lingüística empírica que utilize as essências para esclarecer esses fatos. Mas, como constituir essa linguagem universal, condição rigorosa de uma lingüística empírica? Teremos para isso algum meio radical de atingir a essência da linguagem? Bastará refletir a partir da língua materna? Ou será preciso, ao contrário, subtrair-se à sua influência por meio do contato com outras línguas?

Problema semelhante apresentava-se no caso da psicologia: poderemos chegar às essências sem recorrer aos fatos? Qual é a relação entre os fatos e essa intelecção soberana que permite captar as essências? Mas aqui, como na psicologia, Husserl não se atém a um dualismo entre ciência e reflexão. Sua concepção das relações entre pensamento e linguagem evolui em seguida, e ele fala cada vez menos dessa reflexão soberana que não deveria nada aos fatos, aproximando-a cada vez mais da experiência do discurso.

B) *Segunda tese de Husserl*
(Cf. *Revue internationale de philosophie,* ano I, n.º 2, janeiro de 1939, pp. 354-65, artigo de M. Pos, *Phénoménologie et linguistique*)

Nesse artigo, refletir sobre a linguagem não consiste em encontrar a linguagem e sair dela, mas, ao contrário, em encontrar, aquém da ciência objetiva da língua, *o sujeito que fala.* A fenomenologia tenta tomar consciência do sujeito falante, sendo nisso diferente do lingüista que, diante da língua, é-lhe exterior, para quem o estado presente do francês, por exemplo, se explica por seu estado anterior. O sujeito que fala, por sua vez, ignora o passado; está voltado para o futuro. Para ele, a língua é o meio de exprimir intenções e de comunicar-se com outrem.

O observador – o lingüista – decompõe a língua em uma série de processos que lhe quebram a unidade; ele não consegue determinar os limites disso. Uma língua, diz Vendryes, nunca é uma realidade; é sempre um ideal. O observador chega a pôr em dúvida a realidade distinta das línguas.

Para o sujeito que pratica a língua, há, ao contrário, uma realidade da língua; há sempre uma diferença entre o momento em que somos entendidos e o momento em que já não o somos.

Pensar a linguagem já não é procurar uma lógica da linguagem aquém dos fenômenos lingüísticos, mas encontrar um logos já inserido no discurso, encontrar a linguagem que *sei* porque *a sou.* Alhures, Husserl diz que é preciso encontrar uma razão já incorporada em seus instrumentos de expressão. Em *Meditações cartesianas* e em seus últimos escritos, Husserl atribui significado cada vez mais profundo aos problemas da linguagem. Falar é visar a certo assunto com palavras, e não traduzir um pensamento em fala (*Logique formelle et logique transcendantale*, P.U.F., 1917).

A evolução das relações do corpo com a consciência é semelhante à evolução das relações entre linguagem e pensamento. No início, é uma relação exterior: a reflexão visa à consciência pura. Realizo uma *apercepção* quando penso numa consciência ligada ao corpo numa relação de causalidade, ou seja, quando penso no homem; mas essa apercepção nada pode mudar nas características que definem a consciência. A relação com outrem consiste então em perceber, atrás do corpo de outrem, um pensador que não se confunde com ele.

Em *Meditações cartesianas*, a relação "consciência-corpo" é aprofundada; a experiência do outro é ensinada pela espontaneidade de meu corpo que assume por sua própria conta as condutas de outrem e realiza o "fenômeno de acoplamento". O elo com a consciência é interior. Do mesmo modo, a consciência da linguagem já não é o que funda a linguagem, mas antes é preciso falar e resvalar para as representações das outras línguas (Cf. *L'origine de la géométrie*, P.U.F., 1962; também in *La crise des sciences européennes et la phénoménologie transcendantale*, obra citada).

É preciso resolver o problema da linguagem se quisermos compreender a existência, no mundo, das idéias e dos objetos culturais: livros, museus, partituras, escritos põem e inserem as idéias no mundo. Para compreender a possibilidade de uma pluralidade de sujeitos participar de uma existência ideal, conhecer as mesmas idéias, é preciso compreender a objetivação da idéia no discurso. Portanto, não há lingüística universal possível; mas a linguagem de fato torna-se modelo para compreender o que são as outras linguagens. Aqui, Husserl aproxima-se muito de Saussure, que destacou a necessidade de uma fenomenologia do discurso.

IV. FENOMENOLOGIA E HISTÓRIA

A) *Primeira tese de Husserl*

De saída, Husserl opõe à história empírica uma espécie de ciência *a priori* da história que determine os conceitos usados pelo historiador: processo social, religião etc.

Tomemos o exemplo das pesquisas de Durkheim em *As formas elementares da vida religiosa** (*Les formes élémentaires de la vie religieuse,* P.U.F., col. "Quadrige"). Ele propõe o problema do sagrado e examina o fenômeno do sagrado nas tribos australianas. Conclui que a origem da noção de sagrado é o social, que o essencial do fenômeno religioso, em geral, é o social. O título do livro implica que o fenômeno totêmico dá o *elemento,* ou seja, a essência da vida religiosa, que possibilitará considerar qualquer outra religião sobre esse fundo. É aqui que se percebe a legitimidade do problema de Husserl: a pesquisa de Durkheim é cega. O sagrado será a infra-estrutura de toda religião? O problema de Husserl é: qual é a essência de toda religião? Se é o sagrado, Durkheim apresenta realmente um *elemento.* Mas se o sagrado não está presente em toda religião, ou se ele for apenas um *fenômeno secundário,* então a conclusão de Durkheim não é válida, e será possível ainda conceber uma religião em idéia, distinta das diferentes formas culturais nas quais a encontramos.

O mesmo se aplica à arte e ao direito. A pesquisa permanece confusa enquanto não se determina, por uma investigação não empírica, o que é a essência da arte e do direito. A história que julga, afirma, haure seus valores na esfera ideal e encerra assim uma fenomenologia latente. Ele afirmava, portanto, a necessidade de uma reflexão sobre a possibilidade do fato histórico, autônomo em relação aos outros fatos. Daí, em seus primeiros trabalhos, uma relativa desvalorização da historicidade. Entre seus contemporâneos, encontravam-se filósofos do presente, da *Weltanschauung.*

Dilthey achava que a filosofia não deve ser construída fora do tempo, mas deve ser uma tomada de consciência sintética e provisória de tudo o que é válido nos conhecimentos do tempo. Husserl toma posição em favor de uma filosofia como ciência estrita. O projeto de Dilthey corresponde a uma necessidade legítima, claro: a de viver após refletir. A *Weltanschauung* é a idéia de um objetivo situado no finito, idéia de um objetivo provisório, análogo à idéia moral provisória. Mas, para Husserl, essa necessidade prática não é uma justificação suficiente. Pois uma filosofia rigorosa pensaria nosso tempo tanto quanto os outros tempos, seria também uma filosofia verdadeiramente atual. Os que se atêm

* Trad. bras., São Paulo, Martins Fontes, 1996.

à *Weltanschauung* retardam a solução científica do problema proposto. É preciso visar à filosofia, e não à sabedoria: *Weltwissenschaft*, e não *Weltanschauung*. Embora, de direito, a filosofia deva fundar uma prática, de fato, por demandar esforço ilimitado para ser exata, torna-se uma forma de existência por si mesma, e não uma preparação para a existência, como crê Dilthey. Husserl não quer sacrificar o rigor filosófico à historicidade do filósofo. Admite que o filósofo não tenha opinião sobre o presente desde que possa contribuir para uma filosofia total.

B) *Segunda tese de Husserl*

Mas, à medida que reflete, percebe que a reflexão permite descobrir não idéias eternas, mas um devir intelectual das idéias, uma *gênese do sentido* (*Sinngenesis*); a reflexão descobre nas realidades culturais uma história sedimentada.

Tomemos como exemplo a geometria do século XIX; parece que, com Euclides, são atingidos elementos invariantes. Na realidade, a despeito de sua aparência de eternidade, o espaço euclidiano é uma formação cultural, ligada a certo estado do saber, válido para um tempo dado. As modificações trazidas a esse espaço no século XIX põem o problema do devir da noção de espaço: "As idéias não estão em repouso" (Platão). A sede da filosofia não está no eterno nem no movimento, mas na história pensável, compreensível, intencional, dialética, que oferece uma ordem, um sentido. Em suas últimas obras, essa noção ganha plausibilidade; ele fala de uma "razão na história".

Ser filósofo não é sair da existência em direção à essência, mas entender o passado em virtude do elo histórico que nos une a ele. A compreensão histórica é então a retomada de uma série de operações culturais, reanimadas por nós através de nosso presente, o *presente vivo* (*Lebendige Gegenwart*) a partir do qual se animam todo o passado e o futuro. A concepção de pesquisa histórica e etnográfica também muda.

Já no início a história ensina alguma coisa ao filósofo; ela revela, dizia ele, o *Gemeingeist*, e toda crítica é o reverso de uma afirmação e antecipa-se à reflexão; por exemplo, a crítica histórica da realidade do "Cristianismo" ou da "Realeza" leva-o a escrever a Lévy-Brühl (cf. carta de 11 de março de 1935, in *Gradhiva* n.º 4, 1988, pp. 63-72), quando faz notar suas reflexões sobre a obra deste acerca da *mitolo-*

gia primitiva (*La mythologie primitive,* P.U.F., 1963). Ele mostra então que os fatos às vezes podem mexer com a imaginação do filósofo, obrigando-o a entrar numa humanidade e compreendê-la, pois não nos é possível, pela variação imaginativa, representar todos os meios culturais. O mérito desse livro é fazer-nos reviver o *Umwelt* dos primitivos por oposição ao *Umwelt* europeu, fazer-nos apreender o que é um mundo *estagnado ou sem história,* por oposição à noção européia de mundo histórico. É preciso uma junção entre etnologia e fenomenologia para realizar uma animação dos fatos.

Nessa medida, Husserl chega a dizer que o relativismo histórico tem seus direitos. A evolução profunda do pensamento de Husserl está na indicação de que a intuição do sentido exige que revivamos o ambiente de toda sociedade, baseando-nos numa experiência afetiva.

A eidética histórica não é um substituto do contato com os fatos históricos: a tarefa filosófica é realizada em contato com os próprios fatos. É quase a fenomenologia no sentido hegeliano, ou seja, a idéia de uma reflexão sobre a história que acompanha as experiências da consciência em toda a variedade destas. Logo, não é por acaso que Husserl deu a sua investigação o nome de "Fenomenologia".

V. HUSSERL, SCHELER E HEIDEGGER

A) *A evolução de Husserl*

Não é simplesmente uma mudança de idéias que implique o esquecimento de sua posição de partida, ou a hesitação de um pensamento que não chega a fixar-se, mas um amadurecimento, um movimento inevitável se considerarmos os próprios problemas de que ele tratava.

Seu problema era: "Que fazer para que haja um caminho entre a psicologia e a filosofia, e nosso pensamento não seja considerado por nós nem como algo eterno e sem raízes no presente nem como acontecimento sem valor intrínseco?"

Donde sua concepção de reflexão aberta sobre um irrefletido que lhe dê um *sentido,* de reflexão sobre o tempo, que aprofunde a temporalidade em vez de superá-la.

A reflexão e a historicidade já não estão em concorrência, mas se tornam correlativas, sendo o pensamento uma historicidade, como posse que temos de nós mesmos e inserção deliberada numa história. O mesmo movimento, pelo qual tomo posse de mim, também revela uma temporalidade e uma história, não como fatos exteriores, mas como a substância mesma de meu pensamento. Toda reflexão, nesse sentido, sempre permanece em certo grau de simplicidade: é um relação interior com uma história.

A relação entre filosofia da história e filosofia dogmática, por exemplo, é de reciprocidade: a história da filosofia é sempre compreendida pelo pensamento de um filósofo, que só se compreende a si mesmo a partir dessa história a que ele assiste. "Um esclarecimento relativo de um lado esclarece o outro", num perpétuo vai-e-vem (*Logique formelle et logique transcendantale,* obra citada).

O problema inicial da oposição entre fato e essência, tempo e eternidade, ciências humanas e filosofia está assim em via de superação, porque a essência não está fora do fato, a eternidade fora do tempo, a filosofia fora da história.

B) *Nesse esforço para vincular a filosofia ao tempo, Husserl é muito mais decidido que Scheler e Heidegger*

Ora, sabe-se que Scheler e Heidegger foram, muito mais cedo que ele, tentados a incorporar na filosofia elementos não racionais.

À primeira vista, a empreitada de Scheler e Heidegger consiste na tentativa de introduzir na filosofia uma análise que não incida mais apenas sobre o conhecimento, porém sobre a "lógica do coração" de que fala Pascal, o que Scheler define como intencionalidade emocional, original em relação à intencionalidade do conhecimento. Cf. sobre esse ponto Max Scheler, *Wesen und Formen der Sympathie* (*Nature et formes de la sympathie*, Payot, 1928). Sobre as relações do homem com seu mundo, da forma como se revelam numa experiência afetiva e prática, pode-se consultar Heidegger, *Sein und Zeit* [*Ser e tempo*] (*Être et temps,* trad. fr. Emmanuel Martineau, Authentica, 1985; trad. fr. Françis Vezin, Gallimard, 1986).

Esses autores parecem, portanto, mais decididos a sair de uma filosofia do eterno para engajar-se numa filosofia da temporalidade. Na realidade, são menos radicais que Husserl quando se trata de vincular a atividade filosófica e as atividades temporais, mantendo, nesse plano, o primado da filosofia:

1 – Para Scheler (cf. *Le formalisme en éthique et l'éthique matériale des valeurs*, Gallimard, 1955), o conhecimento de uma essência é considerado válido pelo simples fato de que, na *Wesenschau*, não levo em conta minhas particularidades fisiológicas ou históricas individuais. Scheler admite às vezes uma visão direta das essências eternas. Ora, é bem verdade que, quando penso a pura essência de um ser, nenhuma de minhas determinações individuais parece intervir; dez anos depois, porém, perceberei que essas intuições, que não pareciam dever nada ao tempo, continham fatores biológicos e sociais historicamente determinados que fazem que essas essências, *para* certo indivíduo, sejam situadas no tempo.

2 – Desse perigo de tomar palavras por essências vimos que Husserl estava consciente. Heidegger descreve o homem em situação, sendo de esperar que um pensamento puro, uma filosofia face a face com a verdade, lhe pareça impossível. Ora, quando ele define a empreitada filosófica, não faz reservas a seu poder absoluto de conhecimento.

Lê-se, em *Sein und Zeit*, p. 56: "Filosofar é descrever, explorar a noção natural do mundo antes da ciência." Nessa descrição, ele utiliza um poder filosofante considerado ilimitado, que não exige recurso à etnologia ou à psicologia. As ciências humanas estão pura e simplesmente subordinadas à filosofia. Cumpre saber já o que é essencial aos fatos para induzir. Heidegger reivindica a prioridade da filosofia em relação à psicologia, ao passo que Husserl, como vimos, tende a substituir essa relação de dependência por uma relação de envolvimento recíproco.

C) *Scheler e Heidegger*

Eles afirmam a oposição entre ontologia e ôntico, entre filosofia e saber positivo; Husserl, ao contrário, indica as relações secretas entre essas duas ordens de estudo.

Não trataremos do problema das razões pelas quais Scheler e Heidegger são ao mesmo tempo mais irracionalistas e mais racionalistas que Husserl em suas concepções de filosofia. Talvez seja por ser o irracionalismo um racionalismo imediato que se ignora e, inversamente, por haver mais ousadia verdadeira em integrar o irracional na filosofia num filósofo como Husserl. Os fenomenologistas e Husserl sentem que o conhecimento psicológico é de um tipo particular, diferindo tanto da indução dos empiristas quanto do pensamento reflexivo dos filósofos tradicionais (ou seja, partidários do retorno a um *a priori* que determine a forma de nossas experiências). A psicologia fenomenológica buscará a essência ou o significado das condutas no contato efetivo com os fatos e num "*a priori* material".

Agora nos compete ver de que modo, deliberadamente ou não, a psicologia vem há trinta anos se orientando, na teoria e na prática, para pesquisas desse gênero.

CONVERGÊNCIA ENTRE PSICOLOGIA CONTEMPORÂNEA E FENOMENOLOGIA

Nesta segunda parte tentaremos mostrar que a psicologia, seja por referência expressa, seja por referência difusa, seja pela pressão dos problemas encontrados, foi levada a certa convergência com os modos de pensar próprios à fenomenologia.

E esse encontro entre psicologia e fenomenologia nos permitirá adiante definir uma psicologia e uma filosofia compatíveis.

I. SITUAÇÃO DA PSICOLOGIA NO INÍCIO DO SÉCULO XX

Já no início do século houve uma oposição categórica entre psicologia e filosofia, oposição que não deixa de dar espaço a alguma cumplicidade. Uma relação singular unia essas duas disciplinas, pois coexistiam um modo abstrato de conceber a filosofia – que excluía a psicologia – e um modo cientificista de conceber a psicologia – que excluía a filosofia.

De certa maneira, entre essas duas concepções havia um pacto no sentido de que os filósofos não precisavam temer nenhuma irrupção da psicologia em seu domínio, e vice-versa.

A) *A filosofia abstrata*

Essa denominação não tem em vista uma doutrina em particular, mas resume uma concepção latente, difusa, expressa sobretudo pelos psicólogos. A filosofia procede antes de mais nada por reflexão: ser filósofo é desviar-se da experiência para descobrir, no sujeito pensante, os significados que podem ser aplicados às coisas.

O *Cogito* cartesiano é, nesse sentido, um momento fundamental da filosofia: sujeito e consciência são postos como foco universal das significações. A filosofia é o domínio do transcendental, do *a priori*. Essa concepção não é falsa, mas demasiado simplificada. Se a filosofia é um movimento reflexivo, também é consciência desse movimento reflexivo como o que vem após a irreflexão; ela é esforço para fazer que o espírito se conheça.

B) *A psicologia cientificista*

A psicologia de inspiração positivista opõe-se a esse saber filosófico:

a) *A psicologia é objetiva.* Sua primeira recusa é a de ser subjetiva. A filosofia é reflexiva (e introspectiva, dizem os psicólogos que associam as duas atitudes). A psicologia deve ser objetiva. É no princípio da introspecção, como percepção de uma experiência por si mesma (sofro, portanto sei o que é sofrimento), que se baseia a filosofia, na opinião dos psicólogos. A psicologia objetiva deve olhar para fora, e não para dentro, estudando um sujeito distinto do observador. A objetividade é a possibilidade de conhecimento válido para uma pluralidade de pessoas, e a observação por várias pessoas é o fundamento da verificação.

A alternativa é entre um saber indizível e um saber comunicável. A psicologia só acredita poder adquirir um saber comunicável voltando-se para as manifestações corporais; a psicologia é sobretudo fisiológica, e o estudo do sistema nervoso desempenha papel primordial. Há tendência a uma psicologia fisiológica que chegue ao funcionamento do espírito pelo estudo do funcionamento do sistema nervoso (problemas da linguagem e das localizações cerebrais, por exemplo).

b) *A psicologia enuncia leis.* A psicologia procuraria enunciar proposições gerais; ela pode estabelecer assim conhecimentos verificáveis, por um lado, e capazes de superar a singularidade do acontecimento, por outro lado. Não visa ao singular, mas à generalidade das leis.

Chega-se assim à convicção positivista de que a lei é mais verdadeira que os fatos: a lei a um modo de existência diferente do fato, e a idéia de que o mundo é feito segundo as leis é uma convicção do racionalismo ingênuo (a ciência, atingindo a maturidade, inverteu a relação e mostrou que a lei não passa de expressão imperfeita dos fatos). A psicologia é, pois, uma psicologia do corpo, e está orientada para proposições gerais.

C) *Conseqüências da oposição entre filosofia abstrata e psicologia cientificista*

a) *A psicologia deve aplicar os métodos das ciências naturais.* Visto que a psicologia deve ser objetiva e que o objetivo é o natural, será aplicado o método das ciências naturais, que visa a subsumir a multiplicidade dos fatos sob relações de causalidade. O método da psicologia será equiparado ao da ciência assim entendida. O objetivo será depreender as relações entre conseqüente e antecedente, relações mais simples que as provenientes de nossa experiência. Serão, portanto, aplicadas as concepções metodológicas de Mill e Taine.

Para Mill, por exemplo, o método científico e experimental consiste numa espécie de triagem dos fatos que revela as conexões entre certos fatos. A ciência é uma espécie de filtragem de seleção por meio da qual se depreende a trama dos fenômenos.

Para Taine, o objetivo da física é chegar a uma espécie de lei única, que resuma todas as outras leis: o axioma gerador. O objetivo do conhecimento experimental é encontrar essa relação fundamental e única.

Essa concepção será aplicada à psicologia, que se proporá descobrir relações simples de causalidade, reduzir o complexo psíquico à simplicidade.

b) *A psicologia deve ser quantitativa.* A quantidade é considerada científica de per si, em si mesma. Para que haja ciência, cumpre e basta que haja medida; toda e qualquer consideração de valor deve ser excluída da psicologia. Assim, as distinções entre normal e patológico, conduta ajustada e desajustada, muitas vezes são apagadas, pois supõem normas de validade, noções subjetivas excluídas por uma concepção rigorosa de objetividade.

c) *Filosofia e psicologia não podem entender-se.* Nessas condições, filósofos e psicólogos opõem-se em tudo. No entanto, surgiram algumas reações entre psicólogos e filósofos, na tentativa de escapar a essas antinomias.

Mas, ainda que conduzidas por alguém como Bergson, essas tentativas não atingem os objetivos; ratificam as convicções da psicologia, porque não tratam do essencial e da revisão das definições fundamentais da filosofia e da psicologia. À psicologia cientificista que determina o fato psíquico Bergson opõe "os dados imediatos da consciência" como fonte interior de nossa vida. Ele tem razão, em certo sentido, ao reivindicar a existência dessa perspectiva de mim sobre mim e ao opor a posição vivenciada do homem à sua determinação pelo exterior. Tem razão ao mostrar que a qualidade não é redutível à quantidade e ao buscar uma descrição válida do mundo qualitativo. Tem razão, enfim, ao mostrar a necessidade de uma filosofia que volte a estar em contato com os fatos; chegou até a entrever a necessidade, afirmada por Husserl, de reunir saber filosófico e saber positivo.

Em *Introdução à metafísica* (*Introduction à la métaphysique*, Oeuvres, édition du centenaire, P.U.F., 1963, pp. 1392-432, 1537-9), Bergson define a intuição filosófica como procedimento que, levantando certo número de fatos numa mesma perspectiva, interliga essa linha de fatos e a prolonga ao horizonte: define assim a idéia válida de uma metafísica experimental. Mas não a pratica, e sua filosofia não cumpre as promessas que faz.

Agarrando-se ao universo da objetividade e fincando pé na posição do humano, ele só encontra o *elã vital,* a duração com seus graus de contração. O elã vital é primeiramente descoberto no ato livre, no organismo, e por fim na experiência religiosa; mas nunca se explicita num inventário de estruturas. Sua filosofia permanece pobre em estruturas: instinto e inteligência em *A evolução criadora** (*L'évolution créatrice*, P.U.F., col. "Quadrige"), "sociedade fechada" e "sociedade aberta" em *As duas fontes da moral e da religião* (*Les deux sources de la morale et de la réligion*, P.U.F., col "Quadrige"), sem nunca entrever uma filosofia do espírito como a de Hegel. Como bem mostrou G. Politzer, ele quer redescobrir o concreto, mas "o concreto em geral".

Para os psicólogos, essa vivência, proposta por Bergson, é o indizível. E o próprio Bergson, quando explica longamente que não pode dizer o vivenciado, recorre a uma teoria traçada numa linguagem encantatória e metafórica, que lhe dá argumentos.

....

* Trad. bras., São Paulo, Martins Fontes, 2005.

Essa teoria é uma solução de desesperança; consiste em convidar o leitor, por meio de imagens multiplicadas, a instalar-se no centro de uma intuição filosófica. Para realizar de modo válido sua tentativa, Bergson deveria ter feito desse problema o centro de uma teoria da linguagem.

Isso, portanto, não poderia ter comovido os psicólogos; e, diante dessa tentativa filosófica que demonstrava que a coincidência consigo mesmo é sem palavras e a filosofia é muda, eles se fechavam ainda mais na busca de uma objetividade rigorosa como antítese da subjetividade.

II. EVOLUÇÃO DA PSICOLOGIA

Esse *tête-à-tête* foi interrompido, há trinta anos, tanto do lado da filosofia quanto do lado da psicologia. A evolução da psicologia foi possibilitada pela superação das antinomias filosóficas e metodológicas resultantes da oposição radical entre filosofia e psicologia, do início do século.

A) *Revisão da antinomia entre subjetivo e objetivo*

Os psicólogos mostram que subjetivo não é necessariamente introspecção; há um autoconhecimento difícil, lento e não imediato que é uma decifração tão complexa quanto a decifração de outrem. Por que recusar a esse autoconhecimento o valor objetivo que se atribui ao conhecimento de outrem? Objetivo não significa necessariamente exterior; e o conhecimento não é a simples observação de um fato dado: implica sempre uma interpretação, introduz noções novas.

Toda a metodologia científica evoluiu nesse sentido a partir de 1900. Já não considera a ciência como um registro de fatos, à Stuart Mill, mas como uma construção de conceitos que permitem ordenar e coordenar os fatos.

Do mesmo modo, em psicologia, a objetividade consiste numa construção metódica, sujeita a condições de verificação. Essa revisão do objetivo e do subjetivo permite, portanto, superar a necessidade de escolher entre empirismo objetivista e introspectismo subjetivista.

B) *Revisão da antinomia entre corpo e consciência*

A psicologia percebe que o fato de procurar no corpo, no sistema nervoso em particular, dados para a compreensão do espírito (por exemplo, ao explicar a linguagem pelas doenças da linguagem) é uma mistificação. Na realidade, os esquemas da fisiologia cerebral não passavam de decalques da psicologia do momento. Assim Pavlov, para explicar o funcionamento do cérebro, não vai buscar dados em nenhuma psicologia objetiva, mas numa projeção, sobre os mecanismos cerebrais, da idéia que ele tinha de comportamento. Essa fisiologia reflete uma psicologia hipotética, não cientificamente elaborada.

Mais vale, portanto, que a psicologia se volte para os fenômenos concretos com o fim de atingir o comportamento, pois a imagem que ela tem do corpo supõe já uma concepção do comportamento.

C) *Revisão da antinomia entre individual e geral*

Nem todo conhecimento objetivo é necessariamente um conhecimento geral. Não há razão para desvalorizar o conhecimento do individual e do singular no domínio científico. Assim, a fisiologia contemporânea do sistema nervoso faz uso de monografias de casos particulares (Goldstein). É tão rigoroso estudar um único sujeito sob vários aspectos, sendo as provas estabelecidas por intersecção de vários setores, quanto comparar mais sumariamente um grande número de casos. A noção de indução é então ampliada, e o postulado aristotélico "Só há ciência do geral" não tem mais relação com a ciência desde Galileu.

Não se pode dizer que os detalhes são contingentes e que só a lei é necessária; é preciso criticar, como Brunschvicg, o dogmatismo positivista da lei.

D) *Revisão da antinomia entre simples e complexo*

A psicologia já não acredita que ciência psicológica consista na busca e na descoberta de relações de causalidade cada vez mais simples. Assim, é superada uma concepção de metodologia científica que remontava à lógica de Stuart Mill.

III. O DESENVOLVIMENTO DA PSICOLOGIA E AS ANTINOMIAS FILOSÓFICAS: ALMA-CORPO, EXTERIOR-INTERIOR, MENTALISMO-MATERIALISMO

Estamos diante de tentativas de superação das antinomias resultantes da maneira como, no início do século, eram concebidas a filosofia e a psicologia:
 – antinomias filosóficas entre objetivo e subjetivo, corpo e alma, materialismo e mentalismo;
 – antinomias metodológicas decorrentes daquelas, entre quantidade e qualidade, explicação e compreensão, causalidade e valor.

No início, a psicologia achava-se obrigada a optar entre esses dois termos: na realidade, graças à evolução e à superação, a psicologia contemporânea neutralizou essas antinomias.

A) *Noção de comportamento. O "fenomênico"*

O behaviorismo quer optar entre os dois termos da alternativa: é a recusa conseqüente dessa alternativa em favor das antíteses cientificistas. Mas o behaviorismo não é inteiriço; desde o início manifesta uma oposição entre o conteúdo manifesto da doutrina e o significado profundo de suas pesquisas, que põem em questão seus postulados cientificistas.

O behaviorismo é contrário à introspecção, à consciência concebida como uma série de estados fechados em si mesmos; sua intenção é pôr o sujeito novamente em contato com o mundo, sobretudo com o mundo social.

O comportamento, definido como um debate entre o indivíduo e o mundo, é o objeto próprio dessa psicologia.

Para Watson (cf. *Le behaviorisme*, C.E.P.L., 1972), o comportamento pode ser estudado sem o concurso da fisiologia; pode ser considerado uma "corrente de atividade" em direção ao meio físico e social, fonte de certa significação. Sua intenção o afastava, portanto, da redução à fisiologia; mas, preocupado com a oposição entre exterior e interior, só conseguiu traduzir sua revolta numa análise dos fenômenos nervosos, e, finalmente, deteve-se numa "reflexologia" na qual o comportamento é considerado uma cadeia de reflexos condicionados. Do mesmo modo como se estuda a aquisição de um comportamento pelo animal no labirinto, deve-se estudar o ser humano no labirinto social, em que uma série de condicionamentos estrutura suas relações com o contexto sócio-histórico.

Desse modo, Watson dá a costas a seu primeiro objetivo. O que explica a relação entre meio físico e meio humano já não é uma atividade, mas uma *causalidade*. A negação do mental não redunda no reatamento de uma relação com o exterior e, embora feita a favor do sistema nervoso, encerra o indivíduo em processos de causalidade cuja sede é esse sistema nervoso. Admitindo-se a legitimidade da empreitada behaviorista e reexaminando-se a noção de comportamento, com sua definição como uma noção dialética cuja sede está entre o meio e o sujeito, como uma totalidade que tem sua lei interna, pode-se realizar o plano que o behaviorismo watsoniano se propusera em seus primórdios e do qual se afastou muito em seguida.

Tolman distingue comportamento molar e comportamento molecular. *Comportamento molar* é o que é apreendido em sua totalidade, ou seja, em seu meio mental e em suas determinações culturais. Sob o ângulo molar, o comportamento não é explicável por fenômenos nervosos associados; define-se por meio do ambiente econômico, histórico; implica percepções de valores em relação com uma configuração cultural: assim é definida a situação geral da conduta. O comportamento ganha significação: já não se reduz ao conjunto não significativo de seus resultados.

Tal distinção será ainda possível no estágio mais elementar do comportamento animal? Não caberá introduzir, aqui também, um elemento de intencionalidade? Mesmo o comportamento do rato no labirinto não é desprovido de significação. E as análises de Koffka nos permitirão examinar esse aspecto do problema.

Esses trabalhos de Koffka sobre as noções de "meio comportamental", "campo psicológico" e "fenomênico" estão reunidos em *Principles of Gestaltpsychology* (obra citada).

1 – *Noção de "meio comportamental"*. Koffka distingue as causas e as condições do comportamento (meio geográfico) e o objeto a que visa esse comportamento, seu sentido (meio comportamental). A noção de *meio geográfico* define o conjunto das realidades efetivas nas quais o indivíduo se move; a noção de meio comportamental define o conjunto das realidades nas quais ele

acredita mover-se; essa distinção é válida em todos os casos, seja lá o que se pense da consciência.

Sejam dois chimpanzés situados num mesmo meio geográfico, ou seja, num aposento onde se encontram um banco e bananas penduradas no teto; um deles pega o banco e usa-o para alcançar as bananas; o outro senta-se no banco.

Portanto, embora o meio geográfico seja o mesmo, o meio comportamental é diferente. Há, imanente no comportamento, uma valorização do objeto-banco, ora como assento, ora como ponto de apoio. Talvez alguém objete que essa é uma maneira humana demais de falar, que os modos, inatos ou adquiridos, de subir em objetos, não são os mesmos para os dois animais, que essas diferenças são superficiais e referem-se às características geográficas do sistema nervoso. Mas a questão consiste então em saber se o corpo, para nós (e para a fisiologia), é definível por sua realidade geográfica; esse problema será examinado a seguir.

Permanece, em todo caso, uma diferença descritiva entre as duas condutas: o mesmo banco não é o mesmo para os dois chimpanzés. Todo comportamento que vise a objetos imanentes pode ser definido por eles; a regulação do comportamento é feita pelo meio comportamental, e os resultados da conduta são registradas num mundo geográfico.

Portanto, a pretensão do behaviorismo era situar-nos no campo objetivo; mas, com a análise, a noção de comportamento aprofunda-se e desdobra-se. Percebe-se uma orientação, no interior, e, como mostra Goldstein, não se pode definir o comportamento por um gesto qualquer (os movimentos de um montanhês caindo num barranco não constituem um comportamento; não são orientados para certo meio comportamental; além do mais, o que há é uma conduta urgente de defesa). Em última análise, nem todo movimento do corpo é um comportamento, donde a necessidade de não submeter o corpo a estímulos quaisquer: não basta contar reações para inferir sua lei interna.

Todas as experiências de psicologia são, evidentemente, submetidas a uma condição: atingir o comportamento do animal. Mas não se trata da soma de respostas quaisquer a estímulos quaisquer. Entre o estímulo e a reação é preciso interpor um meio comportamental que defina o indivíduo e distinga o que, no meio geográfico, poderia ser confundido (cf. *a ilusão* de Jastrow, na qual dois segmentos de círculo, iguais e paralelos, são percebidos como diferentes). Inversamente, o meio comportamental pode identificar o que, no mundo geográfico, seria diferente: dois pontos, um branco sobre fundo preto e outro preto sobre fundo branco, que têm a mesma *função*, são identificados pela percepção.

A diferença, portanto, não está entre o material e o mental, mas entre condições objetivas e fatores visíveis da conduta do animal que a definem (situação comportamental). Enquanto o *estímulo* só tem uma relação exterior com a resposta, a *situação* está em relação inteligível com essa resposta.

Também é preciso distinguir *resposta geográfica* e *comportamento*. Sejam três ratos num labirinto, que saiam todos desse labirinto: suas respostas geográficas são idênticas. Mas uma descrição ou uma análise desses três comportamentos permite distinguir um comportamento de excitação em um deles, de busca de alimento em outro, de pura exploração no terceiro.

É essa diferença que o behaviorismo não pode fazer. E a psicologia animal muitas vezes pôs os animais em situações tais que essas diferenças não eram visíveis. Köhler, por exemplo, critica grande número de experiências de psicologia animal que punham os animais em tais situações que eles não poderiam encontrar uma verdadeira solução. Além disso, o simples sucesso ou fracasso do animal não é uma questão primordial: "Há bons fracassos e más soluções" (Köhler).

Pode-se dizer, portanto, sem formular hipóteses sobre a consciência do animal, que há casos em que o comportamento é ajustado à estrutura da situação, e casos em que não é. Certas condutas têm um sentido interno, outras não. Logo, é preciso, *através da reação, decifrar o sentido dessa* reação, uma estrutura interna da conduta, em razão de suas características observáveis. O meio comportamental acaba por englobar tudo.

O behaviorismo acredita situar-se no meio geográfico e explicar o comportamento por sinapses etc., ou seja, por dados científicos. Na realidade, esses "dados" já são *elementos do meio humano;* nesse sentido, o meio comportamental acaba por abarcar o próprio mundo geográfico, e, em alguns casos, não é possível situar-se logo de saída no mundo geográfico.

Certos autores marxistas acreditaram ter encontrado um aliado no behaviorismo watsoniano. Na realidade, nada é menos marxista, em certo sentido, que o behaviorismo. Marx diz, sobre a ciência, algo como aquilo que diz Koffka. "O *datum*, diz Koffka, é na realidade um *constructum"*, e Marx mostra que as ciências são um momento da evolução da história humana, que sua estrutura epistemológica corresponde à estrutura da sociedade em que elas nascem; de modo que é impossível hipostasiar uma ciência particular, pois não há ciências em si. O behaviorismo watsoniano apresenta-se na realidade como um materialismo mecanicista, baseado numa falsa concepção da objetividade científica. O ideal de objetividade é uma quimera, desde que consista na simples observação de um dado exterior, pois o mundo exterior é sempre apreendido a partir de uma situação humana.

Isso não implica, aliás, a queda no antropomorfismo, que consistiria em equiparar meio comportamental observado a meio comportamental *nosso;* por exemplo, em acreditar que o animal tem o mesmo meio comportamental que nós. Essa confusão deve ser evitada, mas é evidente que apreendemos o comportamento do rato através de nossa situação, e que é a partir de nossa condição de seres humanos que podemos, por analogia ou por contraste, aperceber um doente, uma criança ou um animal. Husserl diz, nesse sentido (in *Meditações cartesianas*): "O animal é, para nós, uma variante da humanidade."

Assim, a psicologia contemporânea chega a postulados bem distanciados dos primeiros postulados da psicologia, os de seus primórdios.

2 – *Noção de "campo psicológico".* Do que precede resulta que devemos admitir a originalidade descritiva do meio comportamental e da conduta em relação a suas infra-estruturas "geográficas". Isso define certo *campo* psicológico, em dois sentidos da palavra:

a) Em primeiro lugar é uma noção introduzida pelos físicos (cf. a teoria newtoniana de gravitação). São os campos gravitacionais os responsáveis pelos fenômenos locais de gravitação. É possível comparar a eles as noções de campo psicológico, como idéia de meio de relações de forças, tensões e reações que nos permite compreender a conduta humana. Não há relação individual entre o estímulo e a resposta, mas essa relação passa necessariamente por um meio, um campo de forças;

b) É também o campo de uma máquina fotográfica que define as dimensões de um perímetro visual ou de certo número de coisas visíveis. Assim também, o comportamento pode ser concebido não como resultado de uma causalidade proveniente dos estímulos, mas como uma seleção, uma configuração por organização de certos elementos do mundo geográfico. A noção de campo psicológico designa o fato de que, mesmo no nível do comportamento, não há passividade total do organismo.

3 – *Noção de "fenomênico"*. Examinemos o caso particular do comportamento perceptivo segundo Koffka. À primeira vista, a palavra "percepção" parece reintroduzir a noção de consciência. Na realidade, a definição desse comportamento é uma tarefa primordial que se impõe a todos. Há diferença entre o comportamento perceptivo e os outros. E admitindo-se que o psicólogo deve estudar o comportamento, ocorre às vezes que ele depara com comportamentos que fazem irromper a antiga noção behaviorista de comportamento. Como caracterizar um comportamento perceptivo sem recorrer à filosofia?

Será possível dizer que o comportamento perceptivo é uma resposta àquilo que o objeto suscita em mim? O fisiologista mostra que é a imagem retiniana a fonte de meu comportamento. Na realidade, esse estímulo é constituído por uma pluralidade de agentes físicos sem relações internas entre si. Não há imagem das coisas sobre minha retina. Falta realizar todo o trabalho de desagregação da coisa em relação ao que não é essa coisa depois que os estímulos foram registrados pela retina. Falar de imagem *retiniana* como de um estímulo é tomar o resultado pela causa; falta fazer a organização (cf. Descartes, in *Dióptrica*). A visão não pode fazer-se dentro dos olhos, os traços do mundo exterior sobre a retina ainda não são uma coisa vista. É o que Descartes exprimia ao dizer que "ver não é uma propriedade do corpo, mas uma propriedade do *pensamento*".

Koffka pensa de modo semelhante, embora não pressuponha a atitude reflexiva que visa à ordem do para-si; ele quer atingir uma ordem transobjetiva diferente do em-si do objeto, e que ainda não é da ordem do para-si. Denuncia "o erro da experiência", que consiste a pôr nas coisas geográficas o que resulta de nossa atividade a respeito dessas coisas. Não enxergamos *os estímulos*, mas *em razão desses estímulos*. Ele distingue, portanto, estímulo e objeto da conduta perceptiva; acaba assim na noção de sentido, de orientação de minha conduta. Para isso, não introduz a noção de consciência; mostra apenas que meu gesto desenha, no mundo, objetos em relação aos quais comporto-me em razão de sua estrutura e de seu sentido. Não se pode superpor a causa de uma percepção e aquilo a que ela visa; as causas imediatas das reações perceptivas não são percebidas.

Assim sendo, se não podemos derivar das coisas o aspecto que elas têm para nossa conduta, de onde vem esse aspecto das coisas, visível na relação entre gesto e objeto? As coisas não têm geograficamente as propriedades que têm para nosso comportamento (cf. camuflagem: a relação entre as coisas é dissimulada e não figura, por exemplo, no comportamento do aviador). A percepção não é, portanto, o transporte das propriedades das coisas até mim. Resta outra hipótese: se as coisas não têm as aparências que têm para minha conduta, as propriedades das coisas são a propriedade dos estímulos mais próximos. Ainda é falso; decisivos não são os raios luminosos nem a quantidade de luz, não é a propriedade local do estímulo proximal; é um arranjo interior do campo perceptivo, um processo de organização entre a iluminação e o que ilumina, por exemplo (cf. experiência de Wundt: quando se observam, através de uma tela furada, dois fios verticais móveis, o que é dado são duas faixas pretas formadas sobre a retina, de largura maior ou menor, conforme a distância; na verdade, o sujeito está vendo dois fios que se afastam ou se aproximam, mas mantêm a mesma largura). Em nosso comportamento as coisas são conservadoras (lei de constância). O paralelismo entre nossa visão efetiva e o mundo geográfico deve-se aí a algum fenômeno que intervém no interior de nosso organismo. Nossa percepção é conservadora e tende a manter uma relação real. Pode-se crer que esse paralelismo é de direito; na realidade, o acordo ou o desacordo entre o comportamento e o mundo geográfico deve ser explicado pelo próprio comportamento. É preciso, portanto, renunciar à "hipótese de constância": o fato de o mesmo objeto em distâncias diferentes ser identificado em nosso comportamento não decorre de ele ser o mesmo; decorre da organização perceptiva. E essa organização é um fato primeiro; não deve ser entendida como resultado de uma interpretação intelectual. Existem constâncias também nos animais; assim, um frango de três meses percebe como maior um grão distante cuja imagem sobre a retina é trinta vezes menor que a de um grão mais próximo.

Por conseguinte, entre o estímulo e a resposta, intercala-se um campo de comportamento no qual os vetores se organizam e ganham sentido. O valor dos fenômenos locais é função da organização espacial, de uma auto-organização de nosso campo de conduta. Uma espécie de "função transversal" regula a distribuição das partes do todo em função das exigências do todo. O meio comportamental é a situação, ou seja, os estímulos considerados como formadores de uma constelação, organizados e com um sentido.

Katz estudou os modos de aparecimento das cores. Fora do espectador, em si, as cores são cores. Se considerarmos as cores como parte de uma conduta, surgem as qualidades e as diferenças de funções das cores; a maneira de ser da cor depende da função que ela desempenha num campo visual, ora *Oberflächenfache,* ora *Flächenfache,* ora "iluminação" (*Beleuchtung*), ora "coisa iluminada" (*Beleuchtetes*): um vermelho não é o mesmo vermelho conforme a função que desempenhe dentro de um campo espacial; até sua textura pode ser modificada. O mundo do comportamento permite penetrar o que é uma cor; mas tudo isso só ocorre num mundo percebido, numa experiência direta, num mundo fenomênico. Koffka distingue um mundo objetivo, no qual as coisas são em si mesmas, e um mundo fenomênico no qual as coisas são para uma conduta, segundo o modo como trato os elementos exteriores e cuja segregação dos objetos desenho.

Assim Koffka supera de dois modos a psicologia introspectiva:

a) superação da psicologia introspectiva na medida em que ela se apresenta como objeto dos dados acessíveis apenas a uma testemunha, ao passo que o "fenomênico" de Koffka é legível na conduta;

b) superação de uma psicologia que privilegia a consciência cognoscente. O "fenomênico" de Koffka não é o que se oferece a uma consciência inativa. A linguagem, por exemplo, é uma conduta *que é* uma significação e não *que tem* uma significação. Certas condutas *não são* significação, mas *têm* significação. Meus gestos lingüísticos designam entidades que evoco, que quero dar a conhecer, que não estão ali. A conduta lingüística é diferente da conduta gestual referente à lâmpada, por exemplo; ela deve ser seguida em seu objeto intencional a partir da estrutura do discurso. A consciência cognoscente é, portanto, somente uma parte do mundo estudado; não é o modelo de toda consciência. Fenomênico é o projeto graças ao qual um sujeito faz aparecer significações em seu meio. Essa psicologia visa a um contato com o mundo, contato criador, e não simples conhecimento.

Logo, a "fenomenologia" (Koffka usa a palavra) é o estudo sistemático dessa vivência, descrição simples e tão plena quanto possível da experiência direta, do que é e não é a coisa. O problema do jogador de futebol, por exemplo, é conseguir perceber os intervalos entre os jogadores, e não os jogadores mesmos. A diferença entre a estrutura do campo de futebol para o espectador e para o jogador é um exemplo da distinção entre geográfico e fenomênico. Essas diferenças descritivas não são por si sós uma teoria, mas excluem as más teorias e nos dão a conhecer o que é preciso compreender. A psicologia deve dar o sentido do comportamento considerado, sentido que determinará a fecundidade posterior desse comportamento.

A psicologia, portanto, é o conhecimento das estruturas interiores da conduta. Todos os psicólogos procedem à análise do *sentido*. Wallon, em *As origens do caráter da criança* (*Les origines du caractère de l'enfant*, P.U.F., col. "Quadrige", p. 152), nota um gesto ativo de pegar. Refere-se então a uma distinção entre o falso gesto do recém-nascido e o gesto verdadeiro. Já não estamos diante de uma psicologia objetivista, mas de uma psicologia que examina o conteúdo do comportamento para dele *extrair o sentido*. Wallon, aliás, nunca defendeu a chamada tese "objetivista".

Goldstein distinguiu gestos que, à primeira vista, são mais ou menos passíveis de sobreposição (cf. doenças cerebrais, para cujos pacientes os movimentos de preensão são possíveis, mas as condutas de designação, impossíveis). O decisivo não são os elementos de que se compõe o comportamento, mas o SENTIDO *interno* da conduta: a intencionalidade do "mostrar" deve ser distinguida da intencionalidade do "pegar". Deve ser possível explicar uma diferença de valor ou de nível no comportamento.

O problema então é distinguir as relações entre o mundo geográfico e o campo do comportamento. Vimos que a subversão das noções metodológicas habituais já não permite tentar essa relação na forma de causalidade; é numa forma positiva o problema das relações entre alma e corpo.

B) *Como os psicólogos integram essas noções novas*

I – *Lewin*. O problema filosófico criado pelo desenvolvimento da psicologia e pela introdução dessas noções novas é o problema das relações entre o mundo geográfico e o mundo do comportamento, relação vivenciada por um sujeito agente cujas ações visam ao mundo real através de um mundo fenomênico distinto do mundo geográfico. Mas como é possível essa passagem, realizada nas ações do sujeito sobre o mundo real?

A esse problema Lewin dá uma solução interessante. Ele não o apresenta como um problema comparável ao da alma e do corpo, que supõe a distinção entre duas substâncias sobre cujas relações nos interrogamos. É então uma simples questão de causalidade o que se propõe. Mas se deixarmos de pensar em termos de substância, se abandonarmos o realismo, esse problema desaparecerá.

As forças do meio comportamental não são consideradas como coisas, como realidades substanciais, mas sim como *constructa*, formas que não representam elementos substanciais. A partir do momento em que afirma que essas forças do meio são *constructa*, Lewin pode concluir que a ciência não tem de tratar da substância dessas forças, da matéria dessas forças, e que essas questões são vãs. O problema é o das relações inteligíveis (estruturas, formas) extraídas do campo fenomênico. Não há poder ontológico que sirva aqui para definir essas relações.

Lewin toma o exemplo da economia política: nesse domínio, como em muitos outros, usam-se noções para cuja fundamentação não é preciso recorrer a substâncias. No momento em que Lewin escreve, um excedente de ouro, nos Estados Unidos, interfere na situação monetária da Europa. O economista interpreta esse excedente de ouro como uma espécie de pressão que se comunica e afeta o restante do mundo. Isso não significa que o economista perceba essa "pressão" como um poder material, substancial; ele a utiliza como uma construção mental, não arbitrária, mas que não implica uma "substância" econômica.

Em seguida toma outro exemplo: na URSS, no mesmo dia, nota-se um excesso da demanda sobre a oferta, ao passo que nos Estados Unidos há excesso de oferta sobre a demanda, superprodução, ou melhor, subconsumo. Essas entidades, diz Lewin, permitem compreender que na URSS não há desemprego, e que nos Estados Unidos as fábricas param. O economista não vai "reificar" esses fenômenos; ele os pensa como relações, e não como substâncias.

Assim também, em psicologia, o campo fenomênico "trabalha no mundo geográfico, sem que precisemos considerar outra coisa além das relações que construímos para tentar entender essa ação. Se admitirmos um mundo como sistema de fenômenos interligados por relações pensáveis, será possível expressar certa dialética em termos de comportamento, um campo econômico pode definir outro, e assim por diante. Portanto, não é mais questão de causalidade nem de saber como o mundo físico age sobre o mundo do comportamento. Todos esses domínios e suas relações pertencem ao universo do discurso. Ao renunciarmos ao pensamento realista ou substancialista, chegamos a eliminar o problema.

Há aí indicações interessantes para psicólogos que queiram fazer sua própria filosofia. No entanto, o problema não está eliminado: só muda de forma. Além do pensamento realista, há o problema da relação entre as diferentes dialéticas de que é teatro o indivíduo singular. De fato, defrontam-se no indivíduo as dialéticas física, econômica, cultural, social etc. Assim como é fácil conciliá-las no abstrato, onde elas não se afrontam, também se torna necessário confrontá-las no indivíduo existente. Sob a pressão dos acontecimentos, certas dialéticas podem ausentar-se da dinâmica interior, enquanto outras se acentuam. Se os fenômenos econômicos assumem grande importância, a vida das pessoas se torna quase exclusivamente "econômica". Em outros casos, de circunstâncias econômicas favoráveis por exemplo, a atualização de outras dialéticas é mais efetiva. Quando se consideram indivíduos que vivem em circunstâncias médias, como explicar a subsistência de diferenças de comportamento? A resposta idealista não basta: é preciso explicar por quê. Tomemos o exemplo de um conflito entre conjuntos de motivações provenientes do meio familiar e do meio cultural em sentido lato. Como explicar a predominância de um dos dois conjuntos em certo momento? Pode-se dizer que um nunca substitui totalmente o outro. É verdade. Mas também é verdade que, conforme o indivíduo, uma das preocupações domina e o orienta; a vida deixa de ser uma contradança entre dialéticas sem rivalidade.

Percebe-se que não é possível eliminar completamente o problema causal; mas ao menos podemos formulá-lo de modo diferente, introduzindo a *noção de motivação.* Enquanto a causalidade está na terceira pessoa e diz respeito a relações externas, a motivação é retomada da ação, e não de um sentido não determinado: a impulsão é retomada pelo indivíduo como motivo, e isso explica sua escolha entre dialéticas. Por exemplo, como uma dialética econômica se torna motivo? Não se pode dizer que é devido à existência ou à inexistência de certa quantidade de ouro. É preciso saber como essa situação se concretiza no meio, de que modo a infra-estrutura econômica adquire influência e a transmite até aos fenômenos individuais. Podemos contentar-nos em afirmar que ela age sobre o pensamento das pessoas: seria uma concepção mágica. É preciso determinar um *medium*, um meio (como o estudado, por exemplo, pelos culturalistas americanos), meio de ferramentas, instrumentos, instituições que modelam modos de pensar. É a partir desse mundo cultural (esse mundo dos instrumentos no sentido lato), retomado pelo indivíduo, que se pode conceber a ação do econômico; o indivíduo sofre a ação do mundo econômico pela mediação do mundo cultural.

As questões propostas por Lewin não são resolvidas pela simples introdução de noções, como os *constructa*; pois minhas experiências não recorrem apenas a *constructa* mas também a *motivações*. Lewin, portanto, dá apenas um primeiro passo importante: a eliminação radical do pensamento substancialista, o que nos permite formular e resolver de modo diferente os problemas.

2 – *Koffka*. Em *Princípios da psicologia da Gestalt* (*Principles of Gestaltpsichology*, obra citada), Koffka reconhece que o problema proposto por Lewin é de tal natureza que modifica a concepção de realidade. Mas só quando essa ontologia anunciada por Lewin for definitivamente erigida é que poderemos nos dar conta disso. Por enquanto, acredita Koffka, cabe situar essas diferentes ordens – do fenomênico e do geográfico – no único meio comum que conhecemos, o universo físico.

Koffka desenvolve então uma filosofia fisicista. É preciso que haja algo de comum ao geográfico e ao fenomênico; é que ambos são manifestações do mundo físico. Mas, como o mundo físico é o mundo geográfico, Koffka é levado de volta a seu problema de partida. Contudo, ele não aceita essa impotência: descobriram-se fenômenos de formas no mundo físico (a distribuição de uma corrente elétrica num condutor elétrico é um fenômeno de forma). Ora, se há tais fenômenos no meio físico (portanto, no sistema nervoso), é possível que o mundo fenomênico não passe de expressão, para a consciência, desses fenômenos de forma cuja sede é o sistema nervoso. A psicologia é, por um lado, fenomenologia, descrição das estruturas da experiência direta, mas também é, por outro, explicativa, pois é preciso sair da ordem dos fenômenos vivenciados para descobrir os fenômenos fisiológicos sobre os quais eles repousam.

Ao lado de conceitos descritivos, é preciso introduzir conceitos funcionais para explicar fenômenos físicos do sistema nervoso. O princípio do *isomorfismo*, que apresenta as formas vivenciadas como réplicas interiores das formas externas do mundo físico, por intermédio das formas do sistema nervoso, possibilita estabelecer a união entre a descrição e a explicação.

O fato de as formas, em última análise vivenciadas, apoiarem-se ou não em formas do sistema nervoso não muda em nada a sua descrição, dizia Wertheimer. Sem dúvida a descrição permite desvendar uma riqueza do psíquico, mas a questão não é definir a índole do psíquico, e sim explicar suas estruturas; e só poderemos apoiar-nos em formas físicas se elas forem tão matizadas quanto as do mundo humano. Curiosa profissão de pensamento dialético, em Wertheimer, no mesmo momento em que, com o princípio do *isomorfismo*, retorna-se a um substancialismo que não é uma solução, mas no máximo um expediente.

Esse princípio do isomorfismo encerra, aliás, duas dificuldades fundamentais:

a) Se as formas do sistema nervoso são isomorfas às do campo fenomênico, a crítica do behaviorismo por Koffka não se sustenta, pois o que dissemos da imagem retiniana poderá ser dito de todos os fenômenos nervosos; assim como não há imagem *na* retina, também os fenômenos nervosos são convergentes somente para um espectador. Ou não há razão para passar do físico ao fenomênico, ou a ordem fenomênica não é um simples fragmento nem um caso particular do mundo geográfico. A *Gestalttheorie* retorna então ao behaviorismo, e isso depois que os fenômenos nervosos são nele organizados. Para Koffka, o fato é que um processo consciente não acrescenta nada, pois tudo se baseia em estruturas nervosas, e a tomada de consciência pode estar ligada à realização de uma estrutura particular. Ela se torna portanto *epifenômeno*. Pode-se então perguntar: o que se torna a reivindicação da experiência direta?

b) Nessa concepção, qual o lugar da psicologia social? Se minhas condutas se explicam pela realização, em meu cérebro, de certos fenômenos físicos e químicos de estruturação, como explicar minha relação com a sociedade e com um meio histórico e cultural?

Dentro de um meio comportamental, e somente aí, pode-se entender que motivações de ordem social se tornem eficazes: a relação do indivíduo com seu meio social só é concebível num campo comportamental original. Com a tese do epifenomenismo, como conceber que as relações culturais inscritas em meu cérebro se transformem em motivações?

Percebe-se então a regressão realizada pela psicologia da forma: tudo é recolocado sobre o denominador comum do fator fisiológico. Não há negação mais radical do social histórico. Daí a necessidade de a *Gestalttheorie* abandonar tais considerações e voltar às de Lewin.

3 – *P. Guillaume.* Seu itinerário é paralelo ao de Koffka. Será instrutivo ver, nesta exposição, de que modo ele, que se orientara inicialmente para um ponto de partida gestaltista e fenomenológico, retorna em seguida, por zelo metodológico, a uma concepção fisiológica e fisicista.

É interessante ler L'Objectivité en psychologie, in *Journal de Psychologie,* novembro-dezembro de 1932 (pp. 682-743); *L'introduction à la psychologie* (Vrin, 1943); e *Peut-on décrire un phénomène?*, in *Miscellanea psychologica* (A. Michotte, 1947).

Assim como Koffka, P. Guillaume no início é conduzido a uma psicologia radical, capaz de integrar as motivações de diversos tipos, não excluindo métodos de abordagem; essa psicologia integral admite o condicionamento, em última instância, mas também, em níveis mais elevados, a possibilidade de condutas mais integradas. Em certos casos, a relação com o meio é mediada por estruturas próprias ao indivíduo, e não há referências a uma verdadeira motivação: essas condutas não podem reduzir-se ao meio geográfico. No caso de motivações mais complexas ainda, as condutas verbais devem ser consideradas como fontes de informações, como elementos de informação capazes de desvendar uma estrutura interna.

Assim, essa psicologia integral admite, como casos-limite, *a reflexologia* e até comportamentos complexos com os quais o indivíduo se afirma de modo distinto dos estímulos de seu meio. Aplica-se uma pluralidade de métodos a esses diferentes níveis: certas condutas, em última análise, são explicadas por uma causalidade física e cabe-lhes explicação pura; a outras, porém, mais complexas, cabe uma compreensão que capte a estrutura, manifesta ou oculta, do indivíduo.

Mas Guillaume recua no fim diante dessa psicologia integral, e renuncia à consideração do campo fenomênico. Podem-se distinguir, em sua *Introduction à la psychologie,* os três momentos seguintes:

a) em física, a explicação causal, que vai do fato a seus antecedentes, é a única válida;

b) em psicologia, a introspecção é inútil; suporia um conhecimento prévio; ora, precisamos aprender a nos conhecer e a conhecer os outros;

c) a partir dessas premissas, Guillaume conclui pela aplicação dos métodos da física à psicologia: a relação "estímulo-resposta" é homogênea à relação física "antecedente-conseqüente".

Essa solução só é válida quando se põe a alternativa entre introspecção e método físico. Mas, afora essa alternativa, existe uma terceira ordem, a do fenomênico, que compete distinguir da coincidência bergsoniana com o vivenciado. Essa terceira ordem é passível de prova, porém irredutível à ordem física; caberia, aliás, procurar saber se o conhecimento físico corresponde perfeitamente ao esquema indicado.

Nos parágrafos que seguem examinaremos os pontos sobre os quais podemos concordar com Guillaume, e os pontos sobre os quais nos afastamos dele.

a) *Pontos de acordo.* Se quisermos fazer da introspecção um acesso imediato ao psiquismo individual, é evidente que essa noção deve ser rejeitada. Pois o conhecimento de alguém por si mesmo é indireto; é uma construção. Não podemos nos fiar em impressões imediatas; precisamos decifrar nossa conduta como deciframos a do outro. E Guillaume ressaltou bem que "os estados de consciência não são fatos psicológicos, mas índices de valor variável sobre esses fatos". Para Gide, ao contrário, "a consciência de amar não se distingue do amor". Mas isso é dificilmente defensável, pois existe em todo caso uma diferença de autenticidade.

O segundo ponto é que não há conhecimento de si mesmo que não comporte referência a um objeto exterior. Pode-se tomar como exemplo o quadro dos oftalmologistas: o ato da leitura é garantido *apenas pela* leitura. A operação visa sempre ao mundo. Guillaume acrescenta: o erro da fenomenologia é acreditar que precisamos interromper nossas ações para apreender nossa relação com o mundo. Opinião condenável, evidentemente; mas não é a opinião da *dimensão do sentido* do comportamento; o sentido do vivenciado não é dado apenas pelo fato de que o vivencio; mas quer se trate de mim ou de outrem, ele só me é acessível porque o vivencio.

Estamos aqui diante de um mal-entendido perpétuo, pois Guillaume acredita que a redução fenomenológica é uma redução aos estados de consciência. Nesse sentido, a fenomenologia torna-se puro nada, indeterminação pura. Se interrompo todo e qualquer intercâmbio com o mundo, o que sobra? De redução em redução, chego a negar tudo. Na realidade, segundo a fenomenologia, a "colocação entre parênteses" ou "redução" só interrompe minha relação ordinária e óbvia com este mundo, e a interrompe para vê-la e revelá-la. O objetivo da redução é ensinar-me essa tese constante do mundo que pratico.

O segundo ponto da análise de Guillaume consiste em partir da objetividade em geral para chegar à objetividade em psicologia. O primeiro esforço do pensamento, em sua tentativa de classificação, é o de selecionar certas propriedades que se tornam intersubjetivas, propriedades análogas às qualidades primeiras de Descartes. A objetividade não é da ordem do que é dado; ela é construída. O que é imediatamente dado são as qualidades de forma. E é a partir daí que se pode começar uma classificação, como, por exemplo, a classificação em objetos vermelhos e objetos brancos. A relação entre eles é, em seguida, passível de generalização. Mas esse primeiro trabalho pelo qual a física começa não conclui a objetivação dos fenômenos. O daltônico, por exemplo, vive num universo diferente da pessoa que enxerga normalmente. Falta então fazer um segundo trabalho de objetivação: o estudo das relações entre as cores e os diversos organismos, ou seja, explicar as particularidades de um universo singular pelas particularidades de sua estrutura fisiológica. Em presença de certas discordâncias, esforço-me por reduzi-las explicando-as e teorizando-as. A objetividade ganha terreno, e a psicologia se constitui quando, para além de um universo de qualidades primeiras, objeto da física, percebemos um resíduo que falta objetivar.

Por fim – terceiro ponto –, a tese de Guillaume consiste em extrapolar, em estender à psicologia a atitude objetivística da física. Todo o domínio da psicologia deve ser integrado num sistema de relações causais. É necessário construir outras leis para explicar os fatos subjetivos. Conhecer cientificamente um fato é inseri-lo num sistema de relações causais; é preciso superar o fenomênico para situá-lo num contexto. Conhecer não é coincidir, é tomar distância e inserir o que se quer conhecer num contexto.

b) *Discussão.* Em tal esforço de objetivação há um momento em que se chega a relações não comparáveis a relações entre objetos. A relação "estímulo-resposta" é mediada por uma estrutura introduzida pelo exercício do organismo. Assim também, entre estímulos e uma conduta, somos obrigados a interpor uma estruturação desses estímulos. A partir do momento em que há estruturação, certos fenômenos só se produzem em função da totalidade dessa estruturação: os limiares, certos fenômenos de constância perceptiva, vinculam-se a uma configuração do conjunto dos estímulos. Estamos, portanto, diante de um fenômeno transversal, e não mais apenas longitudinal, que diz respeito às relações que interligam as diferentes estimulações.

Não é com o objeto geográfico, mas com a configuração fenomênica que se relaciona o conhecimento psicológico. Logo, a confusão ou a redução do mundo fenomênico ao mundo geográfico não é legítima.

No caso de uma experiência de laboratório, a configuração dos estímulos pode ser considerada um dado externo (proximidade dos estímulos, sua semelhança qualitativa etc.), mas essas determinações ou condições objetivas não têm aí especificação *causal.*

Com a qualificação de uma forma como "boa", por exemplo, tem-se em vista uma forma preferencial (quadrado, círculo etc.). Mas que significa essa expressão "forma boa"? Como defini-la? A expressão refere-se a uma idéia de perfeição que não tem sentido *em si,* que só ganha sentido por referência a um organismo dado. Se perguntarmos, como Goldstein, "por que alguma coisa está numa forma?", somos obrigados a pôr em cena um fator endógeno decisivo.

Portanto, não podemos considerar o par "estímulo-reação" como um processo físico; o organismo contribui com sua parcela para selecionar os estímulos propostos e para conferir-lhes certa ordem. O objeto primeiro da psicologia e da fisiologia é determinar esses modos de organização. Se tomarmos o caso de uma percepção livre, a formação das *Gestalten* não aparecerá ligada apenas às condições externas: nem todas os condições objetivas são igualmente dominantes. Guillaume, aliás, percebe bem isso, e acredita que a percepção verdadeira é muito diferente da percepção em laboratório, em que se procede à abstração de certos estímulos. Não se pode, evidentemente, dispensar a investigação experimental, mas a indução que ela enseja não consiste em depreender por abstração uma seqüência causal invariável; consiste em ler nos fatos uma estrutura de conduta típica. A acumulação dos fatos não é nem condição necessária nem condição suficiente da experimentação. Pode-se isolar uma lei a partir de uma única experiência preparada por uma série de pesquisas anteriores.

Em todo caso, não há razão para se presumir que a psicologia deva abster-se de qualquer procedimento que dê acesso ao interior dos fenômenos, pois a indução é acompanhada por uma estrutura. Ela é um esforço para interligar objetos com um elo inteligível. Nunca é nos fatos que encontramos o meio de compreendê-los; é preciso construir relações, noções destinadas a explicitar o percebido, a estruturá-lo. O exemplo da percepção é particularmente favorável a Guillaume, pois a percepção é sempre percepção do exterior. No entanto, não há argumento que extrair daí em favor de um método objetivista. Em outros domínios, é ainda mais difícil reduzir conhecimento psicológico a esquema "estímulo-resposta". No conhecimento de outrem, por exemplo, a tarefa da psicologia é voltar a essa experiência e tematizá-la. Sem dúvida, psicologia é saber indireto. Ela não se confunde com a existência de nossa perspectiva sobre outrem, do modo como esta é vivenciada. Mas, se tentarmos explicitá-la, teremos ainda de isolar estruturas de condutas típicas, da ordem do fenomênico; teremos de compreender. A maior parte do domínio da psicologia não pode deixar-se reduzir ao tipo de explicação proposta por Guillaume. Para alguns estudos, como o da personalidade ou das condições de esquecimento e lembrança, a explicação causal por determinantes universais do esquecimento ou da lembrança é evidentemente abstrata: compreendemos este esquecimento ou aquela lembrança situando-os na dinâmica de uma conduta.

O ponto essencial extraível desse apanhado é que a alternativa entre uma psicologia objetiva, que empregue os métodos das ciências físicas, e uma psicologia de introspecção, que não seja verificável, é inaceitável. Guillaume admite às vezes que a explicação se faz por referência à estrutura do campo fenomênico, e que se trata principalmente de compreender a dinâmica do indivíduo. Em *L'objectivité en psychologie* (artigo citado), admite que a descrição do campo fenomênico é necessária; atribui como tarefa da psicologia animal, por exemplo, a descrição do mundo fenomênico, acessível pela descrição das condutas. Mas alhures, o "fenomênico" torna-se, para ele, o fenômeno individual puro, o "imediato vivenciado", os "dados da consciência individual", a "nuance exata de uma impressão vivenciada". É então em Bergson que Guillaume está pensando, confundindo o fenomênico com a "duração" bergsoniana. Na realidade, não há psicologia no nível do "imediatamente vivenciado", mas tampouco no nível do mundo geográfico; o psíquico está *entre* os dois.

Como explicar a posição de Guillaume? No artigo já citado (*Peut-on décrire un phénomène?*, in *Miscellanea psychologica*, A. Michotte), ele formula uma objeção a si mesmo. Diz haver algo de incomunicável no vivenciado instantâneo. No entanto, a literatura moderna conseguiu criar uma técnica de expressão das vivências, descritas por intermédio dos objetos do mundo exterior. Essa técnica visa a comunicar o mundo tal qual o vivencio. Mas, apesar da aparência, não se trata de uma verdadeira comunicação do vivenciado; o ouvinte é obrigado a verificar o que comunica o sujeito que escreve a mensagem. As relações entre os objetos são o único tema de nossas comunicações; a comunicação só é possível desde que se aplique a descrever as relações entre os objetos do mundo geográfico. Pode haver comunicação da forma dos objetos, mas não comunicação do fenômeno de forma tal como é dado. A expressão não é verificável, quando procura atingir o vivenciado. Guillaume reconhece que há ou pode haver conhecimento de minha experiência através do meio objetivo dessa experiência. Mas acrescenta que esse conhecimento não é objetivo, ou que, se é, não é conhecimento do vivenciado.

Mas, desse modo, não haveria comunicação possível em física, pois as inter-relações dos objetos também fazem parte, inicialmente, da consciência incomunicável. Se puderam ser objetivados, foi porque o individual não é necessariamente incomunicável. Quando o psicólogo descreve o caráter introvertido, não está tratando de estruturas inefáveis; estamos diante de observações qualitativas, mas que realizam uma interpretação do vivenciado, transmissível na linguagem. Isso Guillaume esquece, e, para ele, o fenomênico é o indizível.

Quando examina a psicologia existente mais de perto, Guillaume é obrigado a reconhecer que ela está distante da psicologia canônica, pois nela se utiliza a perspectiva própria do sujeito, mas tomando cuidado para que o sujeito não dê, ele mesmo, sua própria interpretação. Guillaume apresenta, como exemplos, experiências de psicologia disfarçadas em experiências de física: a medida dos limiares e, em outro campo, os testes de inteligência e de caráter; essa é, aliás, uma boa precaução, pois não se pode confiar apenas num alucinado para saber o que é alucinação. Mas não há razão alguma para nos privarmos de seu testemunho, desde que o interpretemos como parte da conduta alucinatória. Guillaume admite isso em certos trechos de sua *Introduction à la psychologie*; a palavra pode exprimir a estrutura comum a várias perspectivas individuais. Mas – acrescenta – essa palavra designa então uma estrutura comum, e não um simples fenômeno. Nesse ponto, a discussão é totalmente verbal: se, como fazemos, se entender por "fenomênico" uma configuração comum às experiências de vários sujeitos, psicologia é fenomenologia.

Assim também, em outros trechos, Guillaume assinala, nesse sentido, uma compatibilidade entre o método objetivo e os problemas da vida interior. A psicologia objetiva é capaz de integrar a vida interior, considerada como dinâmica da conduta, pois a vida interior sempre se expressa na conduta (diz Guillaume que se pode reconhecer de fora um olhar que não olha). Assim, a psicologia objetiva pode tomar como campo de estudo a vida interior do outro, pois o que parece reservado à intimidade da conduta pode ser lido de fora dessa conduta. A vida interior também faz parte do domínio da psicologia objetiva, que deve tentar penetrar em seu sentido e em sua intenção por meio da captação exterior da dinâmica da conduta, e compreender a relação dos fatos que exprimem uma estrutura de conduta. A linguagem faz parte das condutas, e a psicologia tem o direito de utilizar aquilo que os sujeitos dizem de si mesmos. O método continua objetivo se o testemunho não é tomado ao pé da letra, mas considerado como um índice, como um documento para estabelecer as leis do comportamento. Essas observações são excelentes; mas Guillaume ultrapassa aqui sua definição inicial de psicologia objetiva e volta a uma psicologia integral.

Depois Guillaume vai ainda mais longe: a propósito da distinção entre psicologia e fisiologia, indica que não cabe opor a explicação fisiológica à compreensão psicológica. Mas, em outros trechos de seu livro, fala de novo a linguagem objetivista. Por exemplo, admite que a psicologia da cólera consiste em constituir um "grupo de sintomas da cólera que permite prever seu desenrolar". Não basta adicionar fatos de cólera para encontrar o sentido da cólera, mas sim de encontrar um sentido comum a esses fatos, interligá-los pela apreensão de seu sentido geral e do sentido da conduta. Não se deve buscar uma ligação do tipo do encadeamento objetivo, mas do tipo da motivação.

De tudo o que precede, é portanto possível ficar com duas advertências à psicologia fenomenológica:

1.ª) Não basta suspender os conceitos preestabelecidos ou científicos e retornar à experiência para ter certeza de chegar à intuição do fenômeno em seu cerne. É preciso desconfiar do verbalismo (cf. Husserl, "Intuição de essência e escolástica" (*Philosophie als strenge Wissenschaft*, in *Logos*, Vol. I, 1910-1911, pp. 289-341). Mas nesse aspecto o método fenomenológico não apresenta perigos mais graves do que qualquer outro método.

2.ª) O método de compreensão fenomenológica, apreendido das estruturas de conduta, não nos permite distinguir rigorosamente a *teoria* e os *fatos* com os quais a pomos à prova, nem, portanto, chegar a uma objetividade absoluta. Guillaume formula essa observação a propósito da psicanálise. É verdade. Mas é verdade também para a história, a sociologia e, em última análise, para qualquer pesquisa no domínio das ciências humanas. Disso não se deve concluir que tais pesquisas estão destinadas a ser arbitrárias, mas sim que nelas há *objetivação*, e não *objetividade* absoluta. Talvez seja esse o preço de toda ciência humana, pois, nesse campo, a visão do que somos e o que somos na realidade não são absolutamente discerníveis.

Quais são as razões dessa hesitação nas concepções de Guillaume? Ele acredita que o desenvolvimento da psicologia na França foi freado porque os pesquisadores não deram valor ao método objetivo e com freqüência tinham formação filosófica prévia. Apresenta a questão como se fosse um conflito entre psicologia e filosofia. Critica os filósofos por transformarem em diferença ontológica a simples discrepância temporal que existe entre o advento da objetividade física e o da objetividade psicológica. No entanto, é ele que está fazendo filosofia; é como filósofo, e não como psicólogo, que está falando quando transporta para a psicologia os supostos cânones da objetividade física. Quem então está fazendo ontologia? Quem senão ele, quando declara que só há uma ordem e um tipo de objetividade, um só universo do discurso? Ele substitui a pluralidade das experiências pela unidade da ordem física, ao passo que, em cada domínio, é preciso ter experiência do ser e constituir o que Husserl chamava de "ontologias regionais".

Precisamos definir o que é homem, o que é história, de acordo com as experiências que temos desses diferentes domínios, e não postular o valor absoluto de um método, decidir de antemão sobre o ser do psíquico. Guillaume fala em nome de uma filosofia. Quer, conforme ele mesmo diz, fazer "a filosofia da psicologia". Mas, nesse terreno, as dificuldades se multiplicam. Ele assume posição a favor de um realismo filosófico, mas como, por outro lado, segundo ele, o real é "construído", não se percebe como coadunar essas duas idéias. A *Introduction à la psychologie* refere-se ao conceito de indução tal qual entendido por Stuart Mill e Bacon, e aí estão concepções de filósofos, e não de cientistas. Segundo Brunschvicg, o método dos resíduos nunca foi aplicado em ciência; é um método cego pelo qual, partindo de um fenômeno complexo, se chega a um resíduo inexplicado desse fenômeno pelo resíduo dos antecedentes. Se pudermos fazer uma lista completa dos antecedentes, estamos de acordo; mas isso nunca acontece. Essa concepção do saber científico está muito distante da prática científica da indução.

De fato, vimos que a psicologia existente pouco se submete ao cânone do conhecimento psicológico que Guillaume postula. Portanto, não se pode dizer que ele fala em nome da psicologia. Não é a boa filosofia que prejudica o desenvolvimento das pesquisas psicológicas, é uma filosofia sem rigor: os princípios objetivistas fazem parte dela. São esses preconceitos que durante muito tempo na França deram privilégio não merecido à psicofisiologia. Se muitos pesquisadores se afastaram da psicologia na França, talvez tenha sido também porque só lhe ofereciam uma psicofisiologia e porque os preconceitos objetivistas deixavam na obscuridade a psicologia da personalidade.

C) *Concepção da fisiologia e de suas relações com a psicologia em K. Goldstein*

Goldstein (*Der Aufbau des Organismus*, 1934; *La structure de l'organisme,* Gallimard, 1951) pede que se defina o domínio do fisiológico e do organismo, não segundo algumas categorias e algumas noções sobre o ser, mas de acordo com o sentido assumido pelo fisiológico ao longo da pesquisa. A verdade deve ser definida de acordo com as operações de verificação: donde o intuito de restringir-se ao que se mostra à experimentação e à investigação científicas. Quando se fala de psicologia, é possível o equívoco de confundir fenômeno com vivenciado indizível de Bergson. Mas esse equívoco desaparece se conseguimos pôr em evidência o alcance da orientação fenomenológica no estudo do sistema nervoso.

É o sentido dos estudos de Goldstein, que, sendo psiquiatra, precisou tratar da reabilitação de pacientes afetados por lesões cerebrais logo após a guerra de 1914-1918. Logo ele percebeu que a única maneira de caracterizar os transtornos de seus pacientes era fazer sua análise psicológica. Suas concepções são elaboradas a partir de estudos clínicos de casos de patologia cerebral. Veremos como as pesquisas de Goldstein, iniciadas com a suspensão dos preconceitos de todos os tipos, partiram de uma análise do conhecimento fisiológico nos campos da afasia, da hemianopsia e dos reflexos e rumaram para uma definição do organismo, do fisiológico e do psíquico. Estamos mais uma vez diante de um belo exemplo de convergência não deliberada entre uma pesquisa experimental e as exigências do método fenomenológico.

1º) *Suspensão dos preconceitos correntes*

Goldstein começa sua pesquisa com o intuito deliberado de não se basear numa definição do fisiológico; é um intuito original, pois os fisiologistas abordam seus objetos já com certos pressupostos daquilo que deve ser o corpo. Se quisermos estudá-lo cientificamente, seremos obrigados a concebê-lo como um caso particular da matéria. E se o considerarmos como uma massa de matéria em funcionamento, grande número de atributos ou de predicados serão desvalorizados e rejeitados como não científicos. Tudo o que, no espetáculo do comportamento, remete a diferenças de qualidade ou de significação, toda e qualquer descrição do comportamento que se refira a diferentes níveis de significação, tudo isso é uma descrição ingênua, pois em última análise só se refere a diferentes combinações de elementos simples. Os preconceitos mecanicistas pretendem, de fato, que a objetividade seja confundida com a análise em elementos simples. Sem dúvida é possível praticar essa análise no nível do reflexo, mas não em todos os níveis. Pois então passamos à ontologia, consideramos como fundamentais os elementos simples e como derivados os elementos complexos. Sem nos perguntarmos o que é o elemento simples.

Goldstein não admite que nos apoiemos nesses preconceitos mecanicistas nem em preconceitos vitalistas. Só depois de um estudo experimental aprofundado se chegará a definir a fisiologia e a vida. Não se pode saber o que é o organismo antes de entrar em contato com ele; em seguida se definirá o ser fisiológico segundo o que se sabe de fisiologia. Ele procura definir um ser fisiológico em função do fenômeno, tal qual este nos aparece.

2.º) *Estudo da afasia*

O problema da afasia nos põe diante da questão das relações entre fisiologia e psicologia. A afasia bem cedo foi associada a lesões cerebrais. É considerada uma doença definível pela ausência ou pelo déficit de certo sistema especializado da linguagem (déficit da linguagem escrita ou falada, déficit da compreensão da linguagem escrita ou falada etc.). O transtorno foi atribuído a lesões cerebrais. Considera-se que a integridade dos instrumentos da linguagem está ligada à integridade de certos centros; e acredita-se que é possível chegar a uma fisiologia da afasia por meio de um estudo dos transtornos da linguagem. Mas, segundo Goldstein, esse estudo continua sendo sobretudo psicológico; todas as análises são comandadas pela psicologia corrente. O uso corrente decompõe a linguagem em várias operações, tais como falar, escrever, denominar objetos etc.; e o médico examina o paciente em função dessas categorias de senso comum. O quadro da doença reflete essas categorias – o médico não se deixa guiar pelos fatos, e as provas são concebidas em função das idéias dominantes sobre a estrutura da linguagem.

Quando os afásicos são submetidos a um exame mais completo, os transtornos assumem aspecto diferente do que antes haviam apresentado. Se deixarmos de lado a repartição e a seleção do pensamento comum, não haverá déficit maciço: o afásico fala em certos casos e não em outros; fala sempre que pode empregar uma linguagem automática, e não quando precisa empregar a linguagem verdadeira, o ato verdadeiro de denominação.

O paciente não consegue denominar as cores, por exemplo, mas consegue encontrar a cor vermelha por intermédio do morango. Portanto, conservou uma linguagem automática, conjunto de instrumentos lingüísticos que ele usa de maneira quase impulsiva. Mas perdeu a possibilidade de considerar o objeto singular como participante de uma estrutura exemplar de certa categoria. A primeira atitude é concreta; a segunda, a categoria, exige a mediação de uma idéia. As palavras podem ser empregadas de dois modos: integradas numa linguagem automática ou com seu sentido pleno. A afasia consiste numa queda do nível do discurso do categorial para o automático. Mas não é a linguagem, a palavra como conjunto sonoro, que desaparece. As primeiras observações, incompletas, da afasia levaram a responder de maneira radical a uma questão que não podia ser resolvida desse modo.

A questão é saber que sentido as performances assumem para o paciente; pois, graças à linguagem automática, ele pode ter a ilusão, dar a impressão de estar denominando ao utilizar seu "saber verbal exterior"; mas não há, em sentido próprio, denominação, operação interior que reúna a palavra à coisa por intermédio da categoria. Cf., por exemplo, a ilusão do cálculo: o afásico consegue chegar à soma pedida, mas não conta de verdade; põe os primeiros números nos dedos, e assim por diante. Não sabe o que é número, utiliza uma série de números de modo automático. Portanto, não basta dizer que o afásico é capaz de contar. É preciso ainda saber como ele faz isso. O afásico sempre acha um meio de mascarar sua deficiência, e compete penetrar na natureza do transtorno para desvendá-lo.

Assim, a afasia já não pode ser concebida como outrora; achava-se que toda doença deve provir de uma causa, abstraindo-se todos os sintomas. Na realidade não se conseguindo chegar ao ponto, complicava-se cada vez mais o quadro da doença, admitindo-se que outras causas vinham perturbar a pureza do caso. Era-se obrigado então a recorrer a hipóteses auxiliares. O diagnóstico sempre tinha um aspecto hesitante.

Goldstein acredita que as entidades nosológicas foram mal definidas. Ele não define a afasia de acordo com sua causa, mas por uma mudança da estrutura da linguagem: o colapso da atitude categorial. Para Head também, ela é um colapso da função simbólica. Goldstein torna mais precisa sua análise e mostra que o transtorno fundamental pode ser traduzido de maneira análoga em vários pacientes, desde que definido como uma incapacidade de distinguir entre essencial e acessório, como uma incapacidade de distribuir intensidades; há deficiência na articulação entre figura e fundo; os afásicos perderam a capacidade de orientar-se no possível. Não entendem e não guardam na memória o essencial de uma historieta, e só mostram capacidade de intelecção numa situação de fato; o imaginário, para eles, deixa de ter significado. A linguagem perde a produtividade e move-se num sistema de significações estereotipadas.

No comportamento sexual, notam-se deficiências análogas; não se tem uma deficiência maciça, pois o paciente não é impotente; mas perde a capacidade de iniciativa, não parece sentir o impulso do desejo. O transtorno fundamental não é definível por uma ausência de elementos, mas por um novo tipo de organização da conduta.

Se tudo isso for verdade, nosso conhecimento da fisiologia da afasia é indireto e reflete a indigência do seu estudo clínico. Mas a partir da compreensão do comportamento da afasia pode-se tentar conceber os processos que subjazem a esse comportamento. Todo conhecimento é uma construção, e isso também vale para a fisiologia. O que é dado a compreender é o comportamento; o único tecido imediatamente fornecido é a conduta.

Mas o caso da afasia talvez não passe de um caso especial. Não haverá algum exemplo mais simples que demonstre mais rapidamente que o conhecimento fisiológico é um conhecimento indireto?

3.º) *Estudo de hemianopsia*

Assim como Goldstein, utilizaremos o fenômeno da hemianopsia. O doente afetado por esse transtorno tem um campo visual reduzido a cerca da metade, no caso habitual das medidas em laboratório. Ora, Fuchs, que estudou um heminóptico em visão livre, constata que o campo visual é bem limitado, mas não de metade; ademais, o campo continua bilateral: observa-se uma redistribuição bilateral de um campo visual com amplitude mais reduzida. Por que meios se opera essa redistribuição? Os olhos do doente basculam; as hemirretinas intactas dispõem-se em posição central, a fóvea é relegada para posição marginal e deixa de desempenhar seu antigo papel, que é assumido por outra região; ocorre a delimitação de uma fóvea funcional. Isso significa que, no funcionamento do olho, deve ocorrer uma redistribuição espacial de cada um dos pontos da retina. A fisiologia não é apenas reflexo da situação anatômica; o funcionamento dos olhos estrutura as condições anatômicas de tal modo que seja mantido um mínimo de funções úteis.

Que dizer desse novo funcionamento a não ser que é uma conduta? Não é o simples reflexo de certo estado anatômico, mas refere-se a uma tarefa que o organismo deve realizar. Há tendência a conservar a função num nível melhor possível. Essa reorganização ocorre sem nenhuma espécie de consciência por parte do sujeito. No caso da hemiambliopia, por exemplo, não há reorganização funcional. Estamos então diante de um fenômeno não deliberado, inerente à própria atividade do organismo.

Ainda é possível a comparação com certas condutas fisiológicas mais complexas do organismo, que Goldstein evidenciou. Os afásicos comportam-se de tal maneira que evitam as situações de emergência que não conseguiriam dominar; têm uma conduta de evitamento de qualquer situação angustiante. Sempre com ar preocupado, organizam os objetos de maneira meticulosa. Como não há ordem em si e como toda ordem se define por certa orientação da conduta, o fato de os pacientes terem um lugar para cada objeto prova que são incapazes de movimentar-se num conjunto de objetos arrumados segundo um esquema improvisado. A ordem compulsiva desses pacientes é patológica; é preciso restringir as solicitações do meio para evitar situações insolúveis. O que falta aí é a função de projeção, a capacidade de orientar-se no possível.

Essas atitudes de encolhimento do meio são análogas às encontradas na hemianopsia. A doença é ainda um comportamento, ela tem um sentido, não é uma causalidade cega, mas uma tomada de posição do organismo diante das condições de fato impostas por certo estado desse organismo.

4º) *Considerações gerais*

Muitas vezes se entende por fisiologia a físico-química do organismo. Mas a fisiologia é estudo do funcionamento; e como a anatomia, por si só, não explica o funcionamento, é preciso que a fisiologia assuma esse estudo. Também se admite, provisoriamente, que isso ocorre na atualidade, mas que condições anatômicas e físico-químicas ainda desconhecidas poderiam, por si sós, explicar até o funcionamento.

O fisiologista Stein declara que, em fisiologia, é preciso chegar a condições estritamente objetivas (cronaxia etc.). Sejam quais forem as observações, será que por trás das condutas, de todas as condutas, não há mecanismos que precisam ser determinados por medidas cronáxicas? Goldstein responde que não há diferença de natureza entre o estudo físico-químico da vida e o estudo fisiológico do organismo, mas apenas uma diferença de via de acesso. Não se atinge o funcionamento nervoso mais diretamente pela físico-química. Em última análise, é o comportamento a única unidade dialética.

Talvez fosse preciso trazer à baila, nos exemplos citados, noções de valor, de qualidade ou de nível. Talvez coubesse considerar uma ordem de fenômenos estritamente específicos. Goldstein tenta mostrar que o método é sempre homogêneo, quer se trate de psicologia ou de fisiologia, quer se trate de atingir estruturas por vias diferentes. A medida das cronaxias pode parecer introduzir a determinação objetiva dos fenômenos cerebrais e levar a elas. Na realidade, isso não passa de aparência.

Quer se proceda pela medida das cronaxias, quer pela análise da conduta manifesta do sujeito, não há por que opor os dois métodos. "Essa fisiologia – diz Goldstein – acredita chegar mais perto do funcionamento adotando métodos físicos. No entanto, não se trata absolutamente de constatações diretas, mas de constatações no sujeito do funcionamento nervoso a partir de situações determinadas." Ao obtermos uma maneira de representar o sistema nervoso, somos levados a acreditar que ela abre caminho para o funcionamento em si. Na realidade, é apenas uma maneira *de interrogar o organismo,* e ele pode ser interrogado de vários modos: clínico etc. O segundo procedimento é homogêneo ao primeiro, mas não é mais direto. Em todos os casos, os resultados obtidos nem sempre são uma aproximação do fenômeno central, que consiste na reação e no conjunto do organismo diante da situação na qual se encontra. Não há coincidência com os fatos, sejam eles exteriores ou interiores, mas certa maneira de interrogar o organismo. O objetivo é sempre reconstituir a dinâmica do comportamento.

Goldstein não é contrário às análises físico-químicas; seria um postulado filosófico. Trata-se de reconhecer apenas que elas não passam de análises e manter a distinção entre operações artificiais e operações naturais. A abordagem psicológica e a abordagem físico-química devem ser consideradas métodos complementares. A análise dos fenômenos deve ter em vista a determinação das formas de comportamento com o uso de todos os métodos. As pesquisas de Stein e Goldstein de fato convergiram.

5º) *Estudo dos reflexos*

Ilustraremos o assunto mostrando que, no caso dos reflexos elementares, a aplicação fisiológica se transforma em explicação psicológica. Cf. o sinal de Babinsky: no caso de lesões piramidais, o reflexo normal (flexão dos dedos dos pés) é invertido (extensão dos dedos dos pés). Como se explicava isso? Imaginava-se que as lesões interrompiam o controle do encéfalo sobre as reações reflexas, que algum dispositivo automático já não estava mais sob o controle do encéfalo. Essa explicação aparece moldada como uma maneira de descrever ou de dar nome ao fenômeno. O dispositivo automático é pura ficção, e o dispositivo inibidor que normalmente o controla é de todo conjetural. O processo explicativo é o seguinte: realiza-se aquilo que se deve explicar. Se, em vez disso, observarmos os fatos, veremos que as reações do sujeito cujas vias piramidais estão lesadas nem sempre têm o mesmo sentido. De fato, o que significa o fenômeno de extensão no organismo? Significa uma reação de evitamento. Ao contrário, o fenômeno de flexão é uma reação de apropriação. Quando é impossível a reação de diferenciação, que consiste na substituição de uma reação simples por uma reação mais fina, há retorno a um comportamento menos elaborado por meio de uma conduta de fuga. A inversão de cronaxia é apenas um aspecto local desse fenômeno de desdiferenciação que caracteriza a atividade geral do sistema nervoso.

Em certas paralisias periféricas observa-se também o sinal de Babinsky. Se procedermos a uma observação mais fina, veremos que ele não é constante num mesmo sujeito. Há interferência de certos fatores adicionais, como a posição da cabeça e do corpo; isso ocorre em virtude de sua importância vital, como fatores que favorecem ou não, em dado momento, a ação do sistema nervoso. Esses fatos recomendam considerar o sinal de Babinsky como um processo que revela certo nível de funcionamento do sistema nervoso na totalidade. Não existe campo de pesquisa em que não se manifeste a atividade total do organismo em função da situação.

Pavlov fornecerá um exemplo da pretensão de fundar uma fisiologia objetivista (Cf. *Leçons sur l'activité du cortex cérébral* [Legrand, 1929].) Segundo ele, é o estudo fisiológico do funcionamento cerebral que deve servir de base ao estudo subjetivo do homem. Ele quer constituir uma ciência do funcionamento nervoso que sirva de guia à psicologia.

Sua concepção da reflexologia é intelectualista. De que maneira o organismo amplia seu campo reflexogêneo a outros estímulos associados? – pergunta Pavlov. E explica com o princípio de irradiação: todo estímulo associado a outro adquire, por esse simples fato e por si só, um poder de excitação. Mas se a irradiação, e apenas ela, atuasse em todos os casos, as novas reações poderiam ser nefastas e suprimir as primeiras. Portanto, é preciso que haja um limite de irradiação: a seleção dos condicionamentos. Para explicar essa seleção, Pavlov recorre ao princípio de inibição, concebido como fator positivo: a concessão a certos estímulos teria como efeito a supressão temporária da ação de alguns outros.

Percebe-se, com esses poucos exemplos, que Pavlov na realidade tenta construir um sistema de conceitos que permita explicar o estabelecimento dos reflexos condicionados. Mas esse conjunto de conceitos será válido? Será que ele não abarca o postulado segundo o qual toda reação a um estímulo complexo pode ser obtida a partir de estímulos elementares? Mas certo estímulo, inibidor em dado contexto, deixa de sê-lo em outro. Portanto, é preciso concluir que não há estímulo elementar que possua *de per si* certo poder reflexogêneo ou certo poder inibidor. De modo mais geral, não há estímulo em si, mas só estímulos operantes para um organismo e em função de certo conjunto: os reflexos são reações a certas relações entre estímulos, mais que a estímulos isolados.

Pavlov aborda sua teoria a partir de preconceitos teóricos. No *Nouveau traité de psychologie* de Dumas (Alcan, P.U.F., 7 vol., 1930-1949), Piéron ressaltou a importante distinção entre a teoria e os fatos, distinção que não é tão fácil de manter, mesmo no domínio tão objetivo da fisiologia. A maneira como os fatos são apresentados já incide numa teoria. Entre teoria e fatos, a solidariedade é natural; mas é preciso saber fazer uma escolha. Os *pressupostos* psicológicos de Pavlov são bem visíveis em certos casos: cf. o exemplo dos fenômenos de constância perceptiva. A solução clássica para esse problema é, em Helmholtz, o julgamento. Pavlov, por sua vez, fala de reflexos condicionados, mas isso vem a dar na mesma: nos dois casos, a explicação dada supõe a tentativa de construir o todo juntando partes.

A decisão de ignorar a psicologia não pode ser resolvida pela decisão de só atentar para fenômenos nervosos. O que importa à objetividade não é falar de elementos nervosos, corporais ou materiais. A análise de Pavlov é uma análise de comportamento, mas é uma análise ruim. Contudo, ele foi levado a constatar reações interessantes: no momento de se pôr a coleira no cão que habitualmente serve de experiência, nota-se o aparecimento de fenômenos patológicos. As reações normais, secretórias e motoras, são dissociadas; por outro lado, observam-se reações negativistas: o cão recusa qualquer relação com o ambiente. Pavlov tenta explicar tudo isso, mas suas explicações são muito complexas, visto que esses fatos não vão de encontro à sua teoria.

Em todos os casos, percebe-se uma maneira mais simples de interpretar todos esses fatos, dando-lhes outro sentido. Como compreender por exemplo, as reações patológicas do animal? Pavlov as explica por um reflexo de liberdade. Ao contrário, há por parte do animal uma recusa a qualquer estímulo; recusa total às situações experimentais porque elas não são naturais. É em relação a certos complexos de estímulos (alimentação, fêmea etc.) que alguns comportamentos têm sentido. Aqui o organismo já não suporta as condições exteriores nas quais querem mantê-lo em laboratório. Há outras respostas, inteligíveis, quando se trazem à baila tarefas habituais. Nessa perspectiva, o reflexo condicionado de Pavlov deve ser considerado um fato patológico. Suas explicações nos permitem eliminar o mito de uma fisiologia direta, sem análise de comportamento.

Voltemos às perspectivas de Goldstein. Em vez de considerar o reflexo condicionado como o protótipo da reação fisiológica, seria mais exato considerá-lo ou uma reação patológica ou uma reação de nível superior. Os dois aspectos, aliás, não são incompatíveis, visto que uma conduta no nível superior, por ser difícil de manter, determina uma reação patológica. O reflexo condicionado é uma reação patológica porque é uma resposta a um estímulo isolado; o isolamento é característico de uma conduta patológica: o sistema nervoso funciona então como parte separada. Obtém-se com mais facilidade a instauração de um reflexo condicionado na criança do que no adulto; e na criança retardada mais que na criança normal. Pode também, por outro lado, ser facilmente obtido em indivíduos capazes de comportamento superior, e é quase mais fácil com um organismo de desenvolvimento cerebral considerável. Também é próprio do comportamento superior selecionar os estímulos sem caráter prático. Posso muito bem chegar ao conhecimento do estímulo parcial e da reação parcial pela decomposição de movimentos globais: hábitos motores etc. Mas a análise é difícil e supõe de algum modo uma operação de segunda potência, conduta difícil, de que o animal não é capaz. As reações a estímulos isolados são próprias de organismos superiores.

6º) *Perspectivas da fisiologia*

As concepções mecanicistas, ao invés de representarem concepções científicas, são reflexo de um antropomorfismo. Temos o hábito de pensar que as concepções mecanicistas são as mais objetivas; na realidade não passam de reminiscências de nossa condição de ser humano, tanto em física quanto nas ciências humanas. É o erro dos biólogos que tentam explicar o comportamento dos seres unicelulares com o recurso a categorias do comportamento humano. Apresenta-se o comportamento da ameba, por exemplo, como uma série de "escolhas" de preferência e deixa-se subentendido que a conduta humana poderia ser explicável mecanicamente como as "escolhas" da ameba. Mas chega-se a essa identificação por uma concepção antropomórfica desses tropismos, concepção que projeta neles todo o conteúdo das condutas humanas. Assim também, acredita-se explicar os fenômenos humanos por meio dos fenômenos mais simples, mas é porque estes últimos já são interpretados nesse sentido. Não há medida comum entre o tropismo e a conduta humana: o tropismo é uma maneira elementar de reagir, ao passo que a conduta humana quase nunca apresenta uma constância dessa espécie. O preconceito mecanicista não é favorável à ciência, mas contrário à ciência; o mecanicismo, em matéria de fisiologia, não é remédio para o antropomorfismo.

O conhecimento fisiológico é de fato indireto, não tem o privilégio da imediatez. Apenas se aborda o organismo de diferentes lados, pelo estudo do comportamento ou pelo estudo dos fenômenos físico-químicos, mas, em todos os casos, nunca diretamente.

Não se pode, por outro lado, deixar de reconhecer a existência de diferenças qualitativas de estruturas ou valores, com o pretexto da objetividade. O comportamento não é o efeito, no organismo, dos estímulos exteriores, mas resulta de uma elaboração transversal desses estímulos, elaboração por seleção que lhes é imposta pelo organismo em razão de seu funcionamento.

A fisiologia é inteiramente legítima, mas deve ser reposta na dialética do organismo e de seu meio. Fornece índices mais que realidades, e é preciso proceder em seguida ao exame da qualidade ou do valor das condutas em relação ao *a priori* do organismo situado. Assim, é preciso ao mesmo tempo perguntar: que faz o organismo em dada situação e qual é o sentido da resposta? Cf. o exemplo de Goldstein sobre a diferença entre mostrar e pegar. Só é possível compreendê-la aludindo ao significado dessas duas atitudes: ao pegar, limito-me a reagir em relação com o objeto; ao mostrar, meu gesto não é uma relação possessiva, mas representativa, quase uma operação de expressão, que remeteria a certo objeto dado à distância. A diferença entre os dois gestos é toda a diferença que existe entre um comportamento concreto e um comportamento categorial: no segundo caso, viso a um objeto, não como objeto existente, mas como objeto olhado, contemplado, compreendido. É indispensável perceber essa diferença entre essas duas condutas; e nada nos dispensa de pensar nelas, mesmo que conheçamos as disjunções cronáxicas e todos os fatores fisiológicos que estão por trás delas, pois não poderemos decidir por que elas ocorrem num caso e não noutro.

Tudo isso é válido para todos os níveis. Cf., por exemplo, o caso da discriminação sensorial simples das cores; os efeitos das lesões do córtex cerebral visual são duplos: eliminação de certo conteúdo perceptivo e mudança de estruturação da conduta perceptiva. A diferenciação é a mais comprometida.

O mesmo em lingüística: Saussure ressalta que a língua é um meio de diferenciar os signos uns dos outros e um meio de variar os gestos de significação que operam na linguagem. Do mesmo modo, na discriminação dos conteúdos perceptivos, a função do sistema nervoso é dupla.

Goldstein distingue duas dimensões da conduta humana: o organismo tenta manter ao mesmo tempo a vida e um valor ou função essencial à vida. Nos indivíduos normais, os dois projetos se confundem; o organismo são não procura a simples conservação. Em caso de doença, ocorre uma divisão entre as tarefas do organismo, divisão que busca realizar o mínimo de condições necessárias à obtenção da vida; aparece o instinto de conservação. E se adotarmos a distinção de Lucrécio entre as causas e as razões de viver, será preciso reconhecer que não há preocupação particular com as causas no indivíduo são. Mas as condutas dos doentes tendem a realizar certa limitação do meio, que é uma maneira de subtrair-se ao imprevisto. Nota-se uma orientação para a conservação e o encolhimento do meio. Inversamente, nas anosognosias, os doentes não se apercebem de suas deficiências: cf. o cego que fala a linguagem de quem enxerga, a ilusão dos amputados. Desde que a lesão não seja profunda, o sujeito não toma consciência dela, e subsiste a orientação do organismo em seu conjunto para as tarefas que habitualmente precisa executar: o organismo permanece polarizado pelo conjunto das tarefas de um meio normal. Essas considerações devem obrigar-nos a entrar nas estruturas das condutas.

7º) *Relações entre psicologia e fisiologia*

Examinemos a posição assumida por Goldstein sobre o problema das localizações cerebrais. Pode-se reduzi-la a três pontos, essenciais:

a) Toda lesão do sistema nervoso central provoca transtornos estruturais da conduta, e os mesmos transtornos podem ser provocados por lesões bastante diferentes. O sistema nervoso central comporta dois tipos de localizações:
— localizações que correspondem a conteúdos da conduta (córtex visual, auditivo, lingüístico etc.); é, podemos dizer, a organização vertical, em que a cada elemento periférico corresponde uma região especializada do córtex;
— as regiões do córtex frontal não parecem semelhantes, e teriam por função certa estruturação das condutas; provavelmente o córtex frontal funciona a cada vez de um modo qualitativamente diferente, possibilitando certos níveis de comportamento.

A relação entre a função e o substrato não é a mesma nos dois casos. Nas regiões periféricas a função parece residir no substrato; no córtex cerebral não é isso o que acontece, e a função consiste mais em usar a massa nervosa, em seu conjunto, de certa maneira típica a certo nível. Mesmo no caso de funções simples, não se pode dizer que a função esteja no substrato. Como destacava Von Monakov, há diferença entre *localização da lesão* e *localização da função.* As regiões periféricas nunca funcionam sozinhas. É preciso pôr em evidência esses dois tipos de organização, para salvaguardar os diferentes níveis da conduta.

b) Se é verdade que toda lesão provoca transtornos estruturais gerais, não é menos verdade que as localizações existem. Depois da guerra de 1914, a observação de fenômenos de substituição tende a fazer abandonar a teoria da localização; e a conclusão visava a mostrar que a atividade cerebral era indiferenciada. Isso não é exato, pois as funções de substituição nunca são equivalentes às primeiras, e algumas destas ficam perdidas para sempre. Uma percepção consertada por gesticulações não é exatamente equivalente à percepção natural. Certas funções permanecem ligadas à integridade de certas regiões cerebrais.

c) A partir dessa dupla localização, horizontal e vertical, como representar o funcionamento do sistema nervoso? A partir das noções de figura e de fundo avançadas pelos teóricos da forma, responde Goldstein.

O córtex é a sede de um processo figura-fundo para cada percepção, por mais simples que ela seja. Nem todas as regiões trabalham do mesmo modo; algumas trabalham suplementando uma forma, outras, um fundo. O sistema nervoso funciona sempre como totalidade, mas certas funções permanecem ligadas a certos territórios. E cada fenômeno nervoso assume dois aspectos: um aspecto local (figura) e um aspecto total (fundo).

É graças a essa metáfora que podemos representar o funcionamento do sistema nervoso. Goldstein nem por isso se alia às teses da *Gestalttheorie*, contra as quais opõe objeções interessantes e importantes. Em especial, entende as formas de maneira mais dinâmica e mais biológica do que a teoria da forma.

Método em psicologia da criança

I. PRINCIPAL DIFICULDADE EM PSICOLOGIA DA CRIANÇA

Na psicologia da criança, como na psicopatologia, na psicologia dos primitivos e na psicologia da mulher, o objeto por conhecer está numa situação tão diferente da situação do observador que é difícil apreendê-lo tal qual ele é. Quando observamos uma criança, é difícil subtrair de seu comportamento o que está ligado à nossa presença de adulto.

Assistimos à relação entre adulto e criança; não descrevemos uma natureza da criança, mas uma relação da criança com o adulto.

a) *Em psicopatologia.* Exemplo da afasia: ela foi inicialmente caracterizada pelo desaparecimento de certos conteúdos de conduta, de certas imagens verbais. Ora, na realidade, há na afasia mudança na estrutura interna da linguagem; o fenômeno que ocorre é muito mais profundo, mais central: o comportamento cai de certo nível complexo para um nível mais simples e rudimentar. Isso não aparecia no começo porque a medicina propunha ao organismo doente as questões correspondentes às atividades da pessoa normal; portanto, ela só podia definir a doença por subtração de conteúdos, e não conseguia entendê-la.

b) *No primitivo.* O que nos é dado é a imagem do negro visto em certa relação com o colonizador: por exemplo, o negro em relação ao americano branco. Haja da parte do homem branco idealização do negro ou, ao contrário, desprezo, este último não fica satisfeito com nenhuma das duas atitudes do primeiro: falta um sentimento de igualdade, falta naturalidade ao julgamento, os dois não estão em pé de igualdade.

Concluímos que, quando há desigualdade entre observador e observado, a psicologia corre o risco de ser tanto o retrato do primeiro quanto do segundo.

c) *Em psicologia da mulher.* Atribui-se às mulheres uma natureza que na realidade não passa de complemento da "natureza masculina", tal como esta é definida por nossas culturas. Isso se vê tanto na depreciação (mulher mentirosa, mulher enganadora) quanto na idealização (mulher-poesia). A mulher geralmente acha que não merece "nem esse excesso de honra nem essa indignidade".

d) *Em psicologia da criança.* A diferença entre observador e observado é ainda maior. E a criança reage à nossa atitude com tal prontidão que não nos damos conta da mudança que nossa presença de adulto produz em suas reações.

II. RELAÇÃO DA CRIANÇA COM O ADULTO. DESCRIÇÕES

Não descrevemos, portanto, uma natureza da criança, mas uma relação da criança com um ser que já não é criança. Relação que traduz o modo como a infância é concebida em nossa sociedade.

a) *A criança considerada como não essencial.* É a atitude antiga. Velhas concepções de uma educação autoritária. A criança é considerada um rudimento de adulto.

b) *A criança considerada como essencial.* Ela é o centro da família. Encontram-se mães (que se lembram ou acreditam lembrar-se de sua infância como de um tempo infeliz) que adotam atitude de enfermeira em relação à criança. A criança adota atitude complementar: "acha-se" muita coisa, mas também se acha deplorável, sente-se exposta a mil perigos. O "você quer fazer isso?" salvaguarda sua liberdade, mas a obriga constantemente a tomar decisões, o que está acima de suas forças e a põe em estado de vertigem (Escola nova) (exemplo da criança que, a ponto de mudar de escola, pergunta: "A gente vai ser obrigada a fazer o que quer?").

c) *Conclusões.* A situação da criança não é mais feliz assim do que num sistema de educação autoritário: nas suas relações com o adulto a criança não chegou ao pé de igualdade que poderia dar-lhe equilíbrio.

Sempre devemos nos interrogar sobre as razões que nos fazem adotar uma atitude com as crianças (ainda que ela seja benevolente: pode ser demagogia). Nossa atitude não deve ser resultado de nossos próprios traumas; a criança não deve sofrer o contragolpe dos abalos que tivemos na vida; ela não está lá para servir de consolo a nossos males pessoais, mas para viver sua própria vida.

Seria bom que certos educadores não amassem a pedagogia com a paixão sofredora que às vezes encontramos (a criança é por isso mesmo posta numa situação anormal). O educador deveria sê-lo por amor à vida, e não por ressentimento contra ela.

Problema da mesma espécie existe em toda a psicologia. Há sempre superestimação ou subestimação do objeto: viver uma relação de igualdade com outrem é o que há de mais raro em nossa experiência. O outro parece-nos mais forte ou mais fraco.

1º Mais forte:
Porque não enxergamos suas hesitações (Valéry observa que um livro lido em algumas horas pelo leitor muitas vezes foi composto em dez anos pelo autor. Somos, portanto, levados a supor no autor uma densidade de espírito que ninguém pode ter; daí nossa decepção quando entramos em contato com ele).

2º Mais fraco:
Porque nunca percebemos nele uma fonte. Ele tem "sempre a mesma cabeça"; é monótono, dizemos. O outro nos parece imóvel porque não enxergamos a liberdade. Temos sempre tendência a achar que o outro está acabado, fixado, e nós, não.

III. RELAÇÃO DA CRIANÇA COM O ADULTO. O QUE DEVE SER NOSSA PSICOLOGIA DA CRIANÇA

a) *Não se deve congelar a "condição de infância" numa mentalidade infantil, nem considerar a criança como um não-participante da vida humana.* Embora seja bom reconhecer – como se faz há cinqüenta anos – a originalidade da mentalidade infantil, nem por isso ela deve ser congelada numa estrutura mental que seja opaca para nós outros, adultos.

b) *O adulto deve ser retirado da educação?* Não. A educação de pura imanência, em que a criança é deixada ao sabor de suas próprias forças, não é melhor que a educação autoritária. A criança não conseguirá aprender as técnicas de vida se for entregue a si mesma ou se for submetida a seus educadores. Nos sistemas escolares em que a criança é sempre posta diante da criança, desenvolve-se o puerilismo e reina certo tédio.

Pode-se perguntar se a presença do adulto e até mesmo certos conflitos com ele não têm valor formador.

c) *Maneira de introduzir a criança na herança cultural.* No ensino secundário, o sistema socrático (chegar a tudo por meio dos pensamentos que partem dos alunos) não produziu os famosos resultados (extrema lentidão dos progressos, estagnação).

Os alunos aprendem imitando os modos de falar e pensar do professor. Portanto, não ingressam na herança cultural apenas por meio da inteligência, mas também por meios quase dramáticos de imitação do adulto.

IV. CRÍTICA À CONCEPÇÃO DA MENTALIDADE INFANTIL COMO ALGO FECHADO EM SI MESMO

a) *A "mentalidade primitiva".* O espírito do primitivo será substancialmente diferente do nosso?

Lévy-Bruhl (*La mentalité primitive,* P.U.F., 1922; reed. Retz C.E.P.L., 1976) partiu dessa concepção. Como os primitivos teriam conseguido adquirir nossas técnicas, aprender algo de nós se seu espírito fosse organizado segundo princípios outros que não os nossos, se tivesse vias de funcionamento distintas?

Nós também não seríamos às vezes pré-lógicos?

Reações que nos surpreendem, como a do pequeno gandula de Mannoni (*Psychologie de la colonisation*, Le Seuil, 1950; reed. com o título: *Prospero et Caliban: psychologie de la colonisation*, Éd. Universitaires, 1985), que, recebendo um presente deste último, considera que a partir de então lhe são devidos todos os tipos de favores por parte de Mannoni, enquanto nós esperaríamos mais um sentimento de reconhecimento, não provam que o pequeno indígena desse caso específico raciocina de modo diferente de nós, mas que um abismo entre as condições sociais de dois seres cria uma relação de *dependência* (idem entre o professor e o jovem aluno, realmente "fora da lei" depois que o professor lhe deu uma nota particularmente interessante).

Quando alguém vai para as colônias, de início só vê o que é pitoresco; para quem vive lá, o pitoresco desaparece, e aparecem as preocupações humanas, bem parecidas, por exemplo, com as de nossos camponeses.

b) *A consciência mórbida é fechada em si?*. Ribot: o patológico é idêntico ao normal: as leis de funcionamento são mais visíveis, o que há é aumento.

Charles Blondel passa ao outro extremo: opacidade da consciência mórbida.

Ora, é certo que as condutas mórbidas são, ao mesmo tempo, diferentes das nossas e compreensíveis por nós.

Não há meio de sobrepor conduta normal e conduta mórbida, mas elas respondem aos mesmos problemas de existência (exemplo: as obsessões são um embrião em nós; desejo e medo). Cf. Goldstein.

Minkowski mostrou muito bem o que seria preciso fazer para compreender o doente. Por exemplo, a alucinação. Taine dizia: a alucinação é uma percepção sem objeto. Mas o interrogatório mostra que o doente não confunde suas alucinações com suas percepções. Daí se deduz então que o doente não ouve nada, que alucinação é delírio. Minkowski, por sua vez, diz: vou "coexistir" com meu paciente e observar a repercussão de sua conduta em mim. Detecto o momento em que o sinto resvalar para seu universo mórbido; presto atenção, escrevo o que ele diz, sinto-o; terei o quadro da relação dele com o eu normal. Só se pode oferecer um quadro da relação do sujeito doente com o sujeito normal. É só por meio dessa contabilidade dupla que se pode chegar a compreender como a alucinação se apresenta ao alucinado.

c) *Haverá uma natureza feminina?* O retrato que se faz da mulher implica certa representação do homem. Em algumas outras sociedades a mulher é mais forte que o homem. Mulher frágil é coisa de cultura, não de natureza. Embora, do ponto de vista metodológico, não caiba negar as diferenças psicológicas entre o homem e a mulher, que têm origem nas diferenças biológicas, o único modo de saber se elas existem e até que ponto chegam é livrar-se dessa noção de "natureza feminina" e "natureza masculina".

d) *A criança.* Também no que se refere à criança, devemos reintegrá-la do modo como a concebemos no todo social e histórico no qual ela se apresenta.

V. PRECAUÇÕES METODOLÓGICAS

a) *Polimorfismo infantil.* Não devemos conceber a criança nem como um "outro" absoluto nem como "o mesmo" que nós, mas como *polimorfa* (Freud dizia: a criança é um perverso polimorfo... [virtualmente homossexual etc.].)

Levi-Strauss propõe generalizar essa noção e admitir que a criança é polimorfa do ponto de vista cultural: não há mentalidade infantil, mas polimorfismo infantil. A criança, por não estar ainda integrada em nossa cultura, pode apresentar condutas que lembram certas condutas patológicas ou "primitivas".

A aparente semelhança entre as mentalidades patológica, primitiva e infantil provém do fato de que a criança ainda não foi agregada pela formação cultural que será sua.

Mas não há três mentalidades pré-lógicas comparáveis.

b) *Fenômeno de prematuridade.* Possibilidade de a criança viver conflitos e episódios que se antecipem aos seus poderes físicos ou intelectuais. Sua vida, por conseguinte, define-se em relação a pessoas e instituições (exemplo: a mamadeira e o aleitamento já são contatos com uma pessoa e uma cultura).

c) *Relação de identificação.* A relação entre a criança e a adulto é uma relação singular de identificação. A criança se vê nos outros (como os outros se vêem nela). A criança vê nos pais o seu destino; ela será como eles. Há nela a tensão particular entre quem ainda não pode viver segundo o modelo e o próprio modelo.

d) *Crítica a quem cristaliza a "natureza" feminina definindo-a.* Stendhal mostrou que os traços da "natureza" feminina são resultado da história, do tipo de educação a que a mulher está submetida. Critica "os pedantes que afirmam que as mulheres têm espírito mais vivo, e os homens, mais solidez". Para compreender plenamente a natureza feminina, é preciso mencionar tudo o que a natureza dispõe em torno dela para moldá-la. Se fosse outra, talvez víssemos capacidades bem diferentes desenvolver-se nela. Stendhal observa que as ocupações da mulher são oprimentes, mas deixam-lhe a liberdade de sonhar; assim, a imaginação da mulher resulta do tipo de vida que ela leva. Se as mulheres usam menos a razão, é porque isso não lhes é exigido. "Todos os gênios que nascem mulher estão perdidos para a humanidade." A estrutura corporal, a faculdade de procriação são importantes, mas não podem dar conta da "natureza" feminina. A educação tem triste efeito: com dez anos, uma menina é muito mais viva que um menino. Com 20 anos, ao contrário, ela é aquela "grande idiota tímida que tem medo de aranha".

e) *Crítica à concepção de natureza infantil a priori.* Cabe aplicar à criança tudo o que Stendhal diz da mulher. É preciso reintegrar a criança ao conjunto do meio social e histórico no qual ela vive, em face do qual reage.

1.º Não cabe falar de natureza infantil, mas de polimorfismo infantil: na criança há coexistência de possibilidades muito diversas que a fazem assemelhar-se a certos neuróticos, a certos "primitivos", a certos adultos.

2.º Esse polimorfismo é acompanhado de prematuridade: a criança, já de saída, tem vida cultural; bem cedo entra em relação com seus semelhantes. Demonstra interesse pelos fenômenos mais complexos que a cercam: por exemplo pelos rostos, adquirindo assim uma verdadeira ciência da decifração numa época em que se poderia achar que ela só tem vida sensorial.

3º Há duplo fenômeno de identificação:

a) Dos filhos com os pais: a idade adulta representa uma espécie de perfeição, e a infância, uma imperfeição; a idade adulta é a idade em que se poderá fazer o que se quiser, em que estão eliminados fracassos, sofrimentos, imperfeições.

b) Identificação em sentido inverso: a mãe revive a infância na infância da filha.

Desses dois espelhos fronteiros provêm todos os tipos de conseqüências: as mulheres criam os filhos com brandura porque foram criadas com dureza; mas, por sua vez, os filhos criados com liberalidade sentem uma espécie de necessidade de regra, manifesta em suas idéias políticas. Há um movimento dialético: avós tradicionalistas – pais liberais – filhos que, chegando à idade adulta, mudam completamente de idéias e só concebem métodos autoritários. Portanto, os filhos nem sempre são a imagem dos pais, mas às vezes estão em oposição a eles. Como entender isso? É que a educação não era realmente liberal; era compulsiva, sistematicamente liberal. A criança percebe que os pais estão acertando contas com sua própria infância. E o que existe de totalmente não autoritário nos princípios liberais leva a criança à hesitação: ela se cansa de sempre precisar exercer a liberdade, assim como outras se cansam de nunca ter liberdade.

Portanto, a todo momento, em nossas relações com a criança, estamos tecendo sua atitude.

4º Como conseqüência, pode-se dizer que em psicologia da criança, antes mesmo que haja ciência psicológica, os fatos estão sendo interpretados, porque são expressão de uma relação entre o adulto e a criança. O fato também é sempre uma concepção a atestar o que é a criança, mas ao mesmo tempo como o adulto a pensa, a trata.

VI. COMO ELABORAR UM CONHECIMENTO RIGOROSO, CIENTÍFICO, DA CRIANÇA?

O psicólogo que tente proceder com rigor terá uma concepção da vida que influirá sobre a criança, mas ele terá consciência disso. A ciência psicológica não poderia ser, de modo algum, simples anotação de fatos.

a) *Todo conhecimento objetivo é uma construção*. Lewin, em seu livro *A Dynamic Conception of Personality* (*Psychologie dynamique*, P.U.F., 1964, cap. I, pp. 23-64), inspira-se no pensamento científico, nas ciências da natureza. Há dois modos de imitação: um método de imitação pobre, transposição exata, literal, que leva a uma psicologia científica com as mesmas formas de leis e relações numéricas existentes em física, e um método de imitação fértil, em profundidade. É preciso saber por que o conhecimento físico se desenvolveu. Para Lewin, foi no momento em que se renunciou à simples anotação dos fatos. Com relação aos fatos imediatos, a descoberta de Galileu não teria sentido algum; a relação entre uma pena voando, uma pedra rolando e uma bola sobre um plano só se torna inteligível quando se constrói a idéia de queda, construção que supõe a constatação da queda livre, a decomposição dos fatos.

Portanto, só há ciência a partir do momento em que há construção de modelos ideais capazes de possibilitar a associação entre fenômenos diferentes.

A psicologia não é simples anotação de tudo o que a criança diz e faz: aí só se encontram traços de uma dinâmica do desenvolvimento resultante da constelação familiar, do meio social. O fato histórico nada é, e só a significação é válida. O fato qualitativo é original e reconstruído.

b) *Retificação da consciência comum, que é enganosa.* A consciência que temos da criança, dos outros seres humanos, de tudo o que acontece é por natureza enganosa.

1º Marx e Freud mostram que é essencial à consciência enganar-se.

Para Marx, é natural que a nossa consciência ignore as relações sociais e econômicas que fazem a evolução do mundo. É natural conceber o homem à imagem do homem de nossa classe. Nossa consciência considera como traços da natureza humana o que é decorrente da história.

Para Freud, o sentido das condutas do homem é oculto. As coisas nunca são como parecem ser.

Primeiro exemplo: o ciúme. Geralmente se acha que o homem tem ciúme do rival por amar sua mulher. Na verdade, para Freud, o que há é amor ao rival.

Segundo exemplo: o luto. As condutas tradicionais escondem uma explosão de agressividade contra o defunto.

Por que Marx e Freud admitiram que o sentido de nossas condutas está oculto? Para Marx, o burguês vê as coisas através dos prismas do espírito burguês, pois pertence a essa classe histórica. Mas por que, no caso do ciúme, citado por Freud, a homossexualidade é vista como heterossexualidade? Por que a pesquisa científica é obrigada a inverter a aparência? É que não nos conhecemos de modo reflexível. Vemos em outrem tudo o que somos por projeção.

Para conhecer, é preciso certo afastamento, coisa que não podemos fazer por nós mesmos. Não se trata de logros do inconsciente; o fenômeno de mistificação decorre do fato de que toda consciência é consciência privilegiada de uma "figura" e tende a esquecer o "fundo" sem o qual ela não tem sentido algum (cf. *Gestalttheorie*). Esse fundo nós não conhecemos, ainda que ele seja vivenciado por nós. Somos para nós mesmos o nosso próprio fundo. Para que o conhecimento progrida, para que haja conhecimento científico do "outro", o que era fundo precisa tornar-se figura. Devemos parar de ver como *fatum* o que provém de nós mesmos.

2.º Moreno. É na mesma perspectiva que ele vê a técnica do psicodrama. Os indivíduos tomam consciência de seu próprio conflito quando representam em cena seu papel vital. Muitas vezes os coadjuvantes reais não estão lá. Dois auxiliares desempenham o papel deles, mas as atitudes do sujeito são tão impressionantes que esses "egos auxiliares" assumem automaticamente as atitudes desejadas, que são ditadas, impostas pelas do sujeito, que as implicava.

Quando estão num conflito, os indivíduos não percebem mais o sentido de sua conduta. Desse modo, assim que marido e mulher se encontram, certas atitudes inconscientes apresentam-se obrigatoriamente. O indivíduo não sabe o que está fazendo, mas vê no outro a conduta que deve representar. Na técnica de Moreno, o indivíduo, representando numa situação irreal, percebe sua atitude (exemplo do sonho novamente representado: há desbloqueio dos elementos esquecidos).

Moreno quer evitar que nossa conduta nos apareça como *fatum*, uma vez que, na realidade, ela provém de nós. Precisamos deixar de nos ver como reflexo do outro. Precisamos nos ver como outrem nos vê.

3º. Quanto às relações entre adulto e criança, não devemos considerar a criança de nosso ponto de vista, mas de um ponto de vista diferente do nosso. Precisamos tomar distância de nosso papel costumeiro. Precisamos despertar nossa própria espontaneidade (Moreno).

VII. PRINCÍPIOS ESSENCIAIS
(exemplificados na seqüência por certo número de exposições).

Princípio geral: devemos reconstituir uma dinâmica interpessoal, e não dispor as características de uma natureza infantil.

a) *Devemos evitar falar da "natureza" da criança.* Devemos evitar toda e qualquer concepção rígida, simplesmente estatística, dos estágios da infância (por exemplo, falar da natureza da criança de tal idade), toda e qualquer concepção rígida da psicologia dos sexos; nos testes, não devemos considerar os resultados em dado momento como verdadeiros absolutamente: eles indicam um estado momentâneo da dinâmica pessoal e interpessoal.

A psicologia da criança não é a evolução de uma natureza oculta. Assim, para Freud, as determinações anatômicas são dadas de saída, mas são quase nada. Há determinação do modo de sexualidade em certo momento, em função das posições diferentes que a criança assume na constelação familiar. A sexualidade adulta será uma superação de todas as fases anteriores. Quando a criança nasce, dizer "é menino, é menina" não quer dizer quase nada ainda. Mas quem diz menino ou menina diz indivíduo situado num campo de força que representa, a cada momento, para a criança, uma nuance particular de masculinidade ou de feminilidade. A criança nesse campo está submetida a vetores que a atraem para diferentes direções (cf. situação triangular de Freud, depois nuances ulteriores apresentadas por Freud: Édipo clássico precedido por Édipo inverso).

A realidade é uma dinâmica móvel sempre susceptível de mudança, o que explica as revoluções possíveis.

b) *Crítica ao pensamento realista.* O pensamento realista divide, separa, distingue exterior e interior, situação e resposta. Mas, na realidade, a situação que influi sobre o organismo, se depender das condições em que esse organismo está situado, depende também da própria estrutura deste: há pré-adaptação. Isso já é verdade em nível biológico: o organismo fixa-se num meio que lhe é favorável. Pode ser que as próprias propriedades internas do organismo o tenham feito estabilizar-se.

Não há organismo sem situação nem situação que não seja função de um organismo (Lagache).

O mesmo se aplica à teoria do sistema nervoso. Não se pode isolar, como fazia a psicologia clássica, funções perceptivas e funções motoras. A psicologia atual já não separa sistema sensitivo e sistema motor, mas fala do "lado sensitivo" e do "lado motor" do comportamento.

Desenvolvimento motor: exemplo do cão; o comportamento supõe uma antevisão de seu resultado. A percepção dos objetos mudará se o cão não puder se mexer; perceptivo e motor não são dois fenômenos distintos.

Quanto à fala, a função motora "falar" e a função perceptiva "ouvir" não são separadas (cf. D. Lagache, *Les hallucinations verbales et la parole,* in *Oeuvres,* tomo I, P.U.F., 1977], doente que acredita ouvir quando quem está falando é ele).

Assim também, a psicologia da criança deve ser construída através da relatividade. Há, pois, um mau uso da noção de objetividade. O pensamento pseudo-objetivo deixa de perceber o que constitui a verdade de vida da criança.

A concepção atomística é impossível.

Esse modo de pensar consiste num recorte imóvel daquilo que é o desenvolvimento da criança. Ora, se a criança constitui um momento numa dinâmica de conjunto, é impossível recortar a conduta infantil. Às dicotomias vistas na aula anterior, como a distinção entre funções perceptivas e funções motoras, podemos acrescentar:

1) *Distinção entre inato e adquirido*

Inato, no sentido rigoroso, significa o que se manifesta já no nascimento. Mas os psicólogos estendiam o sentido da palavra ao que é decorrente de condições próprias do sujeito, e não do meio. Inato era considerado sinônimo de endógeno. Cabem algumas ressalvas à noção de inato, assim como à noção de aptidão, tomada no sentido de natureza da criança presente já no nascimento, que a seqüência do desenvolvimento só explicitaria. Ora, essa natureza só pode desenvolver-se na dependência de certas condições do meio. Que são essa natureza e essa aptidão que não têm a possibilidade de exprimir-se sozinhas, o poder de realizar-se fora das condições exteriores? Trata-se do par situação-resposta, e não de uma resposta que dependa apenas das condições interiores. A noção de aptidão, portanto, é relativa a certas situações.

2) *Distinção fisiológica e psicológica*

Impossível separar as condições psicológicas e fisiológicas na conduta. Enquanto uma fisiologia mecanicista falava do cérebro como de uma máquina, hoje cabe ver no cérebro diferenças de nível, significação, estruturação. Tais noções são colhidas de nossa experiência com o sujeito psicológico. Assim, a diferença entre a linguagem superior do homem normal e a linguagem inferior do afásico consiste numa diferença de nível na qual intervêm noções de valor. O psicológico puro é uma noção-limite.

3) *Distinção amadurecimento-aprendizagem*

O amadurecimento consiste num conjunto de condições nervosas da qual depende o desenvolvimento do organismo. Não há sentido em opor isso ao "*learning*", pois o desenvolvimento orgânico depende de certas experiências exteriores. Não há amadurecimento separado de um certa aprendizagem.

Percebemos então que a psicologia da criança não pode contentar-se com essas espécies de dualismo: psicológico e fisiológico, amadurecimento e aprendizagem. Certas objeções refutam a idéia de vida sexual na criança, porque nela não há maturidade sexual. Mas essa opinião é arbitrária, antipsicológica, pois se há psicologia é porque os fatos mostram que a relação da criança com seu meio não é o que é somente a partir de seu amadurecimento orgânico. A criança antecipa-se; está em relação com uma cultura e, de antemão, trava relações antecipadas com o meio. A criança brinca de mamãe com uma boneca bem antes de ser efetivamente mãe. A psicologia nasceu de fato no dia em que se percebeu que a relação da criança com seu meio não é apenas a relação possibilitada pelo estado ou grau de seu desenvolvimento fisiológico.

VIII. ERROS DEVIDOS AO MODO DE PENSAR REALISTA NAS PESQUISAS DA PSICOLOGIA INFANTIL

Importamos para a conduta infantil uma problemática que lhe é estranha. Algumas pesquisas fazem à criança perguntas que ela mesma não se faz.

a) *Pesquisas sobre a representação do mundo pela criança.* Quando se pedem à criança enunciados sobre questões gerais pede-se que ela totalize, condense sua experiência em certo número de fórmulas. A própria idéia de representação do mundo supõe a possibilidade de encontrar na criança uma tese sobre o mundo. Piaget dá numerosos exemplos em seu livro *A representação do mundo na criança (La représentation du monde chez l'enfant,* P.U.F., 1972). Assim, quando interroga a criança sobre o lugar do pensamento, esta lhe responde que ele está na garganta, na língua, na cabeça ou na respiração. Caberá concluir daí que para a criança o pensamento é algo material, no sentido adulto da palavra, que ela ainda não fez a distinção entre pensamento e corpo? Mas as palavras respiração, voz, garganta têm significado infantil. A criança as entende como voz e respiração vivenciadas por ela a partir do interior; não significa obrigatoriamente que ela confunde pensamento com objeto. Há na criança uma noção de corpo fenomênico indiviso entre pensamento e extensão.

Wallon mostra que há certas coisas sobre as quais a criança tem teses (as coisas de seu meio); há outras (as "ultracoisas") sobre as quais ela não tem tese e que não fazem parte do contexto de sua vida. É neste último caso sobretudo que ela se mostra animista, artificialista, enquanto se mostra razoável em relação às coisas nas quais vive.

Enquanto permanecermos na posição dogmática, a do senso comum, continuaremos a fazer à criança perguntas que não têm relação com sua situação, assim como as primeiras análises da afasia resultavam de uma definição grosseira dos sintomas, baseada em categorias pré-científicas. Mas, se observamos que aquilo que chamamos de criança é nossa representação da criança, procuraremos penetrar em seu universo polimorfo e nos sentiremos obrigados a fazer muitas ressalvas antes de propormos o problema da representação da criança.

Podemos mostrar a mesma coisa em relação a muitos problemas da psicologia da criança.

b) *Problemas da percepção das cores.* Para uma psicologia dogmática, a criança percebe as mesmos cores que o adulto; só pode haver uma diferença de mais e de menos entre os dois. Mas, se prestarmos atenção às reflexões da criança, a seu tom, notaremos que, muito provavelmente, há uma estrutura do universo das cores na criança que não cabe sobrepor à dos adultos, e não uma diferença de menos ou mais. A estruturação do universo das cores na criança é menos diferenciada, mais confusa que a nossa (Koffka). Não é de crer que ela tenha o mesmo sistema de cores e que entre ela e nós só exista uma diferença no número de conteúdos e no grau de atenção.

Como explicar a persistência tão grande desse erro? Pelo princípio ou postulado de constância, a saber, que as mesmas condições determinam as mesmas conseqüências, ou, formulando de modo mais exato: o universo do adulto compreende como parte o universo da criança. Assim também, postulava-se que as percepções são as mesmas nos dois, que só há uma diferença de atenção.

Se introduzirmos a noção de estrutura (a configuração-percepção é diferente apesar de serem os mesmos os estímulos), entenderemos como a criança pode estar ao mesmo tempo mais perto e mais longe de nós do que acredita o pensamento realista.

c) *Problema da constância dos objetos.* Piaget (*Recherches sur le développement des perceptions, Archives de psychologie,* Genebra, 1943-1946) discute a idéia de constâncias perceptivas precoces independentemente do desenvolvimento intelectual.

Para os gestaltistas, a constância do tamanho de um objeto, quando ele se afasta, seria resultado da organização, da configuração dos elementos do campo.

Para Piaget, só há realmente constância quando há constância intelectual. Piaget insiste sempre na imperfeição das "regulações perceptivas". Ele as interpreta negativamente. A ordem verdadeira é racional. Esta só se estabelece de fato com a reversibilidade das operações, e isso implica um estado intelectual muito avançado.

Mas caberá subestimar os tipos de unidade que se realizam antes da unidade intelectual? Essa unidade vivenciada não será ainda a unidade da percepção adulta?

Para os gestaltistas, há um começo de organização do campo antes da inteligência, organização que é unicamente percepção. Eles nunca pretenderam afirmar que essa organização é perfeita desde o início, mas apenas que, desde o início, há organização.

A alternativa desordem ou ordem racional é sinal de uma intrusão do pensamento adulto na vida da criança. Para compreender a verdadeira percepção da criança, é preciso representar uma ordem que não é uma ordem racional, mas que tampouco é o caos.

d) *Pesquisas sobre o desenho, em particular pesquisas de Luquet.* Descrevem o desenho infantil em relação ao desenho do adulto, ou seja, o desenho em perspectiva. Caracterizam, portanto, os procedimentos do desenho da criança de modo negativo. A criança não representa o que vê, mas o que sabe, dizem. Ora, Luquet construiu o que a criança vê em virtude do que ele, Luquet, imagina que a criança veja. Mas o desenho em perspectiva é uma conquista de nossa história, e não um dado de nossa percepção. Há várias "perspectivas" possíveis. Ao contrário, se abordarmos o modo de percepção da criança de maneira positiva, a perspectiva do adulto nos aparecerá como um caso particular de um procedimento de expressão. O "rebatimento", por exemplo, é modo de expressão da simultaneidade das partes do campo que se ocultam mutuamente, e não simples ignorância da perspectiva.

Em conclusão, podemos dizer que é preciso reconhecer a ambigüidade e o polimorfismo da consciência infantil, e não apagá-los com as perguntas feitas à criança.

Uma psicologia da criança que fosse sobretudo psicologia do conhecimento da criança seria muito artificial. Por exemplo, no que se refere à linguagem, não há na criança um conhecimento da linguagem, mas uma prática da linguagem, e essa prática pode conduzir a modos de expressão surpreendentes porque não pertencem à linguagem "objetiva". Outrossim, nas análises sobre o próprio corpo na imagem especular, com grande freqüência tendeu-se a *interpretar* o desenvolvimento como um desenvolvimento de conhecimento. Na realidade, trata-se de uma anexação de sua imagem pela criança, de uma tomada de posse de seu corpo, e essas operações vitais estão em estreita relação com a vida afetiva.

Por fim, compete ainda descartar o pensamento realista do adulto para compreender a relação entre psicológico e sociológico na criança. A criança está na sociedade e em seu corpo, nos dois meios ao mesmo tempo sem dificuldade alguma.

Depois dessa enumeração de exemplos, chega-se a certo número de temas de reflexão que serão objeto de exposições.

Essas exposições têm o objetivo de prevenir contra o realismo.

I. CRÍTICA AOS MÉTODOS QUE BUSCAM SOMENTE A AVALIAÇÃO ESTATÍSTICA DOS FATOS

Acredita-se, em geral, que há ciência quando a psicologia atinge certas regularidades. A regularidade e a freqüência são os critérios da pesquisa científica. Esse preconceito tem como conseqüência deixar por conta da literatura, entendida em sentido pejorativo, todos os fatos individuais. Atualmente ainda muitos psicólogos consideram que uma monografia é um trabalho preparatório à ciência, mas ainda não é um trabalho científico.

Esse problema foi rediscutido: a monografia, se feita em profundidade, tem tanto valor quanto um estudo superficial de numerosos casos, ou mais valor. Assim, para Goldstein, é mais científico estudar a fundo um único caso do que comparar superficialmente observações que, nesse caso, não podem ser reinseridas em seu contexto. Se tomarmos como exemplo um caso de agnosia visual, caberá estudar o sujeito ao ponto de vista da percepção, mas também de todos os pontos de vista: linguagem etc. É preciso ter em vista todos os setores da personalidade.

Assim, percebeu-se que um indivíduo afetado por agnosia, numa conversa, é incapaz de improvisar; que, em sua conduta sexual, ele não tem iniciativa, liberdade. É incapaz de estruturar, de tratar um elemento dado sob diferentes aspectos, de variar os pontos de vista.

Há dois modos de conceber a indução científica:

– pode-se chegar a uma proposição geral com base nos fatos, por meio da abstração;
– ou procurar intersecções no interior de um caso: a psicologia da criança deveria inspirar-se nesse método.

O conceito de "generalidade" tem dois sentidos: – se examinarmos um grande número de casos dispersos, a generalidade será maior quanto mais pobres forem esses casos; – se a generalidade for obtida chegando-se ao cerne do fenômeno concreto, teremos uma "generalidade essencial".

Contudo, no mais das vezes, os psicólogos empregam a generalidade estatística. Descobre-se que três anos é "a idade do negativismo" e comparam-se todas as observações dessa afirmação. Mas então ninguém explica nada; simplesmente se dá um nome a certos fatos sem os explicar. Ora, a psicologia deve dizer por que tais fenômenos ocorrem.

Os conceitos de "instinto" e "aptidão" apresentam exatamente as mesmas falhas. Aptidão é simplesmente um "comportamento observado, realizado de antemão dentro da criança"; e, assim como diz Lewin, instinto ou tendência é uma "seleção abstrata de traços comuns a um grupo de atos que se apresenta de modo freqüente".

A psicologia de hoje, segundo Lewin, se reduz muitas vezes a uma psicologia do tipo aristotélico, ou seja, ela se limita a uma pesquisa do geral que no fundo nada teria em comum com a realidade científica.

O método estatístico estaria especialmente exposto a esse perigo; procura-se a média, que adquire valor representativo e é empregada para caracterizar a idade mental de uma criança de dois anos, por exemplo, e para fazer previsões.

Mas instrumentos matemáticos não bastam para conferir caráter científico a uma pesquisa. A psicologia tenta demonstrar que é ciência empregando tanta matemática quanta consegue, mas, se esse aparato matemático for usado sobre conceitos aristotélicos, estaremos sempre aquém da ciência.

A procura de leis não bastará para caracterizar a ciência se as leis forem entendidas no sentido de generalidade abstrata. Lewin considera que a estatística pode ser válida, mas que não deve ser aplicada cegamente.

A famosa pilhéria de Binet, "Inteligência é aquilo que meu teste mede", significa, em sentido imediato, que científico não é perguntar o que é inteligência, mas medir, comparar a conduta de uma criança de certa idade com a das crianças de sua idade. Mas, nesse sentido, a ciência psicológica não irá longe. A pergunta "o que é inteligência?" não é indiferente para a ciência, nem mesmo para a mais experimental.

Os fatores medidos pelos testes eram com freqüência fatores periféricos relativamente independentes da personalidade total do sujeito; o mesmo teste, aplicado alguns anos depois, não dará os mesmos resultados. O teste não poderá possibilitar previsões. Por isso, deverá estar suficientemente próximo da totalidade da criança para medir o estado geral de sua conduta, e não apenas suas conseqüências.

É preciso captar a totalidade do devir da criança, reconstituir o desenvolvimento dinâmico, e não arrolar certo número de desempenhos em que a criança tem ou não sucesso em dado momento. O mesmo se aplica aos afásicos de Goldstein: o uso automático da linguagem é mantido, mas não o uso inteligente: portanto, não se trata de destruição verbal, mas de uma queda da linguagem para um nível inferior. Em patologia, a atenção se volta primeiramente para sintomas definidos pelas respostas que o organismo deixou de dar às solicitações e aos estímulos do meio. Mas isso não nos dá a essência da doença. É preciso reconstruir a sintomatologia propondo ao organismo estímulos mais precisos que os do senso comum. Só há verdade a partir do momento em que se atinge o centro da personalidade.

Outro aspecto desse "preconceito do geral" é a exclusão dos casos patológicos. Esse é um modo de pensar pré-científico que divide as pessoas em doentes e sadias. É comum dizer-se: "É uma situação excepcional" e "a exceção confirma a regra"; ora, é uma contradição, pois, ao contrário, ela a invalida. Na verdade esses "slogans" mostram nosso preconceito de achar que "ciência, só do geral".

Obtida a generalidade, amontoam-se todos os resultados a esmo e, generalizando-se, disserta-se sobre "o filho único, em Viena em 1928", ou sobre "a criança de um ano".

O erro desse método, diz Lewin, é ater-se à superfície das coisas, aos fatos imediatos observáveis, ao "histórico-geográfico". Apesar da extensão do campo das pesquisas, os resultados podem não querer dizer nada, se tiverem sido misturados casos diferentes. É impossível fazer uma média sem que um princípio nos diga que é possível manter juntos os diferentes elementos dessa média.

II. MÉTODO PRECONIZADO POR LEWIN: MÉTODO DE INSPIRAÇÃO GALILEANA

É preciso entrar na dinâmica do processo em causa. Lewin é:
– favorável à descrição e contrário aos métodos analíticos, atomizantes;
– contrário aos métodos descritivos superficiais que impeçam de atingir o fundo do fenômeno. Lewin critica os métodos descritivos que se atêm ao fenótipo (conseqüências), e não ao genótipo (premissas).

O método galileano deve substituir o de tipo aristotélico.

Não se trata de uma imitação exterior: cumpre refazer em psicologia o que foi feito em física, o que não significa fazer a mesma coisa, mas sim ter um método igualmente fecundo (por exemplo, é não reduzir comportamento a comportamento físico).

Trata-se, antes, de depreender um modo de pensar. O essencial é uma reforma do saber, do entendimento do psicólogo.

Quais são os princípios desse pensamento "galileano"? Em primeiro lugar, a homogeneização do campo de pesquisas. O mundo físico para Galileu é homogêneo: o que ocorre nas estrelas, na superfície do mar, na queda de uma pedra não são fenômenos separados no espaço supralunar e sublunar, mas sim aspectos de uma mesma série. Em vez de pensar por classe, é preciso pensar por série.

É preciso aplicar esse método à psicologia: não se trata de um sacrifício das diferenças qualitativas, de um atomismo psicológico ou de um associacionismo estrito (behaviorismo).

Não devemos sacrificar a diversidade dos fatos, mas compreendê-la; os fatos normais e patológicos, do homem e da mulher, do adulto e da criança devem ser considerados parte da mesma série, ainda que não idênticos.

1.º *A conduta patológica e a conduta normal constituem respostas a situações que são objetivamente as mesmas.* Mas a conduta de evitamento, por exemplo, não se encontra no sujeito normal. Portanto, não há identidade entre as condutas normal e patológica, mas situação comparável: a relação com outrem; problema comparável: é preciso viver.

Portanto, é preciso perceber o problema ao qual correspondem as condutas, mantendo ao mesmo tempo as diferentes descrições das condutas.

2º *O mesmo se aplica à relação entre civilizados e "primitivos".* Sem dúvida estamos unidos a eles por alguma coisa sem a qual não poderíamos compreendê-los. Estamos unidos por um fundo comum. Por isso, é preciso certo afastamento de nós mesmos para compreendermos as coisas nas quais vivemos, para nos compreendermos (cf. estudo sobre uma cidade americana atual, feito como estudo de sociedade arcaica). Da perspectiva científica, não devemos privilegiar uma população ou uma civilização em detrimento de outra. Devemos considerar as relações entre duas civilizações como relações recíprocas.

3º *As relações entre masculinidade e feminilidade devem ser consideradas como relações destacadas sobre um mesmo fundo;* o problema por solucionar é o mesmo: o de uma vida humana.

É preciso homogeneizar, no sentido da variedade, respostas a uma situação. É preciso considerar que há um universo da psicologia de que fazem parte o doente, o primitivo, o homem, a mulher etc.

As leis psicológicas nunca serão seqüência de fatos encontrados em todo e qualquer lugar. Existirá psicologia científica quando tivermos condições de compreender os diferentes caminhos (dos primitivos, dos adultos, da criança...) como sistemas paralelos que respondem ao mesmo problema por meios diferentes, como lógicas paralelas.

Em termos de estatística, conclui-se que é preciso passar da média ao "caso puro" (Lewin) no qual os diferentes fatos observados são os que realmente têm uma relação intrínseca, essencial. É preciso pensar o fato, reconstruí-lo mentalmente. Ciência não é apenas observação (cf. Poincaré, não se faz uma casa lançando pedras ao acaso).

A lei da queda dos corpos de Galileu não pode ser obtida por constatação simples. Ela se define com base num processo ideal: funda-se sobre uma "idealização" (Husserl). Paradoxo da ciência: para compreender o concreto, é preciso, em certo sentido, começar por lhe dar as costas. Galileu precisou reconstruir os dados dos sentidos com um procedimento intelectual. Quando, ao contrário, queremos notar diretamente o fato (Aristóteles: o elo natural dos corpos pesados), chegamos a abstrações. A ciência começa no dia em que, em vez de notarmos passivamente, reconstruímos as aparências, damos "modelos" da realidade. A exceção não terá mais o sentido de escândalo que tinha para Aristóteles (para quem o individual era o irracional). As condutas são variações de uma dinâmica do desenvolvimento. Assim, em psicanálise, pode-se ter em vista ao mesmo tempo condutas compulsivas nas quais o sujeito luta contra sua liberdade e condutas em que, ao contrário, ele se entrega à sua liberdade (perversão), porque elas são recolocadas no desenvolvimento da libido; abrangem, assim, uma realidade psicológica única.

Portanto, não devemos ir ao geral, mas ao central.

Noções de valor, de significação: toda uma parte da física considera vetores; a psicologia pode fazer o mesmo. Científico não é eliminar qualidade, valor ou significação, mas considerar os fatos num contexto; toda conduta em psicologia é uma resposta orientada por uma situação. Pode-se então considerar uma teleologia, não de natureza, inscrita uma vez por todas no indivíduo, mas uma teleologia submetida a condições e em relação com uma situação à qual responde.

III. CARACTERÍSTICAS DE UMA PSICOLOGIA CIENTÍFICA

1. Para Guillaume (cf. *Introduction à la psychologie*, Vrin, 1943), a ciência psicológica visa a estabelecer seqüências empíricas constantes. Essa concepção implica que a lei é uma essência da qual participam um número maior ou menor de casos particulares. Nesse caso Lewin estima que a psicologia é reduzida a explicação em termos "de essência aristotélica" e nada mais tem de ciência.

Para Lewin, o critério de uma psicologia científica é o abandono da clivagem entre a generalidade de uma essência inteligível e a particularidade do fato. É preciso pensar por séries, e não por classes.

As três condições de uma ciência psicológica são:
1.ª Conceber como homogêneo o campo dos fatos psicológicos, sem reduzir os fatos mais complexos aos mais simples.

Método em psicologia da criança

2.ª Usar conceitos "condicionais" genéticos, e não conceitos de classes.
3.ª Tal psicologia deve ir ao concreto indiretamente, pela construção de conceitos que permitam compreender os fatos individuais.
Não é a exatidão das medidas, mas essas três condições que constituem uma psicologia científica.

2. Noção de situação. Lewin combate a psicologia que só pode ser ciência renunciando ao uso dos conceitos de fim, teleologia, atividade orientada. Esses conceitos terão caráter científico se considerarmos o vetor como algo dependente das relações mútuas de vários fatos. Todos os elementos estão em interação no campo. Donde a importância da noção de situação, diz Lewin. Ela não poderá aparecer enquanto a ciência tiver uma idéia falsa da objetividade, a saber, que só as qualidades numéricas podem ser características da objetividade.

A situação não comporta todos os elementos do mundo exterior, mas apenas "o conjunto das características do mundo exterior capazes de provocar uma resposta por parte do organismo". É o resultado comum das experiências internas de um organismo e dos dados exteriores. A situação é uma mediação entre o puro objetivo e o esforço próprio do organismo, o lado subjetivo da organização. A situação é portanto essencial para conhecer o indivíduo, o organismo em questão, pois ela está no ponto de junção entre o fora e o dentro.

Foi uma ação desse tipo que originou a descoberta de Galileu: ele concebe a dinâmica do fenômeno ligada à situação; levando esta última em conta, ele pode associar os fenômenos em questão.

A lei resulta da aplicação dessa noção de situação: é o que está "entre" todos os casos particulares, o elo de que estes são variações. Portanto, os vetores que determinam a dinâmica do fenômeno são definidos pelo fato concreto, pelo objeto e pela situação. Daí a possibilidade de generalidade não abstrata de que a psicologia precisa.

IV. EXAME DOS ELEMENTOS QUE CORRESPONDEM A UMA PSICOLOGIA CIENTÍFICA NA PSICOLOGIA CONTEMPORÂNEA

1. Instinto. Enquanto considerarmos o instinto como força orientada para certo objetivo, como "*Phýsis*", continuaremos na chamada psicologia aristotélica.

A psicologia da forma modifica essa noção de instinto: no instinto não há finalidade expressa, segura de seu objetivo, mas algo orientado, ainda que diferente de uma verdadeira finalidade, pois esse ato pode ser desviado no percurso ou mesmo detido. O instinto é, pois, diferente de uma "*Phýsis*" que tem seu "*télos*", de uma natureza que tem seu objetivo; mas comparável a certas situações abertas que invocam certo modo de evolução não inteiramente determinado.

O instinto, portanto, já não é considerado alguma coisa "à parte", mas pode ser aproximado da noção de hábito e de ato voluntário. O instinto que atenda à regra de homogeneidade de que falava Lewin pode entrar na dinâmica geral da conduta. Tem-se uma totalidade de conduta na qual o instinto não passa de um momento.

2. Noção de situação aberta que, comparável à melodia que espera o retorno dos acordes fundamentais para resolver-se, invoca por si mesma uma resolução. A finalidade do instinto não consiste no exercício de uma potência imutável, inata, que faz o que quer, mas deve ser concebida em função do conjunto da personalidade.

Segue, a título de exemplo, uma exposição sobre o livro de Margaret Mead *Male and Female* (*L'un et l'autre sexe*, Gallimard, col. "Folio-Essais") e sobre os determinantes sociais da masculinidade e da feminilidade.

CONCEPÇÕES DE MARGARET MEAD SOBRE A MASCULINIDADE E A FEMINILIDADE

Se há alguma coisa que parece depender de condições corporais, são os caracteres de masculinidade e feminilidade. A grande descoberta da psicanálise foi mostrar que esses caracteres não podem ser entendidos fora das relações interpessoais.

1) *Contribuição de Margaret Mead à psicanálise clássica*

Margaret Mead não participa das concepções psicanalíticas; partiu de pesquisas etnográficas. Ela modifica a psicanálise ao mesmo tempo que a descobre. Ela "generaliza" a psicanálise.

A. A psicanálise clássica (Freud) permanecia muito tradicionalista no que se refere a essa questão. Quando Freud declara que a essência de toda sexualidade é masculina, que a sexualidade feminina não passa de variedade da sexualidade masculina – o que explica a existência de um complexo de castração na menina –, estamos diante de uma concepção tradicional de essência masculina, de um reflexo da concepção patriarcal da família. Mas ao mesmo tempo, essa ponte lançada entre a conduta masculina e a conduta feminina inaugura uma concepção ambivalente da sexualidade.

Freud mostra que, apesar de dada destinação sexual, os acontecimentos psicológicos podem desviar o indivíduo até a inversão sexual. Ele foi o primeiro a vincular a inversão sexual a causas psicológicas: o fato de pertencer a um sexo não é apenas fisiológico e anatômico, mas psicológico.

Parece, portanto, que em Freud há conflito entre as concepções que ele herdou e as que elaborou, conflito entre uma interpretação naturalista e uma interpretação psicológica da sexualidade.

Para Freud: a situação edipiana é o pivô central e único no que se refere à civilização humana.

B. Para M. Mead: a situação edipiana descrita por Freud não passa de solução particular para um problema que parece universal. Universal é certo problema que se apresenta a todas as sociedades devido à existência de pais e filhos. O *fato universal* é a existência de *filhos que começam sendo fracos e pequenos, ao mesmo tempo que estão estreitamente associados à vida adulta.* "Há eflorescência prematura de sentimentos sexuais na criança quando esta é incapaz de procriar" (M. Mead). A criança é polarizada nas questões sexuais enquanto é incapaz de exercer as atividades que caracterizam um adulto.

Há dupla identificação entre filhos e pais: o filho vê seu futuro nos pais, ao mesmo tempo que os pais vêem nele sua infância. O fato universal, que é o ciclo biológico, retomado por consciências tem como conseqüência o fato de os pais aparecerem para o filho como espelhos daquilo que ele deve vir a ser e vice-versa. A vinda de um filho representa, pois, uma interferência nas relações entre os adultos e provoca uma mudança; não é simples soma sem modificações nas relações dinâmicas entre os pais.

Esse mesmo fato universal pode ser formulado de outra maneira: há na criança uma vida sexual que precede a capacidade de procriação; em termos freudianos, uma sexualidade pré-genital. Na criança, toda a capacidade de fixar-se começa a agir desde as primeiras relações bucais do filho com a mãe. Encontramos sempre a idéia de prematuridade.

A idéia de problema universal que está ligado à existência da criança já se encontra em Freud, mas ele não a captou. Viu as relações entre filhos e pais nos casos particulares da estrutura edipiana da família. Mas não saiu do caso particular da constelação edipiana.

Margaret Mead trouxe à tona conexões que Freud sentira, dando-nos delas uma visão mais geral. Mostra que essa relação existe em casos mais gerais do que a edipiana. No entanto, a situação edipiana nem por isso deixa de ter uma espécie de privilégio. Não podem ser igualadas, como formadoras, todas as estruturas familiares ou sociais. Não é por não ser universal que o complexo de Édipo deixa de ter valor. Guex mostrou, em sua obra *La névrose d'abandon* (P.U.F., 1950), que quem sofre de neurose de abandono nada mais é que um sujeito pré-edipiano que não teria passado pelo regime edipiano. O complexo de Édipo é condição de formação, e não um mal. Para sair do estado de criança, que consiste na realização imediata daquilo que se deseja, é preciso passar pelo complexo de Édipo, em que a criança aprende em todas as suas relações afetivas a não ser apenas criança, um ser do imediato, do absoluto e do capricho, aprende a renunciar a uma coisa para ter outra. Ora, os pré-edipianos continuam sendo crianças por toda a vida, pois não conseguem viver uma relação afetiva que não seja instantânea.

O objetivo das pesquisas de Margaret Mead, ao generalizar a psicanálise, não é mostrar que Freud é "louco". Generalizar e desacreditar a psicanálise não são a mesma coisa.

Essa psicanálise generalizada consistirá em escrever uma espécie de equação das relações entre pais e filhos, em encontrar a fórmula geral que tem como um caso particular a estrutura edipiana da família.

2) *Diferentes tipos de relação da criança com a mãe*

M. Mead define três tipos de relações possíveis entre a criança e a mãe: relações simétricas, complementares e recíprocas.

a) *Relações simétricas.* Um é para o outro o que este é para aquele. A criança é uma vontade comparável a uma vontade de adulto. Há uma relação de cooperação, uma relação de igualdade.

b) *Relações complementares.* A mãe tem papel de proteção: ela dá e a criança recebe. Trata-se de uma relação de dominação e submissão, relação assimétrica, relação que visa a um espírito de competição.

c) *Relações recíprocas.* Relações de igualdade não baseadas numa relação de ser para ser, mas nas trocas de bens.

A relação complementar será realizada numa sociedade em que a relação da criança com o seio materno é demasiadamente enfatizada. Essa relação pode ter todos os tipos de modalidades, desde o aleitamento passivamente recebido pela criança até as reações agressivas da criança em relação ao seio.

A relação recíproca será realizada numa sociedade em que se enfatize demais o controle esfincteriano da criança; em nossa sociedade, por exemplo.

A excreção pode tornar-se muito importante para a criança desde que o adulto lhe dê muita atenção. A valorização das excreções transforma-as num presente que a criança dá aos pais. Essa relação recíproca define o modo fundamental como serão concebidas as relações humanas.

Entre nós, a relação simétrica vem sobrepor-se mais tarde à relação complementar. Passa-se ao simétrico, por exemplo, na puberdade.

Esse sistema de conceitos possibilitaria analisar coisas como a sexualidade pré-genital, mas destina-se também a permitir entrever nas relações da criança com a mãe analogias com as relações entre adultos nas sociedades em questão. A relação masculinidade-feminilidade realizada numa sociedade cristaliza-se nas relações mãe-filho, tal como são realizadas pelos costumes, pelos cuidados dispensados.

O objetivo de M. Mead é mostrar que, numa sociedade, as relações entre homem e mulher e as relações entre mãe e filho são ao mesmo tempo causa e efeito um do outro. Os filhos, ao se tornarem adultos, tendem a reproduzir a mesma estrutura da relação masculinidade-feminilidade. Nenhuma das categorias está realizada em estado puro. Mas sentimos que a relação masculinidade-feminilidade está vinculada a toda uma técnica de relações da mãe com o filho e de relações do homem com a natureza.

EXEMPLO

a) *Exemplo negativo. Sociedade das ilhas Alor.* (Kardiner, *The Psicological Frontiers of Society,* Columbia University Press, 1945).
Nessa sociedade, há ausência total de cuidados por parte dos pais. Os filhos ficam entregues a si mesmos. Essa relação entre pais e filhos tem contrapartida nas relações entre adultos. Estes só mantêm relações negativas com seus semelhantes; não há grandes amizades nem grandes inimizades. Vivem ao sabor dos acontecimentos sem tentarem organizar a vida. A economia caracteriza-se pelo desperdício, pois eles não sabem acumular nem construir.
Não há formação de superego, repressão nem sentimento de culpa, portanto não há masoquismo e quase não há suicídios nessa sociedade.
A essa sociedade que evita alguns inconvenientes edipianos faltam certas vantagens dele, em especial a capacidade de trabalho e de produção.
A disjunção pais-filhos é paralela à disjunção de relações entre adultos e relações com a natureza.

b) *Exemplos positivos*
Arapeches. A relação da criança com o seio materno é muito acentuada, relação passiva, pois a criança recebe o peito sempre que pede. Decorre uma atitude passiva na mulher adulta, uma atitude de dependência; ela procura ser mimada. No menino a atitude passiva não é compatível com sua vida de homenzinho, donde o medo das mulheres consideradas hipersexuais. Os garotos são pouco agressivos, pouco afirmativos, pouco criativos.
A essa atitude complementar corresponde uma série de usos: ritos de iniciação que são apenas reação dos homens contra a relação de posse estreita entre a mãe e o filho. Esses ritos são muito

acentuados principalmente por haver necessidade maior de arrancar a criança à relação exclusiva com a mãe.

Nessa sociedade existem ritos de iniciação, mas não são cruéis, pois não há rivalidade entre meninos e meninas ou homens e mulheres; por isso, não é necessário reagir violentamente contra a preponderância da mãe. Também não há formalização do período de latência; esta só é circunscrita quando existe diferenciação muito forte entre masculinidade e feminilidade, ligada à estrutura edipiana da família.

Iatmuls. A relação bucal complementar também é muito acentuada, mas diferente da dos arapeches, pois o bebê tem atitude ativa, comportamento exigente. A imagem das relações sexuais também é muito diferente, muito mais enérgica e ativa. O mesmo ocorre com os ritos de iniciação: existem casas de homens. Mas no lar da família os homens têm aspecto medíocre e deplorável, sendo considerados pálido reflexo das mulheres. A iniciação tem como objetivo arrancar a criança à dominação da mãe.

Manus. Ao mesmo tempo relação estreita entre masculinidade e feminilidade e aspecto propriamente original dessa relação, visto que o conjunto das relações entre pais e filhos e homens e mulheres é elaborado a partir de relações de pura *reciprocidade.* Predominância na educação de tudo o que se refere às funções de excreção.

Resultado nas relações entre homens e mulheres: as relações sexuais são também dominadas pela reciprocidade. O lado lírico, poético da sexualidade é descartado. Há uma espécie de ascetismo que seria sobretudo vergonha do corpo nas relações amorosas. Relações sexuais apressadas, consideradas como uma espécie de "excreção a dois". Os caracteres sexuais não são considerados valores. Não há valorização especial do masculino: igualdade dos sexos resulta da subestimação de tudo o que é da alçada sexual, igualdade na miséria. O elo conjugal é uma espécie de associação, e não um laço sentimental: a mulher é vista como um bem. Uma relação circular determina a repetição das mesmas atitudes típicas de geração em geração.

Mondugumores. As mulheres detestam os filhos. Carregam-nos em balaios como objetos e os alimentam irregularmente. A relação mãe-filho está em convergência com toda uma série de características da cultura: não há apego à mãe, portanto os homens não têm necessidade de recuperar o menino, e não há ritos de iniciação, casa de homens. Os ritos de iniciação existem, mas são apenas simbólicos: exibições que não são realmente sessões coletivas; não têm o caráter das práticas que desejem exprimir a separação entre o homem e a mulher, um novo nascimento. A clivagem principal não é entre masculino e feminino, mas entre pais e filhos. Por isso, a tensão é violenta. Essas sociedades não são capazes de adaptar-se a situações novas (por exemplo, não-adaptação à mudança de curso de um rio; por conseguinte, horror à água, a tal ponto que os homens não sabem nadar; sentimentos de canibalismo em relação à população irmã do outro lado do rio).

Resistência às expedições punitivas organizadas pelos colonizadores, mas capitulação quando estes aprisionam os mais ricos (estes temem por suas mulheres). Portanto, sua resistência cede em certas condições morais. Em conclusão, sua possibilidade de resistência é governada pela lei do tudo ou nada: rigidez. Essas populações são tão incapazes de dar uma educação flexível às crianças quanto de adaptar-se a situações novas. Essas sociedades correm o perigo constante de pulverizar-se.

Bali e Samoa. Bali: cultura estética e sentimental florescente, determinada por censuras bastante ativas durante a infância e a primeira infância. Formas culturais complexas.

Samoa: ao contrário, não há censuras impostas à criança. As crianças recebem a consideração de toda a família. O filho não vê constantemente no pai aquilo que será, e o pai não vê constantemente no filho aquilo que foi: os contornos do triângulo edipiano atenuam-se. As relações afetivas e sexuais entre pai e mãe não são tensas; um não é o absoluto para o outro, nenhum pede tudo do outro. Por isso, tranqüilidade notável. Serenidade. Amenidade. Solidez dos adultos. Mas, por outro lado, não há doação, não há religião profunda, e as ocupações são medíocres. Assimilam com flexibilidade as técnicas européias (exemplo da construção das casas: adaptam as técnicas ao clima, coisa que os europeus não souberam descobrir). Do ponto de vista ideológico, aceitaram o protestantismo, mas o abrandaram. Para eles, Deus é alguém que "perdoa". Mas só isso. Falta seriedade (têm o tabu da virgindade, mas a noiva pode compensá-la levando para o casamento o sangue de um frango).

CONCLUSÃO

A relação masculinidade-feminilidade é um elemento num tecido total que compreende mãe-filho, relação da sociedade em questão e da natureza, relação com o estrangeiro e, em geral, relação inter-humana, como existe nessa sociedade.

Não cabe falar de masculino e feminino, pois cada civilização elabora certo tipo de masculinidade correlativo a certo tipo de feminilidade, segundo seu modo de existência. Mas dentro de dada sociedade há um *estereótipo sexual.*

M. Mead deseja uma sociedade "multissexuada" onde todos os tipos de "masculino" e "feminino" sejam admitidos, escolhendo cada um seu parceiro no tipo masculino ou feminino que corresponde a seu próprio tipo. Essa sociedade permitiria que os indivíduos se aceitassem como são.

(*Nota*: M. Mead é americana. Na América convive grande número de pessoas de diferentes origens. Nós, que temos um passado, pensamos muito pouco nele, e não estamos preocupados com nossas raízes. Os que foram desarraigados, ao contrário, estão voltados para elas. Daí a importância do problema da unidade nos Estados-Unidos. Pois ela não está baseada numa longa história comum, mas é buscada na participação intransigente em certos estereótipos, motivo pelo qual M. Mead está preocupada com essa onipotência de um modelo, de uma norma estatística.)

DISCUSSÃO A PROPÓSITO DA EXPOSIÇÃO DE UMA ALUNA SOBRE A PUBERDADE

Uma pesquisa para descobrir as correlações entre a data da puberdade, a latitude, a classe social ou a alimentação é o que Lewin chama de "pesquisa cega". Essas coincidências, que Stanley Hall tenta encontrar (e que de fato não existem), não comportam explicação psicológica, científica. Encontra-se aí a crítica feita à indução em todas as ciências (cf. análises de Brunschvicg). Notar que a presença ou a ausência simultânea de dois fatos não corresponde a nada de científico. A indução assim compreendida supõe o seguinte postulado: pode-se encontrar a causa de um fenômeno. Ora, essa concepção de natureza com trama simples é mítica: um fenômeno não tem *uma causa,* ele é a intersecção de uma série de condições. Por isso, para ter uma psicologia científica, não devemos notar correlações, mas construir as variáveis de que dependem os fenômenos.

Não há resposta para a pergunta: "qual é a causa da puberdade?" Ela está na confluência de uma série de condições e não tem uma causa. Há intricamento entre as condições fisiológicas e o uso que o sujeito faz de sua vida, de tal modo que não se pode dizer: isto é causa, isto é efeito...

Concepção de Hélène Deutsch (cf. *Psychologie des femmes,* 2 vol., P.U.F., col. "Quadrige").

É preciso situá-la numa concepção do desenvolvimento da criança.

Freud, pela orientação de suas pesquisas, realiza uma transformação metodológica de nossas idéias a respeito. Ele estuda:
– a passagem da sexualidade pré-genital à sexualidade genital;
– a passagem da sexualidade genital à fase de latência;
– a passagem da fase de latência à puberdade;
– as fases de involução, de velhice, que são a contraparte das fases ascendentes.

A) *Passagem do complexo de Édipo à fase de latência*

Cf. "O declínio do complexo de Édipo" (*La disparition du complexe d'Oedipe,* 1923 [in Freud, *La vie sexuelle,* P.U.F., 1969]). Freud viu claramente o problema metodológico.

Quais são as causas desse declínio? Freud propõe duas hipóteses:

1.ª O complexo de Édipo desapareceria graças a um fenômeno de amadurecimento, assim como os dentes de leite desaparecem com os dentes permanentes. As diferentes fases estariam inscritas num "calendário vivo". O corpo possuiria em si um princípio que regula a cronologia de seu desenvolvimento.

2.ª Pode-se admitir também que o declínio do complexo de Édipo é desencadeado por decepções: a menina que acreditava ser a bem-amada do pai é, por exemplo, castigada um dia por ele. Um fenômeno molecular: uma experiência do sujeito desencadearia, portanto, a passagem para uma fase nova de desenvolvimento. A libido não seria então uma enteléquia que teria fixado uma vez por todas as fases de desenvolvimento, mas dependeria da experiência do sujeito. A contínua frustração que constitui o complexo de Édipo por seu próprio desenvolvimento seria causa de seu desaparecimento. Ele levaria a um impasse: "Édipo extingue-se por falta de sucesso, é o resultado de sua impossibilidade inerente."

Nessa hipótese de auto-extinção, o medo da castração (fenômeno exterior) é menos importante.

Freud recusa-se a escolher entre a explicação ontogênica e a filogenética. Quer combinar as duas. O desenvolvimento assenta sobre o próprio jogo das forças de desenvolvimento. Se admitirmos tal programa escrito no organismo, a questão é saber como esse programa será elaborado pelo indivíduo.

A pergunta então é: qual é a natureza exata da libido?

– É uma tendência que traz em si mesma a data e a natureza de suas fases sucessivas? De acordo com a primeira hipótese de Freud: sim; de acordo com a segunda: não.

– A segunda hipótese leva-nos a entrever solução bem diferente. A libido não seria predestinada, não teria um objetivo fixado de uma vez por todas. Seria uma força disponível que poderia concretizar diferentes vínculos. Quando há fracasso, as forças novas para buscar outra solução já estão lá; o fracasso liberaria uma atividade que não é de si orientada: entende-se que o fracasso seja condição suficiente da passagem do complexo de Édipo à fase de latência.

B) *Relações com a puberdade*

1º A primeira teoria explica o aparecimento da puberdade do mesmo modo como se dá o surgimento dos brotos na primavera. Baseia-se num calendário inato do organismo.

2º A outra teoria considera que a puberdade só é compreensível quando situada na dinâmica interna dos fenômenos psicológicos.

3º Uma terceira concepção possível é a seguinte: a libido não é apenas de natureza psíquica individual; é preciso integrá-la no desenvolvimento dos fatores sociais. De fato, de acordo com a segunda solução, o complexo de Édipo não desaparece apenas por causa das relações da criança com o pai ou com a mãe, mas por causa das relações da mãe com os novos filhos etc.; toda a constelação familiar pode ser origem desse declínio que, portanto, não é decorrência da interpsicologia entre a mãe e o filho, mas de interpsicologia geral. Por isso, mesmo a estrutura da sociedade, que leva os pais a assumirem certos modos de ser, tem sua importância.

C) *Formulação do problema*

O problema é duplo:

1º. Qual será, na puberdade, a relação exata entre o psíquico e o fisiológico? Por um lado (cf. H. Deutsch), considerar apenas o corpo é uma abstração; por outro, não há paralelismo psicofisiológico absoluto. Na realidade, não há fronteiras entre os dois: "O corpo não é nem primeiro nem segundo" (Simone de Beauvoir). A puberdade verdadeira exige que a puberdade do corpo e a puberdade psicológica se encontrem.

2º. Por que motivo o desenvolvimento ocorre em certo sentido e não há confusão e caos? Por que motivo esse desenvolvimento tem essa história, e por que há superação das fases anteriores?

A questão ganha mais força se pensarmos que esse desenvolvimento não é guiado por trilhos preestabelecidos, que não é regulado como um mecanismo de relojoaria.

Esses dois problemas, na verdade, são um só. Podem ser comparados aos problemas da filosofia da história: pergunta-se qual é a relação entre os fenômenos materiais e os fenômenos de consciência. Há um elo interno entre os dois fenômenos, mas esse elo interno precisa ser explicado. O momento da maturação histórica é o momento em que a tomada de consciência abrange as bases do desenvolvimento econômico que a possibilitam.

Exemplo: estudo do advento da burguesia. As forças do poder da burguesia existem há muito tempo, mas a tomada de consciência é muito mais lenta (1789). Passa a haver capitalismo quando o fenômeno, em vez de estar simplesmente inscrito nos fatos, torna-se consciente: a burguesia passa a ser uma classe consciente de si mesma.

Desse modo, Hélène Deutsch diz que a puberdade realizada pode ser considerada como uma revolução bem-sucedida.

A noção de forma, de "Gestalt", será útil nos dois campos. "Gestalt" é uma ordem que se estabelece espontaneamente por meio da interação dos elementos presentes, sem destino preestabelecido. Dadas as condições, há arranjo, equilíbrio relativo, original em relação às forças anteriores.

– A psicanálise leva-nos, pois, aos problemas de desenvolvimento, de causalidade psicológica.

– A teoria da forma permite-nos repensar esses problemas; ela explica o advento de uma nova estrutura, faz-nos pensar numa revolução psíquica sem que precisemos recorrer a uma enteléquia prévia.

EXAME DAS CONCEPÇÕES DE HÉLÈNE DEUTSCH SOBRE A PUBERDADE

Esse exame tem como objetivo tornar mais claras a noção de desenvolvimento psíquico na criança e a relação entre o desenvolvimento físico e o desenvolvimento psíquico.

Para a psicanálise, a puberdade tem relação estreita com o passado psicológico do sujeito. É uma reedição dos conflitos do período edipiano e produz nos indivíduos ecos de sua história psicológica antiga.

– O conflito edipiano é uma antecipação da puberdade, uma vez que a criança se insere numa situação afetiva de adulto.

– A puberdade é uma retomada da fase edipiana, uma inserção real do indivíduo na sociedade adulta.

Existe aí um problema revivido, um problema vivenciado, eficaz, que formula o conjunto das condutas de um indivíduo em dado momento. Existe aí uma interrogação surda à qual nenhuma resposta intelectual daria solução.

Problema revivido, mas em condições novas: depois de Édipo tudo volta a adormecer: é a fase de latência durante a qual ocorre um desenvolvimento que diz respeito ao eu, ou seja, ao sistema percepção-consciência, à camada de nossa atividade que é consciente. O sistema das relações com outrem desenvolve-se consideravelmente, as técnicas de vida enriquecem-se, mas o fundo instintivo permanece o mesmo e quase não muda até a pré-puberdade.

Assim, o problema edipiano vai ser retomado com todos os meios adquiridos durante a fase de latência.

Hélène Deutsch distingue três períodos que, na verdade, interferem um no outro:

A) *Fase de pré-puberdade*

Essa fase caracteriza-se por:

a) *desenvolvimento considerável do ego* (seqüência da fase de latência) no sentido da independência, da responsabilidade, de um contato mais completo com a realidade. Amplia-se o círculo das pessoas que interessam à criança; vontade de sair do sonho, do imaginário.

b) esse desenvolvimento do ego é acompanhado pela desvalorização dos pais; a criança já não os considera absolutos, pois já não vive incorporada neles; nem todas as suas relações com o mundo passam por seus pais;

c) nessa idade, a criança faz *escolhas afetivas novas*; volta-se para uma professora, um professor, em quem deposita grande parte da confiança antes depositada nos pais, demonstrando por estes últimos relativa hostilidade.

A menina toma como modelo "a amiga de uma irmã ou a irmã de uma amiga", pessoa mais velha, e desse modo seu investimento afetivo transita de uma menina de sua idade para outra mais velha. Há passagem da camaradagem com semelhantes para a imitação de um modelo mais velho. A psicanálise mostrou-nos muitas vezes como ocorre essa transição nas relações afetivas; nesse caso, através da amiga, a menina ama todas as pessoas que sua amiguinha ama. A criança pode identificar-se com uma heroína conhecida. A menina também tem obsessão pelo segredos dos adultos, e assim cria grandes segredos para vingar-se do "segredismo" deles.

A menina escolhe uma "amiga do peito", atitude que representa uma manifestação de separação em relação aos pais. Essas amizades ardentes entre meninas são acompanhadas de um cerimonial da vida adulta: elas se maquiam, fazem de conta que estão grávidas, esforçam-se por munir-se dos atrativos da feminilidade. A menina na fase da pré-puberdade imita as condições da mulher mas, na fase da puberdade, rejeita todos os sinais de feminilidade (recusa-se a usar meias de seda, ruge, batom); a isso se dá o nome de ascetismo da puberdade. Nesses pares de jovens amigas, constatamos a existência de dois papéis: um ativo, outro passivo; uma manda, outra obedece.

Todas essas reações são manifestações de prematuridade, pois assistimos a uma série de condutas não profundamente desejadas pelo indivíduo, mas que ele adota devido a um extraordinário desenvolvimento do imaginário: reconstrução imaginária em vista de uma maturidade que ainda não existe. Os fenômenos de gangsterismo, freqüentes nessa idade, são prova disso.

Tendência à heterossexualidade, que é uma sexualidade imaginária. Há, ao mesmo tempo, antecipação e regressão à infância. Há constantemente ambigüidade durante esse período, em que se manifestam ao mesmo tempo o desejo e o medo da vida adulta, persistência da necessidade de proteção e, ao mesmo tempo, vontade de prescindir de proteção.

Essa ambigüidade da pré-puberdade é reforçada pelos sentimentos da mãe, que constituem a contrapartida ou o complemento das atitudes da criança. Ela tem pressa de que a filha cresça, contudo esse fato é muito desagradável para ela; ainda quer protegê-la, defendê-la. As preocupações da mãe durante esse período de transformação só aumentam as preocupações da criança. Nesta, a puberdade poderá exercer influência perniciosa sobre a vida adulta futura, caso o esforço para desligar-se dos pais seja forte ou fraco demais. O verdadeiro desenvolvimento, *a verdadeira maturação* consiste no duplo fenômeno *de superação e manutenção do passado*. Superar realmente é também conservar; ao nos tornarmos outro, não devemos nos recusar a assumir o que fomos. Se a ruptura foi violenta demais ou se não foi bastante pronunciada, segue-se, no adulto, um infantilismo prolongado; esse tipo de adulto é dependente, fraco em suas relações com outrem; a amizade e o amor são substituídos por afeições passivas e reivindicações de afeição.

d) Encontramos sempre o mesmo fenômeno de prematuridade na atitude de jogo, manifestação típica da pré-puberdade. O adulto que permanece pré-púbere continua com essa atitude de jogo: joga com os sentimentos, provoca-os, depois se esquiva. A pré-puberdade é, portanto, caracterizada sobretudo pelo desenvolvimento do ego, fenômeno de ordem psicológica. O surto instintual quase não é sensível nessa idade. Há mais um embate entre o ego e a infância.

B) *A puberdade nascente*

a) Na puberdade, não há heterossexualidade nos laços afetivos: agora, a passagem para a heterossexualidade vai ocorrer obliquamente por meio da situação triangular. A menina gosta de uma amiguinha que paquera um menino; seu amor pela amiguinha difunde-se para o menino. A mesma situação é observada no amor de duas meninas por um professor. A heterossexualidade "ludibria" a homossexualidade pré-púbere, ludibrio muito engenhoso, uma vez que a situação triangular reproduz a situação edipiana. A idéia de ludibrio é bem hegeliana; trata-se, de fato, de uma dialética psicológica.

As emoções de caráter sexual não são conscientes; estamos sobretudo diante de uma maturação de ordem psicológica, em que os fenômenos corporais não desempenham papel de iniciação.

As crianças já não aderem ao gangsterismo embrionário, mas a grupos revolucionários; as meninas penetram neles menos que os meninos e recriam, em triângulos afetivos, suas relações emocionais.

A heterossexualidade não tem relação direta com o fenômeno físico da menstruação.

Hélène Deutsch cita o caso de Evelyne, que menstruou com doze anos; a menstruação não teve nenhuma repercussão direta sobre o seu modo de sexualidade, pois nela não houve assimilação psicológica desse acontecimento fisiológico. Essa passagem para a heterossexualidade ainda é prematura, mesmo que já tenha ocorrido menstruação.

b) Freqüência de um sentimento de vazio nas meninas dessa idade. Elas não se sentem à vontade; sentem-se incomodadas porque ainda não estão em uma idade, embora já não estejam em outra. A menina participa dos segredos sexuais da irmã mais velha, casada, mas é afastada no momento do parto: para ela, essa é a prova de que ainda está na infância.

Entre as pessoas que antecipam a heterossexualidade da irmã mais velha, encontramos as mulheres que só se apaixonarão pelos maridos das amigas e ou que só suportarão o casamento graças à presença de uma amiga: sempre a procura de uma situação triangular.

Nesse momento, muitas vezes ocorrem os mesmos fenômenos. Por exemplo, verdadeiras epidemias de apendicite que correspondem a uma motivação psicológica. Essa operação realiza as fantasias de violação, intrusão, parto, gravidez, e permite a descarga dessas tensões.

A fantasia do irmão gêmeo é expressão da homossexualidade que o sujeito está eliminando. O irmão é sobretudo ornado com as qualidades que a menina gostaria de ter, ou então, ao contrário, transforma-se em seu bode expiatório.

C) *Puberdade propriamente dita, caracterizada por dois tipos de processo*

1) *Defesa contra os assaltos do instinto*: desenvolvimento do superego.
2) *Surtos de crescimento do ego*: narcisismo.

As emoções são voltadas para o ego: tudo o que é sentido, é sentido numa espécie de isolamento. Não há possibilidade de ocorrência de verdadeiro amor: a menina adora partir corações. Pensa em mostrar-se, deseja ser atriz, detetive, escritora, jornalista, poetisa. Mas, em seu gosto pelo teatro, manifesta-se quase sempre a confusão entre exibicionismo e verdadeiro senso da arte dramática. Muitos acham que ser ator é mostrar-se, ser admirado. Mas representar é arte. Falsa confiança também, pois o individuo está tenso.

A menina tem o sentimento de ser incompreendida, ou seja, ela mesma não se compreende e projeta na exterioridade a escuridão na qual ela se encontra diante de si mesma. Há, nesse narcisismo acompanhado de desenvolvimento violento do superego, um lado progressivo e um lado regressivo, uma mistura de antecipação e de antigas teorias infantis.

A "passividade feminina" parece ter raízes na puberdade e representa, quando excessivamente acentuada, uma persistência psicológica dessa idade. Provavelmente, essa passividade é indicada pela estrutura anatomopsicológica; no entanto, o desejo de amor ideal e a concepção platônica de amor poderiam ser considerados uma estagnação, uma acentuação do espírito pubertário.

a) *Papel da menstruação.* Costuma-se datar a puberdade de acordo com o início da menstruação; mas o que importa são principalmente as reações psicológicas que ela determina. Seu aparecimento pode desencadear uma série de transtornos, de perturbações na vida da jovem. A emoção diante da menstruação está ligada a uma lenda criada pelas atitudes maternas que guardam segredo sobre o assunto. A menstruação pode despertar fantasias de dilaceração do corpo, fantasias de castração que encontrariam nela uma confirmação experimental. Esse fenômeno está tão ligada à infra-estrutura afetiva que o fato de prevenir a jovem não muda nada. Os psicanalistas acreditam que a educação sexual não traria nada de novo, não contribuindo em nada para a maturidade psicológica do indivíduo. O fato de saber não muda nada na emoção que a criança pode sentir diante do fenômeno. A ignorância não é a causa, mas o efeito da emoção; a menina está predisposta a receber a menstruação como um drama, por isso a recusa em entender o que ela viesse a ouvir. Menstruação não significa puberdade. Depois que esta chega, tudo ainda está por fazer, ou seja, sua integração como elemento de um todo. Ora, essa integração nem sempre ou quase nunca é completa (horror da menstruação nas mulheres adultas). A menina que imaginava ser a menstruação capaz de mudar tudo além do mais fica decepcionada. A maturação deverá estabelecer um elo entre o imaginário e o percebido, as fantasias da menstruação e o fato real.

A puberdade estará realizada quando o fenômeno da menstruação tiver sido aceito pelo indivíduo. Pois nada está feito quando esta ou aquela fase do desenvolvimento chega, desde que as condutas correspondentes não tenham sido aceitas pelo indivíduo. Quer haja antecipação, quer haja persistência nas fases de desenvolvimento superadas pelo próprio corpo, nos dois casos não há maturação, o desenvolvimento não foi concluído.

b) *O desenvolvimento tampouco consiste em fenômenos de ordem cognitiva ou intelectual sobrepostos aos fenômenos de ordem corporal.* O conhecimento não é uma espécie de complemento que viria somar-se ao fenômeno fisiológico para constituir o todo do desenvolvimento. A menstruação, nem por ser conhecida, é obrigatoriamente aceita. O conhecimento também não é uma decisão abstrata; não é suficiente para transpor uma etapa do desenvolvimento. Ao contrário, a atenção dada ao fenômeno às vezes é sinal de que o acontecimento não é aceito pelo sujeito. Muitas vezes aqueles que esperam demais do acontecimento fisiológico nada recebem dele e freqüentemente ficam decepcionados ao perceberem que "é só isso" (Lamiel de Stendhal). Essa reação muito significativa prova que o sujeito não está pronto para sofrer a transformação, que ainda não está maduro para ela.

O desenvolvimento só se completa quando as funções novas são incorporadas na espontaneidade do sujeito, integradas por ele.

Essa integração estabiliza as transformações ocorridas em seu corpo.

De fato, existem casos em que a menstruação, instalada há algum tempo, desaparece. O fato exterior não implica de modo algum a maturidade psicológica sob esse aspecto. Hélène Deutsch cita um caso desse tipo (tomo I, pp. 148-9), em que os fatos fisiológicos foram completamente transformados pela vida imaginária; uma função como a menstruação pode emigrar no corpo segundo o sentimento que a pessoa tem dele. Nesse caso, estamos diante de uma acentuação da região lombar.

Existe, portanto, uma relação singular entre o corpo e o sujeito total. O corpo deve ser considerado um espelho, a expressão do psiquismo de todo o sujeito, a expressão de uma história psicológica. O desenvolvimento anônimo do corpo nada é enquanto não estiver integrado na sua história psicológica.

D) *Conclusão*

Podemos agora responder às perguntas feitas no início deste estudo, a saber: como o desenvolvimento tem um sentido e qual é a contribuição do fenômeno físico e do fenômeno psíquico para ele? Na realidade, as duas perguntas constituem uma só, pois o caráter de finalidade aparente do desenvolvimento depende da resposta à segunda pergunta.

Não há meio de explicar o desenvolvimento físico pelo desenvolvimento psíquico ou vice-versa. A impotência do psíquico puro e do físico puro é manifesta, motivo pelo qual o desenvolvimento não é causal, nem final. Não há finalidade, como se a libido guiasse o desenvolvimento: tal enteléquia não existe, pois os fatos são variados demais e, em todo caso, se ela existir, não será onipotente. Não existe desenvolvimento de tipo finalista, governado pela consciência, assim como não há desenvolvimento causal, teoria puramente corporal do desenvolvimento.

O que há é um fenômeno de ordem relativamente contingente. No entanto, o desenvolvimento segue certas linhas, e as possibilidades de aberração não são infinitas. Essa ordem, por mais contingente que seja, deve surgir de modo espontâneo dos estados anteriores, dos materiais que ela vai utilizar. A maturação consiste na adequação entre o sentido da conduta realizada e os materiais com os quais esse sentido se realiza. Deve haver retomada pelo indivíduo do que é possibilitado pelo estado presente do corpo. Encontramos essa idéia preciosa na "psicologia da forma"; idéia que em si mesma é muito mais pergunta que resposta, pois não fornece uma solução pronta. Portanto, o desenvolvimento, assim como não é destino, também não é liberdade incondicional. É sempre em certo campo corporal que o indivíduo realiza o ato decisivo do desenvolvimento. Encontramos aí a idéia de Hegel: "superar conservando". O indivíduo só supera seus primeiros estados quando consente em conservá-los. Chegamos assim às concepções gerais sobre a dinâmica pessoal e interpessoal.

A REPRESENTAÇÃO DO MUNDO NA CRIANÇA
(complementação à exposição de um estudante)

Formulação do problema

Wallon, em seu livro *Les origines de la pensée chez l'enfant* (P.U.F., 1970), põe em primeiro plano da pesquisa a seguinte indagação: haverá para a criança algum problema de representação do mundo? Seu contato com o mundo será totalizado e cristalizado numa representação? Talvez caiba achar que só é possível uma descrição da experiência que a criança tem do mundo.

Para Wallon, se há na criança algum pensamento pré-categorial, este não pode ser expresso por um quadro das categorias do tipo kantiano. Por isso, ao cristalizar o pensamento infantil, pondo-o em "categorias", Piaget fez da criança um ser:

– semelhante demais ao adulto: procura na criança um modo de raciocínio;

– diferente demais do adulto: não encontrando o mesmo sistema de pensamento no adulto e na criança, atribui a responsabilidade a uma diferença de mentalidade.

Na realidade, a criança é:

– diferente do adulto: seu pensamento não é nem tético nem categorial, mas polimorfo;

– mas não é diferente do adulto como mentalidade.

A diferença é a mesma que existe entre o que ainda está confuso, polimorfo e o que foi definido pela cultura. Mas essa diferença não é tão grande que o adulto seja impermeável à criança ou vice-versa. A criança antecipa a condição do adulto.

I. EXAME DE ALGUMAS IDÉIAS DE PIAGET

a) *Evolução da noção de causalidade na criança*
 Primeiro período. 5 a 6 anos: explicação psicológica dos fenômenos naturais por motivações (para que ...). É a causa que procura obter seu efeito.

As explicações são fenomenísticas; limitam-se à superfície das coisas: a continuidade no espaço ou no tempo basta para que um dos fatos seja considerado causa do outro.

É também a idade das explicações finalistas – "a água escorre na montanha para ir ao lago" – ou mágicas: a criança encontra relações de participação entre coisas. Por fim, as explicações muitas vezes têm caráter de necessidade moral: o sol brilha porque precisa, é o dever da natureza para com o homem.

Segundo período. 7 a 8 anos. Explicações ainda rudimentares.
 – artificialistas: a natureza trabalha como o homem;
 – animistas: a criança supõe vontades nas coisas;
 – dinamistas: haveria forças orientadas nas coisas.

Há atenuação das afirmações do estágio anterior, mas a criança ainda não chegou a uma verdadeira noção de causalidade.

Terceiro período. Explicações racionais devidas à evolução espontânea da criança, a seu desenvolvimento. A criança começa construindo explicações ingênuas, compondo certos elementos. Explicação pela condensação, pela rarefação. Mas essas explicações, mesmo sendo ingênuas, mostram que a criança se elevou a modelos de causalidade que correspondem a certas características da realidade física.

A evolução seguinte consiste numa dessubjetivação. As séries de acontecimentos no tempo determinam-se umas às outras e, em última análise, tornam-se reversíveis, ou seja, são separadas das condições de nossa experiência.

b) *Evoluções da representação do mundo*

 1º *Do realismo à objetividade*

Realismo é o sentimento que tenho, em minha existência pessoal, de chocar-me com uma realidade. Objetividade é a retificação de minha experiência. Na verdade, certos elementos de minha experiência, que se mostram como evidentes para mim, podem ser meus próprios. Preciso tomar consciência de que aquilo que sinto é apenas um ponto de vista sobre as coisas e de que preciso construir um ponto de vista que seja adequado a todos os pontos de vista. Ao romper a adesão imediata às coisas, ao exercer espírito crítico sobre elas, livro-me do animismo. Tais noções só têm sentido para um sujeito. O objeto não é definível por tais relações.

2º *Do realismo à reciprocidade*

Há, portanto, passagem de uma perspectiva própria para o objetivo; e o que é objetivo será entendido por mim como algo que me permite coordenar minha experiência com a dos outros.

Mesmo as noções que a criança utiliza são invadidas pela reciprocidade. Já não existe absoluto, mas relatividade: por exemplo, no que se refere à direita e à esquerda, a criança terá dado um grande passo no dia em que compreender que aquilo que é direita para ela não o é obrigatoriamente para os outros.

3º *Do realismo à relatividade*

Cf. Platão. As noções de grande e pequeno são essencialmente relativas: dependem do sistema de referência. Pode-se dizer que o mesmo objeto é grande e pequeno. Contudo, não se deve cair no ceticismo, pois tal objeto estará sempre em relação constante com determinado sistema de referência.

Para a criança, as noções de irmão e irmã são inicialmente unilaterais: só servem para expressar as relações dos outros com ela . Pedro e Paulo são seus irmãos, mas ela não é irmã de Pedro e Paulo. A criança deve, portanto, passar do realismo à relatividade.

II. CRÍTICA

a) *Crítica geral*

No fundo Piaget admite o postulado da marcha espontânea mas orientada da representação do mundo físico.

O problema pode então ser formulado assim: o mundo está aí, tal qual o físico o descreve; de que modo a criança chega a ele?

A solução é que a criança tende espontaneamente a chegar a ele. Estamos, portanto, diante de dois postulados, um referente ao estado inicial, outro, ao estado final:
– o desenvolvimento da criança é posto inteiramente na perspectiva do estado de espírito do físico adulto;
– o estado de espírito do adulto é o mesmo que o estado de espírito do adulto físico. Mas será verdade? Não haverá possibilidade de sair da infância sem chegar a esse estágio de que fala Piaget?
A criança será interrogada sempre numa relação com a ciência.

b) *Crítica de Huang*

1º *Princípios*

Ele não se perguntou (cf. *Children Explanation of Strange Phenomena,* in *Psychologische Forschung; Children's Conception of Physical Causality,* in *Journal of Genetic Psychology,* 1943), ao contrário de Piaget, "se – e com que idade – a criança é capaz de dar uma resposta correta". Essas perguntas fatalmente caracterizam negativamente o pensamento infantil. Ele não quis mostrar a distância entre o pensamento da criança e o do adulto. Seu objetivo é positivo: ele se pergunta o que ocorre no espírito da criança. As respostas da criança, apesar da ingenuidade, podem "ser racionais".
O objetivo de Huang é um método descritivo e normativo.
Seu método também é diferente do de Piaget: Huang deixa a criança falar; tenta captar uma visão do mundo implícita na criança; não pede a ela que expresse o que pensa, mas tenta surpreendê-la a lidar com as coisas, e não com os pensamentos ("dealing with things", e não "dealing with thoughts"). Põe a criança diante de "um acontecimento real e provocado, referente a objetos concretos e tangíveis (diferentemente de uma situação provocada pelo linguagem), acontecimento capaz de evocar respostas semelhantes às respostas que a criança dá em sua vida de todos os dias". Piaget interroga a criança sobre assuntos a respeito dos quais ela talvez nunca se tenha questionado: por isso, as respostas são construídas para enfrentar uma situação verbal.
Huang quer apreender as relações da criança com os aspectos pertinentes do mundo; apresenta os fatos e vê as reações da

criança diante desses fatos; faz mágicas que à primeira vista parecem antinaturais: a criança é assim convidada a procurar por si mesma uma explicação.

A diferença entre Piaget e Huang pode ser definida como a diferença existente entre um teste e um interrogatório. Há sempre uma distância muito grande entre as respostas verbais e as pragmáticas. Quem interroga uma pessoa a coloca em outra situação: ela precisa dar provas de seu pensamento.

As opiniões explicitadas constituem um sistema de contrapartida daquilo que as pessoas fazem (cf. casamentos: distância entre a teoria e a prática). Muitas vezes há compensação da falta de moral por meio de demonstrações verbais moralistas.

Por analogia, podemos entender a dificuldade enfrentada por quem queira penetrar no universo vivenciado da criança.

2.ª *Experiência* (cf. *Bulletin de psychologie*, 1949-1950, n.º 12)

– A"moeda na manga": o experimentador, diante da criança, introduz uma moeda em sua manga, levanta o braço para que ela deslize até a axila e, pegando outra moeda que está escondida debaixo de um botão, faz de conta que retira a primeira moeda de baixo do braço, mostrando, evidentemente, a segunda moeda à criança. A criança não procura uma explicação mágica, o que seria bem fácil, pois a situação é extraordinária. Não mostra nenhuma "impermeabilidade à experiência". Tenta uma hipótese, se ela não funcionar, procura outra. Quatro crianças em cinco rejeitam a idéia de que a moeda conseguiu atravessar o pano. As sugestões da criança são ingênuas, mas razoáveis.

A "agulha flutuante", a "vela e o copo", o "dado sobre o papelão", o "tubo de ensaio cuja abertura é tampada por um papel" (descrições no *Bulletin de psychologie*, 1949-1950, n.º 12) mostram que as respostas da criança são quase semelhantes às do adulto. As respostas correspondem, de modo geral, ao segundo estágio de Piaget. Mas Huang não encontrou vestígio do primeiro estágio.

– Experiência de contraste. Um contraste de cor passa de repente a ser operante: um fundo amarelo aparece subitamente e muda a cor da figura. Se nesse momento um metrônomo é posto em funcionamento, dá-se à criança um elemento que ela pode pôr em causa. Na verdade, a criança resiste energicamente às explicações mágicas e, se sucumbe, sua atitude não é diferente da nossa quando dizemos: deve ser isso porque... Há coincidência entre os dois tipos de fenômeno. Por isso, a criança aventa uma hipótese, mas não é uma crença. Só se tornaria crença se pedíssemos a ela que enunciasse suas opiniões.

Explicação intelectual é preocupação de físico. A criança procura explicações concretas. Quando a situação é "aberta", quando há uma lacuna, é preciso preenchê-la. Se dermos um objeto à criança, um fenômeno sem contexto (cf. metrônomo), ela o usará para tapar o buraco. Mas não há crença no sentido do físico, que é do domínio do pensamento tético, mas necessidade de chegar a uma solução. A criança tenta enfrentar uma situação, fechar uma situação aberta.

Fora do nível do julgamento, do predicativo, há o nível da experiência do mundo, da vida com o mundo.

Não há causalidade fenomênica na criança. A criança não caminha para explicações "mágicas" a qualquer custo, mas para explicações naturais (não no sentido como os físicos entendem essa palavra, mas no sentido que lhe é dado costumeiramente).

3.º *Discordâncias Piaget-Huang*

Como explicar os resultados aos quais Piaget acreditou chegar?

a) Ele interrogou filhos de um mesmo meio social (sem fazer um cotejo sistemático com as respostas de crianças de outros meios). Huang, por sua vez, examinou crianças de um meio de pequena burguesia e de um meio operário. Piaget talvez tenha considerado verdadeiras características da infância aquilo que não passava da mentalidade característica de certo meio social (no caso das "explicações mágicas", por exemplo).

b) Piaget freqüentemente interroga a criança sobre fenômenos de tal grandeza que nem mesmo as adultos conseguem responder de modo satisfatório, sobre fenômenos que são objeto de mitos, de contos de fadas.

c) Piaget sempre traduziu as respostas da criança no sentido de uma explicação – que a criança julgaria suficiente – dos fenômenos em questão. Ele a traduz como *representação* do mundo na criança. Construiu uma concepção infantil da realidade capaz de justificar a resposta dada pela criança. Mas a criança terá nossa noção de explicação suficiente? O que define a criança não será justamente a ausência desse ponto de vista de explicação suficiente?

Interesse dessa idéia do ponto de vista metodológico: explicitar não é apenas dizer mais completamente, porém transformar. A palavra "crença" tem vários significados (Janet percebera isso). Lendo Piaget, às vezes achamos que a palavra crença significa sempre a mesma coisa.

A respeito do ponto b) (cf. Wallon, op. cit.), as ultracoisas: caberá considerar como características da criança suas concepções sobre o que é cosmológico, está fora do alcance de sua experiência? As ultracoisas são horizontes da realidade de que a criança não duvida, mas sobre os quais não pode assumir atitude objetiva ou objetivista, atitude esta que ela pode assumir com as coisas que estão a seu alcance. Essa idéia é estrutural; diz respeito à própria configuração do universo infantil. Piaget parece cristalizar o que ainda não passa de contatos com fenômenos que não foram reduzidos para serem observados.

Wallon diz que haveria na criança um horizonte exterior (coisas distantes: montanhas, céu, por exemplo...) e, acrescentaríamos, um horizonte interior próximo da estrutura interna das coisas visíveis: ultra e infracoisas que permaneceriam em estado difuso, em estado de não-condensação. O pensamento da criança estaria, portanto, aberto para um horizonte duplo e não preenchido por objetos (objeto é algo que sobrevôo, que está diante de mim: uma ilha que sobrevôo é um objeto; estou sobre a ilha, ela me investe, estou preso nela, ela deixou de ser objeto).

A experiência da criança não é feita apenas de objetos, mas também de ultracoisas. Por isso, não devemos traduzir em linguagem das coisas respostas que visam à zona das ultracoisas.

Sobre a noção de espaço e tempo na criança, as mesmas observações: o espaço e o tempo objetivos são aqueles em que não estou inserido. Sou livre em relação a eles. Se a criança ainda não tiver esse pensamento objetivo, pensar num espaço-moldura vazio também não fará parte de sua experiência.

O tempo: a criança, em algumas respostas, parece atribuir-se uma espécie de preexistência: ela não é posterior a seus pais (Wallon). Algumas acham que as folhas da primavera são folhas velhas que voltaram. Para elas, vida significa eternidade cíclica (em seus desenhos, a criança mistura subjetivamente o que, no plano dos fatos, foi sucessivo. É a narração gráfica de que fala Luquet).

Wallon aventa que aí não há simples ignorância do tempo objetivo, mas outra estrutura do tempo.

O mesmo se diga do espaço: temos uma série indefinida de tamanhos: para a criança há um absoluto de tamanho, passado esse grau nada é maior. Há como uma espécie de limiar. Ultrapassado esse limiar, estamos no "grande" absoluto (o campo, a casa, o sol "do tamanho de uma casa"). Mas para coisas que estão no campo da experiência, a criança, como nós, concebe uma série. É nas ultracoisas que começa o "grande" absoluto.

Poderíamos dizer que há predominância das coisas na experiência do adulto e predominância das ultracoisas na experiência da criança; isso permitiria que a criança e o adulto se entendessem e que os psicólogos não concebessem o adulto e a criança separados por uma impermeabilidade absoluta.

O DESENHO DA CRIANÇA

I. ERROS METODOLÓGICOS DE LUQUET
(*Le dessin enfantin*, Delachaux et Niestlé, 1972)

Os fatos.

Das observações de Luquet podemos depreender indicações que nos conduziriam por uma linha bem diferente da de suas conclusões.

a) Em primeiro lugar, o desenho é um jato. Não é considerado um esquema explicativo (nada tem em comum com o desenho do arquiteto). O desenho existe para a criança, tem uma realidade própria (prova disso são os "trocadilhos gráficos" que a criança faz). Ela desenha como quem canta. Prazer de significar por significar.

b) A criança considera o desenho como algo que está intimamente unido a quem desenha (não aceita muito que alguém imite o jeito de seu desenho: "O desenho não é teu, é meu"). O desenho é como uma assinatura, sem preocupação de representação típica.

Às vezes há dois tipos de desenho: o de sua comunicação com o adulto, o de comunicação consigo mesma. Ela abrevia o desenho: "Assim é mais rápido." É uma atitude diferente da do pintor: ela não observa a coisa.

Nesse caso, não se enganará quem diz que o desenho da criança atende às mesmas finalidades do desenho do adulto, que tantas vezes é um esquema explicativo, uma síntese da coisa? Desenhar é tanto exprimir-se quanto exprimir a coisa.

Por outro lado, há na criança um fortíssimo sentimento da coisa como algo que tem uma unidade absoluta à qual só chegamos de modo sucessivo e progressivo. O adulto, também nesse caso, é menos realista que a criança; representará no papel um móvel, por exemplo, da maneira como consegue vê-lo de seu ponto de vista do momento. Portanto, não há real simultaneidade entre o objeto latente e seu continente, e o desenho do adulto é, nesse caso, mais subjetivo que o da criança.

O adulto é ao mesmo tempo mais objetivo e mais subjetivo que a criança. Considera que o papel deverá receber seu ponto de vista sobre a coisa naquele momento. Leva em conta a perspectiva temporal. A criança procura captar o núcleo único presente em todos os momentos da história.

II. INTERPRETAÇÕES DE LUQUET

O que Luquet deduz de suas observações?

Que o desenho da criança é em princípio realista (nem esquematismo, nem idealismo). Mas, como os desenhos das crianças estão muito distantes dos desenhos dos adultos, ele admite que o realismo não pode realizar-se imediatamente. Daí as etapas sucessivas da criança a caminho do realismo sistemático:

a) *realismo fortuito;*

b) *realismo malogrado;*

c) *realismo intelectual* (rebatimentos: a criança desenha o que sabe, e não o que vê);

d) *realismo visual,* considerado a única atividade que merece o nome de desenho.

A relação desenho-objeto não é questionada por Luquet. O desenho é definido pelo que é o desenho do adulto: o desenho da criança é um desenho de adulto malogrado.

As explicações dadas por Luquet sobre as "imperfeições dos desenhos da criança" são todas negativas: falta de atenção, incapacidade de síntese.

Ora, o desenho que a criança faz será mesmo um desenho malogrado? Não seria outra coisa? As crianças (e certos pintores) chocam Luquet por marcarem as faces com círculos, por pintarem rostos sem contornos, colocando os olhos das personagens fora da cabeça (mas o olhar não estará entre a pálpebra e as coisas?).

No entanto, nunca foi dito que a pintura deve ser o registro sobre papel daquilo que é visto em certo momento sob certo ponto de vista (a perspectiva fotográfica, aliás, não é a perspectiva percebida).

Uma concepção do desenho como registro sobre papel daquilo que é visto em certo momento sob certo ponto de vista implicaria uma relação exterior entre o desenho (signo) e a coisa (significado).

A própria noção dessa relação deve ser diferente na criança: o desenho, para ela, não é uma *tela*, mas uma *mediação*, uma introdução à coisa.

Essas interpretações são, acima de tudo, negativas. Luquet explica o desenho da criança pela falta de atenção, pela incapacidade de síntese e pela inaptidão em juntar as partes do objeto que estão juntas na realidade. Nessa perspectiva, portanto, a criança deve esforçar-se por transferir para o papel, de modo cada vez mais fiel, a visão oferecida pelas coisas. Essa interpretação negativa postula que o "verdadeiro desenho" poderia ser já dado à criança caso esta prestasse atenção suficiente. A criança não olha como deveria olhar. O objeto é permanente, portanto é o mesmo para a criança e para o adulto, e está pronto para ser percebido pela criança, desde que esta queira olhá-lo.

III. CRÍTICA FEITA PELA TEORIA DA FORMA

Os postulados que baseiam essa interpretação foram criticados pela teoria da forma. Podemos enunciá-los assim: para um mesmo objeto, a percepção resultante deveria ser em princípio a mesma. As variações entre a percepção da criança e a do adulto são atribuíveis apenas a diferenças de atenção. Esse conceito de atenção é construído para explicar as diferenças de percepção entre a criança e o adulto, para explicar a distância entre o objeto tal como eu deveria percebê-lo e o objeto tal como o vejo de fato. Essa noção de atenção parece intimamente ligada à hipótese de constância do objeto. Quando a deixamos de lado, a noção de atenção muda de sentido.

A teoria da forma ressaltou a existência de uma estruturação própria aos indivíduos da categoria adulto ou criança, e, se rejeitarmos a hipótese de constância do objeto, atenção passará a reduzir-se a um substantivo abstrato que designa as mudanças de estruturação que ocorrem em nossa percepção. Já não se tratará de uma atenção iluminada em maior ou menor grau por um campo imutável, mas de um poder de reestruturar, de fazer reaparecer componentes de paisagem que não existiam fenomenicamente. Portanto, já não existe iluminação de detalhes preexistentes, mas transformação do objeto.

Essa nova interpretação admite, pois:

a) que o desenho da criança é uma primeira maneira de estruturar as coisas;

b) que a passagem do desenho infantil para o desenho adulto é uma outra estruturação. Para Luquet, porém, tratava-se de uma percepção evidente, desde que os olhos fossem abertos.

IV. EXPLICAÇÃO DA RELAÇÃO ENTRE O DESENHO INFANTIL E O DESENHO ADULTO

a) *Correções feitas por Luquet no fim de seu livro*

1) Luquet considera a hipótese seguinte em algumas "frases arrependidas": o desenho da criança não seria uma outra maneira de sintetizar, mais que uma incapacidade de síntese? "Há uma síntese diferente da síntese visual." A síntese visual do adulto é uma abstração, pois "corta do objeto tudo o que não se pode enxergar". A síntese do adulto é incompleta porque supõe que me limito apenas a meu ponto de vista. Se tentarmos procurar o sentido positivo das leis que a criança se impõe quando desenha, observaremos que elas correspondem a uma atitude sintética que visa a reunir num desenho único os elementos que estão reunidos no objeto por ele representado. O objetivo do desenho infantil é, portanto, apresentar a unidade da coisa, ao passo que o do adulto é dar conta de uma única das várias visões perspectivas do objeto. O rebatimento, por exemplo, não tem outro papel senão o de manifestar a simultaneidade dos elementos rebatidos, de todas as perspectivas que se podem ter do objeto. (Cf. Luquet, p. 195.)

2) A relação entre o desenho infantil e o desenho adulto seria idêntica à relação entre uma língua e outra. De fato, são duas linguagens, e o "realismo intelectual não merecerá subsistir ao lado do realismo visual assim como o árabe ao lado do inglês?" (cf. Luquet, p. 248). Luquet quer desse modo dar uma explicação ao fato de que muitos civilizados não conseguem compreender o desenho em perspectiva, e não só os não-civilizados. Assim, a resistência da percepção infantil à expressão adulta do espaço deixa de ser interpretada de modo negativo, como a sombra diante da luz, e devemos aceitar a existência de uma maneira de sintetizar diante de outra.

b) *Problema da perspectiva no desenho*
A relação entre a percepção em perspectiva e a percepção da criança é igual à relação entre uma visão reduzida a uma visão mais rica. A percepção em perspectiva resulta de uma redução analítica, de uma transcrição ponto por ponto de nosso contato com as coisas; é preciso isolar o objeto, transpor a aparência do objeto para um padrão de medidas e traduzir no papel o que corresponde a uma série de pontos de vista. Na percepção livre, as aparências são bem diferentes. É preciso fechar um olho para ter uma projeção plana do objeto, pois com os dois olhos enxergamos as coisas em profundidade. Por isso é que no desenho em perspectiva se traduz mas não se exprime. A perspectiva nada mais é que a relação ponto por ponto de uma profundidade sobre um plano. Todo desenho nessas condições é um empobrecimento do que é percebido. Se o desenho for considerado um traçado do objeto no papel, e não um substituto do objeto, o rebatimento será legítimo. No desenho em perspectiva do cubo, o signo é concebido como algo distinto da coisa significada, mas há relações unívocas precisas entre cada parte da coisa e cada parte do desenho. No desenho rebatido o signo não substitui a coisa, é uma simples introdução à coisa, representa as faces tais como são vistas sob todos os pontos de vista. Há nele vontade de mostrar que todos os lados são quadrados porque "tudo está ao mesmo tempo na coisa".

O desenho transporta-me para a coisa pelo que ela é em si mesma, ao passo que havia pouco o desenho substituía a coisa por um seu equivalente manejável.

V. COMPARAÇÃO DAS RELAÇÕES: DESENHO ADULTO-DESENHO INFANTIL E PINTURA ACADÊMICA-PINTURA MODERNA

1) Na pintura acadêmica a coisa pintada é posta no lugar da coisa vista: "A pintura devia rivalizar com a natureza" (Malraux), donde a idéia de pintura perfeita, obra-prima, de pintura que podia apoiar-se inteiramente em técnicas; assim se explica o fato de vários pintores poderem trabalhar no mesmo quadro. Assim, pintar, teoricamente, não passa de aplicar técnicas e não consiste numa operação pessoal, pois o ideal da pintura seria substituir a natureza.

A pintura clássica conta acima de tudo com os sentidos dos espectadores, e estes são considerados os mesmos em todos os seres humanos. Portanto, era preciso conseguir convencer o espectador, e não existia nenhuma idéia da subjetividade da pintura.

2) A partir de Manet surge uma idéia de pintura, uma outra idéia de expressão "Há quadros que estão terminados e que nunca foram feitos" (Baudelaire). Já não se procura atingir o objeto em todos os seus detalhes por meio de uma correspondência entre todos os elementos da coisa e todos os elementos do desenho, mas desenhar certo número de traços, movimentos nos quais não se reconhecerá o aspecto visível da coisa, mas seu movimento interno. O desenho, nesse caso, aproxima-se muito mais do esboço. Encontram-se esboços que parecem quadros prontos; pintar passa a ser uma assinatura. O pintor, ao considerar as coisas, transporta para seu desenho seu contato com a coisa, e não tanto a própria coisa. Assinatura é mais um emblema que uma palavra. Assim, o pintor transporta para a tela não uma imitação da coisa, mas uma espécie de gráfico da relação que vivenciamos com a coisa, um registro do eco que o objeto desperta em nós. Nessas condições, a pintura tem algo em comum com o momento da vida no qual foi feita. Seus quadros são datados, ao passo que para os clássicos estavam fora do tempo. Pintar é reagir às coisas de um modo que não é sempre o mesmo. A carreira de um pintor torna-se um devir, e não uma série de avanços rumo à "obra-prima".

Em conclusão, nos podemos dizer que estamos diante de DUAS CONCEPÇÕES BEM DIFERENTES DE EXPRESSÃO.

a) Exprimimos o objeto por intermédio de um aparelho impessoal, o aparelho dos sentidos. O objetivo da pintura consiste em apresentar o objeto em sua plenitude de objeto, e é por essa plenitude que se faz a comunicação com outrem.

b) Há sempre contato pessoal com as coisas; comunicar o objeto a outrem é marcar no papel um símbolo de nossa coexistência com a coisa que se oferece ao olhar do espectador, provocando da parte deste uma operação de retomada. A pintura já não entra apenas pelos olhos; o espectador deve também entrar com sua parte; o quadro só indica um movimento. É preciso transpor o quadro e ir em busca de um sentido que não está contido objetivamente nele.

No entanto, é preciso fazer uma observação a respeito: a concepção clássica nunca foi aplicada ao pé da letra pelos grandes pintores (Leonardo da Vinci). Para ele, todos os elementos de seu quadro deviam ser interligados pelo *"sfumato"* (fumaça espiritual). [Perspectivas de fuga de volutas complicadas pela oposição claro-escuro.] As teorias da pintura só eram aplicáveis quando o pintor já era pintor. Temos, portanto, aqui muito mais uma comparação entre certas concepções da pintura e a prática da pintura, do que uma comparação entre dois tipos de pintura.

O desenho da criança é, pois, mais e menos subjetivo que o do adulto. Há subjetividade do desenho da criança no sentido de que ela procura traduzir o seu contato com a coisa, mas também procura nos dar a presença real da coisa. O desenho do adulto é em certo sentido mais objetivo e no entanto não nos dá a realidade da coisa, pois o desenhador adulto não nos apresenta a situação vivenciada com a coisa, mas essa situação projetada num papel, uma simples "visão em perspectiva". Há, portanto, no adulto mais objetividade porém menos acesso à realidade da coisa, pois o desenho é então um ponto de vista sobre a coisa, e não a coisa total em sua simultaneidade imperiosa. Logo, não há uma relação de tentativa bem-sucedida, e o desenho em perspectiva do adulto não passa de caso particular do modo de expressão de que a criança nos dá outro exemplo.

Devemos rejeitar o postulado de que a construção de um desenho não pode ser outra coisa senão a construção no papel de um equivalente do objeto. Construir uma projeção não é o essencial do desenho; é preciso reintegrar esse modo de expressão mais geral: considerar o desenho como um traçado sobre o papel deixado por nossa comunicação com as coisas.

O desenho é de alguma maneira um caso particular da escrita: assim como a letra A não se parece com o som A, também não é necessário que o desenho seja a projeção da coisa no papel. Para a criança, o desenho significaria coisa diferente de projeção, coisa diferente daquilo que as geômetras nos ensinaram. Não há relação de imitação entre o desenho e aquilo que ele representa. Se o desenho da criança fosse a fabricação de uma projeção do objeto, como seria possível explicar sua infidelidade? Luquet tentava explicar essa "infidelidade" do desenho infantil pela incapacidade de síntese da criança. Mas a incapacidade de síntese não bastaria para explicar certas coisas como, por exemplo, o fato de uma criança que vê continuamente sua mão (e as mãos de todas as pessoas com quem ela convive) desenhar dedos que sobem até o alto do braço: a criança não faria nada tão inexato se seu objetivo fosse a exatidão. O mesmo se pode dizer da boca desenhada acima do nariz: a incapacidade de síntese não pode explicar disjunções tão completas. O desenho é uma relação total e global com o objeto: a criança que desenha um cão com o rabo diante da cabeça faz uma exposição gráfica da impressão que lhe é transmitida pelo cão; sua intenção não é fornecer a representação conforme a aparência visual, mas fazer uma exposição afetiva, ativa, da fisionomia do animal. Aliás, não existe "aspecto visual" para a criança (quando nos ensinam na escola o que são os cinco sentidos, nunca havíamos pensado no assunto): a criança não tem idéia do que é visão, mas do que são as coisas. O objetivo é traçar alguma coisa que lembre a experiência que ela teve quando viu essa coisa (por exemplo, mulher sentada na cadeira). Por isso, sente-se no direito de esquematizar, de simbolizar.

No universal desenho do homenzinho, Luquet tenta ver as características gerais do desenho infantil. Pode-se explicar o homenzinho cabeçudo, mas não o homenzinho em U, cujo corpo constitui um círculo concêntrico em torno da cabeça: há atrás desse homenzinho em U o poder de construir símbolos que são como os símbolos da escrita e manifestam a inserção num todo cultural (intimamente ligados à inserção da criança em seu meio cultural natal).

O desenho da criança é contato com o mundo visível e com os outros, e essa relação com o mundo e com os seres humanos precede de muito a atitude de espetáculo, a atitude de contemplação indiferente, a relação entre espectador e espetáculo, realizada pelo desenho do adulto.

Prudhommeau (*Le dessin de l'enfant*, P.U.F., 1947) teve a idéia de relacionar o desenho com as atividades totais da criança: os primeiros desenhos intencionais remontam aos primeiros passos; os progressos que se seguem têm relação com a motricidade (a motricidade, assim como o desenho, é uma relação com o mundo). Os progressos do desenho da criança são a projeção dos progressos pelos quais passa sua própria relação com o mundo (sempre há, evidentemente, um desnível: o desenho vem depois do vivenciado), e em muitos aspectos o homenzinho é a própria criança. Exemplo: o homenzinho de perfil. A criança olha o *homem* através do perfil, o perfil não está "posto" por si mesmo. A realização do perfil têm ligação com a maneira como a criança vivencia suas relações com os outros. A criança começa a desenhar um homenzinho de perfil quando quer exprimir um homenzinho em relação com um outro.

Prudhommeau nota também a correlação que existe entre o aparecimento do realismo visual e a aprendizagem da leitura e da escrita. Pois a noção da relação entre signo e significado está implicada na perspectiva clássica: a criança deve separar o signo daquilo que ele significa. O desenho assume seu lugar através da relação polimorfa eu-outrem.

Ponto importante: essas considerações devem ser levadas até o fim. A indagação que vem à mente é a seguinte: visto que a criança tem sentidos como nós, a relação dela com o mundo não será, como a nossa, a relação do contemplador com o mundo contemplado? Cabe responder: não.

Precisamos esquecer essa noção do que é sensorial e do que não é: à sensorialidade subjaz uma relação com o mundo que não é uma relação sensorial, mas uma relação total e afetiva com as coisas. As qualidades das coisas percebidas (as diferentes funções chamadas sensoriais) são modalidades particulares desse contato com o mundo. A psicofisiologia baseia-se na idéia de que, em todos os casos, podemos falar de um funcionamento sensorial separado; não podemos nem sequer fazer essa concessão: toda qualidade (por exemplo: quente, frio, úmido etc.) é reveladora de certo modo de sincronização do sujeito encarnado com o mundo (cf. Bachelard: *Psychanalyse de l'eau, de l'air*). A cor é em si portadora de um halo afetivo (Goldstein). O que é expresso pelo amarelo: certa maneira de fazer nossa visão vibrar. Cada cor pode indicar um modo de relação em discordância ou não com o mundo: detestamos ou amamos a cor.

Análise de Sartre sobre o mel
(cf. *L'être et le néant* [O ser e o nada], Gallimard, 1943, pp. 699-703)

Cada qualidade do mel é um modo de ser. Suas propriedades (viscosidade, doçura etc.) parecem ser autônomas. Mas o próprio objeto constitui sua unidade: o mel se define por seu aspecto visível: assume diferentes formas no espaço, depois as perde (montanhazinha no prato desmoronando um instante depois). O mel tátil: natureza bem suspeita, observa a criança, nem sólido, nem líquido; não é denso, não é pesado... fidelidade do cão que se entrega; docilidade e apropriação sonsa do possuidor pelo possuído, pois o mel cola-se aos dedos e não conseguimos nos livrar dele (quando acreditávamos escravizá-lo...). O gosto do mel? É doce. Sabor? Doçura indelével do mel, sabor que insiste. Há uma relação dessa qualidade sápida à qualidade tátil; não podemos fazer de cada qualidade uma ilhota opaca. Só podemos fazer uma descrição dinâmica do modo de existência: viscosidade e doçura são duas maneiras de ser melosas daquilo que chamamos mel.

Análise sobre o limão (ainda Sartre:
L'être et le néant, pp. 235-6)

O amarelo do limão não é um modo subjetivo de apreensão do limão: é o limão. O limão estende-se inteiramente por suas qualidades: é a acidez do limão que é amarela, é o amarelo do limão que é ácido. *Não existem qualidades justapostas,* mas através de cada uma delas lêem-se todas as outras. Qual é o coeficiente metafísico do limão? pergunta Sartre. A psicanálise deve elucidar esse problema. O teor metafísico de cada objeto é um modo de articular o ser.

A unidade de uma coisa é comparável à unidade de um complexo. Exemplo: o gosto do mil-folhas e o modo como o glacê de cima se quebra sob os dentes estão ligados. Se alguém nos oferecesse salmão preto, nós o acharíamos ruim.

Nos escritos de Francis Ponge (Sartre, *Situations,* I; nova edição com o título *Critiques littéraires,* Gallimard, col. "Idéias"), encontram-se análises do camarão, da laranja etc. e, em particular do seixo: o vento e o mar estão como que precitados no seixo, e o próprio seixo é um complexo que cumpre trazer à luz.

Ele observa as coisas no impacto que causam nele, e não fora dele. O seixo cuja análise faz é o seixo para a criança (nós mesmos somos obrigados a voltar a nossas impressões de criança sobre o seixo para perceber sua poesia). Daí a simbolização no seixo de toda uma série de condutas e a relação evidente entre certas pessoas e um seixo.

Aí estão coisas que uma concepção espetacular da percepção não possibilitaria compreender.

Mas voltemos ao desenho...

Entenderemos que o desenho pode exprimir todos os conflitos pessoais da criança porque nossos sentidos são aparelhos para apreender significações de conduta. Todas as relações afetivas da criança com seu pai, por exemplo, poderão ser projetadas em seu desenho do homenzinho.

Minkowska procura captar no desenho um modo de apreensão, um modo de representação das coisas (tipo esquizóide, Seurat; tipo epileptóide, Van Gogh) [Cf. Minkowska (F.) *De Van Gogh et Seurat aux dessins d'enfants. À la recherche du monde des formes (Rorschach).* Editado por ocasião da exposição no *Musée pédagogique,* de 20 de abril a 4 de maio de 1949. Beresniak, 1949].

Os psicanalistas procuram nos desenhos a evocação de certo drama particular, mensagens sobre as relações pessoais da criança com o mundo. Quer se fale de sensorialidade ou de personalidade, as estruturas gerais são sempre as mesmas (nunca se pode dizer: aqui termina o sensorial, aqui começa o pessoal).

As deficiências de proporção no desenho da criança são explicadas por Luquet pela incapacidade de síntese da criança. A psicanálise vê nisso a importância relativa de homens e mulheres para a criança, certas relações afetivas com o pai e a mãe. No caso do homenzinho cabeçudo (importância da cabeça), a psicanálise vê um "deslocamento para o alto " etc.

Sobre a correção tácita (exemplo: "Não, é uma casa; não, é um barco" etc.), Luquet diz: falta de atenção. A psicanálise diz: expressão da polivalência de todo dado na consciência infantil, devido à existência de uma espécie de censura na criança. Oposição entre o que ela deve ver e o que ela vê.

Sobre o rebatimento, a psicanálise diz: autismo; vontade de coincidir com a coisa sem passar pela mediação dos aspectos de uma perspectiva.

Conclusão. Na realidade, esses diferentes trabalhos caminham no mesmo sentido.

a) Desconfiança de uma concepção que veja nossa percepção e a relação da criança com o mundo como uma função de contemplação.

b) Desconfiança de uma concepção de mundo infantil a caminhar para o mundo adulto. A criança está, ao mesmo tempo, muito perto e muito longe do adulto. Perto: porque sua experiência constitui um todo. Longe: pois seu contato polimorfo com o mundo tem estrutura diferente do contato do adulto quando esse contato redunda em representações.

A IMAGEM ESPECULAR

Questões de método aplicadas a esse problema.

A) HÁ DOIS MODOS DE VER A EVOLUÇÃO:

1.º *Em relação ao problema geral da psicologia do conhecimento.* Trata-se de saber de que modo a criança passa da concepção da imagem como "duplo" do objeto à concepção dos físicos. Como há redução da imagem até que ela seja apenas uma película destacada do objeto? Como a criança chega a organizar intelectualmente sua experiência? Essas indagações são formuladas pela psicologia clássica.

Também em Piaget encontramos essa atitude metodológica; o problema que ele está sempre formulando é o do aparecimento do intelectual a partir da desordem inicial. Para ele, o desenvolvimento do conhecimento é a realização progressiva de uma experiência cujos elementos todos estão interligados.

Mas a psicologia mostra outra dimensão de pesquisa que não é o conhecimento: o papel do corpo, que na perspectiva anterior

não tem função central, e o desenvolvimento correlativo do próprio corpo e das relações com outrem.
2º *Em relação à dinâmica do desenvolvimento em geral.*
Nessa perspectiva o corpo já não é apenas um dos temas a propósito dos quais a criança desenvolve sua inteligência; já não é um objeto entre os objetos: a reestruturação da experiência irá tornar-se um fenômeno central, o desenvolvimento do corpo e ao mesmo tempo da personalidade são fenômenos tão centrais quanto o desenvolvimento intelectual. Trata-se apenas de nomes diferentes para um único dinamismo de desenvolvimento.

Temos então:
– de um lado, as pesquisas que tentam compreender os desempenhos da criança vinculando-os ao desenvolvimento da inteligência;
– do outro, as pesquisas contemporâneas que vêem um elo estreito entre os progressos intelectuais da criança e suas relações com seu corpo e com outrem: os progressos são correlativos.

B) A NOÇÃO DE IMAGEM ESPECULAR ESTUDADA POR WALLON

– *No animal.* Wallon cita o caso de um pato que, depois da morte da companheira, ficava diante de um espelho; interpreta esse comportamento dizendo que o animal tem diante de sua imagem, assim como diante da fêmea, um "sentimento de complementação".

– *Na criança.* A imagem do corpo alheio: a criança, no início, não entende a diferença entre a imagem e o objeto; depois, constitui a relação entre a imagem e a realidade que lhe corresponde. É assim que um autor cita o caso de uma criança que por volta dos seis meses se volta da imagem para o modelo: é o começo do reconhecimento, mas este ainda é mais um jogo, e não algo completamente realizado.

Há portanto algo mais na criança do que no animal. A imagem do próprio corpo atrasa-se em relação à imagem alheia. É mais difícil de adquirir.

Em certos sonhos, em certos estados hipnagógicos, nos afogados, por exemplo, o sujeito tem imagens de si mesmo com uma intensidade às vezes extraordinária. A imagem especular para a criança tem esse mesmo caráter onírico.

Encontramos no primitivo a mesma crença na ubiqüidade: o indivíduo possui várias imagens da pessoa, imagens que têm existência independente umas das outras. Há crença numa quase pluralidade simultânea das diferentes imagens. Para a criança, na imagem especular do pai haveria um fantasma dele, com certo grau de realidade. Para o próprio adulto a imagem não é um simples signo da realidade que ela representa; ele não fica insensível quando alguém rasga uma foto sua; e quando lhe tiram uma foto, sua impressão é de que estão roubando um pouco de si mesmo.

Para Wallon, a concepção que a criança tem da imagem está estreitamente unida à imagem que ela tem do espaço. O adulto nega a localização dupla: um mesmo objeto só pode estar num único ponto do espaço:
– no adulto, a espacialidade seria uma série de relações;
– na criança, o espaço é uma qualidade colada à imagem.

Como ocorre a passagem para a concepção adulta? Trata-se de um progresso da inteligência que constrói um espaço ideal acima dessa primeira camada de experiência. É uma operação intelectual que compreende:
– redução da pseudo-realidade da imagem;
– integração da imagem especular no objeto de que ela não passa de reflexo.

Na realidade, essa interpretação deixa de lado uma parte dos fatos que Wallon trouxera à baila; além disso, há uma discordância entre essa solução e os fatos.

C) CRÍTICA A WALLON

O modo como Wallon formula o problema será correto? Haverá realmente dupla totalização na criança? Isso implicaria que os pontos do espaço objetivo do adulto são ao mesmo tempo distintos e confundidos. Wallon incide aqui no perigo que ele mesmo havia indicado tão bem: traduz a experiência da criança em termos de adulto.

Para a criança os dois espaços – visual (a imagem) e cinestésico (onde fica seu corpo) – não são comparáveis.

Não há verdadeira dualidade na criança; essa noção pertence ao pensamento adulto.

Portanto, não há redução que possibilite, por um esforço intelectual, passar de dois dados a um só. A criança precisa compreender que há dois pontos de vista sobre ela mesma, que seu corpo que sente é também coisa visível não para ela mas para os outros.

Há, pois, ligação íntima entre o desenvolvimento da imagem especular e o desenvolvimento da relação com outrem. Para a criança, isso é aprender a ver-se como um *papel* a ser desempenhado.

Essa aquisição não é instantânea nem completa. Não se trata, portanto, de um processo intelectual, pois nesse caso compreende-se ou não se compreende. Ora, o desenvolvimento da imagem especular comporta todos os tipos de transição e de recaída. Logo, não se trata apenas de compreender intelectualmente o fenômeno, mas de reorganizar a vida pessoal e as relações com outrem.

Mas, mesmo para quem não aceite a interpretação de Wallon, este contribui com grande número de fatos.

D) IMPORTÂNCIA DA IMAGEM ESPECULAR NO DESENVOLVIMENTO DA CRIANÇA

1º *A imagem visual que a criança tem de seu corpo é muito incompleta.* A intelecção do espelho consistirá, pois, em completar esse esquema geral do corpo. A cada instante temos uma consciência global das correspondências entre os aspectos táteis e visuais do corpo. Compreender a imagem especular é integrar novos dados em seu esquema. A criança vai assumir, tomar para si a imagem do espelho, operação muito mais concreta do que a descrita por Wallon. Há, pois, integração de dados excêntricos considerados tão válidos quanto os da visão. Há reestruturação do esquema corporal.

2º *O corpo é posto sob a jurisdição do visível.* A criança começa a se ver pelos olhos dos outros, renunciando um pouco às sensações cinestésicas e outras.

Wallon critica a noção de cenestesia.

Essa noção adulta não corresponde em nada à experiência da criança. Ele a substitui pela noção de esquema postural: a consciência do corpo está intimamente ligada à noção das coisas exteriores. Por exemplo, a consciência da mão e seu uso são confundidos: a mão serve para pegar objetos do meio, que são "*manipulanda*". A consciência não está fechada em si mesma, porém aberta para o exterior.

O desenvolvimento da imagem especular, da imagem global do corpo está intimamente ligado às relações com outrem.

O esquema postural é também o que me permite compreender as posturas dos outros. "Impregnação postural" é a consciência de nosso corpo como capacidade de imitar e realizar atitudes que são realizadas no mundo exterior (por exemplo, Wallon mostra, na criança que contempla um animal e depois o imita, uma "impregnação postural" da conduta animal).

Pode-se também falar de "recolhimento", que nos possibilita uma preparação para imitarmos o que vemos, e de "formulação íntima " (Wallon) da conduta de uma pessoa: tentativa de compreender a atitude dela com nosso corpo.

A sociabilidade sincrética, o "transitivismo", ou seja, a ruptura, ou melhor, a ausência de barreiras, são próprios da infância.

O grande mérito de Wallon, portanto, foi ter situado o desenvolvimento da imagem especular nessa óptica.

Wallon, além disso, concorda com os psicanalistas que atribuem significado especial à conquista do "visual". Graças à imagem especular, a criança assume uma nova forma de existência; ela percebe que pode ser olhada, e assim se comporta de outro modo consigo mesma. Há passagem do corpo vivenciado para o corpo visível e olhado.

Os diferentes dados sensoriais (táteis, visuais) representam diferentes modos de vida.

IMITAÇÃO

Guillaume, em seu livro (*L'imitation chez l'enfant,* P.U.F., 1969), teve o mérito de criticar de maneira pertinente o modo como era formulado o problema da imitação.

1) *Posição da psicologia intelectualista*

Não há gesto sem representação. Para adquirir uma língua, é preciso ter representações, imagens verbais. Todos os transtornos da afasia são traduzidos como " perda da imagem verbal".

Preconceito do mesmo tipo existe para a imitação: podemos realizar com nosso corpo os gestos do outro, desde que tenhamos a representação da conduta motriz que ocorre no interior do sujeito-modelo (assim como eu movimento meu corpo porque tenho uma representação dele).

Devemos ter esse esquema em três dimensões:
– observação visual do modelo;
– interpretação em linguagem motora;
– aplicação a meu próprio corpo, na qualidade de atividade cinestésica e motora.

2) *Posição de Guillaume*

Ora, Guillaume diz: "A consciência ignora o músculo" (não precisamos tomar consciência dos músculos que pomos em ação para modificar nossa atitude).

Teremos então posse de nosso corpo sem que isso ocorra por meio de representações?

O problema é o do intermediário entre a impressão cinestésica que tenho de meu próprio rosto e a impressão visual que recebo do outro. Segundo o esquema clássico, processo em quatro tempos:
– o rosto visto de outrem;
– conhecimento interior dos movimentos;
– cinestesia de meu próprio rosto;
– aspecto visual que ele terá.

Se "a consciência ignora o músculo", não passamos por dois desses quatro tempos...

Guillaume vê as coisas assim: quando imito, não é outrem que imito, mas suas condutas em relação ao objeto. Imitação não dos gestos, mas dos resultados objetivos dos atos (exemplo: quando a criança imita a pessoa que escreve, a imitação dos movimentos vem-lhe por acréscimo).

Mas então como a criança faz para imitar gestos relativamente simples e que não tenham "resultados"?

Como, partindo dos resultados, se chega à imitação das pessoas?

3) *Fragilidade da tese de Guillaume*

Ela não permite responder de modo satisfatório às duas perguntas acima.

Ela reincide no associacionismo quando tenta encontrar resposta a essas perguntas, e as resolve assim:

A imitação ocorre na ausência do resultado assim como ocorre um reflexo condicionado (no entanto, ao fim de certo tempo, se não for apresentado novamente o estímulo incondicionado, o condicionamento deveria extinguir-se...).

Ao aceitarmos essa teoria associacionista, nenhum comportamento será buscado por si mesmo (aliás, toda explicação associacionista tende a mostrar que os seres humanos não sabem o que estão fazendo).

Mesmo admitindo que a imitação é imitação de resultados, de ações no mundo, é já a imitação de alguém, de uma ação humana, de um traçado humano.

O resultado só pode ser obtido a partir de certo estilo de conduta, e é preciso investigar o sentido dessas condutas.

As indicações dadas por Guillaume são prolongadas pela idéia de que outrem e eu não somos opostos, e que caberia mais perguntar por que a criança não imita aquilo por que imita. Como é muito ignorante das fronteiras que separam o eu de outrem, estando indiferentemente em si e em outrem, a criança não pensa em si mesma, mas no que a interessa. O eu ignora-se enquanto está no centro do mundo. É a imitação que fará emergir o eu da consciência.

A criança é ao mesmo tempo radicalmente altruísta e individualista, porque em indiferenciação com outrem: na verdade, por essa mesma razão mais caberia dizer que ela não é realmente altruísta nem realmente individualista.

Objeção:

Como não há eu e outros, a primeira imitação não pode ser tomada como um fim...

Então, de que maneira o "eu virtual" (não consciente), de que fala Guillaume, poderia na seqüência oferecer a possibilidade de uma tomada de consciência?

Dizer que é a imitação que permite isso é atribuir-lhe uma enorme virtude!

Acaso é outrem que nos serve de caminho para as coisas, e não o inverso? (é "o outro" que nos permite ter uma visão realmente objetiva de um mundo que não existe para mim apenas).

Esses dois circuitos, a bem da verdade, não representam uma alternativa: as relações com outrem e com o mundo são correlativas, e a tentativa de Guillaume é vã na medida em que ele acha que chegamos ao "outro" apenas pelo caminho das coisas.

4) *Em conclusão*

A lição de tudo isso é: uma noção nova de gênese em psicologia.

Em psicologia parecia que certos elementos eram dedutíveis dos outros: essa era a antiga noção de gênese (por exemplo, gênese da percepção do espaço).

Agora (influência da psicanálise), a psicologia, admitindo um espaço ao mesmo tempo visual e tátil, não consiste mais em explicar um conteúdo por outro.

A psicologia superou essa espécie de disputa que enche sua história passada. A gênese é concebida *como reestruturação com base em dados iniciais, havendo, a cada grau, uma vida total* (desde o início) que, à medida que a criança se desenvolve, se refaz em outras bases.

Desde o início, o campo da criança não é apenas um campo de objetos; é já um campo de seres. Ao mesmo tempo é verdade que as funções adultas são já representadas na criança, na qual não têm o mesmo sentido que têm no adulto. Exemplo: uma partida de xadrez; e desde o início estão lá todas as peças, e no entanto a partida muda de aspecto.

RELAÇÕES ENTRE AS FUNÇÕES INTELECTUAIS E AS OUTRAS FUNÇÕES PSÍQUICAS

DIFICULDADES DO PROBLEMA

É difícil conceber graus de inteligência, mesclas de inteligência e alguma coisa que não seja ela: a inteligência parece obedecer a uma lei do tudo ou nada. Mas então ela é dificilmente acessível a uma psicologia que precise vincular todo e qualquer elemento da conduta do sujeito aos outros elementos.

Estamos diante do *dilema filosófico*:
– ou a inteligência é uma função radicalmente distinta da sensibilidade, é uma função original que escapa à psicologia;
– ou a inteligência está ligada aos outros fatos psíquicos, mas é então um subproduto.

É o conflito entre o psicologismo e o logicismo, exposto por Husserl.

Acaso não será toda psicologia da inteligência, obrigatoriamente, um psicologismo, uma vez que apresenta os fatos intelectuais como dependentes de operações pré-intelectuais (percepção, sensação)? Por exemplo, para os empiristas ingleses, o ato de conceber é resultado de percepções prévias. Essa concepção torna homogêneo o campo da psicologia, mas elimina a originalidade da operação intelectual, que é um caso particular da sensação.

Mas se considerarmos a operação intelectual intrinsecamente, parece que conceber é totalmente diferente de perceber ou sentir.

É ao mesmo triângulo que me refiro intelectualmente (mas não percebo) hoje e dentro de seis meses; o objeto intencional continua o mesmo. A operação intelectual não tem lugar, não tem data: ela supera o tempo e a sucessão dos acontecimentos psicológicos; portanto, não há psicologia da inteligência.

O problema de uma psicologia da inteligência será, pois, definir a inteligência mostrando sua originalidade e inserindo-a nos outros fatos psicológicos.

CONTRIBUIÇÃO DA TEORIA DA FORMA

A) *Atitude geral diante do dilema* (Koffka)

Há formas no psiquismo, ou seja, conjuntos dentro dos quais as propriedades de cada elemento são inseparáveis da configuração do todo. Saímos, portanto, do campo do psicologismo. Se tratarmos de totalidades indecomponíveis, a psicologia deixará de ser empirista, deixará de reduzir os conjuntos à sucessão dos fatos psíquicos.

Mas essa concepção também está afastada do logicismo. A significação intrínseca está ligada ao aspecto concreto apresentado pela figura no mesmo momento, ou seja, aos dados de fato. A psicologia da forma não porá os diferentes acontecimentos da vida psíquica uns ao lado dos outros. Ela liga a ordem das significações à configuração concreta dos elementos em jogo.

B) *O problema da inteligência*

Os psicólogos da forma estudam a operação intelectual no momento em que ela se realiza.

Trabalhos de Wertheimer: estudo do processo de conclusão no pensamento produtivo.

Primeiro exemplo:
$A = B$, $B = C$; para concluir que $A = C$, há um duplo processo de configuração em seguida resumido no terceiro. A é um elemento ou um momento da configuração B. B é um elemento ou um momento da configuração C. A é concebido como mediação entre os dois.

Segundo exemplo:
A soma dos ângulos de um triângulo é igual a dois retos. A demonstração pode ser equiparada a um duplo processo de configuração comparável a uma configuração perceptiva.

Imperfeição dessa análise.
Ela supõe realizado o essencial do trabalho intelectual. A explicação é muito fácil retrospectivamente Mas não se percebe como, no ponto de partida, a *gestaltung* se estabeleceu. Como o resultado foi encontrado? É aí que se manifesta a direção intelectual.

Problema do insight: a clarividência

É a capacidade que tem o sujeito inteligente de aperceber numa figura, ou numa situação dada, uma significação que resolverá a dificuldade diante da qual ele se encontra. Por que, no segundo exemplo, se tem a idéia de traçar uma paralela e de prolongar um dos lados? Por que certos elementos ressaltam (elementos nos quais adivinhamos a possibilidade de uma função nova a resolver o problema proposto)?

Acaso os estudos da inteligência não se chocam todos com o fato de que em certo momento o espírito percebeu relações que não enxergava antes? Entre esses dois momentos, há alguma transição. Encontramo-nos diante do "tudo ou nada".

É preciso solucionar o problema da gênese do estado anterior ou final. Wertheimer tentou decifrar o que havia de esquemático no primeiro enunciado de sua explicação.

No problema de geometria, não percebemos imediatamente a solução, mas, em dado momento, sabemos que a dificuldade está neste ou naquele lado da figura. O vértice C do triângulo nos parece especialmente interessante. É como se as relações intrínsecas, que aparecerão em seguida como fundamento da demonstração, agissem sobre nós, nos atraíssem, quando ainda não foram tematizadas por nosso espírito. *Insight* é aquilo graças a que a situação intelectual dada torna-se capaz de suscitar uma reorganização dos elementos que ela comporta. Isso exige, como diz Goldstein, que "as relações intrínsecas tenham agido como relações dinâmicas, como vetores". As relações intrínsecas manifestadas pela demonstração emergem uma vez que os elementos tenham sido dados. Há configuração no caso da inteligência, assim como no caso da percepção; mas se todos os indivíduos são capazes de percepção, nem todos são capazes de realizar uma organização intelectual. A organização é, portanto, de outra espécie.

C) *Homogeneidade e diferença entre os processos perceptivo e intelectual*

Diferenças entre a inteligência animal e a inteligência humana (Köhler, *L'intelligence des singes supérieurs*, Alcan, 1927; nova edição, P.U.F.-C.E.P.L., 1973): estudo da inteligência nos chimpanzés. Eles são capazes de atribuir aos objetos um significado novo que não lhes pertencia naturalmente (exemplo: pegam um pau para alcançar bananas). Há destruição da antiga totalidade naturalmente estabelecida para o restabelecimento de uma totalidade nova. Essa operação merece o nome de inteligência.

Mas essa inteligência é diferente da inteligência humana.

1) *Necessidade do contato visual*
O pau não deve estar longe demais do objetivo por atingir para que o animal pense em usá-lo. A relação entre meio e fim

não pode ser estendida ao infinito. O animal não dispõe o tempo e o espaço da mesma maneira que o homem.

2) *Um objeto não pode acumular dois papéis ao mesmo tempo*
A caixa pode ter dois significados, mas alternadamente: ou ela é caixa, ou é escada. O animal não identifica o objeto através das duas significações; a caixa não permanece a mesma através de suas duas funções.

Há, pois, inteligência do chimpanzé, mas ela se consome no instante. No homem, além disso, há reestruturação de estruturações: ele reúne conjuntos significativos no interior de um único conjunto ou, inversamente, percebe a pluralidade de aspectos de uma mesma coisa.

Compreendem-se então as críticas feitas a Wertheimer: raciocinar não é apenas perceber relações entre dois objetos, mas aperceber entre os dois uma nova ou terceira relação. A psicologia não daria solução satisfatória caso reduzisse o problema do raciocínio a uma estruturação perceptiva.

EVOLUÇÃO DA PSICOLOGIA DA FORMA

1) *Primeira posição.*
Invoca sobretudo:
– a adequação (*fittingness*) de certos elementos que provocam uma nova estruturação. Mas não é um fato objetivo: esses elementos só desempenham algum papel quando estamos concebendo uma relação (Koffka);
– a realização de um equilíbrio: a resolução de um problema seria comparável à melodia; mas a equilibração não tem o mesmo sentido no caso da inteligência e da percepção.

Se projetarmos numa tela um círculo não completamente fechado, perceberemos um círculo perfeito (isso é percebido por todos). O equilíbrio é obtido pelo concurso de duas forças dadas, uma preponderante e uma excêntrica. As condições desse equilíbrio não são todas dadas. São introduzidas pelo próprio sujeito. São definidas por sua curiosidade, pelas indagações que ele faz, por condições internas.

2) *Posição final.*
Os fatos intelectuais não estão separados dos outros: a solução "*insight*" é motivada por organizações perceptivas. Se me vol-

to para o ângulo C, não é por acaso. Não se trata de procedimento cego nem de procedimento clarividente. Sentimos que se trata de um problema de ângulos. Assim também, nas relações entre e linguagem e pensamento, trabalhamos com palavras que nos ajudam e servem de apoio para o trabalho do pensamento. O socorro que nos dão é comparável ao socorro que nos é dado pela posição dos ângulos na figura.

TEORIA DA INTELIGÊNCIA

Poderíamos, portanto, construir uma teoria prescindindo do logicismo e do psicologismo. Cada procedimento da inteligência serve para o seguinte, que incorpora o anterior. Mas, ao mesmo tempo, os dados do acaso entram em jogo; evita-se assim o psicologismo.

Há uma unidade intelectual final do raciocínio, mas que não é realizada antes do fim do raciocínio: ela é retrospectiva. É no mesmo sentido que Bergson fala do movimento retrógrado da verdade. A verdade não nos parece nascer com o ato intelectual que a percebeu. Ela nos parece anterior.

Há retomada retrospectiva dos dados perceptivos pela inteligência, o que mostra que os dados perceptivos carregam em si a operação intelectual.

1. *Diferença entre os processos perceptivo e intelectual.*
Inteligência não é percepção. Existe uma diferença entre a reorganização do campo no ato perceptivo e a reorganização do campo no ato intelectual.

Na inteligência, a reorganização não é inspirada pelos dados mesmos da percepção, mas responde a uma indagação feita pelo sujeito. Duas estruturas que se seguem não são independentes, elas nos parecem ser dois aspectos de uma mesma realidade. A identificação entre o ponto de partida e o ponto de chegada é essencial a toda demonstração geométrica.

Na percepção, a estruturação é inspirada pelos dados. O que recomenda esta ou aquela transformação da figura são as propriedades mesmas da figura sensível.

Ao passo que, na inteligência, o que recomenda a transformação dos dados do problema não tem essa eficácia, a não ser que quem efetuou essa transformação se proponha certa tarefa intelectual, já tenha em vista a solução. As transformações são autorizadas pelos dados sensíveis, mas não são percebidas. Se na inteligência a estruturação fosse imposta, todos os seres humanos seriam do mesmo modo capazes de reorganização. Portanto, é na perspectiva da solução que os elementos da figura são ressaltados. Há então antecipação da solução; a solução manifesta sua eficácia antes que a transformação ocorra; um resultado que não está presente já está operando. A imanência do resultado na procura constitui o mistério da inteligência. O ato intelectual não é, pois, explicável no modo como certos elementos da figura são utilizados pelo indivíduo. Esse *"insight"*, antecipação do resultado, utiliza uma série de "acasos" (lembranças) que são retomados no ato intelectual. Este nunca é explicado inteiramente pelos dados, mas é motivado por eles.

2. *Homogeneidade.*
Qualquer que seja a originalidade da inteligência, ela permanece homogênea à percepção, pois nunca supera totalmente os dados estruturais tais como estes aparecem na percepção. Não se pode isolar o raciocínio das configurações sensíveis postas em jogo, pois ele se apóia nelas a cada vez. É apenas *a posteriori* que podemos traduzir os resultados de modo puramente formal.

Wertheimer mostra como Gauss, em seu teorema, nos faz ver que a inteligência não pode separar-se dos elementos percebidos sobre os quais trabalha.

Seja a seqüência dos dez primeiros números inteiros,

1 2 3 4 5 6 7 8 9 10.

$$\text{Sua soma } S = n + 1 \frac{(n)}{(2)}$$

Gauss chegou a esse resultado percebendo que a série em questão é composta de certo número de pares, e que cada par é igual a $n + 1$, ou seja, $10 + 1 = 11$.

De fato, $9 + 2, 8 + 3, 7 + 4... = 11$.

Além disso, o número de pares é igual à metade do número final da série: 5.

Essa resposta dada por Gauss é uma formalização, pois exprime uma relação que poderia ser aplicada a outros resultados, além do resultado presente. Mas Gauss baseou-se efetivamente nessa série para descobrir seu teorema.

A decomposição da série de números inteiros em pares supõe uma intuição constante da representação dos números inteiros, uma intuição constante de sua estruturação: a relação de um número com o número anterior é com o seguinte. Cada número é superior em uma unidade ao anterior. Assim, se partirmos do par 5 + 6, o par 4 + 7 deve ser igual a ele; pois se subtraímos uma unidade a 5 para passar a 4, acrescentamos uma unidade a 6 para passar a 7. O processo intelectual está contido em certa maneira de perceber a série de números. Mas a expressão final não nos dá a noção de trabalho intelectual, pois a dupla função de n desaparece. Isto porque n não é empregado no mesmo sentido em $\frac{n}{2}$ e na soma de n em que ele representa o número de termos da série; ao passo que, em n + 1, ele representa o último número da série.

Tudo isso nos levaria a uma noção de verdade, uma concepção estrutural da verdade.

A inteligência é uma reorganização ativa dos elementos do campo, mas por um aprofundamento das relações já esboçadas no mundo percebido.

3. *Comparação com a concepção de Piaget.*

Para Piaget, inteligência é diferente de percepção, pois ela realiza uma descentralização absoluta, um equilíbrio indiferente.

Na percepção, ao contrário, uma vez que o observador muda de lugar, o espetáculo percebido muda de aspecto. Há, pois, relatividade de campo em relação ao observador, e nunca descentração do campo.

A inteligência só pode definir-se por um equilíbrio, uma reversibilidade em todas as relações, uma ausência de ponto de vista, uma objetividade absoluta.

Mas essa concepção da inteligência não representará um estado limite nunca atingido?

Para a teoria da forma, nunca se poderá chegar a esse equilíbrio indiferente. A inteligência continua sendo *sempre* uma forma, ainda que muito superior. Toda definição de inteligência que a situasse numa ordem totalmente diferente da ordem percebida a tornaria inacessível a qualquer psicologia. A inteligência ultrapassa a percepção, mas não a destrói.

Minha experiência de outrem

Nosso problema só existe de forma manifesta há cem anos. Por quê? Não há problema de outrem para certas filosofias.

Empirismo absoluto. Para tal filosofia o eu se reduz a uma série de estados de consciência que apreendo em mim mesmo; outrem constitui uma outra série psicológica, distinta da minha e inacessível: sua posição aparece, portanto, como inconcebível. Mas para um empirismo conseqüente, não podemos afirmar o eu tanto quanto não podemos afirmar outrem, uma vez que nossa experiência é apenas de uma série de estados que se desenrolam, e não do eu; aliás, tal filosofia não está certa de nada, e toda filosofia que se enuncie desmente já por aí que é empírica.

Concepção puramente reflexiva. O espírito é capaz de apreender-se a si mesmo com certeza absoluta; descubro-me como sujeito absolutamente ativo; o eu não poderia ser, em nenhum caso, equiparado a um indivíduo numa situação local e temporal; ele é pura coincidência consigo mesmo; o espírito se define pela consciência de si. O eu passa, portanto, para o domínio do valor.

Outrem não reside em seu corpo, o que seria incompatível com a noção de espírito; por outro lado, o espírito, por definição, não pode se ver do exterior (o eu só pode encontrar-se na experiência própria); logo, para tal filosofia, o que chamamos experiência de outrem é pura e simplesmente desprovido de sentido.

Penso que o outro é para si o que sou para mim (Descartes, *Meditações*.)

Há problema do outro quando não me reduzo a uma série de experiências psicológicas e quando, apesar disso, não posso atribuir-me a qualidade de um sujeito eterno e único; pode-se então admitir essa singular relação entre um espírito e este aparelho corporal que o porta (Husserl).

Quando abandonamos esses dois pontos de vista, a partir desse momento, há um problema do outro: há um espírito encarnado com o qual podemos entrar em contato. Logo, nosso problema poderia ser considerado um espelho do problema do eu.

Ao mesmo tempo ele está ligado *ao problema do mundo*. Acabamos de ver que não é em qualquer caso e em qualquer situação que se apresenta um problema de outrem; o mesmo ocorre com o problema do mundo. Este não se apresenta, propriamente, no empirismo radical, em que o mundo não passa de simples título de classes para designar a série de estados psicológicos; não se apresenta tampouco no racionalismo absoluto, segundo o qual é possível instalar-se na posição de Deus e aperceber a totalidade do Ser.

A noção torna-se problemática quando se observa que o mundo é uma totalidade que não se pode totalizar (Kant: mundo concebido como uma idéia – limite sob o qual designamos uma série indefinida e aberta de experiências interligadas por elos racionais).

A noção de experiência (*Erfahrung*) põe em evidência o que há de original em nossa relação com o ser; assim também, para que outrem passe a ser problema, não deve ser proposto de modo absoluto, mas como experiência progressiva.

Na realidade, os dois problemas não são apenas paralelos, mas estão ligados interiormente, pois, como é evidente, é no mundo que podemos ter alguma probabilidade de encontrar uma experiência de outrem. Não se trata, portanto, de supormos certas concepções do eu ou do mundo e de ver o que daí resulta no que se refere a outrem, mas de examinar como é preciso conceber o mundo para que outrem seja pensável.

Voltemos, pois, ao estado de ignorância do problema de outrem, para que fique mais claro por que nele este é desprovido de sentido.

A atitude central a partir da qual deixa de haver problema de outrem é aquela que consiste em dizer que a passividade para o espírito é absolutamente impensável: o espírito faz a unidade da multiplicidade que constitui o objeto (para que eu possa perceber uma folha de papel, é preciso que eu não seja um elemento do papel); sou eu mesmo que me represento passivo, confundindo-me com meu corpo, mas não o sou.

Isso tem como conseqüência imediata certa concepção do objeto que se definirá inteiramente pela exterioridade de suas partes (Descartes: partes *extra partes*); o eu deverá, portanto, conceber-se não como sentido íntimo, mas como puro Eu, sem conteúdo, não individuado no tempo. Outrem não será tampouco encarnado e situado; logo, o problema desaparece. Assim, Kant não percebeu como problema a passagem do que é verdadeiro em sua consciência ao que é verdadeiro em toda consciência; não apresenta nem outrem nem eu mesmo como situados.

Em tal concepção, não há problema filosófico, apenas um problema psicológico (cf. *análise do espaço*): outrem é problema de simples conteúdo, e não problema transcendental de estrutura.

Afinal, outrem não é problema porque semelhante filosofia purificou a tal ponto objeto e sujeito que já não há possibilidade de uma representação como a de outrem, que deveria ser sujeito-objeto. Não haverá outro recurso senão dizer que é uma representação que não resiste à reflexão.

Portanto, em certo sentido, tal filosofia torna nosso problema quimérico e inexpugnável. Se tentarmos mostrar ao filósofo reflexivo que esses objetos-sujeitos fazem, apesar de tudo, parte de nossa experiência, ele perguntará: como alguma coisa que não tem sentido pode fazer parte de nossa experiência?

Descartes mencionou brevemente esse problema, mas, se considerarmos o conjunto de sua filosofia, ele tinha o direito de não se formular o problema com insistência; ele podia lançar alguma luz sobre a união entre alma e corpo, porque a identidade em Deus da essência e da existência nos faz apreender uma possibilidade de solução. Descartes nos põe em presença do mundo na 5.ª e na 6.ª *Meditação*; em sua filosofia, o mundo tem sentido porque é criado por Deus, mas os cartesianos modernos não podem realizar esse retorno ao mundo porque não admitem Deus; o mundo, portanto, é um não-sentido.

Se quisermos ter uma atitude positiva em relação ao mundo, sem postularmos um infinito que ofereceria a solução de todos os problemas, precisaremos pensar os paradoxos inerentes a este mundo, em especial o paradoxo de outrem.

DESCRIÇÃO INICIAL

O objetivo aqui é descrever os objetos do mundo com suas raízes subjetivas, a fim de voltar a tomar consciência de nosso verdadeiro contato com o mundo; *ver como o mundo nos fala do homem*.

Partiremos de um exemplo que foi útil nas concepções objetivistas: a *percepção do cubo* (cf. análise de Lagneau, *Célèbres leçons et fragments*, P.U.F., 1964).

É fácil mostrar que o cubo é objeto de um juízo no qual a distinção entre quem julga e quem é julgado permanece clara. De fato, só temos uma visão sucessiva das faces; se acredito no cubo, é porque, em mim, o espírito retifica a aparência para que eu perceba. Deste ponto de vista, ver não tem sentido: o fato de haver visão do cubo significa que nosso olhar é habitado por uma inspeção do espírito.

Essa análise clássica choca-se com uma dificuldade: ela supõe, pelo menos idealmente, que temos certa visão em perspectiva sobre o cubo e que, partindo dessa visão, uma apreensão intelectual permite reconstituí-lo.

Mas as coisas ocorrem desse modo na percepção?

Se olharmos um homem a grande distância, não poderemos dizer que esse homem é do tamanho de uma mosca, mas a distância não é homogênea à altura e à largura: ela é a dimensão da inatualidade. Esse homem é uma presença que, por enquanto, está longe, mas que, acolá, é tal qual eu o sentiria se o visse de perto.

Em percepção livre, não há medida comum entre o objeto próximo e o objeto distante porque eles se situam em duas dimensões diferentes.

A estrada que desaparece no horizonte não se estreita realmente; só depois de uma análise podemos dizer que essa visão comporta as características que lhe são dadas por esta descrição.

Mas a percepção do objeto é diferente daquilo que nossa análise nos apresenta dele retrospectivamente. O objeto (no sentido etimológico de coisa estendida diante de meu olhar) é cercado por um horizonte interior e um horizonte exterior (Husserl) que anuncia uma série aberta e indefinida de percepções complementares que poderemos obter se mudarmos de ponto de vista. A percepção é a síntese de todas as percepções possíveis; essa síntese é realizada pelo poder que possuo de me deslocar.

A coisa percebida é um sistema de experiências: se eu fizer tal movimento, obterei tal resultado; é minha corporeidade que possibilita esse sistema de *"Wenn... so"*; não é um sistema de relações entre variáveis objetivas: a percepção atua sobre relações entre mim, que tenho um corpo, e o mundo.

A coisa aparece-me em certas perspectivas; o perspectivismo de nossa percepção não é exprimível por uma relação objetiva entre grandezas; não é comparável ao esquema que a geometria me dá. Com efeito, na percepção, meu corpo desempenha o papel de mensurante absoluto, mas isso ainda não é medir, é possibilitar todas as medidas; *a distância não é, portanto, uma grandeza objetiva*; é o grau de precisão da incidência de meu olhar sobre a coisa. Em certo sentido, menos que os clássicos, afirmamos que de saída, através dela, vamos à coisa e, em outro sentido, afirmamos mais porque ela é intransponível.

As análises clássicas nos apresentam a percepção como um terceiro testemunho entre o objeto e aquele que percebe; somos postos na posição de um sujeito que seria puro espectador. Tudo isso nos leva a definir a coisa percebida como uma *fisionomia* (*Gestalt*). Desde Espinosa, admitia-se que perceber um círculo não podia ser outra coisa senão reconstruir intelectualmente o círculo. Na realidade, apreendemos uma fisionomia do círculo que nos fornece sua curvatura sem implicar sua formação intelectual. O círculo é certa maneira de pôr à prova nossa relação geral com o espaço do modo como este é fundado pelo olhar que fixamos sobre os coisas. Ele tem sua maneira própria de puxar os elos que nós temos com as coisas: essa é a sua fisionomia. Dispomos de certos níveis que representam nossa ancoragem no mundo (horizontal, vertical, próximo, distante do objeto, visão nítida ou confusa), que a fisionomia faz variar. *A coisa é inteiramente estruturada por nossa relação de ser encarnado no mundo*.

O mundo só tem significação porque tem uma direção; toda localização dos objetos no mundo pressupõe a minha localidade; em certo sentido, o objeto da percepção não pára de nos falar do homem; ele é expressivo de nós como sujeito encarnado. *O objeto já está diante de nós como um outro, por isso ele nos ajuda a compreender como pode haver percepção de outrem.*

Ademais, somos não só um corpo sensorial, mas também um corpo portador de técnicas, estilos e condutas aos quais corresponde toda uma camada superior de objetos: objetos culturais aos quais as modalidades de nosso estilo corporal conferem certa fisionomia. A noção de objeto cultural, quase não considerada nas teorias clássicas da percepção, assume hoje importância extrema.

O utensílio destina-se à minha atividade e já a desencadeia; mesmo a percepção sensorial comporta, entre mim e o objeto, uma relação fisionômica: para que o utensílio seja reconhecido, basta um mínimo de percepções sensoriais, e então é sua utilidade que se impõe. A percepção do utensílio tende a tornar-se uma categoria especial de percepção (Heidegger: distinção entre *"zu Handen"* e *"vor Handen"*).

Analisemos um objeto cultural anterior à zona da linguagem, por exemplo a percepção de um quadro sem figura humana.

Um quadro é o traçado manifesto de certa relação cultural com o mundo; aquele que o percebe percebe ao mesmo tempo certo tipo de civilização. Nos casos em que a arte procurou ser o menos subjetiva possível (pintura italiana do Renascimento), nesse intuito mesmo essa arte é expressão de certa maneira de ser homem. A perspectiva planimétrica, inventada com esse objetivo, é um meio enérgico de igualar o mundo porque possibilita a representação coerente da multiplicidade dos objetos sem que estes se usurpem mutuamente; o pintor decide não mais sacrificar um objeto a outro. Ora, assim entendida, ela exprime certa atitude objetivista em relação ao mundo.

Cf. Panofsky, *La perspective comme forme symbolique,* Éditions de Minuit, 1975.

– A perspectiva não é natural, é uma decisão. Vários sistemas são possíveis (a pintura grega empregava a perspectiva angular).

– Uma vez adquirida, essa imagem do mundo parece natural. Acaba-se por perceber segundo esse sistema. Os pintores que empregaram a perspectiva pela primeira vez acreditaram tê-la descoberto nas coisas, e não inventado.

Portanto, para estabelecer que a perspectiva é uma forma simbólica, será preciso mostrar as implicações dessa perspectiva.

A expressão realizada na percepção de um quadro é antropológica e aparece como uma propriedade de natureza.

A pintura grega privilegia o corpo; nela, a espacialidade só é conhecida como a distância entre dois corpos; o espaço é um agregado, não há nesses quadros um único ponto de fuga, mas vários eixos de fuga divergentes. O que lemos em quadros desse tipo é uma atitude em relação ao mundo que se exprime por certa incoerência e algum onirismo; a percepção dessa perspectiva é certo estilo de ser que aparece, a nós sobretudo, retrospectivamente. Somos nós que falamos de "*Unfestigkeit*", enquanto os gregos talvez não a percebessem; mas não se pode supor um só instante que não a tenham sentido de alguma forma.

Os artistas já têm presente certo sentimento do mundo: buscaram alguma coisa que viesse completar seu sistema de expressão do espaço; é o conjunto das tensões interiores a seu sentimento que os orienta.

A pintura romana utiliza um sistema mais perfeito de projeção: sobre uma superfície curva. O problema está presente para os pintores, mas em estado especulativo.

A pintura da Idade Média "preenche" seus quadros, em vez de procurar, através deles, representar uma visão sobre o mundo. O problema da perspectiva está em estado latente; no entanto, está presente, pois a arte nova, apesar de tudo, introduz pela cor certas relações entre os objetos; corresponde a uma metafísica da luz.

A pintura bizantina descobre o valor expressivo da linha. Ela é fiel à pintura grega, mas nem tanto à sua inspiração; o problema não é retomado de modo claro e consciente.

A arte românica conserva e supera ao mesmo tempo a Antiguidade; conserva-a unindo espacialidade e corporeidade pela superfície; supera-a ao afirmar a possibilidade de expressão gráfica pela linha.

A análise de Panofsky nos acautela contra dois erros no que se refere à interpretação da história da arte.

1) Seria falso imaginar que por trás dos pintores houvesse um espírito do mundo (superartistas de Malraux), para atingir seus fins. Não estamos diante de um inconsciente histórico a dirigir os pintores sem o seu conhecimento; é preciso compreender que o pintor trabalha, e não pensa a história universal.

2) Não devemos acreditar que o desenvolvimento da pintura é fruto de acasos. Alguma coisa guia os pintores em seu trabalho: um problema sentido surdamente como situação não resolvida. Há uma espécie de racionalidade da pintura; por isso, não se pode falar nem de "superartista" nem de "torrente da história", mas todos os pintores fazem parte do mesmo mundo pictural, e um mesmo problema apresenta-se a todos. Num quadro lemos uma história silenciosa, uma vez que o problema não está explícito.

Dürer amplia nossa definição de perspectiva (*Durchsehung*) a partir do momento em que se passa a ter a idéia de que o quadro deve significar o mundo, deixa de ser um elemento do mundo. Se considerarmos o quadro como um ser cultural, veremos que ele já não se situa em sua superfície, seus objetos estão escalonados em diferentes profundidades. Isso implica toda uma concepção do mundo; o quadro é feito para converter o mundo em sua significação. O quadro não se situa no ponto do espaço em que está; aparece naquele ponto, mas não está lá (Sartre: *L'imaginaire,* Gallimard, col. "Folio-Essais"); o mundo é algo que precisa ser construído.

Leonardo da Vinci, assim como seus contemporâneos, sonhou com uma língua universal; o pintor não tem necessidade de uma arte de expressão; ao se conformar às leis da perspectiva, ele pode construir o belo. Seu projeto era uma pintura que criasse um objeto absoluto em relação com um sentimento do mundo.

Mas era ilusão; a pintura está em relação com certo estilo de ser humano. Panofsky mostra, em sua análise, que esse procedimento não podia, por si só, garantir aquilo que os pintores esperavam dele; os grandes ilusionistas empregam a perspectiva e nem por isso nos dão o objeto, mas, ao contrário, aquilo que há de deformador em nossa perspectiva (tetos de Tiepolo); suas leis podem ser utilizadas para exprimir a aparência.

Rembrandt não emprega nem planos ortogonais nem paralelos ao plano frontal; seus quadros dão então a impressão de girar em torno de si mesmos. Entre os italianos, ao contrário, prevalece o objetivismo; seus interiores assemelham-se a uma arquitetura da qual se tivesse retirado um lado. Vemos, portanto, como por si mesma *a perspectiva é ambígua*; está sujeita a duas críticas:

– excesso de subjetividade;

– racionalismo estreito demais (crítica dos pintores modernos).

Essas duas críticas são justas e de modo algum contraditórias.
Para que a pintura saia desse dilema, precisará renunciar a conceber a perspectiva como um procedimento que se basta e aprender a considerá-la como um elemento do esforço de criação que deve compor com os outros.

Cézanne: no início só utilizava a perspectiva e queria traduzir o objeto pela cor. Mas, no última período, observou parcialmente esse procedimento.

A pintura contemporânea experimenta um modo de expressão diferente, que consiste em tornar inseparáveis o aspecto subjetivo e o aspecto objetivo (Braque: os objetos sangram, têm valor de complexos no sentido freudiano).

A perspectiva planimétrica é uma das formas simbólicas pela qual os homens tentaram conquistar o mundo. O mundo nos devolve nossa imagem; percebemos nos objetos culturais uma atmosfera humana, uma relação com a vida exterior e interior. Sua significação antropológica não é um estado d'alma, mas certa articulação do interior com o exterior de uma cultura, de um indivíduo.

Cf. Hegel (*Esthétique*, Flammarion, col. "Champs"): a pintura é a subjetividade senciente, ela se define pela decisão de renunciar à terceira dimensão; com ela a obra de arte não é algo que existe em si ao modo da estátua; o conteúdo do quadro só existe para o sujeito, para o espectador.

"Parece que o espectador está lá desde o início..."

Acima tentamos perceber como o objeto já está diante de nós como um outro; nesse sentido, a percepção de outrem não apresenta mais problemas do que o apresentado pela percepção de qualquer objeto animado. Para os gestaltistas, a percepção de outrem ocorre de acordo com as mesmas condições que a percepção de um quadrado, por exemplo: certos estímulos exteriores físico-químicos combinam-se para constituir a percepção de um homem. Aí está uma concepção muito abstrata; na realidade, a percepção de outrem não é apenas a operação dos estímulos exteriores, mas também depende em grande parte do modo como estabelecemos nossas relações com os outros antes dessa percepção: ela tem raízes em todo o nosso passado psicológico; cada percepção de outrem nunca é mais que uma modalidade momentânea. Portanto, não se trata de pura recepção de certo conteúdo que seria dado tal qual, mas há sempre uma relação mais profunda, relação de coexistência com o aspecto de outrem que se apresenta. Discernimos certa intenção em sua conduta, uma vez que nós mesmos estamos mergulhados em certo drama humano que co-determina essa percepção.

O mérito da *Gestaltpsychologie* foi pôr em evidência a percepção de outrem não como construção intelectual, mas como *contato direto com outrem*. Mas terá ela condições de depreender o sentido dessa percepção? Não estará sendo levada, devido à sua ontologia da forma, a transformá-la em conteúdo maciço que se introduzirá em dado momento em nossa consciência sem pedir a nossa colaboração?

É preciso analisar essa *Gestaltung* (configuração, conformação); não podemos nos restringir a esse dado compacto.

1) *Trabalhos de Arnheim* (1928) (Cf. Arnheim R., *Experimentell psychologische Untersuchungen zum Ausdruck problem, Psychologische Forschung*, XI, 1928, pp. 2-119). Uma das experiências consiste em fazer coincidir a caligrafia ou a assinatura de pessoas famosas com o seu retrato ou seu nome. Os resultados mostram que sem dúvida existe uma percepção segura demais para ser atribuída ao acaso (as respostas certas são duas vezes e meia mais numerosas do que indicaria a simples probabilidade). Esses resultados são melhores quanto mais espontânea é a atitude do sujeito; os erros provêm quase sempre do fato de se concentrar a atenção num detalhe (exemplo: meandros da assinatura de Leonardo da Vinci). É interessante perceber que, se o erro for explicado a seu autor, ocorrerá uma espécie de reorganização intuitiva da percepção. Trata-se, portanto, de uma percepção global e fisionômica, e não de uma inferência.

Outra experiência consiste em interpretar a expressão ligada a fotografias. Pode-se olhar o retrato analítica ou globalmente; a visão de um lado isolado do rosto raramente possibilita interpretação correta. Para os mesmos olhos, por exemplo, estando oculto restante do rosto, obtêm-se resultados absolutamente opostos, conforme a pessoa; duas fisionomias diferentes que tenham o mesmo queixo são vistas como diferentes, mas as duas pessoas consideram que a diferença consiste precisamente no queixo. Portanto, existe *ação recíproca das partes de um rosto, o que constitui sua dinâmica*. Ver *Nouveau traité de psychologie* de Dumas (Alcan-

P.U.F., 1930-1949), tomo III, p. 76. As pesquisas de Cuvier vão no mesmo sentido: quando se excitam eletricamente duas partes do rosto, obtêm-se duas excitações discordantes em dois pontos não simétricos (tristeza e sorriso). Se, em seguida, for tapado o lado sorriso na foto, a expressão dos olhos será de tristeza pronunciada e vice-versa. Temos nesse caso uma espécie de evidência intuitiva, a expressão dos olhos é ambígua. A expressão total é construída pela cooperação simultânea de todas as partes, ela é indecomponível.

Cabe citar também a famosa fotografia de um suplício chinês no mesmo tratado, tomo I, em que a expressão do supliciado aparece ao espectador menos atento como expressão de alegria e serenidade.

Disso podemos concluir que não há expressão absolutamente característica de alegria e de dor.

Kandowski e Ivan Manchukin, cineastas russos, fizeram experiências cinematográficas com o mesmo objetivo: sobre uma tela foram projetados sucessivamente uma fotografia imóvel e objetos bem diferentes em termos de valor afetivo. É notável que o mesmo rosto, sucessivo à apresentação de uma criancinha, é iluminado por uma simpatia vital, mas quando, ao contrário, ele se segue à apresentação de um ataúde, exprime de modo evidente todos os tipos de idéias tristes.

Entre o olhar e o objeto que o precede na película há uma relação intrínseca, explorada na técnica cinematográfica (apresentam-nos ora um, ora outro. No fundo, isso é comparável à relação entre o sentimento que temos de nosso corpo e o do espaço em torno de nós; certa percepção da orientação de nosso corpo, captada globalmente, não é concebível sem a percepção de certa orientação dos principais objetos em torno de nós. Assim também, em outrem existe uma relação intrínseca entre seu corpo e aquilo que ele vê. A frase de Koffka, "Um o rosto deve ser considerado como um quadro extraído de um filme", deve ser entendida ao pé da letra.

De tudo isso o que Arnheim extrai? Sua única conclusão é que um rosto é uma *Gestalt*: entretanto, nem sempre sabemos o que é essa *Gestalt*, e nos aventuramos a supor certa intuição mística de outrem ou uma espécie de telepatia.

Para evitar essa conseqüência é preciso perguntar o que nos possibilita reconhecer esses diferentes dados (caligrafia, retrato, assinatura...). Arnheim responderia que elas têm uma *Gestalt* comum. Mas o que significa isso? Não se trata da produção de uma impressão característica de determinada pessoa cada vez que um elemento de sua conduta nos impressiona. Mas o funcionamento da percepção de outrem é ao mesmo tempo bom e ruim demais para que isso seja verdadeiro. Aqui ocorre o mesmo que ocorre na aquisição de um hábito: apreendemos de algum modo certo tipo de situação ao qual somos capazes de responder com certo tipo de movimento; não é preciso que haja permanência real de certa *Gestalt*, mas, antes, reconhecimento de um estilo; mas quem diz estilo diz linguagem. A *"innere Sprachform"* é certa organização do sistema de signos que possibilita relacioná-lo com o interlocutor; compreender um estilo não é subsumir sob uma categoria o objeto que deve ser compreendido, mas é, no fundo, retomar certa intenção prática que aflora nos dados fisionômicos e assumir certo número de aspectos dessa intenção que é participável por um outro corpo que não o meu; há uma espécie de reconhecimento cego da expressão de outrem que nos falta analisar.

2) *Trabalhos de Wolf (1932)* (Cf. Wolf W., *Selbstbeurteilung und Fremdbeurteilung in wissentlichen und unwissentlichen Versuch, Psychologische Forschung*, XVI, 1932, pp. 251-338). Experiências sobre a relação entre a percepção de perfis, mãos, relatos, vozes, caráter.

– Ele confirma, por um lado, os resultados de Arnheim, mostrando que em 77% dos casos é correto o emparelhamento entre voz e caráter do indivíduo, enquanto a probabilidade seria de apenas 33,3%.

– Por outro lado, acrescenta um fato novo: intercala quatorze vezes a voz do próprio sujeito, sem o prevenir; a voz é reconhecida apenas duas vezes (uma vez o reconhecimento é nítido, uma vez é indireto). Refaz a experiência prevenindo o sujeito: em metade das vezes, a voz alheia é reconhecida, uma vez em cinco é reconhecida apenas a própria voz; no entanto, ao mesmo tempo, o sujeito adota uma conduta absolutamente especial em relação a essa voz: ele a julga cada vez mais favorável ou desfavoravelmente do que a média dos outros sujeitos (a primeira tendência é mais freqüente e mais pronunciada).

– Pode-se supor que esse julgamento corresponde simplesmente a um temperamento otimista ou pessimista? Não é isso, pois é só diante de sua voz que o sujeito tende a exagerar.

– Ou então pode-se supor que os sujeitos apreciam ou detestam de modo especial aquilo que se lhes assemelha? A experiência prova que não.

Wolf conclui que o sujeito se comporta em relação à sua voz como sendo sua; não consegue mostrar-se neutro diante dela, ela não lhe aparece como normal. É quase um auto-reconhecimento, favorável ou desfavorável conforme o sujeito esteja em paz ou em dificuldade consigo mesmo; neste último caso as tensões interiores o fariam rejeitar sua voz assim como ele se rejeita.

Outra prova do reconhecimento implícito é que o sujeito se detém nos detalhes e faz julgamentos psicológicos muito mais profundos sobre ela do que sobre as vozes alheias.

Experiências realizadas com mãos e relatos dão resultados mais ou menos idênticos, se bem que o reconhecimento das próprias mãos e dos próprios relatos seja mais freqüente.

Como interpretar esses fatos?

Se não houvesse nenhum reconhecimento da própria voz, seria possível dizer que ele é impedido porque não são fornecidos os estímulos convenientes. Mas não é isso o que acontece.

Será porque ouvimos nossa voz de fora pela primeira vez? No entanto, somos capazes de reconhecer uma imitação que façam de nós.

Será devido a uma resistência afetiva? Mas por que ela não se opõe ao reconhecimento das mãos e dos relatos?

Wolf conclui que isso se deve à deformação produzida pelo alto-falante, objetivamente a mesma, mas à qual sou mais sensível quando se trata de minha própria voz, que me é mais familiar.

Todas essas explicações são insuficientes. Não podemos raciocinar por analogia com as mãos e a imitação de nós mesmos, como o faz Wolf: nossa voz parece pertencer-nos muito mais que nossas mãos, e a imitação que façam de nós apresenta-nos um quadro mais completo de nossa conduta. Quanto à explicação final, não se trata apenas de uma deformação, de um não-reconhecimento de minha voz; há reconhecimento inconfesso que só se pode explicar por pura ausência da *Gestalt,* há uma conduta diferencial do sujeito em relação à sua própria voz; o reconhecimento ambíguo supõe várias camadas de consciência. Não me reconheço: não consigo me situar nessa voz, animá-la, pois ela me é oferecida pela primeira vez, assim como ela se oferece a outrem antes de mais nada como um conjunto sonoro. Seria preciso que ela deixasse de ser para mim alguma coisa que faço para tornar-se alguma coisa que ouço (cf. Malraux, *A condição humana*: ouvimos nossa voz com a garganta e a voz alheia, com os ouvidos). Esses fatos só podem ser explicados se considerarmos a percepção de uma voz unicamente como resposta a uma pergunta; numa conversa é como se as palavras veiculassem a significação, e a elas respondemos como se responde a um golpe: com outro golpe.

A teoria da forma retomou o vocabulário dos traçados cerebrais e fala de configurações anteriores; explica assim o reconhecimento. Nos exemplos anteriores, há não-reconhecimento da própria voz porque as duas formas (interior e exterior) da voz não combinam. Existe uma diferença entre o reconhecimento intelectual que se vê a si mesmo e essa espécie de retomada que realizo de uma expressão fisionômica que não sei dizer se é minha; é essa diferença que Wolf negava. Entre mim e essa expressão que me é apresentada esgueira-se uma espécie de instinto; percebo a fisionomia de minha voz, pois minha experiência intervém nessa percepção, há já uma espécie de leitura desses estímulos com a ajuda de minha voz: poderíamos dizer que existe aí uma decifração antes da linguagem.

Quando a pessoa é avisada da gravação de sua voz, sua atenção à escuta se modifica; é preciso evitar admitir uma percepção imediata, não motivada, que nos transportaria para outrem, alguma coisa como uma telepatia, cujo sentido, aliás, precisaríamos esclarecer melhor, pois este depende de certa sintaxe da expressão que não é uma intrusão arbitrária em outrem, um poder miraculoso que me faria transportar-me para ele. Na linguagem, por exemplo, o ouvinte vai além do sentido estabelecido das palavras (o uso não explica a linguagem de valor literário). Perceber o outro é finalmente perceber sua conduta.

A percepção que temos de outrem suscitou uma construção de teorias especialmente extravagantes. Só queremos dar como exemplo (haveria, assim, certo número) o de Klauss: *Raça e alma*, introdução ao sentido da forma corporal. Ele preconiza um método mímico para compreender o outro. Certas pessoas são dotadas de uma intuição do outro que lhes permite perceber seu caráter, sua raça. Raça é realmente "a Idéia" no sentido platônico; para fazer uma verdadeira psicologia racial, é preciso recorrer a essa percepção; não é o número dos casos particulares o decisivo, mas a escolha. O corpo humano é a cena na qual aparecem as expressões, e o estilo é que faz perceber a raça...

No entanto, há de fato percepção da expressão; a psicologia é a leitura ou a percepção das condutas.

Goldstein (*Zeigen und Greifen,* Nervenarzt, 1931) esboça uma fenomenologia dos gestos e das expressões. Observa que a fenomenologia, embora não acrescente fatos, demanda um *esforço intuitivo, presta-se,* retrospectivamente, a uma verificação. Goldstein obtém com ela o sentido total da conduta e não a oculta, como em Klauss; reintegra um gesto no interior da atitude total do organismo em relação ao meio, em vez de procurar um princípio oculto no qual tudo estaria escrito de antemão. A pretensão de nunca nos transportarmos para outrem protege-nos de abusos.

L. Klages (*Vom Wesen des Bewusztseims,* Leipzig, J. A. Barth, 1921): teórico da grafologia alemã, trabalha com princípios que poderiam dar ensejo a extravagâncias. Pretende perceber o sentido de uma conduta de tal maneira que este nos seja acessível por uma intuição sobre a qual não se pode nada dizer; existe um elo na natureza entre um estado afetivo e sua expressão corporal; desse modo, ele chega a uma espécie de realismo dos símbolos. É preciso insurgir-se contra essa idéia de certo número de imagens originárias preparadas pela natureza para exprimir um sentimento, uma emoção. Klages esquece a extraordinária ambigüidade de nossas expressões fisionômicas (cf. Darwin *L'expression des émotions chez l'homme et les animaux,* Complexe, 1981): não há sentido aderente a uma expressão; o conteúdo preciso de um gesto é a referência à situação; a leitura de uma expressão só é possível com referência à situação completa; o que é bem diferente de um poder místico qualquer (no atual entusiasmo pela psicologia, há algo desse tipo: certo ocultismo; imagina-se que para conhecer outra pessoa basta submetê-la a testes, ler um livrinho de grafologia e, para concluir, mergulhar-se na psicanálise, significado dos sonhos!). Não, a verdadeira psicanálise implica uma teoria bastante ponderada sobre o outro: *perceber outrem é decifrar uma linguagem.*

Em face dos autores que se lançam assim no valor expressivo dos gestos, devemos estudar aqueles que, ao contrário, negam toda espécie de valor expressivo das condutas de outrem? Para a tradição cartesiana, os gestos só são expressivos porque, por um lado, minha organização corporal está ligada a expressões motrizes que, por pura contigüidade, acabam por designar certos estados emocionais e, por outro lado, o acúmulo em nós de certas condutas é um fenômeno social. Essa tradição é hostil à atribuição de valor expressivo aos gestos, pois isso seria admitir um elo interno entre o movimento de mim, corpo e psiquismo; seria apagar as fronteiras entre alma e corpos.

A significação de nossos gestos se reduz, portanto, à contigüidade constatada entre estes e certos estados emocionais. A relação entre signo e significado é então uma relação recebida, em cuja elaboração não desempenho papel nenhum.

O problema é muitas vezes formulado nos seguintes termos:

– ou os gestos significam alguma coisa por si mesmos, e o psicológico que exprimem deve ser realmente ligado a esses gestos, sendo inseparável do aparecimento desses sentimentos (Gratiolet nega qualquer possibilidade de intervenção experimental para produzir a expressão fora de um estado emocional);

– ou se admite a possibilidade de tal experiência, e nesse caso existe um elo puramente exterior (tradição cartesiana: interesse pelos autômatos, aliás um pouco ambígua, pois eles não estariam distantes de reconhecer em hipótese aquilo que negam em tese).

O problema está mal formulado: os gestos são expressivos à maneira de uma linguagem, o que não significa que não constituam uma unidade com a vivência.

Duchêne de Boulogne notara em suas experiências uma ligação íntima entre os músculos do rosto, mas observou que a aparência de contração total era decorrente de sua percepção pessoal.

Dumas realizou várias experiências nesse sentido. Observemos sua demonstração.

Com uma descarga elétrica no nervo facial, Dumas obtém um sorriso.

Ele explica que há uma sinergia, uma conexão natural entre os músculos que redunda nos gestos, e não regulação pela qualidade dos sentimentos: entre a alegria e o sorriso existe uma relação puramente exterior. A experiência não funciona para a raiva, a risada e o pranto, que são mais complexos e não podem ser produzidos por descarga elétrica, pois neles intervêm reações psicorreflexas. Portanto, não existe músculo da expressão, mas músculos que, sem nada exprimirem, são afetados de diversas maneiras durante as emoções; também há intervenção de uma regulação social das condutas expressivas.

Essa é uma análise mecanicista interessante, de aspecto fisiologista. Mas que significa o ato que realizo ao aplicar uma corrente elétrica a um organismo? A corrente não é causa do gesto; o corpo em sua totalidade funcional é que é capaz de sorrir, e não o nervo facial. Existe expressão plena apenas no caso em que é dada a conduta total de um organismo; um corpo vivo está sempre se comportando, um corpo fenomênico. As emoções não são provocadas por estímulos, mas por situações, totalidades que só têm sentido para uma vida.

Dumas formula o problema em termos psicofísicos: o sorriso é uma reação motora. É preciso ver a relação entre a série fisiológica e a série psicológica, constantemente modeladas uma pela outra.

Hoje, a alegria é uma conduta, uma relação com o mundo; a excitação cerebral é o que está por trás da realização da conduta. Portanto, é impossível formular o problema nos termos de Dumas. Existe uma relação interna entre a expressão e aquilo que ela exprime, uma relação de sentido; a conduta do sorriso e o estado de alegria representam uma mesma atitude em relação ao mundo. Tentaram-se experiências de transplante em macacos, com modificação das inserções nervosas: depois de algum tempo, bastante breve, uma nova adaptação anulava o efeito da intervenção cirúrgica; o animal corrige rapidamente, pois se apercebe da discordância. Isso é compreensível se admitimos que o que é eficaz no movimento de meus olhos é a relação entre meu olho e o campo perceptivo que ele explora; a reorganização da função nervosa é quase independente das disposições anatômicas. Dumas admitia o postulado do corpo puro objeto; hoje o organismo é considerado de tal modo que aparece como vivência em minhas relações com o mundo; a alma estende-se pelo corpo. Há invasão do corpo pela significação. Já se realizou certa relação mágica no mundo da percepção, precisamente. Nossa imagem de objeto puro na realidade é um mito, e o objeto é sempre objeto mais corpos vivos plantados nele a perceberem-no.

O sociologismo de Dumas vem completar sua explicação mecanicista. Existiriam signos que seriam convencionalmente signos de certas atitudes psicológicas. Pena que Dumas só dificilmente chegasse a encontrar expressões naturais e que não existam modos de expressão que só sejam naturais. Ele aventava a idéia de uma primeira camada sobre a qual haveria outra, convencional ou social.

Na verdade, não há expressões puramente naturais, nem puramente convencionais ou sociais. Saussure mostrou (*Cours de linguistique générale*, Payot, 1962, nova edição, 1973) que nada é fortuito na linguagem: ela é uma totalidade, e o uso de cada signo está em relação com o uso de todos os outros; nesse sentido, os signos não são convencionais. Existe uma relação de sentido entre as diferentes expressões; dado certo tipo expressivo, estabelece-se um parentesco entre as diferentes expressões que o sujeito produzirá; portanto, é preciso procurar uma unidade sistemática na expressão de uma cultura.

Dumas só nos dá uma fonética da expressão como parte da lingüística. O que é característica de uma língua é o sistema dos fonemas, o princípio segundo o qual ela modula a voz, constrói e inventa os signos diferenciais.

Darwin, por sua vez, tentou reduzir o fenômeno da expressão a um fenômeno de hereditariedade; nega o valor expressivo atual de nossos gestos. Para Klages, a expressão é "uma espécie de parábola da ação", não apenas uma ação esboçada, mas um comentário figurado da ação que ela exprime indiretamente, com certa liberdade. Isso Darwin também sentiu. A teoria filogenética é a projeção no passado do sentido que ele dava às condutas emocionais. Na expressão, o corpo desempenha o papel de símbolo de certa significação da qual tenta tornar-se o emblema.

A nosso ver o sentido da expressão é aquilo que aparece na interseção dos gestos expressivos compreendidos segundo os procedimentos fundamentais em determinada cultura.

Devemos então rejeitar a idéia de percepção telepática de outrem, e no entanto como não reconhecer que, na relação entre a consciência e o corpo, há inevitavelmente algo de mágico? Para evitar a contradição, é preciso definir a diferença entre a magia invocada como força real e a "magia" que nos é dada na percepção das expressões.

Avançaremos por etapas:

Exame da vivência e daquilo que é expresso pelos gestos: primeiramente em casos particulares que representam as modalidades extremas da existência:

1) Relação entre a vivência e o gesto:
 – na consciência mítica;
 – nos casos em que nos comunicamos um com o outro no imaginário (expressão dramática);
 – na vida das sociedades como a nossa.

2. O que é outrem?

3. Passagem para o plano filosófico (filosofia da minha experiência de outrem: Sartre em particular) e confrontação com os fenômenos anteriores.

1) *Exame da vivência e do que é expresso pelos gestos*

a) *Na consciência mítica.* Nas sociedades ricas em mitos, entre o que é experimentado e o que é significado existe uma relação tão estreita que há quase identidade.

(Ver Mauss e Granet: *Journal de psychologie* – Mauss, *Effet physique chez l'individu de l'idée de mort suggérée par la collectivité* [*Australie, Nouvelle-Zélande*], 1926, 23, pp. 653-69; reproduzido in *Sociologie et anthropologie,* P.U.F., 1950, pp. 311-30, col. "Quadrige", mesma paginação; Granet, ref. abaixo, que realizaram pesquisas na Austrália e na China). Os dois autores insistiram na existência, em grande número de sociedades, da expressão obrigatória dos sentimentos. É como se fosse impossível estabelecer uma separação entre o que é vivenciado pelo indivíduo e o que é expresso por ele. Essa convencionalidade e essa regularidade não excluem a sinceridade; o que se faz, mais que manifestar os próprios sentimentos, é manifestá-los para os outros. No fundo, entre a atitude dessas populações e a atitude do civilizado, não há tanta diferença como se poderia acreditar; na verdade, quando se realiza uma conduta ritual, é para manifestar os próprios sentimentos tanto para si mesmo quanto para os outros. Nessas sociedades, as pessoas se identificam uns com os outros, vivem o rito. O ritual não é uma linguagem-signo exterior àquilo que significa, mas uma linguagem emblemática em que significante e significado não são isoláveis.

Seria possível imaginar, ao procurar interpretar psicanaliticamente a relação entre signo e significado da qual nada nos é revelado nesse exemplo, uma espécie de repressão institucional: o sujeito se lançaria no rito para não se entregar àquilo que sente. Mas nesse caso seria preciso desistir de qualquer valor explicativo do social no que se refere à consciência.

As pesquisas de Granet (cf. *Le langage de la douleur d'après le rituel funéraire de la Chine classique, Journal de psychologie,* tomo XIX, 1922, pp. 97-118) mostram que existiria na China clássica uma linguagem da dor cujos temas são absolutamente obrigatórios. Haveria "improvisações tradicionais". Mais uma vez, a sinceridade não está em jogo. Um psicanalista não poderia falar aí de repressão; é a civilização que nos dita nossos sentimentos pelos chineses.

O movimento em direção ao ritual representa o horror que poderiam inspirar os sentimentos vivenciados se fossem manifestados, mas esses sentimentos não são mais sentidos. O ritual é assumido positivamente, e o sujeito o utiliza como uma arte. As convenções técnicas na improvisação tradicional não excluem a sinceridade que é buscada; a invenção pessoal confere caráter positivo à conduta. Existe no emprego do ritual toda uma gradação da ordem da ciência pessoal; quando o rito perde seu caráter compulsivo é realmente assumido; é no estilo, que pode comportar uma verdadeira invenção, que o indivíduo se realiza, e não se pode dizer que ele esteja apartado da expressão (a expressão da dor é o meio de ser dor).

Não há, em casos como este, supressão da consciência em favor do rito: um modo de exprimir torna-se modo de sentir; não há oposição entre o natural e o cultural. Granet parece estar perto da noção de papel desempenhado, não sentido como papel natural nem como fim, mas como vivência no mito.

Assim, se o gesto é expressivo por si, como se explicam as variações das expressões dos sentimentos entre as culturas? As reações das civilizações não são as mesmas.

Mas, poder-se-ia objetar, esse elo entre o símbolo e a vivência só existe no estado de pré-consciência que pode servir para caracterizar uma civilização ritualística.

No entanto, esse elo entre vivência e gesto existe em certos fatos de nossa vida social: a arte dramática.

b) *Na expressão dramática.* Todo o teatro chinês é concebido com base no mesmo princípio da expressão das emoções na vida. O ator chinês é muito diferente do nosso: os trajes e sua cor são estereotipados; as proporções fisionômicas são fixadas pelo uso. Exprimir, para um ator chinês, é, pois, algo totalmente diferente do que é para um ator atual: poderia parecer que a expressão está ausente do teatro chinês.

No teatro indiano, o objetivo é colocar índices num sentido dado, de indicar esse sentido, não o mostrar, de anunciar mais que exprimir. Além disso, cabe notar fortíssima crença na realidade da personagem mítica que os atores interpretam (interpretar é tornar o deus presente). Parece, portanto, que nada disso tem relação com os atos de expressão. Mas permanece o problema de serem eles verdadeiros e sinceros dentro dessa simbólica, no âmbito fixado.

Podemos então esperar encontrar em nosso teatro alguma coisa dessa fusão entre o que é vivenciado e o que é expresso.

À primeira vista, não poderia haver comparação entre a expressão dramática e os índices estereotipados. Aqui, não nos exprimimos em função de símbolos estabelecidos, mas criamos a expressão da personagem por meio dos corpos; o elo não é imediato, mas está por fazer, por realizar-se, por ser criado a cada nova peça pelo público; e a expressão vai formar uma intersubjetividade momentânea ou durável. Às vezes se diz que a psicologia ocupou o lugar do mito (Nietzsche).

A expressão dramática não consiste em procurar signos cuja significação seria dada separadamente deles; na verdade, há relação direta entre o uso do corpo e a significação da peça, que continua sendo relação mágica. Trata-se de obter, entre uma conduta e um sentido, uma adequação que será ao mesmo tempo adequação entre o público e o espetáculo; a atitude está por inventar-se. A relação entre o modo de desempenhar e o sentido da peça não está garantida por uma análise intelectual; pode-se então admitir que o que é expresso e a expressão são recíprocos e indistinguíveis, que se reciprocam assim como o sentido da poesia se reciproca com a expressão poética. A realização do sentido da peça é uma verdadeira recriação. É essa "magia" moderna que gostaríamos de apreender com um pouco mais de exatidão.

No *Paradoxo sobre o ator,* Diderot tinha em vista algo desse tipo: "o ator verdadeiro é frio e tranqüilo; é um imitador atento, um discípulo reflexivo da natureza", diz Diderot, mas entre sua idéia inicial e suas fórmulas existe uma diferença que é preciso levar em conta; sua tese é de que o ator não vive o papel como vive a vida comum:

– ele não acredita naquilo como acredita numa realidade; compreende o que faz; a emoção vem-lhe da cabeça, e não do coração;

– essa compreensão do papel não é uma imitação convencional, é certa operação de caráter pré-lógico; assunção do papel pelo ator: "o ator penetra num fantasma"; operação expressiva por meio da qual um corpo se presta a exprimir um papel diferente daquele que ordinariamente lhe toca (cf. Sartre: *L'imaginaire*).

A discussão entre a sensibilidade ou a não-sensibilidade do ator é um problema indevido: o ator é movido no irreal ou no imaginário, mobiliza-se por inteiro para produzir seus papéis, mas, com isso, vive-o no irreal (se chora, vê seu pranto como algo análogo ao pranto real); não é a personagem que se realiza no ator, é o ator que se irrealiza na personagem.

Podemos dizer então que exprimir é fazer o corpo desempenhar certo papel, visto ser ele capaz de se deixar arrebatar por papéis diferentes daqueles a que habitualmente serve. O ator perceberia atentamente as expressões de outrem, o que lhe permitiria exprimir outrem.

A expressão dramática não é de ordem realmente intelectual e analítica; é uma espécie de saber que orienta o ator em suas primeiras relações com o manuscrito. Em teoria nada disso passa pelos conceitos; no entanto, os testemunhos dos maiores atores são contraditórios. Jouvet, ávido por sensibilidade e não por inteligência, nos diz coisas equivalentes ao que dizia Diderot: operação quase intelectual, contudo não operação de inteligência. Esse duplo aspecto, intelectual e corporal do ofício de ator, apresenta o problema que nos interessa.

A emoção do ator é uma emoção imaginária, substitui o vivenciado pelo imaginário. A situação imaginária, no entanto, nunca se torna equivalente a uma situação real e vivida; exprimir, nesse caso, é habitar momentaneamente esse fantasma cujos traços principais são fixados pelo manuscrito. Fica bem claro agora que um ator não é nem inteligência nem sensibilidade, mas alguém capaz de se irrealizar num papel.

A expressão dramática, então, não será mais comparável às palavras da linguagem, que têm um sentido rigorosamente definido, mas ao uso que fazemos dessas palavras ao falarmos. O escritor não se contenta em usar os signos da língua segundo seu valor gramatical, mas usa o conjunto da sintaxe de tal modo que para o ouvinte aparece um significado inédito.

A expressão dramática consiste em falar com o corpo, em construir, com os movimentos possíveis do corpo, um conjunto original que traduza a significação da peça. O papel não é, portanto, de modo algum, dado de antemão, o que o diferencia nitidamente do ritual.

Especifiquemos a natureza do ato pelo qual o corpo do ator se torna capaz de interpretar um papel.

Sempre encontramos esse contraste entre a atitude apaixonada e a fria.

"A alegria do ator apareceria no exato momento em que tomo a situação nos braços, ardente de paixão e de fria precisão" (Lucien Guitry).

O ato com o qual o ator assume um papel é muito bem descrito por Julien Berthot nos *autos do congresso de estética,* de julho de 1937: "Autos da personagem".

A gênese da personagem compreende duas fases sucessivas:

1) *Construção abstrata.*

Antes de mais nada, o ator precisa entender a dinâmica dos papéis. O papel aparece entre os outros, situado ao longo da peça, afetado por certa densidade.

Depois, dedicar-se a uma nova análise da peça do ponto de vista de sua personagem, que se torna então certa maneira de agir, deixando de ser, como era havia pouco, uma potência de agir. Aí está um trabalho de inteligência, mas um trabalho muito específico; através dessa análise dramática todas as personagens são vistas e entendidas como condutas: a inteligência já está bem próxima da realização dramática.

2) *Construção concreta.*

Passagem da peça lida à peça representada. O autor não entrega ao ator uma personagem à qual ele só precise aderir, mas um papel, com o qual construir uma personagem, pois em matéria de arte o que conta é a realização.

Terminado o trabalho analítico, falta fazer tudo: o ator não sabe ainda como representar a sua personagem. Encontra certas expressões que correspondem à sua intenção; uma atitude que reconhece ser aquela que buscava; ocorre-lhe encontrar num detalhe todo um modo de ser; ele aprende a modular certa linguagem, que é a de sua personagem. O ator confia em seu corpo exatamente como o pintor confia no seu quando desenha; o pintor traz o corpo, e este começa a funcionar; a expressão encontrada na rua, que o ator reconhece pertencer ao mesmo estilo da personagem que deve representar, supõe uma operação do mesmo tipo. Ocorre ao ator inventar cenas e representá-las em pensamento. Essa espera, esse esforço para assumir o papel é uma operação não lógica.

Poderíamos comparar esse caso a casos mais simples: hábito, imitação.

Durante muito tempo a teoria do hábito ficou presa à alternativa entre mecanismo corporal e operação realmente intelectual. Foi só o fato de se observar que ela está igualmente distante dos dois que possibilitou os progressos realizados há 25 anos.

Não se pode falar de automatismo, pois, neste caso, o hábito funcionaria em condições precisas; ora, o fato é que os hábitos são plásticos; nem as situações nem os instrumentos corporais são fixados definitivamente (transferência de hábitos).

Por outro lado, o hábito não está sujeito a situações estritamente definidas; é uma aptidão para responder a certo tipo de situação com certa forma de solução. A operação do hábito é então ao mesmo tempo corporal e espiritual, *é uma operação de existência,* de que o caso da aprendizagem de um papel pelo ator é apenas um caso muito complexo.

O problema da imitação também permaneceu insolúvel enquanto foi posto nos termos clássicos; espectador de um movimento, torno-me capaz de realizá-lo; para fazer o que vi eu precisaria de dois conhecimentos que me faltam: o das contrações musculares do modelo e o modo como posso realizar essa série de movimentos.

Hoje esse problema está superado por se ter dado direito de existência à noção de estrutura. O corpo de outrem, em funcionamento, realiza em seus movimentos o deslocamento de certas formas corporais cuja apreensão não é a simples soma de percepção dos movimentos vistos, e meu corpo também não me é dado como soma de sensações, mas como um todo. Entre os dois, existe o elo da forma comum às percepções visuais e táteis; é através delas que eles se comunicam. É como se as intuições e realizações motrizes do outro se encontrassem numa espécie de relação de intromissão intencional, como se meu corpo e o de outrem constituíssem um sistema.

Essas análises da imitação permitem-nos compreender a operação do ator, que empresta seu corpo a um papel que não o habita comumente. O que aprendo a considerar como corpo alheio é uma possibilidade de movimentos para mim; podemos dizer então que a arte do ator nada mais é que o aprofundamento de uma arte que possuímos todos. Meu esquema corporal refere-se ao mundo percebido e também ao imaginário.

O espectador não dispõe do texto, mas o imaginário começa a valer por real graças à experiência de uma sobreposição perfeita entre o sentido do texto e a conduta do ator; o espectador e o ator reúnem-se no não-convencionado graças à flexibilidade e à precisão com que o ator "apresentou" seu papel.

Há, pois, magia no teatro; a ação do ator é uma linguagem gestual que segrega, ela mesma, sua própria significação. Magia não porque o sentido esteja no corpo do ator, mas porque o corpo do ator deixa de ser coisa para significar; uma vez que o ator arrasta meu próprio corpo na gesticulação do seu, o sentido do que ele faz não está num espírito, mas está no foco virtual de seus gestos, que é precisamente o que se chama "drama". Os pensamentos do papel só existem nos gestos – em cena só há condutas, e todos os pensamentos são condutas; os objetos só estão presentes no drama por estarem integrados nos gestos do ator. O que realmente faz o grande ator é a pregnância do sentido do papel na conduta; há nele uma espécie de implicação dos outros atores (cf. Moreno: egos auxiliares). A magia dramática consiste no fato de que, junto com o corpo do ator, todo o resto é alçado ao imaginário pelos elos que se estabelecem entre os objetos.

A significação do teatro deve permanecer oblíqua ou lateral: todos os gestos têm um sentido que é por eles indicado, mas não significado em termos de índice. O fundamento da magia está na intencionalidade que liga nosso corpo ao mundo; esta é utilizada apenas parcialmente nos gestos da maioria das pessoas; o ator, porém, faz aparecer objetos imaginários na ponta de seus gestos. Essa magia não é uma força física que aja sobre nós como um agente farmacodinâmico, mas, ao contrário, reside no fato de que os gestos trazem à superfície do mundo objetos que não existem e no entanto são tão significativos quanto um objeto visto, ou mais talvez; ela cria vãos nos quais se tornam visíveis condutas de outros seres humanos.

É por essa magia que se podem explicar os sentimentos ambíguos entre o ator e seu público: há sempre admiração e ódio. O ator será mais desprezado quanto mais tiver sido considerado um deus, talvez devido ao movimento de transcendência representado pela significação expressiva do corpo – isso explica a história dos atores adulados e, apesar disso, excluídos dos direitos jurídicos mais corriqueiros.

A atitude do ator é simétrica à atitude do público; assim como o escritor cria, no fundo, um leitor de sua maneira e estabelece uma relação de sentido único, o leitor gostará do escritor porque ele o exprime, e o detestará porque ele terá sempre a iniciativa. Cria-se desse modo um mito do escritor, assim como há um mito do ator. Essa atitude desumana está ligada à virtude da expressão que, no escritor, redunda num prestígio mentiroso e inevitável; no leitor, redunda numa decepção.

No entanto, a magia da expressão é obtida precisamente pelo trabalho. O corpo do ator torna-se capaz de assimilar o estilo de funcionamento da personagem e funda-se num contato direto, numa apreensão direta desse papel.

c) *Na vida das sociedades como a nossa.* No campo da vida efetiva encontraremos alguma coisa análoga, projeção de um indivíduo num papel imaginário?

Sartre, no fim de *L'imaginaire,* diz que sim, porque, a seu ver, toda consciência é uma consciência que imagina; tomar consciência do mundo é, de certo modo, superá-lo; ora, não se pode nunca superar esse mundo rumo ao nada (Sartre, nesse ponto, dá razão às análises de Bergson), portanto subtraímos uma parte de nós mesmos dessa atuação sobre o mundo que a percepção constitui, e nesse ponto há imagem; toda imaginação é negação do mundo sobre fundo de mundo, realiza uma espécie de distensão de minhas relações com o mundo; toda consciência é então necessariamente consciência imaginante.

Se isso é verdade, se toda consciência do mundo é ao mesmo tempo imaginação do mundo, é impossível não encontrar o imaginário na consciência, e deveremos dizer que toda vida é invenção de um papel que só existe pela expressão que lhe dou. A vocação consiste sempre nessa decisão livre de se irrealizar num papel. Gide distinguia amor imaginário e amor real; Sartre não estabelece diferença na consciência: aparência e realidade confundem-se. Com efeito, a consciência define-se por sua presença para si mesma; por conseguinte, o problema da sinceridade desaparece porque profundamente nada sou. A insinceridade existe apenas para aqueles que não se irrealizam completamente em seu papel. A autenticidade consiste em entregar-se integralmente ao papel que se decidiu desempenhar (em *Le Rouge et le noir* [O vermelho e o negro], por exemplo, os seminaristas praticam atos de uma devoção que não está neles: insinceridade, diz Stendhal; não, diria Sartre: discordância entre duas realidades).

Na verdade, entre a expressão no imaginário e a expressão na vida, o próprio Sartre admite diferenças essenciais. Viver não é irrealizar-se num papel imaginário; a imaginação na vida é menos incondicionada que a do artista. Há dois tipos de imaginário, o melhor, dá-se esse nome a dois fenômenos de ordem diferente (aspectos ocultos da paisagem real que tenho diante dos olhos, por um lado, e, por outro lado, evocação de um amigo ausente). À margem do que percebo há grande quantidade de elementos do mundo não percebido, mas que estão presos no contexto das coisas existentes, e essa zona de percepção marginal constitui um todo com as zonas do percebido. Por isso, esse caso não cabe precisamente na definição de imaginário. Na imaginação de si mesmo, há uma margem da ordem do percebido e do existente; se há criação de papel, esse papel está fadado a levar em consideração o que fiz antes, a certo condicionamento extraído de meu passado. Por que esse meio-querer? Essa experiência só é concebível se sobre esse fundo de passado já ido eu puder decidir outra coisa. Na vida nunca há liberdade que não esteja trabalhando sobre uma situação de partida. A expressão de si mesmo, que seria uma criação, talvez exista, porém com essa condição de ser, em certo sentido, expressiva daquilo que fizemos antes.

Minha liberdade também está em relação com o que vou fazer, faço-me a mim mesmo aposta naquilo que faço quando ajo; se viver é inventar, é inventar a partir de certos dados. Em El Greco, por exemplo, pode-se dizer que seu passado lhe foi dado para criar sua obra tal como ela é, e ao mesmo tempo que os dados de sua infância nos aparecem retrospectivamente como antecipações de sua obra; há, portanto, uma relação circular da obra com a vida e da vida com a obra. Na vida de um indivíduo encontram-se momentos fecundos em que ele é especialmente expressivo de si mesmo, em que ele carrega certos dados de seu passado com um sentido inesperado que lhe pertence; ele encontra uma significação a favor de alguma coisa que surge nele ou em torno dele. A expressão de si mesmo é então uma troca entre o que é dado e o que vai ser feito. Quando se trata da expressão na vida, caberia dizer que a criação expressiva ainda está fadada a tomar outrem em consideração. Nos recentes escritos de Sartre há certa tendência a conceber que todo dado em nós provém de outrem. Ele concordaria então, em certo sentido, com a famosa análise do amor feita por Alain, que retoma a idéia de Pascal: "nunca amamos alguém, amamos qualidades". Alain admite que tudo o que supera o amor às qualidades é construção segundo a qual imagino que em mim há um amor. O "eu te amo" não tem significado, não podemos nos dar. A liberdade do sujeito fascina-se ao entregar-se à imagem de si mesma que ela deu ao outro com as palavras (Macbeth dominado pela idéia: "Serás Rei").

Sartre parece retomar essa análise com palavras próprias. O amor pertence ao para-outrem e não ao para-si: "amar é querer ser amado", diz ele em *O ser e o nada* (*L'être et le néant,* Gallimard, col. "Tel"); o papel do enamorado é criado por nós, representado por nós. Essas análises serão válidas se quiserem dizer que o papel não é escrito de antemão, que não há *fatum*; mas não serão exatas se significarem que criamos o papel *ex nihilo*. Onde poremos o começo dessa complacência do amor? Na percepção não haverá já um juramento que precede os outros que poderão ser trocados? Quando percebo alguém, minha percepção jura; ela pode revelar-se ilusória ou válida. Se soubéssemos nos calar, não haveria mais paixão? Não é porque paramos de falar com outrem que paramos de falar conosco; seria preciso calar a voz interior, parar a percepção. Na mínima percepção, há signos. Perceber é já antecipar alguma coisa e, nesse sentido, cada forma anuncia um desenvolvimento; um amor confesso ganha corpo; aqui, o movimento da linguagem apenas prolonga o próprio movimento de vida. Nossas palavras constroem um mito que existe para outrem, ainda que não digamos nada; e desenvolve-se um mito de mim mesmo, uma vez que eu mesmo sou expressão.

Existe também uma ilusão retrospectiva tanto quanto prospectiva do para-si: não posso fingir que essa criação de mim por mim na vida não tem relação com os dados, não posso sonhar em subtrair o eu a toda e qualquer espécie de interpretação por outrem; há já uma espécie de presença de outrem em mim. Não se pode comparar essa relação com uma sala de espetáculos, em que o ator interpreta, e o público contempla sem se sentir implicado. A diferença com o que ocorre na vida é a mesma que há entre fingir dormir e dormir; o amor consiste em se fazer amor, e a diferença com o teatro é que, na vida, o papel está sujeito a certas relações com nosso passado e com outrem. Disso resulta algo medido nas relações público-ator e algo desmedido na vida, entre mim e outrem, pois não podemos, como na atividade estética, limitar as responsabilidades. Nós nos inserimos junto a outrem de tal maneira que, passo a passo, nenhum limite é possível. No teatro sempre é possível reencenar; para mim, tudo o que faço é absoluto; na vida nunca podemos reencenar-nos. Esse absoluto da vida pode traduzir-se negativamente: pode ocorrer que aquilo que, para mim, é secundário, para outrem seja essencial; ou positivamente: outrem pode atender à minha intenção. Em todos os casos, a vida se desenrola de verdade, enquanto as relações escritor-público são relações em "como se".

A expressão de si na vida é semelhante ao comportamento de um papel desempenhado; através desse comportamento, apercebo uma iniciativa em vias de atar-se. Só nos momentos fecundos tenho a impressão de não estar percebendo um papel mas de assistir a alguém, à manifestação de outrem. A percepção de outrem é percepção de uma liberdade que transparece através de uma situação transformando-a. *Não amamos apenas qualidades mas não amamos senão através das qualidades.* Mas então outrem, como ser vivo, está sempre ameaçado pela possibilidade de estereótipo encerrada por seu papel: ele pode desaparecer e só deixar seu papel. Outrem pode aparecer-me como realmente é, mas também me é dado como oculto. Outrem apenas transparece: aparece como sentido vivo, sentido que se conserva ou se degrada.

De toda essa análise, e ressaltaremos que a percepção de outrem é a percepção de uma liberdade que transparece através de uma situação. Não podemos deixar de observar como a percepção de outrem se torna cada vez mais comparável à linguagem. De fato, há também uma linguagem ameaçada de estereótipo e uma linguagem fecunda.

d) *Na linguagem.* Cabe agora aprofundar o fenômeno lingüístico.

A linguagem de que tratamos não é propriamente a língua, mas a linguagem como fenômeno de comunicação; seria um emprego dos signos que os submete a regras não ainda confirmadas: o interlocutor, à medida que compreende, supera o que já sabe, as significações de tal linguagem são abertas; comunicando, ela exprime um movimento de pensamento.

Os lógicos, por sua vez, consideram fundamental a linguagem constituída ou objetiva. Para Piaget também (*Le langage et la pensée chez l'enfant,* Denoël, col. "Médiations"), a linguagem nada mais é que a comunicação de uma mensagem inerte que não faz apelo àquele que ouve. Mas isso é subestimar todo e qualquer modo de comunicação de caráter poético. Esse preconceito em favor da linguagem objetiva deve ser descartado por nós. Se pudermos mostrar que a linguagem das coisas não é primeira, porém fundada numa operação expressiva na qual há apelo de mim a outrem, então teremos condições de conferir caráter mais profundo às descrições feitas até aqui, de descobrir o essencial do fenômeno da linguagem. Se pudermos mostrar que o componente pessoal da linguagem está sempre presente de início, teremos justificado nossa referência à linguagem.

Utilizaremos as chamadas concepções estruturalistas da linguagem, uma vez que elas lançam mão, implicitamente, de intuições filosóficas interessantes ao nosso assunto. O problema sobre o qual os estruturalistas se debruçaram é o da significação do som (cf. Jakobson: "Em que momento o som se torna significante para a criança?", *Langage enfantin, aphasie et lois générales de la structure phonique,* in *Langage enfantin et aphasie,* Éditions de Minuit, 1969).

No momento em que a criança começa a falar, observa-se um fenômeno de *deflação*: nota-se o desaparecimento de grande quantidade de sons que ela era capaz de emitir antes; ela chega a eliminar certos elementos do balbucio que seriam muito úteis à constituição da linguagem (confusão típica entre T e K). Ocorre também a conservação de sons que não pertencem a seu sistema de linguagem mas permanecem à margem; só os emprega quando devaneia. Há, portanto, uma espécie de *segregação* assim que a criança se põe em atitude de comunicação com outrem.

Somos tentados a dar numerosas explicações a esse fenômeno, mas elas não parecem sólidas. Para Jakobson, essa espécie de escolha só pode ser explicada pelo fato de que o som se torna significante.

Este, a partir do momento em que faz parte da linguagem, assume uma significação por estar inserido, como elemento, num sistema de variações sonoras segundo princípios definidos. À força de se diferenciarem uns dos outros, os signos se tornam significantes (Saussure: som diacrítico). O poder de estruturar os signos aparece como fundamento da relação entre signo e significação, relação não exterior mas que se liga à relação fundamental de signo com signo.

O pensamento do ouvinte segue a diferenciação da estrutura da linguagem e, coincidindo com ela, acaba por passar da linguagem àquilo que ela quer dizer.

O fonema só tem função diacrítica; a fonologia situa-se abaixo do nível em que se realiza o ato da significação fundamental. Com efeito, a criança detecta a diferenciação interna da língua que se fala em torno dela, está em estado de expectativa das significações às quais chega por um ato que – não podemos deixar de observar – é descontínuo. A significação da linguagem não se confunde, portanto, com cada um dos elementos da cadeia verbal; é preciso que o desdobramento lingüístico tenha o mesmo sentido que aquilo que ele quer exprimir. Na estrutura do idioma, o fonema é um som ou uma oposição de sons que basta para distinguir duas palavras. Por exemplo: *em alemão,* oposição entre R e L: *Rand* e *Land, führen* e *fühlen.*

Em japonês: TSURU tem três significados segundo as relações entre o primeiro e o segundo U: mais agudo, mais grave ou da mesma altura. A oposição fonêmica é como uma escala sobre a qual tocamos melodias que têm um perfil; a palavra torna-se um desenho e atrás dele há uma mão desenhando.

Os fonemas não são elementos, pedaços de fala, mas princípios opositivos e distintivos que entram na composição de todas as palavras, mas continuam sendo princípios de organização; o fonema é função, e não átomo psicológico; é uma estrutura. Ora, admitir que o signo é estruturação é admitir em primeiro lugar que ele é, ao mesmo tempo, sentido e som; a relação significante-significado transforma-se em relação entre o que digo aqui, no espaço, e o que digo como estrutura; em segundo lugar, é admitir que ele implica uma referência perpétua à instituição língua.

Às vezes se emprega esta fórmula: a língua não é produzida nem percebida, ela deve preexistir. Vemos aqui a necessidade de distinguir fala (*parole*) e língua (*langue*), sendo a fala apenas emissão, o fato de as palavras serem ditas numa ordem, numa cadência, enquanto a língua não é percebida, mas é imanente a todo o uso que faço da fala.

Poderíamos comparar a língua ao valor de uma unidade monetária, que não é nem realidade física nem realidade psíquica, mas grandeza abstrata e fictícia.

Os autores da escola estruturalista esboçam um método geral que nos permite ter acesso a todas as realidades da língua; eles se propõem reinterpretar todas as ciências da linguagem nos mesmos termos. Não é um ensaio de redução da lingüística à fonologia, mas os autores acreditam haver duas vias de acesso para uma estrutura única da linguagem. Jakobson fala de suscitações recíprocas dos fenômenos gramaticais pelas fonemas e vice-versa, mas há autonomia de cada ordem no sentido de que a contribuição de uma para outra só é eficaz se, na ordem considerada, a mudança é preparada. Ocorre uma intromissão de cada domínio em todos os outros.

Essa idéia de estrutura é muito rica; o resultado é que, se estendermos esse modo de abordagem da linguagem a todas as realidades da língua, seremos levados a generalizar as relações signo-significado; o processo é o mesmo para as relações entre o pensamento e a língua que o exprime (relações comparáveis às do vento com a superfície de um lago). Não há coordenação exterior, mas animação recíproca de um pelo outro.

Como conclusão deste estudo, vejamos alguns fatos sobre os quais esta pesquisa lança luzes.

A aquisição do falar pela criança também lança luzes sobre a perda da linguagem, o que nos leva às teorias modernas da afasia. O essencial da afasia é o encolhimento, o empobrecimento dos sons que podem ser distinguidos funcionalmente. O que conta é a inserção da emissão vocal no poder falante (cf. Goldstein: "A palavra esvaziou-se de seu sentido"). A palavra se esvazia quando deixa de ser estruturada, já não tem valor lingüístico distintivo. A afasia é a mudança de estrutura do sistema fonêmico.

Há diferentes níveis, mas o que está em causa é sempre a mesma potência de formulação simbólica. A distinção clínica entre afasia e apraxia é entendida assim que trazemos à baila essa função estruturante. Jakobson vai mais longe, seguindo a mesma idéia. Há possibilidade de compreender a modificação do universo de pensamento pela modificação da linguagem.

No sonho, por exemplo, o sistema fonológico perde precisão; haveria então alterações do sistema, acompanhadas por uma diferenciação dos pensamentos. Toda a diferença que Freud estabelece entre o primeiro e o segundo relato se deveria o fato de que o primeiro é inevitavelmente inexato, pois conta o que foi sonhado num sistema de indiferenciação.

Pode-se estender a todo o universo do pensamento essa idéia de estruturação.

Cromosete
Gráfica e editora Ltda.

Impressão e acabamento
Rua Uhland, 307 - Vila Ema
03283-000 - São Paulo - SP
Tel/Fax: (011) 6104-1176
Email: adm@cromosete.com.br